I0681522

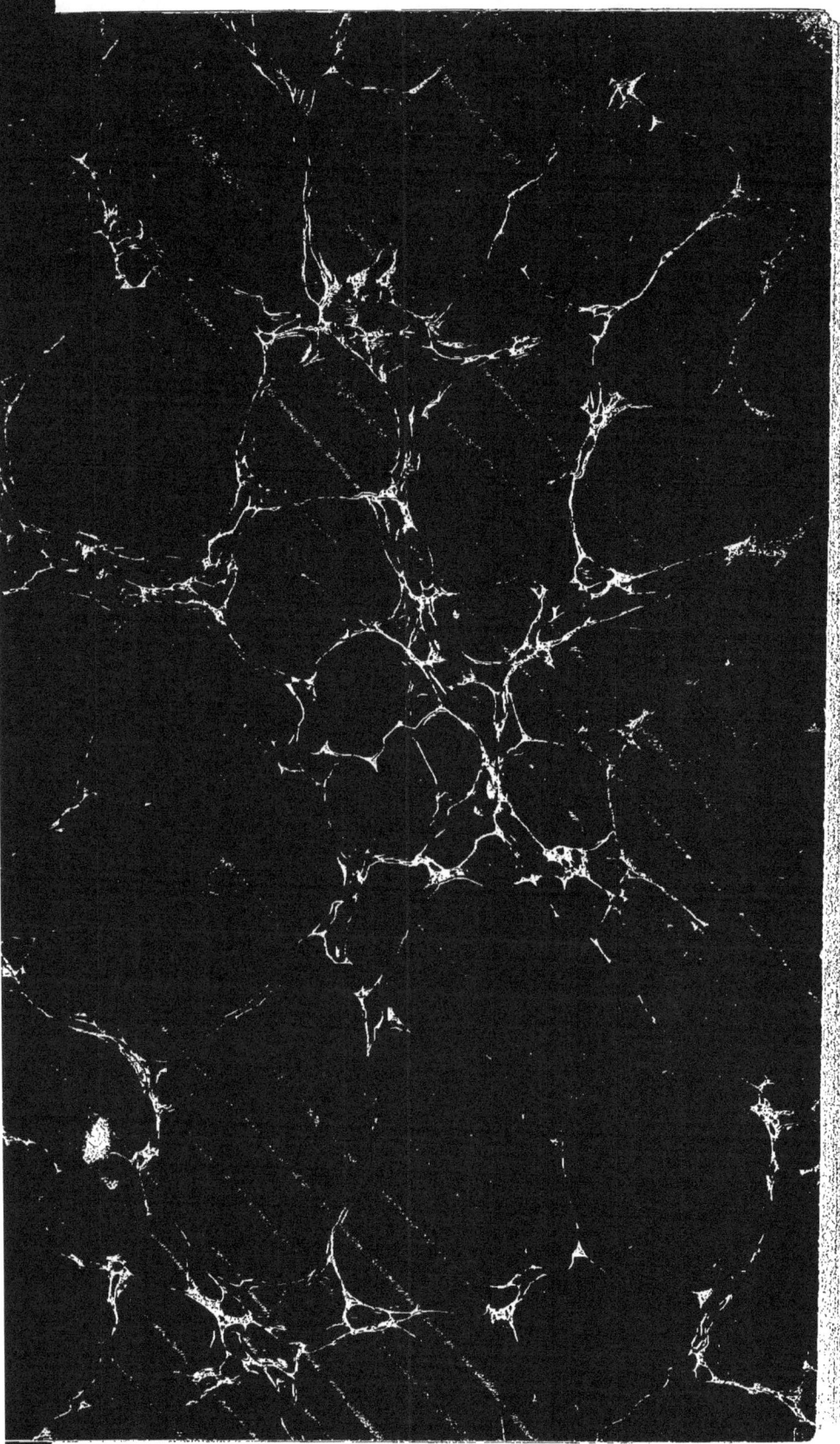

LE

KALEVALA

OUVRAGE DU MÊME AUTEUR

LES POÈMES NATIONAUX DE LA SUÈDE MODERNE. 1 volume grand
in-18 jésus. Prix : 3 fr. 50 c.

Paris. — Imprimerie L. Poupart-Davyl, rue du Bac, 30.

LE
KALEVALA

ÉPOPÉE NATIONALE

DE LA FINLANDE ET DES PEUPLES FINNOIS

Traduit de l'idiome original

ANNOTÉ ET ACCOMPAGNÉ D'ÉTUDES HISTORIQUES, MYTHOLOGIQUES
PHILOLOGIQUES ET LITTÉRAIRES

PAR

L. LÉOUZON LE DUC

I

L'ÉPOPÉE

PARIS

LIBRAIRIE INTERNATIONALE

15, BOULEVARD MONTMARTRE, 15

A. LACROIX, VERBOECKHOVEN & Cᵉ, ÉDITEURS

A Bruxelles, à Leipzig & à Livourne

1867

L'ACADÉMIE DES INSCRIPTIONS & BELLES-LETTRES

DE L'INSTITUT

Au commencement de l'année 1850, je proposai au Ministère de l'instruction publique de me charger d'une mission en Finlande, dans le but d'y poursuivre mes études sur les langues et les littératures finnoises et finno-altaïques. Le Ministère déféra cette proposition à l'examen de l'Académie des inscriptions et belles-lettres de l'Institut, qui, sur le rapport d'une commission nommée par elle, et composée de MM. Ampère, Mérimée, Mohl et Berger de Xivrey, l'approuva complétement; en même temps elle me donna ses instructions.

Je partis alors pour la Finlande, où je commençai

l'ouvrage que je publie aujourd'hui. Durant quinze années, je n'ai cessé de m'en occuper; en sorte qu'il renferme comme la synthèse de tous mes travaux sur la race finnoise. Cet ouvrage a donc été conçu et exécuté sous les auspices et comme sous l'inspiration de l'Académie des inscriptions et belles-lettres. C'est pourquoi je me fais à la fois et un devoir et un honneur de le lui dédier.

L'AUTEUR.

INTRODUCTION

Il y a quarante ans à peine, l'épopée finnoise était complétement inconnue. On ne soupçonnait même pas son existence. Quelques chants populaires seulement, recueillis comme par hasard, avaient été imprimés; mais on ne se doutait pas que ces chants fussent autant de filons précurseurs rayonnant à travers une mine d'une richesse inépuisable, et dont l'exploitation devait un jour, par ses merveilleux résultats, immortaliser la nationalité finnoise.

Du reste, jusqu'à l'époque dont il s'agit, l'état social de la Finlande contribuait plutôt à la distraire des monuments de son génie propre qu'à l'exciter à s'en occuper. Unie depuis des siècles à la Suède qui, avec une colonie populeuse et florissante, lui avait apporté sa religion, ses lois, son organisation politique, sa langue, sa littérature, elle s'oubliait, en quelque sorte, elle-même pour s'inféoder de plus en plus à sa métropole; et, comme elle versait généreusement son sang sur les champs de bataille pour l'honneur du nom suédois, elle consacrait à le faire resplendir, dans les luttes pacifiques, ses plus belles et ses plus puissantes facultés.

De son côté, la Suède se montrait peu soucieuse de provoquer en Finlande un mouvement littéraire national de quelque importance; peut-être même en eût-elle pris ombrage, et l'eût-elle considéré, sinon comme une protestation contre ses droits séculaires, du moins comme un attentat à un ordre de choses qu'elle avait créé, qu'elle voulait maintenir, et dont elle prétendait recueillir les meilleurs profits. Aussi, à peu d'exceptions près, toute création du génie finnois s'imprégnait-elle fatalement du génie suédois; l'identification entre les littératures des deux pays était complète; ils n'avaient qu'un seul et même panthéon.

En 1809, la condition politique et sociale de la Finlande fut bouleversée de fond en comble. Arrachée à la Suède, elle passa sous la domination russe. Séparation violente qui produisit dans l'âme

dés Finnois un trouble immense. Quel nouvel avenir allait s'ouvrir devant eux ? Quelle attitude de-
vraient-ils prendre vis-à-vis de leur nouveau maître ? Certes, la Finlande ne pouvait brusquement
abdiquer ses souvenirs ; elle ne pouvait, sans se
mentir à elle-même, renier ce glorieux pays dont
elle avait si longtemps partagé les destinées. Et
cependant, par suite des événements accomplis, il
lui était interdit d'afficher hautement ses senti-.
ments ; elle devait les refouler au fond de son cœur.

D'autre part, la Russie, qu'elle avait si vaillamment combattue, ne lui apparaissait qu'à travers
les éclats fulgurants de la conquête ; elle l'éblouis-
sait de sa force ; mais, sans lui offrir, au point
de vue intellectuel et moral, d'élément d'affinité
commune propre à exercer sur elle une attraction
souveraine. Ainsi, avec le temps, la Finlande
pourrait bien s'estimer fière, heureuse même de
faire partie d'un grand empire ; mais cette solida-
rité, cette assimilation entre les deux peuples, qui
avaient caractérisé son union avec la Suède, ne
présideraient évidemment jamais à son union avec
la Russie. Elle y était tombée, si nous pouvons nous
exprimer de la sorte, comme l'or dans un creuset
sans flamme, incapable de s'y fondre et de s'y transformer.

Placée entre la Suède, à laquelle elle était forcée
de renoncer, et la Russie, avec laquelle elle ne
pouvait se fusionner, la Finlande prit résolûment le
parti que lui imposait la logique de sa situation :
elle se replia sur elle-même et se mit à explorer
enfin ce sol national, qu'elle avait négligé jusqu'alors. Le gouvernement russe favorisa cette
évolution. Politique habile qui eut pour effet de
tempérer dans le cœur du peuple finnois les amer-
tumes de la conquête, en même temps que de le
distraire des regrets et des aspirations qui, naturellement, le reportaient vers le passé.

Le travail marcha d'abord avec lenteur, car la
classe érudite et savante du pays ne comptait que
très-peu d'hommes suffisamment versés dans l'i-
diome indigène et experts dans la découverte des
sources. Il ne s'agissait plus ici, en effet, d'œuvres
littéraires issues d'une inspiration purement subjec-
tive ou de la contemplation des phénomènes con-
temporains ; il fallait pénétrer jusque dans le sanctuaire le plus intime de la nationalité, évoquer sa
grande voix, reconstruire ses monuments typiques.
Or une pareille tâche était des plus ardues ; les
livres publiés jusqu'alors n'y préparaient qu'imparfaitement (1) ; c'était un terrain presque vierge à

(1) Parmi ces livres, nous citerons, comme se rapportant directe-

défricher. Aussi bien s'écoula-t-il tout un quart de siècle pendant lequel on ne parvint à recueillir que des fragments épars (1) ; l'œuvre d'ensemble n'apparut, pour la première fois, qu'en 1835.

I

C'est au sein des campagnes, à l'ombre des *tupat* populaires, que se conservent, comme un dépôt sacré, les monuments de l'antique littérature finnoise nationale. Là, dans presque chaque famille, vieillards et jeunes gens, vieillards surtout, chantent à l'envi ces *runot*, héritage des siècles,

ment à notre sujet : Lencqvists, *Specimen academicum de superstitione veterum Fennorum*. Abo, 1782. — Gananders, *Mythologia fennica*. Abo, 1789.

(1) Ces fragments ont été publiés dans les ouvrages suivants : Von Schröters, *Finnische Runen*. Upsala, 1819. — R. Von Beckers, *Turum Wiikko sanomia*. Abo, 1820. — Zach. Topelii, *Suomen Kansa Vanhoja Runoja ; ynnä myös Nykysimpiä Lauluja*. Turussa ja Helsingissä, 1822-1831. — *Kantele taikka Suomen Kansan sekä vanhoja että nykyisempiä runoja ja lauluja*. Helsingissä, 1829-1831.

qui leur ont été transmises de génération en génération. Ceux d'entre eux dont la mémoire est le plus
riche en souvenirs jouissent d'une estime et d'une
considération singulières ; ils apparaissent aux yeux
du peuple, comme participant à la vertu et à la
puissance de ces âges héroïques dont ils chantent
les merveilleuses aventures. Mais ce n'est pas seulement dans la Finlande proprement dite qu'abondent les *runot* traditionnelles ; partout où a vécu la
race finnoise, partout où vivent encore des débris ou
des alliés de cette race, depuis le nord de la Norvége jusqu'aux versants de l'Altaï, ces mêmes *runot* se retrouvent, identiques quant au fond, malgré
le mélange et la disparité des éléments, la multipli-
cité des variantes, en sorte que leur masse réunie
peut être considérée comme le monument littéraire
synthétique et complet de toute la nationalité finnoise.

Parmi les hommes qui s'imposèrent la tâche
de recueillir les *runot*, nous devons nommer avant
tous le savant docteur Lönnrot. C'est lui qui, le
premier, l'entreprit sur une grande échelle. Pendant plusieurs années, à partir de 1828, il par-
courut dans tous les sens les régions principales
de l'ancienne Finlande ; il visita chaque cité,
chaque village, chaque habitation, s'asseyant à

tous les foyers, interrogeant tous ses hôtes, et faisant chanter tous les *runoiat* populaires, dont il avait réussi à capter la bonne volonté, jusqu'à épuisement de leurs chants.

Quand, à son retour, il eut dépouillé ses cartons et mis en ordre ses matériaux, il se trouva en possession de plusieurs poëmes détachés, anciens et modernes, qu'il publia sous le nom de *Kanteletar* (1), et d'une grande épopée antique à laquelle il donna le titre de *Kalevala*.

Ces deux ouvrages ont à jamais immortalisé le docteur Lönnrot. On l'a surnommé l'Homère finlandais.

Dans une série de lettres où il raconte les péripéties de son voyage, Lönnrot donne de curieux détails sur la manière dont il recueillait les *runot*, et formule ainsi tout un code d'instruction pour ceux qui, plus tard, marcheront sur ses traces. En certains endroits, les paysans regardent les *runot*, les grandes *runot* traditionnelles, comme un mystère sacré et inviolable ; ils les chantent entre eux, mais ils les dérobent avec soin aux étrangers. Les livrer serait, à leurs yeux, une profanation ; et quelque

(1) De *Kantele*, sorte de harpe en usage chez les Finnois. Le *Kanteletar* a eu jusqu'à présent deux éditions : la première, publiée en 1840, en 3 vol. in-12 ; la seconde en 1864, en un vol. grand in-8°.

instance, quelque promesse qu'on leur fasse, ils s'y refusent obstinément. C'est seulement à la suite d'un long séjour parmi eux, et après être entré peu à peu dans leur intimité, que l'on peut parvenir à vaincre leur résistance. Lönnrot, en sa qualité de médecin, avait pour cela plus de facilité que tout autre : il les soignait dans leurs maladies, et, en retour de ses soins, ils n'osaient refuser de lui chanter les *runot*.

Dans les gouvernements d'Archangel et d'Olonetz, où, depuis le dixième siècle, la population, d'origine finnoise, est soumise à la Russie, dont elle a pris la religion et en partie les usages, les bardes populaires font des *runot* un objet de commerce : il les chantent à qui les paye. Il en est de même en Ingrie, mais avec plus d'âpreté ; car tandis que, partout ailleurs, les paysans acceptent, sans difficulté, en échange de leurs *runot*, des livres par exemple, des rubans, etc., les Ingriens, rendus plus avides par le voisinage de Saint-Pétersbourg et la fréquentation de ses marchés, ne chantent que contre argent comptant.

A ces obstacles, il faut joindre la suspicion dans laquelle, aux yeux de paysans ignorants et superstitieux, tombent souvent les collecteurs de *runot*. On les prend pour des espions, des malfaiteurs.

Lönnrot a eu plus d'une fois à lutter contre cette suspicion. Un envoyé de la Société littéraire de Finlande, M. Groundstroem, qui, en 1861, avait entrepris en Ingrie un voyage d'exploration runologique, raconte que, s'étant rendu dans une localité appelée Säätinä, espérant y faire une riche moisson, il évita avec peine le sort de saint Étienne, tellement toute la population s'était ameutée contre lui. Ces dispositions hostiles sont provoquées généralement, dans les localités où prévaut la religion russe, par le fanatisme des popes, qui frappent d'anathème les *runot* anciennes, surtout les *runot* mythologiques, et les représentent comme l'œuvre du diable. Certains popes, toutefois, plus tolérants, ne voient dans l'action de chanter ces *runot* qu'un léger péché *rääkkä*, dont ils donnent facilement l'absolution. Aux yeux de sectaires zélés, comme il s'en trouve beaucoup en Russie, le chant des *runot* passe pour une occupation vaine et frivole ; ils ne s'y livreront à aucun prix, aux époques de jeûne et d'abstinence.

Parmi les *runoiat* les plus célèbres, on compte des femmes aussi bien que des hommes. Lönnrot cite une veuve, nommée Matho, dont la mémoire avait gardé fidèlement les *runot* les plus splendides; elle les lui chantait en tricotant.

Le *runoia* chante rarement seul; il s'adjoint d'ordinaire un compagnon. Alors, se plaçant en face l'un de l'autre, les mains dans les mains, et se balançant doucement, ils chantent durant de longues heures, sans jamais s'interrompre (1). Souvent, après un début calme, ils s'enflamment, ils se défient, ils font des paris; celui dont la mémoire fléchit le plus vite est déclaré vaincu. Certains *runoiat* d'un ordre inférieur et moins consciencieux n'hésitent point, en pareil cas, pour prolonger la lutte, à ajouter à la *runo* traditionnelle des strophes de leur façon; mais les grands *runoiat* dédaignent ces artifices : ils suivent fidèlement le texte jusqu'au bout, et, comme leur mémoire est inépuisable, la nuit les surprend presque toujours au milieu de leur combat, et le sommeil seul vient y mettre fin.

J'ai dit que dans plusieurs localités la bonne volonté des *runoiat* s'achète à prix d'argent. Ceci ne s'applique guère, il est vrai, qu'à ceux dont la science est faible et qui se bornent à chanter des *runot* communes. Quant aux *runoiat* supérieurs, aux grands maîtres dans les mystères antiques, ils sont généralement moins intéressés; il

(1) Voir à la *Première Runo*, page 2, note 2.

n'est même pas rare d'en rencontrer parmi eux
qui, fiers de se trouver en présence d'un appré-
ciateur éclairé de leur science, lui en livrent généreusement tous les trésors. Cette générosité se
montre surtout chez les vieillards. Du reste, c'est
à eux, de préférence, qu'il faut s'adresser pour obtenir des communications importantes. La jeunesse déserte de plus en plus les souvenirs tradi-
tionnels pour s'abandonner aux frivolités du présent; et si la nationalité finnoise n'était douée
d'une force de résistance invincible, il serait à
craindre qu'avant peu tous ces chants, qui font sa
gloire, et qui, jusqu'à ce jour, se sont conservés si
fidèlement dans la mémoire du peuple, ne s'abî-
massent à jamais dans l'oubli.

Un vénérable *runoia* âgé de quatre-vingts ans
disait, un jour, à Lönnrot : « Ah! que n'étiez-
vous là, pendant la saison de la pêche, lorsque
nous nous reposions près du brasier allumé sur le
rivage! Nous avions pour compagnon un homme
de notre-village, un bon *runoia*, moins bon, toutefois, que mon père. Pendant toute la durée
des nuits, ils chantaient en se tenant par les mains,
et jamais la même *runo* n'était répétée deux fois.
Je n'étais alors qu'un petit garçon; mais j'écoutais
avec une curiosité avide, et c'est ainsi que j'ai ap-

pris les *runot* capitales. Hélas! déjà j'en ai oublié plusieurs. Mes fils ne seront jamais après ma mort d'aussi bons *runoiat* que je l'ai été moi-même après la mort de mon père. On prise moins aujourd'hui les vieux chants que dans mon enfance; on chante encore dans les réunions, surtout après boire, mais rarement quelque chose de valeur. La jeunesse fredonne des chansons plus que légères dont je ne voudrais pas souiller mes lèvres. »

II

La première édition du *Kalevala*, publiée par Lönnrot, date, comme je l'ai dit plus haut, de 1835. Le poëme comptait alors trente-deux *runot* ou chants, et environ douze mille vers (1).

(1) J'ai traduit *in extenso* cette première édition du *Kalevala* dans un ouvrage publié en 1845 sous ce titre : *La Finlande, son histoire primitive, sa mythologie, sa poésie épique, avec la traduction com-*

Son apparition fut un événement. Les savants alle-
mands entre autres, et à leur tête Jacob Grimm,
l'illustre philologue, la saluèrent avec le plus vif
enthousiasme. Jacob Grimm n'hésite pas à ranger
le *Kalevala* parmi les plus remarquables épopées
nationales; il y admire la magnifique splendeur
de la forme, la richesse inouïe des types, et
ce sentiment de la nature à la fois si vif et si profond, que, selon lui, les poëmes indiens seuls
peut-être en offriraient de comparable. En France,
l'accueil fait à l'épopée finnoise fut aussi des plus
sympathiques. Dejà Xavier Marmier l'avait signa-
lée dans une brève analyse; on l'apprécia ensuite, dans ma traduction, avec une faveur dont
j'ai le droit d'être fier.

Une épopée comme le *Kalevala* n'était point de
celles dont les proportions pussent se fixer, du premier coup, d'une manière définitive et immuable.
Le moule même dans lequel elle était jetée ne
pouvait être inflexible. En effet, à l'ombre de
l'unité idéale qui reliait les diverses parties du
poëme, et au milieu de ses plus glorieux épa-
nouissements, on y sentait, comme d'instinct,

plète de sa grande épopée, le KALEVALA, son génie national et sa
condition politique et sociale depuis la conquête russe. 2 vol. in-8°.
Paris, Jules Labitte.

bien des lacunes, bien des types incomplets.
Pour qu'il dût s'immobiliser dans cet état primitif, il eût donc fallu que le foyer populaire
d'où il était issu eût vu s'éteindre sa dernière
flamme, que la mine des *runot* fût à jamais épui-
sée. Or, il était loin d'en être ainsi. A peine le
Kalevala avait-il paru qu'une immense secousse
patriotique avait ébranlé tout le pays finnois; les
bardes nationaux sollicités par l'élan général se
montrèrent aussi prodigues qu'ils s'étaient mon-
trés réservés jusqu'alors; les *runot* débordèrent.

A la faveur d'un tel mouvement, la Société académique fondée à Helsingfors, en 1831, dans
le but de rechercher et de publier les monuments de la littérature nationale, prit une nouvelle activité. Elle envoya des collecteurs de *runot*
subventionnés par elle (1) dans toutes les parties
de la Finlande, principalement dans celles qui
n'avaient pas encore été visitées ou qui ne l'a-
vaient été qu'imparfaitement. Pas un village, pas
un hameau ne furent oubliés. En même temps Castren, l'héroïque Castren, après avoir exploré la

---

(1) Parmi ces courageux collecteurs de *runot* qui depuis se sont
fait un nom par d'importants travaux dans la littérature nationale de
la Finlande, Lönnrot cite, dans la préface de la nouvelle édition du
Kalevala, MM. Cajan, Europeus, Ahlqvist, Polen, Sirenius et Rein-
holm.

Laponie, poursuivait à travers les solitudes de la
Sibérie et jusqu'aux confins de l'Altaï, c'est-à-
dire jusqu'au berceau même de la race finnoise,
ses investigations ethnographiques et philologiques,
interrogeant, sur son passage, chaque vestige du
passé, chaque souvenir, chaque tradition caracté-
ristique. Ce grand travail dura plusieurs années.
On centralisa alors tous les matériaux recueillis, à
la Société académique de Helsingfors, qui les
livra à Lönnrot.

Lönnrot se remit à l'œuvre; disposant de richesses innombrables, il les compulsa avec soin et
ne tarda pas à y découvrir les éléments nécessaires
pour combler les lacunes et compléter les types
de sa première édition du *Kalevala*. Observons
qu'il réussit à remplir cette tâche délicate sans
briser aucunement le moule dans lequel le poëme
avait d'abord été circonscrit. Ce moule, se dilatant
de lui-même, s'ajusta avec une facilité merveilleuse
à tout ce que, dans sa connaissance approfondie
du sujet, l'Homère finlandais jugea à propos
d'y ajouter. L'unité de même resta intacte; du
moins ne subit-elle aucune altération essentielle
et fondamentale. Et, cependant, quelle trans-
formation colossale! Quelle abondance nouvelle
dans l'ensemble aussi bien que dans les détails!

B

Tandis que la première édition du *Kalevala*
renfermait, comme il a été dit, trente-deux *runot* et
environ douze mille vers, la seconde édition ne
compte pas moins de cinquante *runot* et de vingt-
deux mille huit cent vers ; sept mille vers de plus
que l'*Iliade*. Cette seconde édition a paru en
1849.

Le *Kalevala* demeurera-t-il tel qu'il est aujour-
d'hui? A-t-il trouvé enfin sa forme suprême? Il serait téméraire, peut-être, de l'affirmer. Toutefois,
après la vaste exploration qui a précédé l'édition
actuelle, on ne pressent guère de ces découvertes
qui provoqueraient un nouveau remaniement.
D'autres variantes, actuellement inconnues, se révé-
leront sans doute encore ; mais il n'est pas à croire
qu'elles soient jamais assez importantes pour que l'on
juge nécessaire de les fondre dans le poëme principal.
Un fait qui semble venir à l'appui de cette hypo-
thèse, c'est que dans une troisième édition publiée
naguère, par conséquent plus de quinze ans après
celle de 1849, Lönnrot n'a pas changé un seul mot
à la version déjà consacrée. Par exemple, la Société académique de Helsingfors ferait une œuvre
éminemment utile si, à côté du *Kalevala*, elle pu-
bliait, d'une part, tous les matériaux qui ont servi
à le former, et, de l'autre, au fur et à mesure

qu'elles se produiraient, les diverses *runot* qui s'y rattacheraient naturellement. On aurait ainsi, dans sa plénitude, un cycle littéraire d'un magnifique intérêt ; ce serait comme un cordon lumineux tressé autour du grand monument élevé à la nationalité finnoise.

III

J'esquisserai, maintenant, à grands traits le sujet du *Kalevala*. Le poëme s'ouvre par un chant cosmogonique : la Vierge de l'air descend des hauteurs éthérées au milieu de la mer ; la tempête la berce sur les flots, le souffle du vent féconde son sein ; durant sept siècles, elle porte son lourd fardeau, exhalant ses plaintes et ses gémissements, et invoquant le secours d'Ukko, le dieu suprême. Un aigle qui plane dans les nues aperçoit à la surface de l'eau le genou découvert de la Vierge de l'air ;

il le prend pour un tertre de gazon et y bâtit son nid, dans lequel il dépose sept œufs et se met à les couver. La Vierge de l'air secoue tout à coup son genou ; les œufs roulent dans l'abîme, se brisent, et de leurs débris se forment la terre, le ciel, le soleil, les étoiles et les nuages. La Vierge de l'air poursuit ses créations et donne naissance à Wäinämöinen, le *runoia* éternel.

Wäinämöinen complète l'œuvre de la fille de l'air en défrichant la terre et en l'ensemençant. Sa renommée comme *runoia* se répand au loin. Joukahainen, le fils de Laponie, en est jaloux et vient le provoquer. Wäinämöinen l'accable sous ses formules magiques et le force à demander grâce ; mais il ne consent à le délivrer que lorsqu'il lui a promis sa sœur Aino pour épouse. Aino, saisie d'horreur pour une pareille union, se précipite dans la mer. C'est en vain que Wäinämöinen court à sa recherche ; elle a disparu à jamais. Le héros fait appel à sa mère, qui surgit de sa tombe et conseille à son fils d'aller choisir une autre fiancée parmi les vierges de Pohja.

Wäinämöinen se met en route ; mais Joukahainen, qui nourrit depuis longtemps contre lui des projets de vengeance, l'épie au passage et lui lance un trait mortel. Le cheval du *runoia* est seul atteint; il l'entraîne au sein de la mer, où il devient le jouet d'une violente tempête. Un àigle vient à son secours et l'emporte sur ses ailes jusqu'au but de son voyage.

Arrivé aux régions de Pohja, Wäinämöinen est reçu par Louhi, qui lui prodigue une hospitalité généreuse. Elle lui promet la main de sa fille s'il peut lui forger un *Sampo* (talisman qui porte avec lui la prospérité et le bonheur). Wäinämöinen se récuse et s'engage, si Louhi lui fournit les moyens de retourner dans son pays, à lui envoyer l'habile forgeron Ilmarinen. Louhi se rend à sa demande.

Chemin faisant, Wäinämöinen aperçoit la vierge de Pohja au milieu des airs, appuyée sur l'arc-en-ciel. Il l'invite à descendre dans son traîneau et lui demande sa main. La jeune vierge promet de satisfaire à son désir s'il sort vainqueur de trois épreuves qu'elle lui propose. Wäinämöinen réussit dans les deux premières, mais quand vient la troisième, où il s'agit de la construction d'un bateau, il se blesse grièvement au genou avec sa hache, et son sang coule avec abondance. Un vieillard, savant dans l'art des conjurations, après s'être fait raconter l'origine du fer cause de la blessure, prononce sur elle les formules magiques et guérit le

héros. Wäinämöinen reprend alors le chemin de
son pays, d'où, conformément à sa promesse, il
envoie à Pohja, sur les ailes du vent, le forgeron
Ilmarinen. Celui-ci forge le *Sampo* désiré et réclame celle que Louhi lui destinait pour prix de
son travail; mais la jeune vierge refuse de suivre
le forgeron, qui revient seul auprès de Wäinämöinen.

Ici, un troisième héros entre en scène, le joyeux
et chevaleresque Lemminkäinen. Il séduit toutes
les jeunes filles de Saari. Une seule, la plus belle,
lui résiste; il l'enlève, l'emmène dans sa famille et
l'épouse. Mais, bientôt, elle lui est infidèle. Lemminkäinen l'abandonne et se rend, à son tour, au pays
de Pohja, pour y chercher une autre épouse. Il
traverse une foule de fantastiques aventures, au
bout desquelles il trouve la mort; sa mère le rappelle à la vie.

Cependant, au moyen des trois *paroles originelles*
obtenues par une suite d'exploits et d'opérations
magiques du caractère le plus étrange et le plus
émouvant, Wäinämöinen, ayant réussi à construire
le bateau que lui avait imposé la vierge de Pohja,
se dirige de nouveau vers le pays qu'elle habite.
Ilmarinen ne tarde pas à le rejoindre, et, comme il
est le plus jeune et qu'il a forgé le *Sampo*, la jeune

fille lui donne la préférence sur le vieux *runoia*.
On célèbre les noces avec une solennité extraordinaire; les curieux détails qui s'y rattachent ne
remplissent pas moins de six longues *runot*. Tout
le monde y est invité, excepté Lemminkäinen, à
cause de son esprit turbulent et batailleur.

Furieux de cette exclusion, le jeune héros revêt
son armure de guerre et part pour Pohja. Là, après
avoir triomphé des obstacles et des embûches
accumulés sur sa route, il tue le grand chef de
famille et cloue sa tête à un poteau. Le peuple de
Pohjola s'arme pour la vengeance; Lemminkäinen
prend la fuite et retourne auprès de sa mère, à laquelle il raconte ses sanglants exploits. Celle-ci
l'engage à se retirer dans une île lointaine dont elle
lui donne le nom, pour se soustraire à la fureur de ses
ennemis. Lemminkäinen suit le conseil de sa mère;
mais bientôt, ayant séduit toutes les femmes, toutes
les jeunes filles de l'île, il voit les hommes s'ameu-
ter contre lui et est contraint de fuir. Revenu dans
son pays, il trouve sa maison brûlée, ses champs
dévastés, sa mère disparue; le peuple de Pohjola
s'était vengé. Lemminkäinen s'adjoint un compagnon d'armes et entreprend une nouvelle campagne
contre ce peuple; mais Louhi, la mère de famille
de Pohjola, lui oppose une force magique telle-

ment puissante, qu'il doit renoncer à son projet.

Vient, maintenant, le magnifique épisode de Kullervo. C'est le génie du mal incarné dans un seul
homme. Victime de la fatalité qui le poursuit partout,
Kullervo se souille de tous les crimes, viole sa propre
sœur et se tue. Je ne crois pas que l'on puisse rien
rencontrer de plus riche et de plus saisissant, comme
élément tragique, dans aucune autre littérature.
Le seul trait qui relie cet épisode à l'ensemble du
poëme, est que la femme d'Ilmarinen meurt dévorée par les loups et les ours de Kullervo.

Ilmarinen pleure amèrement la perte de sa
femme; il s'en forge une autre en or et en argent,
et l'achève à coups de marteau. Mais, quand
il l'a portée dans son lit et qu'il s'est couché à
côté d'elle, il ne peut supporter le froid que lui
cause son contact. Renonçant alors à en faire sa
femme, il vient l'offrir à Wäinämöinen; le *runoia* la
refuse dédaigneusement et exhorte tous ceux de sa
race « à ne jamais rechercher pour épouse une fille
d'or, à ne jamais courir après une fiancée d'argent ».

Ilmarinen, déçu dans sa tentative, retourne à
Pohjola, pour demander en mariage la seconde
fille de Louhi. Louhi ayant repoussé sa demande
avec colère, il enlève la jeune fille et l'emporte

dans son traîneau ; mais, durant la route, et tandis qu'il est plongé dans un lourd sommeil, celle-ci se livre à un autre homme. Ilmarinen, furieux, déroulant les paroles magiques, change l'infidèle en mouette, et l'envoie à la cime d'un écueil solitaire, pour y hurler au milieu des tempêtes. Puis il rejoint Wäinämöinen, auquel il raconte ses aventures et vante la prospérité singulière que le *Sampo* répand sur le pays de Pohja.

Dès le début du poëme, on a vu poindre entre Kalevala, patrie de Wäinämöinen, d'Ilmarinen et de Lemminkäinen, et Pohja ou Pohjola, patrie de Louhi, une hostilité sourde. Cette hostilité s'est trahie également en plusieurs occasions, dans le cours des *runot*, bien qu'amortie par les projets de mariage que poursuivaient les héros avec les filles de la région maudite. Maintenant, et par l'effet du dernier refus de Louhi, tout accord est désormais brisé ; rien n'empêchera plus l'hostilité dont il s'agit d'éclater dans toute sa fureur sauvage.

Le *Sampo* sera la pomme de discorde qui armera les deux partis l'un contre l'autre. Jaloux des avantages que Pohjola retire de l'instrument magique, Wäinämöinen forme le projet de le lui enlever et de le transporter dans son pays. Ilmarinen, puis Lemminkäinen, se joignent à lui ; et ils partent ensemble sur un grand navire chargé de guerriers.

Tandis que les héros voguent en pleine mer, le navire se heurte tout à coup à un gigantesque brochet qui arrête sa course. Wäinämöinen tue le brochet, et de ses os forme une harpe mélodieuse, un *kantele*. Chacun essaye d'en jouer, mais nul n'y réussit. Alors, le vieux *runoia* s'assied sur la pierre de la joie et fait vibrer les cordes de l'instrument. Le kantele résonne dans toute sa force harmonieuse. Les dieux, les déesses, tous les êtres de la nature accourent pour prêter l'oreille à ses accords ; ils sont transportés jusqu'au fond de l'âme et tombent en extase. Wäinämöinen lui-même est touché jusqu'aux larmes, et ses larmes, roulant au fond de la mer, s'y changent en perles fines et resplendissantes. Cette *runo* est d'un charme et d'une élévation de poésie que rien n'égale.

Cependant, l'expédition atteint les rivages de Pohjola. Wäinämöinen propose à Louhi de partager le *Sampo* avec lui. Louhi refuse et se prépare à la résistance ; tout le peuple répond à son appel, et prend les armes. Mais, au moment où il se rassemble pour l'attaquer, Wäinämöinen saisit son kantele et en tire des accords d'une telle puissance,

qu'il plonge ses ennemis dans un sommeil magique. A la faveur de ce sommeil, les trois héros enlèvent le *Sampo*, le portent dans leur
navire et font voile vers la haute mer. Le silence
le plus profond règne à bord. Lemminkäinen, que
ce silence importune, entonne, malgré l'opposition
de Wäinämöinen, un chant de triomphe. Sa voix
rauque retentit au loin et va réveiller le peuple de
Pohjola. Louhi s'aperçoit de l'enlèvement du
Sampo; elle évoque contre les ravisseurs une effroyable tempête; ils échappent avec peine au naufrage, mais le kantele, emporté par les vagues, est
précipité au fond de l'abîme.

Impatiente de reconquérir le *Sampo*, Louhi se
précipite sur les traces de Wäinämöinen. Le *runoia*
la prévient, et, par la puissance de ses incantations,
fait surgir au milieu de sa route un écueil for-
midable, contre lequel le navire de Pohjola se
heurte et se brise. Louhi se change alors en aigle
et, prenant ses guerriers sous ses ailes, elle s'élance
à travers les airs. Bientôt, elle atteint le navire de
Wäinämöinen et se pose à la cime du mât. Lemminkäinen la frappe de son glaive, mais sans la
blesser mortellement; Wäinämöinen l'abat d'un
coup de son gouvernail. Tombée sur le pont, Louhi
s'efforce d'en arracher le *Sampo ;* l'instrument vole

en éclats, et de ses débris les uns roulent au fond de la mer, les autres flottent à sa surface. Vaincue, Louhi renonce au combat et retourne tristement à Pohjola. De son côté, Wäinämöinen gagne les rivages de son pays, où il retrouve les débris flottants du *Sampo ;* il les recueille avec soin, et, rendant grâces à Jumala, il invoque sa protection sur son peuple.

Les effets du *Sampo* ne tardent point à se produire. Une prospérité merveilleuse règne dans les régions de Kalevala. A cette nouvelle, Louhi, saisie d'une jalousie sauvage, déchaîne contre ce peuple fortuné une succession d'atroces maladies ; puis un ours monstrueux ; enfin, dans l'excès de sa rage, elle détache le soleil et la lune de la voûte céleste et les enferme au sein d'un rocher inconnu. Mais tous ces efforts demeurent impuissants ; Wäinämöinen les déjoue victorieusement, et le triomphe de Kalevala sur Pohjola est à jamais assuré.

Le poëme se termine par une *runo* où le christianisme à son aurore entre en lutte avec le paganisme et met fin à son règne. C'est l'histoire de Marjatta donnant naissance à son fils. L'enfant divin est nommé roi de Karélie ; il confond la sagesse de Wäinämöinen ; et le vieux *runoia*, sentant sa mission finie, se construit un bateau et s'élance, seul, sur la mer, où il disparaît à jamais dans les horizons lointains; mais il laisse le kantele à la Finlande, pour la joie éternelle de son peuple.

IV

Tel est le *Kalevala*. Que de questions surgissent à propos d'un tel poëme! Je n'en toucherai ici que les points essentiels, me réservant de les traiter avec tout le développement qu'elles comportent dans le second volume de cet ouvrage.

Et d'abord, que faut-il entendre par ce titre de *Kalevala?* Littéralement il signifie *demeure de Kaleva* (1). Mais, qu'était-ce que *Kaleva?* Ganander et d'autres auteurs en font un nom propre

(1) En finnois, la finale *la* indique la propriété d'être habitable; ainsi *maa*, terre; *manala*, demeure souterraine; *Tuoni*, dieu de la mort; *Tuonela*, demeure de ce dieu ou région funèbre, etc.

qu'ils attribuent à un illustre et puissant géant de
l'antiquité, père de plusieurs fils, parmi lesquels on
comptait Wäinämöinen, Ilmarinen et Lemminkäinen. Suivant Castren, au contraire, d'accord
avec le langage des *runot*, *Kaleva* est une épithète exprimant le plus haut idéal de l'héroïsme,
qui s'applique indifféremment à tous les grands
héros (1). En effet, nous voyons les *runot* appeler Kaleva ou fils de Kaleva plusieurs personnages d'origine
tout à fait différente, tels, par exemple, que Wäinämöinen, Wipunen, Lemminkäinen, Kullervo, etc.
N'est-ce pas là une preuve évidente que le mot
Kaleva joue, dans l'épopée finnoise, un rôle beaucoup plus vaste que celui d'un simple nom propre?
Ainsi, d'après cette interprétation, qui me paraît la
mieux justifiée et la plus naturelle, *Kalevala* voudrait dire la patrie des héros, le monde héroïque en
général. Les *runot*, toutefois, ne le prennent point
dans ce sens idéal; elles le localisent et en font
spécialement le pays des trois héros principaux
qu'elles mettent en scène, c'est-à-dire de Wäinä-

(1) La langue turque, qui appartient comme la finnoise à la famille
des langues altaïques, possède un mot analogue à celui de *Kaleva*,
le mot *Aalep*, qui signifie héros. Or, dans les légendes tatares, ce
mot sert invariablement d'épithète à tous les personnages qui, de même
que Wäinämöinen, Lemminkäinen, Kullervo, etc., dans le *Kalevala*, y
jouent un rôle capital.

möinen, d'Ilmarinen son frère et de Lemminkäinen, ainsi que des familles ou de la tribu dont ils
sont les chefs. Tous les trois, en effet, sont appelés
Kalevalaiset, habitants de Kalevala, et le peuple
auxquels ils appartiennent, *Kalevan kansa* ou *Kalevan väki*, peuple de Kaleva. C'est à ce point de
vue que *Kalevala* est opposé à *Pohja* ou *Pohjola*.

Cette dernière expression revient aussi fréquemment dans les *runot* que celle de Kalevala. Quelle
est sa signification précise? Aujourd'hui encore les
Finnois désignent généralement sous le nom de
Pohja, Pohjola, Pohjanmaa toute la partie septen-
trionale de la Finlande, surtout les régions les plus
extrêmes de l'Ostrobottnie.

D'après certains passages des *runot*, on applique
aussi ces mêmes noms à la Laponie et même au
nord de la Norvége, *Turja*. Je n'admets pas, toutefois, que l'on doive s'en tenir à une interprétation
aussi rigoureuse. La Laponie d'aujourd'hui n'existait aucunement à l'origine des chants du *Kalevala*. D'ailleurs, le mot *Pohja* n'a point un sens
local absolument déterminé. Il veut dire proprement *fond*, comme *loap, loppu*, radicaux de *Lappi*
(Lapons), veulent dire *fin, extrémité*. Ainsi, eu
égard aux habitants de Kalevala, le peuple de
Pohja, les fils de *Lapin*, étaient les habitants du

pays situé au fond, à l'extrémité de celui qu'ils occupaient, leurs voisins de frontières. Ce pays devait être fort vaste et sa population considérable, car les *runot* qualifient la race de Pohja de grande race : *Pohjan suuri suku.*

Quant à la sombre description qu'en font les héros de Kalevala, elle peut être juste. Cependant on ne saurait disconvenir que la haine dont ils étaient animés contre le nom de Pohja ne dût les porter à charger leurs couleurs. Un pays que le *Sampo* avait rempli d'une prospérité si merveilleuse n'était point assurément un pays déshérité; un peuple chez lequel on rencontre ces sentiments à la fois élevés et délicats que Louhi, la mère de famille, s'efforce d'inspirer à sa fille et à son gendre, n'était point un peuple absolument cruel et pervers.

V

Ainsi donc, la lutte entre Kalevala et Pohja, telle est la base sur laquelle repose l'épopée finnoise, le pivot autour duquel elle tourne, le principe de son unité. Tout y prépare, tout y concourt. On a voulu voir dans cette lutte une manifestation symbolique : la lumière armée contre les ténèbres, le bien contre le mal. C'est là méconnaître les conditions essentielles de l'épopée. L'épopée procède toujours de la réalité historique. Elle la grandit, il est vrai, elle la dilate, elle l'idéalise, incarnant souvent dans un seul événement les événements de tout un siècle, dans un seul héros, les exploits de cent héros, mais le fond, le point de départ ne s'en rattachent pas moins à un fait simple et vrai. Le célèbre Herman qui, dans les mythes d'Homère, prétendait retrouver beaucoup de théorèmes de philosophie primitive, avoue, cependant, que, dans les temps postérieurs, ces théorèmes se sont mêlés aux événements qui ont inspiré l'épopée grecque.

Mais à quelle époque et dans quelles régions se sont accomplis les événements décrits dans le *Kalevala?* Il serait difficile de répondre à cette question. Les grandes épopées populaires ne s'inquiètent guère de la chronologie des temps ni de la topographie des lieux. Emportées par la fantaisie, elles se créent un monde à elles ; et le fait d'où elles émanent, transfiguré à outrance, loin de servir à préciser leur récit, n'est le plus souvent, au contraire, qu'un cadre d'une élasticité prodigieuse dans lequel se déroulent avec une liberté effrénée tous les caprices de leur inspiration. Car, remarquons-le bien, les épopées ne naissent point aux époques où les sociétés sont déjà mûres, où les classes ont leur caractère défini, leurs limites rigoureusement fixées ; elles naissent lorsque les peuples sont encore à l'âge d'or de leur existence, lorsqu'ils ne forment qu'un seul et même tout, qu'ils ont les mêmes idées, les mêmes croyances, la même culture. Or, dans cet âge radieux, l'élan poétique n'est point le privilége exclusif de quelques individus qui ne pourraient exprimer que leurs sentiments personnels ; c'est la nation entière qui s'exalte et qui chante ; et comme elle chante à la fois le monde extérieur qui éclate à ses yeux, et le monde intérieur qui vit et fleurit en elle, ses chants échappent à toute limitation déterminée et deviennent l'expression la plus fidèle et la plus complète de tout ce qui la caractérise généralement.

Tel est l'idéal de l'épopée. On verra jusqu'à quel point le *Kalevala* remplit cet idéal lorsque, dans le second volume, je l'étudierai comme monument national. Un trait, que je relèverai dès maintenant parce qu'il suffirait à lui seul pour établir le fondement historique du poëme finnois, c'est la recherche en mariage des filles de Pohjola par les héros de Kalevala. Comment expliquer une telle recherche entre deux parties animées l'une contre l'autre d'une hostilité aussi flagrante? Le savant Castren nous apprend qu'elle avait sa raison d'être dans une institution commune à tous les peuples de race finnoise. En effet, ces peuples formaient jadis plusieurs tribus divisées par un antagonisme fécond en luttes acharnées et sans cesse renaissantes. Or, il y était interdit aux hommes de prendre leurs femmes dans celle à laquelle ils appartenaient (1).

(1) Par une coïncidence des plus étranges, il se trouve qu'une cou-

De là, par conséquent, ces aventures, ces violences, ces épreuves étranges qui préludaient chez les Finnois à la conclusion des mariages, et dont les *runot* ont perpétué le souvenir. Les chants héroïques des Ostiaks, des Samoïèdes, des Tatars, etc., roulent aussi la plupart sur ce sujet; et encore aujourd'hui, parmi les peuplades d'origine finnoise de la Sibérie, l'usage d'enlever la jeune fille que l'on veut épouser est généralement répandu. Il est donc démontré que les héros du Kalevala vivaient sous l'empire de l'institution dont il s'agit : autrement n'eussent-ils pas choisi leurs femmes dans leur propre tribu, de préférence à cette région de Pohja qu'ils avaient en horreur?

Cet accord de tous les peuples finnois et d'un grand nombre de ceux qui leur sont unis même par une affinité éloignée, sur un fait aussi capital, nous fournit un indice certain de la haute antiquité du *Kalevala*. D'après les rapports des collecteurs de *runot*, c'est dans la Karélie, province de l'ancienne Finlande, entre 66-66° 1/2 de latitude et 48-49° de longitude qu'ils ont recueilli leur plus belle moisson. Là, le *Kalevala* se chante dans

---

tume analogue existe en Océanie. Ainsi chez les Battas, peuplade anthropophage de Sumatra, ceux qui étant de la même tribu se marient ensemble sont condamnés à être mangés.

presque toutes ses parties ; et les *runot* fondamentales du poëme y sont tellement répandues, tellement ancrées dans la mémoire des populations
que, suivant Lönnrot, elles y vivront certainement
encore pendant plusieurs générations. Or, une telle
diffusion des *runot* en Karélie tient à ce que les
habitants de ce pays sont les propres descendants
des Bjarmiens, chez lesquels on suppose que
le *Kalevala* a pris naissance ou, du moins, reçu
ses principaux développements. Mais, à quelle
époque doit-on faire remonter l'apparition du
poëme? Il est manifeste que ce ne peut être
après la conquête de la Bjarmie par la république
de Novgorod, c'est-à-dire vers le douzième siècle.
Un peuple vaincu, opprimé, n'aurait jamais eu
ce fier et libre essor qui éclate de toutes parts
dans le *Kalevala*. Il faut donc se reporter plus
haut. Prendrons-nous cette période florissante
du huitième au neuvième siècle, pendant laquelle la Bjarmie, embrassant les vastes terri-
toires situés entre la mer Blanche et l'Oural,
était le centre et le sanctuaire de toute la race finnoise, et défrayait les récits les plus merveilleux
des écrivains légendaires du Nord et de l'Orient?
Reculerons-nous jusqu'au delà du sixième ou du
cinquième siècle, alors que les Bjarmiens désertant

les hauts plateaux de l'Asie vinrent s'établir dans leur nouvelle patrie? Ce qui est hors de doute, c'est que le *Kalevala* n'a point surgi d'une seule pièce; il s'est formé peu à peu suivant la fantaisie du peuple, qui l'enrichissait et y ajoutait sans cesse. Si donc plusieurs *runot* datent des époques que je viens de signaler, il en est d'autres, au contraire, qui sont de beaucoup antérieures ou postérieures. Par exemple, lorsque nous y trouvons comme élément essentiel et fondamental de ces coutumes ou de ces traditions non-seulement propres à la branche bjarmienne ou karélienne, mais encore communes à toutes les tribus de la race finnoise en général, et aux alliés même les plus éloignés de cette race, n'est-ce pas là un signe que ces *runot* ont précédé la migration, et qu'elles remontent à l'époque où les peuples en question ne formaient qu'un seul peuple, et participaient à la même vie, aux mêmes institutions? De ce nombre sont évidemment avec la *runo* cosmogonique les *runot nuptiales, hââ-runot*, dont il a été parlé plus haut. Quant à la *runo* finale, où l'élément chrétien se mêle d'une manière si étrange à l'élément païen, on ne saurait fixer son origine antérieurement au quatorzième siècle, puisque c'est dans le cours de ce siècle que les Karéliens ont été convertis au christianisme.

Observons que cette voie des traditions, bien que souvent fort incertaine, est néanmoins la seule qui s'offre à nous pour déterminer en quelque proportion l'âge respectif des *runot* finnoises. La langue dans laquelle elles sont écrites ne peut être sous ce rapport d'aucun secours, car elle est dépourvue d'archaïsmes ; et sauf le mot *Sampo*, dont la signification n'a pu être encore suffisamment précisée, la langue du *Kalevala* est comprise sans difficulté dans toute l'étendue de la Finlande.

VI

Je n'essayerai pas de faire ressortir la valeur esthétique du *Kalevala ;* elle se révélera d'elle-même à la science et à l'instinct du lecteur. Ce qui frappera, sans doute, avant tout, c'est ce souffle d'idéal qui le pénètre de toutes parts, et qui le distingue si essentiellement des œuvres du même genre.

En général, le but des épopées est de célébrer la gloire éclatante, les prodiges retentissants du glaive : lutte splendide entre des héros où le plus vigoureux et le mieux armé triomphe inévitablement ; apothéose solennelle de la force.

Le *Kalevala* a un tout autre caractère : l'esprit y domine impérieusement la matière, et de toutes les puissances qu'il fait agir la seule vraiment prépondérante est la puissance du *verbe*. C'est le verbe qui féconde le néant et peuple la nature; c'est par le verbe que les résistances sont vaincues, les obstacles aplanis, les épreuves surmontées, que toutes les grandes œuvres sont accomplies. En revanche, si le verbe fait défaut, la force s'énerve, la lumière s'éteint ; et l'homme, le héros, si glorieux qu'il soit, n'est plus que le triste jouet des infirmités et de la misère.

La possession du verbe implique la science. Mais, quelle science! Elle atteint les sommets les plus élevés de la magie et marche l'égale des dioux. Aussi la possession du verbe n'est-elle le partage que d'un petit nombre, et presque toujours un héritage séculaire. Entre les héros du *Kalevala*, Wäinämöinen est le seul où elle apparaisse

dans toute sa plénitude et sa majesté. Encore ar-
rive-t-il plus d'une fois que le héros se trouve au
dépourvu, obligé alors de chercher les formules
qui lui manquent à travers les espaces du monde,
et jusque dans les régions d'outre-tombe et au
fond même des entrailles des morts.

Mais, dès que le verbe est en lui, le verbe corres-
pondant à l'exploit ou au projet qu'il porte dans sa
pensée, voyez comme il dédaigne tout autre instrument d'action ! C'est en vain, par exemple, que
Joukahainen vient le provoquer au combat et fait
étinceler à ses yeux l'acier de son glaive. Wäinämöinen se contente de l'écraser sous le poids de
ses paroles sacrées. Même dans sa lutte suprême
contre Pohjola, il ne déploie contre le sombre
peuple d'autre force que la force du verbe; et
lorsque, une seule fois, il fait usage du glaive, on
sent, à la manière dont il fauche les têtes, que son
glaive n'est point simplement une arme matérielle,
mais qu'il est vivifié et mû par l'esprit. Ce que je
dis ici de Wäinämöinen s'applique, à des degrés
divers, à tous les héros du *Kalevala ;* leur puissance, leurs succès sont en raison directe de leur
science du verbe.

Le verbe dont il s'agit se traduit par la parole,
et cette parole est toujours accompagnée du chant.

Mais, ici, le chant, même lorsque s'y joignent les accords du kantele, est d'une simplicité et d'une uniformité singulières. La muse finnoise n'a pas besoin de ces mélodies dont la richesse et la variété ne servent le plus souvent qu'à racheter le vide des mots et l'inanité du sens; elle puise toute sa force dans la vie intérieure qui palpite en elle.

Observons que le chant, interprète du verbe, a d'autant plus d'efficacité qu'il plonge plus profondément dans la nature des choses. En certains cas même il ne peut exercer son empire qu'à la condition de remonter au point extrême de leur origine et d'en raconter tous les mystères. Ainsi, lorsque Wäinämöinen, blessé au genou par le fer de sa hache, s'adresse à un sage pour en obtenir guérison, celui-ci lui déclare tout d'abord qu'il ne saurait agir qu'après avoir appris l'origine du fer. Le *Kalevala* est rempli d'exemples analogues. N'est-ce pas là une idée de haute et lumineuse philosophie?

Voilà pourquoi, malgré ses excentricités les plus étranges, ses fantaisies les plus étourdissantes, l'épopée finnoise n'en est pas moins un hommage à la fois éclatant et positif au génie humain, une revendication magistrale, en faveur des grandes facultés de l'âme, de la suprématie à laquelle elles ont droit sur la force brutale.

VII

Si l'on s'est bien pénétré des conditions qui ont présidé à la formation et à la publication du *Kalevala*, on trouvera, sans doute, superflu de poser, en ce qui le concerne, la question d'authenticité. Cette authenticité éclate comme la lumière du soleil. Voici, du reste, en quels termes le docteur Lönnrot, que j'avais interrogé à ce sujet, me fit l'honneur de me répondre : « Il n'est pas à craindre qu'eu égard à leur authenticité, les chants du *Kalevala* tombent jamais, aux yeux de ceux qui connaissent tant soit peu l'état de la question, sous le même soupçon que les poëmes ossianiques de Macpherson, par exemple. Un tel soupçon, en effet, ne tendrait à rien moins qu'à accuser les collecteurs de *runot* soit d'avoir altéré celles qu'ils recueil-

laient parmi le peuple, soit d'y avoir substitué des
runot de leur composition ; ou, à défaut des collecteurs, à reporter directement sur moi cette même
accusation, comme ordonnateur du poëme. Or,
pour se convaincre que de pareilles manœuvres
étaient impossibles, il suffit de considérer que dans
les localités où les *runot* ont été découvertes, le
peuple les connaissait et les chantait bien avant
qu'on songeât à les rassembler ; qu'elles lui avaient
été transmises non par la voie de l'écriture ou de
l'imprimerie, mais par la seule tradition orale ; et
qu'elles restent tellement fixées dans sa mémoire
que, pendant toute la génération actuelle au moins,
le premier venu sachant la langue qui voudrait
séjourner auprès de lui un certain nombre d'années, pourrait y retrouver vivant et intact le
poëme tout entier. Ajoutez ces variantes innombrables déposées aux archives de la Société académique de Helsingfors, variantes qui se comptent
souvent par dix et même par vingt pour une seule
runo. Est-ce qu'un interpolateur se fût jamais imposé un pareil travail ? »

Ces simples arguments du docteur Lönnrot sont
on ne peut plus concluants. Je ne puis omettre, néanmoins, de signaler le soin extrême, le scrupule délicat
qu'il apportait lui-même dans sa rédaction du *Kale-*

vala ; son respect religieux des textes originaux (1),
son empressement, malgré sa science et son expérience personnelles, à consulter les hommes compé-
tents. Car il ne faudrait point s'imaginer que, dans
l'élaboration de cette œuvre nationale, Lönnrot se
dérobât sous l'ombre et le mystère ; il se découvrait,
au contraire, le plus possible, tenant le public au
courant de son travail par des manifestes raison-
nés, en sorte que l'on peut dire avec vérité qu'il l'a
exécuté sous la surveillance et le contrôle non-seulement des érudits et des savants, mais encore du
pays tout entier.

VIII

Il me reste, en terminant cette introduction, à
faire ressortir en quelques mots l'économie de mon
ouvrage sur le *Kalevala.* Je l'ai divisé en deux
volumes. Le premier volume renferme le poëme

(1) Le procédé de Lönnrot forme un contraste frappant avec celui dont
s'est servi le collecteur et l'ordonnateur de l'épopée allemande. « Les
Chants des Niebelungen, notre trésor national allemand, dit le savant

tout entier traduit de l'idiome original (1), et accompagné de notes concises mais suffisantes pour
aider à l'intelligence élémentaire du texte. C'est le
monument littéraire. Le second volume contient un
ensemble d'études explicatives où sont développées
les diverses questions que soulève le *Kalevala* comme
monument national. Prenant, d'abord, la race finnoise à son berceau, je l'observe dans ses migra-
tions, je détermine ses affinités ethnologiques et
fais ressortir les caractères typiques de son génie;
je trace, ensuite, un tableau complet de la mythologie finnoise, cette mythologie qui joue dans le
Kalevala un rôle si prodigieux et lui imprime un
cachet si hautement fantastique; puis j'étudie la

Talvj, qui ont été formés au douzième ou au treizième siècle de divers
chants, abrégés, allongés, complétés et modifiés, suivant les exigences
du système d'arrangement, ont perdu, sous la main du collecteur et de
l'ordonnateur, leur aspect original, et ne peuvent plus être considérés,
tels qu'ils se présentent aujourd'hui devant nous, comme des chants
populaires proprement dits. Le plaisir que l'on éprouve à contempler
un tout bien arrondi nous fait illusion sur un tel morcellement, et
c'est seulement contre notre volonté que nous le reconnaissons comme
le résultat des recherches des meilleurs connaisseurs dans la langue et
les temps antiques de l'Allemagne. » *Charakteristik der volskslieder*,
I, p. 361.

(1) La première édition du *Kalevala* a été traduite en suédois par
Castren. La seconde est en voie de l'être dans la même langue
par K. Collan, qui en a déjà fait paraître les vingt-cinq premières *runot*. M. Borg a aussi traduit en suédois l'épisode de Kullervo et la partie du poème relative à Lemminkäinen. Le *Kalevala* a
encore été traduit intégralement en allemand par M. Schiefner. C'est
une œuvre d'un grand mérite, malgré les incorrections et les inexac-
titudes qu'y relève M. Aug. Ahlqvist dans le *Suomi* de 1853. Son unique
tort est de donner le texte du poëme sans l'accompagner de notes
et de commentaires, éléments indispensables, selon moi, pour le faire
comprendre et apprécier du public européen.

langue finnoise soit en elle-même et dans ses dia-
lectes, soit dans ses rapports avec les idiomes altaïques ; enfin, comme dans les notes du premier
volume, certains sujets plus ou moins difficiles ou
délicats n'ont pu être que brièvement indiqués, je
leur consacre une suite de dissertations complé-
mentaires.

Pour mener à bonne fin un ouvrage de cette
importance, j'ai fait plusieurs voyages et des sé-
jours prolongés en Finlande, étudiant la langue
du pays et me familiarisant avec les usages de la
vie nationale. Membre de la Société académique de
Helsingfors, j'ai pu largement profiter des matériaux précieux rassemblés dans ses dépôts ; et les
conseils et le concours des savants qui en font
partie ne m'ont pas manqué. Je citerai entre tous
Castren et Lönnrot, mais plus particulièrement
encore M. Charles-Gustave Borg, avec lequel je
poursuivais mes études philologiques, et qui m'a
aidé avec tant d'intelligence et de dévouement à
vaincre les difficultés de la traduction. Qu'ils re-
çoivent ici le témoignage de ma sincère et affec-
tueuse reconnaissance !

Je ne sais si le public d'élite auquel s'adresse
cet ouvrage récompensera mes efforts en les couronnant de son approbation. Je le désire vivement ;

il me semble, en effet, qu'un double et saisissant intérêt s'attache à la publication du *Kalevala* telle que je l'ai conçue, car en même temps qu'elle met en lumière une œuvre de littérature d'un prix inestimable, elle révèle une nationalité jusqu'à présent peu ou mal connue, et qui, par son radieux éclat, sa séve inépuisable, son invincible ténacité au milieu des obstacles et des vicissitudes les plus adverses, constitue un véritable phénomène dans l'histoire intellectuelle et morale de l'humanité.

Paris, le 1er novembre 1867.

LE KALEVALA

PREMIÈRE RUNO (1).

SOMMAIRE.

Ouverture du poëme. — La Vierge de l'air descend des hauteurs éthérées au milieu de la mer. — Le souffle du vent féconde son sein.
— Durant sept siècles, elle erre sur les flots, ballottée par la tempête. — Ses douleurs et ses plaintes. — Invocation à Ukko dieu
suprême. — Un aigle s'abat sur le genou de la Vierge et y bâtit son
nid, dans lequel il dépose sept œufs. — Les œufs se brisent, et de
leurs débris se forment la terre, le ciel, les étoiles et les
nuages. — Créations de la fille d'Ilma. — Naissance de Wäinämöinen, le runoïa éternel.

Voici que dans mon âme s'éveille un désir, que dans
mon cerveau surgit une pensée : je veux chanter; je
veux moduler des paroles, entonner un chant national,

(1) Dans la langue finnoise, *Runo*, pl. *Runot*, signifie vers, chant,
poëme. Selon Hallenberg, l'origine de cette expression est orientale:
« In linguis orientalibus, nomen soni atque clamoris expressum fuit
litteris *rn*, *rnh*, *rnm*, quod idem etiam factum est nomen visûs, tum
oculorum tum mentis : Samaritice, *rn*, *rnn*, murmuravit, murmuratio;
Hebraïcè *ranan*, *ranah*, clamare, sonare, *rinnah*, clamor, cantus,
precatio; Chaldaïce, *rnan*, clamare, *rinnanah*, *rinnun*, murmuratio,
cantus, meditatio; Syriace, *rno* meditatus est, *reno*, meditatio; Arabice,
ranna, sonare, clamare, gemere, *rannin*, sonus, clamor, gemitus,
rana, *ranaa*, vocem edere exultationis, *runaa*, sonus. »
Ainsi, le mot *runo*, *runot*, exprime d'une manière adéquate l'idée
de la poésie, qui est à la fois inspiration, vision de l'âme et chant de
la voix. Le mot grec ποίησις (de ποιέω) est moins complet, ce semble,
puisqu'il n'exprime que l'idée de création intérieure.

T. I.   I

un chant de famille. Les mots se liquéfient dans ma bouche, les discours se précipitent; ils débordent sur ma langue, ils se répandent autour de mes dents.

O frère bien-aimé, compagnon de mon enfance, viens, maintenant, chanter avec moi, maintenant que nous voilà réunis. Rarement, habitants de pays différents, nous nous trouvons ensemble, rarement nous nous rencontrons dans ces terres isolées, dans ces tristes régions de Pohja (1).

Mets ta main dans ma main, tes doigts entre mes doigts (2), afin que nous chantions des choses merveilleuses, et que cette chère et florissante jeunesse, avide de nous entendre, connaisse les paroles (3) que nous avons recueillies dans la ceinture de Wäinämöinen (4), dans la forge d'Ilmarinen (5), à la pointe du glaive de Kaukomieli (6), sur l'arc de Joukahainem (7), aux frontières de Pohja, dans les landes stériles de Kalevala.

Jadis mon père m'a chanté ces paroles, en taillant le manche de sa hache, ma mère me les a enseignées en faisant tourner son fuseau. Alors, je n'étais qu'un enfant, un petit enfant à la mamelle, être inutile se traînant sur le pavé aux pieds de sa nourrice, le menton barbouillé de lait.

Et les paroles n'ont pas manqué non plus sur le *Sampo* (8), ni sur Louki (9) les runot puissantes. Le Sampo

_____

(1) *Pohja* ou *Pohjola*. — Région du Nord opposée à Kalevala.

(2) Pour chanter leurs *runot* les bardes finnois se mettent à cheval sur un banc, deux à deux et face à face, en se tenant accrochés avec les mains et en se balançant doucement, dans la direction horizontale. L'un des deux commence en chantant une strophe que l'autre répète, puis dit la sienne, que le premier répète à son tour, et ainsi de suite, tant que dure le chant, c'est-à-dire, souvent des journées et des nuits entières.

(3) Il faut entendre ici, comme du reste presque toujours dans les grandes *runot* finnoises, des paroles magiques et douées d'une vertu surnaturelle.

(4-7) Héros du poëme.

(8) Instrument symbolique auquel se rattache tout un cycle du *Kalevala*.

(9) Héroïne du poëme.

a vieilli au milieu des paroles, Louhi s'est éteinte en chantant des runot, Wipunen (1) est mort en vociférant des vers, Lemmikäinem (2) en folâtrant dans les jeux.

Il est encore d'autres paroles, des paroles que j'ai puisées aux sources de la science, trouvées le long des chemins, arrachées du sein des bruyères, détachées des rameaux, cueillies à la cime des branches, ramassées au bord des sentiers, lorsque, dans mon enfance, j'allais garder les troupeaux, au milieu des gazons ruisselant de miel, des collines dorées, à la suite de la noire Muurikki (3) et de Kimmo (4) à la peau bigarrée.

Le froid m'a aussi chanté des vers, la pluie m'a apporté des runot, les vents du ciel, les vagues de la mer m'ont fait entendre leur poëme, les oiseaux m'ont instruit par leurs accords, les arbres chevelus m'ont convié à leurs concerts.

Et tous ces chants, je les ai roulés en peloton, je les ai emportés dans mon beau petit traîneau de fête (5), et je les ai disposés au fond d'une arche de cuivre, sur la tablette la plus élevée de mon *aitta* (6).

Longtemps, ils sont restés cachés, engourdis par le froid. Maintenant, je veux les tirer de leur engourdissement, je veux les éveiller de leur sommeil de glace. Je prendrai mon arche, ma petite arche, je la poserai à l'extrémité de ce banc de pierre (7), sous cette poutre (8)

(1) Héros du poëme.
(2) Le même que Kaukómieli.
(3-4) Noms de vaches.
(5) Outre leurs traîneaux ordinaires, les Finnois en ont encore au moins un plus élégamment orné dont ils ne se servent que les jours solennels, et que, dans le langage moderne, on appelle *Kikkoreki*, ou traîneau d'église.
(6) Sorte de magasin que l'on trouve dans l'enclos (*talo*) de toute habitation finnoise. Il forme un bâtiment à part et sert à la fois d'office, de garde-robe et d'entrepôt pour les choses du ménage.
(7) Allusion à la position expliquée dans la note 2, page 2.
(8) La poutre étant la pièce essentielle des maisons finnoises, qui, généralement, sont construites en bois, est souvent prise dans les *runot* pour la maison elle-même. C'est aussi d'après l'antiquité de la poutre que l'on estime l'importance et la renommée d'une maison.

bien connue, sous ce beau toit, et j'ouvrirai le trésor de ses paroles, je dénouerai le sac plein de runot, je déroulerai mon peloton.

Oui, je chanterai un chant magnifique, un chant splendide, quand j'aurai mangé le pain de seigle, quand j'aurai bu la bière d'orge. Et si la bière vient à manquer, si l'on n'offre point de *taari* (1), alors ma bouche sèche invoquera la goutte d'eau ; et je chanterai pour réjouir le soir, pour célébrer l'éclat du jour ; je chanterai jusqu'à l'aurore, pour charmer le lever du soleil.

. . . .

J'ai entendu qu'il a été dit, je sais qu'il a été chanté : seules, une à une, les nuits tombent sur la terre ; seuls, un à un, les jours brillent ; seul a surgi Wäinämöinen ; seul s'est révélé le Runoia (2) éternel. Une femme l'a porté dans son sein, la fille d'Ilma (3) lui a donné le jour.

Il était une vierge, une belle vierge, Luonnotar (4), fille d'Ilma. Elle vivait depuis longtemps chaste et pure, au milieu des vastes régions de l'air, des espaces immenses de la voûte éthérée.

Mais, voilà qu'elle ressentit l'ennui dans ses jours, qu'elle se fatigua de sa virginité stérile, de son existence solitaire, au milieu des vastes régions de l'air, de ses plaines désertes et mornes.

Et elle descendit de ses hautes sphères, et elle s'élança en pleine mer, sur la blanche croupe des vagues.

Alors, un vent impétueux, un vent d'orage souffla de l'Orient, la mer se gonfla et s'agita dans ses flots.

La vierge fut ballottée par la tempête ; elle flotta de

---

(1) Bière légère ou boisson commune.
(2) Compositeur et chanteur de *runot*, Barde.
(3) Personnification de l'air.
(4) Fille de la nature (*Luonto*). — Force créatrice.

vague en vague sur les cimes couronnées d'écume. Et le
souffle du vent vint caresser son sein, et la mer la rendit
féconde.

Durant sept siècles, durant neuf vies d'homme, elle
porta son lourd fardeau. Et celui qui doit naître n'est
pas encore né, celui que nul n'a engendré n'a point encore vu le jour.

La mère de l'onde (1), la vierge nage; elle nage à
travers l'Orient, elle nage à travers l'Occident, elle nage
à travers le Nord-Ouest et le Midi, elle nage à travers
tous les rivages de l'air. D'effroyables douleurs lui brûlent
les entrailles; mais celui qui doit naître n'est pas encore
né, celui que nul n'a engendré n'a point encore vu le
jour.

La vierge pleure doucement et dit : « Ah! malheureuse, que tristes sont mes jours! Pauvre enfant, qu'errante est ma vie! Partout et toujours, sous la voûte immense du ciel, poussée par le vent, emportée par les
vagues au sein de cette vaste mer, de ces flots sans
limites!

« Mieux eût valu pour moi de vivre simple fille d'Ilma,
que de flotter ainsi comme la mère de l'onde. Il fait si
froid ici! Il est si dur de se voir entraînée, telle qu'un
glaçon, dans ces humides demeures!

« O Ukko (2), Dieu suprême! toi qui supportes le
monde, viens ici, car on a besoin de ton secours! Hâte-toi,
car on t'appelle! Délivre la jeune fille de ses angoisses, la
femme des douleurs de ses entrailles! Viens, oh! viens
vite, le besoin de ton aide presse de plus en plus! »

Un instant, un court instant s'écoula; et soudain un
aigle (3) aux larges ailes prit son essor. Il sillonne l'air à

---

(1) La fille d'Ilma change ici de nom et devient la mère de l'onde.
Elle a, en effet, abandonné le séjour de l'air pour celui des eaux. Du
reste, ces changements ou plutôt cette accumulation de noms sur la
même personne sont un des caprices familiers de la poésie finnoise.
(2) Dieu du ciel et de l'air.
(3) Je conserve ici l'*aigle* de la première édition du *Kalevala* bien

grand bruit, cherchant une place pour son nid, un lieu pour sa demeure.

Il vole à l'Orient, il vole à l'Occident, il vole au Nord-Ouest et au Midi ; mais il n'y trouve pas un endroit, un seul endroit, où il puisse bâtir son nid, fixer sa demeure.

Il vole de nouveau, puis il s'arrête ; et il pense, et il médite : « M'établirai-je dans les régions du vent ou au milieu de la mer ? Le vent renversera mon habitation, la mer l'engloutira dans ses flots. »

Or, voici que la mère de l'onde, la vierge de l'air, éleva son genou au-dessus des vagues, offrant ainsi à l'aigle une place pour sa demeure, pour son nid bien-aimé.

L'aigle, le bel oiseau, suspend son vol ; il aperçoit le genou de la fille d'Ilma sur la surface bleue, et le prend pour un tertre de verdure, pour une motte de frais gazon.

Il se balance lentement dans les airs. Enfin, il s'abat sur la pointe du genou et y bâtit son nid ; et dans ce nid il dépose six œufs, six œufs d'or, et un septième de fer.

L'aigle se met à couver ses œufs. Il couve un jour, il couve deux jours, il couve presque trois jours. Alors, la mère de l'onde, la fille d'Ilma sentit une chaleur ardente dans sa peau ; il lui sembla que son genou était en feu, que tous ses nerfs se liquéfiaient.

Et elle replia vivement son genou, elle secoua tous ses membres ; et les œufs roulèrent dans l'abîme, en se brisant à travers les flots.

Cependant, ils ne se perdirent point dans la vase, ils ne se mêlèrent point avec l'eau. Leurs débris se changèrent en belles et excellentes choses.

---

que, dans le dernier arrangement du poëme, l'Homère finnois ait préféré parmi les variantes, celle où l'aigle est remplacé par un Canard, *Sotka-Anas clangula.*

« *De la partie inférieure des œufs se forma la
terre, mère de tous les êtres; de leur partie supérieure, le ciel sublime; de leurs parties jaunes, le
soleil radieux; de leurs parties blanches, la lune
éclatante; leurs débris tachetés devinrent les étoiles;
leurs débris noirs les nuages de l'air.* »

Et les temps marchèrent en avant, et les années se
succédèrent, car le soleil et la lune avaient commencé à
briller.

Mais la mère de l'onde, la fille d'Ilma continua encore
à errer sur la vaste mer, sur les flots vêtus de brouillards. Au-dessous d'elle, la plaine humide, au-dessus
d'elle le ciel clair.

Et la neuvième année, le dixième été, elle leva la
tête hors de l'eau et se mit à répandre autour d'elle ses
créations.

Partout où elle étend la main, elle fait surgir des
promontoires; partout où touchent ses pieds, elle creuse
des trous aux poissons; partout où elle plonge, elle rend
les gouffres plus profonds. Quand elle effleure du flanc la
terre, elle y aplanit les rivages; quand elle la heurte du
pied, elle y fait naître des filets fatals aux saumons;
quand elle la frappe du front, elle y perce des golfes.

Puis elle prend son élan et s'avance jusqu'en pleine
mer. Là, elle crée des rochers, elle enfante des écueils,
pour le naufrage des navires, pour la mort des ma-
rins (1).

Déjà les iles émergent des flots, les piliers de l'air se
dressent sur leur base, la terre, née d'une parole, déploie
sa masse solide, les veines aux mille couleurs sillonnent
les pierres et émaillent les rochers. Et Wäinämöinen
n'est point encore né, le runoia éternel n'est point encore apparu.

---

(1) Cette étrange cosmogonie est l'objet d'explications étendues,
dans l'étude relative à la mythologie finnoise qui fait partie du second
volume.

Le vieux, l'imperturbable Wäinämöinen se promena dans le sein de sa mère pendant trente étés, pendant trente hivers, sur l'abîme immense, sur les flots nébuleux.

Il méditait profondément, il se demandait, dans sa pensée, comment il lui serait possible d'exister, de passer sa vie dans cette sombre retraite, dans cette étroite demeure, où jamais ni la lune ni le soleil ne laissaient pénétrer leur lumière.

Et il dit : « Romps mes liens, ô lune! Soleil, délivre-moi! Et toi, radieuse Otawa (1), enseigne au héros à franchir ces portes inconnues, ces voies infréquentées, à sortir de cet obscur réduit, de cet étouffant repaire! Conduisez le voyageur sur la terre, le fils de l'homme sous la voûte de l'air, afin qu'il contemple le soleil et la lune, qu'il admire la splendeur d'Otawa, qu'il jouisse de l'éclat des étoiles! »

Mais la lune ne rompit point ses liens, le soleil ne le délivra point. Alors, Wäinämöinen s'ennuya dans ses jours, il se fatigua dans sa vie. Et il frappa vivement avec le doigt sans nom (2) à la porte de la forteresse ; il força la cloison d'os avec l'orteil gauche, et il se traîna, sur les ongles hors du seuil, sur les genoux hors du vestibule.

Et, maintenant, le voilà enfoncé jusqu'à la bouche, jusqu'aux extrémités des doigts dans l'abîme. Le héros puissant demeure soumis au pouvoir de l'onde.

---

(1) La Grande Ourse. Les anciens Finnois avaient une connaissance très-bornée de l'astronomie. On ne trouve guère dans leur langue d'autres expressions servant à désigner les astres que les suivantes : *Otawa*, la Grande-Ourse, *Vähä-Otawa*, la Petite-Ourse, *Seulainen Riian-Seulat*, les Pléïades ; *Wäinämöinen Miekka*, le glaive de Wäinämöinen, ou *Wäinämöinen Viitake*, la faux de Wäinämöinen, Orion. Orion porte aussi le nom de *Kuutamoinen*, satellite de la lune.

(2) L'annulaire ; en finnois : *sormi nimeton* (doigt sans nom). Quant aux autres doigts, ils sont ainsi nommés : *Peñkalo-sormi*, le pouce ; *ensimmäinen*, l'index ; *pisin-sormi*, le doigt du milieu ; *pieni, vähä* ou *sakara-sormi*, l'auriculaire, le petit doigt.

Pendant cinq ans, pendant six ans, pendant sept et huit ans, il sè vit ballotté de vague en vague. Enfin, il s'arrêta sur un cap inconnu, sur une terre dépouillée d'arbres.

Là, s'aidant des coudes et des genoux, il se dressa de toute sa taille, et se mit à contempler le soleil et la lune, à admirer la splendeur d'Otawa, à se réjouir de l'éclat des étoiles.

Ainsi naquit Wäinämöinen, ainsi se révéla l'illustre runoia. Une femme l'a porté dans son sein, la fille d'Ilma lui a donné le jour.

DEUXIÈME RUNO.

Wäinämöinen dirigea ses pas à travers l'île située au milieu de la mer, à travers la terre dépouillée d'arbres.

Il vécut de longues années sur cette île sans nom, sur cette terre stérile.

Et il pensa dans son esprit, il médita dans son cerveau : « Qui viendra, maintenant, ensemencer le champ ? Qui le remplira de germes féconds ?

Pellervoinen (1), le fils des champs, Sampsa (2), le jeune garçon, voilà celui qui ensemencera le champ, celui qui le remplira de germes féconds.

Et, soudain, il se mit à l'œuvre. Il versa la graine sur

---

(1) Fils du champ (*pellon-poika*). Dieu protecteur des champs qui exerçait, en même temps un pouvoir souverain sur les arbres et les plantes.

(2) Surnom de Pellervoinen.

les plaines et sur les marais, sur les talus à la terre molle
et sur les espaces rocailleux.

Il sema les pins sur les collines, les sapins sur les hauteurs, les bruyères sur les grèves; il planta les vallées
de jeunes arbrisseaux.

Puis il remplit les lieux humides, de bouleaux; les
lieux sablonneux, d'aulnes; les endroits frais, de putiers;
les terres arrosées, de saules; les terres sacrées, de
sorbiers (1); les terres mouvantes, d'osiers; les champs
arides, de genevriers; le bord des rivières, de chênes.

Et les germes poussèrent : on vit les branches se déployer avec leurs cimes fleuries., les pins avec leur couronne touffue, les bouleaux et les aulnes avec leur verdure; on vit les putiers et les genevriers s'élever et se
couvrir de beaux et savoureux fruits.

Le vieux, l'imperturbable Wäinämöinen alla voir ce que
Sampsa avait fait. Il reconnut que les jeunes rejetons
avaient poussé, que les arbres avaient grandi. Seul, le
chêne n'avait point fécondé sa semence; seul, l'arbre de
Jumala (2) n'avait point pris racine.

Wäinämöinen abandonna l'arbre rebelle à son destin;
puis il attendit trois nuits et trois jours, et quand à peu
près une semaine se fut écoulée, il revint le visiter. Mais,
le chêne n'avait point encore germé, l'arbre divin n'avait
point poussé de racines.

Alors, quatre vierges, cinq jeunes fiancées, s'élancèrent du sein de l'onde (3). Elles se mirent à faucher
l'herbe haute, à tailler le gazon humide de rosée, et, à
mesure qu'elles avançaient, elles ramassaient l'herbe avec
un râteau, et l'amoncelaient en longue colline.

---

(1) Le sorbier était regardé par les anciens Finnois comme un
arbre sacré; sacrées aussi, par conséquent, étaient les terres dans
lesquelles il était planté.

(2) Le Dieu suprême. Les Finnois appellent le chêne *arbre de Jumala*, comme les Grecs et les Romains l'appelaient *arbre de Jupiter*.
Le mythe de *Jumala* se trouve expliqué avec tous les développements
qu'il comporte, dans le second volume de cet ouvrage.

(3) Divinités des eaux.

Tursas (1) surgit du fond de la mer. Il mit le feu à l'herbe coupée et la livra au pouvoir de la flamme. Tout brûla jusqu'à la cendre nue.

Et, maintenant, c'est au cœur de cette cendre, de cette suie aride, que croîtra le feuillage bien-aimé, que germera le gland du chêne. Déjà la belle plante, le vert rejeton apparaît; il brille comme une fraise, et de sa tige s'échappe une double branche.

Ses rameaux se dilatent, sa cime monte jusqu'au ciel, ses branches envahissent l'espace; il arrête, dans leur vol, les nuées légères, il interrompt la course des grands nuages, il obscurcit la lune et le soleil.

Alors, le vieux Wäinämöinen réfléchit profondément. « N'y a-t-il personne qui puisse arracher le chêne, abattre le bel arbre? L'ennui s'emparera des hommes, les poissons nageront difficilement, si la lune ne brille point, si le soleil cache son flambeau. »

Mais nul homme, nul héros ne se présenta pour arracher le chêne, pour abattre l'arbre aux cent branches.

Le vieux Wäinämöinen dit : « O femme, ô mère qui m'as porté dans ton sein, Luonnotar (2), toi qui m'as nourri, envoie ici une des puissances des eaux (les eaux en renferment un grand nombre) qui arrache le chêne, détruise l'arbre fatal, afin de dégager les voies du soleil, de frayer la route aux rayons de la lune. »

Un homme, un héros s'éleva du sein des flots. Il n'était ni des plus grands ni des plus petits (3); il était haut comme le pouce d'un homme, comme l'empan d'une femme.

Un casque de cuivre couvre sa tête et retombe jusque sur ses épaules; des bottes de cuivre couvrent ses

---

(1) Ou *Turso*, mauvais génie des eaux, d'une figure monstrueuse. Le service qu'il rend ici à Väinämöinen sort exceptionellement de ses attributions caractéristiques.

(2) *V.* page 4, note 4.

(3) Idiotisme finnois, d'un usage fréquent. C'est une manière de parler quand on ne veut pas préciser ce qu'on dit.

jambes ; des gantelets de cuivre couvrent ses mains, et sous ses gantelets de cuivre, des mitaines de cuivre. Une ceinture de cuivre entoure sa taille, une hache de cuivre pend à son côté ; le manche en est long d'un pouce, le fer large d'un ongle (1).

A la vue de cet homme, de ce héros, le vieux, l'imperturbable Wäinämöinen pense et médite profondément.

Il dit : « Qui es-tu donc, toi qui te présentes ici comme un homme ? Qui es-tu, pauvre misérable ? Tu ne vaux guère plus qu'un mort, tu n'es guère plus beau qu'un être privé d'existence (2). »

Le petit homme du fond de la mer, le héros des flots répondit : « Je n'en suis pas moins un homme comme les autres, un petit héros du peuple de la mer. Je viens ici pour arracher le chêne, pour mettre le bel arbre en pièces. »

Le vieux, l'imperturbable Wäinämöinen dit : « Tu n'as point été fait, tu n'as point été créé pour arracher le grand chêne, pour abattre l'arbre merveilleux. »

Et Wäinämöinen jeta les regards autour de lui. Mais, déjà l'homme, déjà le héros avait pris une autre forme. Il frappe puissamment la terre du pied, il porte son front dans les nues. Sa barbe flotte jusque sur ses genoux, ses cheveux jusque sur ses talons. On mesure une brasse entre ses deux yeux ; son pantalon est large d'une brasse au-dessus du pied, d'une brasse et demie autour du genou, de deux brasses autour de la cuisse.

Et le héros se met à repasser sa hache, à en aiguiser le tranchant avec six, avec sept pierres.

Puis il s'élance vivement avec ses pieds légers. Il fait un pas rapide sur la plaine sablonneuse ; il fait un second

---

(1) Les Finnois se servent souvent de l'ongle, comme de terme de comparaison, lorsqu'ils veulent désigner les objets très-petits ; et de l'ongle ne prennent-ils encore que l'extrémité, la partie qui se noircit.

(2) Formule par laquelle Wäinämöinen exprime l'insignifiance de celui auquel il parle. C'est à peine s'il lui reconnaît assez des propriétés de l'être pour qu'on puisse le distinguer du néant.

pas sur la terre couleur de foie (1); il fait un troisième pas, et il arrive jusqu'au pied du chêne flamboyant.

Alors, de sa hache, il le frappe une fois, il le frappe deux fois. Au troisième coup, le feu jaillit de l'acier, Panu (2) s'échappe du tronc; et le chêne chancelle, et l'arbre immense penche vers la terre.

Ainsi, trois coups ont suffi pour renverser le géant, pour abattre les cent couronnes. Les racines arrachées gisent tournées vers l'orient, la cime fléchit vers le nord-ouest, les faibles rameaux vers le midi, les branches puissantes vers le nord.

Celui qui prit une branche de l'arbre eut en partage un bonheur éternel; celui qui détacha un bouquet de sa couronne, un *taika* (3) éternel; celui qui en cueillit une seule feuille sentit s'allumer dans son cœur un amour éternel. Le héros coupa l'arbre en mille pièces, et il les dispersa sur la surface de la mer, sur les vastes flots. La mer les emporta au loin, les flots les ballottèrent comme de petits navires, comme de légers bateaux.

Et ils voguèrent ainsi jusqu'aux rivages de Pohjola.

Là était une jeune femme qui lavait les voiles de sa tête, les vêtements de son corps, sur une pierre fixée dans l'eau, à l'extrémité d'un long promontoire.

Elle aperçut les débris flottant sur les vagues, et elle les recueillit dans sa hotte d'écorce de bouleau, pour les emporter dans sa maison et en fabriquer des flèches ensorcelées.

Et, maintenant que le chêne a été renversé, que l'arbre merveilleux a été abattu, le soleil et la lune ont retrouvé une place pour darder leurs rayons; les nuages pour poursuivre leur course; l'arc-en-ciel pour déployer son splendide croissant, à l'extrémité du cap nébuleux, de l'île riche d'ombrage.

---

(1) Comparaison familière à la poésie finnoise.
(2) Personnification du feu.
(3) Talisman, amulette, instrument magique. Quelle puissante et magnifique vertu la mythologie finnoise attribue au chêne!

Et les bruyères commencèrent à verdir, les bois à croître joyeusement, les feuilles à vêtir les arbres, le gazon à parer la terre, les oiseaux à gazouiller sous les ombrages, les grives à folâtrer, le coucou à chanter à la cime des branches.

Déjà la baie mûrit sur sa tige, les fleurs d'or (1) s'épanouissent au milieu des champs, la verdure s'étale sous mille formes. Mais l'orge n'a point encore germé, la plante bien-aimée n'a point encore grandi.

Alors, le vieux Wäinämöinen parcourt, à pas lents et la tête pensive, les bords du golfe bleu, de la mer profonde. Là, il trouve six espèces, sept espèces différentes de graine qu'il renferme dans son sac de peau de martre, de peau d'écureuil d'été.

Et il va pour semer la graine près de la source de Kaleva, au milieu des champs d'Osmo (2).

La grande mésange chante du haut d'un arbre : « L'épi d'Osmo ne croîtra point, l'avoine de Kaleva ne germera point, si les arbres qui couvrent le champ ne sont point abattus et brûlés par le feu (3). »

Le vieux, l'imperturbable Wäinämöinen se fait aussitôt fabriquer une hache au tranchant aigu. Puis il abat une quantité, une immense quantité d'arbres. Tous les beaux arbres s'écroulent sous ses coups. Un bouleau, un seul bouleau reste debout, pour servir de lieu de repos aux oiseaux du ciel, pour que le coucou y fasse entendre ses chants.

Et voici qu'un aigle prend son essor à travers le ciel.

(1) Dans la langue finnoise, les expressions *or* et, dans un degré moindre, *argent*, sont synonymes de beauté, d'amabilité, de richesse, de splendeur ; de même que les mots *feu*, *flamme* signifient grandeur, activité, puissance... Une chose d'or ou d'argent est aussi une chose chérie à laquelle on tient par le cœur.

(2) *Kaleva* et *Osmo* remplacent ici le nom de Wäinämöinen, mais dans un sens purement épithétique.

(3) Système de défrichement en usage chez les Finnois. Ils mettent le feu aux forêts, puis sèment dans la cendre ; ce qui féconde le grain d'une façon merveilleuse.

Il veut savoir pourquoi le bouleau a été conservé, pourquoi le bel arbre n'a pas été abattu.

Le vieux Wäinämöinen lui dit : « On a laissé l'arbre debout, pour servir de lieu de repos aux oiseaux du ciel, de refuge aérien à l'aigle. »

L'aigle, l'oiseau de l'air dit : « Tu as certainement bien agi en laissant le bouleau croître, le bel arbre debout, pour servir de lieu de repos aux oiseaux du ciel, pour me servir de refuge à moi-même. »

Et l'aigle mit le feu aux arbres abattus. La flamme bondit avec violence ; le vent du nord, le vent du nordest attisèrent l'incendie ; tout fut dévoré et réduit en cendres.

Alors, le vieux Wäinämöinen tira les six, les sept espèces différentes de graine, de son sac de peau de martre, de peau d'écureuil d'été, de peau de blanche hermine (1).

Puis il se rendit dans le champ pour les semer, et il dit : « Je verserai la semence sur la terre à travers les doigts du Créateur, la forte main du Tout-Puissant ; je la verserai sur cette terre féconde, sur ce champ bien préparé.

« O vieille qui habites dans les entrailles de la terre, ô mère de Mannu (2), souveraine des champs, fais que l'herbe pousse, que les germes se fécondent. La force ne manquera point à la terre tant que dureront les temps, si les *donneuses* lui prodiguent leurs faveurs, si les filles de la nature (3) lui prêtent leur concours.

« O terre, sors de ton repos ! gazon du Créateur, secoue ton sommeil ! fais que les tiges s'élancent, que cent épis, que mille épis surgissent du champ que j'ai ensemencé, du champ qui m'a coûté tant de fatigue.

« O Ukko, dieu suprême entre tous les dieux, père antique qui habites au haut du ciel et qui règnes sur les

---

(1) Les Finnois fabriquent des sacs et des bourses avec les peaux de ces divers animaux qui abondent dans leurs forêts.
(2) Personnification de la terre ferme.
(3) Les éléments, les forces créatrices.

nuages, rassemble les nuages, trace-leur une route à travers les rayons du soleil ; fais lever un nuage l'orient, un autre nuage à l'occident, un troisième au midi ; verse l'eau des hauteurs du ciel, le miel des sources éthérées, sur les germes qui poussent, sur les semences qui croissent et se développent (1). »

Ukko, le dieu suprême entre tous les dieux, Ukko, le père antique qui règne dans le ciel, rassembla les nuages et leur traça une route à travers les rayons du soleil. Il fit lever un nuage à l'orient, un autre nuage à l'occident, un troisième au midi, et il les joignit ensemble, et il y perça une large ouverture. Soudain, l'eau tomba des hauteurs du ciel, le miel, des sources éthérées, sur les germes qui poussaient, sur les semences qui se développaient. Et les plantes s'élevèrent nombreuses et serrées, parmi les sillons ; et les épis couvrirent le champ que Wäinä- möinen avait préparé.

Un jour, deux jours, trois nuits, une semaine au moins s'écoulèrent. Le vieux, l'imperturbable Wäinämöinen alla visiter le champ qu'il avait ensemencé, le champ qui lui avait coûté tant de fatigue. Il y trouva tout à son gré : l'orge avait grandi, l'épi avait trois lignes, la tige trois articulations.

Alors, le vieux Wäinämöinen jeta les regards autour de lui.

Le coucou (2) d'été s'approcha, et, voyant le bouleau déployer sa riche couronne, il dit :

« Pourquoi a-t-on épargné le bouleau, pourquoi n'a- t-on point arraché le bel arbre ? »

Le vieux Wäinämöinen dit : « On a épargné le bou-

---

(1) Les vieux Finnois prononcent encore aujourd'hui cette invocation en ensemençant leurs champs.

(2) Le coucou est un oiseau vénéré chez presque toutes les nations du Nord. On conçoit que ses mœurs solitaires, son chant mélancolique et tendre aient dû charmer les Finnois tout particulièrement. Le coucou revient souvent dans les runot, et toujours accompagné des qualifications les plus gracieuses. C'est l'oracle du bonheur ; il ne prédit que des choses heureuses.

l'eau, on n'a point arraché le bel arbre, afin que tu aies
une branche pour te reposer et faire entendre tes chants.
Chante donc, maintenant, ô beau coucou, chante à pleine
voix, poitrine retentissante, poitrine d'or; fais résonner
les airs, poitrine d'airain. Oui, chante le soir, chante le
matin, chante au milieu du jour; célèbre mes belles
plaines, dis la douceur de mes bois, les trésors de mes
rivages, la fécondité de mes champs! »

TROISIÈME RUNO.

Le vieux, l'imperturbable Wäinämöinen passait les
jours de sa vie dans les bois de Wäinölä (1), dans les
landes de Kalevala. Il y chantait ses chants, il y mani-
festait sa science.

Jour et nuit, sans interruption, sa voix retentissait. Il
redisait ses antiques souvenirs, il célébrait l'origine des
choses, les mystères que tous les enfants ne sauraient
chanter, que tous les hommes ne sauraient comprendre,
dans cette triste vie, dans les heures suprêmes de ces
jours périssables.

La renommée de la sagesse du runoia, de la grande
science (2) de Wäinämöinen se répandit au loin. Elle vola

(1) Demeure de Wainö ou Wäinämöinen.
(2) Il s'agit ici surtout de science et de puissance magique.

jusqu'aux régions du Midi, jusque vers les hauteurs de Pohjola.

Or, voici que le jeune Joukahainen, le maigre garçon de Laponie, se promenait un jour dans le village. Il y entendit raconter ces nouvelles merveilleuses; il y apprit que l'on chantait beaucoup mieux dans les bois de Wäinölä, dans les landes de Kalevala, qu'il ne savait chanter lui-même, qu'il ne l'avait appris de son père.

Il en fut transporté de colère. En même temps, une jalousie farouche s'alluma dans son sein contre Wäinämöinen; car il vit qu'il allait être surpassé par lui. Il se rendit auprès de sa mère, de sa nourrice, et lui annonça son dessein d'aller à Wäinölä, pour y provoquer le runoia.

La mère de Joukahainen désapprouva son dessein, son père s'efforça de l'en dissuader. Ils lui dirent : « Là on te bernera, on t'ensorcellera : la bouche dans la neige, la tête dans la glace fondue, les poings dans une atmosphère rude (1); on te raidira les mains de manière à ce que tu ne puisses te retourner, les pieds de manière à ce que tu ne puisses bouger. »

Le jeune Joukahainen répondit : « Sans doute, la science de mon père est bonne, celle de ma mère meilleure encore. Mais la mienne leur est supérieure. Si je veux engager la lutte, si je veux rivaliser avec les hommes, j'ensorcellerai tous ceux qui chercheraient à m'ensorceler, je bernerai tous ceux qui tenteraient de me berner. Du plus fort enchanteur je ferai le plus faible des enchanteurs. Je lui mettrai aux pieds des chaussures de pierre, autour des reins et des jambes, des vêtements de bois, sur la poitrine, un monceau de pierres, sur les épaules, un bloc de pierre, aux mains, des gants de pierre, sur la tête, un casque de dur rocher. »

_____

(1) C'est-à-dire : on t'enfoncera dans la neige jusqu'à la bouche, on te plongera la tête dans la glace fondue, etc.

Ainsi, le jeune Joukahainen partit, sans écouter les conseils. Il prit son cheval aux naseaux flamboyants, aux jarrets de feu, et il l'attela à son traîneau d'or (1), à son traîneau de fête. Puis il s'y plaça, fit claquer son fouet orné de perles et s'élança dans l'espace.

Il marcha avec un fracas de tempête; il marcha un jour, il marcha deux jours. Le troisième jour, il arriva dans les bois de Wäinölä, dans les landes de Kalevala.

Le vieux, l'imperturbable Wäinämöinen cheminait lentement sur la route.

Bientôt, le jeune Joukahainen se trouva de front avec lui. Les traîneaux se heurtèrent, les harnais s'embrouillèrent, les colliers s'enchevêtrèrent, les coursiers fumants s'arrêtèrent.

Alors, le vieux Wäinämöinen dit : « De quelle race es-tu donc, toi qui viens si follement sur ma route, toi qui viens mettre en pièces mon traîneau, mon beau traîneau de fête? »

Le jeune Joukahainen répondit : « Je suis le jeune Joukahainen. Mais toi, d'où sors-tu? Quelle est ta famille? Quels sont tes ancêtres, misérable? »

Le vieux Wäinämöinen dit : « Si tu es le jeune Joukahainen, retire-toi un peu de mon chemin, car tu es moins ancien que moi (2). »

Le jeune Joukahainen dit : « Il ne s'agit ici ni de jeunesse ni de vieillesse. Que celui qui est le plus grand en sagesse, le plus puissant en souvenirs marche en avant, et que l'autre lui cède le pas! S'il est vrai que tu sois le vieux Wäinämöinen, le runoia éternel, commençons à chanter. Que l'homme fasse la leçon à l'homme, que l'un de nous triomphe de l'autre! »

Le vieux, l'imperturbable Wäinämöinen dit : « Que pourrais-je bien valoir comme sage, comme runoia, moi

---

(1) V. page 3, note 5, et page 15, note 1.
(2) Le respect de la vieillesse était autrefois chez les Finnois, comme il l'est encore aujourd'hui, un dogme national.

qui ai vécu toute ma vie dans ces bois solitaires, au milieu de mes champs, attentif seulement à la voix de mon coucou? Cependant, ne m'en fais pas moins entendre ce que tu sais, ce que tu comprends mieux que les autres. »

Le jeune Joukahainen dit : « Je sais une chose et une autre chose; je les possède dans toute leur clarté. Je sais que le passage de la fumée est près du toit (1), que la flamme n'est pas loin du foyer, que la vie est facile au chien de mer, au phoque qui se vautre dans l'eau; il s'engraisse des saumons et des lavarets qui errent autour de lui.

« Les plaines qu'habite le lavaret n'ont point d'aspérités, le toit est plat et uni dans la demeure du saumon; le brochet se joue dans l'eau glacée; la truite dans les flots orageux; la perche timide plonge, pendant l'automne, au fond des gouffres; pendant l'été, elle danse dans les fleuves desséchés, elle se trémousse près des rivages.

« Si cela ne te suffit point, je sais encore d'autres choses, je connais d'autres sujets. Pohjola est labourée avec des rennes; Etelä (2) avec des chevaux; Takalappi (3) avec des *tarwas* (4); une vaste forêt couronne la montagne de Pisa, des sapins touffus s'élèvent sur les rochers de Horna (5).

« Il est sous la voûte de l'air trois redoutables cataractes, trois superbes lacs, trois hautes montagnes. En

---

(1) Dans les anciennes maisons finnoises, il n'y a point de cheminée proprement dite. La fumée s'échappe à travers les fentes du toit, mais insensiblement et de manière à former, dans l'intérieur de la chambre, à la hauteur de six ou sept pieds, une légère voûte de vapeur.

(2) Le Midi.

(3) Région extrême de la Laponie.

(4) Élan selon les uns, bœuf, selon les autres. Ce mot a donné lieu, entre les savants finnois, à beaucoup de discussions demeurées jusqu'ici sans résultat précis.

(5) On ignore où étaient situées ces deux montagnes. *Horna* est pris aussi pour le nom d'un mauvais génie.

Häme (1), Hälläpyörä (2), en Karjala (3), Kaatarkoski (4),
n'ont vaincu le Wuoksen (5), n'ont triomphé d'Imatra (6). »

Le vieux Wäinämöinen dit : « La science de l'enfant,
la mémoire de l'enfant ne sont point celles du vieux héros
barbu, ni de l'homme qui a pris femme. Dis les *Syn-
tyjä* (7), les choses sérieuses et éternelles. »

Le jeune Joukahainen dit : « Je connais l'origine du
pinson ; je sais que le pinson est un oiseau, que la couleuvre verte est un serpent, que la perche est un poisson
de l'eau, que le fer est flexible, que la terre noire est
amère, que l'eau bouillante engendre la douleur, que le
feu brûle avec rage.

« L'eau est le plus ancien des baumes ; l'écume de
la cataracte, la plus ancienne des *Katsehista* (8) ; le
Créateur, le plus ancien des *Loitsiat* (9) ; Jumala, le
premier entre les *Parantajista* (10).

« L'eau a son origine dans les flancs des montagnes,
le feu est issu du ciel, le fer de la rouille, le cuivre des
entrailles des rochers.

« La motte humide est la plus ancienne manifestation
de la terre, l'osier le plus ancien des arbres ; la racine du
pin, la plus ancienne des habitations ; la pierre creuse de

---

(1) *Tavastland.* Province de Finlande.
(2) Tourbillons au milieu des rochers : de *pyörä*, tourbillon, et
Hälä, mot d'origine scandinave, rocher.
(3) *Karélie.* Province de Finlande.
(4) Fleuve rapide fréquenté par les plongeurs.
(5) Fleuve orageux de l'ancienne Finlande. *Wuoksen* signifie littéralement reflux.
(6) Belle cataracte du gouvernement actuel de Wiborg.
(7) Paroles mystérieuses, créatrices, de *Synty*, origine.
(8) Littéralement, *choses regardées* : de *Katsoa*, regarder, c'est-à-
dire choses auxquelles le regard du *tietäjä* (sorcier) communique une
vertu magique. Par exemple, *katsottuja suoloja* (sol regardé), désigne
le sol magique que le regard du sorcier a rendu puissant soit pour le
bien, soit pour le mal. L'écume *regardée* ou enchantée de la cataracte
était douée de propriétés merveilleuses.
(9) Mages, devins, schamans.
(10) Améliorateurs, médecins. La faculté d'améliorer, de guérir est
toujours unie dans les *runot* à la puissance suprême.

la montagne, la plus ancienne des grandes chaudières. »

Le vieux, l'imperturbable Wäinämöinen dit : « As-tu encore quelque chose dans la tête, ou ton bavardage est-il fini ? »

Le jeune Joukahainen dit : « Je me souviens encore de quelque chose; je me souviens de ce temps où j'étais à labourer la mer, à sonder les abîmes, à creuser des trous aux poissons, à plonger jusqu'au cœur de l'eau (1), à former les lacs, à amonceler les collines, à joindre ensemble les rochers.

« J'étais présent, moi sixième, moi septième, lorsque la terre fut créée, lorsque l'espace fut déroulé. Et j'ai aidé à fixer les colonnes de l'air sur leur base, à suspendre l'arc-en-ciel au milieu des nuages, à attacher la lune à la voûte éthérée, à lancer le soleil dans sa carrière, à placer Otawa (2) sur sa route, à semer les étoiles dans les cieux. »

Le vieux Wäinämöinen dit : « Tu entasses ici mensonge sur mensonge ! Non, on ne t'a point vu lorsque la mer était labourée comme une plaine, lorsque les abîmes étaient creusés, les trous préparés pour les poissons, l'eau pénétrée jusqu'au cœur, les lacs formés, les collines amoncelées, les rochers joints ensemble. On ne t'a point vu, non plus, on n'a point entendu parler de toi lorsque la terre a été créée, l'espace déroulé, les colonnes de l'air fixées sur leur base, l'arc-en-ciel suspendu au milieu des nuages, la lune attachée à la voûte éthérée, Otawa placée sur sa route, le soleil lancé dans sa carrière, les étoiles semées dans les cieux. »

Le jeune Joukahainen dit : « Si ma science n'est pas suffisante, mon glaive y suppléera. O vieux Wäinämöinen, ô runoia à la vaste bouche, viens, maintenant, mesurer le glaive, viens éprouver la lame d'acier ! »

(1) Partie élémentaire, essentielle de l'eau.
(2) V. page 8, note 1.

Le vieux Wäinämoinen dit : « En vérité, je ne crains guère ni ton glaive, ni ta colère, ni tes épieux, ni tes défis. Cependant il ne me convient pas de me mesurer avec toi, pauvre garçon, de me battre avec toi, misérable ! »

Le jeune Joukahainen tordit la bouche, branla la tête, secoua sa noire chevelure et dit : « Celui qui refusera de se mesurer avec moi, je le changerai en cochon, je lui donnerai un grouin allongé ; j'enverrai de tels héros, ceux-ci d'un côté, ceux-là d'un autre ; je les traînerai au milieu du fumier, je les entasserai au coin d'une étable. »

Alors, Wäinämöinen fut saisi d'indignation et éclata en fureur. Et, soudain, il se mit à chanter, à entonner des paroles magiques. Ses chants ne ressemblent point à des chants d'enfant, à un babil de femme ; ce sont les chants d'un héros barbu, des chants que tous les enfants ne sauraient chanter, ni même la moitié des jeunes gens, ni le tiers des hommes mûrs, dans cette triste vie, dans ce monde périssable.

Wäinämöinen chante, et les marais mugissent, et la terre tremble, et les montagnes de cuivre (1) chancellent, et les dalles épaisses volent en éclats, et les rochers se fendent, et les pierres se brisent sur les rivages.

Il accable le jeune Joukakainen de ses ensorcellements. Il évoque des branches feuillues sur le collier de son cheval, des rameaux d'osier sur ses harnais, des rameaux de saule sur ses rênes ; puis il change son traîneau au flanc d'or, son beau traîneau de fête, en un arbrisseau desséché dans un marais, son fouet orné de perles en roseau des bords de la mer, son cheval au front étoilé en pierre des cataractes, son glaive à la garde d'or en éclair, son arc orné de mille couleurs en arc-en-ciel, ses flèches ailées en rameaux de pin flottants, son chien au museau crochu en borne des champs, son bonnet en nuage aigu, ses gants en nénuphar d'un lac fermé, son

(1) Les montagnes qui recèlent des mines de cuivre.

bleu manteau de laine en brouillard, sa fine ceinture en traînée d'étoiles.

Puis il berne le jeune Joukahainen lui-même; et il le précipite dans un marais jusqu'au milieu du corps, dans un pré jusqu'aux reins, dans une terre plantée de bruyères jusqu'aux aisselles.

Et, maintenant, le jeune Joukahainen sut et connut que celui qu'il avait rencontré sur sa route, et avec lequel il avait voulu lutter, était véritablement le vieux Wäinämöinen.

Il tenta avec un de ses pieds de sortir de l'endroit où il était enfoncé; mais ce pied resta sans mouvement. Il essaya avec l'autre, mais cet autre se trouva chaussé d'un soulier de pierre.

Alors le désespoir s'empara du jeune Joukahainen. Il sentit que tout lui était funeste, et il dit : « O sage Wäinämöinen, ô *tietäjä* (1) éternel, rappelle à toi tes paroles sacrées, tes ensorcellements magiques; délivre-moi de ces angoisses, je te payerai une riche rançon. »

Le vieux Wäinämöinen dit : « Que me donneras-tu si je rappelle à moi mes paroles, si je te délivre de tes angoisses ? »

Le jeune Joukahainen dit : « J'ai deux arcs, deux beaux arcs, sûrs et puissants pour le tir. Prends celui des deux qui te plaira ! »

Le vieux Wäinämöinen dit : « Homme aux courtes pensées, je n'ai que faire de tes arcs, je ne m'en soucie en aucune façon, monstre détestable! J'ai des arcs, moi aussi; chaque mur de ma maison en est couvert; des arcs qui vont chasser au bois, sans le secours d'une main d'homme. »

Et il berna de nouveau le jeune Joukahainen, et il l'enfonça plus profondément dans le marais.

Le jeune Joukahainen dit : « J'ai deux bateaux, deux beaux bateaux. L'un est prompt à la course, l'autre est

(1) Enchanteur, sorcier.

grand et vaste. Prends celui des deux qui te plaira ! »

Le vieux Wäinämöinen dit : « Je n'ai que faire de tes bateaux, je ne veux en choisir aucun. J'ai des bateaux, moi aussi; j'en ai sur tous les golfes; des bateaux solides contre le vent, splendides dans la tempête. »

Et il berna de nouveau le jeune Joukahainen, et il l'enfonça plus profondément dans le marais.

Le jeune Joukahainen dit : « J'ai deux chevaux, deux beaux chevaux. L'un est un coursier rapide comme l'éclair, l'autre un timonier d'une force merveilleuse. Prends celui des deux qui te plaira ! »

Le vieux Wäinämöinen dit : « Je n'ai que faire de tes chevaux, je ne me soucie point de tes bêtes au sabot de fer. J'ai des chevaux, moi aussi; mes écuries en sont pleines. L'eau ruisselle sur leur dos, un lac de graisse dort sur leur croupe (1). »

Et il berna de nouveau le jeune Joukahainen, et il l'enfonça plus profondément dans le marais.

Le jeune Joukahainen dit : « O vieux Wäinämöinen, rappelle à toi tes paroles sacrées, tes ensorcellements magiques; je te donnerai un casque plein d'or, un chapeau plein d'argent : tout l'or, tout l'argent que mon père a gagné dans les combats, qu'il a rapporté de ses courses guerrières (2) ! »

Le vieux Wäinämöinen dit : « Je n'ai que faire de ton argent; je ne cours point, insensé, après ton or. Mes aitta (3) en sont pleines, mes coffres en regorgent. Mon or est antique comme la lune, mon argent a l'âge du soleil (4). »

(1) Locution finnoise pour exprimer la finesse de la robe et l'état florissant du cheval.

(2) Les Finnois, comme les anciens *Vikings* scandinaves entreprenaient, au loin, des expéditions aventureuses d'où ils rapportaient souvent un riche butin. On a même prétendu que le mot *Corsaire* est d'origine finnoise; il viendrait, soi-disant, d'une île de la mer de Courlande *Kuursaari*, ou *Kuurin-saari*, ancienne station de pirates finnois.

(3) V. page 3, note 6.

(4) Wäinämöinen veut faire ressortir ainsi la solidité de sa richesse; plus un trésor est ancien, plus il a de prix.

Et il berna de nouveau le jeune Joukahainen, et il l'enfonça plus profondément dans le marais.

Le jeune Joukahainen dit : « O vieux Wäinämöinen, délivre-moi de ces angoisses, arrache-moi à cette horrible prison ; je te donnerai tout le grain que je possède, toutes mes terres fécondes, comme rançon de ma tête ! »

Le vieux Wäinämöinen dit : « Insensé que tu es, je n'ai que faire de ton grain, je ne veux point de tes terres fécondes. J'ai des terres, moi aussi, j'en ai de tout côté ; et mes terres et mon grain valent mieux que les tiens. »

Et il berna de nouveau le jeune Joukahainen, et il l'enfonça plus profondément dans le marais.

Le jeune Joukahainen était au comble du malheur. Il se voyait plongé jusqu'au menton, jusqu'à la barbe, dans la vase humide, jusqu'à la bouche dans la mousse épaisse, jusqu'aux dents dans les racines des pins.

Il dit : « O sage Wäinämöinen, ô tietäjä (1) éternel, rappelle à toi tes ensorcellements magiques, épargne ma triste vie, tire-moi de cet effroyable abîme ! Déjà l'eau des sources profondes mouille mes pieds, le sable flotte autour de mes yeux.

« Si tu rappelles à toi tes paroles sacrées, tes ensorcellements magiques, je te donnerai ma sœur Aino, je te promets l'enfant de ma mère, pour mettre en ordre ta pirrti (2), pour balayer le plancher de ta chambre, nettoyer tes jattes de lait, pour laver tes vêtements, te tisser un manteau d'or, pour te pétrir des gâteaux de miel. »

Alors, Wäinämöinen sentit dans son cœur un contentement immense ; l'espoir d'avoir la sœur du jeune Jou-

---

(1) V. page 26, note 1.

(2) *Pirrti* signifie en général maison, mais plus spécialement chambre ; *talo*, qui veut dire aussi maison, a un sens plus étendu ; il s'applique à l'habitation proprement dite aussi bien qu'à toutes ses dépendances ; la *talo* est toujours ceinte d'une muraille ou d'une palissade.

kahainen pour soutien de ses vieux jours fléchit sa colère.

Il s'assit sur la pierre de la joie, sur la pierre du chant (1). Et il chanta un instant, puis un autre instant, puis un troisième, rappelant à lui ses paroles sacrées, ses ensorcellements magiques.

Ainsi, le jeune Joukahainen sortit de l'abîme où il était plongé; il sortit avec son menton de la vase humide; avec sa barbe du lieu horrible; et son cheval cessa d'être une pierre des cataractes, son traîneau un arbrisseau desséché dans un marais, son fouet un roseau des bords de la mer.

Et il monta dans son traîneau de fête, dans son cher traîneau; et il se dirigea, l'âme triste, le cœur accablé, vers la demeure de sa douce mère, de sa tendre nourrice.

Il marche avec un fracas retentissant, avec une vélocité effrayante. Mais, voici que son traîneau heurte contre le perron de la maison paternelle, il se brise contre la maison de bains.

Le père, la mère accourent au bruit, et ils lui disent : « Tu as brisé à dessein ton traîneau, tu as mis volontairement son timon en pièces. Pourquoi conduis-tu d'une manière si étrange et si folle ? »

Le jeune Joukahainen se mit à fondre en larmes. Il avait la tête basse, le cœur gros, le bonnet de côté, les lèvres épaisses et roides, le nez incliné sur la bouche.

Sa mère lui dit : « Pourquoi pleures-tu, ô mon enfant? Pourquoi te lamentes-tu, ô fruit de ma jeunesse? Pourquoi as-tu les lèvres épaisses, le nez incliné sur la bouche ? »

Le jeune Joukahainen dit : « O ma mère, ô toi qui m'as porté dans ton sein, je n'ai que trop de raisons de

---

(1) Les enchanteurs finnois, de même que les sorciers lapons, montaient d'ordinaire sur une pierre élevée, afin de donner plus de force à leurs incantations.

pleurer. Des choses prodigieuses et désespérantes se sont passées. Oui, je pleurerai, je me lamenterai toute ma vie; car j'ai donné ma sœur Aino à Wäinämöinen, j'ai promis l'enfant de ma mère au runoia, afin qu'elle devienne son épouse, qu'elle serve de soutien au chancelant, d'appui à l'habitué du coin des vieillards (1). »

La mère du jeune Joukahainen se frotta les mains et dit : « Ne pleure point, cher enfant, tu n'as aucune raison d'être triste. Mes vœux, les vœux de toute ma vie seront donc enfin comblés : je verrai le grand héros dans ma maison, le brave, parmi ceux de ma race ; j'aurai Wäinämöinen pour gendre, le célèbre runoia pour époux de ma fille. »

Mais, la sœur du jeune Joukahainen commença à pleurer, à son tour, à pleurer amèrement. Elle pleura un jour, elle pleura deux jours, couchée sur l'escalier de la maison; elle pleura son grand chagrin, elle pleura la poignante tristesse de son âme.

Sa mère lui dit : « Pourquoi pleures-tu, ma bonne Aino, toi qu'a choisie un aussi grand fiancé, toi qui dois habiter la maison de l'homme illustre, qui dois t'asseoir près de sa fenêtre, et babiller sur son banc (2)? »

La jeune fille dit : « O ma mère, ô ma nourrice, oui, j'ai raison de pleurer. Je pleure ma belle chevelure, ma jeune et luxuriante chevelure, mes fines boucles, car il va falloir les couvrir et les cacher (3), lorsque je suis encore si petite, lorsque je grandis encore.

---

(1) Les vieillards ont, dans les maisons finnoises, un coin qui leur est spécialement affecté.

(2) C'est-à-dire mener une vie facile et libre de soucis.

(3) Les femmes des Finnois ne se couvrent la tête et ne cachent leurs cheveux qu'après le mariage. Cet usage, qui presque partout est impérieusement obligatoire, donne lieu, dans certaines localités, à des cérémonies bizarres. La coiffure des femmes s'appelle *hintu*; elle est de formes très-variées, depuis le bonnet qui enveloppe toute la tête, le voile qui flotte sur les épaules, jusqu'aux bandeaux ou aux plaquettes qui entourent seulement les tempes, ou se posent légèrement au-dessus du front.

« Je pleure aussi, je pleurerai, tous les jours de ma vie, la douceur de ce soleil, les charmes de cette lune superbe, toute la majesté de ce ciel; car il faudra que je les quitte, moi si jeune encore ! Il faudra que je les laisse ici, moi, tendre enfant, sur le chantier de mon frère, devant la fenêtre de mon père. »

La mère dit à sa fille, la nourrice dit à son enfant : « Sèche tes larmes, folle que tu es! Calme ta douleur! Tu n'as aucun motif de prendre un visage triste, ni de te lamenter. Le soleil de Dieu ne brille pas seulement à la fenêtre de ton père ou à la porte de l'habitation de ton frère; il brille encore sur d'autres lieux. Ce n'est pas seulement aussi dans les champs de ton père, dans les bois défrichés de ton frère, que tu trouveras, pauvre enfant, des baies et des fraises à cueillir. Il en croît encore sur d'autres montagnes, il en croît encore dans d'autres plaines. »

QUATRIÈME RUNO.

SOMMAIRE.

Wäinämöinen surprend Aino dans un bois, et lui demande de l'épouser. — Aino refuse et revient en pleurant à la maison. — Sa mère cherche à la consoler, et l'engage à se revêtir de beaux vêtements. — La jeune fille suit ce conseil, puis se lamente de nouveau sur sa triste destinée. — Elle voudrait ne pas être née, elle aspire à mourir. — En exhalant ainsi ses plaintes elle arrive sur les bords de la mer. — Trois jeunes filles sont là à se baigner. — Elle veut les rejoindre, se dépouille de ses habits et se jette à la nage. — Les flots l'emportent, et elle roule dans l'abîme. — Le lièvre rapporte à la mère d'Aino, la fatale nouvelle. — Elle verse des larmes abondantes, et de ses larmes naissent trois fleuves et neuf cataractes, et au milieu de ces cataractes, s'élèvent des bouleaux dans la couronne desquels trois coucous d'or chantent des chants symboliques.

Aino, la jeune vierge, Aino, la sœur de Joukahainen, s'en alla dans le bois pour faire des paquets de verges de bouleau (1). Elle en fit un pour son père, un autre pour sa mère, un troisième pour son frère, à la florissante jeunesse.

Et tandis qu'elle revenait à la maison, traversant le bois d'un pas rapide, le vieux Wäinämöinen arriva.

Il vit la jeune fille, parée d'un collier de perles, marcher sur le frais gazon.

Et il lui dit : « C'est pour moi seul et non pour un

_____

(1) Les Finnois se flagellent avec des verges de bouleau, en prenant leur bain de vapeur, pour activer la transpiration.

autre que tu dois, ô jeune fille, porter un collier de
perles, orner ta poitrine d'une boucle de métal, et nouer
tes cheveux avec un ruban de soie (1). »

La jeune fille dit : « Ce n'est ni pour toi ni pour un
autre que j'orne ma poitrine d'une boucle de métal,
que je noue mes cheveux avec un ruban de soie. Les
beaux vêtements ne me font point envie, ni les tranches
de pain de froment. Je préfère me couvrir de vêtements
étroits, me nourrir de morceaux de pain dur, dans la
maison de mon père, auprès de ma douce mère. »

Et elle détacha la boucle de sa poitrine, elle ôta les
anneaux de ses doigts, le collier de perles de son cou, le
ruban rouge de ses cheveux ; et elle les jeta à terre,
afin que la terre en jouît à son gré ; elle les dispersa dans
le bois, pour que le bois l'utilisât à son profit (2) ; et elle
revint en pleurant à la maison.

La père d'Aino était assis près de la fenêtre, façonnant
un manche pour sa hache.

« Pourquoi pleures-tu, pauvre fille, pauvre fille, jeune
vierge ? »

« Je n'ai que trop de raisons de pleurer, de déplorer
mon sort. Je pleure, mon père, je pleure et me lamente,
parce que ma boucle d'argent s'est détachée de ma poitrine, parce que les franges de cuivre de ma ceinture se
sont perdues. »

Le frère d'Aino était occupé, près de la porte, à fabriquer un arc.

« Pourquoi pleures-tu, pauvre sœur, pauvre sœur,
jeune vierge ? »

« Je n'ai que trop de raisons de pleurer, de déplorer

---

(1) La boucle de métal, ordinairement en étain ou en argent, sert à
agrafer la chemise, dont le devant est à découvert et délicatement
brodé. En général, l'habillement national des jeunes Finnoises, mariées
ou non, est d'une simplicité qui n'exclut pas la richesse. Sa forme varie
avec les localités. Les femmes de Karélie sont celles de tout le pays
dont l'habillement rappelle le plus celui des héroïnes du *Kalevala*.

(2) Manière de parler exprimant l'abandon complet que fait la jeune
fille de ses objets de parure.

mon sort. Je pleure, mon cher frère, je pleure et me lamente, parce que mon anneau d'or est tombé de mon doigt, parce que mon collier de perles d'argent a disparu de mon cou. »

La sœur d'Aino tissait, dans l'intérieur de la maison, une ceinture d'or.

« Pourquoi pleures-tu, pauvre sœur, pauvre sœur, jeune vierge ? »

« Je n'ai que trop de raisons de pleurer, de déplorer mon sort. Je pleure, ma chère sœur, je pleure et me lamente parce que ma parure d'or est tombée de mes tempes, ma parure d'argent de mes cheveux, mon bandeau de soie bleue de mon front, mon ruban rouge de ma tête. »

La mère d'Aino travaillait, sur l'escalier de l'aitta (1), à écrémer le lait.

« Pourquoi pleures-tu, pauvre fille, pauvre fille, jeune vierge ? »

« Ah ! ma mère, ma nourrice, toi qui m'as donné le jour, je n'ai que trop de raisons de pleurer ; mon sort est cruel et amer ! Je pleure, ma chère mère, je pleure et me lamente, et comment pourrais-je faire autrement ? J'étais allée dans le bois, pour y faire des paquets de verges de bouleau. Déjà, j'en avais fait un pour mon père, un autre pour ma mère, un troisième pour mon frère, à la florissante jeunesse, et je revenais à la maison. Mais, voici que tout à coup, du fond des vallées, Osmoinen (2) me fit entendre sa voix, de l'extrémité des champs, Kalevainen (3) me cria ces paroles : « C'est pour moi « seul et non pour un autre que tu dois, ô jeune fille, « porter un collier de perles, orner ta poitrine d'une « boucle de métal, nouer tes cheveux avec un ruban de « soie. »

(1) V. page 3, note 6.
(2) Fils d'Osmo. V. page 15, note 2.
(3) Fils de Kaleva, un des surnoms donnés à Wäinämöinen, parce qu'il habite dans le pays de Kaleva (Kalevala).

« Et j'ai détaché la boucle de ma poitrine, j'ai ôté le collier de perles de mon cou, le bandeau bleu de mes cheveux, le ruban rouge de ma tête ; et je les ai jetés à terre, afin que la terre en jouît à son gré ; je les ai dispersés dans le bois, pour que le bois les utilisât à son profit, et j'ai dit : « Ce n'est ni pour toi ni pour « un autre que j'orne ma poitrine d'une boucle de mé- « tal, que je noue mes cheveux avec un ruban de soie. « Les beaux vêtements ne me font point envie, ni les « tranches de pain de froment. Je préfère me couvrir de « vêtements étroits, me nourrir de pain dur, dans la « maison de mon père, auprès de ma bonne mère ! »

La mère dit à son enfant : « Ne pleure point, ma fille, ne sois point triste, tendre fruit de ma jeunesse ! Mange du beurre salé pendant un an : tu deviendras plus grasse que toutes les autres jeunes filles (1) ; mange de la chair de porc pendant une seconde année : tu deviendras plus charmante que toutes les autres jeunes filles ; mange des gâteaux de crème pendant une troisième année, et tu deviendras plus belle que toutes les autres jeunes filles.

« Va dans l'aitta (2) bâtie sur la colline, dans l'aitta richement garnie ; et là, ouvre le meilleur coffre, lève son beau couvercle. Tu y trouveras six ceintures d'or, sept jupes bleues que Kuutar (3) a tissées, que Päivätär (4) a façonnées.

« Étant encore jeune fille, j'allai, un jour, cueillir des baies dans un bois, des fraises sur les montagnes. Alors, près d'un champ de bruyères, d'un bosquet au vert feuillage, j'entendis que Kuutar tissait, que Päivätär agitait sa navette.

« Je m'approchai d'elles, et je dis : « Donne, ô Kuutar, « de tes parures d'or, donne, ô Päivätär, de tes parures

(1) Les paysans finnois apprécient singulièrement l'embonpoint et les formes saillantes chez les femmes.
(2) V. page 3, note 6.
(3) Fille de la lune.
(4) Fille du soleil.

« d'argent, à la pauvre jeune fille, à l'enfant qui im-
« plore ! »

« Et Kuutar me donna de ses parures d'or, Päivätär,
de ses parures d'argent. J'en ornai mon front et mes
tempes, et je revins, belle comme une fleur radieuse,
belle comme la joie, dans la maison de mon père.

« Je les portai un jour, je les portai deux jours, mais,
le troisième jour, je les quittai et les déposai dans l'aitta
bâtie sur la colline, sous le couvercle du meilleur coffre.
Elles y sont restées jusqu'à ce jour, sans même que je
sois allée les revoir.

« Ceins donc, maintenant, ton front du bandeau de
soie, tes tempes du bandeau d'or ; suspends les perles
brillantes à ton cou, la boucle d'or à ta poitrine ; change
ta chemise de toile grossière contre une chemise du lin le
plus fin ; mets une robe de laine, une ceinture de soie,
de beaux bas de soie, de belles chaussures ; noue les
tresses de tes cheveux avec un cordon de soie ; orne tes
doigts d'anneaux d'or, tes bras de bracelets d'argent.

« Puis tu reviendras à la maison, comme le charme de
ta famille, comme l'amour de tous ceux de ton sang ; tu
brilleras, tu t'épanouiras, telle que la fleur sur le sentier, telle que la fraise des champs, plus belle que par
le passé, plus admirée que tu ne le fus jamais. »

Ainsi parla la mère à son enfant. Mais Aino demeura
insensible à ses prières. Elle s'en alla, pleurant, errer
dans l'enclos de la maison, et elle éleva la voix, et elle
dit :

« Comment est faite l'âme, comment sont faites les
pensées de celle qui est heureuse ? L'âme, les pensées de
celle qui est heureuse sont semblables à l'eau qui danse
joyeusement dans un vase. Comment est faite l'âme de
celle qui est malheureuse, comment sont faites les pensées des oiseaux des régions glacées (1) ? L'âme de celle

_____

(1) *Fuliginæ glaciales.*

qui est malheureuse, les pensées des oiseaux des régions glacées sont semblables aux flocons de neige abandonnés sous l'auvent, à l'eau qui dort dans le puits sombre.

« Souvent mon âme, à moi, triste enfant, mon âme, à moi, infortunée, erre sur les gazons desséchés ; elle se glisse à travers les branches des arbres, elle se pose sur la verdure qui fleurit, elle se roule dans les touffes de feuillage. Mon âme n'est pas plus belle que le goudron, mon cœur n'est pas plus blanc que le charbon brûlé de la forge (1).

« Mieux eût valu pour moi de ne jamais naître à la vie, de ne jamais grandir pour ces jours funestes, pour ce monde vide de joie. Mieux eût valu pour moi de mourir âgée seulement de six nuits, de m'éteindre au huitième jour de mon existence. Alors il m'eût fallu bien peu de chose : un simple lambeau de toile, un tout petit coin de terre ; et je n'eusse coûté que quelques larmes à ma mère, encore moins à mon père, pas même une seule larme à mon frère. »

Et tandis qu'elle parlait ainsi, la jeune fille pleurait. Elle pleura un jour, elle pleura deux jours. Alors sa mère lui dit :

« Pourquoi pleures-tu, malheureuse enfant? pourquoi te lamentes-tu, pauvre fille ? »

« Je pleure, je passe mes jours dans les larmes, parce que tu m'as promise, parce que tu m'as donnée, moi, ton enfant, pour servir de soutien au vieillard, de joie au décrépit, d'appui au chancelant, de gardienne à l'habitant du coin de la tupa (2). Ah ! il eût été beaucoup mieux de m'envoyer au fond de la mer, pour y devenir la sœur des poissons, la parente des habitants de l'onde. Oui, il eût été préférable pour moi d'être ensevelie au

---

(1) Manière d'exprimer combien grande est la tristesse de la jeune fille.
(2) Chambre de famille. Même signification que *pirrti*, expression du dialecte de Savolax. V. page 28, note 2.

fond de la mer, de demeurer sous les vagues, comme
sœur des poissons, comme parente des habitants de
l'onde, que d'être destinée à soigner le vieillard, à soutenir celui qui chancelle, celui qui tombe dans son
bas (1), et en se heurtant contre la plus petite branche
coupée. »

Cependant Aino monta dans l'aitta bâtie sur la colline; elle ouvrit le meilleur coffre, et en retira les six
ceintures d'or, les sept jupes bleues. Puis elle s'en
revêtit; et elle couronna ses tempes d'une parure
d'or, elle entrelaça ses cheveux de fils d'argent; elle
ceignit son front d'un bandeau de soie bleue, sa tête
d'un ruban rouge.

Et elle se mit à parcourir les champs et les marais, les
forêts défrichées et les vastes déserts, et, dans sa course
vagabonde, elle chantait :

« Je souffre dans mon cœur, je souffre dans ma tête.
Mais ce n'est point encore assez. Que ne puis-je souffrir
mille fois davantage! car alors la mort viendrait me délivrer de mes misères. Oui, il serait temps pour moi de
quitter ce monde et de descendre dans les profondeurs
de Mana (2), dans les abîmes de Tuonela (3). Mon père
ne pleurerait point, ma mère ne trouverait point que
c'est mal, les joues de ma sœur ne se mouilleraient d'aucune larme, les yeux de mon frère resteraient secs, lors
même que je roulerais au fond de la mer, que je tombe-
rais dans l'onde poissonneuse, sous les vagues profondes,
au milieu de la vase noire. »

Aino marcha un jour, marcha deux jours. Le troisième
jour, la mer déroula devant elle ses rivages couverts de
roseaux; et la nuit vint suspendre sa course, les ténèbres
la forcèrent de s'arrêter.

Elle pleura tout le soir, elle se lamenta toute la nuit,

(1) A chaque pas. Idiotisme finnois.
(2) Les entrailles de la terre.
(3) Région des morts.

assise sur une pierre, au bord de la mer immense. Le lendemain, à l'aurore, elle aperçut, à l'extrémité d'un cap, trois jeunes filles qui se baignaient. Aino voulut faire la quatrième, la tige délicate voulut faire la cinquième (1).

Elle suspendit sa chemise à une branche d'osier, sa robe à un peuplier, elle déposa ses bas sur la terre nue, ses souliers sur une pierre, ses perles sur le rivage sablonneux, ses anneaux sur la grève rocailleuse.

Un rocher s'élevait à la surface de l'eau, un rocher tacheté de diverses couleurs et brillant comme de l'or. La jeune fille s'efforça de l'atteindre à la nage.

Mais, à peine était-elle assise sur ce rocher qu'il s'ébranla tout à coup et roula dans l'abîme. Aino y roula avec lui.

Ainsi disparut la colombe, ainsi mourut la pauvre jeune fille. Elle dit en mourant, elle murmura en descendant au fond des eaux :

« J'étais venue pour me baigner dans la mer, pour nager dans le golfe. Et voilà que je disparais sous les ondes, pauvre colombe, que je meurs, triste oiseau, d'une mort prématurée ! Ah ! que, durant toute cette vie, mon père ne vienne plus pêcher dans ce grand golfe !

« J'étais venue pour me baigner dans la mer, pour nager dans le golfe. Et voilà que je disparais sous les eaux, pauvre colombe, que je meurs, triste oiseau, d'une mort prématurée ! Ah ! que, durant toute cette vie, ma mère ne vienne plus puiser de l'eau pour faire son pain dans ce grand golfe !

« J'étais venue pour me baigner dans la mer, pour nager dans le golfe. Et voilà que je disparais dans les eaux, pauvre colombe, que je meurs, triste oiseau, d'une mort prématurée ! Ah ! que, durant toute cette vie, mon

---

(1) C'est-à-dire : Aino voulut rejoindre les trois jeunes filles. Par un idiotisme familier à la poésie finnoise, les expressions *tige délicate* perdent leur sens épithétique, pour se transformer en substantif, ce qui donne ainsi deux personnes au lieu d'une seule.

frère ne mène plus baigner son cheval de combat dans
ce grand golfe!

« J'étais venue pour me baigner dans la mer, pour
nager dans le golfe. Et voilà que je disparais sous les
eaux, pauvre colombe, que je meurs, triste oiseau, d'une
mort prématurée! Ah! que, durant toute cette vie, ma
sœur ne vienne plus laver ses yeux (1) dans les eaux de
ce grand golfe!

« Toutes les gouttes d'eau qu'on y trouvera seront
autant de gouttes de mon sang; tous ses poissons, autant de lambeaux de ma chair; toutes les branches dispersées sur ses rivages, autant de fragments de mes os; toutes
les tiges de gazon, autant de débris de ma chevelure. »

Telle fut la triste aventure de la jeune fille, telle fut
la fin de la belle colombe.

Et, maintenant, qui en portera la nouvelle, qui fera
entendre les récits de la langue (1), dans la maison renommée, dans la belle maison d'Aino?

C'est l'ours qui portera la nouvelle, c'est l'ours qui
fera entendre les récits de la langue.

Non, l'ours ne sait point parler, l'ours a disparu parmi
les troupeaux de bétail.

Qui portera la nouvelle, qui fera entendre les récits
de la langue, dans la maison renommée, dans la belle
maison d'Aino?

C'est le loup qui portera la nouvelle, c'est le loup qui
fera entendre les récits de la langue.

Non, le loup ne sait point parler, le loup a disparu
parmi les troupeaux de brebis.

Qui portera la nouvelle, qui fera entendre les récits de
la langue, dans la maison renommée, dans la belle maison d'Aino?

C'est le renard qui portera la nouvelle, c'est le renard
qui fera entendre les récits de la langue.

---

(1) Laver son visage. C'est la plus jolie partie pour le tout.
(2) C'est-à-dire qui racontera *verbalement* ce qui est arrivé.

Non, le renard ne sait point parler, le renard a disparu parmi les troupes d'oies.

Qui portera la nouvelle, qui fera entendre les récits de la langue, dans la maison renommée, dans la belle maison d'Aino?

C'est le lièvre qui portera la nouvelle, c'est le lièvre qui fera entendre les récits de la langue.

Oui, le lièvre a dit avec assurance : « Les paroles ne se perdront point dans l'homme (1). »

Et le lièvre se mit à bondir, les longues oreilles à sauter, les jambes crochues à mesurer l'espace, la bouche en croix à s'élancer légèrement, vers la maison renommée, vers la belle maison d'Aino.

Il arriva près de la chambre du bain et s'accroupit sur le seuil de la porte. Le bain était rempli de jeunes filles, armées de verges de bouleau (2). Elles dirent au lièvre :

« Viens ici, bête aux pieds obliques, que nous te fassions cuire; viens ici, bête aux yeux ronds, que nous te fassions rôtir, pour le souper du maître, pour le déjeuner de la maîtresse, pour le goûter de la fille, pour le dîner du fils de la maison. »

Le lièvre répondit, les yeux ronds dirent hardiment : « Que Lempo (3) vienne, si cela lui plaît, se faire cuire dans vos chaudières! Quant à moi, je viens apporter la nouvelle, je viens faire entendre les récits de la langue. La jeune fille est tombée dans l'eau, la belle à la boucle d'étain, à la ceinture de cuivre, au bandeau d'argent, a disparu; elle est descendue au fond de la mer, sous les vagues immenses, pour y devenir la sœur des poissons, la parente des habitants de l'onde.

---

(1) Proverbe finnois qui veut dire : « Ne doutez point que je ne retienne ce qui m'est dit et que je ne le rapporte fidèlement. » Le lièvre est, sans doute, préféré ici aux autres animaux, à cause de sa vélocité, de son obéissance, et parce que son humeur pacifique et timide lui laisse plus de loisirs.

(2) V. page 32, note 1.

(3) Le génie du mal.

Alors, la mère d'Aino commença à pleurer, à se lamenter, et elle dit :

« Gardez-vous, ô pauvres mères, gardez-vous, durant cette vie terrestre, de bercer vos filles, de nourrir vos enfants, pour les unir à l'homme qu'elles n'auront point choisi, comme je l'ai fait, moi, avec mes filles, avec mes chères colombes ! »

Et la mère continua de pleurer. Les larmes coulent de ses yeux bleus sur ses tristes joues.

Une larme tombe, puis une autre, et de ses tristes joues, elles roulent sur sa belle poitrine.

Une larme tombe, puis une autre, et de sa belle poitrine, elles roulent sur les fins plis de ses vêtements.

Une larme tombe, puis une autre, et des fins plis de ses vêtements, elles roulent sur ses bas bordés de rouge.

Une larme tombe, puis une autre, et de ses bas bordés de rouge, elles roulent sur ses souliers brodés d'or.

Une larme tombe, puis une autre, et de ses souliers brodés d'or, elles roulent sur la terre qui s'étend à ses pieds; elles roulent sur la terre, pour le profit de la terre, elles roulent dans l'eau, pour la jouissance de l'eau (1).

Et de ces larmes, trois fleuves surgirent, et de chaque fleuve, trois cataractes impétueuses comme la flamme, et au milieu de ces cataractes, trois îles, et sur les bords de chaque île, une montagne d'or, et sur la cime de chaque montagne, trois bouleaux, et dans la couronne de chaque bouleau, trois beaux coucous.

Les coucous se mirent à chanter.

Le premier dit : « Amour, amour ! »

Le second dit : « Fiancé, fiancé ! »

Le troisième dit . « Joie, joie ! »

Celui qui dit : « Amour, amour ! » chanta pendant

(1) Idiotisme analogue à celui dont il a été question plus haut. V. page 32, note 2.

trois mois, pour la jeune fille privée d'amour, pour celle qui repose au fond de la mer.

Celui qui dit : « Fiancé, fiancé! » chanta pendant six mois, pour le fiancé privé de sa fiancée, pour celui qui est laissé en proie aux amers regrets.

Celui qui dit : « Joie, joie! » chanta toute sa vie, pour la mère privée de joie, pour celle qui pleure sans repos.

Et la mère d'Aino dit : « Il ne faut pas qu'une mère accablée par la douleur écoute longtemps le coucou chanter. Lorsque le coucou chante, le cœur bat, les pleurs viennent aux yeux, les larmes roulent des joues, plus grosses que des pois mûrs, plus enflées que la semence des fèves. Oui, la vie s'use d'une aune, le corps vieillit d'un empan, tout le corps se brise, lorsqu'on prête l'oreille au coucou du printemps. »

CINQUIÈME RUNO.

SOMMAIRE.

Wäinämöinen va à la recherche d'Aino. — Il jette ses filets dans la mer et en retire un poisson d'une forme étrange. — Au moment où il s'apprête à le dépecer il lui échappe des mains et lui reproche de de n'avoir point reconnu en lui la sœur de Joukahainen. — Wäinämöinen la conjure de revenir. — Mais la jeune fille ne revint pas.— La mère de Wäinämöinen surgit alors de sa tombe et conseille à son fils d'aller chercher une autre fiancée parmi les vierges de Pohja.

Déjà la nouvelle retentit au loin, la nouvelle de la mort de la jeune fille, de la disparition de la belle.

Le vieux, l'imperturbable Wäinämöinen fut saisi de douleur. Il pleura la jeune fille tous les soirs, il la pleura tous les matins, il la pleura presque toutes les nuits; il pleura le destin funeste d'Aino, sa mort dans l'onde humide, sous les vagues profondes; et il s'en alla le cœur gros, les yeux en larmes, vers les rivages de la mer bleue; et il parla, et il dit:

« Raconte-moi, maintenant, ton rêve, ô Untamo (1), raconte-le-moi, selon ton goût, ô paresseux de la terre : où est Ahtola (2)? où demeurent les vierges de Wellamo (3)? »

(1) Personnification du sommeil et des songes; peut-être le dieu ou le génie qui y préside. Les *runot* ne nous donnent sur ce nom, dont le sens originel est depuis longtemps oublié, aucune indication précise.
(2) Demeure d'*Ahto* ou *Ahti*, dieu des eaux.
(3) Les filles de la femme d'Ahti ; les vierges de l'onde.

« Untamo raconta son rêve, le paresseux de la terre répondit :

« Ahtola est située, les vierges de Wellamo ont leur demeure, à l'extrémité du cap nébuleux, de l'île riche d'ombrages, sous les vagues profondes, au milieu de la vase noire. Elles sont là, dans une petite chambre étroite, à côté d'une pierre bigarrée, au cœur d'un épais rocher. »

Alors, le vieux Wäinämöinen se dirigea vers son bateau de pêche; il examina ses lignes et ses hameçons; il mit un hameçon, un crochet de fer dans son sac, et s'avança à force de rames jusqu'à l'extrémité du cap nébuleux, de l'île riche d'ombrages.

Là, s'arrêta le pêcheur, celui qui passait sa vie à manier la ligne et à promener les filets au sein des eaux. Et il lança l'hameçon dans la mer, provoquant, épiant sa proie : la tige de cuivre tremblait, la ligne d'argent sifflait, le fil d'or bruissait.

Or, un jour, un matin, Wäinämöinen sentit qu'un poisson mordait à l'hameçon; il le tira de l'eau, et le jeta au fond de son bateau.

Et il l'examina avec soin, et il dit :

« Voici le premier poisson que je ne connaisse pas. Il est trop plat pour un lavaret, trop luisant pour une truite, trop clair pour un brochet, trop faible en nageoires pour un poisson femelle, trop dépourvu d'écailles pour un poisson mâle. Il n'a point de bandeau sur la tête pour être une jeune fille; il n'a point de ceinture pour être la vierge de l'onde; il n'a point d'oreilles pour être la colombe de la maison. Tel qu'il se présente, il ressemble à un saumon de mer, à une perche des flots profonds. »

Et Wäinämöinen dégaîna le couteau à manche d'argent qui pendait à sa ceinture; et il s'apprêta à couper le poisson en morceaux, pour son repas du matin, pour son repas du milieu du jour, pour son grand repas du soir.

Mais voici que le poisson, le beau poisson, s'échappa de ses mains, et bondit hors du rouge bateau, du bateau de Wäinämöinen.

Et, à la cinquième bouffée de vent, il leva la tête au-dessus des eaux, il leva son épaule droite près des filets du pêcheur. Puis il étendit la main droite, il avança le pied gauche, sur le septième pli du golfe, sur la neuvième vague (1), et il dit :

« O vieux Wäinämöinen, je n'ai jamais été faite pour être coupée en morceaux, comme un saumon, afin de servir à ton repas du matin, à ton repas du milieu du jour, à ton grand repas du soir. »

Le vieux Wäinämöinen lui dit : « Pourquoi donc as-tu été faite?

« J'étais destinée à devenir ta colombe et à reposer sur ton sein, à m'asseoir éternellement à tes côtés, à être la compagne de ta vie, à préparer ton lit, à arranger tes oreillers, à mettre en ordre et à balayer ta chambre, à allumer ton feu, à étendre la braise dans ton poêle, à faire cuire ton pain, à pétrir tes gâteaux de miel, à te présenter le pot de bière, à te servir tes repas.

« Non, je n'étais ni un saumon de mer, ni une perche des flots profonds ; j'étais une femme, une jeune fille, la sœur de Jouhakainen, celle après laquelle tu as soupiré tous les jours de ta vie.

« O vieillard insensé, stupide Wäinämöinen, qui n'as pas su retenir la vierge humide de Wellamo, la fille unique d'Atho! »

Le vieux Wäinämöinen, accablé de douleur, baissa la tête et dit :

« O sœur de Joukahainen, reviens une seconde fois auprès de moi »

Mais la jeune fille ne revint pas, elle ne revint pas une seule fois dans tout le cours de cette vie. Elle dis-

---

(1) La poésie finnoise se jette volontiers dans les bizarreries les plus fantastiques. Nous en verrons d'autres exemples.

parut de la surface de la mer et s'enfonça dans les entrailles de la pierre bigarrée, dans les fissures du rocher brun comme le foie.

Le vieux, l'imperturbable Wäinämöinen médita, alors, profondément dans son cœur, et se demanda comment il pourrait encore supporter la vie. Il façonna à la hâte un filet de soie, et il le traîna en tous sens à travers les détroits, il le plongea dans les trous fréquentés par les saumons, dans les ondes poissonneuses de Wäinölä, autour des promontoires de Kalevala, au sein des vastes et sauvages abîmes, dans le fleuve de Joukola (1), le long des rivages des golfes de Laponie.

Et il prit une foule de poissons; mais il ne prit pas celui qu'il aurait revu avec tant de joie, la jeune vierge de Wellamo, la fille unique d'Ahto.

Alors, le vieux Wäinämöinen, la tête baissée, le cœur triste, le bonnet tout à fait penché sur l'oreille, dit :

« Oh ! qu'immense a été ma folie, que stupide a été ma force d'homme ! Où sont les jours où je possédais l'intelligence, où j'avais la pensée puissante, le cœur grand? Maintenant, hélas! dans cette triste vie, dans cet âge misérable, mon intelligence s'est amoindrie, ma pensée a perdu sa vigueur; tout ce qu'il y avait dans mon âme de puissance et d'énergie s'est évanoui.

« Celle que j'avais tant attendue, et après laquelle j'avais tant soupiré, la vierge de Wellamo, la plus jeune des filles de l'onde, celle dont je voulais faire l'amie de mes jours, la compagne de ma vie, s'était prise à mon hameçon, et elle avait roulé au fond de mon bateau. Mais je n'ai su ni la retenir ni l'emmener dans ma demeure. Elle s'est échappée de mes mains, elle s'est précipitée de nouveau sous les flots profonds. »

Et Wäinämöinen se mit à cheminer lentement, les yeux pleins de larmes, le cœur gonflé de soupirs. Il arriva près de sa maison, et il dit :

(1) Pays de Joukahainen.

« Mes joyeux coucous chantaient jadis matin et soir ; ils chantaient même au milieu du jour. Qui donc a brisé leur voix éclatante, qui a détruit leur belle voix ? Le chagrin a brisé leur voix éclatante, le désespoir a détruit leur belle voix. C'est pourquoi on ne les entend plus chanter, au coucher du soleil, pour me charmer aux heures du soir, pour me réjouir au lever de l'aurore.

« Comment pourrai-je encore supporter la vie, habiter dans ce monde, voyager à travers ces régions ? Si ma mère vivait encore, elle m'inspirerait, sans doute, ce que je dois faire, pour ne pas être brisé par le chagrin, pour ne pas succomber au désespoir, durant ces jours lamentables, durant ces angoisses pleines d'amertume. »

Soudain, la mère de Wäinämöinen s'éveilla de sa tombe ; elle lui répondit du sein des flots :

« Ta mère vit encore, ta nourrice n'est point engourdie par le sommeil de la mort. Elle peut te dire ce que tu dois faire pour ne pas être brisé par le chagrin, pour ne pas succomber au désespoir, durant ces jours lamentables, durant ces angoisses pleines d'amertume. Rends-toi dans les régions de Pohja. Là, tu trouveras des filles plus gracieuses, des jeunes filles mille fois plus belles, cinq, six fois plus sveltes que les frêles créatures de Jouko (1), que les sordides enfants de Laponie.

« Oui, c'est là, ô mon fils, que tu dois chercher une épouse ; prends la meilleure des filles de Pohja, choisis une vierge, belle de visage, belle de corps, légère sur ses pieds, vive et alerte dans tous ses mouvements. »

---

(1) *Jouko* ou *Joukola*, pays de Joukahainen. V. page 47, note 1.

SIXIÈME RUNO.

SOMMAIRE.

Wäinämöinen se dirige vers Pohjola. — Joukahainen, qui n'a pas oublié les humiliations dont il l'a accablé, et qui brûle de se venger,
l'attend sur la route armé de son arc. — Sa mère cherche en vain à
le détourner de son dessein. — Joukahainen tire sur Wäinämöinen,
mais il atteint seulement son cheval, qui s'abat et entraîne le héros
dans la mer, où il devient le jouet d'une violente tempête. — Joukahainen se vante auprès de sa mère de son sinistre exploit.

Le vieux, l'imperturbable Wäinämöinen résolut d'aller dans la région glacée, dans la sombre Pohjola. Il
prit un cheval léger comme la paille, svelte comme une
tige de pois (1); il mit un frein à sa bouche d'or, une
bride à son cou d'argent (2), puis il monta sur son dos
et s'élança dans l'espace.

Il longea les bois de Wäinölä, les marais de Kalevala.
Le coursier bondit; il franchit les villages, il dévore les
chemins, il traverse les golfes vastes et profonds, sans
que l'eau mouille son sabot, sans que son pied effleure
la surface humide.

Or, le jeune Joukahainen, le maigre garçon de Laponie, nourrissait depuis longtemps dans son cœur une

---

(1) Le texte finnois dit semblable à un brin de paille, à une tige de
pois, *olkisen*, *Hernevartisen*. Comparaison qui pourrait également
s'appliquer à la couleur de la robe de l'animal.
(2) V. page 15, note 1.

T. I   4

haine ardente contre le vieux Wäinämöinen, contre le runoia éternel.

Il se fabriqua un arc rapide comme la flamme, un arc superbe à voir. Il était de fer mélangé de cuivre, et garni d'or et d'argent.

Qui fournira une corde à cet arc? Les nerfs de l'élan de Hiisi (1), les crins de l'étalon de Lempo.

Déjà l'arc est prêt; il est magnifique et d'un grand prix. Incrusté sur son dos, un cheval y dresse sa crinière, un poulain court sur la voie du trait, une figure de *Kapo* (2) dort sur la courbe, un lièvre repose près de la détente.

Et Joukahainen tailla une grande quantité de flèches, à tige de chêne, à triple pointe de sapin. Il y attacha les petites plumes de l'hirondelle, les ailes légères du passereau, puis il les durcit en les trempant dans la bave noire du serpent, dans le venin mordant de la vipère.

Et quand les flèches furent préparées, quand l'arc fut apte à être tendu, Joukahainen se mit à épier le passage de Wäinämöinen, l'arrivée de Suvantolainen (3). Il l'attendit le soir, il l'attendit le matin, il l'attendit au milieu du jour.

Rien ne décourageait sa patience. Il était là, tantôt à la fenêtre, tantôt à l'extrémité du hangar, tantôt à l'entrée du village, près de la clôture du champ, son carquois plein de flèches sur le dos, son bon arc sous le bras.

Il alla se poster beaucoup plus loin, au delà des autres

---

(1) Le génie du mal, — même personnification que *Lempo*. V. page 41, note 3.

(2) Il est difficile de déterminer exactement le sens de cette expression. Elle implique l'idée de puissance bienfaisante, et s'applique à la fois aux dieux, aux hommes et aux animaux. Dans les *runot*, elle s'attache comme épithète principalement aux personnages mythologiques. Les savants finnois sont très-divisés sur son interprétation. Je crois que, dans le cas présent, il s'agit d'une figure de femme ou de celle d'un petit animal à fine toison, d'une martre, par exemple.

(3) Surnom de Wäinämöinen. *Suvanto* signifie littéralement *dépôt d'eau dormante dans les cataractes*. Wäinämöinen se plaisait à se reposer auprès de ces petits lacs.

habitations; il gravit jusqu'à la cime d'un promontoire flamboyant, il pénétra au sein des écueils orageux, près de la cataracte de feu (1), du tourbillon du fleuve sacré.

Enfin, un jour, un matin, il leva les yeux vers le nord-ouest, il tourna la tête du côté du soleil, et il aperçut une tache noire sur la mer, un point bleu sur les vagues.

« Est-ce un nuage qui s'élève à l'orient, ou le crépuscule du matin qui annonce l'aurore? »

Ce n'était point un nuage de l'orient, ce n'était point le crépuscule du matin, c'était le vieux Wäinämöinen, le runoia éternel, qui se rendait à Pohjola, qui se dirigeait vers Pimentola (2), sur son coursier léger comme la paille, svelte comme une tige de pois.

Alors, le jeune Joukahainen, le maigre garçon de Laponie, saisit son arc, son bel arc, pour le compte de la tête de Wäinämöinen, pour la mort de Suvantolainen.

Sa mère, sa nourrice lui dit :

« Pour qui te précipites-tu ainsi avec ton arc, ton arc de fer? »

Le jeune Joukahainen répondit :

« Je me précipite avec mon arc, mon arc de fer, pour le compte de la tête de Wäinämöinen, pour la mort de Suvantolainen. Je tirerai sur le vieux Wäinämöinen, je lancerai mes flèches à travers le cœur du runoia éternel, à travers son foie, à travers la chair de ses épaules. »

Sa mère s'efforça de le détourner de son dessein.

« Ne tire point sur Wäinämöinen, ne détruis point Kalevalainen! Wäinö est de haute origine, il est le fils de la fille de mon beau-frère (2).

---

(1) V. page 15, note 1.
(2) Région ténébreuse, de *Pimiä*, ténèbres.
(3) Chez les Finnois, les mariages ne se contractaient jamais qu'entre jeunes gens de tribus différentes ou même ennemies. A ce point de vue, la parenté supposée par la mère de Joukahainen entre Wäinämöinen et sa famille n'a donc rien que de vraisemblable. Nous savons, toutefois, par la première *runo*, que Wäinämöinen est né de *Luonnotar*, fille d'Ilma. Comment accorder cette filiation avec celle que lui prête la mère de Joukahainen? Peut-être a-t-elle recours à cette fiction pour dé-

« Si tu tirais sur Wäinämöinen, si tu tuais Kalevalainen, soudain la joie disparaîtrait de la vie, le chant
s'exilerait de la terre. Or, la joie est meilleure dans la
vie, le chant est plus agréable sur la terre, que dans le
royaume de Manala (1), dans les demeures de Tuonela (2). »

Alors, le jeune Joukahainen s'arrêta un instant, pensif et indécis. Une main l'excitait à tirer, l'autre main le
retenait ; ses doigts nerveux lui brûlaient comme du
feu.

Enfin, il dit :

« Qu'elles disparaissent, lors même qu'elles seraient
mille fois plus belles, les heures joyeuses de la vie ! Que
tous les chants fassent silence ! Je n'en prends nul souci ;
je n'en tirerai pas moins sur le vieux Wäinämöinen. »

Et il banda son arc flamboyant. Puis, il tira de son
carquois de peau une flèche ailée, la plus forte flèche,
la meilleure tige, et il la plaça sur le sillon fatal, à l'angle
de la corde tendue.

Et il appuya l'arc contre son épaule droite, et, en
s'apprêtant à tirer sur Wäinämöinen, il dit :

« Pars, maintenant, ô pointe de bouleau, frappe ô
arc de sapin, déchire, corde de lin ! Si ma main lance la
flèche trop bas, qu'elle monte plus haut ! Si ma main la
lance trop haut, qu'elle tombe plus bas ! »

Et Joukahainen lâcha la détente. La flèche vola trop
haut ; elle vola par-dessus la tête de Wäinämöinen, jusqu'au ciel, jusqu'aux sources de la pluie, jusqu'aux nuées
qui tourbillonnent.

Joukahainen tira une seconde fois. La flèche tomba trop
bas : elle pénétra jusqu'aux profondeurs de la terre, et
la terre faillit s'abîmer dans ses entrailles, et les rochers
se fendirent.

---

tourner plus facilement son fils de son méchant dessein. Les *runos* sont
pleines de mystères.

(1) V. page 38, note 2.
(2) V. page 38, note 3.

Joukahainen tira une troisième fois. La flèche toucha juste : elle atteignit à la rate le bleu cheval de Wäinä-möinen, le cheval léger comme la paille, svelte comme une tige de pois; elle le frappa à la hanche gauche et lui transperça les chairs.

Le vieux Wäinämöinen tomba sur les doigts dans la mer, sur les mains dans les flots, sur les poings dans les vagues bouillonnantes, du haut du cheval léger comme la paille, svelte comme une tige de pois.

Et voilà qu'il s'éleva une grande tempête : le héros fut emporté par une vague impétueuse, loin, bien loin des rivages, au sein des vastes abîmes.

Alors, d'un ton superbe, le jeune Joukainen lui dit :

« O vieux Wäinämöinen, tu ne viendras plus, avec des yeux vivants, tant que durera ce monde, que la lune brillera comme de l'or, tu ne viendras plus chevaucher dans les bois de Wäinölä, dans les landes de Kalevala. »

Wäinämöinen erra pendant six printemps, pendant sept étés, pendant huit années, tel qu'un bloc de bois, au milieu de la mer immense, des vagues sans fin.

Et Joukahainen revint dans sa demeure; sa mère lui demanda aussitôt :

« As-tu déjà tiré sur Wäinämöinen, as-tu tué le fils de Kaleva? »

Le jeune Joukahainen répondit :

« Oui, j'ai tiré sur Wäinämöinen, j'ai tué le fils de Kaleva. Le vieillard est maintenant à arpenter la mer, à balayer les vagues; il est tombé sur ses doigts, il a roulé sur ses mains plates, puis il s'est tourné sur le flanc, il s'est fixé sur le dos, pour être ballotté au sein de l'abime, pour être poussé par les flots orageux. »

La mère dit :

« Tu as commis une méchante action, ô misérable, en tirant sur Wäinämöinen, en tuant Kalevalainen, le plus grand héros de Suvantola, le plus beau des hommes de Kalevala. »

SEPTIÈME RUNO.

SOMMAIRE.

Wäinämöinen erre pendant plusieurs jours sur les vagues de la mer.
— Un aigle vient à son secours et l'emporte sur ses ailes jusqu'à
Pohjola. — Louhi le reçoit dans sa maison, où elle le traite généreusement. — Wäinämöinen n'en est pas moins inconsolable. — Il veut
retourner dans son pays. — Louhi propose de l'y conduire s'il peut
lui forger un *Sampo* ; elle lui donnera en outre, en récompense de
ce travail, sa fille pour épouse. — Wäinämöinen se déclare incapable
de satisfaire à son désir, mais il promet à Louhi de lui envoyer l'illustre forgeron Ilmarinen. — Ilmarinen forgera le *Sampo*. — Louhi
donne alors à Wäinämöinen un cheval et un traîneau avec lesquels
il s'empresse de reprendre le chemin de son pays.

Le vieux, l'imperturbable Wäinämöinen flotta, tel
qu'une branche de sapin, tel qu'un rameau de pin, pendant six jours, pendant sept nuits d'été, à travers les
vastes abîmes. Devant lui s'étend la mer humide, au-
dessus de sa tête, le ciel rayonne.

Il flotte encore deux nuits, encore deux des plus longs
jours. Enfin, après le huitième jour, après la neuvième
nuit, il se sentit fatigué, il se sentit malade, car il n'avait
plus d'ongles aux pieds, ni de peau sur les doigts.

Alors, le vieux Wäinämöinen dit : « Malheur à moi,
infortuné, malheur à moi, accablé de misère ! Voilà que
j'ai quitté mon pays, que j'ai abandonné mon antique
demeure, pour passer ma vie sous la voûte du ciel, pour
être ballotté les années, et les jours, par la tempête, sur
ces espaces sans limites, sur ces mers sans rivages. Il

fait froid, pour moi, à la cime des flots, il est douloureux d'être continuellement suspendu sur la croupe des vagues.

« Comment donc pourrai-je exister, comment pourrai-je me soutenir dans cette triste vie, sur ce globe périssable ?

« Bâtirai-je ma demeure dans l'air, ou l'établirai-je dans l'eau ?

« Si je veux bâtir ma demeure dans l'air, je n'y trouverai aucun point d'appui ; si je veux l'établir dans l'eau, elle sera emportée par les vagues. »

Soudain, des hauteurs de la Laponie, des régions du nord-est, un aigle prit son essor. Il n'était ni des plus grands, ni des plus petits (1). D'une aile, il effleurait la mer, de l'autre, il balayait le ciel ; sa queue traînait sur les flots, son bec rasait les îles.

Tantôt il vole, tantôt il s'arrête. Il regarde au loin autour de lui, et il voit le vieux Wäinämöinen errant sur la surface bleue de la mer.

« Que fais-tu donc là au milieu des vagues, que fais-tu donc, ô héros, au milieu des flots ? »

Le vieux, l'imperturbable Wäinämöinen répondit :

« Je me trouve ainsi au milieu des vagues, j'erre au milieu des flots, parce que je suis allé à la recherche de la jeune fille de Pohjola, de la vierge de Pimentola.

« Je longeais rapidement la mer libre de glaces, et voici qu'un jour, un matin, je touchais déjà au golfe de Luotola (2), au fleuve de Joukola (3), lorsque tout à coup mon cheval a été frappé d'une flèche, que l'on dirigeait contre moi-même.

« Alors, j'ai roulé dans la mer, je suis tombé au milieu des vagues, pour y être bercé, pour y être ballotté par les vents.

(1) V. page 12, note 3.
(2) Région des îles, de *Luoto*, île. Même pays que *Joukola.*
(3) V. page 47, note 1.

« Et une effroyable tempête s'est élevée du nord-ouest;
et j'ai été emporté loin, bien loin des rivages; et depuis
ce temps-là, j'ai vagué de longs jours, de longues nuits
à travers ces plaines humides. Maintenant, j'ignore, je
ne soupçonne pas, je ne saurais comprendre par quelle
voie me viendra la mort, si ce sera par la faim ou par
l'épuisement de la fatigue. »

L'aigle, l'oiseau de l'air dit : « Cesse de gémir, ô
Wäinämöinen, monte sur mon dos, sur la pointe de mes
ailes, je te retirerai de la mer et te porterai où il te plaira.
Je me souviens de ces jours, de ces temps meilleurs,
alors que tu abattais les forêts de Kaleva, les bois d'Os-
mola (1). Tu laissas le bouleau croître, tu laissas le bel
arbre debout, afin que les oiseaux pussent s'y reposer,
que j'y trouvasse moi-même un refuge. »

Le vieux Wäinämöinen éleva sa tête hors de l'eau;
le héros sortit de la mer et se plaça sur le dos, sur la
pointe des ailes de l'aigle.

L'aigle, l'oiseau du ciel, porta Wäinämöinen, à travers l'espace, le long des routes du vent, des grands
chemins de la tempête, vers les frontières lointaines de
Pohjola, vers la nébuleuse Sariola (2). Là, il le déposa et
remonta vers les nues.

Le vieux Wäinämöinen se mit à pleurer et à sangloter
bruyamment sur ce nouveau rivage, sur ce promontoire
inconnu. Il avait cent blessures au côté, mille coups dont
l'avait frappé la tempête; sa barbe était hérissée, sa chevelure en désordre.

Il pleura deux nuits, il pleura trois nuits et autant de
jours; et il ne savait, étranger qu'il était, quelle route il
devait prendre, quel chemin il devait suivre, pour regagner son ancienne demeure, pour retourner au lieu de
sa naissance.

_____

(1) V. page 15, note 2.
(2) Région couverte d'algues, de *sara*, algue. Un des noms de *Pohjola*.

La petite servante de Pohjola, la blonde fille, avait fait un pacte avec le soleil et avec la lune. Ils étaient convenus de toujours se lever ensemble, de toujours se réveiller en même temps.

Or, un jour, elle devança elle-même le soleil et la lune; elle se leva avant que le coq eût chanté, que le fils de la poule eût fait entendre sa voix.

Et elle tondit cinq brebis, elle tondit six brebis, lava leur laine et la prépara pour être filée, avant que l'aurore eût paru, que le soleil se fût levé.

Ensuite, elle nettoya la longue table, elle balaya le vaste plancher avec un balai de feuillage, ramassa les ordures dans un vase de cuivre et les porta, à travers le vestibule, dans le champ le plus éloigné qui longeait la clôture de l'habitation. Là, elle s'arrêta, prêta l'oreille, et entendit des pleurs qui venaient du côté de la mer, des gémissements qui venaient de l'autre bord du fleuve.

Elle rentra aussitôt dans la maison et dit :

« J'ai entendu des pleurs qui venaient du côté de la mer, des gémissements qui venaient de l'autre bord du fleuve. »

Louhi, la mère de famille (1) de Pohjola, la vieille édentée de Pohja, se hâta de sortir dans la cour et écouta. Puis elle dit : « Ces pleurs ne sont point ceux d'un enfant, ces gémissements ne sont point ceux d'une femme; ce sont les pleurs d'un héros barbu, les gémissements d'un menton hérissé de poils. »

Et elle lança son bateau sur les vagues, et elle se dirigea, à force de rames, du côté du vieux Wäinämöinen, du héros accablé de chagrin.

Le vieux Wäinämöinen pleurait, le fiancé de l'onde sanglotait bruyamment, au milieu d'un vaste marais inculte, d'un haut bois chevelu. Sa bouche tremblait, sa

----

(1) *Emäntä*, — d'*emo*, mère, — signifie à la fois mère de famille, hôtesse, maîtresse de maison, reine et souveraine du foyer domestique.

barbe flottait au vent, mais il ne hochait point le menton (1).

La mère de famille de Pohjola lui dit : « Ainsi donc, malheureux vieillard, te voilà, maintenant, sur une terre étrangère ? »

Le vieux, l'imperturbable Wäinämöinen répondit : « Hélas ! je ne le sais que trop ! Oui, me voilà sur une terre étrangère, dans une région inconnue. J'étais bien mieux dans mon pays, dans ma propre maison ! »

Louhi, la mère de famille de Pohjola, lui dit : « Oserai-je te demander quel homme tu es, et d'où tu es venu, ô héros ? »

Le vieux, l'imperturbable Wäinämöinen répondit : « J'ai été assez nommé, j'ai été assez célébré, jadis, comme l'homme de la joie, aux heures du soir, comme le chantre des vallées, dans les bois de Wäinölä, dans les landes de Kalevala. Maintenant, infortuné que je suis, que vais-je devenir ? Je le sais à peine moi-même. »

Louhi, la mère de famille de Pohjola, dit : « Sors de ce vieux bourbier, ô héros, et viens raconter tes malheurs, viens dire les aventures de ta vie. »

Elle arracha le héros à ses pleurs, à ses bruyants sanglots, et le fit asseoir dans son bateau. Puis elle prit place sur le banc des rameurs, se dirigea vers Pohjola, et introduisit l'étranger dans sa maison.

Là, elle rassasia l'affamé, elle fit sécher l'homme mouillé jusqu'à la peau. Puis, elle lui prépara un bain, elle le frotta, le massa, le rappela à la santé, et lui dit : « Pourquoi pleurais-tu, Wäinämöinen, pourquoi gémissais-tu, Uvantolainen (2), dans cet endroit sordide, sur les bords de la mer ? »

Le vieux, l'imperturbable Wäinämöinen dit : « Je n'ai que trop de raison de pleurer et de gémir. J'ai été si longtemps ballotté par les vagues, sur cette vaste mer, au milieu de ces golfes profonds.

(1) C'est-à-dire il restait silencieux.
(2) Ami de l'onde, surnom de Wäinämöinen.

« Oui, je pleurerai, je me lamenterai toute ma vie, parce que j'ai été emporté loin de ma patrie, de mon pays bien-aimé, dans ces régions inconnues, dans ces terres étrangères. Ici, tous les arbres mordent, toutes les branches de sapin blessent, chaque bouleau pique, chaque aulne déchire. Je n'y connais que le souffle du vent, que la lumière du soleil, car je les avais déjà connus auparavant. »

Louhi, la mère de famille de Pohjola, dit : « Ne pleure point, Wäinämöinen, ne gémis point, Uvantolainen, il est bon que tu vives, il est bon que tu passes agréablement le temps, en mangeant le saumon, en mangeant la chair de porc que j'ai placés devant toi. »

Le vieux Wäinämöinen dit : « Ce que l'on mange hors de chez soi profite peu, lors même qu'on vous servirait un grand festin. L'homme est toujours mieux dans son pays, toujours mieux dans sa maison. Que le Dieu clément, que le Créateur plein de grâce daigne m'y ramener enfin ! L'eau bue chez soi dans un soulier d'écorce de bouleau est meilleure que l'hydromel bu sur une terre étrangère, dans une coupe d'or. »

Louhi, la mère de famille de Pohjola, dit : « Eh bien, que me donneras-tu si je te ramène dans ton pays, à l'entrée de ton champ, près de ta chambre de bain ? »

Le vieux Wäinämöinen répondit : « Que demandes-tu de moi si tu me ramènes dans mon habitation, si tu m'y ramènes de telle sorte que j'entende la voix de mon coucou, le chant de mon bel oiseau ? Veux-tu un casque plein d'or, un chapeau plein d'argent ? »

Louhi, la mère de famille, dit : « O sage Wäinämöinen, ô runoia éternel, je ne veux ni de ton or ni de ton argent. Les pièces d'or sont les fleurs de l'enfant, les pièces d'argent l'ornement sonore du cheval. Peux-tu me forger un *Sampo* (1), un Sampo au couvercle splendide; peux-tu le forger avec la pointe des plumes d'un

(1) V. page 2, note 6.

cygne, le lait d'une vache stérile, un petit grain d'orge, un flocon de la laine d'une brebis féconde ? Pour prix de ton travail, je te donnerai une vierge, une belle vierge; et je te ramènerai dans ton pays, là où ton oiseau chante, où ton coq fait entendre sa voix. »

Le vieux, l'imperturbable Wäinämöinen dit : « Je ne saurais te forger un Sampo, un Sampo au couvercle splendide. Mais, reconduis-moi dans mon pays, et je t'enverrai de là le forgeron Ilmarinen. Il te forgera ce Sampo (1), il martellera son couvercle, et il charmera la jeune vierge, et il fera la joie de ta fille.

« Ilmarinen est un forgeron merveilleux, un habile batteur de fer. C'est lui qui a forgé la voûte du ciel, qui a martelé le couvercle de l'air, sans qu'y paraissent les coups du marteau, ni les morsures des tenailles. »

Louhi, la mère de famille de Pohjola dit : « Je promets de donner ma fille, ma belle enfant, à celui qui me forgera un Sampo au couvercle splendide, qui le forgera avec la pointe des plumes d'un cygne, le lait d'une vache stérile, un petit grain d'orge, un flocon de la laine d'une brebis féconde. »

Et elle attela son cheval, son cheval rouge, à son traîneau; elle y fit asseoir Wäinämöinen et lui dit : « Ne lève point la tête, ne redresse point le corps, à moins que le cheval ne soit fatigué, ou que le soir ne soit venu. Si tu levais la tête, si tu redressais le corps, il t'arriverait certainement malheur, un jour fatal tomberait sur toi. »

Alors, le vieux Wäinämöinen lança au galop le cheval à la blanche crinière, et il s'éloigna à grand bruit de la sombre Pohjola, de la nébuleuse Sariola.

---

(1) On trouvera dans le second volume des explications détaillées sur cet objet symbolique.

HUITIÈME RUNO.

SOMMAIRE.

Wäinämöinen aperçoit la vierge de Pohjola, appuyée sur l'arc-en-
ciel. — Il l'invite à descendre dans son traîneau, pour devenir son
épouse. — La jeune fille, après diverses objections, promet enfin
de se rendre à son désir, s'il sort vainqueur des épreuves qu'elle
lui propose. — Wäinämöinen se tire avec bonheur des deux premières, mais quand vient la troisième où il s'agit de la construction
d'un bateau, il se blesse grièvement au genou avec sa hache. — Le
sang du héros coule avec abondance. — Alors, Wäinämöinen remonte
dans son traîneau et va à la recherche de celui qui pourra le guérir.
— Il trouve un vieillard qui, fort de la vertu des *paroles originelles*,
lui promet de s'en charger.

Elle était belle la vierge de Pohja; c'était la gloire de
la terre, la parure de l'onde. Elle était assise sur la voûte
de l'air, appuyée sur l'arc-en-ciel, resplendissante dans
ses vêtements blancs. Et elle tissait un tissu d'or, un
tissu d'argent, avec une navette d'or, un métier d'argent.

La navette glissait rapide de ses mains; elle allait et
venait sans cesse, lorsque la jeune fille tissait son tissu
d'or, son tissu d'argent.

Le vieux, l'imperturbable Wäinämöinen s'éloignait, à
grand bruit, de la sombre Pohjola, de la nébuleuse Sariola.
Quand il eut fait un peu de chemin, il entendit la navette
bruire au-dessus de sa tête.

Il leva les yeux vers le ciel, et il vit un bel arc déployé
sur la voûte de l'air, et sur cet arc, une jeune fille qui
tissait un tissu d'or, un tissu d'argent.

Le vieux, l'imperturbable Wäinämöinen arrêta aussitôt son cheval, et il prit la parole, et il dit : « Viens, ô jeune fille, dans mon traîneau! descends, ô jeune fille, dans mon beau traîneau ! »

La jeune fille dit : « Pourquoi veux-tu m'avoir dans ton traîneau, dans ton beau traîneau? »

Le vieux, l'imperturbable Wäinämöinen répondit : « Je veux t'avoir dans mon traîneau, dans mon beau traîneau, pour que tu prépares mes gâteaux de miel, que tu brasses ma bière, que tu chantes sur chaque banc de ma maison, que tu charmes tous ceux qui te verront à ma fenêtre, dans les demeures de Wäinölä, dans les habitations de Kalevala. »

La jeune fille dit : « Hier au soir, lorsque je visitais les champs de *matara* (1), que je foulais d'un pied léger la plaine d'or, une grive chanta dans le feuillage ; elle chanta l'âme des jeunes filles, l'âme des jeunes femmes.

« Et je dis à l'oiseau : « O petite grive, dis-moi quelle
« est la plus heureuse, quelle la plus enviable, de la jeune
« fille qui reste dans la maison de son père ou de la femme
« qui vit sous le toit de son mari.

« Et la petite grive me répondit : « Le jour d'été est
« brillant, mais plus brillant encore est le sort de la jeune
« fille ; le fer plongé dans la glace est froid, mais plus
« froid encore est le sort de la femme ; la jeune fille est
« dans la maison de son père comme la semence dans une
« terre féconde ; la femme est sous le toit de son mari
« comme le chien dans les chaînes ; rarement l'esclave
« goûte les douceurs de l'amour, la femme jamais. »

Le vieux, l'imperturbable Wäinämöinen dit : « Les chants de la grive sont vides de sens. Dans la maison de son père, la jeune fille est un enfant ; elle ne devient digne de considération que lorsqu'elle est mariée. Viens, ô jeune fille, dans mon traîneau, dans mon beau traîneau !

(1) Plante tinctoriale. *Galium boreale.*

Je ne suis point un homme de nul prix, ni un héros plus endormi que les autres. »

La jeune fille répondit malicieusement : « Je t'appellerai un homme, je te tiendrai pour un héros, si tu fends, dans sa longueur, un crin de cheval, avec un couteau sans pointe, si tu fais avec un œuf un nœud invisible (1). »

Le vieux, l'imperturbable Wäinämöinen fendit, dans sa longueur, un crin de cheval, avec un couteau sans pointe, et fit avec un œuf un nœud invisible; puis il appela de nouveau la jeune fille dans son traîneau, dans son beau traîneau.

La jeune fille lui dit malicieusement :

« Peut-être consentirai-je à te rejoindre si de la surface d'une pierre tu enlèves de l'écorce de bouleau, si tu tailles des pieux dans la glace, sans qu'elle vole en éclats, sans qu'un seul de ses débris tombe à terre. »

Le vieux, l'imperturbable Wäinämöinen ne se sentit nullement embarrassé. Il enleva de l'écorce de bouleau de la surface d'une pierre, et tailla des pieux dans la glace, sans qu'elle volât en éclats, sans qu'un seul de ses débris tombât par terre; puis il appela encore la jeune fille dans son traîneau, dans son beau traîneau.

La jeune fille lui répondit malicieusement : « Je descendrai vers celui qui pourra construire un bateau avec des débris de mon fuseau, des fragments de ma navette, et qui le lancera dans l'eau, sans le pousser avec le genou, sans le remuer avec les mains, sans l'ébranler avec les bras, sans le diriger avec l'épaule. »

Le vieux, l'imperturbable Wäinämöinen dit : « Il n'est, peut-être, sur la terre ni dans toute l'étendue du monde, aucun autre constructeur de bateaux qui puisse rivaliser avec moi. »

Et il prit les débris du fuseau, les fragments de la na-

---

(1) Celui qui demande la main d'une jeune fille est toujours soumis, pour l'obtenir, à des épreuves dont il doit se tirer avec honneur. Les épreuves proposées par les héroïnes du Kalevala sont naturellement d'un caractère on ne peut plus fantastique.

vette, et il se mit à construire le bateau, à fabriquer la barque aux mille planches, sur un roc d'acier, sur une dalle de fer.

Il charpentait avec une confiance superbe, avec une fierté menaçante. Il charpenta un jour, il charpenta deux jours, il charpenta presque trois jours; et la hache ne toucha point la dalle, et la tête d'acier ne heurta point contre le rocher.

Mais, vers le soir du troisième jour, Hiisi (1) fit osciller l'extrémité du manche, Lempo (2) tira à lui le tranchant, Paha (3) fit dévier le coup. Alors, la hache toucha les dalles, la tête d'acier heurta contre le rocher, et elle glissa, et elle alla fendre le genou du héros, le doigt du pied de Wäinämöinen. Lempo l'enfonça dans la chair, Hiisi la poussa à travers les veines, et le sang se mit à couler, le sang chaud jaillit en bouillonnant.

Le vieux, l'imperturbable Wäinämöinen, le runoia éternel, prit la parole et dit : « O hache, ô croissant d'acier, tu as cru mordre dans le bois, tu as cru labourer le sapin, creuser le pin, fendre le bouleau; et tu as déchiré ma chair, tu t'es précipitée à travers mes veines! »

Et il commença à dérouler ses incantations, à chanter les paroles originelles et fondamentales, les runot de la science. Mais il ne put se rappeler les grandes paroles, les paroles révélatrices du fer, celles qui seules pouvaient fermer la plaie béante, guérir les coups que l'acier bleu avait portés (4).

Le sang déborde en torrents, le sang chaud mugit comme une cataracte. Les tiges des baies qui s'élèvent sur la terre, les fleurs qui s'épanouissent au milieu des

(1) V. page 50, note 1.
(2) V. page 50, note 1.
(3) Personnification du mal.
(4) D'après les *runot*, la médecine ou plutôt la magie médicale, chez les Finnois, ne pouvait opérer avec succès que lorsqu'elle connaissait préalablement la cause primitive, l'origine du mal.

bruyères sont rougies de sa pourpre; pas une touffe de
gazon qui n'en soit inondée.

Le vieux, l'imperturbable Wäinämöinen dépouille les
rochers de leur mousse, arrache l'herbe des marais pour
en boucher le trou fatal, la terrible blessure. Mais elle se
rouvre sans cesse, et le sang continue de couler.

Alors le héros se sentit en proie à d'atroces douleurs.
Il pleura amèrement, puis il attela son cheval à son traîneau et se remit en route.

Il fait claquer son fouet orné de perles, et en frappe
les flancs du fougueux étalon (1). L'étalon bondit, dévore
l'espace, et bientôt emporte le traîneau frémissant jusqu'à un village où s'ouvraient trois chemins (2).

Wäinämöinen prit le premier chemin, s'arrêta devant
la maison la plus proche, et dit à travers la porte :
« Est-il quelqu'un dans cette maison qui puisse examiner l'œuvre du fer, sonder la plaie du héros, apaiser
ses douleurs? »

Un enfant, un petit garçon qui jouait sur le plancher,
lui répondit : « Il n'est personne dans cette maison qui
puisse examiner l'œuvre du fer, sonder la plaie du héros,
apaiser ses douleurs. Va chercher ailleurs! »

Le vieux, l'imperturbable Wäinämöinen fit claquer son
fouet orné de perles. Il prit le chemin du milieu, et marcha jusqu'à ce qu'il rencontrât une autre maison. Alors,
il s'arrêta près de la porte et dit : « Est-il quelqu'un dans
cette maison qui puisse examiner l'œuvre du fer, opposer une digue au torrent de sang, arrêter le débordement
des veines? »

Une vieille femme, une vieille bavarde à trois dents

---

(1) Il n'est pas rare que le même cheval soit appelé indifféremment
dans les *runot*, étalon, poulain, élan, etc.

(2) Dans les villages finnois, les maisons sont construites généralement sur le penchant des collines, en sorte que l'on y distingue trois
sortes d'habitations : *l'habitation inférieure*, qui est la plus rapprochée
de la route, *l'habitation du milieu*, qui vient après, et *l'habitation
supérieure*, qui est au-dessus des deux autres. Un chemin particulier
conduit à chaque habitation.

couchée près de l'âtre, lui répondit : « Il n'est personne, dans cette maison, qui puisse examiner l'œuvre du fer, il n'est personne qui connaisse assez l'origine du sang pour fermer tes plaies. Va chercher ailleurs ! »

Le vieux, l'imperturbable Wäinämöinen fit claquer son fouet orné de perles. Il prit le troisième chemin et gagna la dernière maison .

« Est-il quelqu'un, dans cette maison, qui puisse examiner l'œuvre du fer, opposer une digue au fleuve qui déborde, aux flots de sang qui se précipitent? »

Un vieillard à la barbe grise, couché au-dessus du poêle (1), lui répondit d'une voix rugissante : « On a enchaîné de plus grands fleuves, on a dompté de plus fiers torrents, avec les trois paroles du Créateur, la mystérieuse puissance des paroles originelles. On a arrêté les fleuves à leur embouchure, les ruisseaux des marais à leur source, les cataractes au milieu de leurs bouillonnements; on a suspendu les golfes à la pointe des promontoires, on a réuni les isthmes avec les isthmes. »

_____

(1) Les poêles des Finnois sont construits de manière à ce qu'au-dessus du foyer s'étende une vaste plate-forme où l'on met un lit. On y couche pendant l'hiver, et lorsque le froid est très-rigoureux, les vieillards y restent presque toute la journée.

NEUVIÈME RUNO.

SOMMAIRE.

Le vieillard commence l'opération. — Mais, pour guérir la blessure faite par le fer, il doit remonter à sa cause première, il doit connaître l'origine du fer. — Wäinämöinen la lui raconte. — Alors, le vieillard fulmine ses malédictions contre le fer, puis s'efforce par ses conjurations d'arrêter le sang qui coule de la blessure. — Il envoie son fils chercher le baume à la vertu éternelle, qu'il applique sur le genou du héros, en invoquant le secours d'Ukko, le grand créateur. — Wäinämöinen guérit et rend grâces à Jumala, source unique de toute force et de tout bien.

Le vieux, l'imperturbable Wäinämöinen descendit seul, sans aucun aide, de son traîneau, et entra sous le toit du vieillard.

On apporta un vase d'argent, un vase d'or; mais ils ne purent contenir le sang qui s'échappait de la blessure de Wäinämöinen, le sang bouillonnant du noble héros.

Le vieillard rugit du haut du poêle, la barbe grise tonna : « Quel homme es-tu donc entre les hommes, quel héros entre les héros ? Déjà sept barques, déjà huit grandes cuves sont remplies de ton sang, ô infortuné, et il déborde encore sur le plancher. J'aurais besoin encore d'autres paroles, mais j'ignore l'origine du fer, je ne sais comment le misérable métal a été formé. »

Le vieux Wäinämöinen dit : « Je connais l'origine du fer, je crois savoir d'où l'acier est issu. L'air est le plus ancien des éléments, puis est venue l'eau, puis le feu, et enfin le fer (1).

« Ukko, le créateur très-haut, l'arbitre suprême du temps, sépara l'air de l'eau, et de l'eau, il tira la terre. Mais le fer ne se montra point encore.

« Ukko, le glorieux Jumala, se frotta les mains au-dessus de son genou gauche. Et de ce frottement na-quirent trois vierges, trois filles de la nature (2). C'étaient les mères qui devaient engendrer le fer, donner le jour à la bouche bleue.

« Les trois vierges marchaient en cadence sur les bords d'un nuage. Leurs mamelles étaient gonflées, les bouts de leurs seins étaient douloureux, et elles répan-dirent leur lait sur la terre, elles en inondèrent les plaines et les marais, elles le mêlèrent aux ondes limpides.

« La plus âgée des vierges versa un lait noir, la se-conde un lait blanc, la plus jeune un lait rouge.

« Celle qui versa un lait noir donna naissance au fer flexible, celle qui versa un lait blanc donna naissance à l'acier, celle qui versa un lait rouge donna naissance au fer roide et dur.

« Un peu de temps s'écoula, et le fer voulut rendre visite au plus âgé de ses frères, il voulut lier connais-sance avec le feu.

« Mais le feu se livra à une fureur insensée, il se sou-leva d'une façon épouvantable, menaçant de dévorer le fer, le pauvre fer, son frère.

« Cependant le fer parvint à se soustraire à sa terrible étreinte, à sa gueule exaspérée ; il se cacha au fond d'une source murmurante, dans les entrailles d'un vaste marais ;

---

(1) Dès les temps les plus reculés, les Finnois ont été d'habiles tra-vailleurs de fer. Suivant les traditions, c'est d'eux que les Scandinaves ont appris l'art du forgeron. Le sol de la Finlande abonde également en minerai de fer. On l'y trouve non-seulement dans les montagnes, mais encore dans les marais et dans les lacs. Certains endroits sont remplis d'un sable noir imprégné de fer.
(2) V. page 4, note 4.

il se cacha sur la cime d'un rocher sauvage, là où les cygnes déposent leurs œufs, où l'oie fait éclore ses petits.

« Et il resta dans la vase humide du marais, caché entre les troncs de deux petits arbres, sous les racines de trois bouleaux, pendant un an, pendant deux ans, pendant presque trois ans. Mais, malgré tout, il ne put échapper à l'étreinte impitoyable du feu; il dut retourner dans ses demeures, pour y être changé en arme de combat, en redoutable glaive.

« Le loup s'élança à travers le marais, l'ours le piétina violemment; et son sol fut dévasté jusque dans ses profondeurs, et la retraite du fer fut mise à découvert.

« Le forgeron Ilmarinen était né et avait grandi. Il était né sur une montagne de charbon, il avait grandi au milieu d'un champ de suie, un marteau de cuivre à la main, des tenailles au poing.

« Ilmarinen était né pendant la nuit; et, le jour suivant, il se construisit une forge; et il chercha une place pour l'établir, un endroit pour suspendre ses soufflets.

« Il aperçut au coin d'un marais, un petit espace libre; il s'approcha pour le voir de plus près, et y établit sa forge, y suspendit ses soufflets.

« Et le forgeron Ilmarinen s'avança vers les lieux déjà foulés par les pieds du loup, dévastés par les griffes de l'ours. Il y découvrit un germe de fer, une semence d'acier.

« Et il dit : « Malheur à toi, ô déplorable fer, à toi « qui gis là, dans cet horrible marais, dans cette « étroite demeure, exposé, sans cesse, aux pieds du « loup, aux griffes de l'ours! »

« Puis il pensa, il médita profondément : « Qu'advien- « dra-t-il de ce fer si je le mets au feu, si je le place sur « ma forge? »

« Mais, en entendant raconter les exploits, les mortels exploits du feu, le fer, le pauvre fer frissonna d'épouvante.

« Ilmarinen lui dit : « Ne te laisse point effrayer ainsi !
« Le feu ne brûlera point son ami, il ne fera point de
« mal à son frère. Quand tu seras entré dans sa demeure,
« tu y deviendras beau, admirablement beau ; tu ser-
« viras de glaive redoutable aux hommes, de franges
« aux ceintures des femmes ! »

« Et, depuis ce moment, le fer fut retiré du marais,
il fut enlevé de la vase humide et placé au cœur de la
forge.

« Ilmarinen souffla une fois, souffla deux fois, souffla
trois fois. Le fer se liquéfia comme de la bouillie, s'enfla
comme de l'écume ; il s'étendit, tel qu'une pâte de froment, tel qu'une pâte de seigle, sous la grande flamme
du forgeron, sous la puissance merveilleuse du feu.

« Mais, bientôt, le pauvre fer poussa un cri de détresse :
« O forgeron Ilmarinen, retire-moi d'ici , sauve-moi de
« la brûlante étreinte du feu ! »

« Ilmarinen lui dit : « Si je te retire du feu, peut-
« être te montreras-tu cruel et intraitable, peut-être
« frapperas-tu ton frère, mettras-tu en pièces l'enfant
« de ta mère. »

« Le fer prononça un serment terrible ; il jura , au
cœur du foyer, sur l'acier de l'enclume, sous les coups
du marteau, et dit : « N'ai-je pas assez de bois à mor-
« dre, de cœurs de pierre à dévorer, pour songer à
« frapper mon frère, à mettre en pièces l'enfant de
« ma mère ? Il est mieux, il est plus beau pour moi de
« servir de compagnon au voyageur, d'arme de sûreté
« au piéton, que d'attaquer ma propre race, que de
« maltraiter mon parent. »

« Alors, le forgeron Ilmarinen, le batteur de fer éternel, retira le fer du feu. Il le mit sur l'enclume, il le
martela avec force, et en fit des lances à la pointe aiguë,
des épieux, des haches, des instruments, des outils de
toute espèce.

« Mais il lui manquait encore quelque chose : la langue du fer ne pouvait avoir toute sa force, la bouche de

l'acier ne pouvait être formée; le fer ne pouvait devenir dur sans être trempé dans l'eau.

« Après avoir réfléchi un instant, le forgeron jeta un peu de cendres, un peu de lessive, dans l'eau qui devait former l'acier, dans l'eau qui devait durcir le fer.

« Et il goûta cette eau avec sa langue, avec ses sens intérieurs, et il dit : « Ceci ne saurait m'être utile pour « former l'acier, pour durcir le fer. »

« Mehiläinen (1) s'éleva du sein de la terre ; l'aile bleue surgit d'une touffe de gazon ; elle vole, elle se pose, autour de l'atelier du forgeron.

« Ilmarinen lui dit : « O Mehiläinen, légère créature, « apporte-moi du miel sur tes ailes, du miel sur ta lan- « gue, du miel extrait du suc de six fleurs, de sept tiges « de gazon, pour l'acier qui doit être préparé, pour le « fer qui doit être durci. »

« Herhiläinen (2), l'oiseau de Hiisi, voltigeait autour de la forge, épiant, à travers le toit d'écorce de bouleau, l'acier qui devait être préparé, le fer qui devait être durci.

« Elle se glissa, en assourdissant son bourdonnement, jusqu'au vase destiné à tremper l'acier, à durcir le fer, et y répandit les matières fatales de Hiisi : le venin mortel du serpent, la noire sanie du ver, la bave brune de la fourmi, les sucs funèbres du crapaud.

« Le forgeron Ilmarinen, le batteur de fer éternel, crut que Mehiläinen était de retour et avait apporté le miel, et il dit : « Voilà, maintenant, qui me servira pour l'acier « qui doit être formé, pour le fer qui doit être durci. »

« Et il tira le fer, le pauvre fer de la forge, et il le trempa dans l'eau maudite.

« Soudain, le fer éclata en révolte, l'acier trahit une perversité cruelle. Le misérable renia son serment ; il

---

(1) L'abeille, de *Mehi*, miel.
(2) La guêpe. On l'appelle aussi *Hörhiäinen, Hörhiläinen, Hörhöläinen* (de *Hörisen* : Bourdonner).

mangea comme un chien sa conscience et son honneur ; et il frappa son propre frère, il mordit son parent avec rage ; et le sang coula, et le sang chaud déborda comme un fleuve. »

Le vieillard rugit du haut du poêle, la barbe grise tonna, la tête de cent ans hurla : « Maintenant je connais l'origine du fer, je sais les habitudes de l'acier.

« Malheur à toi, déplorable fer, vile et pauvre scorie ! malheur à toi, acier fatal ! Tu ne devais donc naître au monde que pour y déployer ta méchanceté et ta violence !

« Tu n'étais pas précisément grand, tu n'étais ni grand, ni petit, ni trop beau, ni trop hideux (1), alors qu'à l'état de lait, de lait doux et limpide, tu reposais pacifiquement dans le sein de la jeune vierge, que tu faisais gonfler ses mamelles, sur le bord du long nuage, dans la vaste plaine du ciel.

« Tu n'étais pas précisément grand, tu n'étais ni grand ni petit, alors que tu gisais comme une eau dormante, comme une onde claire, dans le marais, que tu couronnais la cime des rochers sauvages, sous la forme d'une vase épaise, d'une argile rouillée.

« Tu n'étais pas précisément grand, tu n'étais ni grand ni petit, alors que les élans te foulaient aux pieds dans les bois, que les rennes te piétinaient dans les bruyères, que le loup et l'ours te pétrissaient avec leurs griffes.

« Tu n'étais pas précisément grand, tu n'étais ni grand ni petit, alors qu'on t'extrayait de la vase du marais, qu'on te dégageait du limon de la terre et qu'on te portait à la forge d'Ilmarinen.

« Tu n'étais pas précisément grand, tu n'étais ni grand ni petit, alors que tu petillais comme le mâchefer, que tu bouillonnais, comme l'eau, dans le feu mordant,

(1) V. page 14, note 3.

que tu jurais ton redoutable serment, au cœur du foyer, sur l'acier de l'enclume, sur le champ du marteau.

« Mais, voilà que tu as grandi, et, alors, tu t'es levé pour la révolte, tu as renié ton serment, tu as mangé comme un chien ta conscience et ton honneur, tu as déchiré ta race, tu as assailli ta famille avec tes dents meurtrières.

« Qui t'a poussé à ce crime? qui t'a excité à cette action misérable? Est-ce ton père, est-ce ta mère, est-ce l'aîné de tes frères, la plus jeune de tes sœurs, ou quelque autre de tes illustres parents?

« Non, ce n'est point ton père, ce n'est point ta mère, ni l'aîné de tes frères, ni la plus jeune de tes sœurs, ni aucun autre de tes illustres parents; de toi-même tu t'es livré à cet acte exécrable, à cet exploit de Kalma (1)!

Viens donc contempler ce que tu as fait, viens effacer les traces de ton crime, avant que je le raconte à ta mère, avant que je porte plainte à ta nourrice. La mère souffre davantage, la nourrice est dans une angoisse plus grande, lorsque le fils commet le mal, lorsque l'enfant devient pervers.

« Cesse de couler, ô sang! Cesse, ô sang chaud, de jaillir jusque sur moi et d'inonder ma poitrine! Reste droit comme un mur, immobile comme la cloison d'un champ, comme un glaive dans la mer, comme l'algue dans le marais, comme la borne sur la route, comme le rocher au milieu de la cataracte mugissante!

« Mais, si ton instinct te pousse à couler, à te précipiter avec violence, coule du moins dans la chair, bondis à travers les os. Il est mieux, il est plus beau pour toi de rougir la chair, de bouillonner dans les veines, d'arroser les os, que de couler par terre et de te prostituer parmi les ordures.

« Oui, il est indigne de toi, ô lait, ô sang innocent, de te souiller dans la poussière; il est indigne de toi, ô

---

(1) La mort. *Kalma* signifie littéralement odeur de cadavre.

beauté de l'homme, ô trésor des héros, de te perdre dans
l'herbe des prairies ou sur le versant des collines. Ta
place est dans le cœur, ton siége est sous le poumon.
Hâte-toi d'y retourner. Est-ce que tu es un fleuve pour
rouler ainsi tes ondes? un lac pour déborder avec tant
d'impétuosité? une source de marais pour jaillir avec tant
de fracas? une barque trouée pour faire eau de toute part?

« Suspends peu à peu ta course, ô sang chéri, ô sang
rouge, ou plutôt arrête-toi brusquement! Jadis la cataracte de Tyrjä (1) suspendit peu à peu sa chute, le fleuve
de Tuonela s'arrêta brusquement, la mer se dessécha, le
ciel cessa de pleuvoir, durant l'été de la grande séche-
resse, durant les jours de feu de l'année vide de
force (2).

« Si tu refuses de m'obéir, j'aurai recours à d'autres
moyens : je demanderai à Hiisi sa grande chaudière,
celle où l'on fait cuire le sang, où l'on fait bouillir l'onde
rouge, sans qu'une seule goutte en tombe à terre et se
perde dans la poussière.

« Et si l'homme n'est pas en moi, si le héros n'est pas
dans le fils du vieillard, l'homme, le héros qui puisse
opposer une digue à ce fleuve, à ce torrent des veines,
j'invoquerai le père céleste, le grand Jumala, qui
habite au-dessus des nuages, le puissant entre tous
les hommes, l'habile entre tous les héros ; et il fermera
la bouche du sang, et il enchaînera celui qui se précipite.

« O Ukko, créateur très-haut, ô céleste Jumala, viens
ici, car on a besoin de ton secours; viens ici, car on
t'appelle ! Bouche avec ta main épaisse, avec ton large
pouce, ce trou terrible, cette plaie béante; étends une
feuille de nénuphar, un lis d'or, à travers la voie du sang,

---

(1) La Norvége ou le nord de la Laponie. Même mot sans doute que
Rutja, par lequel les Finnois d'aujourd'hui désignent la Norvége.
(2) Allusion à un de ces étés brûlants qui se produisent assez souvent dans le haut Nord et qui, sans doute, avait eu lieu vers l'époque à
laquelle remonte la présente *runo*.

afin qu'il cesse de jaillir sur ma barbe, de dégoutter sur mes vêtements ! »

Et le vieillard ferma lui-même la bouche du sang ; il enchaîna le torrent rouge ; puis il envoya son fils à sa forge pour y préparer un baume, un baume fait avec de la semence de gazon, avec les tiges de mille plantes saturées de miel.

Le jeune homme s'achemina vers la forge ; il rencontra un chêne, et il lui dit : « As-tu du miel sur tes branches, du miel sous ton écorce ? »

Le chêne répondit avec sagesse : « Hier, le miel a coulé sur mes branches, il a inondé ma couronne, un miel tombé du haut du ciel, du haut des nues liquéfiées. »

Le fils du vieillard coupa les branches du chêne, les rameaux de l'arbre fragile ; il prit, ensuite, de la semence de gazon ; il prit les tiges de mille plantes, de ces plantes qu'on ne voit point croître dans tous les lieux de monde.

Et il mit une chaudière sur le feu, et il la remplit de l'écorce du chêne et des mille plantes belles à voir.

La chaudière commença à bouillonner avec force ; elle bouillonna trois nuits entières, trois jours de printemps. Alors, le fils du vieillard examina si le baume était prêt, s'il possédait une vertu infaillible.

Le baume n'était point encore prêt, il ne possédait point une vertu infaillible. Le fils du vieillard y ajouta de nouvelles semences de gazon, de nouvelles plantes, qui avaient été rapportées de loin, d'au delà de cent chemins : des semences de gazon, des plantes données par neuf sages, par neuf *katsoja* (1).

Et il fit de nouveau bouillir la chaudière pendant trois nuits, pendant neuf nuits ; puis il examina encore si le baume était prêt, s'il possédait une vertu infaillible.

Un tremble s'élevait au milieu d'un champ, un tremble

----

(1) Voyants ou *Regardants* ; sorciers qui, par leur seul regard, communiquaient aux choses une vertu magique. V. page 23, note 8.

chargé d'une foule de branches. Le fils du vieillard
l'abattit, le fendit en deux parties, et après l'avoir frotté
avec le baume magique, il dit : « Si ce remède est bon,
s'il peut s'appliquer avec efficacité sur les blessures, que
le tremble reprenne sa forme première, qu'il devienne
plus beau qu'il n'a jamais été! »

Soudain, les deux parties séparées du tremble se rejoignirent et il devint plus beau, plus entier qu'il n'avait
jamais été.

Le fils du vieillard expérimenta le baume sur les
fentes des pierres, sur les crevasses des rochers. Les
fentes des pierres se rejoignirent, les crevasses des rochers
se comblèrent.

Alors, le fils du vieillard sortit de la forge et porta à
son père le baume qu'il avait préparé. « Voilà le remède
sûr, le remède infaillible; avec lui, tu peux souder les
pierres, tu peux unir ensemble tous les rochers. »

Le vieillard goûta le baume avec sa langue, avec sa
bouche nue, et trouva qu'il était bon.

Et il en frotta le corps de Wäinämöinen, il en oignit
sa plaie dans tous les sens, et il dit : « Je ne te touche
point avec ma propre chair, mais avec la chair du Créateur; je ne te traite point avec ma propre force, mais
avec la force du Tout-Puissant; je ne te parle point avec
ma propre bouche, mais avec la bouche de Jumala. Oui,
si ma bouche est agréable, plus agréable encore est la
bouche de Jumala; si ma main est belle, plus belle encore est la main du Créateur. »

Lorsque le baume fut étendu sur la blessure, Wäinämöinen fut presque saisi de vertige ; il chancela comme
un homme ivre, il ne put trouver aucun repos.

Le vieillard se mit à conjurer les douleurs; il chassa
les horribles tourments jusque dans le sein de *Kipumäki* (1), jusqu'au sommet de *Kipu-vuori* (2), afin

____

(1) Pierre des maladies.
(2) Montagne des maladies. Les maladies sont enfermées dans ses

de faire souffrir les pierres, de torturer les rochers.

Puis il prépara une étoffe de soie, il la coupa en morceaux et en fit des bandages, pour fixer l'appareil sur le genou du pauvre héros, sur le pied de Wäinämöinen.

Et il prit la parole, et il dit : « Que la soie du Créateur serve de bandage, que le manteau de Jumala serve de couverture à ce bon genou, à ce pied solide! Abaisse tes regards sur l'appareil, ô beau Jumala; protége-le, ô glorieux Créateur; veille à ce qu'il ne lui manque rien, à ce qu'il ne lui arrive aucun accident! »

Soudain, le vieux Wäinämöinen se sentit merveilleusement soulagé, et, bientôt, sa guérison fut complète. Sa blessure se ferma, sa chair devint plus ferme, plus belle qu'elle n'avait jamais été; son pied reprit sa force, son genou sa flexibilité, et il n'éprouva plus aucune douleur.

Alors, il éleva majestueusement ses regards vers le ciel, et il dit : « Les grâces, le secours bienfaisant viennent toujours du haut du ciel, du tout-puissant créateur. Sois béni, ô Jumala, sois glorifié, ô Dieu unique, toi qui m'as si efficacement protégé au milieu de mes angoisses, de ces douleurs causées par les morsures du fer! »

Le vieux Wäinämöinen dit encore : « O race de l'avenir, race qui te renouvelles au sein des âges, garde-toi de construire un bateau avec un cœur superbe, de montrer trop de confiance, même en en façonnant un seul côté! C'est à Jumala, c'est au Créateur seul qu'il appartient d'achever un ouvrage, de mettre la dernière main à un projet, et non à l'habileté du héros, à la puissance du fort! »

entrailles, sous la garde de *Kipu-Tyttö*, fille de Tuoni, la déesse des maladies.

DIXIÈME RUNO.

SOMMAIRE.

Wäinämöinen, de retour dans son pays, exhorte Ilmarinen à se rendre à Pohjola pour y forger le Sampo et y épouser la jeune fille. — Ilmarinen s'y montre peu disposé. — Alors, Wäinämöinen le fait monter sur un arbre enchanté, et de là le forgeron est emporté sur les ailes du vent jusqu'à Pohjola. — Louhi le reçoit avec joie. — Il dresse sa forge, et après plusieurs tentatives, réussit à fabriquer le Sampo. — Il réclame la jeune fille, comme prix convenu de son travail. — Mais celle-ci refuse de, le suivre. — Louhi donne au héros un bateau rapide avec lequel il retourne dans son pays, et raconte à Wäinämöinen les résultats de son voyage.

Le vieux, l'imperturbable Wäinämöinen attela son fauve étalon à son traîneau, à son beau traîneau; puis il y prit place et se mit en route.

Il fait claquer son fouet orné de perles; il en frappe la noble bête; et elle bondit, et elle dévore l'espace avec une fougue impétueuse. Le traîneau glisse, la route disparaît; le brancard en bois de bouleau rend un bruit sourd, le timon en bois de sorbier craque violemment.

Il marche avec un fracas de tempête; il franchit les marais, les plaines, les vastes bois. Il marche un jour, il marche deux jours; le troisième jour il atteint les landes de Kalevala, les champs d'Osmo.

Là, il s'arrête à l'extrémité d'un pont, et il dit : « Dévore le songeur, ô loup! Tue Lappalainen (1), ô maladie,

(1) Fils de Lapon.

car il a prétendu qu'aussi longtemps que durerait ce monde, qu'aussi longtemps que la lune ferait briller sa lumière d'or, je ne reviendrais plus, avec des yeux vivants, dans les bois de Wäinölä, dans les landes de Kalevala. »

Et le vieux Wäinämöinen se mit à chanter, à exercer sa science. Il chanta, et soudain un sapin surgit de la terre, un sapin à la couronne fleurie, aux rameaux d'or. Sa tête monte jusqu'à travers les nuages, ses branches s'élèvent dans les airs et franchissent les hauteurs du ciel.

Le vieux Wäinämöinen chanta encore, le vieux Wäinämöinen exerça encore sa science, et la lune vint se poser dans la couronne du sapin, et Otawa sema ses étoiles sur ses branches.

Alors le vieux Wäinämöinen reprit sa course bruyante vers sa demeure chérie. Il a la tête penchée, le cœur triste, le bonnet de travers; car, pour sauver sa vie, pour délivrer sa tête, il a promis d'amener le forgeron Ilmarinen, le batteur de fer éternel, dans la sombre Pohjola, dans la nébuleuse Sariola.

Déjà, son étalon s'est arrêté aux limites du nouveau champ d'Osmo. Il sort la tête de son beau traîneau, et entend résonner, du fond de la forge, le marteau du batteur de fer.

Le vieux, l'imperturbable Wäinämöinen se dirigea du côté du bruit. Ilmarinen était occupé à forger; il dit au héros : « O vieux Wäinämöinen, où es-tu donc resté si longtemps? Où as-tu passé ta longue absence? »

Le vieux, l'imperturbable Wäinämöinen répondit : « Je suis resté si longtemps, j'ai passé ma longue absence dans la sombre Pohjola, dans la nébuleuse Sariola. J'ai suivi, sur mes *suksi* (1), la trace des suksi, au milieu du pays des tietäjä (2). »

(1) Sorte de longs patins ou raquettes, avec lesquels les Lapons et les Finnois glissent sur la neige, principalement en descendant les collines.

(2) V. page 26, note 1.

Ilmarinen dit : « O vieux Wäinämöinen, ô runoia
éternel, qu'as-tu à raconter de tes voyages, maintenant
que tu es de retour dans ton pays? »

Le vieux Wäinämöinen répondit : « J'ai beaucoup de
choses à raconter. Il est, dans Pohjola, une jeune vierge
qui ne s'est encore fiancée à aucun homme, qui ne s'est
encore attendrie pour aucun héros. La moitié de Pohjola
la célèbre, car elle est merveilleusement belle. La lune
brille sur son front, le soleil sur sa poitrine, Otawa sur
ses épaules, Vähä-Otawa (1) sur son dos.

« Va donc, ô Ilmarinen, ô forgeron éternel, va trouver
la jeune vierge, la vierge aux belles boucles! Si tu peux
forger un Sampo (2), un Sampo au splendide couvercle,
on te la donnera pour prix de ton travail. »

Ilmarinen dit : « Ainsi donc, ô vieux Wäinämöinen,
tu m'as promis à la sombre Pohjola, comme rançon de ta
propre tête, comme gage de ta délivrance! Non, tant que
durera cette longue vie, tant que la lune éclairera le
monde de son flambeau d'or, je n'irai point dans les
demeures de Pohjola, sous les poutres de Sariola ; dans
ces lieux où l'on dévore les hommes, où l'on extermine
les héros. »

Le vieux Wäinämöinen dit : « Au bord du champ
d'Osmo, les merveilles s'entassent sur les merveilles. On
y trouve un sapin à la couronne fleurie, aux rameaux
d'or, un sapin à la cime duquel s'est posée la lune, et
qu'Otawa a peuplé de ses étoiles. »

Ilmarinen dit : « Je ne sais si ce que tu racontes est
vérité ou mensonge ; je n'y croirai qu'après l'avoir vu de
mes propres yeux. »

Le vieux Wäinämöinen dit : « Puisque tu ne crois pas
ce que je te raconte, puisque tu ne sais si c'est vérité ou
mensonge, viens donc avec moi le voir de tes propres
yeux. »

(1) V. page 8, note 1.
(2) V. page 2, note 6.

Et les deux héros s'acheminèrent vers le champ d'Osmo, vers le champ où s'élevait le sapin à la belle couronne.

Ilmarinen s'en approcha, et contempla avec admiration le nouvel arbre; il vit la lune posée sur sa cime, les étoiles d'Otawa semées à travers ses branches.

Alors, le vieux Wäinämöinen lui dit : « Maintenant, ô forgeron, mon cher frère, monte sur le sapin au feuillage d'or, afin d'y prendre la lune, d'y enlever Otawa! »

Ilmarinen monta sur le sapin au feuillage d'or; il s'élança jusqu'au ciel, pour y prendre la lune, pour y enlever Otawa.

Le sapin au feuillage d'or dit : « O homme insensé, ô héros inconnu, héros à l'esprit d'enfant, qui montes dans mes branches, pour y prendre une apparence de lune, un fantôme d'étoile! »

Le vieux Wäinämöinen éleva la voix et entonna un chant magique. Il évoqua un vent violent, un tourbillon d'orage, et il dit : « Prends-le, ô vent, dans ton navire; prends-le, souffle du printemps, dans ton bateau, et porte-le rapidement, porte-le jusqu'à la sombre Pohjola! »

Le vent se déchaîna avec furie, l'air se gonfla en tourbillon d'orage, et il prit le forgeron, et il l'emporta rapidement vers la sombre Pohjola, vers la nébuleuse Sariola.

Ilmarinen longea la route du vent; il traversa les régions du soleil et de la lune, escalada les épaules d'Otawa, et arriva dans la demeure de Pohjola, près de la maison de bains (1) de Sariola, sans que les chiens l'entendissent, sans que les aboyeurs signalassent son arrivée.

Louhi, la mère de famille de Pohja, la vieille édentée de Pohjola, rencontra le forgeron dans l'enclos de sa

---

(1) A chaque grande habitation finnoise est attenante une maison de bains de vapeur. Ce genre de bains était en usage chez les Finnois bien avant de l'être chez les Russes dont ils ont pris le nom.

demeure, et elle lui dit : « Quel homme es-tu donc parmi les hommes, quel héros parmi les héros, toi qui arrives ainsi sur la route du vent, sur le chemin du souffle du printemps, sans que les chiens t'aient annoncé, sans que les queues de laine aient aboyé? »

Ilmarinen répondit : « C'est qu'aussi je ne suis point venu dans ces terres étrangères, dans ces régions inconnues, pour y servir de pâture aux chiens, pour y être dévoré par les queues de laine. »

La mère de famille de Pohjola interrogea de nouveau le voyageur : « Aurais-tu appris à connaître le forgeron Ilmarinen, aurais-tu entendu parler de l'habile batteur de fer? Depuis longtemps il est attendu, il est désiré à Pohjola, pour y forger le nouveau Sampo. »

Ilmarinen répondit : « J'ai, en effet, appris à connaître ce forgeron, car c'est moi-même qui suis Ilmarinen, c'est moi l'habile batteur de fer. »

Louhi, la mère de famille de Pohja, Louhi, la vieille édentée de Pohjola, rentra aussitôt dans sa maison, et elle dit : « O ma plus jeune fille, la plus chère de mes enfants, il est temps de revêtir tes plus beaux habits, tes plus éclatantes parures. Orne ton cou d'un brillant collier, ta poitrine d'une fibule radieuse, ton front d'un diadème de fleurs. Que tes joues s'empourprent de rose, que tout ton être rayonne! Car voici le forgeron Ilmarinen, voici le batteur de fer éternel; il est venu pour forger le Sampo, le Sampo au splendide couvercle. »

La belle vierge de Pohja, la gloire de la terre, l'honneur de l'onde, revêtit ses plus beaux habits, ses plus éclatantes parures; elle se couvrit de cinq espèces de vêtements; elle orna son front d'un diadème d'argent, sa poitrine d'une fibule de cuivre, sa taille d'une ceinture d'or.

Et elle se présenta dans la chambre de famille, brillante dans ses yeux, superbe dans ses oreilles, rose dans ses joues, belle dans tout son visage; les parures d'or éclatent sur sa poitrine, les parures d'argent sur sa tête.

Alors, la mère de famille de Pohjola introduisit le forgeron Ilmarinen dans sa demeure. Elle le régala d'une foule de mets, elle l'abreuva d'une bière abondante ; et, quand il fut complétement rassasié, elle lui dit : « O forgeron Ilmarinen, ô batteur de fer éternel, peux-tu me forger un Sampo, un Sampo au splendide couvercle ; peux-tu le forger avec la pointe des plumes d'un cygne, le lait d'une vache stérile, un petit grain d'orge, la fine laine d'une brebis féconde ? Je te donnerai ma fille, ma belle jeune fille, pour prix de ton travail. »

Ilmarinen répondit : « Sans doute je puis te forger un Sampo, un Sampo au splendide couvercle ; je puis le forger avec la pointe des plumes d'un cygne, le lait d'une vache stérile, un petit grain d'orge, la fine laine d'une brebis féconde. Car c'est moi qui ai forgé la voûte du ciel, qui ai martelé le couvercle de l'air, lorsque aucune partie n'en était commencée, lorsqu'il n'en existait pas le moindre atome. »

Et Ilmarinen sortit pour aller forger le Sampo, le Sampo au splendide couvercle. Il chercha d'abord une forge et des outils de forgeron ; mais il n'y avait là ni forge, ni soufflet, ni foyer, ni enclume, ni marteau, ni seulement un manche de marteau.

Ilmarinen dit : « Une vieille femme se désespérerait, un être sans courage resterait à moitié chemin. Il n'en est pas ainsi d'un homme, lors même qu'il serait le pire de tous les hommes, il n'en est pas ainsi d'un héros, lors même qu'il serait le plus inhabile de tous les héros. »

Et il chercha, de nouveau, une place pour construire sa forge, pour établir son soufflet, dans la région montagneuse, à l'extrémité des champs de Pohja. Il chercha un jour, il chercha deux jours ; le troisième jour, il rencontra une dalle multicolore, un épais bloc de pierre. Il s'y arrêta, et alluma du feu ; puis, pendant un jour, il disposa son soufflet, pendant un autre jour, il mit sa forge en état.

Et il rassembla au cœur du foyer les matières élémentaires; et il appela à lui des esclaves (1) pour souffler, des hommes forts pour travailler.

Les esclaves soufflèrent sans interruption, les hommes forts travaillèrent pendant trois jours, pendant trois nuits d'été; les pierres se gonflaient sous leurs talons, les blocs de rochers se tuméfiaient sous leurs pieds.

Ilmarinen se pencha, le premier jour, sur la fournaise, pour voir ce que le feu avait produit, ce qui avait surgi de la flamme.

Il vit un arc, un arc d'or, un arc à la tête d'argent, au corps orné de cuivre.

« Cet arc est de belle apparence, mais ses habitudes sont mauvaises. Chaque jour, il lui faut une tête; les meilleurs jours, il lui en faut deux. »

Ilmarinen n'en éprouva donc pas trop de joie; il brisa l'arc en morceaux, et les jeta dans le feu; et les esclaves recommencèrent à souffler, les hommes forts à travailler.

Ilmarinen se pencha, le second jour, sur la fournaise, pour voir ce que le feu avait produit, ce qui avait surgi de la flamme.

Il vit un bateau, un bateau rouge, un bateau à la poupe et à la proue d'or, au gouvernail de cuivre.

« Ce bateau est de belle apparence, mais ses habitudes ne sont pas bonnes. On tenterait en vain de le diriger avec les rames, il se précipiterait sans nécessité dans les combats. »

Ilmarinen n'en éprouva donc aucune joie. Il brisa le bateau en morceaux, et les jeta dans le feu; et les esclaves recommencèrent à souffler, les hommes forts à travailler.

Ilmarinen se pencha, le troisième jour, sur la fournaise,

---

(1) Cette expression ne doit point être prise à la lettre. Les Finnois avaient des domestiques et non des esclaves; ils donnaient même un salaire aux prisonniers de guerre qu'ils amenaient chez eux, bien que, d'après la coutume générale, ils eussent le droit de les réduire en esclavage.

pour voir ce que le feu avait produit, ce qui avait surgi de la flamme.

Il vit une fraîche génisse, une génisse aux cornes d'or ; l'étoile d'Otawa brillait sur son front, le disque du soleil couronnait sa tête.

« Cette génisse est de belle apparence, mais ses habitudes ne sont pas bonnes. Elle couche souvent dans les bois, elle laisse épancher son lait par terre. »

Ilmarinen n'en éprouva donc aucune joie; il coupa la génisse en morceaux, et les jeta dans le feu ; et les esclaves recommencèrent à souffler, les hommes forts à travailler.

Ilmarinen se pencha, le quatrième jour, sur la fournaise, pour voir ce que le feu avait produit, ce qui avait surgi de la flamme.

Il vit une charrue, une charrue au soc d'or, au manche de cuivre couronné d'un bouton d'argent.

« Cette charrue est de belle apparence, mais ses habitudes ne sont pas bonnes; elle effondre les champs du village, elle en bouleverse les plaines. »

Ilmarinen n'en éprouva donc aucune joie; il brisa la charrue en morceaux et les jeta dans le feu ; et les esclaves recommencèrent à souffler, les hommes forts à travailler.

Les vents se déchaînèrent avec furie ; ils soufflèrent de l'orient, ils soufflèrent de l'occident, ils soufflèrent du midi et du nord, pendant un jour, pendant deux jours, pendant trois jours. La flamme de la forge jaillit à travers la fenêtre, les étincelles petillent, la fumée monte vers le ciel en épais nuage.

Après le troisième jour, Ilmarinen se pencha sur la fournaise, et il vit que le Sampo était né, que le beau couvercle était formé.

Et il se mit à le battre avec ardeur, à le marteler puissamment, à le façonner avec art. D'un côté, c'est un moulin à farine, d'un autre côté, c'est un moulin à sel, d'un troisième côté, c'est un moulin à monnaie.

Le nouveau Sampo se mit à moudre, le Sampo au splendide couvercle se mit à s'agiter; il commença son travail au lever du jour : un coffre fut moulu pour être mangé, un autre coffre pour être vendu, un troisième coffre pour être conservé.

La mère de famille de Pohjola tressaillit de joie. Elle emporta le grand Sampo dans l'enceinte de sa demeure; elle le cacha dans les entrailles d'un rocher de cuivre, à une profondeur de neuf brasses, sous neuf serrures; elle enfonça une de ses racines dans la terre, l'autre dans l'eau, la troisième dans la colline sur laquelle était bâtie sa maison (1).

Alors, le forgeron Ilmarinen commença à réclamer la jeune vierge. « Maintenant, la jeune vierge m'appartient, car j'ai forgé le Sampo, le Sampo au splendide couvercle. »

La belle vierge de Pohja dit : « Qui donc ferait chanter les coucous, l'année prochaine, qui ferait gazouiller les oiseaux, l'été d'après, si la colombe devait s'en aller, si le fruit des entrailles de ma mère devait partir, si la rouge baie devait disparaître? Les coucous fuiraient au loin, les oiseaux de la joie déserteraient les sommets de cette colline, les épaules de cette chaîne de montagnes.

« Non, quand même il n'en serait pas ainsi, je ne partirai pas, je n'abandonnerai pas ma vie de jeune fille; je ne délaisserai point la tâche que je n'ai pas encore remplie, ni mes travaux pressants de l'été. Les baies des champs n'ont pas été cueillies, les rivages du golfe n'ont pas été chantés; je ne me suis point promenée à travers les bois, je n'ai point folâtré à l'ombre des grands arbres. »

Le forgeron Ilmarinen, le batteur de fer éternel, fut saisi d'une grande tristesse. Son cœur était oppressé, sa

(1) V. page 60, n. 1.

tête basse, son bonnet incliné de côté (1). Il réfléchissait profondément, et se demandait comment il pourrait quitter la sombre Pohjola, la nébuleuse Sariola, pour retourner dans sa demeure, dans son pays bien-aimé.

La mère de famille de Pohjola lui dit : « O Ilmarinen, pourquoi es-tu si triste? Pourquoi ton bonnet est-il ainsi incliné de côté? Regretterais-tu ton ancienne patrie?

Ilmarinen répondit : « Oui, je soupire après mon ancienne patrie; je voudrais revoir ma maison, afin d'y mourir, afin d'y être enseveli. »

La mère de famille de Pohjola servit à boire et à manger au héros. Puis elle le fit asseoir dans un bateau, près du gouvernail orné de cuivre; et elle éveilla le vent, le vent du nord, et elle lui commanda de souffler, de souffler avec force.

Et le forgeron Ilmarinen, le batteur de fer éternel, s'élança sur la mer bleue. Il vogua un jour, il vogua deux jours; le troisième jour, il arriva dans son pays, dans la maison où il était né.

Le vieux Wäinämöinen lui dit : « O frère Ilmarinen, ô batteur de fer éternel, as-tu déjà forgé le nouveau Sampo, as-tu orné le beau couvercle?

Ilmarinen répondit : « Oui, déjà le nouveau Sampo s'est mis à moudre, le beau couvercle s'est mis à s'agiter : un coffre a été moulu pour être mangé, un autre coffre pour être vendu, un troisième coffre pour être conservé.

_____

(1) Cette expression revient souvent dans les *runot*. Le bonnet incliné de côté était chez les Finnois un signe de profonde tristesse.

ONZIEME RUNO.

SOMMAIRE.

Lemmikäinen, le joyeux héros, se rend à Saari, pour briguer la main de la belle Kylliki, la célèbre vierge de l'île. — Les jeunes filles se moquent de lui et cherchent à le berner. — Il se venge en les séduisant. — Kylliki, seule, échappe à ses poursuites. — Il la surprend dans la société de ses compagnes, la porte dans son traineau et l'enlève. — Plaintes et reproches de la jeune fille. — Lemmikäinen lui jure de n'entreprendre aucune expédition guerrière; elle lui jure, de son côté, de ne point aller folâtrer hors de la maison. — Ils échangent leurs serments, et la belle Kylliki devient la femme de Lemmikäinen, qui l'amène triomphant dans sa famille. — La mère du héros rend grâces à Jumala des succès de son fils, et fait une magnifique réception à la nouvelle épouse.

Il est temps, maintenant, de parler d'Ahti (1), de chanter le joyeux et rusé compère. Ahti, le jeune garçon de Saarela (2), Ahti, le joyeux fils de Lempi (3), naquit et fut élevé par sa douce mère, dans une maison bâtie sur les bords du vaste golfe, au détour du promontoire de Kauko (4).

(1) Surnom de Lemmikäinen, proprement : *dieu de la mer*. On suppose que ce dieu et le héros Lemmikäinen étaient une seule et même personne. Le mot *Ahti*, emprunté probablement, comme beaucoup d'autres, par les Finnois, à l'ancien idiome du nord (*ahi*), a son radical primitif dans le mot sanscrit *ahts* (mer).

(2) Région des îles.

(3) Le même que *Lempo*, le génie du mal.

(4) *Kauko-Niemi*. Le promontoire lointain. Lemmikäinen habitait sur une île (*Saari*) au nord-ouest de la terre ferme de Kalevala, pays de Wäinämöinen et d'Ilmarinen. Au Nord de cette île s'ouvrait un golfe (*Lemmen-lahti*) dominé par le promontoire de *Kauko*, au détour duquel s'élevait la maison patrimoniale (*Saarela*) de Lemmikäinen.

Là, Kaukomieli (1) grandit en se nourrissant de poisson, en mangeant des perches. Il devint un homme des meilleurs, un héros à la belle figure, au teint rose et frais, à la forte tête, au port noble et superbe. Mais il avait un petit défaut, une habitude peu digne d'éloge : il vivait toujours au milieu des femmes, il passait les nuits à courir les aventures, à fréquenter les joyeuses assemblées des jeunes filles, les jeux bruyants des belles chevelures.

Or, il était dans Saari (2) une blonde jeune fille, une radieuse fleur, qui s'appelait Kylli (3). Elle grandissait et s'épanouissait dans l'illustre maison de son père, assise sur le banc d'honneur (4).

Et la renommée de sa beauté vola au loin ; et, de toutes parts, accoururent des prétendants pour demander sa main.

Le soleil la demanda pour son fils ; mais Kylli ne voulut point aller dans la demeure du soleil, pour y briller pendant les jours fugitifs de l'été.

La lune la demanda pour son fils ; mais Kylli ne voulut point aller dans la demeure de la lune, pour y briller autour des anneaux de l'air.

L'étoile la demanda pour son fils ; mais Kylli ne voulut point aller dans la demeure de l'étoile, pour éclairer les froides nuits d'hiver.

D'autres prétendants arrivèrent de Wiro (5) ; il en vint aussi d'Inkeri (6) ; mais Kylli les refusa tous, et elle leur dit : « Vous dépensez en vain votre or, vous sacrifiez inutilement votre argent. Je n'irai point en Wiro, je ne m'établirai point sur ses rochers ni sur ses

---

(1) *Kaukomieli*. Celui qui soupire après les lointains voyages. Surnom donné à Lemmikäinen à cause de sa vie aventureuse.
(2) Ile éloignée dont la situation est incertaine.
(3) *Kylli* ou *Kylliki*, suffisante, abondante, parfaite.
(4) Le banc d'honneur, chez les Finnois, est le banc fixé au mur devant lequel on dresse la table.
(5) L'Esthonie.
(6) L'Ingrie.

îles, pour y manger son maigre poisson, pour m'y nourrir de sa soupe trop claire.

« Je n'irai pas davantage en Inkeri; je dédaigne ses côtes et ses rivages, car là règnent toutes les misères; on n'y trouve ni bois, ni *päret* (1), ni eau, ni froment, ni pain de seigle. »

Alors, le joyeux Lemmikäinen, le beau Kaukomieli, forma le projet de rechercher, lui aussi, la jeune vierge, la belle chevelure, la gracieuse fleur de Saari.

Sa mère s'efforça de l'en dissuader, la vieille femme chercha à le retenir : « O mon fils, garde-toi de prétendre à ceux qui sont plus nobles que toi; on ne t'admettra point dans l'illustre famille de Saari. »

Le joyeux Lemmikäinen, le beau Kaukomieli, répondit : « Si je ne suis pas d'une illustre maison, si je ne suis pas grand par ma race, je me ferai agréer à cause de ma figure, je séduirai par les charmes de ma personne. »

Sa mère redoubla ses instances; elle le supplia de ne point aller à Saari, de ne point affronter l'illustre famille : « Là, les jeunes filles te tourneront en ridicule, les belles vierges se moqueront de toi. »

Lemmikäinen ne s'inquiéta guère de ces menaces; il prit la parole, et il dit : « Je saurai bien avoir raison des moqueuses; je leur mettrai un fardeau dans le sein, j'alourdirai leur poitrine; cela fera taire les meilleurs rires, les plus fines moqueries. »

La mère dit à son fils : « Ah! malheur, malheur à mes jours! Si tu violes les vierges de Saari, si tu abuses de ses chastes jeunes filles, une grande querelle s'élèvera, une guerre sanglante sera déclarée. Tous les fiancés de Saari, cent hommes armés de glaives, se tourneront contre toi, contre toi seul, pauvre misérable! »

Lemmikäinen ne tint aucun compte des exhortations

---

(1) Longs éclats de bois qu'on allume dans les maisons en guise de torches ou de flambeaux. On les fixe, à cet effet, sur une espèce de chevalet en fer ou en bois, dans une position semi-verticale.

de sa mère. Il attela son bon étalon à son traîneau, et il partit avec fracas, pour aller demander la main de la gracieuse fleur, de la belle vierge de Saari.

Mais, au moment où il faisait sa pompeuse entrée dans l'île, voici que tout à coup son traîneau, son beau traîneau versa. Les femmes se moquèrent de lui, les jeunes filles le tournèrent en ridicule.

Alors, le joyeux Lemmikäinen grinça des dents, branla la tête, secoua sa noire chevelure ; puis il prit la parole, et il dit : « Je n'avais pas encore vu, je n'avais pas encore entendu de femme se moquer de moi, de jeune fille me tourner en ridicule. »

Et, sans se soucier davantage de ce qui se passait autour de lui, il éleva la voix, et il dit : « Est-il une place dans Saari, une place où je puisse me mêler aux jeux des jeunes filles, danser dans la joyeuse société des belles chevelures ? »

Les filles de Saari, les vierges du promontoire, lui répondirent : « Sans doute, tu trouveras ici une place pour y jouer, pour y folâtrer, comme pâtre, dans la forêt défrichée, comme berger, sur l'herbe jaune de la prairie. Les filles de Saari sont maigres, mais ses chevaux sont très-gras (1). »

Le joyeux Lemmikäinen ne se tourmenta en aucune façon de cette réponse. Il s'enrôla en qualité de berger, et garda les troupeaux, pendant toute la durée des jours ; mais, pendant les nuits, il fréquentait les riantes sociétés des jeunes filles, les jeux folâtres et les joyeux ébats des belles chevelures.

Ainsi, le joyeux Lemmikäinen, le beau Kaukomieli mit fin aux railleries des moqueuses ; et bientôt, dans toute l'île, il ne se trouva pas de jeune fille, même parmi les plus timides et les plus chastes, à laquelle il n'eût prodigué ses caresses, et dont il n'eût partagé la couche.

---

(1) C'est-à-dire : Tu feras bien de t'en tenir aux chevaux de Saari, ils conviennent mieux à tes jeux que ses maigres jeunes filles.

Une, cependant, lui échappa, une vierge qu'aucun prétendant n'avait pu fléchir, qu'aucun homme n'avait pu charmer : c'était la belle Kylliki, la gracieuse fleur de Saari.

Le joyeux Lemmikäinen, le beau Kaukomieli, usa cent paires de chaussures, cent paires de rames, à courir après elle, à chercher à la captiver.

La belle Kylliki lui dit : « Pourquoi restes-tu ici, misérable ? Pourquoi, vilain oiseau, rôdes-tu dans cette île, t'enquérant des jeunes filles, épiant les ceintures d'étain ? Je ne serai libre que lorsque j'aurai usé le mortier à piler le grain, que lorsque j'aurai mis le pilon hors de service (1).

« Que m'importent les folles cervelles et les libertins turbulents ? Je veux pour époux un homme, comme moi sérieux et digne ; je veux pour ma fière beauté, une beauté plus fière encore ; je veux pour ma noble taille une taille encore plus noble. »

Un peu de temps s'écoula, un demi-mois à peine, et voilà qu'un jour, un beau soir, les jeunes filles de Saari folâtraient et dansaient joyeusement sur la lisière d'une forêt, au milieu des bruyères fleuries. Kylliki était à leur tête, comme la plus illustre et la plus belle.

Tout à coup, Lemmikäinen vint les surprendre ; il était dans son traîneau attelé de son fougueux étalon. Il enleva Kylliki, et la força de se placer à côté de lui, sur son tapis d'éclisses (2).

Puis il fit claquer son fouet, il en frappa les flancs du coursier, et partant aussitôt, il dit : « Gardez-vous bien, ô jeunes filles, de jamais me trahir, gardez-vous bien de

---

(1) En l'absence de moulins proprement dits, les anciens Finnois broyaient leur grain dans un moulin à main (*käsi-kiwi*), ou avec un pilon (*petkele*), dans un mortier en bois (*huhmari*). C'était là l'occupation des femmes, pendant laquelle elles chantaient des chants connus sous le nom de chants de la farine (*jauho-runot*).

(2) Le fond des traîneaux ordinaires des paysans finnois est formé, encore aujourd'hui, d'une sorte de tapis (*listet*) d'éclisses disposées en treillis et reliées entre elles avec des verges d'osier.

dire que je suis venu ici, et que j'ai enlevé la belle
vierge !

« S'il vous arrivait de le raconter, un grand malheur
fondrait sur vous. Je provoquerais vos fiancés au combat,
je précipiterais les jeunes hommes sous les coups du
glaive ; et je les ensorcellerais de telle sorte que vous ne
les verriez, que vous ne les entendriez plus, ni durant les
jours, ni durant les mois de cette vie terrestre, se promener sur ces routes fleuries, fouler aux pieds ces bois
défrichés par le feu. »

Kylliki versa des larmes amères, la fleur de Saari se
lamenta : « Laisse-moi partir ; rends l'enfant à la liberté,
afin qu'elle retourne dans sa demeure, auprès de sa mère
désolée.

« Si tu t'obstines à me retenir, si tu ne me permets
point de retourner dans ma demeure, sache que j'ai encore cinq de mes frères, sept des fils de mon oncle, tout
prêts à suivre la piste du lièvre et à disputer au ravisseur
la tête de la jeune fille. »

Mais, Lemmikäinen ne laissa point partir la belle Kylliki. Alors, elle recommença à pleurer, et elle dit : « C'est
donc en vain que je suis née, pauvre malheureuse, c'est
donc en vain que j'ai grandi et que j'ai vécu, puisque
me voilà, maintenant, tombée entre les mains d'un vani-
teux, d'un homme de rien, d'un batailleur éternel. »

Le joyeux Lemmikäinen, le beau Kaukomieli, dit : « O
Kylliki, perle de mon cœur, douce et chère amie, cesse
de t'affliger. Je ne veux point te faire de mal. Tu t'ap-
puieras sur mon sein quand je mangerai, sur mon bras
quand je marcherai ; tu te tiendras à mes côtés quand je
m'arrêterai ; et quand je dormirai, tu seras la compagne
de ma couche.

« Pourquoi soupires-tu ainsi, ma bien-aimée, pourquoi
te lamentes-tu si tristement ? Craindrais-tu, en venant
dans ma maison, de ne pas y trouver de vaches ou d'y
manquer de pain, et d'y souffrir de la famine ?

« Chasse loin de toi tout souci ! Je suis riche en vaches,

en donneuses de lait. J'en ai une dans le marais, c'est Muurikkinen; j'en ai une autre sur la colline : c'est Mansikkinen; j'en ai une troisième, dans la forêt défrichée : c'est Puolukka. Et elles sont belles ces vaches, sans qu'on leur donne à manger; elles sont florissantes, sans qu'on en prenne soin. Oui, il n'est pas besoin de les parquer le soir, ni de les mettre dehors le matin, ni de s'inquiéter de leur litière ou de leur portion de sel.

Mais, peut-être, te désoles-tu; peut-être, te lamentes-tu de ce que je ne suis pas d'une assez grande race, de ce que ma maison n'est pas assez illustre?

« Si je ne suis pas d'une grande race, si ma maison n'est point illustre, je possède, du moins, une épée flamboyante, un glaive d'où jaillit l'éclair. Il est, lui, d'un sang noble, d'une origine célèbre. Il a été aiguisé chez Hiisi, il a été poli dans la demeure des dieux. Avec mon glaive, j'illustrerai mon nom, j'étendrai au loin ma renommée, avec mon glaive à la pointe de feu, avec ma lame étincelante. »

La pauvre Kylliki poussa un soupir et dit : « O Ahti, ô fils de Lempi, si tu veux avoir une jeune fille telle que moi pour épouse, pour compagne de ta vie, il faut me promettre par un serment éternel, il faut me jurer de ne jamais entreprendre aucune expédition guerrière, ni pour conquérir de l'or, ni pour ramasser de l'argent. »

Le joyeux Lemmikäinen dit : « Je te promets par un serment éternel, je te jure de ne jamais entreprendre d'expédition guerrière, ni pour conquérir de l'or, ni pour ramasser de l'argent. Mais, à ton tour, jure-moi de ne point vagabonder dans le village, lors même que tu brûlerais du désir de folâtrer et de te livrer à la danse. »

Et Lemmikäinen, et Kylliki jurèrent ensemble, l'un de ne point aller à la guerre, l'autre de ne point vagabonder dans le village; et ils échangèrent leurs serments, leurs promesses éternelles, en présence du dieu révélé, du tout-puissant Jumala.

Alors, le joyeux Lemmikäinen frappa les flancs de son
étalon avec son fouet ; et, en lançant son traîneau, il dit :
« Adieu, maintenant, ô tilleuls de Saari ; adieu, ô racines
des pins, troncs des sapins, vous, à travers lesquels j'ai
erré pendant les étés, pendant tous les hivers, me cachant sous les nuits sombres, me glissant sous les orages,
tandis que je chassais cette douce gelinotte, que je
cherchais à captiver cette gracieuse colombe. »

Le traîneau volait avec un fracas de tempête ; et bientôt
une maison apparut, et la belle Kyllikii dit : « Voilà,
certes, une triste cabane qui se dresse là-bas, devant
nous, un vrai nid de misère ! A quel homme de rien
appartient-elle ? »

Le joyeux Lemmikäinen répondit : « Ne t'inquiète pas
de cette maison ! Nous en construirons une meilleure,
nous la construirons avec les plus grosses poutres, avec
les plus belles solives de la forêt. »

Et le joyeux Lemmikäinen arriva enfin à sa demeure,
auprès de sa douce mère, de sa bien-aimée nourrice.

La vieille femme lui dit : « Tu es resté longtemps,
mon cher fils, oui, bien longtemps, sur la terre étrangère. »

Le joyeux Lemmikäinen répondit : « J'avais à me
venger des moqueries des jeunes filles, des rires des
chastes vierges, car elles s'étaient moqué de moi, elles
m'avaient tourné en ridicule, et je m'en suis vengé, et
j'y ai mis fin, en enlevant la plus belle, la meilleure d'entre
elles, en l'emportant dans mon traîneau.

« O ma mère, toi qui m'as porté dans ton sein, toi
qui m'as donné le jour, j'ai atteint le but de mon voyage,
j'ai trouvé ce que j'étais allé chercher. Prépare, maintenant, ton lit le plus doux, tes coussins les plus moelleux,
afin que je puisse dormir dans mon propre pays, près de
ma jeune épouse. »

La vieille femme dit : « Sois donc glorifié, ô Jumala,
sois loué, ô unique créateur, car tu m'as envoyé une belle

fille, une charmante belle fille, habile à allumer le feu **(1)**, experte à tisser le lin, à filer la laine, à blanchir le linge.

« Et toi, mon fils, sache aussi apprécier ton bonheur, le bonheur que ton créateur t'avait promis, que le Dieu plein de grâces t'a donné. Le passereau est pur sur la neige, mais plus pure est la jeune fille qui est à tes côtés ; l'écume est blanche sur la mer, mais plus blanche est la femme qui est en ta puissance ; le canard est beau sur le golfe, mais plus belle est celle que tu as amenée dans ta maison ; l'étoile est brillante dans le ciel, mais plus brillante est ta fiancée.

« Elargis le plancher de ta chambre, agrandis les fenêtres, élève de nouveaux murs, de nouvelles portes, embellis toute la maison ; car tu es devenu le maître d'une belle jeune fille, d'une jeune fille meilleure que toi, plus noble que tous ceux de ta race ! »

(1) D'après une ancienne coutume en usage chez les Finnois, c'est toujours à la bru de la maison ou à la jeune mère de famille qu'incombe la tâche d'allumer le feu le matin.

DOUZIÈME RUNO

SOMMAIRE

Kylliki, oubliant son serment, va folâtrer hors de sa maison. — Lemmikäinen, plein de colère, prend le parti de l'abandonner et d'aller
chercher dans Pohjola une autre épouse. — Sa mère s'efforce de le
détourner de ce projet et lui représente les dangers qu'il aura à
courir de la part des puissants sorciers du pays. — Lemmikäinen
méprise orgueilleusement cet avis, met en état ses armes de combat
et s'apprête à partir. — Au moment de se mettre en route, il arrange
sa chevelure et suspend son peigne au mur de la chambre, en disant
que sa mort ne sera certaine que lorsque ce peigne apparaîtra rouge
de sang. — Il arrive dans Pohjola, et débute par berner tous les
hommes de la maison, à l'exception d'un vieux berger aveugle, auquel il reproche les crimes de sa jeunesse et qu'il traite avec le
plus sanglant mépris. — Celui-ci conçoit le projet de se venger.

Ahti Lemmikäinen, le beau Kaukomieli, vécut de longs
jours dans une heureuse union avec la jeune fille. Il n'alla
point à la guerre, et Kylliki ne vagabonda point dans le
village.

Mais il arriva qu'un jour, un matin, Ahti Lemmikäinen partit pour la pêche; et il ne revint pas le soir, il ne
revint pas à la tombée de la nuit. Kylliki sortit, alors,
dans le village, et alla se mêler aux jeux bruyants des
jeunes filles.

Qui en portera la nouvelle? Qui annoncera l'événement? Ainikki, la sœur, la propre sœur du joyeux héros.

« O Ahti, mon cher frère, Kylliki est sortie dans le village; elle court les maisons étrangères, se mêlant à la

7

société des jeunes filles, aux jeux bruyants des belles chevelures. »

Le jeune Ahti, le fier guerrier, le joyeux Lemmikäinen fut saisi d'une grande, d'une longue colère, et il dit : « O ma mère, ma vieille mère, trempe ma chemise dans le venin d'un noir serpent, et hâte-toi de la faire sécher, car je veux partir pour la guerre, je veux entreprendre une campagne contre les foyers de Pohja, contre les lieux où vivent les fils des Lapons. Déjà, Kylliki est sortie dans le village, elle court les maisons étrangères, se mêlant à la société des jeunes filles, aux jeux bruyants des belles chevelures. »

Kylliki prit la parole, Kylliki, la jeune femme, s'empressa de répondre : « Ah! mon cher Ahti, garde-toi d'aller à la guerre! J'ai fait un songe, tandis que j'étais plongée dans un lourd sommeil. Le feu grondait aux alentours, comme un foyer de forge, les flammes s'élevaient en tourbillons orageux, le long des murs extérieurs; puis elles envahirent brusquement la maison, telles qu'une cataracte sauvage, courant de fenêtre en fenêtre, et bondissant du plancher jusqu'au toit. »

Le joyeux Lemmikäinen répondit : « Je ne crois point aux songes des femmes, non plus qu'à leurs serments. O ma mère, ma nourrice, apporte-moi ma chemise et mon armure de guerre! Je veux boire la bière du combat, je veux goûter le doux miel des batailles (1). »

La vieille femme dit : « O mon fils, mon cher Ahti, non, ne va point à la guerre! Nous ne manquons pas de bière à la maison, nous en avons dans la belle tonne en bois d'aulne, derrière la bonde en bois de chêne; je puis t'en fournir assez, lors même que tu voudrais passer toute la journée à boire. »

Le joyeux Lemmikäinen dit : « Je me souçie fort peu

_____

(1) Lemmikäinen veut dire dans ce langage imagé qu'il est altéré de la soif des combats. Sa mère feint de ne pas le comprendre et lui propose la bière de famille.

de la bière de la maison, je préfère boire l'eau du fleuve, avec la rame goudronnée ; elle a plus de saveur à mon goût que la boisson domestique. Apporte-moi ma chemise et mon armure de guerre ! Je veux aller aux régions de Pohjola, aux lieux où vivent les fils des Lapons, pour savoir s'il y a de l'or, pour demander s'il y a de l'argent.

La vieille femme dit : « O mon fils, mon cher Ahti, nous avons assez d'or, dans notre maison, assez d'argent dans notre aitta (1).

« Hier matin, tandis que l'esclave labourait le champ rempli de serpents, le champ infesté de vipères, le soc de sa charrue souleva une caisse, mit à découvert un trésor. Il y avait là cent, il y avait là mille pièces de monnaie. J'ai recueilli le trésor, et je me suis empressée de le déposer dans l'aitta. »

Le joyeux Lemmikäinen dit : « Je me soucie fort peu de ces trésors. Une seule petite pièce de monnaie conquise dans le combat aura plus de valeur à mes yeux que tout l'or, que tout l'argent soulevé par la charrue. Apporte-moi ma chemise et mon armure de guerre, je veux entreprendre une campagne contre Pohjola, je veux aller me battre avec les fils des Lapons.

« Et j'ai envie aussi de voir de mes propres yeux, d'entendre, de mes propres oreilles, s'il n'est pas dans Pohjola, s'il n'est pas dans Pimentola (2) une jeune fille qui ait peu de goût pour les prétendants, une jeune fille que les hommes le plus dignes d'estime laissent indifférente. »

La vieille femme dit : « O mon fils, mon cher Ahti, tu as déjà Kylliki à la maison ; rien n'est au-dessus de sa propre épouse, et il n'est pas d'usage que deux femmes se rencontrent dans le lit d'un seul homme. »

Le joyeux Lemmikäinen dit : « Kylliki s'est échappée dans le village. Qu'elle se livre aux gais ébats ! Qu'elle folâtre, dans chaque maison, au milieu des jeunes filles,

(1) Voir page 3, note 6.
(2) Voir page 51, note 2.

qu'elle se mêle aux gais amusements des belles chevelures! »

La vieille femme dit : « Ne pars point, cependant, mon fils, pour les régions de Pohjola, pour les lieux où vivent les fils des Lapons, avant d'avoir acquis la science (1), avant d'avoir enrichi ton esprit de connaissances! Le Lapon peut t'ensorceler, Turjalainen (2) peut te précipiter, la bouche dans le charbon de forge, la tête dans l'argile, les coudes dans les tisons ardents, les poings dans la cendre brûlante, au milieu des pierres enflammées. »

Lemmikäinen dit : « Déjà les méchants sorciers, déjà les serpents venimeux ont cherché à me berner. Pendant une nuit d'été, trois Lapons, debout sur une pierre fixée au sol, trois Lapons nus (3), sans chemise, sans baudrier, sans ceinture magique, ont voulu m'attaquer; mais les malheureux n'ont eu sur moi d'autre succès que celui de la hache sur la pierre, de la tarière sur le roc, du rouleau sur la glace, de Tuoni (4) dans une maison vide d'habitants.

« Alors, ils ourdirent contre moi d'autres desseins. Ils me menacèrent de me renverser par terre, de me fatiguer jusqu'à l'épuisement; ensuite de me jeter comme un tronc d'arbre sur la mousse humide, comme une passerelle sur un bourbier; de m'enfoncer jusqu'au menton dans le marais, jusqu'à la barbe dans l'ordure. Mais, brave que je suis, je m'embarrassai peu de ces menaces, et je me mis à entonner un chant magique, à déployer la puissance de la parole. Et je bernai les sorciers avec leurs

---

(1) Il s'agit ici de science et de connaissances magiques.
(2) Fils ou habitant de *Turja*; voir page 74, note 1.
(3) Tel était l'usage des anciens sorciers de Laponie. Ils se posaient debout sur une pierre; car de là ils s'imaginaient donner plus de force à leurs opérations (voir page 29, note 1); ils se mettaient, en outre, tout à fait nus, afin de se soustraire aux influences magiques qui pouvaient avoir été attachées à leurs vêtements. Ils avaient pareillement toujours quelque arme à la main : un couteau, une flèche, un arc, etc.
(4) Dieu de la mort, appelé aussi *Tuonen*.

flèches, les chasseurs avec leurs arcs, les sorcières avec leurs couteaux, les tietäjä (1) avec leurs lames d'acier, et je les précipitai dans la cataracte de Tuoni, sous la chute d'eau la plus profonde, sous le tourbillon le plus sauvage. Là, les savants dans l'art noir, les hommes haineux dorment d'un lourd sommeil; ils dormiront jusqu'à ce que l'herbe pousse à travers leur tête, à travers leur bonnet, à travers la chair de leurs larges épaules (2). »

La vieille femme combattit encore le dessein de Lemmikäinen, Kyllìki se joignit à elle (3), et elles lui dirent : « Garde-toi, néanmoins, ô Ahti, d'aller au froid village, de te rendre dans la sombre Pohjola! Le malheur y fondra sur toi. Lors même que tu parlerais avec cent bouches, nous ne te croirions pas. Non, tu ne saurais lutter, en puissance magique, avec les fils de Pohjola, car tu ignores la langue de Turja, tu ignores les chants de Laponie (4). »

Le joyeux Lemmikäinen, le beau Kaukomieli se mit à peigner sa chevelure, sa longue chevelure; puis il suspendit son peigne à la poutre du foyer, et il éleva la voix, et il dit : « Quand le coup mortel aura frappé Lemmikäinen, quand le malheur aura abattu l'infortuné héros, ce peigne distillera du sang; le sang s'en échappera en rouges rayons! »

Et, malgré la défense de sa mère, malgré les conseils de sa nourrice, le joyeux Lemmikäinen se disposa à partir pour la sombre Pohjola.

(1) Voir page 26, note 1.
(2) Ces deux derniers paragraphes contiennent ce que les Finnois appellent les *paroles de jactance* (kerskaus-sanat). C'est une sorte de formule dont les sorciers se servent pour vanter leur science et leur puissance.
(3) Voici la seconde fois que Kyllìki, bien que vagabondant dans le village, se joint à la mère de Lemmikäinen, pour le retenir. Ces interventions hypothétiques ne sont pas rares dans les runot. Elles font parler et agir les personnages absents comme ils eussent parlé et agi s'ils eussent été présents.
(4) Les chants, les paroles magiques étaient regardés comme plus puissants chez les Lapons que chez tous les autres peuples. Il ne s'agit point ici toutefois d'une langue particulière.

Il se couvrit d'une chemise de fer, il ceignit un baudrier d'acier, et il dit : « Le héros est plus ferme dans une cuirasse, plus puissant dans une chemise de fer, plus hardi dans un baudrier d'acier ; il peut affronter les méchants sorciers, il peut se rire des plus faibles, se moquer même des plus forts. »

Il prit son glaive à la pointe aiguë, son glaive aiguisé chez Hiisi, trempé dans la demeure des dieux, et il le mit dans le fourreau, et il le suspendit à son côté.

Où le guerrier se mettra-t-il en garde? Où le farouche héros se munira-t-il d'une égide protectrice? Il se met en garde, il se munit d'une égide protectrice, devant la porte de la maison, sous la poutre qui couronne le seuil de la chambre, à l'ouverture du chemin, du chemin même le plus éloigné qui conduit à l'habitation.

Mais toutes ces précautions ne peuvent servir que contre les femmes; il faut contre les hommes une égide plus puissante, plus efficace; le héros s'en munit à l'embranchement de deux chemins, sur le dos d'une pierre bleue, près d'une source bondissante, sur les bords d'une cataracte orageuse, d'un tourbillon écumeux.

Là, le joyeux Lemmikäinen éleva la voix, et il dit : « Sortez de la terre, ô hommes du glaive, sortez de la terre, ô héros vieux comme la terre! Sortez des sources, guerriers à la lame étincelante, sortez des fleuves, archers à la main sûre! Et toi, ô forêt, viens avec tes hommes; désert, viens avec ton peuple; vieillard de la montagne viens avec ta force; démon des eaux, viens avec tes épouvantements! Et toi, femme antique des mers, et vous, vierges des sources, venez avec votre puissance! Oui, accourez tous autour du héros, du célèbre héros; combattez avec lui, afin que les noirs artifices des sorciers, que le couteau de fer des sorcières, que les flèches des meilleurs tireurs ne mordent point sur lui!

« Et, si cela ne suffit point, j'aurai recours à d'autres moyens, j'élèverai plus haut mes soupirs, j'invoquerai

Ukko, le grand dieu du ciel, le souverain modérateur des nuages.

« O Ukko, dieu suprême, vénérable père céleste, toi qui parles à travers les nuages, qui fais entendre ta voix à travers les espaces de l'air, donne-moi un glaive flamboyant dans un fourreau splendide, un glaive avec lequel je puisse briser tous les obstacles, anéantir les sorciers, abattre les esprits malfaisants de la terre, les démons funestes de l'eau, et devant moi, et derrière moi, et au-dessus de ma tête, et à mes côtés ! Donne-moi un glaive pour renverser les sorciers sur leurs flèches, les sorcières sur leurs couteaux de fer, les savants dans l'art noir, les hommes méchants sur leurs armes d'acier (1). »

Et le joyeux Lemmikäinen, le beau Kaukomieli donna un coup de sifflet magique. Et, soudain, du fond d'un petit bois, un étalon accourut, un coursier à la crinière d'or, à la robe de feu. Le héros l'attela à son traîneau, à son beau traîneau, puis il y monta, fit claquer son fouet orné de perles et partit à grand train. L'étalon bondit, le traîneau glisse, la route s'efface, les bruyères d'argent, les champs d'or retentissent.

Lemmikäinen marcha un jour, marcha deux jours, marcha trois jours, et il rencontra un village.

Il s'arrêta devant la première habitation (2), et il dit : « Est-il quelqu'un dans cette maison qui puisse dételer mon cheval et le débarrasser de son collier ? »

Un petit garçon, qui jouait sur le plancher, lui répondit : « Non, il n'est personne dans cette maison qui

---

(1) Ces évocations, ces prières de Lemmikäinen constituent une formule dite en finnois *paroles de précaution* (*varaus sanat*). On en fait usage au moment d'entreprendre un voyage, une expédition guerrière, ce qui s'appelle se mettre en garde contre les ensorcellements et autres dangers. Mais, pour que ces paroles soient efficaces, elles doivent être prononcées dans un lieu déterminé, par exemple, sous la poutre principale du toit, sur le seuil de la porte de la chambre, etc. Elles varient aussi suivant que les dangers sont à craindre du côté des hommes ou du côté des femmes.

(2) Voir page 65, note 2.

puisse dételer ton cheval et le débarrasser de son collier. »

Lemmikäinen ne s'affligea pas trop de cette réponse. Il continua sa route et s'arrêta devant la seconde habitation : « Est-il quelqu'un dans cette maison qui puisse dételer mon cheval et le débarrasser de ses harnais? »

Une vieille femme lui cria du haut du poêle (1), une vieille bavarde à la méchante langue lui répondit : « Non, il ne manque pas d'hommes dans cette maison pour dételer ton cheval, pour le débarrasser de ses harnais; tu en trouveras, même, dix, cent, si tu veux, qui te fourniront des chevaux, qui te donneront un traîneau tout attelé, afin que tu puisses, méchant garçon, retourner dans ta demeure, auprès de ton père et de ta mère, de ton frère et de ta sœur, avant que le jour finisse, que le soleil se couche. »

Lemmikäinen ne se troubla guère de ces paroles, il éleva la voix, et il dit : « Cette vieille mériterait bien que l'on tirât sur elle, ce menton crochu devrait être assommé ! »

Et il reprit sa course bruyante, et il s'arrêta devant la troisième habitation, et il dit : « O Hiisi, ferme la bouche aux aboyeurs, Lempo, scelle la mâchoire des chiens, mets un bâillon sur leurs lèvres, une barre entre leurs dents, afin qu'ils ne puissent donner l'éveil que lorsque le héros sera passé (2) ! »

Et il entra dans l'enclos de l'habitation, et il frappa la terre de son fouet. Un nuage de poussière s'éleva, et de ce nuage sortit un petit homme, qui détela le cheval et le débarrassa de ses harnais.

Alors, le joyeux Lemmikäinen, sans que personne l'aperçût, sans que personne le remarquât, se mit à écouter de ses propres oreilles, à travers les fentes des mu-

---

(1) Voir page 66, note 1.
(2) Formule en usage pour prévenir les aboiements des chiens : *Koiran lumous-sanat*, littéralement : *paroles pour charmer les chiens.*

railles, la mousse des poutres (1), les ais des lucarnes,
et il entendit chanter des paroles, moduler des runot.

Et il glissa furtivement ses regards dans l'intérieur
de la maison. Elle était remplie de tietäjät, de magiciens
puissants, de savants devins, d'habiles ensorceleurs ;
tous chantaient des runot de Laponie, vociféraient des
chants de Hiisi.

Le joyeux Lemmikäinen prit hardiment une autre
forme, et il entra dans la tupa, et il dit : « Le chant est
beau quand il finit vite, le chant est beau quand il est
court ; il est mieux de ménager l'esprit que de le briser
à moitié chemin (2). »

La mère de famille de Pohjola suspendit son travail et
dit : « Il y avait ici naguère un chien couleur de fer, un
mangeur de viande, un briseur d'os, un suceur de sang
cru. Quel homme es-tu donc parmi les hommes, quel héros
parmi les héros, toi qui as franchi ce seuil, qui as pénétré
dans cette tupa, sans que le chien t'ait entendu, sans
que l'aboyeur t'ait remarqué ? »

Le joyeux Lemmikäinen répondit : « Je ne suis point
non plus venu ici avec ma science et mon habileté, avec
ma puissance et ma sagesse, avec la force et la vertu
magique que j'ai héritées de mon père, les runot pro-
tectrices que m'ont enseignées ceux de ma race, pour
être dévoré par tes chiens, pour devenir la pâture de tes
aboyeurs.

« Lorsque j'étais petit enfant, ma mère m'a baigné
dans l'eau trois fois, pendant une nuit d'été, neuf fois,
pendant une nuit d'automne, afin que je devinsse un
tietäjä puissant, un enchanteur fameux, et dans mon
pays et dans tout l'univers. »

Et le joyeux Lemmikäinen, le beau Kaukomieli se mit
à vociférer ses runot sauvages, à déployer sa grande

(1) Dans les maisons en bois, on remplit les interstices des poutres
avec du chanvre ou de la mousse.
(2) Proverbe finnois.

puissance de tietäjä. Le feu jaillit de son vêtement de peau, la flamme s'élance de ses yeux.

Il força les meilleurs chanteurs, les plus puissants runoiat, à chanter des runot misérables; il leur mit à la bouche un bâillon de pierre, il enfonça dans leur gorge des débris de rocher.

Il berna les hommes superbes; il les dispersa de tout côté, au milieu des terres nues, des champs sans culture, des marais vides de poissons, au fond de la cataracte mugissante de Rutja (1), sous ses tourbillons écumeux; il les jeta contre les rochers des torrents, pour y brûler comme le feu, pour y petiller comme l'étincelle.

Il berna les guerriers avec leurs glaives, les héros avec leurs armes; il berna les jeunes, il berna les vieux, il berna les hommes mûrs. Un seul fut dédaigné, un vieux pâtre aux yeux éteints, au chapeau mouillé.

Le vieux pâtre dit : « O joyeux fils de Lempi, tu as berné les jeunes, tu as berné les vieux, tu as berné les hommes mûrs, pourquoi donc m'as-tu laissé de côté ? »

Le joyeux Lemmikäinen répondit : « Je t'ai laissé de côté, parce que tu fais déjà suffisamment horreur à voir, parce que, sans que je m'occupe de toi, tu es déjà assez hideux, parce que, dans ta jeunesse, alors que tu n'étais qu'un misérable berger, tu as déshonoré ta sœur, tu as violé l'enfant de ta mère, abusé de tous tes chevaux, pollué tes jeunes cavales, sur le dos du marais, sur le nombril de la terre (2), là où croupit l'eau fangeuse. »

Le vieux pâtre au chapeau mouillé fut saisi d'une violente colère. Il sortit de la maison et se rendit près du fleuve de Tuonela, de la cataracte sacrée. Là, il épia Lemmikäinen, il attendit que Kaukomieli quittât Pohjola pour retourner dans son pays.

---

(1) Synonyme de Turja. Voir page 74, note 1.
(2) C'est-à-dire sur la terre nue. Plus spécialement, les *runot* entendent par nombril de la terre, le centre de la terre, les régions intérieures.

TREIZIÈME RUNO

Lemmikäinen demande à la mère de famille de Pohjola la main de sa fille. — Louhi promet de la lui accorder s'il peut atteindre le coursier de Hiisi et le ramener captif. — Lemmikäinen se fait fabriquer des suksi pour courir sur la neige et s'élance à la poursuite du coursier infernal. — Il l'atteint et l'enchaîne, mais l'animal rompt ses liens et s'échappe. — Lemmikäinen se remet à sa poursuite ; tout à coup ses suksi se brisent, et il est forcé de s'arrêter.

Le joyeux Lemmikäinen dit à la mère de famille de Pohjola : « Maintenant, ô vieille, amène ici tes filles ; je veux choisir pour moi la plus grande, la plus belle de la bande. »

La mère de famille de Pohjola répondit : « Je ne te donnerai aucune de mes filles, ni la plus grande ni la plus petite, ni la plus belle ni la plus laide, car tu as déjà une femme, une véritable épouse dans ta maison (1). »

Le joyeux Lemmikäinen dit : « J'enchaînerai Kylliki dans le village, je l'attacherai à d'autres seuils, à d'autres habitations ; je trouverai ici une meilleure femme (2).

---

(1) La polygamie n'a jamais été en usage chez les peuples finnois. Les runot, du moins, protestent en toute occasion contre la pluralité des femmes.

(2) Ce qui signifie, sans doute : Je divorcerai avec Kylliki, et ferai en sorte qu'elle s'unisse à un autre époux.

Amène-moi donc ta fille, la plus charmante des jeunes vierges, la plus parfaite des belles chevelures. »

La mère de famille de Pohjola dit : « Je ne donnerai point ma fille à des hommes inutiles, à des héros sans mérite. N'aspire à la main d'une jeune vierge, ne recherche une tête de fleur, que lorsque, chaussé de tes suksi (1), tu auras atteint à la course l'élan de Hiisi, au delà du champ de Hiisi (2). »

Le joyeux Lemmikäinen ferra son épieu, banda son arc, mit ses flèches en ordre et dit : « Maintenant, mon épieu est ferré, mes flèches sont en ordre, la corde est tendue sur mon arc ; mais je n'ai point de suksi pour marcher, pour frapper la route avec le talon. »

Et le joyeux Lemmikäinen songea en lui-même où il trouverait, où il se procurerait des suksi.

Il se dirigea vers la maison de Kauppi ; il entra dans la forge de Lyylikki. « O sage Wuojalainen, ô Kauppi (3), bel enfant de Laponie, fais-moi de bons suksi, des suksi élégants et agiles, afin que j'atteigne à la course l'élan de Hiisi, au delà du champ de Hiisi. »

Lyylikki prit la parole, Kauppi agita sa langue : « C'est en vain, ô Lemmikäinen, que tu entreprends de courir après l'élan de Hiisi, tu n'attraperas qu'un morceau de bois pourri, et encore avec beaucoup de fatigue. »

Le joyeux Lemmikäinen se soucia peu de cette réponse, et il dit : « Fais-moi, seulement, des suksi, de bons suksi ; je veux atteindre à la course l'élan de Hiisi, au delà du champ de Hiisi. »

Lyylikki, l'habile fabricant de suksi, se mit donc au travail. Pendant l'automne, il façonna le bois des suksi ; pendant l'hiver, il les revêtit de peau ; puis il mit un

____

(1) Voir page 79, note 1.
(2) Voir page 50, note 1.
(3) Noms propres qui, conformément à un usage dont les runot nous donnent de nombreux exemples, s'appliquent à une seule et même personne.

jour à tailler le bâton, un autre jour à le couronner d'une ronde palette (1).

Déjà les suksi sont prêts; les suksi bons à frapper la route avec le talon; le bâton est taillé, la ronde palette est à sa place. Le bâton valait une loutre, la palette un renard rouge (2).

Lyylikki frotta les suksi avec du beurre, il les enduisit de graisse de renne; puis il réfléchit profondément, et il dit : « Est-il parmi cette jeunesse, parmi cette race qui s'élève, est-il quelqu'un qui puisse chausser ces suksi et s'en servir pour la course? »

Le joyeux Lemmikäinen, le gai et intrépide compère répondit : « Oui, certainement, il est parmi cette jeunesse, parmi cette race qui s'élève, il est quelqu'un qui peut chausser ces suksi et s'en servir pour la course. »

Et il suspendit son carquois sur son dos, son arc sur son épaule, prit son bâton à la main, chaussa les suksi, et se mettant en route, il dit : « Il n'est aucun être dans tout l'espace de Jumala, sous la voûte du ciel, aucun être courant à quatre pieds, qui ne puisse être atteint avec la chaussure du fils de Kaleva, avec les suksi de Lemmikäinen. »

Les lutins de Hiisi, les hommes de Juutas (3) entendirent ces paroles, et ils se mirent à fabriquer un élan,

(1) En glissant sur la neige avec les suksi, les Finnois et les Lapons s'aident d'un long bâton armé à l'extrémité d'une rondelle de bois.

(2) A l'époque où la monnaie était rare, les Finnois la remplaçaient par des fourrures. Il n'y a pas longtemps encore que dans certaines contrées, où la chasse était un de leurs principaux moyens d'existence, ils acquittaient l'impôt du fisc avec des peaux d'écureuil.

(3) *Juutaat, Hiidet, Hiiden Kansa, Jattiläiset, etc.*, tous ces noms qui reviennent souvent dans les runot ont un sens difficile à préciser. Plusieurs auteurs les regardent comme synonymes de *Jotarne, Jättarne*, noms que les anciennes sagas scandinaves donnent aux habitants primitifs de la Finlande, Ces derniers sont toujours représentés comme étant d'une taille et d'une force extraordinaires, et comme des êtres mauvais toujours en hostilité contre les hommes. Dans la runo actuelle, *Juutas* est évidemment de la même famille que *Hiisi*. Mais peut-être ce nom de *Juutas* a-t il été introduit dans les runot à une époque postérieure, et n'est-il qu'une reproduction du Judas de l'Evangile.

un superbe élan (1). Ils lui firent la tête d'un tronc d'arbre pourri, les cornes d'un saule branchu, les pieds de roseaux, les jambes de plantes marécageuses, le dos d'un poteau de cloison, les veines de paille sèche, les yeux de fleurs aquatiques, les oreilles de feuilles de nénuphar, la peau d'écorce de sapin, la chair de poutres moisies.

Hiisi donna lui-même ses instructions à son élan, il parla de sa propre bouche au bel animal : « Pars, maintenant, ô élan de Hiisi ; vole, élan rapide, vers les lieux où s'accouplent les rennes, vers les champs des fils de Laponie ; fais que ceux qui te poursuivront soient inondés de sueur sur leurs suksi, Lemmikäinen avant tous les autres.

Et l'élan de Hiisi s'élança, le rapide animal prit son essor vers les régions de Pohja, vers les champs des fils de Laponie, et en passant devant une *goatte* (2), il renversa d'un coup de son sabot la chaudière qui était sur le feu, en sorte que la viande roula dans les cendres, que la soupe se perdit sur la pierre du foyer.

Alors, un grand tumulte éclata parmi les Lapons : les chiens aboyèrent, les enfants pleurèrent, les femmes ricanèrent, tout le peuple murmura.

Le joyeux Lemmikäinen, chaussé de ses suksi, poursuit avec ardeur l'élan de Hiisi. Il traverse les marais et les vastes déserts, il longe les vastes forêts défrichées par le feu. Le feu jaillit de ses suksi, la fumée du bout de son bâton ; mais il ne voit pas encore l'élan, il ne le voit ni ne l'entend.

Il franchit les montagnes et les collines, il franchit les lacs et les mers, et les bruyères sauvages de Hiisi, et les landes arides de Kalma. Déjà, il touche aux demeures de la mort, et *Surma* (3) lève la tête, et elle ouvre la gueule

(1) Ironie familière aux runot finnoises.
(2) Hutte laponne.
(3) Personnification de la mort violente, du destin fatal.

pour saisir le héros, pour engloutir Lemmikäinen ; mais il échappe à ses dents meurtrières, il n'en est pas même effleuré.

Un seul champ reste encore à atteindre, un petit coin désert à visiter, dans les espaces extrêmes de Pohjola, dans les vastes solitudes de la Laponie. Le héros y dirige sa course.

Mais, arrivé à la dernière limite, il entendit un bruit effroyable. Les chiens aboyaient, les enfants pleuraient, les femmes ricanaient, tout le peuple lapon éclatait en murmures.

Le joyeux Lemmikäinen s'élança du côté du bruit, et quand il fut à portée, il dit : « Pourquoi entends-je les femmes ricaner, les enfants pleurer, les vieillards se lamenter, les chiens velus aboyer ? »

« Les femmes ricanent, les enfants pleurent, les vieillards se lamentent, les chiens velus aboient, parce que, en passant devant la goatte, l'élan de Hiisi a renversé la chaudière qui était sur le feu, en sorte que la viande a roulé dans les cendres, que la soupe s'est perdue sur la pierre du foyer. »

Et le joyeux Lemmikäinen, le facétieux compère appuya son suksi gauche sur la neige, et il glissa comme une couleuvre sur le gazon aride ; il appuya son suksi droit sur le pin du marais, et il y glissa comme un serpent vivant ; puis, continuant sa course, appuyé sur son bâton, il dit : « Que tous les hommes de Laponie viennent, maintenant, pour porter l'élan, que toutes les femmes de Laponie nettoient les chaudières, que tous les enfants de Laponie rassemblent du petit bois pour faire le feu, que toutes les chaudières de Laponie se préparent pour la cuisson du grand élan de Hiisi ! »

Et, dans un suprême effort, Lemmikäinen s'élança en avant. D'un bond, il alla aussi loin que l'œil pouvait voir, d'un autre bond, aussi loin que l'oreille pouvait entendre, d'un troisième bond, il atteignit la croupe de l'élan de Hiisi.

Alors, il prit un poteau d'érable, une verge de bouleau, et il attacha l'animal au milieu d'un petit bois clos, planté de chênes. « Reste là maintenant, élan de Hiisi, bondis à ton aise, renne sauvage (1). »

Puis, il lui passa la main sur le dos, lui caressa doucement la peau, et dit : « Il me conviendrait tout à fait, il me serait on ne peut plus agréable de coucher là-dessus, en compagnie d'une jeune fille, d'une svelte et florissante colombe ! »

L'élan de Hiisi entra en fureur ; le renne sauvage frappa la terre de son sabot, et il dit : « Que Lempo te prépare ton lit, s'il le veut, pour y dormir avec tes jeunes filles, pour y vivre avec tes colombes ! »

Et il s'agita de toutes ses forces, brisa ses liens de bouleau, mit son poteau d'érable en pièces, renversa la cloison de chêne, et prit sa course impétueuse à travers les marais et les déserts, les collines et les bois, et bientôt, il devint invisible à l'œil, insaisissable à l'oreille.

Le joyeux Lemmikäinen, transporté d'une rage amère, d'une colère sans égale, se mit aussitôt à la poursuite de l'élan de Hiisi.

Mais, à peine eut-il fait un pas que les sangles de ses deux suksi se rompirent près du talon, que son bâton se brisa près de la ferrure et jusqu'à la hauteur de la palette. L'élan de Hiisi disparut tout à fait.

Le joyeux Lemmikäinen, le cœur triste, la tête penchée, regarda en soupirant ses suksi brisés, et il dit : « Que jamais, tant que durera cette vie, nul autre de nos héros ne s'aventure comme moi, malheureux, à la poursuite de l'élan de Hiisi ! J'y ai perdu mes bons suksi ; j'y ai brisé mon bâton et le meilleur de mes épieux. »

---

(1) Le coursier de Hiisi est appelé tantôt élan, tantôt renne, etc. Cette accumulation de noms sur un même objet est familière à la poésie finnoise ; on en a vu, on en verra encore beaucoup d'autres exemples.

QUATORZIÈME RUNO

SOMMAIRE

Le joyeux Lemmikäinen, après une suite d'invocations et de conjurations, et grâce au concours des dieux et des déesses des bois, réussit
à prendre l'élan de Hiisi et à l'amener dans Pohjola. — Louhi lui
impose alors de mettre un mors au coursier flamboyant de Hiisi. —
Lemmikäinen satisfait à cette seconde épreuve, et demande de nouveau la main de la jeune fille. — Louhi met à son consentement une
troisième et dernière condition, savoir : de tuer le cygne du fleuve
noir de Tuoni. — Lemmikäinen se dirige vers ce fleuve, armé de son
arc. — Mais le vieux berger de Pohja épie son arrivée, le tue au
moyen d'un serpent évoqué par lui, puis le précipite dans le fleuve
de Tuoni. — Là, le fils de la Mort met le corps de Lemmikäinen
en pièces.

Le joyeux Lemmikäinen pense et médite profondément ; il se demande où il doit aller, quelles traces de
suksi il doit suivre ; s'il renoncera aux élans de Hiisi,
pour regagner sa demeure, ou s'il tentera encore l'entreprise, et s'il cherchera à se concilier la mère de la
forêt, à charmer les belles jeunes filles des bois.

Et il prend la parole et il dit : « O Ukko, Dieu suprême entre tous les dieux, Ukko, père céleste, fais-
moi, maintenant, des suksi bien droits, des suksi légers
et flexibles, afin, qu'avec eux, je m'élance à travers les
plaines et les marais, les champs de Hiisi, les vastes
landes de Pohja, jusqu'aux lieux que fréquente l'élan
de Hiisi, jusqu'aux sentiers où bondit le renne infernal.

« Oui, seul d'entre les hommes, seul d'entre les héros
je veux aller chasser, je veux aller travailler en plein air,

8

le long des chemins de Tapiola (1), à travers les demeures de Tapio (2). Salut à vous, montagnes, salut à
vous, rochers aux pics sublimes, salut à vous, sauvages
forêts de sapins, salut à vous, peupliers au tremblant
feuillage, salut à celui qui vous salue!

« Croissez, arbres des forêts, engraissez-vous, ô
vastes plaines! Et toi, éternel Tapio, sois-moi propice!
Conduis le héros dans un bois, conduis-le au sommet
d'une colline, où il puisse chasser le gibier, où il puisse
faire un riche butin!

« O Nyyrikki, fils de Tapio, noble héros au casque
rouge, grave des signes sur les arbres et sur les rochers,
afin que je me retrouve au milieu de ces routes inconnues, lorsque je poursuivrai ma proie, que je lancerai le
précieux gibier!

« O Mielikki (3), mère de la forêt, gracieuse vieille,
charmant visage, envoie ton or, envoie ton argent (4) au
devant du héros qui les poursuit, du héros qui te
supplie!

« Prends les clefs d'or de l'anneau suspendu à ta
ceinture (5), et ouvre l'aitta de Tapio, la citadelle de la
forêt, pendant le jour qui éclaire ma prière, le temps où
je cours après la proie!

« Et si tu ne veux point te charger toi-même de ce
soin, envoie à ta place quelqu'une de tes filles, quelqu'une de tes servantes, envoie celles qui sont faites pour
obéir à tes ordres! Tu ne serais point une véritable
maîtresse de maison, si tu n'avais à tes gages cent
filles, mille servantes, pour paître tes troupeaux, pour
prendre soin de tout ton gibier!

(1) Habitation de *Tapio*.
(2) Dieu des bois.
(3) Femme de *Tapio*.
(4) Par l'or et l'argent de *Mielikki*, il faut entendre les animaux des
bois, le gibier.
(5) Il était d'usage chez les anciens Finnois, comme chez les anciens
Scandinaves et d'autres peuples, que la maîtresse de maison portât
toutes les clefs du ménage suspendues dans un anneau à la ceinture.

« O petite fille des bois, bouche de miel, vierge de
Tapio, joue de ta douce flûte à l'oreille de la mère des
forêts, de manière à ce qu'elle l'entende tout de suite et
qu'elle se lève de son lit de repos. Car voilà qu'elle se
montre encore insensible, qu'elle ne se réveille même
pas, bien que je la prie avec ferveur, que je l'invoque
avec ma langue d'or ! »

Alors, le joyeux Lemmikäinen reprit sa course impétueuse ; il traversa, sans rencontrer le moindre gibier,
les marais et les plaines, les grands déserts, les noires
montagnes de Jumala, les régions charbonneuses de
Hiisi.

Il marcha un jour, il marcha deux jours, il marcha
trois jours. Alors, il se trouva au sommet d'une haute
colline, sur une pierre géante ; et de là il tourna ses
regards vers le nord-ouest et vers le nord ; et bientôt il
vit briller au loin, derrière les vastes marais de Pohja,
au milieu d'un bois couronné de montagnes, les demeures
de Tapio, les portes d'or du roi des forêts.

Le joyeux Lemmikäinen se dirigea aussitôt de ce côté,
et dès qu'il fut arrivé, il regarda à travers la septième
fenêtre, dans l'intérieur de la maison de Tapio. Là, se
trouvaient les donneuses de gibier, là les gardiennes des
bois passaient leur temps ; elles étaient couvertes de vêtements communs, de haillons sordides (1).

Le joyeux Lemmikäinen dit : « Pourquoi donc, ô mère
des bois, pourquoi te couvres-tu de ces vêtements communs, de ces haillons sordides ; pourquoi as-tu le visage
si noir, la poitrine si repoussante, tout le corps si laid à
voir ?

« Naguère, lorsque je parcourus la forêt, j'y trouvai
trois châteaux : un château de bois, un château d'os et

___

(1) Manière d'exprimer l'absence de gibier. Aux yeux d'un chasseur
comme Lemmikäinen, un bois sans gibier est un bois sans parure.
Quand, au contraire, le gibier y abonde, il lui apparaît éclatant d'or et
d'argent. Tel est le sens de toutes les expressions figurées de cette
partie de la runo.

un château de pierre; et chacun de ces châteaux avait six fenêtres d'or. Je me hissai contre le mur et regardai à travers ces fenêtres. Le père et la mère de Tapiola, Tellervo, leur jeune et gracieuse fille, tous les habitants de leur maison étaient revêtus d'habits d'or, de parures d'argent; la mère bien-aimée des bois avait, en outre, au bras, un bracelet d'or; aux doigts, des anneaux d'or; sur la tête, une couronne d'or; dans les cheveux, des tresses d'or; aux oreilles, des pendants d'or; au cou, un collier de belles perles.

« O bienveillante mère des bois, ô mère de Metsola (1), douce comme le miel, laisse là tes souliers de paille, tes chaussures d'écorce de bouleau; quitte tes haillons sordides, ta chemise de tous les jours, et revêts les habits du bonheur, la chemise de la générosité, tandis que je reste dans la forêt à courir après la proie! Il m'est pénible, il m'est dur de demeurer ainsi toujours les mains vides, de ne pas recevoir de toi le moindre présent. Oui, triste est le soir que ne visite point la joie, long le jour qui n'apporte aucun butin (2).

« O vieillard des bois, à la barbe sombre, au bonnet de sapin, au manteau de mousse, couvre, maintenant, les forêts de tissus de lin, les champs arides de drap, les érables de vadmel, les aulnes de vêtements d'amour; revêts les pins d'argent, les sapins d'or; entoure-les d'une ceinture de cuivre, d'une ceinture d'argent; orne les bouleaux de fleurs d'or; suspends autour des troncs d'arbres des franges d'or; traite-les tous comme tu les traitais jadis! Aux meilleurs temps de ta vie, les branches des sapins brillaient comme la lune; les cimes des pins resplendissaient comme le soleil; les arbres distillaient des parfums doux comme le miel; les bruyères bleues

(1) Personnification de la forêt : on l'appelle *douce comme le miel* ou *riche de miel*, parce qu'elle prend soin du miel qui abonde dans les forêts, dont il est, suivant le langage des runot, la bière par excellence.
(2) Proverbe finnois.

exhalaient de suaves odeurs ; les lisières des forêts sentaient la bière ; les bords des marais le beurre fondu (1).

« O Tuulikki, vierge des bois, noble enfant de Tapio, pousse le gibier, du fond de ses retraites, vers les libres espaces des forêts défrichées par le feu! S'il hésite à sortir, s'il ne s'avance que lourdement, hâte sa course avec une verge flexible, avec une branche de bouleau, et fais qu'il arrive sur le sentier de celui qui le cherche, sur la route du chasseur qui le poursuit perpétuellement!

« Et quand il sera sur ce sentier, quand il sera arrivé sur cette route, étends tes larges mains de chaque côté pour l'empêcher de s'échapper. S'il s'échappe, saisis-le par les oreilles, saisis-le par les cornes et ramène-le!

« Si une branche de sapin te barre le chemin, écarte-la ; si c'est un tronc d'arbre, fends-le par le milieu; si c'est une haie, renverse-la.

« Si tu rencontres un fleuve ou une rivière, jettes-y un pont de soie, un pont de drap rouge ; jette ce pont sur les détroits et sur les golfes, sur les vastes plaines de la mer, sur le torrent mugissant de Pohja, sur les vagues sauvages de la cataracte !

« O maître, ô souveraine de Tapio, écoutez ma voix! Vieillard de la forêt, à la barbe sombre, roi splendide de Metsola, et toi, Mimmerki, mère des bois, donneuse bienfaisante de la forêt, reine de Tapiola au voile bleu, reine des marais aux bas rouges, venez maintenant échanger avec moi l'or et l'argent ! Mon or est aussi ancien que la lune, mon argent est de l'âge du soleil ; ils ont été vaillamment conquis dans les combats. Ils s'useront dans ma bourse ; ils se terniront dans mon sac, si je ne rencontre personne qui veuille les échanger avec moi (2). »

(1) Toutes ces expressions, si capricieusement figurées, se rapportent toujours au gibier.

(2) Il était d'usage chez les anciens Finnois d'offrir de l'or et de l'argent aux divinités des bois, pour en obtenir en échange une grande abondance de gibier. Dans ce long discours de Lemmikäinen, il s'agit

Et le joyeux Lemmikäinen s'avança lentement sur ses suksi, jusqu'au détour d'un petit bois. Là, il chanta trois fois, et il charma la mère de la forêt, il fléchit le seigneur de Metsola, il captiva toutes les jeunes filles, toutes les vierges de Tapio.

Et tous se précipitèrent pour chasser l'élan de Hiisi de sa retraite et le pousser sur les pas du héros.

Le joyeux Lemmikäinen jeta son lacet autour du cou du bel animal; en sorte qu'il lui fut impossible de ruer, tandis qu'il lui passait la main sur le dos.

Et le joyeux Lemmikäinen dit : « O roi des bois, seigneur de la terre, beaux habitants des plaines; et toi, Mielikki, mère de la forêt, gracieuse protectrice de Metsola, venez, maintenant, recevoir mon or, venez choisir mon meilleur argent! Etends, ô femme, ton tissu de lin, ta belle nappe par terre, sous l'or qui brille, sous l'argent qui resplendit, afin qu'ils ne tombent point dans la poussière, qu'ils ne se perdent point dans les ordures (1). »

Puis, Lemmikäinen reprit le chemin de Pohjoia, et, en y arrivant, il dit : J'ai enchaîné l'élan de Hiisi, au delà des champs de Hiisi; vieille, donne-moi ta fille, donne-moi la jeune fiancée ! »

Louhi, la mère de Pohjola, dit : « Je ne te donnerai ma fille, je ne te donnerai la jeune fiancée, que lorsque tu auras bridé l'élan de Hiisi, que tu lui auras mis un mors à la bouche. »

Alors, le joyeux Lemmikäinen prit un mors d'or, un licou d'argent, et s'élança, de nouveau, à la recherche de l'élan, du jeune élan de Hiisi.

Il avance rapide sur ses pieds légers; il franchit les plaines verdoyantes, les champs sacrés, écoutant les pas

encore d'une formule magique dont les chasseurs font usage pour se rendre favorables les dieux et les déesses qui président aux bois et, par conséquent, à la chasse. On l'appelle *Discours du chasseur (Metsämiehen lukuja)*.

(1) Après une chasse heureuse, ces paroles accompagnent toujours les offres d'or et d'argent faites aux divinités des bois. Ce sont les paroles du sacrifice *Uhri-Sanat*.

du poulain âgé d'un an, épiant le coursier infernal. Il porte les rênes suspendues à sa ceinture, il porte le mors sur son épaule.

Un jour, deux jours s'écoulèrent; le troisième jour Lemmikäinen atteignit une haute montagne, il grimpa au sommet d'une pierre. De là, il tourna ses regards vers l'orient, sa tête vers le soleil; et il aperçut l'élan de Hiisi sur un champ de sable, le jeune poulain d'un an, au milieu d'un bois de sapins. La flamme jaillissait de sa queue, la fumée s'échappait de sa crinière.

Lemmikäinen dit : « O Ukko, Dieu suprême entre les dieux, souverain modérateur des nuages, ouvre dans toute son étendue la voûte du ciel, brise toutes les portes de l'air, fais pleuvoir une grêle dure comme le fer, verse des glaçons aigus comme l'acier sur la croupe du bel étalon, sur les flancs du coursier de Hiisi ! »

Ukko, le grand créateur, le Jumala qui réside au-dessus des nuages, brisa la voûte de l'air, il la déchira en deux parties, puis il fit pleuvoir de la neige, il fit pleuvoir de la glace, il versa des grêlons durs comme du fer, plus petits qu'une tête de cheval, plus gros qu'une tête d'homme, sur la croupe du bel étalon, sur les flancs du coursier de Hiisi.

Alors, le joyeux Lemmikäinen s'avança pour voir, pour regarder de plus près le coursier de Hiisi, et il dit : « O noble étalon de Hiitola (1), ô poulain de la montagne, aux naseaux écumants, ouvre ta bouche d'or à ce mors d'or, plie ta tête d'argent sous ce licou d'argent. Je ne te ferai aucun mal, je ne te mènerai pas trop durement. Je n'entreprendrai qu'un petit, un tout petit voyage. J'irai seulement aux demeures de la sombre Pohjola, à la maison de l'austère belle-mère. Si je te donne quelques coups de fouet, mon fouet sera fait d'une lanière de drap, d'une corde de soie. »

Le coursier de Hiisi, à la robe fauve, le poulain de

_____

(1) Demeure de Hiisi.

Hiisi, aux naseaux écumants, ouvrit sa bouche d'or au mors d'or, plia sa tête d'argent sous le licou d'argent ; et le joyeux Lemmikäinen les consolida fortement, et s'élança sur le dos du superbe animal.

Puis, il fit claquer son fouet, et partit avec fracas pour son petit voyage. Il franchit la haute montagne, tourna au nord les cimes de neige, et arriva aux demeures de la sombre Pohjola, à la maison de l'austère belle-mère. Là, il dit : « J'ai mis le mors au grand coursier, j'ai bridé le poulain de Hiisi, au milieu de la plaine verdoyante, du champ sacré ; j'ai captivé aussi l'élan de Hiisi par delà les champs de Hiisi. O vieille, donne-moi ta fille, donne-moi la jeune fiancée ! »

Louhi, la mère de famille de Pohjola, dit : « Je ne te donnerai ma fille, je ne te donnerai la jeune fiancée que lorsque tu auras tué d'un seul coup, d'une seule flèche, le cygne du torrent sauvage, le bel oiseau du fleuve de Tuoni (1), aux ondes noires. »

Le joyeux Lemmikäinen, le beau Kaukomieli, se rendit à l'endroit où nageait le cygne, où le long cou prenait ses ébats, près du fleuve de Tuoni, aux ondes noires, des abîmes profonds de Manala (2).

Il s'avançait d'un pas ferme, l'arc rapide suspendu à son épaule, le carquois plein de flèches suspendu sur son dos.

Le berger, au chapeau humide, le vieil aveugle de Pohja, se tenait sur les bords du fleuve de Tuoni, près du tourbillon du fleuve sacré, regardant autour de lui, et épiant l'arrivée de Lemmikäinen.

Bientôt, il le vit approcher. Alors, il tira du fond des eaux un serpent monstrueux, et il l'envoya à travers le cœur du héros, le foie de Lemmikäinen, de manière à ce qu'il le transperçât de l'aisselle gauche à l'épaule droite.

Le joyeux Lemmikäinen se sentit mortellement atteint,

---

(1) Dieu de la Mort, souverain des sombres abîmes.
(2) Voir page 38, note 2.

et il dit : « Malheur à moi d'avoir oublié de demander à
ma mère, à celle qui m'a porté dans son sein, deux paroles, trois paroles, même, si le péril devenait trop
grand (1). Comment exister, comment vivre au milieu de
ces mauvais jours? J'ignore les perfides exploits du serpent, les morsures fatales de la bête venimeuse (2).

« O ma mère, ô toi qui m'a porté dans ton sein, qui
m'as nourri avec tant de tendresse, si tu savais, si tu ap-
prenais où se trouve maintenant ton malheureux fils, tu
accourrais certainement à son aide, tu viendrais l'arracher à la mort, l'empêcher lui, si jeune encore, de succomber dans ce funeste voyage! »

Le berger, au chapeau mouillé, le vieil aveugle de
Pohja, précipita Lemmikäinen, enfonça le fils de Kaleva
dans les abîmes du fleuve de Tuoni, aux ondes noires,
dans le tourbillon le plus meurtrier de la cataracte ; et
le joyeux Lemmikäinen y roula bruyamment, au milieu
des flots d'écume, jusqu'aux plus intimes profondeurs.
Alors, le fils sanglant de Tuoni frappa le héros de son
glaive, de sa pointe acérée, de sa lame fulgurante, et il
partagea son corps en cinq, en huit morceaux, et il les
dispersa à travers les ondes funèbres de Manala, et il
dit : « Va, flotte, maintenant, à tout jamais sur ces ondes
avec ton arc, avec tes flèches, et tire, si tu peux, les
cygnes du fleuve, les oiseaux qui fréquentent ses rives. »

Ainsi finit le joyeux Lemmikäinen, ainsi se termina la
carrière du téméraire prétendant, dans le fleuve noir de
Tuoni, dans les sombres abîmes de Manala.

---

(1) Il s'agit ici des formules magiques au moyen desquelles Lemmikäinen se serait soustrait à l'attaque du serpent. Le serpent joue, dans
la magie finnoise, un très-grand rôle.
(2) C'est-à-dire j'ignore les paroles magiques propres à conjurer les
perfides exploits du serpent.

QUINZIÈME RUNO

SOMMAIRE

Kylliki s'aperçoit que le peigne laissé par Lemmikäinen distille du sang.
C'est le signal de sa mort. — La vieille mère du héros se rend à
Pohjola, pour chercher des nouvelles de son fils. — Louhi lui raconte, après de longs discours, la dernière épreuve qu'elle a imposée à Lemmikäinen ; mais le soleil lui apprend positivement qu'il
est mort et où il a été enseveli. — La mère de Lemmikäinen se
rend près du fleuve de Tuoni; elle en retire le corps mutilé de son
fils, lui rend la vie par une longue suite d'évocations ainsi que par
l'application d'un baume magique, et le ramène dans sa maison.

La mère du joyeux Lemmikäinen pense et se demande
sans cesse dans sa maison : « Où donc est allé Lemmikäinen? où a disparu Kaukomïeli, puisque l'on ne sait
encore s'il est de retour de son voyage à travers le vaste
monde? »

La pauvre mère, l'infortunée nourrice ignorait où errait
sa propre chair, son propre sang : si c'était parmi les
collines couvertes de bourgeons, les landes hérissées de
bruyères, les flots de la mer écumeuse, ou parmi les
grandes batailles, les mêlées sauvages, là où le sang
jaillit des glaives et monte en rouges bouillons jusqu'aux
genoux.

Kylliki, la belle femme, s'agitait et regardait partout
dans la maison de Lemmikäinen, dans la demeure du
beau Kaukomieli. Soir et matin, elle examinait le peigne
du héros. Or, un jour, un matin, elle remarqua qu'il

distillait du sang, que le sang s'en échappait en rouges rayons.

Kylliki, la belle femme, dit : « Hélas! mon époux est perdu pour moi ; mon beau Kaukomieli a disparu dans les déserts lointains, dans les routes inhospitalières, dans les sentiers inconnus ; le peigne distille du sang, le sang s'en échappe en rouges rayons. »

Alors, la mère de Lemmikäinen examina elle-même le peigne, et se mit à pleurer amèrement, puis elle dit : « Malheur à moi, infortunée, pour tous mes jours, malheur à moi pour toute ma vie ! Mon pauvre fils a été frappé par un destin cruel, mon déplorable enfant est perdu. Oui, c'en est fait de Lemmikäinen, car son peigne distille du sang, le sang s'en échappe en rouges rayons. »

Elle releva les plis de sa robe sur ses bras, et se mit aussitôt en route, marchant avec une ardeur impétueuse. Les collines s'abaissent, les vallées se comblent sous ses pas.

Elle arriva aux demeures de Pohjola et demanda vivement après son fils.

« O mère de Pohjola, qu'as-tu fait de mon enfant? Où Lemmikäinen a-t-il trouvé la mort? »

Louhi, la mère de Pohjola, répondit : « Je ne sais rien de ton enfant ; j'ignore où il est allé, où il s'est perdu. Je l'ai mis dans son traîneau, un traîneau attelé d'un fougueux étalon. Peut-être s'est-il noyé dans un trou de neige fondue, ou a-t-il été gelé dans les glaces de la mer ; peut-être est-il tombé dans la gueule du loup ou sous les dents terribles de l'ours. »

La mère de Lemmikäinen dit : « Tu mens, certainement. Le loup ne dévore point mon fils, l'ours n'ose toucher Lemmikäinen ; ses doigts, ses mains lui suffisent pour les terrasser. Si tu refuses de me dire ce que tu as fait de mon enfant, je briserai les portes de l'étuve où sèche ton grain ; je mettrai en pièces la charnière du Sampo. »

La mère de Pohjola dit : « J'ai donné généreusement

à manger au héros, je l'ai fait boire avec abondance, je l'ai rassasié de telle sorte que son nez commençait à s'incliner sur sa bouche. Puis, je l'ai mis dans un bateau afin qu'il pût voguer sur les ondes. Je ne sais rien de plus; je ne sais quel chemin a pris ton pauvre garçon, s'il se trouve au milieu des cataractes écumeuses ou des torrents mugissants. »

La mère de Lemmikäinen dit : « Tu mens encore certainement; épargne-moi tes fables, et dis-moi la simple vérité. Oui, dis-moi ce que tu as fait de Lemmikäinen, et où tu as perdu le fils de Kaleva; dis-le-moi, sinon malheur à toi! La mort ne tardera point à te frapper. »

La mère de Pohjola dit : « Je vais donc te raconter la vérité : je l'ai envoyé sur ses suksi à la chasse des élans, des superbes rennes; je lui ai ordonné de mettre un mors aux grands coursiers, de brider les jeunes poulains; ensuite de chercher le cygne, de s'emparer de l'oiseau sacré. Et, maintenant, j'ignore ce qui lui est arrivé, car je ne l'ai plus revu, et il n'est point venu réclamer sa fiancée. »

La mère de Lemmikäinen se mit à la recherche de son enfant bien-aimé, de son fils disparu. Elle court comme le loup à travers les vastes marais, comme l'ours à travers les déserts; elle plonge comme la loutre au fond des eaux; elle longe les champs comme le sanglier, les rivages comme le lièvre; les promontoires escarpés comme le hérisson. Elle chasse les pierres devant elle, elle écarte les troncs d'arbre et les broussailles épaisses, elle repousse du pied les solives de sapin.

Elle cherche, elle cherche toujours, sans rien trouver. Elle s'adresse aux arbres, elle leur demande son fils disparu.

Les arbres élèvent la voix, les sapins soupirent, les chênes répondent avec intelligence : « Nous avons bien assez de nos propres tourments sans songer à ton fils. Nous avons été créés pour un destin cruel, pour des jours de malheur. On nous abat, on nous coupe en morceaux

pour servir d'aliment au feu du poêle, pour chauffer l'é-
tuve ; on nous brûle pour défricher le champ que nous
occupons. »

La mère de Lemmikäinen cherche, cherche toujours,
sans rien trouver. Elle s'adresse au chemin qu'elle rencontre : « O chemin, toi que Dieu a créé, as-tu vu mon
fils, ma pomme d'or, mon bâton d'argent (1)? »

Le chemin lui répond avec intelligence : « J'ai bien
assez de mes propres tourments pour songer à ton fils.
Mon destin est cruel, mes jours sont mauvais. Je suis né
pour être piétiné par les chiens, pour être broyé sous la
roue des chariots, pour être déchiré par les souliers
grossiers, pour être foulé par les lourds talons. »

La mère de Lemmikäinen cherche, cherche toujours,
sans rien trouver. Elle voit se lever la lune et se
prosterne devant elle : « O chère lune, créature de Jumala, as-tu vu mon fils, ma pomme d'or, mon bâton
d'argent? »

La lune lui répond avec intelligence : « J'ai bien assez
de mes propres tourments pour songer à ton fils. Mon
destin est cruel, mes jours sont durs. Je suis née pour
errer solitaire au milieu des nuits, pour briller pendant
les froids rigoureux, pour veiller, sans cesse, durant les
interminables hivers, pour disparaître alors que règne
l'été (2). »

La mère de Lemmikäinen cherche, cherche toujours,
sans rien trouver. Le soleil vient à sa rencontre ; elle
se prosterne devant lui. « O soleil créé par Dieu, as-tu
vu mon fils, ma pomme d'or, mon bâton d'argent? »

Le soleil, qui déjà sait quelque chose, lui répond
avec douceur : « Ton fils, ton pauvre fils est enseveli,
mort, dans le fleuve noir de Tuoni, dans les ondes éter-

_____

(1) Expressions affectueuses, très-fréquentes dans la langue finnoise.
Voir page 15, note 1.
(2) On sait qu'en Finlande les jours d'été sont si longs, que les nuits,
en quelque sorte, n'existent plus, et que, par conséquent, la lune
semble avoir disparu du ciel.

nelles de Manala. Il a roulé à travers les tourbillons
écumeux, jusqu'aux plus intimes profondeurs de leurs
abîmes. »

La vieille mère de Lemmikäinen versa des larmes
amères; elle se rendit à la forge du forgeron. « O Ilmarinen, toi qui forgeais jadis, qui forgeais hier, qui forges
encore aujourd'hui, forge-moi un râteau au manche de
cuivre, aux dents de fer, aux dents longues de cent
brasses, au manche long de cinq cents brasses! »

Ilmarinen, le forgeron éternel, forgea un râteau au
manche de cuivre, aux dents de fer, aux dents longues
de cent brasses, au manche long de cinq cents brasses.

Et la mère de Lemmikäinen prit le râteau, et elle se
rendit près du fleuve de Tuoni. Là, elle adressa une
prière au soleil : « O soleil, ô flambeau d'or créé par
Jumala, verse, d'abord, un de tes chauds rayons, puis
un de tes rayons brûlants, tes plus puissantes ardeurs;
endors la troupe farouche, accable de fatigue le peuple
de Manala, énerve la grande armée de Tuoni! »

Le soleil créé par Dieu, le flambeau d'or, issu de
Jumala, descendit sur un bouleau rabougri, sur un
aulne au tronc tordu; de là, il versa d'abord un de ses
chauds rayons, puis un de ses rayons brûlants, ses
plus puissantes ardeurs; il endormit la troupe farouche, il accabla de fatigue le peuple de Manala, il énerva
la grande armée de Tuoni. Les jeunes hommes s'alour-
dirent sur leurs glaives, les hommes mûrs sur leurs
épieux, les vieillards sur leurs bâtons. Ensuite, le soleil
prit son essor vers les hauteurs célestes et retourna dans
son antique demeure.

Alors, la mère de Lemmikäinen se mit à rechercher
son pauvre fils. Elle plongea son râteau dans le torrent
mugissant, elle le promena à travers les ondes agitées,
mais, sans aucun succès.

Elle s'enfonça elle-même dans l'eau profonde, dans la
vaste mer jusqu'aux genoux, jusqu'au milieu du corps.

Le râteau parcourt tout le fleuve de Tuoni. Elle le

retira une fois, elle le retira deux fois, et elle amena
la chemise, elle amena les bas et le bonnet de l'infortuné héros, tristes objets qui renouvellent sa grande
douleur.

Elle alla plus loin; elle pénétra jusqu'aux abîmes inférieurs de Manala. Là, après avoir promené trois fois son
long râteau, après l'avoir promené en long, en large et
en travers, elle sentit qu'une gerbe d'épis s'était attachée à ses dents de fer.

Ce n'était point une gerbe d'épis; c'était le joyeux
Lemmikäinen, le beau Kaukomieli; il tenait au râteau
par le doigt sans nom (1), par un orteil du pied gauche.

Et le joyeux Lemmikäinen, le fils de Kaleva remonta
à la surface de l'eau. Mais, il était loin d'être complet; il
lui manquait une main, la moitié de la tête, beaucoup
d'autres petites parties du corps, et de plus la vie (2).

La triste mère le regarda en pleurant et dit : « Est-il
possible qu'il sorte de tout cela un homme, qu'il puisse
en naître un véritable héros? »

Un corbeau entendit ces paroles et dit aussitôt : « Non,
un homme ne peut sortir de celui qui n'est plus, de celui
qui a été si cruellement ravagé. La truite lui a dévoré les
yeux, le brochet lui a rongé les épaules. Jette de nouveau
ton fils dans la mer, dans le fleuve de Tuonela, peut-
être y deviendra-t-il un beau morse ou une gigantesque
baleine. »

La mère de Lemmikäinen ne jeta point son fils dans
le fleuve de Tuonela; mais elle y replongea son râteau,
et l'explora en long et en large. Bientôt, elle en retira des
lambeaux de main et de tête, une moitié de vertèbre,
une côte et un grand nombre de petits débris. Elle joignit
ensemble toutes ces parties et en reforma le corps de
son fils bien-aimé, du joyeux Lemmikäinen.

(1) V. page 8, note 2.
(2) Il serait assurément difficile de trouver dans aucune autre littérature un tableau comparable, pour le merveilleux fantastique, à celui
qui se déroule dans toute cette runo.

Elle adapta la chair à la chair, les os aux os, les join-tures aux jointures, les veines aux veines.

Et après avoir lié avec soin les veines, elle dit : « O déesse des veines, Suonetar (1), belle femme, toi qui, avec ton fuseau de cuivre, ton rouet de fer, files si habi-lement les veines, viens ici, car on a besoin de ton secours, viens ici, car on t'appelle ! Apporte sous ton bras un faisceau de veines, une masse de chair, afin de nouer ensemble les extrémités des veines, au fond des plaies béantes, des trous sanglants des blessures !

« Et si cela ne suffit point, il est dans les régions de l'air une jeune vierge; elle se balance dans une barque de cuivre éclatant, dans un bateau au rouge gouvernail. Viens, ô jeune vierge de l'air, descends des hauteurs azurées; lance ta barque à travers les veines, à travers les jointures, parcours l'intérieur des os, toutes les frac-tures des articulations (2) !

« Remets chaque veine à sa place; arrange, unis, comme il convient, les grosses veines, les artères épaisses; croise, les unes sur les autres, les petites veines et les nerfs délicats !

« Prends, ensuite, ta fine aiguille à la pointe d'étain, passes-y un fil de soie, et couds les veines de manière à ce qu'elles ne puissent plus se disjoindre !

« Et si cela ne suffit point, viens toi-même, ô Dieu révélé, bride tes poulains, attèle tes coursiers, et dirige ton beau traîneau à travers les os, à travers les jointures, à travers les chairs, les veines pendelantes; unis les chairs aux chairs, les veines aux veines; verse de l'argent dans les trous des os, de l'or dans les fissures des veines !

« Partout où la chair est lacérée, que la chair renaisse !

(1) *Suonetar* est une des déesses de la santé, ayant pour attributions spéciales la confection et l'entretien des veines. *Suonetar* a pour ad-versaires *Kivutar*, déesse des maladies, et *Wammatar*, déesse des douleurs.

(2) Il s'agit ici de l'une de ces vierges dont la mythologie finnoise peuplait les airs, et qu'elle donnait comme suivantes à *Ukko*. On leur attribuait, en général, un pouvoir bienfaisant.

Partout où les veines sont fissurées, que les veines se rejoignent! Partout où le sang est tari, que le sang jaillisse! Partout où les os sont brisés, que les os redeviennent solides! Rends la santé à toutes les parties malades, et étends sur elles ta bénédiction! »

Ainsi, la mère de Lemminkäinen créa de nouveau l'homme, guérit le héros et lui rendit sa vie première, ses formes d'autrefois. Mais, l'homme était sans parole, l'enfant était muet.

Alors, elle éleva la voix, et elle dit : « Où trouverai-je le remède, la goutte de miel pour en frotter l'infirme? pour en oindre l'épuisé, afin qu'il recouvre la voix, qu'il se remette à chanter?

« O Mehiläinen (1), oiseau du printemps, toi qui règnes sur les fleurs des bois, va chercher le miel, le suave baume du miel dans la douce Metsola (2), dans la vigilante Tapiola (3); puise-le dans le calice des fleurs, extrais-le des tiges du gazon! Je veux l'appliquer sur l'endroit malade, je veux en guérir les plaies cruelles. »

Mehiläinen, l'agile oiseau, prit aussitôt son essor vers la douce Metsola, vers la vigilante Tapiola. Elle butina les fleurs des champs; elle aspira le miel du calice de six petites fleurs, du suc de cent tiges de gazon; puis, elle revint lentement avec son lourd fardeau; chaque plume de ses ailes ployait sous le baume salutaire, sa queue en était chargée.

La mère de Lemminkäinen prit le baume et en frotta les membres du héros épuisé; mais le baume demeura sans effet; le héros ne recouvra point la voix.

La mère de Lemminkäinen dit tristement : « O Mehiläinen, mon bel oiseau, dirige maintenant ta course vers un autre endroit; traverse neuf mers, et gagne l'île située

_____

(1) Voir page 71, note 1.
(2) Voir page 116, note 1.
(3) *Tapiola*, personnification de la forêt, est appelée vigilante, *tarkka*, parce que la garde des bêtes sauvages, confiée à ses soins, exige la plus grande vigilance.

au milieu des flots, le pays riche de miel, la nouvelle
demeure de Tuuri (1), la maison découverte de Palvonen (2). Là, se trouve un doux miel, un baume merveilleux, propre à raffermir les veines, à rejoindre les articulations brisées. Apporte-moi de ce baume, de ce remède
puissant, afin que je l'applique sur les plaies béantes, sur
les douloureuses blessures. »

Mehiläinen, l'agile oiseau, se hâta de repartir. Elle
traversa neuf mers et la moitié d'une dixième; elle vola
un jour, elle vola deux jours, elle vola presque trois
jours, sans se reposer un seul instant, sur une branche,
sur une feuille; et elle arriva à l'île située au milieu des
flots, au pays riche de miel, près de la chute de la cataracte flamboyante, du tourbillon du torrent sacré.

Là, on préparait le miel, on distillait le baume dans
des creusets, dans des vases brillants et propres, mais si
petits, que le pouce, que la pointe du doigt suffisaient à
les remplir.

Mehiläinen, l'intelligent oiseau, prit de ce miel, prit
de ce baume, et revint presque aussitôt, en agitant doucement ses ailes, avec six creusets entre ses pattes, sept
creusets sur ses épaules et sur son dos, tous pleins du
baume, du merveilleux remède.

La mère de Lemmikäinen appliqua le nouveau miel, le
miel huit fois, neuf fois puissant sur les plaies du héros.
Mais, il demeura sans effet; le héros n'en fut point soulagé.

La mère de Lemminkäinen dit : « O Mehiläinen, oiseau
de l'air, il faut que tu entreprennes un troisième voyage.
Déploie tes ailes vers le ciel bleu et franchis-en les neuf
voûtes. Là, se trouve le vrai miel, le baume efficace,
dont le Créateur s'est servi lui-même, dont Jumala
a frotté les blessures de ses propres fils, alors qu'ils

(1) S'agirait-il de *Tuurum*, nom que les Ostjaks donnent au dieu
du ciel?
(2) Personnage inconnu.

avaient été maltraités par les puissances des ténèbres (1). Baigne tes ailes dans ce baume, recueille-le sur ton vêtement de plumes et apporte-le-moi pour que je l'applique sur les plaies béantes, sur les douloureuses blessures. »

Mehiläinen, le prudent oiseau, dit : « Comment pourrais-je m'élever si haut? Je n'ai point assez de force. »

« C'est pour toi chose facile de franchir, sur tes ailes légères, les hauteurs de la lune, d'atteindre aux régions des étoiles. Le premier jour, vole jusqu'à la tempe de *Kuutamoinen* (1); le second jour, jusqu'aux épaules d'Otawa; le troisième jour, jusque sur le dos des sept étoiles. Alors, tu n'auras plus qu'un très-court espace à parcourir, et tu arriveras à la splendide demeure de Jumala, auprès du grand, du bienheureux Créateur. »

Mehiläinen s'éleva du gazon, le gracieux oiseau prit son essor. Elle doubla la sphère de la lune; elle longea les rivages du soleil, passa par-dessus les épaules d'Otawa, le dos des sept étoiles, et pénétra dans les caves du Créateur, dans les demeures du Tout-Puissant. Là, le baume était préparé dans des creusets d'argent, dans des vases d'or; la douce, la riche séve s'en échappait en bouillonnant.

Mehiläinen, l'oiseau de l'air, en prit une quantité suffisante; elle en emporta tant qu'elle voulut. Puis elle revint, doucement, chargée de son précieux fardeau.

La mère de Lemminkäinen goûta le baume avec sa bouche, elle l'éprouva diligemment avec sa langue, et elle dit : « C'est bien le baume du Créateur, le même baume dont Jumala se servait, dont le Tout-Puissant frottait les blessures. »

Et elle l'appliqua sur les plaies du héros épuisé, sur les blessures de l'homme malade; elle en frotta dans tous les sens les os disjoints, les articulations brisées, et

(1) Dans la mythologie finnoise, comme dans toutes les autres mythologies, il y a lutte perpétuelle entre les divinités de la lumière et les divinités des ténèbres, entre les bons et les mauvais génies.
(2) Orion. Voir page 8, note 1.

elle dit : « Lève-toi maintenant et cesse de rêver dans ces lieux cruels, dans ce lit de malheur. »

Le héros s'éveilla de ses rêves; il se leva, et sa langue commença à remuer, et il dit : « J'ai long-temps dormi, j'ai longtemps reposé, pauvre infortuné, enseveli dans un doux sommeil, dans un lourd repos (1). »

La mère de Lemminkäinen dit : « Tu serais demeuré là bien plus longtemps encore, si ta mère, si la malheureuse qui t'a enfanté n'était venue à ton secours.

« Dis-moi, maintenant, mon pauvre enfant, dis-moi qui t'a poussé dans Manala, qui t'a précipité dans le fleuve de Tuoni? »

Le joyeux Lemminkäinen répondit : « Le berger au chapeau humide, le vieil aveugle d'Untamola (2), tel est celui qui m'a poussé dans Manala, qui m'a précipité dans le fleuve de Tuoni. Et il a envoyé contre moi du fond des eaux un serpent monstrueux, et je n'ai pu, hélas! me soustraire à mon sort, car j'ignorais les perfides exploits du serpent, les morsures fatales de la bête venimeuse (3). »

La mère de Lemminkäinen dit : « Insensé que tu es

---

(1) On trouve chez les Samoïèdes, peuple de même race que les Finnois, une légende où la résurrection d'un mort donne lieu à des singularités tout aussi étranges que celle de Lemminkäinen. Il s'agit d'un cadavre abandonné dans un lieu désert qui, après avoir pourri pendant tout l'été, devient la proie des renards et des loups; ses os seuls sont épargnés. Un vieillard se présente, un vieillard n'ayant qu'une seule main, qu'un seul pied, un seul œil. Il ramasse les os et jusqu'aux plus petits débris, les met dans un sac qu'il charge sur son épaule et part. Après avoir marché quelque temps, il arrive près d'une grosse pierre; il la repousse du pied et descend dans une sombre caverne. Autour de lui retentissent des cris, des sifflements, des chants; on cherche à lui enlever son sac. Le vieillard aperçoit une lumière qui le guide vers une tente dans laquelle il ne trouve pour tout habitant qu'une femme assise près du foyer. Le vieillard dépose son sac par terre, et lui dit : « Voici du bois à brûler, jette-le au feu. » La femme jeta les os au feu et les laissa réduire en cendres. Puis elle recueillit ces cendres et les sema sur son lit, s'y coucha et s'endormit. Or, au bout de trois jours, les cendres s'animèrent et il en surgit un homme qui se mit à parler comme s'il s'éveillait d'un long sommeil.

(2) Demeure du Sommeil, surnom de *Pohjola*.

(3) C'est-à-dire les paroles originelles, les paroles créatrices du serpent, *Wesikaarmeen-sanat*. Voir page 121, note 2.

d'avoir cru pouvoir berner les berneurs, ensorceler les Lapons, tout en ignorant les perfides exploits du serpent, les morsures fatales de la bête venimeuse. Le serpent des eaux est né des eaux, la bête venimeuse est née des flots; il a été formé de la cervelle du canard, de la tête de l'hirondelle de mer. Syöjätär (1) a craché dans l'eau; elle a envoyé un flocon de salive dans l'onde claire, et le courant a dilaté ce flocon, le soleil l'a amolli, les vents l'ont ballotté, les vagues l'ont poussé vers le rivage. »

La mère de Lemminkäinen berça, dorlota son enfant bien-aimé, jusqu'à ce qu'il eût repris ses forces et son aspect d'autrefois, jusqu'à ce qu'il devint plus solide et plus vigoureux qu'il ne l'avait jamais été. Puis elle lui demanda s'il lui manquait encore quelque chose.

Le joyeux Lemminkäinen dit : « Oh ! oui, il me manque encore beaucoup de choses. Mon pauvre cœur n'est point ici; il erre avec mes désirs, avec mes pensées, parmi les jeunes filles de Pohjola, parmi les belles chevelures. La vieille de Pohjola, au nez pourri, ne me donnera point sa fille, si je ne tue le cygne du fleuve de Tuoni, si je ne l'apporte du tourbillon du torrent sacré. »

La mère de Lemminkäinen dit : « Laisse donc tes cygnes maudits dans les ondes noires de Tuoni, dans le torrent mugissant ! Reviens à la maison, avec ta tendre mère; apprécie enfin ton bonheur; rends grâces au Dieu révélé de ce qu'il t'a secouru si efficacement, de ce qu'il t'a rendu à la vie. Jamais je n'aurais réussi sans l'aide de Jumala, sans l'intervention du vrai Créateur. »

Alors, le joyeux Lemminkäinen reprit la route de sa maison, avec sa tendre mère, sa bien-aimée nourrice.

_____

(1) Déesse ou sorcière des eaux.

SEIZIÈME RUNO

SOMMAIRE

Wäinämöinen construit un bateau. — Mais, bientôt, trois paroles viennent
à lui manquer, sans lesquelles il ne peut achever son ouvrage. — Il
les cherche en vain dans tous les lieux du monde. — Enfin, il descend
au séjour des morts, dans l'infernale Manala. — Il n'y trouve pas
davantage les trois paroles désirées. — Le peuple de Manala s'efforce de le retenir dans les sombres demeures. — Wäinämöinen
s'en échappe par sa puissance magique, et, à son retour sur la terre,
il exhorte les hommes à ne pas s'exposer à un pareil voyage, en
même temps qu'il décrit les tourments réservés, dans Manala, aux
criminels.

Le vieux, l'imperturbable Wäinämöinen, le runoïa
éternel, était occupé à se construire un bateau, une nouvelle barque, à l'extrémité du promontoire nébuleux, à la
pointe de l'île riche d'ombrages. Or, voici que le bois de
charpente, que les planches vinrent à lui manquer.

Qui donc ira à la recherche du bois, à la recherche du
chêne pour le bateau, pour la quille du bateau de Wäinämöinen?

Pellervoinen (1), le fils du champ, Sampsa (2), le fluet
garçon, tel est celui qui ira à la recherche du bois, à
la recherche du chêne, pour le bateau, pour la quille du
bateau de Wäinämöinen.

Et il partit dans la direction du nord-est, avec une

(1) Voir page 10, note 1.
(2) Voir page 10, note 2.

hache sur l'épaule, une hache d'or, au manche de cuivre.
Il franchit une colline, deux collines, trois collines, et il
rencontra un peuplier, un arbre haut de trois brasses.

Il brandit sa hache et s'apprêta à l'abattre; mais le
peuplier éleva la voix et lui dit : « Que veux-tu de moi,
ô homme? Quel est ton dessein? »

Sampsa répondit : « Ce que je veux de toi? Je veux
un bateau pour Wäinämöinen, une barque pour le
runoia. »

Le peuplier, l'arbre aux mille rameaux, dit avec
finesse : « Le bateau que l'on ferait avec moi fuirait de
toutes parts et coulerait à fond. J'ai le pied percé de
trous; trois fois durant cet été, le ver m'a rongé la
moelle; il est couché sur ma racine. »

Sampsa continua sa route du côté du nord.

Un pin se dressa devant lui, un arbre haut de
six brasses. Il le frappa d'un coup de hache et lui dit :
« Peux-tu servir, ô pin, à faire un bateau pour Wäinämöinen, une barque pour le runoia? »

Le pin répondit à pleine gorge : « Je ne crois pas
que l'on puisse faire de moi un bateau à six côtes. Je suis
un misérable pin. Trois fois, durant cet été, le corbeau a
croassé dans ma couronne, la corneille a hurlé dans mes
branches (1). »

Sampsa continua sa route du côté du midi. Il rencontra un chêne de neuf brasses de tour, et il lui dit : « O
chêne, peut-on faire de toi une pièce mère pour un bateau
de voyage, une quille pour un navire de guerre? »

Le chêne répondit avec fierté : « Oui, certainement,
on trouvera en moi de quoi faire une pièce mère et une
quille pour un navire. Je ne suis ni petit ni incomplet, et
mon corps est libre de trous. Trois fois, durant cet été,
durant ces jours d'ardente chaleur, le soleil m'a enveloppé

---

(1) Si le chant du coucou annonce le bonheur, le croassement du
corbeau et de la corneille ne présage que le malheur. Telle était la
croyance populaire chez les Finnois et les autres peuples du Nord. Il
en était et il en est encore de même chez beaucoup d'autres peuples.

de ses rayons, la lune a brillé dans ma couronne, les oiseaux se sont reposés sur mes branches..»

Sampsa prit sa hache et en frappa le chêne à coups redoublés. Le chêne fut abattu, le bel arbre tomba par terre.

Sampsa détacha sa couronne, fendit son tronc; puis il le dépeça, il en fit des planches innombrables, pour le bateau du runoïa, pour la barque de Wäinämöinen.

Alors, le vieux Wäinämöinen, le sage éternel, se mit à charpenter son bateau avec les morceaux du chêne, les débris du bel arbre. Il chantait un chant, un chant puissant, à chaque partie qu'il construisait.

Mais quand il fallut joindre ensemble les ais, quand il fallut dresser la proue, achever la poupe, trois paroles lui manquèrent tout à coup.

Le vieux, l'imperturbable Wäinämöinen, le sage éternel, dit : « Ah! malheur à moi dans mes jours! car mon bateau ne pourra point se soutenir sur l'onde, ma nouvelle barque ne pourra point voguer sur les flots. »

Et il se mit à réfléchir profondément; il se demanda où il trouverait les paroles, les grandes paroles magiques. Serait-ce sur la tête des hirondelles, ou sur le cou des cygnes, ou sur les épaules des oies?

Il abattit une troupe de cygnes, il massacra une troupe d'oies et des hirondelles sans fin; mais il n'y trouva pas une parole, pas la moitié d'une parole.

Il réfléchit de nouveau profondément et il se dit : « On devrait trouver cent paroles sous la langue du renne d'été, dans la bouche de l'écureuil blanc. »

Et il alla à la recherche des paroles, des matières du chant. Il joncha les champs, de rennes, les grandes branches, d'écureuils. Là, il trouva cent paroles, mais aucune ne pouvait lui être utile.

Il réfléchit encore profondément, et il se dit : « Je trouverai cent paroles dans les abîmes de Tuonela, dans les demeures éternelles de Manala. »

Et il se dirigea vers les abîmes de Tuonela, vers les

demeures éternelles de Manala, pour y chercher les paroles, les grandes paroles magiques. Il marcha sur ses pieds légers, pendant une semaine, à travers les petits bosquets, pendant une autre semaine, à travers les grands bois, pendant une troisième semaine, à travers les forêts profondes. Alors apparut à ses yeux l'île de Manala, la colline de Tuoni.

Le vieux, l'imperturbable Wäinämöinen se mit à crier de sa voix retentissante : « O filles de Tuoni, amenez-moi un bateau, ô enfants de Manala, amenez-moi un radeau, afin que je puisse franchir le golfe, traverser le fleuve. »

Les filles de Tuoni, à la taille courte, les filles de Manala, au corps rabougri, étaient occupées à laver leur linge, à lessiver leurs vieux haillons, dans le fleuve noir de Tuoni, dans les eaux basses de Manala. Elles répondirent : « On ne t'amènera une barque que lorsque tu auras dit comment tu es venu à Manala, car nulle maladie ne t'a donné la mort, nul malheur ne t'a tué, nulle catastrophe ne t'a brisé (1). »

Le vieux, l'imperturbable Wäinämöinen dit : « Tuoni m'a amené ici, Mana m'y a conduit. »

Les filles de Tuoni, à la taille courte, les filles de Manala, au corps rabougri, répliquèrent : « Nous allons confondre le menteur. Si Tuoni t'avait amené, si Mana (2) t'y avait conduit, ils t'y auraient certainement accompagné, et tu aurais sur la tête le bonnet de Tuoni, aux mains les gants de Manalainen (3). Dis-nous la vérité, ô Wäinämöinen, dis-nous comment tu es venu dans Manala? »

Le vieux, l'imperturbable Wäinämöinen dit : « Le fer

(1) Les régions de la mort étaient inabordables, chez les Finnois comme chez tous les autres peuples, aux hommes vivants.
(2) Voir page 120, notes 1 et 2.
(3) Fils de Mana. Ce passage doit être ainsi interprété : « Si la mort t'avait conduit ici, tu porterais sur toi les signes de la mort. »

m'a conduit dans Manala, l'acier m'a poussé vers Tuonela. »

Les filles de Tuoni, à la taille courte, les filles de Manala, au corps rabougri, dirent : « Nous reconnaissons là le menteur. Si le fer t'avait conduit ici, si l'acier t'y avait poussé, le sang souillerait tes vêtements, il y bouillonnerait en rouges rayons. Dis-nous la vérité, ô Wäinämöinen ; pour la seconde fois, dis-nous la vérité ! »

Le vieux, l'imperturbable Wäinämöinen dit : « L'eau m'a conduit à Manala, les vagues m'ont poussé vers Tuonela. »

Les filles de Tuoni, à la taille courte, les filles de Manala, au corps rabougri, dirent : « Nous comprenons suffisamment le menteur. Si l'eau t'avait conduit ici, si les vagues t'y avaient poussé, l'eau découlerait de tes vêtements, tous leurs plis en ruisselleraient. Confesse-nous la vérité sans plus de détour ; comment es-tu venu à Manala ? »

Le vieux, l'imperturbable Wäinämöinen dit : « Le feu m'a conduit à Tuonela, la flamme m'a précipité dans Manala. »

Les filles de Tuoni, à la taille courte, les filles de Manala, au corps rabougri, dirent : « Nous devinons le menteur. Si le feu t'avait conduit ici, si la flamme t'y avait précipité, le poil de ta peau serait brûlé, ta barbe serait consumée.

« O vieux Wäinämöinen, si tu veux avoir un de nos bateaux, reviens enfin sur tes mensonges, et confesse-nous franchement la vérité. Comment es-tu venu à Manala, puisque nulle maladie ne t'a donné la mort, nul malheur ne t'a tué, nulle catastrophe ne t'a brisé ? »

Le vieux Wäinämöinen dit : « Si j'ai tenté de vous tromper, si j'ai essayé, une ou deux fois, de me jouer de vous, je parlerai, maintenant, selon la vérité. Je construisais un bateau, je charpentais une barque à l'aide du chant. J'ai chanté un jour, j'ai chanté deux jours, j'ai chanté trois jours. Alors, le traîneau du chant a volé en éclats, le pied du traîneau des runot s'est brisé. Et je suis

venu à Manala pour y chercher une tarière, afin de réparer
ce désastre, de remettre mon traîneau en état. Amenez-
moi une barque, amenez-moi un radeau, pour que je
puisse franchir le détroit, traverser le fleuve. »

Les filles de Tuoni se mirent alors à accabler le héros
d'invectives, les filles de Mana lui répondirent avec dé-
dain : « O insensé, ô homme de peu de sagesse, tu viens
ici, sans motif, sans y avoir été amené par aucune maladie. Mieux vaudrait pour toi de retourner dans ton pays.
Beaucoup entrent dans Manala, mais bien peu en sortent. »

Le vieux Wäinämöinen dit : « C'est l'affaire d'une
vieille femme de retourner sur ses pas, mais non celle
d'un homme faible, même du plus misérable héros.
Amenez-moi une barque, ô filles de Tuoni; enfants de
Manala, amenez-moi un radeau ! »

Les filles de Tuoni amenèrent une barque au vieux
Wäinämöinen; elles l'y firent entrer, et elles l'aidèrent
à franchir le détroit, à traverser le fleuve, et elles dirent :
« Malheur à toi, ô Wäinämöinen, à toi qui arrives sans
être mort, à Manala, qui pénètres, vivant, dans Tuonela ! »

Tuonetar (1), la bonne hôtesse, Manalatar (2), la
vieille femme, apporta un pot à deux anses, rempli de
bière, et elle dit : « Bois, maintenant, ô vieux Wäinämöinen ! »

Le vieux, l'imperturbable Wäinämöinen examina le
pot avec soin. Des grenouilles se jouaient dans son
liquide, des vers rampaient sur ses bords. Il éleva la
voix, et il dit : « Je ne suis point venu ici pour vider les
pots de Manala, pour goûter les breuvages de Tuoni.
Les buveurs de bière succombent à l'ivresse, les ama-
teurs de boisson y perdent leurs forces ! »

La mère de Tuonela dit : « O vieux Wäinämöinen,
pourquoi donc es-tu venu à Mana, quel dessein t'a amené

_____

(1) La femme, la mère, la reine de Tuonela.
(2) La femme, la mère, la reine de Manala.

à Tuonela, avant que Tuoni ne l'ait voulu, avant que Mana ne l'ait rappelé de la terre ? »

Le vieux Wäinämöinen répondit : « Je construisais un bateau, je charpentais une nouvelle barque. Tout à coup, lorsque je n'avais plus qu'à mettre la dernière main à la proue, qu'à achever la poupe, trois paroles m'ont manqué. Alors, je les ai cherchées par toute la terre; mais je les ai cherchées sans les trouver, et c'est pourquoi j'ai dû venir à Tuonela, j'ai dû descendre dans les demeures de Manala. C'est d'ici que j'espère emporter les paroles magiques, les matières du chant. »

La mère de Tuonela dit : « Tuoni ne te fournira point les paroles, Manala ne te donnera point la puissance magique, et tu ne sortiras plus d'ici, durant tout le cours de ta vie, pour regagner ton pays, pour retourner dans ta maison. »

Et la vieille femme précipita le héros dans le sommeil, elle fit coucher le voyageur sur les peaux de Tuoni. Là le héros repose, le héros goûte le sommeil; mais si l'homme dort, ses habits veillent (1).

Il était dans Tuonela une vieille femme, une vieille femme au menton tordu, habile à filer le fer, à filer le cuivre ; elle tressa une natte large de cent brasses, longue de mille brasses, pendant une seule nuit d'été, sur une seule pierre fixée dans l'eau.

Il était dans Tuonela un vieillard, un vieillard aux trois doigts, habile à tresser des filets de fer, des filets de cuivre; il tressa une nasse large de cent brasses, longue de mille brasses, pendant la même nuit d'été, sur la même pierre fixée dans l'eau.

Le fils de Tuoni, aux doigts crochus, aux ongles de fer, prit la nasse longue de mille brasses, et la jeta en travers du fleuve de Tuonela, afin d'empêcher Wäinä-

---

(1) Proverbe finnois. On a vu combien ces proverbes sont fréquents dans les runot. C'est là, en effet, une manière de parler familière aux peuples finnois.

möinen de fuir, d'empêcher Uvantolainen (1) de s'é-
chapper, tant que dureraient les jours, que resplendirait
la lune, des demeures de Tuonela, des abîmes de Manala.

Le vieux, l'imperturbable Wäinämöinen dit : « Est-
ce que le malheur fondrait sur moi, est-ce que mon jour
fatal serait arrivé dans ces demeures de Tuonela, dans
ces abîmes de Manala? »

Et, soudain, il changea de forme, et il se précipita dans
les flots, noir de couleur, tel qu'une algue au milieu des
algues; et il glissa, comme un serpent de fer, comme
une vipère, sur les ondes de Tuonela, à travers la nasse
de Tuoni.

Le fils de Tuoni, aux doigts crochus, aux ongles de
fer, se rendit, dès le matin, sur les bords du fleuve, pour
y visiter la nasse. Il y trouva des centaines de truites,
des milliers de petits poissons, mais il n'y trouva point
Wäinämöinen, il n'y trouva point le vieux Uvantolainen.

Alors le vieux Wäinämöinen, échappé des abîmes de
Tuonela, éleva la voix et dit : « O bon Jumala, ne crée
plus à l'avenir d'homme qui, tel que moi, ose affronter
les demeures de Mana, les profondeurs de Tuonela.
Grand est le nombre de ceux qui y arrivent, mais petit
le nombre de ceux qui en reviennent! »

Et le vieux Wäinämöinen parla encore, s'adressant à
la jeunesse qui s'élève, à la race qui grandit : « O vous,
enfants des hommes, gardez-vous, tant que durera cette
vie, de pervertir les innocents, de précipiter dans le
crime ceux qui sont purs; vous en seriez durement punis,
là-bas, dans les demeures de Tuoni. Une place y est
réservée aux criminels : un lit de pierres brûlantes, de
rochers de feu, une couverture de couleuvres, de vers et
de serpents! »

_____

(1) Surnom de Wäinämoinen, de *Uwet*, illustré, excellent.

DIX-SEPTIÈME RUNO

SOMMAIRE

Wäinämöinen se rend auprès du géant Wipunen, pour lui demander les
trois paroles qui lui manquent. — Le géant est mort. — Wäinämöinen
descend dans sa tombe. — Wipunen l'engloutit dans sa gorge immense. — Wäinämöinen pénètre jusqu'au fond de ses entrailles, où il
établit une forge. — Wipunen, en proie à d'horribles douleurs,
supplie le héros de se retirer, puis fulmine contre lui les formules
magiques les plus violentes. — Wäinämöinen réclame les trois paroles. — Enfin, le géant se décide à le satisfaire. — Wäinämöinen
sort alors de ses entrailles et achève la construction de son bateau.

Le vieux, l'imperturbable Wäinämöinen était donc
revenu des demeures de Tuonela, des abimes éternels
de Manala, sans en rapporter les paroles, les grandes
paroles magiques. Il pensa dans sa tête, il réfléchit
profondément dans son âme, il se demanda où il pourrait
les trouver enfin.

Un berger vint à sa rencontre et lui dit : « Tu trouveras cent paroles, mille matières de chant dans la bouche
d'Antero Wipunen (1), dans le ventre du prodigieux
géant. Voilà celui auquel tu dois t'adresser. La route
pour arriver jusqu'à lui n'est pas bonne, elle n'est pas
non plus des pires. Il faut en parcourir, la première partie,
sur la pointe des aiguilles des femmes, la seconde partie,
sur la pointe des glaives des hommes, enfin, la troisième
partie, sur le tranchant des haches des héros. »

_____

(1) Sorcier-géant, surnommé dans les runot *Ukkonpoika*, fils
d'Ukko, *Kaleva* ou *vieux Kaleva* (*Vakka Kaleva*).

Le vieux, l'imperturbable Wäinämöinen, malgré les
difficultés de l'entreprise, n'en résolut pas moins de la
tenter. Il se rendit à la forge d'Ilmarinen et lui dit : « O
forgeron Ilmarinen, forge-moi des semelles de fer, des
gants de fer, une chemise de fer, forge-moi, en outre,
moyennant payement, un bâton de fer à la moelle d'acier.
Je pars pour arracher les paroles magiques, les matières
du chant, du ventre du prodigieux géant, de la bouche
d'Antero Wipunen. »

Ilmarinen dit : « Depuis longtemps Wipunen est mort,
depuis longtemps Antero a cessé de dresser ses piéges,
de tendre ses filets; tu ne tireras pas de lui une parole,
pas la moitié d'une parole. »

Le vieux, l'imperturbable Wäinämöinen, malgré cet
avis, se mit en route. Le premier jour, il s'élança par-
dessus la pointe des aiguilles des femmes; le second
jour, par-dessus la pointe des glaives des hommes, le
troisième jour, par-dessus le tranchant des haches des
héros.

Wipunen, le puissant runoia, le vieillard à la force
prodigieuse, était couché sous la terre, avec ses chants;
il gisait étendu, avec ses paroles magiques. Le peuplier
croissait sur ses épaules, le bouleau sur ses tempes,
l'aulne sur ses joues, le saule sur sa barbe, le sapin sur
son front, le pin sauvage entre ses dents.

Le vieux Wäinämöinen arriva. Il tira son glaive, sa
lame d'acier, de son fourreau de peau, de sa ceinture
d'un cuir inconnu, et il fit tomber le peuplier des épaules
de Wipunen, le bouleau de ses tempes, les aulnes touffus de ses joues, le saule de sa barbe, le sapin de son
front, le pin sauvage de ses dents. Puis, il enfonça son
bâton garni de fer dans la gorge du géant, entre ses
mâchoires béantes, ses gencives frémissantes, et il dit :
« Lève-toi de ta couche souterraine, ô esclave de
l'homme (1), éveille-toi de ton long sommeil ! »

(1) Wäinämöinen le nomme ainsi, parce qu'il possède la puissance de
le soumettre à ses lois.

Wipunen, le puissant runoia (1), s'éveilla aussitôt de son sommeil. Il sentit la dure atteinte du bâton, et une douleur aiguë le déchira. Il mordit le bâton, mais sa dent n'en toucha que la surface ; elle n'eut point de prise sur l'acier, sur le cœur du fer.

Le vieux Wäinämöinen s'avança tout près du géant ; et, soudain, des deux pieds, il glissa dans sa bouche.

Alors, Antero Wipunen l'ouvrit plus largement ; et il engloutit, entre ses mâchoires, le héros avec son glaive ; et il dit : « J'ai déjà mangé bien des choses, j'ai dévoré des brebis et des chèvres, des bœufs et de grands sangliers, mais, jamais je n'ai goûté d'un pareil morceau. »

Le vieux Wäinämöinen dit : « Voici donc mon jour fatal arrivé, maintenant que je suis tombé dans ce coffre de Hiisi (2), dans cette caverne de Kalma ! »

Et il se mit à penser, à réfléchir profondément ; il se demanda comment il pourrait exister, comment il pourrait vivre.

Wäinämöinen portait suspendu à la ceinture son couteau au manche de bois madré. Il s'en servit habilement pour se construire un bateau, pour se charpenter une barque. Et il lança le bateau en avant, voguant d'un intestin à l'autre, visitant chaque recoin, chaque repaire du ventre.

Wipunen, le vieux géant, le puissant runoia, ne se laissa point troubler par une pareille épreuve. Alors, Wäinämöinen se transforma en batteur de fer. De sa chemise il se fit une forge, des bras de sa chemise et de sa pelisse un soufflet, de ses bas un tuyau pour le soufflet, de son genou une enclume, de son coude un marteau. Et il commença à frapper à coups redoublés ; il fit résonner son enclume pendant le jour, pendant la nuit, sans trêve ni repos, dans le ventre du prodigieux géant, dans le sein de l'homme fort.

---

(1) On sait que le mot *Runoia*, compositeur, chanteur de *runot*, implique la puissance magique.

(2) *Hiisi* veut dire ici : être maudit, agent du mal.

Wipunen, le puissant runoia, dit : « Quel homme es-tu donc entre les hommes, quel héros entre les héros ? J'ai déjà englouti cent hommes, j'ai tué mille héros, mais jamais je n'en ai mangé de semblable à toi. Les charbons montent jusqu'à ma bouche, les tisons brûlent ma langue, les scories du fer déchirent ma gorge.

« Retire-toi, prodige d'épouvante, fuis au loin, fléau de la terre, fuis avant que je n'aille chercher ta mère, que je ne me plaigne à ta vieille nourrice ! Si je raconte ce qui se passe à ta mère, si je révèle tout à ta vieille nourrice, elle sera saisie d'une douleur cruelle, en voyant son fils se livrer à une œuvre perverse, son enfant se couvrir d'infamie (1).

« J'ignore encore, je ne soupçonne pas d'où tu es sorti, ô Hiisi (2), d'où tu es venu, ô misérable, pour mordre, pour dévorer, pour manger, pour ronger.

« Es-tu une torture créée par Dieu ? Une maladie envoyée par Jumala ? Ou bien, ouvrage des hommes, es-tu aux ordres d'un autre, et n'agis-tu ainsi que pour gagner de l'argent ?

« Si tu es une torture créée par Dieu, une maladie envoyée par Jumala, alors, je mettrai ma confiance dans mon créateur, mon espoir dans Jumala. Le Seigneur ne délaisse point l'être bon, il ne détruit point ce qui est beau.

« Mais, ouvrage des hommes, si tu es aux ordres d'un autre, si d'autres t'ont poussé au mal que tu commets, je saurai bien quelle est ta famille, et dans quel pays tu es né.

« Jadis, tous les malheurs tiraient leur origine, tous les fléaux venaient : du voisinage des tietäjät (3), des pâturages des enchanteurs, des demeures des hommes pervers, des champs des sorciers, des landes de Kalma, des

(1) Chez les Finnois, le respect des parents, et en particulier la crainte de la mère, sont portés au plus haut point.
(2) Voir page 144, note 2.
(3) Voir page 26, note 1.

profondeurs de la terre, du séjour des morts, de l'habitation des hommes disparus, de la poussière ondoyante, des terres fréquemment remuées, des sables mouvants, des vallées humides, des bruyères sonores, des marais vides de mousse, des sources bondissantes, des ruisseaux murmurants, des cavernes des bois de Hiisi, des crevasses des montagnes, du sommet des collines de cuivre, des pins orageux, des sapins moisis, des espaces où les renards glapissent, des plaines où l'on chasse l'élan, des sauvages repaires de l'ours, des lointaines régions de Pohja, des frontières reculées de Laponie, des cultures arides, des campagnes en friche, des vastes champs de bataille, des gazons crépitants, des torrents de sang figé, des larges golfes, de la vase noire de la mer, des gouffres profonds de mille brasses, des tourbillons écumeux, de la puissante cataracte de Rutja (1), des hauteurs du ciel, des nuages desséchés, des routes du soleil ardent, des lieux où dort la tempête.

« Est-ce de là que tu es venu, est-ce de là, ô misérable, que tu es descendu dans un cœur pur, dans un ventre innocent, pour mordre, pour dévorer, pour manger, pour ronger ?

« Suspends tes attaques, ô chien de Hiisi, arrête-toi, ô dogue de Manala, sors de mon corps, horrible monstre, sors de mon foie, fléau du monde, cesse de dévorer la chair de mon cœur, de piétiner ma rate, de broyer mon estomac, de tourner autour de mes poumons, autour de mon nombril, de torturer mes tempes, de labourer mon échine, de déchirer mes flancs !

« Et si je n'ai pas assez de force pour me délivrer de ce fléau, pour me soustraire à ces angoisses, j'invoquerai le secours de plus puissants que moi.

« J'appellerai du sein de la terre les mères de la terre, des profondeurs du sol les maîtres antiques, tous les hommes de glaive des plaines, tous les cavaliers des

(1) Voir page 74, note 1.

champs sablonneux. Et ils joindront leur force à ma
force, leur vigueur à ma vigueur, et ils me soutiendront,
et ils m'aideront dans cette œuvre ardue, au milieu de
ces lamentables douleurs.

« Et si ce n'est assez, si, malgré ce secours, tu
ne cèdes point, lève-toi, ô forêt, avec tes hommes,
bois riche d'ombrages avec ton peuple, bois de sapin
avec ta race, lac avec tes enfants; que cent hommes accourent avec leurs glaives, mille héros avec leur armure
de fer, pour châtier ce Hiisi, pour écraser ce Juuta (1).

« Et si ce n'est assez, si, malgré ce secours, tu
ne cèdes point, lève-toi des profondeurs des ondes,
ô mère des ondes (2), lève-toi, femme au bonnet bleu,
du sein des flots, femme à la robe finement plissée, des
sources bondissantes, visage pur, de la vase humide,
lève-toi pour la force du faible héros, pour la vigueur de
l'homme débile, afin que je ne sois point dévoré sans
cause, que je ne sois point frappé de mort sans maladie !

« Et si ce n'est assez, si, malgré ce secours, le
maudit ne cède point, ô Kave (3), fille de la nature,
Kave splendide et belle, toi la plus ancienne des femmes,
la première mère des êtres qui sont nés d'eux-mêmes,
viens reconnaître les plaies, viens éloigner les jours
du danger, viens m'alléger de ce fardeau, m'arracher à
ce tourment !

« Et si ce n'est assez, si, malgré ce secours, tu
ne cèdes point, ô Ukko, nombril du ciel (4), proche
voisin des nuages qui portent la foudre, viens ici, car on
a besoin de toi, viens ici, car on t'appelle, viens interrompre l'œuvre misérable, viens détruire l'action perverse, avec ton glaive à la pointe de feu, avec ta lame
fulgurante !

(1) Voir page 109, note 3.
(2) Déesse des ondes.
(3) *Kave* a donné lieu à beaucoup d'interprétations. Suivant Castren,
ce mot signifie, en général, génie puissant et bienfaisant.
(4) Centre du ciel.

« Suis ton chemin, être de rebut, fuis, horreur du monde! Il n'y a point de place ici pour toi, lors même que tu serais sans asile; porte plus loin ta demeure, retourne à la maison de ton maître, à l'habitation de ton hôtesse!

« Et lorsque tu y seras parvenu, lorsque tu auras atteint le champ de celui qui t'a fait, le champ de celui qui t'a envoyé, annonce ton arrivée par un signe, un signe mystérieux; gronde comme le tonnerre, brille comme l'éclair, enfonce la porte de la maison, arrache la poutre de la fenêtre, précipite-toi dans l'intérieur, tel qu'un ouragan, frappe ceux qui l'habitent sur les pieds, saisis-les par leur maigre talon, arrache l'hôte de son réduit, l'hôtesse du coin de la porte, crève les yeux à l'hôte, broie la tête à l'hôtesse, tors-leur les doigts, tors-leur le cou!

« Et si cela te paraît trop peu de chose, vole comme un coq sur le sentier, comme un poulet dans l'enceinte de la maison; vautre-toi, poitrine en avant, dans le tas d'ordures; renverse le cheval dans l'écurie, la bête à cornes dans l'étable; enfonce-les dans le fumier; tors-leur les yeux dans la tête, disloque-leur la nuque!

« Si tu es une maladie venue des régions du vent, venue des torrents orageux; si tu es un don du vent du sud, un don du vent glacé, reprends le chemin du vent, le même chemin que suit le vent du printemps; et, sans t'arrêter sur les arbres, sans te reposer dans les aulnes, gagne les sommets escarpés de la montagne de cuivre (1), afin d'y être bercé par les vents, soigné par le souffle du printemps!

« Si tu es venu du ciel, si tu t'es détaché d'un nuage aride de l'air, retourne vers le ciel, remonte vers les hauteurs de l'air, vers les nuages humides, vers les étoiles resplendissantes, afin de brûler comme le feu, de petiller

_____

(1) Les mines de cuivre ne sont pas rares en Finlande, ce qui explique ces mots si souvent répétés dans les runot : montagnes de cuivre, rochers de cuivre, etc.

comme les étincelles, dans ces voies que parcourt le soleil et où roule le disque de la lune !

« Si tu as surgi, ô misérable, des profondeurs de la mer, si tu es sorti du sein des flots, retourne dans la mer, plonge sous les flots, précipite ta course jusqu'aux bords du château fangeux, jusqu'au sommet de la montagne humide, afin d'y être secoué par les vagues, ballotté par l'eau profonde !

« Si tu es venu des landes de Kalma, des demeures de ceux qui ont disparu pour toujours, retourne à Kalma, retourne à cette terre au ventre gonflé (1), à cette terre si souvent remuée, où toute une race a été précipitée, où tout un peuple puissant a été enseveli !

« Si tu es venu, ô être stupide, de la caverne du bois de Hiisi, de sa maison de pins, de sa chambre de sapins, retourne à la caverne du bois de Hiisi, à sa maison de pins, à sa chambre de sapins, et restes-y jusqu'à ce que le plancher pourrisse, jusqu'à ce que les poutres des murs soient rongées par les vers, jusqu'à ce que le toit s'effondre !

« Oui, va où je t'envoie, ou je te pousse, va, ô misérable, dans le repaire de l'ours, dans la tanière de l'ourse, dans les vallées humides, dans les marais sans fond, dans les sources bondissantes, dans les ruisseaux à l'onde moutonneuse, dans les lacs vides de poissons, tout à fait vides de perches !

« Et si tu n'y trouves point de place, gagne les frontières lointaines de Pohja, les vastes régions de Laponie, les forêts défrichées infécondes, les champs non labourés, là où le soleil et la lune ne montrent jamais leur lumière ! Il te sera doux d'y vivre, il te sera agréable d'y demeurer. Les élans y sont suspendus dans les arbres, les rennes agiles y sont enchaînés, pour servir de pâture à l'homme affamé, pour rassasier le héros ambitieux (2).

(1) Allusion aux monticules de terre formés par les sépultures.
(2) C'est-à-dire le gibier y abonde.

« Fuis aussi, je t'en conjure, fuis vers la cataracte mugissante de Rutja (1), vers le tourbillon aux flammes bouillonnantes, où sombrent les troncs d'arbres, où roulent les grands pins avec leurs racines, les hauts sapins avec leurs riches couronnes ; descends le torrent orageux à la nage, parcours l'onde immense, établis ta demeure dans son lit étroit!

« Et si tu n'y trouves point de place, je te précipiterai dans le fleuve noir de Tuoni (2), dans le gouffre éternel de Manala (3), et tu n'en sortiras de tous les jours de ta vie, à moins que je ne vienne moi-même te délivrer avec neuf moutons nés d'une seule brebis féconde, avec neuf taureaux, nés d'une seule vache, avec neuf étalons, nés d'une seule jument (4).

« Si tu demandes un cheval, si tu as besoin d'un cheval d'attelage, je me charge de te le procurer. Hiisi a un bon cheval, un cheval à la rouge crinière, dans la montagne ; sa bouche vomit le feu ; de ses naseaux jaillit la flamme éclatante ; ses sabots sont de fer, ses pieds d'acier ; il est capable de gravir les collines, de franchir les vallées, avec un habile, avec un fier et puissant cavalier.

« Si cela ne te satisfait pas, procure-toi les suksi (5) de Hiisi (6), les suksi de Lempo (7), faits de bois d'aulne, le lourd bâton de Pahalainen (8) ; avec eux tu pourras t'élancer à travers les bois de Lempo, les plaines de Hiisi, les champs de l'être mauvais. Si une pierre fait obstacle à ta route, tu la briseras en morceaux ; si une branche de sapin t'arrête, tu la couperas en deux parties ; si un héros se dresse devant toi, tu le repousseras de côté.

« Mets-toi maintenant en mouvement, ô être vicieux,

(1) Voir page 74, note 1.
(2) Voir page 120, note 1.
(3) Voir page 120, note 2.
(4) En donnant ces animaux en échange.
(5) Voir page 79, note 1.
(6) Voir page 50, note 1.
(7) Voir page 41, note 3.
(8) Fils de *Paha*. Voir page 64, note 3.

prends la fuite, ô homme méchant, avant que le jour ne
se lève de nouveau, avant que l'aurore de Dieu ne res-
plendisse, avant que le soleil ne remonte à la voûte céleste, avant que le coq ne fasse entendre son chant! Oui,
c'est le moment pour l'être vicieux de préparer son départ, c'est l'heure pour les méchants de fuir ; la lumière
de la lune éclairera ton voyage!

« Si tu ne te hâtes de sortir, ô chien privé de mère,
j'emprunterai les serres de l'aigle, le dard de la sangsue,
les pinces de chair de l'oiseau, les branches des pieds du
vautour, et je tourmenterai le méchant, et je châtierai le
sacrilége, jusqu'à ce que sa tête cesse de branler, jusqu'à ce que le souffle manque à sa poitrine.

« Jadis, un Lempo (1) créé, un Lempo né d'une mère
se retira confondu, lorsque l'heure de Jumala eut
sonné, lorsque le secours du Tout-Puissant se fut mani-
festé. Ne seras-tu donc pas confondu, ô toi, être sans
mère? Ne te retireras-tu pas, ô être contre nature? Ne
me laisseras-tu pas, chien sans maître, à ce moment où
la lune se promène dans le ciel! »

Le vieux, l'imperturbable Wäinämöinen répondit : « Je
me trouve bien ici, j'y passe agréablement le temps. Le
foie remplace très-convenablement le pain, la graisse du
foie la viande; le poumon est bon à cuire, la graisse
est bonne à manger.

J'enfoncerai mon enclume plus avant dans la chair du
cœur, j'installerai ma forge dans un endroit plus profond,
en sorte que, durant tous tes jours, tu ne puisses t'échapper, avant que je n'aie entendu les paroles, que je n'aie
appris de toi les paroles magiques, mille matières de
chant. Les paroles ne peuvent rester cachées, les paroles
magiques ne peuvent demeurer ensevelies dans le sein
des rochers ; la puissance ne peut s'éterniser dans la crevasse de la terre, bien que les puissants eux-mêmes aient
disparu (2). »

(1) Voir page 41, note 3.
(2) Les sorciers finnois regardaient les paroles magiques comme

Alors, Wipunen, l'homme puissant dans les chants, le fort superbe des anciens jours, Wipunen, dont la bouche est pleine de sagesse, dont la poitrine est l'habitacle d'une force infinie, ouvrit le coffre plein de paroles, le coffre plein de chants, afin de chanter les paroles efficaces, de donner l'essor aux meilleurs chants, à ces paroles profondes de l'origine, à ces chants magiques de la création des temps, que tous les enfants ne sauraient chanter, que chaque héros ne saurait comprendre, dans cette triste vie, dans ce monde périssable.

Il chanta les paroles de l'origine, les runot de la sagesse. Il dit comment, avec la permission du Créateur, comment, sur l'ordre de Jumala, l'air s'engendra de lui-même, l'eau se sépara de l'air, la terre ferme surgit du sein de l'eau et se couvrit de plantes.

Il dit la formation de la lune, la création du soleil, et comment se dressèrent les colonnes de l'air, et comment le ciel fut semé d'étoiles.

Il chanta, le puissant runoia, il chanta et déploya sa science. On n'a jamais vu, on n'a jamais entendu, dans le cours de cette vie, un meilleur runoia, un homme d'une science plus grande. Sa bouche lançait des paroles, sa langue poussait des runot magiques, comme un joyeux poulain lance ses jambes, comme un coursier pousse ses pieds rapides.

Il chanta, durant les jours, sans s'arrêter, durant une longue succession de nuits. Le soleil s'arrêta pour l'écouter, la lune d'or s'arrêta pour l'écouter; les vagues des détroits, les flots des golfes, les ondes des fleuves cessèrent leurs murmures orageux; la cataracte du Rutja (1) fit silence; le Wuoksen (2) suspendit sa course tourbillonnante; le *Jordan* (3) enchaîna ses flots.

immortelles; nul n'avait le droit de les ensevelir avec lui dans la tombe.
(1) Voir page 74, note 1.
(2) Voir page 23, note 5.
(3) Fleuve dont la situation est incertaine. Serait-ce le *Jourdain,* placé là par un souvenir biblique?

Alors, le vieux Wäinämöinen, après avoir entendu les paroles, après avoir recueilli les chants magiques, si ardemment désirés, se prépara à sortir de la bouche d'Antero Wipunen, des entrailles de l'homme fort et puissant. Et il dit : « O Antero Wipunen, ouvre, maintenant, ta large bouche, dilate tes vastes mâchoires, afin que je sorte de ton ventre et que je retourne dans mon habitation. »

Wipunen, le grand runoia dit : « J'ai mangé, j'ai bu beaucoup de choses, j'ai avalé mille différentes matières, mais, jamais je n'ai rien bu ni rien mangé qui ressemblât au vieux Wäinämöinen ; si tu as bien fait de venir ici, tu fais encore mieux d'en partir. »

Et Wipunen, le grand runoia, ouvrit sa large bouche, dilata ses larges mâchoires, et le vieux Wäinämöinen s'élança du fond des entrailles de l'homme fort et puissant. Il bondit tel qu'un écureuil d'or, tel qu'une martre à la poitrine d'or.

Et il se rendit dans l'atelier du forgeron ; Ilmarinen lui dit : « As-tu entendu les paroles, as-tu recueilli les chants magiques, les chants nécessaires pour achever ton bateau ? »

Le vieux, l'imperturbable Wäinämöinen, répondit : « J'ai entendu cent paroles, mille matières de chant ; j'ai tiré les paroles de leur retraite, j'ai arraché les chants magiques de leur caverne. »

Et il se dirigea vers son bateau, vers le lieu où il travaillait avec sagesse ; et, bientôt, le bateau fut achevé sans le secours de la hache, le bateau fut créé sans que la hache détachât un seul éclat (1).

_____

(1) C'est-à dire par la seule puissance de la parole, et sans l'emploi d'aucun outil.

DIX-HUITIÈME RUNO

SOMMAIRE

Wäinämöinen, monté sur son nouveau navire, se dirige vers les régions
de Pohjola, pour y demander la main de la belle vierge. — Ilmarinen,
prévenu de ce voyage par sa sœur, revêt ses plus beaux habits, fait
atteler son plus beau traîneau, et prend aussi, de son côté, la route
de Pohjola. — Il rencontre Wäinämöinen, et fait un pacte avec lui,
d'après lequel ils s'engagent l'un et l'autre à ne point forcer la
volonté de la fille de Pohja. — Louhi conseille à celle-ci de choisir
le vieux Wäinämöinen. — Mais, la jeune fille préfère celui qui a forgé
le Sampo et oppose un refus formel à la demande du Runoia.

Le vieux, l'imperturbable Wäinämöinen, se mit à penser et à réfléchir profondément. Il résolut d'aller demander la main d'une jeune fille, d'aller voir la belle chevelure, la vierge célèbre, la superbe fiancée de Pohja, dans
la sombre Pohjola, dans la nébuleuse Sariola.

Il revêtit son bateau de vadmel (1), il en peignit les
bords en rouge, il en incrusta les ais d'or et d'argent. Et
un jour, un matin, il fit glisser sur les rouleaux polis la
coque formée de cent poutres, et la lança dans l'eau.

Et il dressa le mât, et il hissa les voiles à sa cime,
une voile rouge, une autre voile bleue. Puis, il se plaça
au gouvernail et se dirigea vers la haute mer.

Et il prit la parole et il dit : « Viens, maintenant, ô Ju-

---

(1) Grossier tissu de laine grise dont s'habillent les paysans finnois.
Autrefois, lorsque la monnaie métallique était encore inconnue, ils se
servaient du *vadmel* comme de valeur d'échange.

mala, viens dans mon bateau, ô toi riche de grâces! Apporte la force au faible héros, la vigueur à l'homme débile, au milieu de ces vastes ondes, de ces immenses plaines

« Souffle, ô vent, derrière mon bateau, pousse-le devant toi, ô flot rapide, sans que j'aie besoin de remuer les doigts, de troubler la surface moutonneuse de l'eau, dans ces vastes golfes, dans ces immenses plaines! »

Annikki, au nom célèbre, Annikki, la fille de la nuit, la vierge du crépuscule (1), qui se levait toujours avant l'aurore, battait son linge, lavait ses vêtements, à l'extrémité du promontoire nébuleux, de l'île riche d'ombrages.

Elle se retourna et regarda autour d'elle dans tous les sens; elle leva les yeux vers le ciel, elle les abaissa sur le rivage; au-dessus de sa tête brillait le soleil, devant elle étincelaient les vagues.

Elle tourna ses regards du côté du midi, vers l'embouchure du fleuve de *Suomi* (2), vers les ondes de Wäinölä (3), et elle aperçut une lueur, un bleu sillon sur la surface de la mer.

Et elle prit la parole, et elle dit : « Qui es-tu, ô lueur, qui es-tu, ô sillon que j'aperçois au loin sur les flots? Si tu es une troupe d'oies, ou une superbe troupe de canards, hâte-toi de prendre ton vol et de fuir vers les hauteurs du ciel!

« Si tu es une masse de saumons, une troupe de poissons, hâte-toi de nager et de disparaître sous les eaux!

« Si tu es un bloc de rocher ou une plante marine, que les vagues te submergent et te recouvrent! »

Le bateau avançait toujours; bientôt il fut tout près du promontoire nébuleux, de l'île riche d'ombrages.

Annikki, la vierge célèbre, reconnut que c'était un

---

(1) C'est-à-dire vigilante, qui se lève avant le jour.
(2) La Finlande.
(3) Voir page 19, note 1.

bateau, un bateau formé de cent poutres bien travaillées, qui flottait sur la mer, et elle dit : « Si tu es le bateau de mon frère ou la barque de mon père, dirige-toi vers notre maison. Si tu es un bateau étranger, prends le large et va aborder à un autre rivage ! »

Mais, ce bateau n'était point celui de sa famille, ni celui d'un homme tout à fait étranger, c'était le bateau de Wäinämöinen, le bateau du Runoia éternel. Il s'approcha à la portée de la voix.

Annikki, la fille de la nuit, la vierge du crépuscule, dit : « Où vas-tu, ô Wäinämöinen, où diriges-tu ta course, favori des ondes, où te rends-tu si brillamment habillé, ornement de la terre ? »

Le vieux Wäinämöinen répondit du haut de son bateau : « J'ai conçu le projet d'aller pêcher le saumon, j'ai voulu voir comment les poissons se jouent dans le fleuve noir de Tuoni, dans l'abîme profond. »

Annikki, la vierge célèbre, dit : « Epargne-moi ces mensonges inutiles ! Je connais aussi les jeux des poissons ; mon père, mon vieux père avait coutume, jadis, d'aller à la pêche des saumons, équipé d'une autre manière. Son bateau était plein d'engins de toutes sortes : des nasses, des lignes, des épieux, des fourches. Où vas-tu, ô Wäinämöinen, où diriges-tu ta course, Uvantolainen (1) ? »

Le vieux Wäinämöinen répondit : « Je vais à la chasse des oies, je dirige ma course vers les lieux où folâtrent les ailes brillantes ; je veux abattre les becs morveux, au milieu des détroits fréquentés par les marchands, de la mer vaste et sans limites. »

Annikki, la vierge célèbre, dit : « Je reconnais celui qui parle avec vérité, je devine aussi celui qui débite le mensonge. Mon père, mon vieux père, avait coutume, jadis, d'aller à la chasse des oies, à la chasse des becs rouges, d'une autre manière. Il emportait avec lui son

(1) Voir page 141, note 1.

grand arc, ses fortes flèches d'acier armées de plumes, et
son chien noir l'accompagnait, rôdant autour du rivage
et flairant chaque pierre. Où vas-tu, ô Wäinämöinen, où
te diriges-tu, dans tous les cas? »

Le vieux Wäinämöinen répondit : « Je vais dans les
grandes batailles, dans les ardentes mêlées, là où le sang
bouillonne jusqu'au jarret, où le sang rouge monte à la
hauteur du genou.

Annikki, la jeune fille ornée d'une fibule d'étain, dit :
« Je sais aussi de quelle manière on se rend au combat.
Lorsque, jadis, mon père partait pour la guerre, pour
les ardentes mêlées, il avait avec lui cent rameurs, et
mille hommes se tenaient assis, prêts à l'action. Les arcs
se dressaient à l'avant de son navire, et sur les bancs
étincelaient les glaives et les lances. Dis-moi donc enfin
la vérité sans détour : où vas-tu, ô Wäinämöinen, où
diriges-tu ta course, Suvantolainen? »

Le vieux Wäinämöinen répondit : « Viens, ô jeune
fille, dans mon bateau! Là, je te dirai la vérité sans détour. »

Annikki, la jeune fille ornée d'une fibule d'étain, dit
d'un ton moqueur : « Que la tempête fonde sur ton bateau,
que les vents se déchaînent contre lui ! Je le ferai chavi-
rer, je le coulerai à fond, si tu ne cesses tes mensonges,
si tu ne m'avoues enfin, avec franchise et vérité, où tu
diriges ta course ? »

Le vieux Wäinämöinen répondit : « Si jusqu'à présent, j'ai quelque peu usé de feinte, je confesserai maintenant la vérité tout entière. Je me suis mis en route
pour aller demander la main d'une jeune fille, dans la
sombre Pohjola, dans la nébuleuse Sariola, dans ce pays
où l'on dévore les hommes, où l'on précipite les héros
dans la mer. »

Annikki, la fille de la nuit, la vierge du crépuscule,
comprit que, cette fois, Wäinämöinen avait renoncé
au mensonge, et qu'il lui avait confessé la vérité, la
droite vérité. Alors, elle laissa là les objets qu'elle

était venue laver, et relevant avec les mains les plis de ses vêtements, elle se mit à courir ; elle arriva à la maison d'Ilmarinen et entra dans l'atelier du forgeron.

Le forgeron Ilmarinen, le batteur de fer éternel, était occupé à fabriquer un long siége de fer; il le fabriquait avec du fer mêlé d'argent. Sa tête était couverte d'une aune de mâchefer, ses épaules d'une brasse de suie.

Annikki lui dit : « O forgeron Ilmarinen, mon frère, ô batteur de fer éternel, forge-moi une petite navette, forge-moi quelques jolis anneaux, deux ou trois paires de boucles d'oreille, cinq ou six chaînes pour ma ceinture, et je te dirai des choses vraies, je te découvrirai la vraie vérité ! »

Le forgeron Ilmarinen répondit : « Si tu m'apportes une bonne nouvelle, je te forgerai volontiers une navette et quelques jolis anneaux; je te forgerai une fibule pour ta poitrine, je te fabriquerai une belle parure. Mais si, au contraire, ta nouvelle est mauvaise, je briserai toutes tes anciennes parures, je t'en dépouillerai et les jetterai dans le feu de ma forge. »

Annikki, la vierge célèbre, lui dit : « O forgeron Ilmarinen, songes-tu encore à prendre pour épouse celle dont tu as jadis demandé la main, celle que tu t'étais réservée pour compagne?

« Tu bats le fer, tu forges sans cesse; tu as passé tout l'été, tout l'hiver à ferrer ton cheval; tu as consacré les jours et les nuits à te fabriquer un traîneau, un superbe traîneau, pour te rendre à Pohjola chercher une épouse. Et voici qu'un plus rusé, qu'un plus illustre que toi va te prévenir; il va t'enlever ta propriété, il va s'emparer de ta bien-aimée, de celle après laquelle tu as soupiré pendant deux ans, de celle dont tu es le fiancé depuis trois ans. Wäinämöinen vogue sur la mer bleue, dans son bateau à la proue d'or, au gouvernail de cuivre; il se dirige vers la sombre Pohjola, vers la nébuleuse Sariola (1). »

(1) Voir page 56, note 2.

Le forgeron fut saisi d'une angoisse poignante, le batteur de fer fut accablé par un moment lourd; les tenailles lui glissèrent des doigts, le marteau lui tomba des mains.

Et il dit : « Annikki, ma chère sœur, je veux te forger une navette, je veux te forger de gracieux et jolis anneaux, deux ou trois paires de boucles d'oreille, cinq ou six chaînes pour ta ceinture. Mais, de ton côté, prépare-moi un bain doux comme le miel; fais-moi chauffer une agréable étuve avec beaucoup de petits troncs d'arbres, de petits éclats de bois; procure-moi aussi un peu d'eau de lessive, un peu de savon moelleux, afin que je puisse me laver la tête, me purifier le corps de la suie qui le couvre depuis l'automne, du mâchefer qui le souille depuis l'hiver. »

Annikki, la vierge célèbre, fit chauffer en secret l'étuve avec des branches détachées par le vent, avec des troncs d'arbre fendus par la foudre; elle apporta des pierres de la cataracte pour enfanter la vapeur (1); elle alla puiser de l'eau à la source des bois d'aulnes, à la source bordée de joncs; elle coupa des branches d'arbrisseaux dans un bocage, et en composa un doux balai d'amour; et elle le plaça à l'extrémité d'une pierre riche de miel (2). Puis, elle fit de l'eau de lessive avec du lait aigre, elle prépara un savon avec de la moelle d'os, un savon facilement écumeux, pour laver la tête du fiancé, pour purifier et blanchir son corps.

Le forgeron Ilmarinen, le batteur de fer éternel, se hâta de forger ce que la jeune fille avait désiré; il lui forgea une belle parure tandis que l'étuve chauffait, que le bain était préparé. Et il remit la parure entre les mains de la jeune fille.

Annikki dit : « J'ai fait chauffer l'étuve, je t'ai préparé

(1) Les Finnois produisent la vapeur dans leur bain au moyen de gros cailloux brûlants, sur lesquels ils jettent de l'eau.
(2) C'est-à-dire douce et luisante.

un bain de vapeur ; j'ai composé le bouquet de branches,
le doux bouquet d'amour. Baigne-toi, maintenant, ô mon
frère, tant qu'il te plaira, inonde-toi d'eau à ton gré ;
lave-toi la tête de manière à la rendre aussi propre qu'une
tige de lin, lave-toi le visage de manière à le rendre aussi
blanc qu'un flocon de neige. »

Le forgeron Ilmarinen se dirigea vers le bain. Et il se
baigna suffisamment. Il lava et embellit son visage, il fit
refleurir ses sourcils, il rendit son cou aussi blanc qu'un
œuf de poule, il purifia tout son corps. Puis, il rentra
dans sa chambre tout à fait transformé, la figure superbe,
les joues légèrement rosées.

Et il dit : « Annikki, ma chère sœur, apporte-moi
maintenant une chemise de lin, apporte-moi de beaux
vêtements, afin que je m'habille, que je me pare comme
il convient à un fiancé. »

Annikki, la vierge célèbre, apporta une chemise de
lin pour le corps bien frotté d'Ilmarinen, pour sa peau
nue ; elle lui apporta ensuite des vêtements que sa propre
mère avait cousus, pour ses hanches libres de suie, ses
hanches où nul os ne saillissait ; elle lui apporta de beaux
bas que sa mère avait tissés, étant encore jeune fille,
pour ses jambes grasses et florissantes ; de belles chaussures, les meilleures chaussures que l'on pouvait acheter ;
une tunique bleue doublée de jaune ; un pardessus de
vadmel bordé de quatre espèces de drap ; une pelisse
neuve garnie de mille boutons et ornée de cent broderies ;
une ceinture d'or, ouvrage de sa mère, lorsqu'elle était
encore jeune fille, lorsqu'elle comptait encore parmi les
belles chevelures ; des gants brodés d'or fabriqués par
les fils des Lapons ; enfin, un casque élevé pour recouvrir
sa chevelure d'or, un casque que le père d'Ilmarinen
avait acheté lui-même lorsqu'il n'était encore que
fiancé.

Et le forgeron se couvrit de tous ces vêtements, et
quand il fut prêt, il appela son esclave et il lui dit :
« Attèle mon superbe étalon à mon beau traîneau, car il

faut que je parte, il faut que je me rende à Pohjola. »

L'esclave répondit : « Nous avons six étalons, six coursiers mangeurs d'avoine, lequel dois-je atteler? »

Le forgeron dit : « Prends le meilleur de tous, le coursier à la robe brune. Place ensuite six oiseaux chantants, sept oiseaux au plumage bleu, sur l'arc du collier, sur l'avant-train, afin que leur chant, que leur gazouillement attirent les regards des belles jeunes filles et les remplissent de joie. Donne-moi aussi une peau d'ours pour en garnir mon siége, une peau de loutre pour en couvrir mon beau traîneau de fête. »

L'esclave à vie, l'esclave salarié, attela le coursier, le brun coursier, au traîneau. Puis, il plaça six coucous chantants, sept oiseaux bleus, pour chanter sur l'arc du collier, pour gazouiller sur l'avant-train; et il apporta une peau d'ours pour que le maître pût en garnir son siége, il apporta une peau de loutre pour en couvrir le beau traîneau.

Alors, Ilmarinen, le forgeron éternel, invoqua Ukko, pria le dieu du tonnerre : « O Ukko, fais tomber une jeune neige, fais distiller une fine pluie de neige, en sorte que le beau traîneau puisse glisser, que le beau traîneau puisse voler rapidement! »

Ukko fit tomber une jeune neige, il fit distiller une fine pluie de neige; elle couvrit les tiges de bruyères, elle s'éleva au-dessus des tiges des baies, dans l'étendue des champs.

Et le forgeron Ilmarinen prit place dans le traîneau d'acier, et il dit : « O Onni (1), gouverne mes rênes, ô Jumala, descends dans mon traîneau! Onni ne lâche point les rênes, Jumala ne brise point les traîneaux. »

Ainsi, il prit les rênes d'une main, de l'autre il saisit le fouet; il cingla les flancs du cheval et dit : « Pars, maintenant, beau coursier, coursier à la crinière de lin, prends ton essor ! »

(1) Personnification du bonheur.

11

Ilmarinen lance son traîneau à toute vitesse ; il longe les collines sablonneuses qui bordent la mer, le détroit de Sima ; il franchit les hauteurs, brûle les rivages, les bancs de sable des rivages ; le sable lui tourbillonne au visage, la mer lui jaillit sur la poitrine.

Il marche un jour, il marche deux jours, il marche presque trois jours. Il atteint Wäinämöinen et lui dit : « O vieux Wäinämöinen, faisons ensemble un pacte de paix, quoique nous suivions, en rivaux, la route des fiançailles, quoique nous allions, en rivaux, chercher une épouse ; jurons de ne point enlever violemment la jeune fille, de ne point la conduire, contre sa volonté, dans la demeure de l'homme. »

Le vieux Wäinämöinen répondit : « Je consens volontiers à faire avec toi un pacte de paix ; je m'engage à ne point enlever violemment la jeune fille, à ne point la conduire, contre sa volonté, dans la demeure de l'homme. La jeune fille doit être donnée à celui vers lequel incline son cœur ; sans que pour cela nous nourrissions l'un contre l'autre une longue haine, une éternelle inimitié. »

Et les deux héros suivirent chacun leur route. Le bateau glisse sur les vagues, le rivage frémit ; le coursier bondit, la terre tremble.

Un temps, un temps très-court s'écoula. Alors, le chien gris se mit à aboyer, le gardien de la porte du château (1) donna de la voix, dans la sombre Pohjola, dans la brumeuse Sariola. Il murmura d'abord tout doucement, puis il grogna plus fort, et en entrecoupant ses grognements ; il frappait bruyamment la terre de sa queue.

Le père de famille de Pohjola dit : « Fille, va voir pourquoi le chien gris a aboyé, pourquoi les oreilles pendantes ont donné de la voix. »

La jeune fille répondit : « Je n'ai pas le temps, maintenant, cher père : grande est l'étable que j'ai à net-

---

(1) La runo appelle ici château, la célèbre maison de Pohjola, sans doute pour en faire mieux ressortir l'importance.

toyer, grand le troupeau que j'ai à soigner, lourde la
pierre avec laquelle je dois moudre le grain, fine la farine
que je dois tamiser. Oui, la pierre est grande, mais la
farine est fine; et celle qui moud le grain est elle-même
peu vigoureuse. »

Le gardien de la porte du château continuait d'aboyer,
le chien gris murmurait sourdement. Le père de famille
de Pohjola dit : « Femme, va voir pourquoi le chien gris
a aboyé, pourquoi le gardien de la porte du château a
donné de la voix. »

La femme répondit : « Je n'ai pas le temps maintenant :
grande est la maison que j'ai à nourrir, le repas que j'ai
à préparer; épais le pain que j'ai à mettre au four, le
gâteau que j'ai à pétrir. Oui, le pain est épais, mais la
farine est fine, et celle qui pétrit et met au four est peu
vigoureuse. »

Le père de famille de Pohjola dit : « Les femmes sont
toujours pressées, les filles sont toujours empêchées,
lors même qu'elles se rôtissent sur la dalle du foyer,
qu'elles restent étendues dans le lit. Garçon, va toi-
même voir ce qui arrive ! »

Le garçon répondit : « Je n'ai pas le temps : il faut
que j'aiguise une hache, que j'abatte un énorme tronc,
que je coupe en éclisses une grande pile de bois, que je
prépare de légers éclats de bois. Oui, la pile de bois est
grande, les éclats de bois sont fins, et le bûcheron lui-
même est faible et sans vigueur. »

Le gardien du château continuait d'aboyer, le chien
sauvage grondait, le surveillant de l'île murmurait,
accroupi sur le bord du champ et décrivant des cercles
avec sa queue.

Le père de famille de Pohjola dit : « Notre chien gris
n'aboie pas en vain, le vieux ne donne pas de la voix,
ne grogne pas sans raison, aux sapins de la forêt. »

Et il sortit lui-même de sa demeure, il alla voir ce
qui se passait à l'extrême limite du champ, vers le chemin
le plus éloigné.

Il regarda dans la ligne de la gueule du chien, il suivit la direction de son museau, par delà la cime de la hauteur flamboyante, le dos de la colline d'aulnes, et il vit une vraie vérité; il vit pourquoi le chien gris aboyait, ce que l'ornement du champ avait dans sa pensée; il comprit à qui s'adressait la queue de laine. Un rouge bateau approchait, voguant sur le golfe de Lempi (1); un traîneau superbe glissait sur la route de l'île de Sima.

Et le père de famille de Pohjola regagna précipitamment sa demeure; il se retira sous la voûte de son toit, et il dit : « Voici que des étrangers nous arrivent sur le golfe bleu; un traîneau superbe s'avance de l'extrémité de l'île de Sima; on navigue avec une grande barque de ce côté du golfe de Lempi. »

La mère de famille de Pohjola dit : « D'où pourrions-nous tirer un présage sur les étrangers qui arrivent? O toi, ma petite servante, mets au feu des troncs de sorbier, jette dans le brasier le bois illustre ! S'il distille du sang, la guerre menace ; s'il distille de l'eau, nous vivrons toujours en paix (2). »

La gracieuse fille, l'habile servante de Pohja mit au feu des troncs de sorbier, jeta dans le brasier le bois illustre. Mais, il ne distilla point de sang; il ne distilla ni sang ni eau, il distilla du miel, la douce séve du miel.

Suovakko (3) parla de son coin, la vieille femme blottie sous le toit dit : « Puisque l'arbre distille du miel, puisqu'il distille la séve du miel, la troupe qui nous arrive est une grande troupe de prétendants. »

La mère de famille de Pohjola, la femme de Pohja, la fille de Pohja se hâtent de sortir dans la cour; elles tournent les regards vers le grand golfe, la tête sous le soleil; elles voient que de là s'avance le nouveau navire,

(1) Voir page 41, note 3.
(2) Le sorbier, arbre sacré, était aussi un arbre prophétique. Voir page 11, note 1.
(3) Nom propre.

le navire formé de cent planches sur le golfe de Lempi. Le navire rayonne de vadmel, la moitié du navire brille d'une teinte rouge. Un homme de belle prestance se tient à l'arrière, dirigeant le gouvernail de cuivre. Elles voient aussi un cheval bondissant, un rouge traîneau, un traîneau peint de diverses couleurs, lancé à toute vitesse sur la route de l'île de Sima. Six coucous d'or chantent sur l'arc du collier, six oiseaux bleus chantent sur le train; un homme magnifique se tient derrière le traîneau, un héros accompli gouverne les rênes.

La mère de famille de Pohjola dit : « Auquel des deux voudras-tu te donner, lorsqu'ils viendront te demander pour leur amie éternelle, pour la colombe roucoulante à leur côté ?

« Celui qui vient avec le navire, celui qui dirige le rouge bateau sur le golfe de Lempi, est le vieux Wäinämöinen. Il apporte une cargaison de grains, il apporte des trésors.

« Celui qui conduit le beau traîneau, le traîneau peint de diverses couleurs, sur la route de l'île de Sima est le forgeron Ilmarinen. Il apporte avec lui de purs mensonges; son traîneau est plein de magiques runot.

« Quand nous serons rentrées à la maison, prends un pot d'hydromel et présente-le à celui auquel il te conviendra de te donner; présente-le au vieillard de Wäinölä, car il apporte de bonnes choses dans son navire, il apporte des trésors dans son bateau. »

La belle jeune fille de Pohja fut assez avisée pour répondre ainsi : « O ma mère, toi qui m'as portée dans ton sein, toi qui as pris soin de mon enfance, je ne veux point me donner à celui qui est richement pourvu, ni à l'homme de grande sagesse; je me donnerai à celui qui a un beau front, à celui qui est beau dans tout son corps. Aucune jeune fille n'a encore été vendue pour une cargaison de grains; on doit la donner pour rien au forgeron Ilmarinen, à celui qui a forgé le Sampo, qui a façonné à coups de marteau le beau couvercle. »

La mère de famille de Pohjola dit : « O simple et naïve enfant, tu te donneras au forgeron Ilmarinen pour servir d'appui à son front écumant de sueur, pour lessiver ses draps grossiers, pour nettoyer sa tête. »

La jeune fille répondit : « Je ne prendrai point le vieux Wäinämöinen, je ne deviendrai point le soutien de l'homme décrépit ; incommode serait le vieillard, ennuyeux l'homme décrépit. »

Le vieux Wäinämöinen arriva le premier. Il tira son rouge bateau, il poussa sa barque de vadmel sur des rouleaux de fer, sur des troncs de cuivre. Puis il s'empressa de se diriger vers la maison, il entra sous la voûte du toit, et sur le plancher, devant la porte, sous la poutre, il parla ainsi : « Viendras-tu à moi, jeune fille, pour être mon amie éternelle, pour être l'épouse de ma vie, la colombe qui roucoulera à mes côtés ? »

La belle jeune fille de Pohja répondit sans hésiter : « As-tu déjà fabriqué un bateau, as-tu déjà construit un grand navire avec les débris de mon fuseau, les fragments de ma navette ? »

Le vieux Wäinämöinen dit : « Oui, j'ai fabriqué un bon bateau, j'ai construit un remarquable navire, un navire ferme dans la tempête, un navire qui, sous les coups des vents orageux, fend sûrement les vagues et franchit les détroits ; il s'élève comme une bulle d'eau et plonge comme une feuille de nénuphar, à travers la mer de Pohjola, sur les vagues aux couronnes tourbillonnantes. »

La belle jeune fille de Pohja dit : « Je fais peu de cas d'un homme de mer, d'un héros qui voyage à travers les flots ; le vent lui trouble la tête, l'orage lui brise le cerveau. Ainsi, je ne puis point te suivre, je ne puis point me donner à toi, pour être ton amie éternelle, pour être la colombe roucoulante à tes côtés, pour préparer ton lit, pour mettre en bel ordre l'oreiller de ta tête. »

DIX-NEUVIÈME RUNO

SOMMAIRE

Ilmarinen entre aussitôt après Wäinämöinen dans la maison de
Pohjola, et demande la main de la jeune fille. — La mère y
met trois conditions. — Il faut d'abord que le héros laboure un
champ rempli de serpents, puis qu'il musèle l'ours de Tuoni, le
loup de Manala, et, enfin, qu'il prenne le grand brochet infernal
dans le fleuve noir de Tuoni. — Ilmarinen, épouvanté d'une pareille
tâche, s'en plaint à la jeune fille. — Celle-ci, qui déjà l'a choisi
pour époux, s'empresse de l'aider de ses conseils; et le héros sort
vainqueur de toutes les épreuves. — Louhi donne alors son consentement à leur union. — Wäinämöinen retourne seul dans sa maison,
et chante un chant dans lequel il exhorte les vieillards à ne jamais
se poser en rivaux des jeunes hommes.

Le forgeron Ilmarinen, le batteur de fer éternel, se
hâta d'entrer lui-même dans la maison, de s'introduire
sous le toit.

Une coupe d'hydromel fut apportée, une coupe remplie
du suc du miel fut présentée au héros. Et quand il la tint
entre ses mains, il dit : « Jamais, tant que durera cette
vie, tant que brillera la lune splendide, je ne boirai de
cette boisson, avant d'avoir vu celle qui m'appartient. Est-
elle prête celle pour laquelle j'ai veillé, celle pour laquelle
j'ai dû veiller ? »

La mère de famille de Pohjola lui répondit : « Elle
est bien empêchée, elle est grandement entravée celle
pour laquelle tu as veillé, pour laquelle tu as dû veiller.
Un de ses pieds est à peine chaussé, l'autre ne l'est qu'à

moitié. Elle sera prête celle pour laquelle tu as veillé, celle que tu devais régulièrement épouser, lorsque tu auras labouré le champ de vipères, retourné de fond en comble le champ rempli de serpents, sans que ta charrue ait besoin de se dresser en avant, sans que son soc tremble. Hiisi (1) l'a jadis labouré, Lempo (2) y a tracé des sillons avant tous les autres, avec un soc de cuivre, avec une charrue aiguë comme la flamme; mais mon fils, mon pauvre fils, l'a laissé à moitié défriché (3). »

Le forgeron Ilmarinen se rendit dans la chambre de la jeune fille, et il lui dit : « O vierge de la nuit, ô fille des ténèbres (4), te souvient-il de ce temps où je fabriquai le nouveau Sampo, où je forgeai le beau couvercle, et comment alors tu juras un serment éternel, comment, devant le Dieu révélé, à la face du Tout-Puissant, tu promis de te donner à moi, à moi, le brave héros; pour être la compagne de toute ma vie, la colombe roucoulante à mes côtés ? Et, cependant, ta mère ne veut plus me donner sa fille avant que j'aie labouré le champ de vipères, retourné de fond en comble le champ rempli de serpents. »

La jeune fiancée vint à son secours; elle lui donna ce conseil : « O forgeron Ilmarinen, ô batteur de fer éternel, forge une charrue d'or, une charrue d'argent; avec elle tu laboureras le champ de vipères, tu retourneras de fond en comble le champ rempli de serpents. »

Le forgeron Ilmarinen jeta de l'or dans sa forge, il mit de l'argent sous ses soufflets, et se forgea une charrue. Ensuite, il se forgea des chaussures de fer, des cuissards d'acier, et se les ajusta. Il se revêtit aussi d'une chemise de fer, ceignit son corps d'une ceinture d'acier, prit des moufles de fer, des gants de pierre, et il attela à sa charrue l'étalon flamboyant, le bon coursier; et il

(1) Voir page 74, note 1.
(2) Voir page 41, note 3.
(3) Pour le mode de défrichement propre aux Finnois. V. p. 15, n. 3.
(4) Voir page 155, note 1.

partit pour aller labourer le champ, pour aller le retourner de fond en comble.

Il vit des têtes qui fourmillaient, des crânes qui sifflaient, et il dit : « Écoute, ô serpent créé par Jumala, qui te fait ainsi dresser la tête; qui t'a invité, qui t'a exhorté à tenir ton crâne haut, à allonger et à roidir ton cou? Disparais de mon chemin, glisse-toi, être monstrueux, dans l'herbe sèche, cache-toi dans les broussailles, au sein de l'épais gazon! Et si là, encore, tu redresses la tête, qu'Ukko (1) la brise avec ses flèches armées de pointes de fer, avec sa grêle de fer! »

Et Ilmarinen laboura le champ de vipères, creusa des sillons dans le champ de serpents; il souleva les vipères sur le champ labouré, les serpents sur le champ retourné de fond en comble par le soc. Puis il revint et il dit : « J'ai labouré le champ de vipères, j'ai retourné de fond en comble le champ rempli de serpents, me donnera-t-on maintenant la jeune fille, emmènerai-je avec moi ma chère bien-aimée? »

La mère de famille de Pohjola lui répondit : « La jeune fille te sera donnée, tu pourras emmener la jeune vierge, lorsque tu auras enchaîné l'ours de Tuoni (2), bridé le loup de Manala (3), lorsque tu les auras conduits ici du fond des bruyères de Tuonela (4), des demeures de Manala. Cent hommes y sont allés pour le tenter, mais aucun d'eux n'en est revenu. »

Le forgeron Ilmarinen se rendit dans la chambre de la jeune fille, et il lui dit : « Maintenant, une nouvelle tâche m'est imposée; il faut que je bride les loups de Manala, que je dompte les ours de Tuoni, et que je les conduise ici du fond des bruyères de Tuonela, des demeures de Manala. »

La jeune fiancée vint à son secours; elle lui donna ce

(1) Voir page 5, note 2.
(2) Voir page 120, note 1.
(3) Voir page 120, note 2.
(4) Demeure de Tuoni.

conseil : « O forgeron Ilmarinen, ô batteur de fer éternel, forge une bride d'acier, un licou de fer, sur une
pierre fixée au milieu de l'eau, près de la chute de trois
cataractes; avec eux tu pourras dompter les ours de
Tuoni, brider les loups de Manala. »

Le forgeron Ilmarinen, le batteur de fer éternel, forgea
une bride d'acier, un licou de fer, sur une pierre fixée
au milieu de l'eau, près de la chute de trois cataractes.

Et il se mit en route, et il dit : « O Terhenetär (1), fille
des brouillards, tamise des brouillards avec ton tamis, répands une brume épaisse sur les champs que fréquentent
les bêtes sauvages, afin qu'elles n'entendent pas le bruit
de mes pas, qu'elles ne fuient point hors de ma route! »

Et le forgeron fixa le mors à la gueule du loup, il mit
à l'ours le licou de fer, et il les amena du fond des bruyères
de Tuoni, des bois azurés de Manala, et il dit : « Donne-
moi, maintenant, ta fille, ô vieille femme, j'ai amené ici
l'ours de Tuoni, j'ai bridé le loup de Manala! »

La mère de famille de Pohjola lui répondit : « La
jeune vierge te sera donnée, l'oie bleue (2) sera prête à
te suivre, lorsque tu auras pris le grand brochet couvert
d'écailles, le gras poisson aux rapides nageoires, dans le
fleuve de Tuonela, au fond des gouffres de Manala, sans
te servir de filet, même d'un filet à mains. Cent hommes
sont partis pour aller le pêcher, mais aucun n'en est
revenu. »

Ilmarinen commença à se sentir inquiet; l'épreuve lui
parut périlleuse. Il se rendit dans la chambre de la jeune
fille, et il lui dit : « Une nouvelle tâche m'est imposée,
une tâche plus difficile que les précédentes. Il faut que

----

(1) Déesse des brouillards et des vapeurs; elle avait sa demeure
dans les régions éthérées du haut desquelles elle distillait sur la
terre les brouillards et les vapeurs, qu'elle passait à travers un tamis.
On l'appelait aussi *Uutar, Utu-tyttö* et *Terhen-neiti.*

(2) Les Finnois disent d'une jeune fille une belle oie, comme nous
dirions une douce colombe. L'oie est hautement prisée, en Finlande,
à cause de la qualité de son plumage et de la succulence de sa
chair.

je prenne le grand brochet couvert d'écailles, le gras
poisson aux rapides nageoires, dans le fleuve noir de
Tuonela, au fond du bourbier éternel de Manala, sans
me servir de natte, ni de filet, ni d'aucun autre engin de
pêche. »

La jeune fiancée vint à son secours; elle lui donna ce
conseil : « O forgeron Ilmarinen, n'aie aucune inquiétude,
forge-toi un faucon flamboyant, un puissant oiseau au
blanc plumage; avec lui tu pourras prendre le grand
brochet, le gras poisson aux rapides nageoires, dans le
fleuve noir de Tuonela, au fond des gouffres de Manala. »

Le forgeron Ilmarinen, le batteur de fer éternel, se forgea un faucon flamboyant, un puissant oiseau au blanc
plumage; il lui fit des ongles de fer, des serres d'acier,
il lui façonna des ailes avec les planches d'un bateau;
puis, il monta lui-même sur son dos, sur l'extrême pointe
de ses ailes.

Et il se mit à instruire, à exhorter le puissant oiseau :
« Bon faucon, ô mon oiseau, prends ton essor et dirige-
toi, je t'en prie, vers le fleuve noir de Tuoni, vers les
gouffres profonds de Manala, et, là, attaque vivement le
grand brochet couvert d'écailles, le gras poisson aux rapides nageoires. »

Le faucon, l'oiseau majestueux, battant l'air de ses
ailes, prit son essor, et se dirigea, pour prendre le brochet, pour chercher le poisson armé de dents terribles,
vers le fleuve de Tuonela, vers les gouffres de Manala.
D'une aile il rase l'eau, de l'autre il touche le ciel; ses
ongles labourent la mer, son bec se heurte contre les
rochers.

Ilmarinen sonde le fleuve de Tuonela; l'oiseau veille
à ses côtés.

Wetehinen (1) s'élance du fond des ondes et saisit le

---

(1) Mauvais génie des eaux. *Vetehinen* paraît avoir été emprunté
à la mythologie slave, où le génie des eaux, *Vodennoj* joue un rôle
beaucoup plus important. On suppose aussi que *Wetehinen* est iden-
tique à *Syöjätär*, la mère du serpent.

forgeron; le faucon étreint Wetehinen au cou, lui disloque la tête et le refoule dans l'abîme, au milieu de la vase noire.

Alors, apparut le brochet de Tuoni, alors, s'avança le chien de l'onde. Le brochet n'est pas des plus petits, il n'est pas des plus grands; sa langue a la longueur de deux manches de hache, ses dents la longueur d'un manche de râteau, sa gueule est large comme trois cataractes, son dos long comme sept bateaux. Il tenta d'attaquer Ilmarinen, il voulut engloutir le forgeron.

Le faucon déploya sa majestueuse envergure, l'oiseau de l'air fondit sur l'abîme. Le faucon n'est pas des plus petits, il n'est pas des plus grands. Sa bouche est large de cent brasses, sa gueule ressemble à six cataractes, sa langue a la longueur de six manches d'épieu, ses serres forment comme cinq faux. Il mesura de l'œil le brochet couvert d'écailles, le gras poisson aux rapides nageoires, et, prompt comme l'éclair, il se précipita sur lui.

Le grand brochet couvert d'écailles, le gras poisson aux rapides nageoires saisit le faucon par ses fortes ailes et l'entraîne dans l'abîme. Mais, le faucon, secouant son étreinte, s'élève de nouveau dans les plaines de l'air; la vase noire qu'il secoue de ses ailes couvre la surface limpide de l'eau.

Tantôt il vole, tantôt il s'arrête; puis il tente une seconde attaque. Il plante une de ses serres dans l'épaule du brochet monstrueux, dans la côte du chien de mer; il fixe l'autre serre au mur de fer d'un rocher, aux flancs d'une montagne d'acier. Mais, les serres du faucon glissent sur la pierre, se détachent du rocher, et le brochet plonge au fond de l'eau, le monstre gigantesque de la mer s'échappe des serres, des serres puissantes de l'oiseau ailé. Leur trace apparaît sur les flancs du brochet, une large blessure s'ouvre sur son épaule.

Une troisième fois, le faucon revient à la charge. Ses blanches ailes resplendissent, ses yeux lancent des flammes. Il étreint le grand brochet couvert d'écailles avec les ongles, il tire le monstre puissant, des profondeurs du fleuve jusque sur la surface limpide de l'eau.

Le faucon aux ongles de fer parvint ainsi, à la troisième attaque, à arracher le grand brochet de Tuoni, le gras poisson aux rapides nageoires, du fleuve de Tuonela, des gouffres profonds de Manala. L'eau ne ressemble plus à l'eau, à cause des écailles dispersées du grand brochet; l'air n'est plus reconnu comme l'air, à cause des plumes que le faucon a perdues.

Et le faucon aux ongles de fer enleva le grand brochet couvert d'écailles jusqu'à la cime d'un chêne, jusque dans la couronne touffue d'un pin. Là, il se mit à goûter de la chair du poisson, il lui ouvrit le ventre, déchira sa poitrine, et sépara violemment sa tête de son corps.

Le forgeron Ilmarinen dit : « O faucon, malheureux oiseau, quel oiseau es-tu donc, à quelle classe de créatures appartiens-tu, toi qui goûtes de la chair de ce poisson, toi qui lui as ouvert le ventre, déchiré la poitrine, toi qui as violemment séparé sa tête de son corps? »

Le faucon aux ongles de fer devint furieux et reprit son essor. Il s'éleva dans les hauteurs de l'air jusqu'aux bords d'un long nuage. Les nuages frémissent, les cieux grondent, le couvercle de l'air vole en éclats, l'arc d'Ukko se brise, les cornes de la lune tombent en morceaux.

Alors, le forgeron Ilmarinen prit la tête du poisson et l'offrit en présent à sa belle-mère, et il lui dit : « Tu auras dans cette tête un siége éternel pour la tupa (1) de Pohjola. »

Et le forgeron dit encore : « J'ai labouré le champ de vipères, j'ai creusé des sillons dans le champ rempli de serpents; j'ai bridé les loups de Manala, les ours de Tuoni; j'ai pris le grand brochet couvert d'écailles, le gras poisson aux rapides nageoires, dans le fleuve de Tuoni, dans les gouffres de Manala; la jeune fille me sera-

(1) Voir page 37, note 2.

t-elle donnée, maintenant, la jeune vierge sera-t-elle
prête à me suivre ? »

La mère de famille de Pohjola dit : « Tu as mal agi
quand tu as arraché la tête du poisson, quand tu lui as
ouvert le ventre, déchiré la poitrine, quand tu as goûté de
sa chair. »

Le forgeron Ilmarinen répondit : « On ne saurait être
exempt de faute quand on se saisit d'une proie, même
dans les meilleurs endroits, à plus forte raison dans le
fleuve de Tuonela, dans les gouffres profonds de Manala.
Est-elle prête enfin, celle pour laquelle j'ai veillé, pour
laquelle j'ai dû veiller ? »

La mère de famille de Pohjola dit : « Oui, elle est
prête celle pour laquelle tu as veillé, pour laquelle tu
as dû veiller. Ma fille doit être donnée, ma belle oie doit
être livrée au forgeron Ilmarinen, pour être éternellement
la compagne de sa vie, pour être la colombe roucoulante
à ses côtés. »

Un enfant était assis sur le plancher de la tupa, et cet
enfant se mit à chanter : « Maintenant, est arrivé dans ces
demeures, dans notre château, un oiseau étranger, un faucon venant du nord-est, un épervier du haut du ciel ;
d'une aile il rasait le ciel, de l'autre aile la surface des
eaux, sa queue balayait la mer, sa tête se perdait dans
les nuées.

« Il volait et s'arrêtait tour à tour ; il regardait de tous
côtés autour de lui. Et il s'est abattu sur le château de
l'homme, il l'a attaqué à coups de bec ; mais le château
de l'homme a un toit de fer, l'oiseau n'a pu y pénétrer.

« Il volait et s'arrêtait tour à tour ; il regardait de tous
côtés autour de lui. Et il s'est abattu sur le château des
femmes, il l'a attaqué à coups de bec ; mais le château
des femmes a un toit de cuivre, l'oiseau n'a pu y pénétrer.

« Il volait et s'arrêtait tour à tour ; il regardait de tous
côtés autour de lui. Et il s'est abattu sur le château des

jeunes filles, il l'a attaqué à coups de bec ; le château (1) des
jeunes filles n'a qu'un toit en tissu de lin ; l'oiseau a réussi
à y pénétrer.

« Il a pénétré par les poutres du toit dans l'intérieur de
la tupa (2) ; il s'est appuyé contre le bord d'une lucarne, il
s'est posé sur une fenêtre, l'oiseau à la queue verte, l'oiseau aux cent plumes.

« Et il s'est mis à contempler les jeunes filles à la belle
chevelure, à regarder les jeunes vierges aux gracieuses
boucles ; il a épié la meilleure, la plus belle parmi les
belles chevelures, la plus brillante parmi les jeunes filles
ornées de perles, la plus célèbre parmi les jeunes vierges
florissantes.

« Puis, l'oiseau a saisi avec ses ongles, le faucon a
étreint dans ses serres la meilleure, la plus belle de la
troupe des colombes, la plus brillante, la plus douce, la
plus rougissante, la plus blanche ; l'oiseau de l'air a enlevé,
avec ses longues griffes, celle qui portait le plus haut la
tête, qui avait la taille la plus svelte, celle dont le plumage
était le plus suave, dont le duvet était le plus fin. »

La mère de famille de Pohjola dit : « D'où sais-tu, mon
bien-aimé, d'où as-tu appris, ma pomme d'or, qu'ici florissait cette jeune fille, qu'ici vivait cette belle chevelure
blonde ? La parure d'argent de la jeune fille a-t-elle donc
rayonné si loin, la parure d'or de la jeune fille a-t-elle donc
porté si loin sa renommée ; notre soleil, notre lune ont-
ils répandu si loin leur éclat ? »

L'enfant répondit : « Voici comment ton bien-aimé a
appris cela : la taupe du bonheur (3) s'est frayé une
route jusqu'à la maison bien famée de la jeune fille, jusqu'à
la demeure de la belle vierge. Son père est devenu cé-

(1) Dans ces divers passages, château signifie tout simplement
maison, chambre.
(2) Voir page 37, note 2.
(3) C'est une heureuse idée que de comparer le bonheur à la
taupe. Comme la taupe, n'agit-il pas en aveugle ? Bonheur, ici, est
synonyme de fortune.

lèbre à cause de ses grandes expéditions maritimes ; sa
mère plus célèbre encore à cause des grands pains qu'elle
a fait cuire, des pains de froment qu'elle a préparés pour
servir aux hôtes étrangers.

« Voici comment ton bien-aimé a su, voici comment
l'étranger a appris qu'une jeune fille était née, qu'une
belle vierge florissait dans ces demeures. Un jour, un
matin, au premier crépuscule, je passais devant la maison,
et je vis la fumée tourbillonner au-dessus du toit, une
fumée épaisse et noire s'élever de la maison renommée de
la jeune fille. Et la jeune fille, elle-même, était occupée à
moudre avec un moulin à mains. Le moulin chantait comme
un coucou, la manivelle comme une grive, le tamis comme
un serin, la pierre grinçait comme si elle eût broyé des
perles.

« Un autre jour, je longeais un champ : la jeune fille s'y
trouvait au milieu des fleurs, cherchant des herbes de
teinture, et, dans une chaudière, elle préparait de la
couleur rouge, elle faisait bouillir de la couleur
d'or.

« Une troisième fois, je passais sous les fenêtres de la
jeune fille, et je l'entendis tisser. Sa navette allait et
venait, rapide comme l'hermine, à travers les rochers, ses
fuseaux bruissaient, comme la pie, au milieu des arbres,
son ensouple roulait agile, comme l'écureuil dans les branches. »

La mère de famille de Pohjola dit : « Justement, ô ma
fille, ne te l'ai-je pas toujours dit : ne chante point dans
les bois de sapin, ne chante point dans les vallées, ne
montre point la courbe de ton cou, ni la blancheur de tes
bras, ni la beauté de ta jeune poitrine, ni les autres
charmes de ta personne !

« Durant ce long automne, durant tout cet été, et ce
fugitif printemps, et cette saison des semences, je te l'ai
dit, je te l'ai déclaré : construisons-nous une demeure
mystérieuse, une petite chambre avec des fenêtres invi-
sibles, où la jeune fille puisse tisser, sans être entendue

des jeunes garçons de Suomi (1), des prétendants du pays. »

Un enfant couché sur le plancher, un petit garçon âgé de deux semaines dit : « Il est facile de cacher un cheval, de dérober aux regards un étalon orné d'une belle crinière, mais il est difficile de cacher une jeune fille, de dérober aux regards une vierge à la belle chevelure. Tu ferais bâtir un château de pierre au milieu des écueils de la mer, pour y garder tes jeunes filles, pour y élever tes colombes, que les jeunes filles ne pourraient y être gardées, que les vierges ne pourraient y être élevées, sans que ne réussissent à pénétrer jusqu'à elles les prétendants du pays, les jeunes garçons en foule, les hommes au casque superbe, les chevaux au sabot ferré (2). »

Le vieux Wäinämöinen, triste et la tête basse, reprit la route de son pays et dit : « Malheur à moi, infortuné, malheur à moi qui n'ai point songé à me marier dans ma jeunesse, à chercher une épouse dans les meilleurs jours de ma vie! Tout devrait être un sujet d'angoisses pour celui qui regrette de s'être marié de bonne heure, d'avoir eu des enfants tandis qu'il était jeune, de s'être fait une famille tandis qu'il était à la fleur de son âge. »

Puis, le vieux Wäinämöinen exhorta les hommes vieux à ne point rechercher les jeunes filles, à ne point briguer la main des belles vierges; il les dissuada de nager par bravade, de ramer pour une gageure, de rivaliser avec les jeunes hommes, dans la poursuite d'une vierge.

(1) Voir page 155, note 2.
(2) Les runot finnoises introduisent souvent dans leurs récits des personnages parasites, tels que des enfants, des vieillards, etc., qui jouent le rôle d'interlocuteurs, et se mêlent à l'action quoique sans y prendre une part directe et influente. Ces personnages pourraient être comparés, ce semble, aux chœurs des tragédies grecques.

VINGTIÈME RUNO

SOMMAIRE

On procède, dans Pohjola, aux préparatifs de la noce. — Un grand taureau est abattu. — La bière est brassée et enfermée dans les tonnes. — Des mets de toute sorte sont préparés. — Les invitations sont envoyées de tous côtés. — Seul Lemminkäinen est exclu de la fête.

Qu'allons-nous chanter maintenant, quel sujet notre chant va-t-il célébrer? Nous allons chanter, nous allons célébrer les noces de Pohjola, le festin des adorateurs de Jumala (1).

Un long temps fut consacré à préparer les noces, à rassembler les provisions, dans la demeure de Pohjola (2), dans la maison de Sariola (3).

Quelles provisions furent rassemblées, quels préparatifs furent faits pour rassasier les convives, pour nourrir la grande foule, dans les noces de Pohjola, dans le festin de Sariola?

Un bœuf existait en Karjala (4), un taureau florissait dans Suomi (5). Il n'était ni grand ni petit; il était à peu près comme un veau ordinaire. Sa queue ondoyait en

(1) Voir page 11, note 2.
(2) Voir page 2, note 1.
(3) Voir page 56, note 2.
(4) Voir page 23, note 3.
(5) Voir page 155, note 2.

Häme (1), sa tête remuait en Kemi (2); ses cornes étaient longues de cent aunes, ses naseaux épais d'une demi-aune. L'hermine mettait une semaine à parcourir la région de sa clavicule; l'hirondelle, volant tout un jour sans repos entre ses deux cornes, franchissait à peine l'espace qui les séparait; l'écureuil d'été, bondissant tout un mois le long de sa queue, ne parvenait pas à en atteindre le bout.

Ce veau monstrueux, ce grand taureau de Suomi, fut amené de Karjala jusqu'aux champs de Pohjola. Cent hommes le tenaient par les cornes, mille hommes le tenaient par les naseaux, tandis qu'on le conduisait à Pohjola.

Le bœuf s'avança lentement jusqu'à l'embouchure du golfe de Sariola. Il broutait le gazon des marais humides, et de sa croupe il touchait les nuages. Mais, il ne se trouva aucun boucher, aucun homme pour abattre le monstre de la terre, dans la population de Pohja, dans toute la grande race, ni parmi la jeunesse grandissante, ni même parmi la vieillesse.

Alors, survint un vieillard étranger, Wirokannas (3), de Karjala, et il dit : « Attends, attends, bon taureau ! Si je viens avec ma massue, si je te brise le crâne avec mon bâton, pauvre animal, on ne te verra plus, un autre été, froncer ton mufle, dilater tes naseaux, dans ces champs de Pohjola, à l'embouchure du golfe de Sariola. »

Et le vieillard entreprit d'abattre le taureau; Wirokannas mit la main à l'œuvre, Palvonen essaya de tenir l'animal. Le taureau secoua la tête, et de ses yeux noirs lança des regards farouches. Le vieillard s'élança sur un pin, Wirokannas dans les broussailles, Palvonen se cacha dans les saules.

On chercha un autre boucher, un homme qui pût abattre

(1) Voir page 23, note 1.
(2) Pays abrupte, au nord de la Laponie.
(3) Protecteur des champs d'avoine. Ce personnage n'apparaît que deux fois dans tout le poëme.

la bête monstrueuse, on le chercha dans la belle Karjala, dans les vastes demeures de Suomi, dans la paisible Wänäja (1), dans la fière Ruotsi (2), dans les immenses plaines de Lappi (3), dans la puissante Turja (4), on le chercha jusque dans Tuoni (5), jusque dans l'empire souterrain de Manala (6), mais on ne le trouva, on ne le découvrit nulle part.

On chercha un autre boucher, un homme qui pût abattre la bête monstrueuse, sur la blanche surface de la mer, au milieu des vastes flots.

Un homme noir surgit du fond de la mer, un héros se leva du sein des flots, du golfe pleinement ouvert, de l'immense surface humide. Il n'était ni des plus grands, ni des plus petits. Il pouvait rester couché sous une coupe, il pouvait se tenir debout sous un tamis.

C'était un vieillard aux poignets de fer, à la face couleur de fer. Il portait sur la tête un bonnet de pierre, aux pieds des souliers de pierre, et, dans sa main, brillait un couteau d'or, au manche orné de cuivre étincelant.

Ainsi, le taureau avait trouvé son boucher; il avait rencontré son exécuteur; le taureau de Suomi avait trouvé celui qui devait le renverser; le monstre de la terre avait rencontré celui qui devait l'abattre.

Dès que l'homme eut aperçu la bête, il l'étreignit vivement par le cou, la força de plier les genoux et l'abattit de flanc dans la poussière.

Retira-t-il de là un riche butin? Non, il n'en retira qu'un butin de peu de valeur (7). Le taureau fournit cent cuves de chair, cent brasses de boyaux, six bateaux de sang, six tonnes de graisse, pour les noces de Pohjola, pour le festin solennel de Sariola.

(1) La Russie.
(2) La Suède.
(3) La Laponie.
(4) Voir page 74, note 1.
(5) Voir page 120, note 1.
(6) Voir page 120, note 2.
(7) Forme ironique familière aux Finnois.

Une maison avait été construite dans Pohjola, une chambre de famille haute et vaste; les murs étaient longs de neuf brasses, larges de sept brasses. Quand le coq chantait sur le toit, on ne l'entendait point sur le plancher; quand le chien aboyait dans un coin de la chambre, on ne l'entendait point près de la porte.

La mère de famille de Pohjola s'agitait dans la grande chambre, elle s'y promenait de long en large, réfléchissant et se demandant : « Où trouverons-nous la bière, en quel endroit prendrons-nous la taari (1) pour les noces qui doivent être préparées, pour le festin qui doit être donné? Je ne sais comment la bière se brasse, j'ignore l'origine de la bière. »

Un homme vieux était couché dans la soupente de la cheminée; il dit du haut du foyer : « La bière est issue de l'orge, l'illustre boisson tire son origine du houblon, mais, elle ne serait point venue au monde sans le concours de l'eau, sans le concours de la flamme ardente.

« Le houblon a été planté tout petit dans la terre, il y a été enfoncé par la charrue, pas plus gros qu'un serpent; il a été jeté comme un germe d'ortie près de la source de Kaleva, au milieu du champ d'Osmo (2). Puis, la jeune plante a grandi, la verte tige s'est développée, elle a grimpé le long d'un arbrisseau et s'est élevée jusqu'à sa cime.

« Le vieillard du bonheur a semé l'orge, à l'extrémité du nouveau champ d'Osmo; et l'épi a germé merveilleusement, et la plante a poussé d'une façon admirable, à l'extrémité du nouveau champ d'Osmo, au milieu du champ du fils de Kaleva défriché par le feu.

« Et quand un peu de temps se fut écoulé, le houblon murmura du haut de l'arbrisseau, l'orge soupira au milieu du champ, l'eau dit du fond de la source de Kaleva : « Quand nous réunirons-nous ensemble, quand serons-

(1) Voir page 4, note 1.
(2) Voir page 15, note 2.

« nous l'un à côté de l'autre ? La vie est triste quand on
« est seul, elle est bien plus agréable quand on est deux,
« quand on est trois (1). »

« Osmotar (2), celle qui brasse la bière, la fille
qui prépare la *kalja* (3), prit de petits grains dans un
champ d'orge, six grains dans une gerbe d'orge, sept
boutons de houblon, huit pots d'eau ; puis elle mit la
chaudière sur le feu, et elle fit bouillir son mélange, elle
fit cuire la bière d'orge durant tout un long jour d'été, à
la cime d'un promontoire nébuleux, à l'extrémité d'une
île ombragée ; elle en prépara plein un vase nouvellement fabriqué, plein une cuve en bois de bouleau.

« Ainsi, elle brassa la bière ; mais, il lui manquait de
quoi la faire mousser. Elle pensa, elle réfléchit et elle
dit : « Où trouverai-je maintenant de quoi faire mous-
« ser la bière, de quoi faire écumer la kalja ? »

« Kalevatar (4), la belle jeune fille, la vierge aux jolis
doigts, aux mouvements toujours rapides, et qui toujours
est légère sur ses pieds, Kalevatar s'agitait au milieu de
la chambre et mettait en ordre diverses choses entre deux
chaudières. Elle aperçut un petit bâton sur le plancher,
et elle le ramassa.

« Elle le retourna et le regarda dans tous les sens.
Que pourrait-il arriver de ce petit bâton, dans les mains
de la belle jeune fille, sous les doigts de la gracieuse
vierge, s'il était mis entre les mains de la belle jeune
fille, sous les doigts de la gracieuse vierge ?

« Et le petit bâton fut mis dans les mains de la belle
jeune fille, sous les doigts de la gracieuse vierge. La
jeune fille se frotta les mains l'une contre l'autre, elle les
frotta contre ses cuisses ; et, alors naquit un écureuil
blanc.

(1) Proverbe finnois.
(2) La fille du pays d'*Osmo*.
(3) *Olut*, *ari*, *kalja*, signifiant l'un bière en général, les deux
autres bière faible ou commune, sont indifféremment employés comme
synonymes.
(4) La fille de Kaleva ou du pays de Kaleva.

« La jeune fille se mit à enseigner son enfant, à faire la leçon à son petit écureuil : « O écureuil, trésor doré « de la colline, écureuil, fleur de la colline, ornement de « la terre, prends ta course vers l'endroit où je t'invite, « où je t'exhorte à aller; vers la douce Metsola (1), vers « la vigilante Tapiola (2)! Grimpe au haut d'un petit « arbre, bondis prudemment jusqu'à sa cime, de manière « à ce que l'aigle ne fasse pas de toi sa proie, à ce que « l'oiseau de l'air ne t'étreigne pas dans ses serres; cueille « des pommes dans le pin, de la graine verte dans le « sapin, et viens les déposer entre les mains de la jeune « fille, pour la bière d'Osmotar. »

« L'écureuil s'élança, la queue touffue bondit rapide sur la longue route; il franchit l'espace, traversant un bois, en longeant un autre, en coupant de biais un troi-sième; il atteignit la douce Metsola, la vigilante Tapiola.

« Il aperçut trois pins, quatre petits sapins; il grimpa au haut du pin du marais, du sapin du champ, sans que l'aigle fît de lui sa proie, sans que l'oiseau de l'air l'é-treignît dans ses serres.

« Il cueillit les pommes de pin, les pointes des branches du sapin; il les cacha dans ses griffes, il les serra entre ses pattes, et revint les déposer entre les mains de la jeune fille, entre les doigts de la belle vierge.

« La jeune fille les jeta dans la bière, Osmotar les jeta dans la kalja (3); la bière ne moussa point, la fraîche boisson ne voulut point écumer.

« Osmotar, celle qui brasse la bière, la fille qui pré-pare la kalja, réfléchit de nouveau : « Où faut-il, main-« tenant, aller chercher de quoi faire mousser la bière, « de quoi faire écumer la fraîche boisson? »

(1) Voir page 116, note 1.
(2) Tapiola, est appelée vigilante parce qu'elle doit veiller sans cesse sur les animaux des bois. Voir page 114, note 1.
(3) Voir page 182, note 3.

« Kalevatar, la belle jeune fille, la vierge aux jolis doigts, aux mouvements toujours rapides et qui toujours est légère sur ses pieds, Kalevatar s'agitait au milieu de la chambre et mettait en ordre diverses choses entre deux chaudières; elle aperçut un copeau sur le plancher et elle le ramassa.

« Elle le retourna et le regarda dans tous les sens. Que pourrait-il arriver de ce copeau dans les mains de la belle jeune fille, sous les doigts de la gracieuse vierge, s'il était mis entre les mains de la belle jeune fille, sous les doigts de la gracieuse vierge?

« Et le copeau fut mis entre les mains de la belle jeune fille, sous les doigts de la gracieuse vierge. Elle se frotta les mains l'une contre l'autre; elles les frotta contre ses cuisses, et alors naquit une martre à la poitrine d'or.

« La jeune fille se mit à enseigner la martre, à faire la leçon à l'enfant sans appui : « O martre, ô mon petit « oiseau, martre belle et brillante comme l'argent, prends « ta course, maintenant, vers l'endroit où je t'invite, où « je t'exhorte à aller, vers la caverne de pierre de l'ours, « vers la demeure de l'ours, au fond des bois, là où les « ours se battent avec rage, où ils vivent dans toute leur « férocité! Recueille la bave entre tes doigts, fais distil-« ler la salive dans ta main, et apporte-la à la jeune « fille, dépose-la sur l'épaule d'Osmotar. »

« La martre s'élança, la poitrine d'or bondit rapide sur la longue route; elle franchit l'espace, traversant un fleuve, en longeant un autre, en coupant de biais un troisième; elle atteignit la caverne de pierre de l'ours, la demeure de l'ours formée de rochers, là où les ours se battent avec rage, où ils vivent dans toute leur férocité, sur un roc de fer solide, sur une montagne de dur acier.

« La bave découlait de la gueule de l'ours, l'écume débordait de son horrible mâchoire; la martre la recueillit dans ses pattes, elle l'apporta à la jeune fille, elle la déposa entre les doigts de la belle vierge.

« Osmotar la mêla avec la bière, la jeune fille la versa

dans la kalja; la bière ne moussa point, la boisson aimée des hommes refusa d'écumer.

« Osmotar, celle qui brasse la bière, la fille qui pré-pare la kalja, se mit encore à réfléchir : « D'où ferai-je « venir, maintenant, ce qu'il faut pour que la bière « mousse, pour que la kalja écume! »

« Kalevatar, la belle jeune fille, la vierge aux jolis doigts, aux mouvements toujours rapides, et qui toujours est légère sur ses pieds, Kalevatar s'agitait au milieu de la chambre et mettait en ordre diverses choses entre deux chaudières. Elle aperçut une cosse de pois sur le plancher, et elle la ramassa.

« Elle la retourna et la regarda dans tous les sens. Que pourrait-il arriver de cette cosse de pois, entre les mains de la belle jeune fille, sous les doigts de la gra-cieuse vierge, si elle était mise entre les mains de la belle jeune fille, sous les doigts de la gracieuse vierge?

« Et la cosse de pois fut mise entre les mains de la belle jeune fille, sous les doigts de la gracieuse vierge. Elle se frotta les mains l'une contre l'autre, elle les frotta contre ses cuisses; et alors naquit une abeille.

« La jeune fille se mit à enseigner son oiseau, à faire « la leçon à Mehiläinen (1) : « O Mehiläinen, agile oi-« seau, reine des champs de fleurs, prends ton vol vers « l'endroit où je t'invite, où je t'exhorte à aller; vers l'île « située dans le détroit, vers l'île située au milieu de la « vaste mer. Là, une jeune fille est endormie; elle dort, « la taille entourée d'une ceinture d'airain; près d'elle « s'élève une plante riche de miel, une plante riche de « miel s'épanouit sur son sein. Recueille le miel avec tes « ailes, le doux suc avec tes plumes; recueille-le sur « la pointe de la plante lumineuse, dans la couronne de « la fleur d'or, et apporte-le dans les mains de la jeune « fille, dépose-le sur l'épaule d'Osmotar. »

« Mehiläinen, l'agile oiseau, prit son essor le plus ra-

(1) Voir page 71, note 1.

pide, elle vola comme l'éclair sur la longue route, traversant une mer, en longeant une autre, en coupant de biais une troisième; elle atteignit l'île située dans le détroit, l'île située au milieu de la vaste mer. Elle vit une jeune fille endormie, une vierge ornée d'une parure d'étain sommeillant sur la prairie sans nom, sur les bords du champ de miel, avec une plante d'or à son côté, une plante d'argent près de sa ceinture.

« Mehiläinen trempa ses ailes dans le miel, elle imbiba ses plumes du suc limpide, sur la pointe de la plante lumineuse, dans la couronne de la fleur d'or. Et elle l'apporta à la jeune fille, elle le déposa entre les mains de la belle vierge.

« Osmotar le mêla avec la bière, la jeune fille le versa dans la kalja; et la bière se mit à mousser, la fraîche boisson à écumer, dans le vase nouvellement fabriqué, dans la cuve en bois de bouleau. Elle s'enfla jusqu'à la hauteur de l'anse, elle monta petillante jusque par-dessus les bords; elle voulut se répandre par terre et déborder sur le plancher.

« Et quand un peu de temps, quand un instant très-court se fut écoulé, les héros arrivèrent pour se livrer à la boisson, Lemminkäinen avant tous les autres. Ahti s'enivra, Kaukomieli s'enivra, Kaukomieli le joyeux compagnon, avec la bière d'Osmotar, avec la kalja de Kalevatar. »

« Osmotar, celle qui brasse la bière, la fille qui prépare la kalja, dit : « Ah! malheur à moi dans mes « jours, malheur à moi, car j'ai brassé une mauvaise « bière, préparé une pitoyable kalja. Elle s'est enflée « jusque par dessus les bords du vase, elle s'est ré-« pandue sur le plancher. »

« L'oiseau rouge chanta du haut d'un arbre, la grive chanta de l'angle du toit : « Non, la bière n'est pas mau-« vaise, la bière est bonne à boire; mais elle doit être enfer-« mée dans un tonneau, elle doit être transportée à la cave,

« dans un tonneau de chêne garni de cercles en cuivre
« brun. »

« Telle fut l'origine de la bière, tel fut le commencement
de la boisson des fils de Kaleva. Et parce qu'elle était bonne,
elle acquit un renom fameux, une vaste renommée. Les
hommes au cœur loyal la burent avec délices ; les jeunes
filles y trouvèrent l'épanouissement du rire, les hommes
la joyeuse humeur, les sages la gaieté, les fous la source
de mille folies. »

. La mère de famille de Pohjola, ayant ainsi appris l'origine de la bière, remplit à moitié d'eau un vase neuf,
puis elle y mit de l'orge, de nombreux boutons de houblon, pour fabriquer la bière, pour brasser la boisson
puissante dans le vase neuf, dans la cuve en bois de
bouleau.

. Durant un mois, les pierres du foyer rougirent sous le
feu, l'eau chauffa pendant plusieurs étés ; les grands bois
furent dévastés pour alimenter la flamme, les sources
furent épuisées pour fournir de l'eau ; les arbres devinrent
rares dans les bois, l'eau diminua dans les sources, tandis que l'on brassait la bière, que l'on préparait la kalja
pour les noces de Pohjola, pour le festin de la grande
foule.

La fumée s'éleva au-dessus de l'île, la flamme brilla
au haut du promontoire, la fumée tourbillonna, en nuage
épais, dans l'espace, du sein du foyer puissant, du feu
immense ; elle remplit la moitié du pays de Pohja, elle
assombrit toute la région de Karjala (1) ;

Le peuple contemplait ce spectacle, il le contemplait et
était saisi d'étonnement : « Quelle est cette fumée qui
s'élève, quel est ce brouillard qui tourbillonne dans l'espace ? Il est trop petit pour un feu de guerriers, trop
grand pour un brasier de berger. »

La mère de Lemminkäinen était allée de grand matin
puiser de l'eau à la source ; elle remarqua l'épaisse fumée

(1) Voir page 23, note 3.

qui s'élevait du côté du nord, et elle dit : « C'est là certainement un feu de guerriers, un feu allumé par une troupe ennemie. »

Ahti Saarelainen lui-même, le beau Kaukomieli, regarda pensif autour de lui, et dit : « Peut-être irai-je pour regarder, pour voir de plus près d'où vient cette fumée, ce nuage de fumée qui s'élève dans l'air ; pour m'assurer si c'est un feu de guerriers, un feu allumé par une troupe ennemie. »

Et Ahti se dirigea vers l'endroit d'où venait la fumée. Ce n'était point un feu de guerriers, ce n'était point un feu allumé par une troupe ennemie ; il avait été allumé pour préparer la bière, pour cuire la kalja, à l'extrémité du golfe de Sariola, au détour de l'étroit promontoire.

Kaukomieli la regarda avec attention ; ses yeux roulaient dans sa tête ; l'un de ses yeux louchait, et sa bouche se contournait légèrement ; et, tout en regardant, il dit : « Ah! ma chère belle-mère, bienveillante hôtesse de Pohja, brasse une bière excellente, prépare une bonne kalja digne d'être bue par la grande foule, par Lemminkäinen surtout, à son festin de noces, avec sa jeune fiancée ! »

Ainsi la bière fut brassée, la douce kalja destinée aux hommes. La rouge bière, la belle kalja, fut déposée sous la terre pour y reposer, dans la cave à la voûte de pierre, dans un tonneau de chêne garni de cercles de cuivre.

La mère de famille de Pohjola se mit alors à préparer le festin de noces. Elle plaça sur le feu les chaudières pour y bouillir bruyamment, les poêles pour y pétiller avec force ; puis elle mit au four le grand pain, elle apprêta la grande *talkkuna* (1), pour être servis à la joyeuse assemblée, à l'immense foule, dans les noces solennelles de Pohjola, dans le festin de Sariola.

(1) Sorte de bouillie de farine d'avoine, encore en usage aujourd'hui en Savolax et en Karélie

Et quand le pain fut cuit, quand la talkkuna fut apprêtée, un court instant, un instant très-court s'écoula. Alors, la bière s'agita dans son tonneau, elle s'enfla violemment dans la cave : « S'il venait, maintenant, quelqu'un pour me boire, pour m'épuiser ; s'il venait quelqu'un pour chanter mes louanges, pour me célébrer glorieusement ! »

Et l'on se mit à chercher un chanteur, un bon chanteur, un chanteur capable de chanter habilement, d'entonner un chant solennel. On amena un saumon, on amena un brochet pour chanter ; le saumon est incapable de chanter, le brochet ne peut entonner un chant solennel ; les mâchoires du saumon ne sont qu'à moitié ouvertes, les dents du brochet sont très-rares.

Et l'on se remit à chercher un chanteur, un bon chanteur, un chanteur capable de chanter habilement, d'entonner des chants solennels. On amena un enfant, un petit garçon pour chanter ; l'enfant est incapable de chanter, la bouche baveuse ne peut entonner un chant solennel ; la langue de l'enfant est molle et tendre, la racine de sa langue est roide et engourdie.

La rouge bière vociféra des menaces, la fraîche boisson s'enfla avec violence dans le tonneau de chêne, sous les cercles de cuivre : « Si l'on ne me procure point un chanteur, un bon chanteur, un chanteur capable de chanter habilement, d'entonner un chant solennel, je brise tous mes liens, je m'enfle tellement que le tonneau volera en éclats. »

Aussitôt, la mère de famille de Pohjola envoya des invitations aux alentours, elle envoya porter des messages, et elle dit : « Écoute-moi maintenant, ma petite fille, écoute-moi, ma fidèle esclave (1), va inviter tout le peuple, va inviter la foule des hommes au festin ; invite les pauvres, invite les misérables, invite les aveugles, invite les indigents, invite les estropiés, invite les para-

(1) Voir page 84, note 1.

lytiques; amène les aveugles dans des barques, les paralytiques sur des chevaux, les estropiés dans des traineaux (1).

« Invite tout le peuple de Pohja, toute la race de Kalevala, invite le vieux Wäinämöinen, pour qu'il nous fasse entendre de beaux chants; mais n'invite point Kaukomieli, n'invite point Ahti Saarelainen. »

L'esclave dit : « Pourquoi ne dois-je point inviter Kaukomieli, pourquoi excepterai-je seulement Ahti Saarelainen ? »

La mère de famille de Pohjola répondit : « Tu n'inviteras point Kaukomieli, tu n'inviteras point le folâtre Lemminkäinen, parce qu'il est amateur de querelles, parce qu'il est toujours prêt à batailler. Déjà, il a fait scandale dans plusieurs noces, il a troublé plusieurs festins, il a outragé de belles jeunes vierges, même dans leurs habits de fête. »

L'esclave dit : « Comment reconnaîtrai-je Kaukomieli pour éviter de lui faire l'invitation? Je ne sais où demeure Ahti, j'ignore la maison du beau Kaukomieli. »

La mère de famille de Pohjola dit : « Tu reconnaîtras facilement Kaukomieli; Ahti Saarelainen, Ahti demeure dans une île, le folâtre compagnon habite dans le voisinage de la mer, près d'un large golfe, au détour du promontoire de Kauko. »

La petite fille de Pohja, l'esclave gagée, porta ses messages de six côtés, ses invitations en huit endroits; elle invita tout le peuple de Pohja, tout le peuple de Kaleva; elle invita jusqu'aux pauvres manants, jusqu'aux journaliers aux vêtements sordides. Ahti fut le seul auquel elle ne laissa point d'invitation.

---

(1) Encore aujourd'hui, lorsqu'une noce se célèbre dans un village de Finlande, presque tout le village y est invité. Il est vrai qu'en pareil cas les convives contribuent eux-mêmes, par des cadeaux, aux frais de la fête.

VINGT ET UNIÈME RUNO

SOMMAIRE

Ilmarinen fait son entrée solennelle dans la maison de sa fiancée. —
Il est reçu magnifiquement ainsi que la troupe nombreuse qui l'accompagne. — Le festin de noces est servi. — Wäinämöinen chante
pour remercier les hôtes, et attirer sur eux les faveurs de Jumala.

La mère de famille de Pohjola, la vieille femme de
Sariola, vaquait à ses occupations, au dehors de la
maison. Elle entendit les claquements d'un fouet, du
côté du marais, le bruit strident d'un traîneau, du côté
du rivage. Elle éleva les regards vers le sud-ouest; elle
tourna la tête vers le soleil, puis elle réfléchit profondément, et elle dit : « Pourquoi cette foule se glisse-t-elle
jusqu'à mes pauvres rivages? Fait-elle partie d'une
grande armée? »

Elle s'avança pour la voir de plus près. Ce n'était
point une armée, c'était la grande troupe du fiancé; le
gendre marchait au milieu d'elles; il marchait au milieu
d'un brillant cortége de noce.

La mère de famille de Pohjola, la vieille femme de
Sariola voyant que son gendre arrivait, prit la parole
et dit : « Je croyais que le vent soufflait, que les arbres s'écroulaient, que les rivages de la mer grondaient, que le sable se soulevait avec fracas, et je me
suis approchée pour mieux voir. Mais, ce n'était point le

vent qui soufflait ; ce n'étaient point les arbres qui s'é-
croulaient, ni les rivages de la mer qui grondaient, ni le
sable qui se soulevait avec fracas : c'est le peuple de mon
gendre, ce sont les compagnons de mon gendre qui arrivent par centaines.

« Comment reconnaîtrai-je mon gendre au milieu de
la foule ! Mon gendre est reconnaissable entre tous. On
reconnaît le putier au milieu des autres arbres, le chêne
au milieu des hautes futaies ; on reconnaît la lune au
milieu des étoiles du ciel.

« Mon gendre monte un étalon noir, un étalon semblable à un loup dévorant, semblable à un corbeau qui
fuit avec sa proie, semblable à une alouette aux ailes
légères. Six coucous d'or chantent sur son collier, sept
oiseaux bleus chantent autour de ses harnais. »

Et, maintenant, un grand bruit se fait entendre du côté
du cortége ; les traîneaux roulent avec éclat sur le chemin du puits ; le gendre s'avance avec sa troupe ; il
marche au milieu d'elle, au milieu du cortége de noce ;
il n'est ni des premiers ni des derniers.

« Allons, garçons, allons, héros, allons, hommes à la
plus haute taille, hâtez-vous de dételer les chevaux ;
hâtez-vous d'abaisser les timons et d'introduire mon
gendre dans la maison ! »

L'étalon du gendre bondit, le brillant traîneau vole
comme l'éclair autour de l'habitation du beau-père. Et la
mère de famille de Pohjola dit : « O esclave salarié,
beau journalier du village, dételé le cheval de mon
gendre, le cheval au front étoilé ; débarrasse-le du
train de cuivre, de la ventrière garnie d'étain, du collier
fait de jeune osier, et mène-le par ses rênes de soie,
sa bride d'argent, mène-le se rouler sur le sol uni, sur
la neige fine, sur la terre blanche comme le lait !

« Baigne l'étalon de mon gendre dans la source voi-
sine, la source toujours ouverte, dont l'eau murmure
doucement sous la racine du sapin d'or, sous le pin à la
riche couronne !

« Présente à l'étalon de mon gendre l'auge d'or, la corbeille de cuivre; nourris-le avec de l'orge purifié, avec du pain délicat, avec du froment d'été cuit au feu, avec du seigle d'été finement moulu!

« Conduis l'étalon de mon gendre au plus haut râtelier, à la meilleure place, à la place la plus reculée de l'écurie; attache-le avec des liens d'or, des liens de fer au poteau de bois madré, et sers au bel animal une mesure d'avoine, une autre mesure de fleur de foin, une troisième mesure de fins bourriers!

« Étrille l'étalon de mon gendre avec une brosse d'os de morse (1), en sorte que son poil ne soit point brisé, que sa crinière ne souffre aucun dommage; étends sur l'étalon de mon gendre une couverture ornée d'argent, un tapis d'or, un tissu frangé de cuivre!

« Garçons du village, jeunes pigeons, introduisez mon gendre dans la maison; ôtez les chapeaux de vos têtes, ôtez les gants de vos mains!

« Attendez! Laissez-moi regarder mon gendre, laissez-moi voir s'il pourra entrer dans la maison, sans que l'on enlève la porte, sans qu'on en arrache le châssis, sans qu'on exhausse la traverse supérieure, sans qu'on abaisse le seuil, sans qu'on élargisse les angles du mur, sans qu'on supprime le plus bas soliveau.

« Mon gendre n'entrera point, le don précieux ne pénétrera point dans la tupa, si l'on n'enlève point la porte, si l'on n'en arrache point le châssis, si l'on n'exhausse point la traverse supérieure, si l'on n'abaisse point le seuil, si l'on n'élargit point les angles du mur, si l'on ne supprime point le plus bas soliveau. Mon gendre est plus haut que la porte de toute la tête; il la dépasse d'une oreille.

« La traverse supérieure doit être exhaussée pour qu'il n'ait point à ôter son bonnet; le seuil doit être

_____

(1) L'usage des os ou des dents de morse était très-répandu chez les anciens Finnois. Les dents formaient un article de commerce important dans la Bjarmie.

abaissé pour qu'il ne le touche point du talon ; le châssis
de la porte doit être élargi ; toutes les portes doivent
s'ouvrir d'elles-mêmes, lorsque mon gendre, lorsque
l'homme illustre pénétrera dans la maison.

« Sois béni, ô Dieu splendide, car voici que mon
gendre fait son entrée !

« Attendez ! laissez-moi examiner l'état de la chambre ; laissez-moi voir si les tables ont été nettoyées, si les
bancs ont été lavés, si le plancher a été balayé, si tout y
a été mis en ordre.

« J'examine la chambre, et je ne la reconnais plus. De
quel bois est-elle construite ? De quel endroit a-t-elle
été apportée ? De quoi sont faits ses murs et les ais de
son plancher ?

« Les murs latéraux sont faits d'os de hérisson, les
murs intérieurs, d'os de renne, le mur qui soutient la
porte, d'os de glouton, la traverse supérieure de la porte,
d'os d'agneau ; les solives du toit sont faites de bois de
pommier, la poutre du foyer, de bois madré, les planches
du foyer, de lis des eaux, la voûte du toit, d'écailles de
brème ; le grand banc, de fer, les autres bancs, de bois
étranger ; la table est incrustée d'or, le plancher est
revêtu de soie ; le foyer est coulé en cuivre, l'âtre est
formé de dalles solides, le toit du foyer, de pierres de la
mer, le devant du foyer, de sorbier de Kaleva (1).

Le gendre entra dans la maison ; il pénétra sous la
voûte du toit, et il dit : « Fais descendre la paix, ô Jumala, sur cette maison renommée, sur cette belle
demeure ! »

La mère de famille de Pohjola dit : « Que la paix soit
avec toi aussi, avec toi qui arrives, maintenant, dans cette
petite maison, dans cette humble chaumière, dans cette
maison construite en bois de sapin, dans cette habitation faite de bois de pin !

---

(1) Lors des fêtes de noces, les Finnois ont coutume d'orner d'une
façon souvent étrange la chambre de famille.

« Écoute, ô mon esclave, ô servante gagée du village,
Apporte une écorce enflammée; apporte une torche de
résine, afin que je puisse regarder mon gendre, que je
puisse voir si les yeux du fiancé sont bleus ou rouges, ou
blancs comme le vadmel ! »

La petite esclave, la servante gagée du village apporta une écorce enflammée ; elle apporta une torche de
résine.

« Le feu crépite dans l'écorce , une fumée noire
s'élève de la torche de résine ; elle pourrait obscurcir les
yeux de mon gendre, ternir l'éclat de son visage. Apporte un feu flamboyant, un flambeau lumineux. »

La petite esclave, la servante gagée, apporta un feu
flamboyant, un flambeau lumineux.

Le feu répandit une lumière brillante, le flambeau une
blanche fumée ; et les yeux du gendre resplendirent, et
son visage rayonna d'un vif éclat.

« Je vois, maintenant, les yeux de mon gendre ; ils ne
sont ni bleus, ni rouges, ni blancs comme le vadmel ; ils
sont brillants comme l'écume de la mer, bruns comme
le jonc du rivage, beaux comme le roseau de l'onde.

« Garçons du village , jeunes pigeons , conduisez
maintenant mon gendre au banc le plus élevé, à la place
d'honneur ; faites-le asseoir, le dos tourné contre le mur
bleu, la tête vers la table rouge ; faites-le asseoir en face
des convives invités, du peuple réuni pour la joyeuse
fête. »

La mère de famille de Pohjola servit à boire et à
manger à ses hôtes ; elle les rassasia de mets succulents, de gâteaux à la crème ; mais, son gendre avant
tous les autres.

Le saumon fut servi en abondance, et avec lui les
viandes fumées, dans un grand plat de cuivre. Le plat
avait les bords élevés, afin que les convives y trou-
vassent de quoi se rassasier ; mais le gendre avant tous
les autres.

La mère de famille de Pohjola dit : « Ecoute-moi, ô

petite fille, apporte maintenant la bière, apporte-la dans le pot à deux anses, pour les convives invités; mais, pour mon gendre avant tous les autres! »

La petite fille du village, la servante gagée, veilla à ce que le pot de bière fît valoir son mérite, à ce que le pot garni de cinq cercles remplît sa tâche, à ce que le houblon humectât la barbe des convives, à ce que la mousse la blanchît; mais celle du gendre avant toutes les autres.

Quelles furent les pensées de la bière, que dit le pot garni de cinq cercles, quand il se vit en présence de celui qui pouvait le chanter, de l'homme qui pouvait le célébrer glorieusement? Là se trouvait le vieux Wäinämöinen, l'appui du chant dans tous les temps, le runoia habile, le meilleur de tous les runoia.

D'abord, Wäinämöinen vida le pot de bière, puis il dit : « O bière, ô boisson bien-aimée, ne permets point que les hommes te boivent en vain; fais que les hommes chantent, que les gosiers d'or entonnent des chants! Nos hôtes s'étonnent, nos hôtesses se demandent : Les chants sont-ils donc déjà éteints, les voix d'or sont-elles donc épuisées, ou bien la bière que nous avons brassée est-elle mauvaise, la boisson que nous avons préparée est-elle sans vertu? Car les chanteurs ne chantent point, les bons runoia gardent la silence, les convives d'or ne font entendre aucun son, les coucous de la joie ne se réjouissent point.

« Qui doit manier le chant, qui doit moduler des runot avec sa langue, dans ces noces de Pohja, dans ce festin de Sariola? Les bancs ne chanteront certainement pas, si ceux qui sont assis sur les bancs refusent de chanter; le plancher ne chantera certainement pas, si ceux qui sont debout sur le plancher refusent de chanter; la fenêtre ne se réjouira pas, si ceux qui se tiennent près de la fenêtre refusent de se livrer à la joie; les bords de la table ne résonneront pas, si ceux qui sont assis autour de la table refusent d'ouvrir la bouche; les lucarnes par où s'échappe la fumée ne feront aucun tapage, si ceux qui se trouvent sous les lucarnes gardent le silence. »

Un enfant était couché sur le plancher, un petit garçon, à la barbe de lait, était près du foyer; l'enfant, le petit garçon dit : « Je ne suis pas vieux d'âge, je ne suis pas grand de taille; cependant, si les hommes gras, si les hommes gros et vigoureux s'obstinent à ne pas chanter, je chanterai, moi, petit enfant maigre, je chanterai avec mes joues pâles, je chanterai du fond de mon corps frêle, de mes flancs vides de graisse, pour réjouir ce soir, pour embellir cette fête. »

Un vieillard était couché au-dessus du poêle; il prit la parole et il dit : « Les chants de l'enfant, les vagissements de l'enfant ne servent à rien, les chants de l'enfant sont des mensonges, les chants des jeunes filles ne sont que de vaines paroles; laissez le chant à l'homme sage, à celui qui est assis sur le banc ! »

Le vieux Wäinämöinen dit : « Est-il parmi cette jeunesse, parmi cette grande race, est-il quelqu'un qui mettra la main dans la main, qui joindra le poignet au poignet (1), afin de commencer des chants, d'entonner des runot, pour la joie de ce jour qui finit, pour l'ornement de cette soirée solennelle ? »

Le vieillard répondit du haut du poêle : « On n'a jamais entendu jadis, on n'a jamais entendu, on n'a jamais vu, durant tous les jours de cette vie, un meilleur chanteur, un homme plus savant en paroles, que lorsque, au temps de ma jeunesse, je chantais sur les vagues du golfe, au milieu des champs, au milieu des sapins, dans les profondeurs des bois.

« Alors, ma voix était puissante et belle, elle était d'une douceur infinie; ma voix coulait limpide comme l'onde du fleuve, elle se précipitait comme un torrent orageux, elle glissait comme le suksi (2) sur la neige, comme une

(1) Voir page 79, note 1.
(2) Voir page 2, note 3.

barque à voiles sur les vagues; mais, maintenant, je ne sais, je ne puis dire comment ma voix puissante s'est éteinte, comment ma bonne voix s'est affaiblie. Elle ne coule plus limpide comme le fleuve, elle ne se balance plus comme la vague; elle grince comme une herse sur un champ hérissé de troncs d'arbres, comme un sapin branchu sur les tas de neige, comme un traîneau sur le sable du rivage, comme un bateau sur les pierres arides. »

Le vieux Wäinämöinen dit : « Si nul autre ne vient chanter avec moi, je chanterai tout seul, e chanterai à haute voix. Oui, puisque j'ai été créé runoia, puisque la science du chant m'a été donnée, je ne demanderai point mon chemin dans le village (1), je ne demanderai point à un étranger le commencement de mes runot. »

Et le vieux Wäinämöinen, l'appui du chant dans tous les temps, se mit à préparer la joie, à remplir sa tâche de runoia. Les runot de la joie sont à ses côtés, les chants se pressent en abondance sous sa main.

Le vieux Wäinämöinen chanta; il chanta et déploya sa science des runot. Avant que les paroles lui manquent, avant que ses chants soient épuisés, les montagnes manqueront de pierres, les lacs de lis des eaux.

Le vieux Wäinämöinen chanta; il fit la joie de la soirée. Toutes les femmes avaient le rire sur les lèvres, tous les hommes étaient de bonne humeur; ils l'écoutaient avec étonnement; ses chants paraissaient merveilleux à ceux qui y prêtaient une oreille attentive, ils paraissaient extraordinaires, même à ceux qui ne les écoutaient pas.

Après avoir chanté, le vieux Wäinämöinen dit : « A quoi bon chanter et donner carrière à ma science? Je ne puis absolument rien, je ne suis d'aucune utilité. Ah! si le Créateur se mettait à chanter, s'il voulait moduler des

---

(1) C'est-à-dire : Je chanterai de moi-même et sans que nul autre me donne l'exemple.

paroles avec ses lèvres, il chanterait un chant splendide, il déploierait une science puissante.

« Par ses chants, il changerait les eaux de la mer en miel, les grains de sable de la mer en pois, la vase de la mer en malt, le gravier de la mer en sel; il changerait les vastes bois chevelus en champs ensemencés, les lisières des forêts en champs de froment, les collines en gâteaux de miel, les montagnes en œufs de poule.

« Oui, si le Créateur chantait, s'il modulait des paroles, il remplirait par ses chants tous les hangars de cette maison de génisses, toutes les routes de beaux troupeaux, tous les pâturages de vaches laitières; il créerait cent bœufs ornés de cornes, mille vaches aux rondes mamelles.

« Si le Créateur chantait, s'il modulait des paroles, il créerait par ses chants des pelisses de peau de lynx pour nos hôtes, des manteaux de drap pour nos hôtesses, des chaussures de fête pour les jeunes filles, des chemises rouges pour les jeunes garçons.

« O Jumala, fais que désormais, dans tous les temps, on vive de telle sorte, on agisse de telle sorte, pendant ces noces de Pohja, pendant ce festin de Sariola, que la bière coule à flots, que l'hydromel déborde comme un torrent dans les tupas de Pohjola, dans les demeures de Sariola; fais que l'on chante pendant le jour, que l'on se réjouisse pendant tout le soir, tant que notre hôte vivra, tant que notre hôtesse sera vivante!

« Bénis, ô Jumala, récompense, ô Créateur, notre hôte à la place qu'il occupe à table, notre hôtesse dans son aitta (1), les fils dans leurs filets de pêcheurs, les filles dans leur métier à tisser, afin que jamais ils ne puissent regretter, qu'une autre année ils ne puissent déplorer ces longues fêtes, ce festin de la grande foule!

(1) Voir page 3, note 6.

VINGT-DEUXIÈME RUNO

SOMMAIRE

La nouvelle épouse se dispose à quitter sa famille pour suivre son époux. — Sa mère lui fait un tableau attendrissant des personnes et des choses dont elle va se séparer, et lui montre, sous le jour le plus triste, l'avenir qui s'ouvre devant elle. — La jeune femme s'abandonne à la douleur. — Une vieille femme intervient, et par un long récit des ennuis et des chagrins qu'entraîne le mariage, justifie ses larmes et les rend encore plus amères. — Un jeune enfant prend enfin la parole, et, par la description des avantages qu'elle rencontrera dans la maison d'Ilmarinen, cherche à rassurer et à consoler la pauvre désolée.

Quand on eut suffisamment célébré les noces, quand on eut terminé le festin, les noces de Pohjola, le festin de Pimentola (1), la mère de famille de Pohjola dit à son gendre :

« Pourquoi restes-tu ici, jeune homme à la haute naissance, pourquoi restes-tu ici, ornement du pays? Restes-tu à cause de la bonté de l'hôte, de la douceur de l'hôtesse, de l'éclat de la maison, des charmes des convives?

« Non, ce n'est point à cause de la bonté de l'hôte, de la douceur de l'hôtesse, de l'éclat de la maison, des charmes des convives, que tu restes ici; tu restes ici à cause de la bonté de la jeune fille, de la douceur de la jeune vierge, de l'éclat de ta bien-aimée, des charmes de la vierge à la belle chevelure.

(1) Voir page 51, note 1.

« O fiancé, mon cher frère, tu as attendu longtemps,
attends encore! Celle après laquelle tu soupires, celle
qui doit être la compagne de ta vie n'est pas encore prête :
sa chevelure n'est tressée qu'à moitié, il faut tresser
l'autre moitié.

« O fiancé, mon cher frère, tu as attendu longtemps,
attends encore! Celle après laquelle tu soupires, celle qui
doit être la compagne de ta vie n'est pas encore prête :
elle n'a passé qu'une manche de sa robe, il faut qu'elle
passe l'autre.

« O fiancé, mon cher frère, tu as attendu longtemps,
attends encore! Celle après laquelle tu soupires, celle qui
doit être la compagne de ta vie n'est pas encore prête :
elle n'a chaussé qu'un seul pied, il faut qu'elle chausse
l'autre.

« O fiancé, mon cher frère, tu as longtemps attendu,
attends encore! Celle après laquelle tu soupires, celle qui
doit être la compagne de ta vie n'est pas encore prête :
elle n'a ganté qu'une seule main, il faut qu'elle gante
l'autre.

« O fiancé, mon cher frère, tu as longtemps attendu,
et tu ne t'en es point lassé. Maintenant, celle après laquelle tu soupires, celle qui doit être la compagne de ta
vie est prête à te suivre.

« Va donc, ô jeune fille achetée (1), va, ô colombe
vendue! Maintenant, le moment de ton union est proche,
l'heure des adieux va sonner ; car celui qui doit t'emmener est à tes côtés, celui qui doit t'enlever est près de la
porte ; l'étalon frémit sous le mors, le traîneau attend la
jeune fille.

« Puisque tu as aimé l'argent, puisque tu as été

(1) Chez les anciens Finnois, le mariage était une sorte de marché,
dans lequel le jeune homme, qui seul apportait une dot, était censé
ainsi acheter sa femme. Toutefois, cet usage trouvait un correctif
dans la liberté laissée à la jeune fille d'accepter ou de refuser le
prétendant qui demandait sa main. Les runot nous en ont déjà offert
un solennel exemple.

prompte à recevoir le cadeau des fiançailles, à mettre l'anneau à ton doigt, sois prompte aussi à monter dans le traîneau, à t'asseoir dans le beau traîneau ; sois prête à partir, à quitter ces lieux !

« O jeune fille, tu n'as point examiné la chose de tous les côtés, tu n'as point épuisé toute la force de ta pensée ; tu ignores si tu n'as pas fait un mauvais marché, si tu ne te prépares pas des larmes éternelles, toute une année de regrets, en quittant l'habitation de ton père, en abandonnant le pays de ton enfance, la maison de ta mère, la demeure de ta nourrice.

« Qu'avait donc pour toi la vie de si difficile dans l'habitation de ton père ? Tu y croissais comme une fleur sur les bords du chemin, comme une fraise dans le champ défriché. Tu y trouvais le beurre, tu y trouvais le lait, en sortant de ton lit ; tu y trouvais le pain de froment, le beurre fraîchement battu, en t'éveillant de ton sommeil ; et si le beurre n'était pas de ton goût, tu pouvais te couper une tranche de viande.

« Tu n'avais pas le moindre souci, tu n'avais à te préoccuper de rien ; tu laissais les soucis aux sapins des bois, les préoccupations aux poteaux de la cloison, les chagrins poignants aux pins des marais, les tristes plaintes aux bouleaux des landes stériles. Et tu flottais comme la feuille, tu voltigeais comme le papillon, tu étais comme une baie, comme une framboise, dans le champ de ta mère.

« Maintenant, tu quittes cette maison, tu vas dans une maison étrangère, où commande une autre mère ; tu vas dans un ménage inconnu. Les choses changent avec les lieux ; tu trouveras de la différence dans une autre habitation. La corne n'y rend pas les mêmes sons (1), les portes y grincent autrement sur leurs charnières, soit au seuil de la maison, soit dans la cloison qui l'entoure. Tu ne sais point les ouvrir, tu ne sais point te mouvoir dans

(1) La corne du berger.

l'intérieur de l'enclos, comme les filles qui l'habitent; tu
ne sais point allumer le feu, entretenir la chaleur du
foyer, suivant le goût des hommes qui y demeurent.

« Croyais-tu donc, ô jeune fille, pensais-tu que tu t'en
allais seulement pour une nuit et que tu reviendrais le
lendemain? Non, tu ne t'en vas point pour une nuit, ni
même pour deux nuits, tu t'en vas pour beaucoup plus
longtemps; tu abandonnes, pour toujours, la maison de
ton père, tu te sépares, pour toute ta vie, de ta mère.
L'enclos sera plus long d'un pas, le seuil sera plus haut
d'une poutre, lorsque tu reviendras ici, un jour, lorsque
tu nous feras une visite (1). »

La jeune fille soupira, la pauvre jeune fille exhala ses
soupirs. Le chagrin gonflait sa poitrine, les larmes lui
montaient aux yeux. Elle prit la parole, et elle dit : « Je
pensais, je croyais, dans ma vie, je me disais, dans mon
âge de fleurs : Tu n'es pas encore femme, tant que tu
es soumise à la surveillance maternelle, dans l'habitation
de ton vieux père, dans la maison de ta vieille mère;
tu ne seras femme que lorsque tu auras suivi un époux
dans sa maison, que tu auras un pied sur le seuil de sa
demeure, et l'autre dans son traîneau. Alors, tu deviendras vraiment grande, tu deviendras plus haute d'une
tête.

« Oui, tel était l'espoir de ma vie, tel était le but de
mon âge de fleurs; je soupirais après lui comme après
une année fertile, comme après un bel été. Et, maintenant, mon espoir est accompli, le moment de mon départ
est proche. Déjà, j'ai un pied sur le seuil de la demeure de
mon époux, et l'autre dans son traîneau. Mais je ne saurais expliquer quel changement s'est fait en moi. Non,
je ne m'en vais pas avec joie, je ne quitte point avec
plaisir cette maison d'or où j'ai passé ma jeunesse, cette
maison où j'ai grandi, ces riches domaines de mon père.

(1) C'est-à-dire : Tu trouveras de grands changements dans la
maison paternelle, quand tu y reviendras.

Je m'éloigne, le cœur gros de chagrins, l'âme pleine de
regrets ; je vais dans le sein d'une nuit d'automne, je
marche, sans laisser de traces, sur le sentier glissant d'une
glace de printemps.

« Comment est l'âme, comment sont les pensées des
autres fiancées ? Sans doute elles ne ressentent point le
chagrin, elles n'éprouvent point les sombres angoisses,
comme je les ressens, moi, pauvre infortunée, comme je
les éprouve dans un cœur noir comme le charbon, dans
une âme noire comme la suie. Le cœur des heureuses,
l'âme des favorites du bonheur, sont semblables au crépuscule, à l'aurore d'un jour de printemps. Comment
donc est mon âme, comment sont mes pensées ? Elles sont
semblables aux bords arides d'un lac, aux franges d'un
nuage orageux, à une ténébreuse nuit d'automne, à un
sombre jour d'hiver ; elles sont plus sombres encore qu'un
jour d'hiver, plus sinistres qu'une nuit d'automne. »

Il était une vieille servante, une habitante éternelle de
la maison. Elle éleva la voix et elle dit : « De quoi te
plains-tu, ô jeune fille ? Ne te souviens-tu pas que je t'ai
dit, que je t'ai répété cent fois : Ne te laisse point charmer par un épouseur, ne te laisse point prendre à sa
jolie bouche, à l'éclair de ses yeux, à ses pieds élégants !
L'épouseur a toujours dans la bouche des paroles séduisantes, il a toujours le regard plein de douceur, lors
même que Lempo (1) habiterait entre ses mâchoires, que
la mort se cacherait entre ses lèvres.

« Oui, je n'ai cessé de donner cette leçon à la jeune
fille, de faire entendre ce conseil à ma petite sœur : Quand
les grands épouseurs se présenteront, quand les premiers
du pays viendront demander ta main, tu dois toujours
les refuser, tu dois leur parler pour ton propre compte,
et leur répondre ainsi : Je ne suis point, je ne veux point
être de celles que l'on emmène comme belles-filles, pour
être réduites en esclavage. Une fille comme moi ne peut

(1) Voir page 41, note 2.

point vivre esclave, elle ne peut songer à se plier à une
volonté étrangère, et à demeurer dans une continuelle
dépendance. Si quelqu'un ajoute un seul mot, je lui en
répliquerai deux; si l'on me prend par les cheveux, si
l'on cherche à m'entraîner par les boucles de ma chevelure, je saurai bien faire lâcher prise et m'échapper.

« Mais, tu n'as point suivi mon conseil, tu n'as point
écouté mes paroles; tu t'es précipitée, le sachant et le
voulant, dans le feu, tu t'es jetée de gaieté de cœur dans
la poix ardente; tu t'es empressée de t'asseoir dans le
traîneau du renard, dans le traîneau de l'ours, pour être
emportée au loin, pour devenir l'esclave éternelle d'un
beau-père, l'esclave absolue d'une belle-mère.

« Tu quittes la maison de ton père pour aller à une
école, pour être soumise à une épreuve. Cette école sera
dure, cette épreuve sera longue. Déjà, la bride est achetée, la chaîne est prête, et ce n'est pas pour d'autres que
pour toi, pauvre misérable!

« Bientôt, infortunée, tu éprouveras les dents aiguës de
ton beau-père, la langue de pierre de ta belle-mère, les
paroles froides de ton beau-frère, les dures moqueries de
ta belle-sœur.

« Prête donc l'oreille, ô jeune fille, à ce que je te dis,
sois attentive à mes paroles. Tu étais comme une belle
fleur dans la maison, tu y marchais, semblable à la joie;
ton père t'appelait son rayon de lune, ta mère son rayon
de soleil, ton frère l'ornement de l'onde, ta sœur son
voile bleu. Maintenant, tu vas dans une autre maison,
sous la puissance d'une mère étrangère. Une mère étrangère ne peut être comparée à la véritable mère, une
femme étrangère à la véritable nourrice. Rarement, l'é-
trangère s'exprime avec douceur, rarement, elle conseille
avec bienveillance. Ton beau-père t'appellera sapin rabougri, ta belle-mère méchant traîneau, ton beau-frère
marche d'escalier, ta belle-sœur rebut des femmes.

« Tu serais à l'aise, il est vrai, si tu pouvais t'échapper, si tu pouvais t'évanouir comme une vapeur, t'élancer

hors de la maison comme la fumée, t'envoler comme une feuille ou te dissiper dans les airs comme une étincelle.

« Mais, tu n'es pas un oiseau, pour t'envoler, tu n'es pas une feuille ou une étincelle pour te dissiper dans les airs, tu n'es pas une fumée pour t'élancer hors de la maison.

« O jeune fille, ô ma jeune sœur, tu as fait un triste échange ; tu as échangé ton père bien-aimé contre un misérable beau-père, ta douce mère contre une dure belle-mère, ton frère chéri contre un beau-frère bossu, ta bonne sœur contre une belle-sœur à l'œil louche ; tu as échangé ton lit aux fins draps de toile contre un foyer noir de suie, ton eau pure contre l'eau fangeuse du marais, ton rivage sablonneux contre un champ de boue noire, tes charmants bocages contre une lande aride et glacée, tes collines chargées de baies contre les troncs informes d'une forêt défrichée par le feu.

« Croyais-tu, ô jeune fille, pensais-tu, ô tendre colombe, que tes chagrins finiraient, que ta tâche serait achevée lorsque expirerait le soir ; que tu serais emmenée là-bas, seulement pour y coucher et y dormir en repos ?

« Non, tu n'as pas été emmenée là-bas pour y coucher, pour y dormir en repos. Tu devras veiller, tu devras plier sous les chagrins, être envahie par les soucis, accablée par les ennuis.

« Tant que tu ne portais point de bonnet (1) tu vivais libre de chagrins, tant que tu ne portais point de bandeau, tu ne connaissais point les soucis ; le bonnet apporte d'abord les grands chagrins, le bandeau bleu les ennuis, le voile de lin les sombres tourments, les inquiétudes sans fin.

« Que manque-t-il à la jeune fille dans la maison de son père ? La jeune fille est dans la maison de son père comme un roi dans son palais ; le glaive seul lui fait défaut ! Il en est autrement de la belle-fille : la belle-fille

(1) Voir page 30, note 3.

est dans la maison de son époux comme le prisonnier en Wenäjä (1), seulement elle n'a pas de gardes.

« Il lui faut travailler sans répit, dépenser toutes ses forces; la sueur coule de son front et inonde son visage; puis, quand l'heure du repos a sonné, on l'envoie se traîner dans le feu, on la condamne à se morfondre dans le foyer.

« Elle devrait avoir, la pauvre fille, elle devrait avoir le cœur du saumon, la langue de la petite perche, les pensées de la perche des lacs, la bouche de la martre, le ventre de l'ablette, la prudence du canard (2).

« Il n'en est pas une, il n'en est pas neuf parmi les jeunes filles vivant chez leur mère, élevées dans leur famille, qui sachent, qui prévoient d'où viendra celui qui les mangera, d'où surgira celui qui les dévorera, qui dévorera leur chair, qui rongera leurs os, qui leur arrachera les cheveux et les jettera aux vents du printemps (3).

« Pleure, pleure, ô jeune fiancée, verse des larmes vraiment amères, de longues larmes; verse, plein le creux de ta main, les ondes de ta douleur; verse-les goutte à goutte sur la maison de ton père; verse des lacs sur le seuil de celui qui t'a élevée, verse un fleuve sur l'habitation, verse des flots sur les solives du plancher! Si tu ne pleures pas quand c'est le moment de pleurer, tu ne pleureras que trop quand tu reviendras ici, quand tu visiteras de nouveau la maison de ton père, car tu trouveras ton vieux père étouffé par la fumée dans la

---

(1) La Russie.
(2) Traduction littérale, et qui veut dire : Elle devrait avoir la ruse et la hardiesse du saumon, la discrétion de la petite perche, la sagesse de la perche des lacs, la frugalité de la martre et de l'ablette, pour trouver grâce devant son époux.
(3) Toute cette partie de la runo est encore une de ces formules obligées, comme nous en avons déjà vue précédemment. Elle a pour but de représenter, en les exagérant, à la jeune épouse, tous les ennuis qui suivent le mariage, afin de lui inspirer le regret des choses qu'elle va quitter. On l'appelle le chant des larmes (Itketysvirsi).

maison de bain, avec un paquet de feuillage desséché sous le bras (1).

« Pleure, oui, pleure, ô jeune fiancée, verse des larmes vraiment amères! Si tu ne pleures pas quand c'est le moment de pleurer, tu ne pleureras que trop quand tu reviendras ici, quand tu visiteras de nouveau la maison de ta mère, car tu trouveras ta vieille mère étouffée dans l'étable, morte, avec un lourd fardeau sur les bras.

« Pleure, oui pleure, ô jeune fiancée, verse des larmes vraiment amères! Si tu ne pleures pas quand c'est le moment de pleurer, tu ne pleureras que trop quand tu reviendras ici, quand tu visiteras de nouveau cette maison, car tu trouveras ton frère à la florissante jeunesse inanimé sur la route, mort dans l'enceinte de l'habitation.

« Pleure, oui, pleure, ô jeune fiancée (2), verse des larmes vraiment amères! Si tu ne pleures pas quand c'est le moment de pleurer, tu ne pleureras que trop quand tu reviendras ici, quand tu visiteras de nouveau cette maison, car tu trouveras ta sœur bien-aimée étendue morte sur la route de la lessive, avec son battoir sous le bras. »

La jeune fille soupira, la pauvre jeune fille exhala ses soupirs; et elle commença à pleurer, à fondre en larmes. Elle versa de longues larmes, elle versa, plein le creux de sa main, des ondes de sa douleur, sur la maison de son père; elle versa des lacs sur le seuil de celui qui l'avait élevée, puis elle dit : « Ah! mes chères sœurs, mes égales d'autrefois, mes compagnes de jeunesse, prêtez maintenant l'oreille à mes paroles! J'ignore tout à fait pourquoi je suis livrée en proie à une aussi grande douleur, pourquoi le chagrin s'est abattu sur moi, pourquoi j'ai été entraînée au milieu de ces angoisses, de ces amers soucis.

« Je m'attendais à autre chose, j'avais conçu d'autres

(1) V. page 32, note 1.
(2) On a vu que les runot appellent les jeunes mariées indifféremment jeunes filles vierges, épouses ou fiancées; elles donnent des noms analogues aux jeunes mariés.

espérances dans toutes les années de ma vie. Je m'attendais à voler comme le coucou, à chanter comme lui, sur les collines, lorsque viendrait pour moi le jour présent, lorsque j'aurais atteint ce but désiré. Hélas! je ne volerai point comme le coucou, je ne chanterai point, comme lui, sur les collines; je suis semblable au canard sauvage, à l'oie plaintive, lorsqu'ils nagent au milieu des grands golfes, dans l'onde froide, lorsqu'ils s'agitent au sein des lacs couverts de glace.

« Malheur à toi, mon père! malheur à toi, ma mère! malheur à vous, mes parents bien-aimés! Pourquoi m'avez-vous enfantée, pourquoi m'avez-vous nourrie, moi, pauvre infortunée, pour pleurer ces larmes, pour souffrir ces angoisses, pour languir dans ces douleurs, pour être rongée par ces tourments?

« Il eût été mieux, ô ma pauvre mère, ô ma douce et tendre nourrice, il eût été mieux d'envelopper de langes un tronc d'arbre, de laver des petits cailloux, que de laver ta fille, que d'habiller ta chère enfant, pour ces grands chagrins, pour ces amères douleurs!

« Beaucoup d'autres disent, beaucoup d'autres pensent: La jeune fille est libre de soucis, elle n'est point attristée par le chagrin. O hommes bons, ne dites plus, ne répétez plus de telles paroles! J'ai plus de soucis qu'il n'y a de pierres dans la cataracte, de rameaux d'osier dans une terre stérile, de fleurs de bruyères dans une lande aride. Un cheval ne pourrait les porter, un sabot de fer ne pourrait les traîner, sans que son collier ne fléchît, sans que l'arc de son collier ne tremblât, sous le poids de mes chagrins, pauvre misérable! de mes noires angoisses. »

Un enfant chante, couché sur le plancher; un jeune garçon chante du coin du foyer (1). « A quoi servent les larmes de la fiancée, à quoi servent ses grands chagrins?

(1) Après la formule propre à faire couler les larmes vient la formule de consolation. La runo la place dans la bouche d'un enfant, comme pour la rendre plus expressive et plus touchante. On l'appelle chant ou paroles de la consolation (*Lohdutus-sanat*).

Laisse les chagrins au cheval, laisse le cheval châtré pleurer, la bouche au mors de fer gémir, la grande tête se lamenter; le cheval a une tête plus solide, les os plus durs, la courbe du cou plus forte, tout le corps plus robuste !

« Tu n'as aucune raison de pleurer, de te lamenter. On ne t'emporte point dans un marais, on ne t'entraîne point dans un ruisseau. Si l'on t'enlève à une terre fertile, c'est pour t'emmener dans une terre plus fertile encore; si on t'enlève à une maison pleine de bière, c'est pour t'emmener dans une maison où la bière est encore plus abondante.

« Si tu regardes de côté, si tu tournes les yeux à droite, tu vois auprès de toi un fiancé, un époux superbe, un homme bon, un cheval solide, une maison richement fournie; les gelinottes voltigent avec bruit autour du collier de son étalon, les grives se posent et chantent gaiement sur les courroies du joug, six coucous d'or planent sur l'arc du collier, sept petites bêtes bleues chantent sur l'avant du traîneau.

« O jeune fille, cesse de te désoler, enfant de ta mère, cesse de gémir ! ton sort ne sera point pire, ton sort sera meilleur à côté du bon laboureur, sous le toit de celui qui sillonne le champ, sous le menton de celui qui donne la nourriture, dans les bras du pêcheur, près du cœur chaud du chasseur d'élan, dans la chambre de bain du chasseur d'ours !

« Tu as reçu en partage le meilleur des époux, le plus brave des guerriers; ses arcs ne gisent point inactifs, son carquois ne reste point suspendu au clou, ses chiens ne dorment point dans le chenil, ses chiens ne paressent point sur la paille.

« Déjà, trois fois, ce printemps, il s'est éveillé, de grand matin, près d'un tronc d'arbre enflammé, il s'est levé d'un lit de branches de sapin (1); déjà, trois fois,

_____

(1) C'est à-dire : Il a passé toute la nuit dans la forêt, près d'un

ce printemps, la rosée matinale a baigné son visage, l'écorce des arbres a brossé sa tête, les branches desséchées ont peigné sa chevelure.

« Ton époux augmente sans cesse ses troupeaux ; le héros élève son bétail ; ton fiancé possède des bois pleins d'animaux, des collines peuplées de créatures bondissantes qui se baignent dans les sources des rochers ; il possède cent bêtes à cornes, mille bêtes aux mamelles pleines ; il a des amas de grain dans chaque terrain défriché, un coffre rempli de grain sur les bords de chaque ruisseau ; des bois d'aulnes qui lui fournissent du pain, des bords de rivières qui sont autant de champs de blé, des pentes de rochers qui sont autant de champs d'avoine, des rivages qui sont autant de champs de froment ; tous ses amas de pierres sont des piles d'argent, tous ses petits cailloux sont des pièces de monnaie (1). »

feu allumé avec des troncs d'arbres, afin de pouvoir y reprendre son ouvrage dès le grand matin.

(1) Tout ce qu'il possède est pour lui une source de richesses.

VINGT-TROISIÈME RUNO

SOMMAIRE.

La jeune épouse reçoit ses instructions; on lui apprend la manière dont elle doit se conduire dans la maison de son époux, et comment elle doit se montrer docile et soumise vis-à-vis de son beau-père et de sa belle-mère. — Une vieille femme, une vieille mendiante intervient, et dans le but de tracer un sombre tableau du mariage, elle raconte les diverses phases de sa vie, comme jeune fille et comme femme; elle rappelle les cruels traitements qui l'ont forcée à déserter la maison conjugale et à mener une vie errante et misérable à travers le monde.

Maintenant, il faut instruire la jeune fille; la fiancée doit recevoir sa leçon. Qui instruira la jeune fille, qui fera la leçon à la fiancée?

Osmotar (1), la digne épouse, Kalevatar (2), la belle femme, instruira la jeune fille, fera la leçon à l'enfant sans appui (3). Elle lui apprendra avec quelle sagesse elle doit agir pour vivre honorée dans la maison de son époux, dans l'habitation de son beau-père.

Elle éleva la voix, et elle dit : « O fiancée, ma jeune sœur, ma verte tige bien-aimée, écoute ce que je vais te dire, écoute les leçons que je vais te donner. Tu pars, maintenant, pour un long voyage, ô belle fleur, tu te

(1) Fille d'Osmo.
(2) Fille de Kaleva.
(3) C'est-à-dire qui va être privée de l'appui de ses propres parents.

mets en route, ô fraise des bois, tu t'envoles loin de nous, ô fin duvet, tu nous quittes, ô tissu de velours, tu t'en vas loin de cette grande habitation, de cette belle maison, pour te rendre dans une autre demeure, au milieu d'une famille étrangère. Ta position y sera bien différente. Tu devras y marcher avec prudence, t'y conduire avec réflexion; tu ne pourras point, comme dans la maison de ton père, comme dans la demeure de ta mère, courir, en chantant, à travers les vallées, gazouiller sur les routes.

« En abandonnant ces lieux, n'oublie pas d'emporter avec toi tout ce qui t'appartient, tout, excepté trois choses : le sommeil superflu pendant le jour, les douces paroles de ta mère, le pain d'écorce toujours frotté de beurre (1)!

« Oui, souviens-toi de tout emporter; mais laisse ta provision de sommeil aux filles de la maison, laisse-la au coin de la cheminée; laisse tes chants sur le banc (2), tes chants joyeux sur la fenêtre, tes enfantillages sur le balai, ta capricieuse insouciance sur le lit, tes mauvais penchants sur le foyer, ta paresse sur le plancher; ou bien offre-les à ta compagne de noces (3), dépose-les sur ses bras, afin qu'elle les emporte dans le bois, qu'elle les cache au milieu des bruyères.

« Tu devras prendre de nouvelles habitudes et oublier

---

(1) C'est-à-dire ces trois priviléges dont tu jouis ici ne te suivront point dans la maison de ton époux. Citons l'original :

« Kun lähet talosta tästä,
« Muista kaikki muut kalusi.
« Ne kolme kotihi in heitä :
« Päivän pääliset unoset,
« Emon armahat sanaset,
« Joka kiruun pettäjäiset! »

(2) Les chants lyriques des jeunes filles comme ceux des enfants sont en médiocre estime auprès des gens âgés qui cultivent exclusivement les grandes *runot* épiques. C'est pourquoi, en toute circonstance solennelle et qui exige un esprit plus mûr, on les invite à y renoncer. Le *Kalevala* fournit de nombreux exemples de cet usage.

(3) Fille d'honneur.

les anciennes : abandonner l'amour de ton père pour te
contenter de l'amour de ton beau-père; faire des révé-
rences plus profondes, prodiguer les bonnes paroles.

« Tu devras prendre de nouvelles habitudes et oublier
les anciennes : abandonner l'amour de ta mère pour te
contenter de l'amour de ta belle-mère; faire des révé-
rences plus profondes, prodiguer les bonnes paroles.

« Tu devras prendre de nouvelles habitudes et oublier
les anciennes : abandonner l'amitié de ton frère pour te
contenter de l'amitié de ton beau-frère; faire des révé-
rences plus profondes, prodiguer les bonnes paroles.

« Tu devras prendre de nouvelles habitudes et oublier
les anciennes : abandonner l'amitié de ta sœur pour te
contenter de l'amitié de ta belle-sœur; faire des révé-
rences plus profondes, prodiguer les bonnes paroles.

« Si le vieillard est comme un loup dans son coin (1),
si la vieille est comme un ours dans la chambre, si le
beau-frère est comme un serpent sur le seuil, si la belle-
sœur est comme un clou dans la maison, tu n'en dois pas
moins leur témoigner un respect et une déférence semblables à ceux que tu témoignais à ton père, que tu mon-
trais à ta mère, sous le toit de ton enfance.

« Il faudra, désormais, que tu aies l'esprit pénétrant,
la tête solide, la pensée toujours attentive, l'intelligence
toujours ouverte; il faudra que le soir, tu aies l'œil
prompt pour prendre soin du feu, que le matin, tu aies
l'oreille alerte pour entendre le chant du coq. Quand le
coq chante une première fois, et avant qu'il ait chanté
une seconde fois, c'est le moment, pour les jeunes, de
se lever, pour les vieux, de goûter le repos.

« Et si le coq ne chante point, si l'oiseau du père de
famille ne fait point entendre sa voix, que la lune te serve
de coq, qu'Otawa (2) te donne le signal! Va donc, souvent,

(1) Voir page 70, note 1.
(2) Voir page 8, note 1.

hors de la maison pour regarder la lune, pour observer les étoiles!

« Quand Otawa se lève, la tête tournée vers le sud, la queue vers le nord, le moment est venu pour toi de quitter la couche de ton jeune époux, de te séparer de ton jeune fiancé, pour tirer le feu de la cendre, pour en extraire les charbons, pour souffler sur les éclats de bois et les allumer habilement, sans les répandre autour du foyer.

« Mais, s'il ne reste plus de feu sous la cendre, si tous les charbons sont éteints, adresse-toi doucement à ton bien-aimé, à ton bel époux : Donne-moi du feu, mon cher époux, donne-moi du feu, ma jolie fraise!

« Et quand il t'aura donné un petit caillou de silex, un petit morceau d'amadou, fais aussitôt jaillir l'étincelle, et allume la *päret* (1), sur son chevalet. Puis, va nettoyer l'étable, porte la pâture aux bestiaux. Déjà, la vache de ta belle-mère mugit, le cheval de ton beau-père hennit, la vache de ta belle-sœur secoue ses entraves, le veau de ton beau-frère brame; ils soupirent après celle qui leur donnera le foin, qui leur distribuera le trèfle.

« Parcours l'étable et la basse-cour, le corps incliné; donne la paille aux vaches, la boisson aux pauvres veaux (2), le foin choisi aux poulains, le foin délicat aux agneaux; ensuite, ne traite point durement les porcs, ne repousse point du pied les petits cochons; remplis l'auge pour les porcs, remplis l'auge pour les petits cochons.

« Mais, ne perds point ton temps dans l'étable, ne t'y attarde point inutilement. Quand tu l'auras nettoyée, quand tu auras distribué leur ration aux bestiaux, hâte-toi d'en sortir; reviens comme un ouragan de neige (3)

(1) Voir page 90, note 1.
(2) Aux veaux malades.
(3) Avec la rapidité de l'ouragan.

dans la chambre! Là, l'enfant, le tendre nourrisson commence à pleurer dans son berceau. Il ne peut parler, le pauvre petit, il ne peut dire s'il a faim ou s'il a froid, ou si quelque chose d'extraordinaire lui est arrivé, avant que celle qu'il connaît ne soit venue, avant que la voix de sa mère n'ait frappé son oreille (1).

« Mais, en rentrant dans la chambre, apportes-y quatre choses : un baquet d'eau dans tes mains, un balai de bouleau sous ton bras, un éclat de bois enflammé dans ta bouche; tu seras toi-même la quatrième.

« Mets-toi alors à nettoyer, à balayer le plancher; arrose-le; mais garde-toi de jeter de l'eau sur l'enfant; fais attention à lui, lors même qu'il serait l'enfant de ta belle-sœur; place-le sur un banc, lave-lui le visage, peigne-lui les cheveux; donne-lui un morceau de pain étendu de beurre; et si le pain manque à la maison, mets-lui dans la main un copeau de bois.

« Puis, tu laveras la table, au plus tard, à la fin de la semaine. N'oublie pas alors d'en laver les bords et les pieds. Tu laveras ensuite les bancs, tu épousseteras les murs avec le balai de plume, les bancs avec leurs angles, les murs avec leurs jointures.

« Toute la poussière qui se trouve sur la table, toute celle qui souille la fenêtre, enlève-la avec le balai de plume, essuie-la avec un torchon mouillé, pour qu'elle ne s'envole pas aux alentours, pour qu'elle ne monte pas jusqu'au plafond.

« Fais tomber la suie du plafond, abats la suie du poêle, sans en oublier ni la poutre principale, ni les soli-

---

(1) Ce passage a, dans l'original, un charme exquis.

    « Siell'on lapsi itkemässä
    « Pieni peitetten Sisässä,
    « Eikä lausu lapsi rukka,
    « Saata Kieletöin sanoa,
    « Onko vilu, taikka nälkä,
    « Tahi muu tapahtumainen,
    « Ennen kun tulevi tuttu,
    « Kuulevi emonsa äänen. »

veaux, afin que la chambre devienne propre et luisante, comme il convient dans une maison bien ordonnée !

« Écoute, ô jeune fille, ce que je te dis, prête l'oreille à mes paroles : ne te livre point à tes occupations sans vêtements, ne fais point le ménage sans chemise, ne va point sans mouchoir à ton cou, sans souliers à tes pieds ; ton fiancé pourrait en être choqué, ton jeune époux pourrait s'en irriter.

« Sois remplie de soins pour les sorbiers de la maison (1). Les sorbiers de la maison sont sacrés, sacrées sont ses branches et ses feuilles, plus sacrés encore ses fruits, car c'est par eux que la jeune fille est enseignée, que l'enfant sans appui est formée, d'après le goût de son fiancé, d'après le cœur de son époux (2).

« Écoute avec l'oreille fine de la souris, marche avec les pieds rapides du lièvre, courbe ton jeune cou, ton cou blanc et pur comme un tendre genevrier, comme un frais rameau de putier !

« Sois toujours vigilante, toujours vigilante et attentive ; garde-toi de te laisser aller à la paresse, de t'étendre nonchalamment près du poêle, de tomber endormie sur ton lit !

« Si ton beau-frère revient de la charrue, si ton beau-père revient de son enclos, si ton époux bien-aimé revient d'abattre du bois, tu dois leur présenter de l'eau pour se laver, leur tendre la serviette, t'incliner devant eux bien humblement, leur adresser de douces paroles !

« Si ta belle-mère revient de l'aitta (3) avec la corbeille à farine sous le bras, cours au devant d'elle jusque dans la cour, salue-la bien humblement, prends-lui sa corbeille et porte-la toi-même dans la chambre.

---

(1) Le sorbier, comme il a déjà été dit, était regardé chez les Finnois comme un arbre sacré. Leur mythologie lui donne pour gardienne et protectrice une des suivantes de *Tapio*, dieu des forêts, nommée *Pihlajatar*.

(2) C'est-à-dire apprend comment elle doit plaire à son époux.

(3) Voir page 3, note 6.

« Lorsque tu ne sauras, lorsque tu ne comprendras
pas toi-même de quelle manière il faut remplir ta tâche,
exécuter l'ouvrage confié à tes soins, demande conseil à
la vieille femme : Comment faut-il remplir ma tâche,
comment faut-il exécuter mon ouvrage?

« La vieille femme te répondra avec précision, ta belle-
mère te dira : Pour remplir ta tâche, pour exécuter ton
ouvrage, voici ce que tu dois faire : d'abord, tu pileras
le grain, tu moudras la farine, tu tourneras activement
le moulin à main; puis, tu iras chercher de l'eau, tu pé-
triras la pâte ; tu allumeras le feu, tu feras cuire le pain
et les épais gâteaux; enfin, tu nettoieras les terrines, tu
rinceras les écuelles à lait.

« Et quand tu auras reçu ainsi les instructions de ta
belle-mère, tu prendras le grain séché sur la dalle et tu
te rendras dans la chambre du moulin. Là, garde-toi de
crier avec ta propre voix, de chanter avec ta propre
gorge; le cri de la manivelle, le chant de la meule devront
seuls se faire entendre. Garde-toi aussi, tandis que tu
moudras, de soupirer, de geindre trop bruyamment, de
peur que ton beau-père ne croie, que ta belle-mère ne
pense que tu soupires de dépit, que tu geins par pure
malice.

« Ensuite, tu tamiseras la farine avec soin, et tu
l'apporteras sur un plateau, pour la verser dans la huche;
puis, tu prépareras habilement le pain, veillant à bien
mêler la pâte et à ce qu'il n'y reste aucun grumeau.

« Si tu vois le seau renversé, tu le prendras sur ton
épaule, tu mettras le puisoir sous ton bras, et tu iras
chercher de l'eau. Mais, une fois que le seau sera rempli,
tu te hâteras de revenir à la maison, tu y reviendras rapide comme le vent du printemps; de peur que si tu
t'attardais près de la source, ton beau-père ne crût, ta
belle-mère ne supposât que tu y restais pour te mirer dans
l'eau, pour contempler avec plaisir la beauté de ton
visage dans la glace limpide.

« Lorsque tu iras au bûcher chercher du bois, garde-

toi de le trier avec fracas; prends les bûches au hasard,
même celle de tremble (1), et enlève-les doucement, de
peur que ton beau-père, que ta belle-mère n'imputent le
bruit que tu ferais, en les choisissant, à un mouvement de
colère !

« Lorsque tu iras dans l'aitta (2) chercher de la farine,
n'y reste pas trop longtemps, de peur que ton beau-père
ne croie, que ta belle-mère ne suppose que tu distribues
la farine aux femmes du village !

« Lorsque tu entreprendras de nettoyer les vases, les
jattes à lait, laves-en soigneusement les parois intérieures
et extérieures, les bords et les anses; lave aussi les
cuillers, sans en oublier les manches !

« Tu feras le compte de tes cuillers et celui de tes vases,
afin que les chiens ne puissent les disperser, les chats
les égarer, les oiseaux de l'air les enlever; afin que les
enfants n'y mettent point le désordre ! Les enfants, les
petites têtes ne manquent pas dans le village, qui sont
tout disposés à déranger les vases, à perdre les cuillers.

« Lorsque le bain du soir sera chauffé, tu prépareras
l'eau et les paquets de verges de bouleau, et tu te garde-
ras d'y mettre trop de temps, de peur que ton beau-père
ne croie, que ta belle-mère ne suppose que tu te vau-
tres paresseusement sur le lit de l'étuve, sur le banc
noir (3) !

« Et quand tu reviendras du bain dans la chambre de
famille, tu inviteras ton beau-père à s'y rendre : « O
« mon cher beau-père, déjà le bain est chauffé, l'eau et
« les paquets de verges de bouleau préparés; le lit bien
« propre; va donc, et baigne-toi tant qu'il te plaira, lave
« tout ton corps à ton gré; je jetterai moi-même l'eau

(1) Le bois préféré pour le feu des poêles finnois est celui de sapin
et de bouleau; le bois de tremble n'est employé qu'à son défaut.
(2) Voir page 3, note 6.
(3) Le banc du bain est noirci par la vapeur qui s'exhale des
cailloux amoncelés sur le fourneau.

« sur le fourneau brûlant, je me tiendrai sous le lit (1)
« pour te servir. »

« Lorsque le moment de tisser sera venu, tu n'iras
point chercher des doigts dans le village, des instructions derrière la colline (2), des auxiliaires dans une
autre habitation; tu n'emprunteras point de navette à
des étrangers; tu tisseras toi-même avec tes propres
doigts, tu amolliras le fil, tu le corderas, tu l'enrouleras
sur le métier, que tu mettras ensuite avec force, avec
adresse, en mouvement; et tu te façonneras un surtout
de vadmel, une robe de laine, tu les façonneras avec la
laine d'une brebis née pendant l'hiver, la laine d'une
brebis née pendant l'été, la toison d'un agneau né au
printemps.

« Écoute-moi, tandis que je te parle, écoute mes
derniers conseils! brasse une bière mousseuse, une
bière agréable au goût, avec un seul grain d'orge, avec
un seul morceau de bois à moitié brûlé (3).

« Lorsque tu prépareras le malt, ne te sers point pour
le remuer, pour le mêler, d'un crochet ou d'un bâton,
sers-toi de tes propres mains, de tes propres doigts;
visite-le souvent dans l'étuve (4), et veille à ce qu'il ne
souffre aucun dommage, à ce que le chat ne vienne point
audacieusement s'y coucher. Que les loups, que les bêtes
sauvages ne t'effrayent point lorsque tu iras dans l'étuve,
même au milieu de la nuit!

« Lorsqu'un étranger se présentera, n'en éprouve
aucune colère! Une maison bien ordonnée a toujours des
provisions en réserve pour l'étranger, soit un morceau
de viande, soit des tranches de pain ou de gâteau.
Invite-le donc à s'asseoir, et cause amicalement avec lui,

---

(1) Dans les bains finnois, le lit est très-élevé et forme comme une
estrade.
(2) La colline sur le penchant de laquelle est bâtie la maison.
(3) Manière de recommander l'économie.
(4) Le malt se prépare ordinairement dans la chambre de bain où la
chaleur favorise la germination.

nourris-le de tes paroles, tandis que l'on préparera son repas!

« Et quand il quittera la maison, quand il prendra congé de toi, garde-toi de le reconduire au delà de la porte, de peur que ton époux, que ton beau fiancé n'en soit irrité!

« Si, parfois, il te prend envie de faire une visite dans le village, ne sors point avant d'en avoir obtenu la permission. Et quand tu seras dans une maison étrangère, montre-toi circonspecte dans tes paroles; ne blâme point ce qui se passe sous ton propre toit, ne décrie point ta belle-mère.

« Si les jeunes femmes du village ou d'autres lieux t'adressent cette question : « Ta belle-mère te donne-« t-elle du beurre aussi généreusement que ta mère t'en « donnait autrefois? » Réponds toujours affirmativement, lors même que tu n'en aurais reçu qu'une seule fois dans tout l'été, et que ce beurre datât déjà du précédent hiver!

« Écoute-moi, tandis que je te parle, écoute mes derniers conseils! En quittant cette maison, pour aller dans une autre demeure, n'oublie point ta mère, ne méprise point ta nourrice, car c'est ta mère qui t'a donné le jour, qui t'a nourrie du lait de son beau sein, de la substance de sa propre chair. Combien de nuits n'a-t-elle point passées sans sommeil, combien de repas n'a-t-elle point oubliés, lorsqu'elle te berçait, lorsqu'elle prenait soin de son petit enfant!

« Celle qui oublie sa mère, qui méprise sa nourrice n'ira point à Manala (1), ne descendra point dans Tuonela (2), avec une bonne conscience. Un juste, un dur châtiment l'y attend. Les filles de Tuoni la maudiront, les vierges de Mana l'accableront de leur colère : « Com-« ment as-tu pu oublier ta mère, mépriser ta nourrice,

(1) Voir page 38, note 2.
(2) Voir page 38, note 3.

« ta mère qui t'a portée dans son sein, au milieu de tant
« d'angoisses, qui a si cruellement souffert lorsque étendue,
« dans la chambre de bain, sur sa couche de paille (1), elle
« t'a mise au monde (2) ! »

Il était, sur le plancher de la chambre, une femme,
une vieille femme, vêtue d'un long manteau, une vagabonde du village ; elle éleva la voix et elle dit :

« Le coq chante pour sa bien-aimée, le fils de la poule
chante pour sa belle, la corneille chante aux jours de
tempête, elle chante à l'arrivée du printemps. Je voudrais, moi aussi, pouvoir chanter ; ma voix devrait se
faire entendre au lieu de leur voix. Ils ont une amie dans
leur demeure, ils possèdent toujours auprès d'eux un
objet adoré ; mais, moi, je suis sans asile et sans ami, je
passe ma vie dans un malheur sans fin.

« Écoute, ma petite-sœur, ce que j'ai à te dire :
quand tu seras arrivée dans la maison de ton fiancé,
garde-toi de te soumettre, comme je l'ai fait moi-même,
infortunée, à sa volonté ! Oui, je me suis montrée trop docile aux ordres de mon époux, à sa voix d'alouette (3), je
me suis courbée sous la puissance de l'homme superbe.

« Jadis, j'étais une fleur, une belle fleur des bruyères,
j'étais un gracieux rejeton, une svelte tige, dans les jours
de ma jeunesse et de mon enfance ; on me flattait, on
me caressait des noms de jolie baie, de gruau d'or ; mon
père m'appelait charmante colombe, ma mère oie succulente, mon frère oiseau des ondes, ma sœur gai
rossignol. Je cheminais, telle qu'une fleur, sur la route,
telle qu'une fraise à travers les champs ; je parcourais

---

(1) Les femmes des Finnois accouchent ordinairement dans la chambre de bain ; la chaleur qui rayonne du fourneau, la douce vapeur qui
les enveloppe aident à leur délivrance.

(2) Cette longue suite de leçons et de conseils forme un chant spécialement destiné aux jeunes fiancées, et qui s'appelle chant de l'en-
seignement : *Opastus virsi.* Celui qui suit et dont le but est de faire
ressortir tous les inconvénients et les dangers du mariage, s'appelle
chant de la bru : *Miniän virsi.*

(3) Séduisante et perfide comme le chant de l'alouette.

les rivages sablonneux, les collines fleuries ; je chantais
dans chaque vallée, je gazouillais à la cime de chaque
montagne, je jouais dans les bosquets, je folâtrais au
milieu des forêts défrichées.

« Mais la bouche attira le renard dans le piége, la
langue attira l'hermine dans le filet (1) ; le penchant,
l'habitude attirèrent la jeune fille dans une maison étrangère, dans la maison d'un époux. Oui, la jeune fille naît,
la jeune fille grandit pour devenir une femme dans la
maison d'un époux, pour devenir esclave dans la maison
d'un beau-père.

« Et je partis, tendre baie, pour un autre pays ; je fus
emportée, léger arbrisseau, vers d'autres lacs ; je m'y
rendis, pauvre myrtille, pour y être broyée, fraise délicate, pour y être maudite. Aucun arbre qui ne m'ait
blessée, aucun aulne qui ne m'ait déchirée, aucun bouleau qui ne m'ait piquée, aucun peuplier qui ne m'ait
mordue.

« Ainsi, je suivis mon époux dans sa maison, je fus
emmenée dans la demeure de mon beau-père. On m'avait
dit, au moment du départ, que j'y trouverais deux étages,
chacun de six chambres, en bois de sapin ; que sur la
lisière de la forêt s'élevaient des aittas (2) ; que la route
y était bordée de prés fleuris, les montagnes de champs
d'orge, les bruyères de champs d'avoine ; que l'on y
gardait de nombreux coffres remplis de blé sec, d'autres
remplis de blé vert ; que de riches trésors d'argent y
étaient rassemblés, que d'autres y étaient attendus.

« Et, dans mon ignorance naïve, je donnai mon consentement et je partis. La maison croulante était étayée
de six pieux, de sept poutres ; les champs défrichés ne
produisaient que des malheurs ; les bosquets étaient vides
d'affection ; je ne recueillis sur la route que des cha-

---

(1) C'est-à-dire les paroles séduisantes attirèrent la jeune fille dans
le piége, dans le filet du mariage.
(2) Voir page 3, note 6.

grins, dans les bois que des tourments; les coffres étaient
remplis de haine, et, au lieu d'argent, on ne me donna,
on ne me laissa espérer que de dures paroles (1).

« Cependant, je ne perdis point courage; je me soumis à mon sort, comptant ainsi me concilier l'estime et
l'affection. J'allumai le feu dans la chambre, j'allai chercher des éclats de bois (2), heurtant mon front, heurtant
ma tête contre les portes; mais aux portes je ne rencon-
trai que des regards farouches et haineux; je les ren-
contrai de même près de la cheminée, et sur le plancher,
et dans toute l'étendue de la chambre. Le feu jaillissait
de la bouche, la flamme grondait sous la langue de mon
dur, de mon impitoyable maître.

« Je ne me laissai point abattre encore; je me rési-
gnai à vivre ainsi, cherchant à captiver les bonnes
grâces, et me conduisant en tout comme un humble et
docile élève. Je courais avec les pieds du lièvre, je bon-
dissais avec la légèreté de l'hermine; je me couchais
tard, je me levais avant l'aurore; mais, malgré tous mes
efforts, je ne parvins pas à gagner la considération, à
recueillir des preuves d'amour; je n'y serais point parvenue, lors même que j'eusse secoué les montagnes, mis
en pièces les rochers.

« C'est en vain que je travaillais à moudre du grain
en abondance, que je me consumais à le broyer, pour
qu'il fût mangé par ma cruelle belle-mère, dévoré par sa

(1) L'original est singulièrement expressif; j'ai cherché autant que
possible à le traduire fidèlement.

« Tupa oli Kuuella tuella,
« Scitsemällä seipähällä,
« Ahot täynnä armotuutta,
« Lehot täynnä lemmetyyttä,
« Kujat Kurjan huoliani,
« Metsät mieliä pahoja,
« Purnut puitua vihoa,
« Toiset purnut puimatointa,
« Sata saatuja sanoja,
« Sata toinen saatavia. »

(2) Partet, voir page 90, note 1.

bouche fumante de colère, c'est en vain que je la servais à la place d'honneur de la table, dans un vase à bordure d'or ; je n'avais à manger, pauvre misérable, que les restes de farine ramassés sur la pierre de la meule ; ma table était la dalle du foyer, ma cuiller la longue cuiller de la chaudière.

« Souvent, triste épouse, dans la maison de mon époux, je rapportais de la mousse et je m'en faisais du pain (1) ; je tirais de l'eau du puits, et je la buvais dans le seau. Si je voulais manger du poisson, une seule petite ablette, je devais la pêcher moi-même ; jamais ma belle-mère ne m'en donnait, ne fût-ce que pour un seul jour, pour un seul repas.

« Pendant l'été, je fauchais le foin ; pendant l'hiver, je battais le grain, comme une femme de journée ordinaire, comme un esclave gagé. Mon beau-père me donnait toujours et partout le plus grand, le plus lourd fléau, sans penser jamais que je pusse être fatiguée, que je pusse être à bout de forces, bien que déjà les hommes fussent épuisés, que les chevaux tombassent de lassitude.

« Ainsi je travaillais, pauvre fille, ainsi je consumais toutes mes forces ; et, quand le temps de se reposer était venu, on m'envoyait au feu, on souhaitait de me voir en sa puissance (2).

« Sans raison aucune, on me diffamait, on répandait des bruits odieux contre ma moralité, contre mon honneur ; ces bruits, ces mensonges tombaient sur moi

---

(1) Dans les temps de disette, les Finnois font encore aujourd'hui du pain avec de l'écorce de bouleau broyée ou mêlée avec de la farine de seigle ; on appelle ce pain, *pain de misère.*

(2)   « Jo tulehen tuomittihin
                « Sen kätehen käskettihin. »

Mot à mot : On me condamnait au feu, on m'ordonnait d'aller dans ses mains. Ce qui signifie, sans doute : On souhaitait de me voir brûler, ou comme nous disons vulgairement : On m'envoyait à tous les diables.

comme des étincelles aiguës, comme une grêle de fer.

« Mais, cette fois encore, je ne me désespérai pas; je continuai de vivre dans la société de cette vieille sans cœur, de cette gorge qui vomissait la flamme. Cependant, mon sort cruel devait empirer encore, mes chagrins devenir plus poignants : je vis mon époux se changer en loup, mon beau fiancé se changer en ours; il me tourna le dos au lit, à table, et pendant les heures de son travail.

« Je pleurai amèrement ce nouveau malheur, retirée dans la solitude de mon aitta. Et je me souvins de mes anciens jours, de ma vie d'autrefois dans les grands domaines de mon père, dans la maison de ma douce mère. Et je dis, et je chantai : « Ma mère a bien pu faire ger-
« mer la pomme, provoquer l'essor de la tendre tige,
« mais elle n'a pas su la transplanter; elle lui a choisi,
« près de la dure racine du bouleau, un terrain aride, un
« endroit fatal, en sorte qu'elle a dû pleurer, qu'elle a dû
« se lamenter tous les jours de sa vie. »

« J'étais digne, assurément, d'être mieux placée, d'occuper un enclos plus étendu, une maison plus vaste; je méritais un meilleur compagnon, un époux plus brillant. Mais, je me suis attachée à cet homme grossier et lourd, à cet homme dont le corps était emprunté de la corneille, le nez du corbeau, la bouche du loup vorace, toute la personne de l'ours.

« Il m'eût été facile d'en trouver un semblable, si j'eusse seulement franchi la colline. J'aurais rencontré sur la route un bloc de bois résineux, un tronc d'aulne pourri; et je lui aurais fait un grouin de tourbe, une barbe de méchante mousse de sapin, une bouche de pierre, une tête d'argile, des yeux de charbons brûlants, des oreilles de champignons cueillis sur un bouleau, des pieds d'un saule à deux troncs.

« Tandis que je pleurais ainsi, que je soupirais mes chagrins, il m'arriva d'entendre mon époux approcher; je le reconnus au bruit de ses pas, sur l'escalier de

l'aitta : les poils de son front flamboyaient, bien qu'il
n'y eût point de feu, ses cheveux flottaient, bien qu'il n'y
eût point de vent; il grinçait des dents et il roulait les
yeux d'une façon horrible. Il tenait une branche de sorbier à la main, un bâton sous le bras, et il m'en frappa
violemment sur la tête.

« Quand le soir fut arrivé, quand il alla se coucher,
il prit à côté de lui un paquet de verges, un fouet de
cuir suspendu à un clou, pour mon compte à moi, pauvre
malheureuse.

« Et j'allai aussi me coucher à mon tour; je m'étendis
près de mon époux; il se recula un peu pour me faire
place; mais il me fit sentir suffisamment la dureté de son
coude, la brutalité de ses mains, l'épaisseur de ses verges
d'osier, le manche de son fouet garni d'os de morse.

« Je me levai de cette couche froide, de ce lit de glace;
mon époux se précipita sur moi; il me jeta brutalement
à la porte, me saisissant par les cheveux, et les disper-
sant au vent, les donnant en proie au souffle du printemps.

« A qui pouvais-je alors demander conseil? De qui
pouvais-je invoquer le secours? Je me fabriquai des
souliers d'acier, et je les attachai à mes pieds avec des
courroies de cuivre. Puis, j'attendis derrière la porte que
le furieux s'apaisât, que sa colère se calmât; mais le
furieux ne s'apaisa point, sa colère persista.

« Enfin, le froid commença à me saisir; et je me mis
à réfléchir, à méditer : en vérité, je ne puis rester plus
longtemps sous le poids de la haine et du mépris, dans
ce repaire de Lempo (1), dans ce nid de démons!

« Et je quittai mon habitation bien-aimée, j'aban-
donnai ma chère maison (2); et je pris ma course à

---

(1) Voir page 41, note 3.
(2) Il paraît assez étrange, après les sentiments qui viennent d'être
exprimés, de voir la fugitive parler en termes si tendres des lieux
qu'elle abandonne. Ceci n'est pas rare dans les runot, et s'il y a contradiction, elle n'est qu'apparente, les runot attribuant toujours aux

travers les marais et les collines, à travers les grands et vastes golfes; et j'arrivai à la limite des champs de mon frère. Là, les sapins arides, les pins à la cime touffue se mirent à murmurer, les corneilles à croasser, les chats à miauler : « Ce n'est point ici ta maison, ce n'est point ici « le lieu de ta naissance! »

« Sans m'inquiéter de ces cris, je pénétrai jusques dans l'enclos de mon frère. Les grilles prirent la parole, le champ exhala des voix plaintives : « Pourquoi viens-tu ici? Qu'as-tu à y demander, pauvre femme? Depuis longtemps ton père est mort, depuis longtemps ta douce mère a succombé! Ton frère n'est plus pour toi qu'un étranger, la femme de ton frère est semblable à une Wenakko (1). »

« Je ne pris aucun souci de cet avertissement, et m'avançant jusques vers la maison, j'appuyai la main sur le bouton de la porte. Le bouton me parut de glace.

« Quand la porte fut ouverte, je restai debout sur le seuil. La maîtresse de la maison avait l'air fier; elle ne vint point à moi pour m'embrasser, elle ne me tendit point la main. Je lui témoignai la même tendresse; je n'allai point à elle pour l'embrasser, je ne lui tendis point la main. Je tendis la main au foyer; sa dalle était froide; je tendis la main à la dalle; son charbon était froid.

« Mon frère était étendu sur le banc, à l'angle de la cheminée; une suie épaisse couvrait sa tête, ses épaules, tout son corps.

« Il adressa la parole à celle qui arrivait, il interrogea l'étrangère : « Viens-tu d'au delà du golfe, ô étran- « gère?» Je répondis ces seuls mots : « Ne reconnais-tu point ta sœur? Nous sommes les enfants d'une seule mère; nous avons été couvés par le même oiseau, élevés

personnes et aux choses les qualités qui devraient essentiellement leur appartenir.

(1) C'est-à-dire dure comme une Moscovite. *Wenakko* vient de *Wenäja*, Russie.

par la même oie, nous sommes sortis du nid de la même gelinotte. »

« Alors, mon frère se mit à pleurer, à verser des larmes amères, et il dit à sa femme, il murmura à sa bien-aimée : « Donne à manger à ma sœur ! »

« La femme de mon frère, au regard louche, me servit un plat de choux dont le chien avait déjà léché la graisse, enlevé le sel, dont Musti (1) avait déjà fait son repas.

« Mon frère dit à sa femme, il murmura à sa bien-aimée : « Apporte de la bière à l'étrangère ! » La femme de mon frère, au regard louche, m'apporta de l'eau, une eau malpropre, et dans laquelle ses sœurs et ses frères s'étaient lavé le visage et les mains.

« Je pris congé de mon frère, je dis adieu au lieu de ma naissance; et je me mis à errer, infortunée, à travers le monde, à traîner ma misère de rivage en rivage, frappant à des portes inconnues, à des grilles étrangères, et laissant mes pauvres enfants à la garde des autres.

« Et, maintenant, grand est le nombre de ceux qui me poursuivent de leur mépris, qui m'accablent de leurs injures ; il en est peu, au contraire, qui m'adressent des paroles amies, qui me traitent avec douceur, qui m'offrent une place à leur foyer, lorsque je reviens de la pluie, lorsque je cherche un abri contre le froid ; les plis de ma robe sont couverts de frimas, les plis de ma pelisse sont roidis par la gelée.

« Non, durant les jours de ma jeunesse, lors même que cent, que mille langues me l'eussent prédit, je n'eusse jamais cru que tant de malheurs me fussent réservés, qu'un destin aussi cruel dût fondre sur moi. »

(1) De *Musta* noir, nom de chien.

VINGT-QUATRIÈME RUNO

La fiancée est assez instruite, la jeune femme a entendu sa leçon. Je parlerai, maintenant, à mon frère, je m'adresserai au jeune époux (1).

« O fiancé, mon cher frère, fiancé plus cher que mon frère, plus aimé que l'enfant de ma mère, plus chéri que le fils de mon père, prête l'oreille à ma voix, écoute ce que je vais te dire touchant mon gracieux oiseau, ma blanche et pure colombe !

« Sache comprendre, ô fiancé, tout le bonheur qui t'est échu en partage; sache apprécier le magnifique présent que tu as reçu; et que ta reconnaissance soit sincère et éclatante! Ton créateur t'avait fait de brillantes promesses; il les a remplies, le Dieu clément! Rends grâces au père, rends grâces encore plus à la mère, car c'est elle qui a donné le jour à une pareille fille, à une aussi remarquable fiancée!

(1) Les paroles qui vont suivre s'appellent paroles ou chant d'avertissement du fiancé : *Sulhon varoitus virsi.*

« Tu as à tes côtés une vierge pure, tu as en ta puissance une vierge d'une blancheur lumineuse, tu as sur
ton sein et dans tes bras, une épouse florissante et pleine
de beauté. Elle est habile et diligente à battre le grain,
adroite aux travaux des champs, elle est charmante en
lavant le linge, élégante en lavant les vêtements; elle
file avec grâce, elle tisse avec activité.

« Sa navette chante comme chante le coucou sur une
colline, elle court comme court l'hermine à travers une
pile de bois, elle tourne comme tourne la pomme de pin
dans la bouche de l'écureuil. Le village ne dort point
lourdement, les habitants du château ne sommeillent
point à cause du bruissement, à cause du murmure de la
navette de la jeune fille (1).

« O charmant jeune homme, beau fiancé, mon cher
frère, forge une faux au tranchant aigu, et arme-la d'un
manche solide, d'un manche taillé près de la grille de
l'enclos, travaillé sur un bloc de bois. Et quand se lèvera
un jour de beau soleil, conduis la jeune fille dans le pré ;
tu verras alors comment l'herbe, l'herbe dure, tombera,
comment les algues et les autres plantes joncheront la
terre, comment les mottes de gazon seront aplanies,
comment les tiges des arbustes seront brisées.

« Et quand luira un autre jour, prépare une bonne
navette, une rame et une ensouple irréprochables,
un métier à tisser complet; fais ensuite asseoir la
jeune fille devant ce métier, mets-lui la navette entre les
mains; tu entendras, alors, la navette bruire, et son bruis-

(1)
« Niin sen piukki pirran nääni,
« Kuin käki maellä kukkui,
« Niin sen suihki sukkulainen,
« Kuin on portimo pinossa,
« Niin sen käämi käännähteli,
« Kuin käpy oravan suussa,
« Ei kylä sikein maannut,
« Linnakunta ninaellut
« Neien pirran pirkeheltä,
« Sukkulan surinehelta. »

sement retentira non-seulement dans le village, mais encore dans les régions d'alentour. Les femmes, les commères du pays penseront et demanderont : « Qui « donc est occupé à tisser? » Et il sera convenable que tu leur répondes : « C'est ma bien-aimée qui tisse, c'est « la perle de mon cœur qui agite sa navette. Le tissu « forme-t-il des bourrelets, le peigne voit-il s'ébrécher « ses dents? Non, le tissu ne forme pas de bourrelets, le « peigne ne voit pas s'ébrécher ses dents. Le tissu est « aussi beau que s'il sortait des mains de Kuutar (1), que « s'il était fabriqué par Päivättär (2), par Otawatar (3) ou « par Tähettär (4). »

« O charmant jeune homme, beau fiancé, mon cher frère, lorsque tu te mettras en route, lorsque tu quitteras ces lieux avec ta belle jeune fille, ne conduis point ton joli passereau, ton blanc et gracieux oiseau de manière à le verser dans les ornières de la route, à le heurter contre l'angle des barrières (5), à le précipiter sur des troncs d'arbre ou sur des tas de pierres. Jamais, tandis qu'elle habitait la maison de son père, la demeure de sa douce mère, la jeune fille n'a été versée dans les ornières de la route, heurtée contre l'angle des barrières, précipitée sur des troncs d'arbre ou des tas de pierres.

« O charmant jeune homme, beau fiancé, mon cher frère, garde-toi de reléguer ma fille, mon enfant bien-aimée dans le coin de la chambre! Jamais, tandis qu'elle habitait la maison de son père, la demeure de sa douce mère, elle n'a occupé une pareille place; elle siégeait toujours près de la fenêtre, elle travaillait au milieu de la chambre, le soir pour la joie de son père, le matin pour le bonheur de sa mère.

(1) Voir page 35, note 3.
(2) Voir page 35, note 4.
(3) Fille d'Otawa. Voir page 8, note 1.
(4) Fille de l'Étoile, de *Tähti*, personnification de l'étoile.
(5) Les routes de Finlande sont encore aujourd'hui coupées par de nombreuses barrières qui marquent les limites des propriétés.

« O beau fiancé, garde-toi aussi d'attacher cette belle colombe au mortier de misère (1) afin qu'elle pile l'écorce de bouleau, qu'elle prépare le pain de paille, le gâteau de sapin. Jamais, tandis qu'elle habitait la maison de son père, la demeure de sa douce mère, la jeune fille n'a été attachée au mortier de misère, jamais elle n'a pilé l'écorce de bouleau, elle n'a préparé le pain de paille, le gâteau de sapin.

« Conduis-la, au contraire, dans un grenier bien approvisionné, afin qu'elle puise dans les coffres de froment et de seigle, dans les coffres d'orge, pour pétrir le pain, pour brasser la bière.

« O fiancé, mon cher frère, ne souffre pas que cette jeune colombe, que cette belle oie soit accablée par la douleur ! S'il survient un moment difficile, si la jeune fille s'ennuie, attèle aussitôt ton cheval brun ou ton blanc poulain, et ramène-la dans la maison de son père, dans la demeure de sa douce mère !

« Garde-toi aussi de la traiter en esclave, en servante mercenaire ! Ne l'empêche point de descendre à la cave, de fréquenter l'aitta (2) ! Jamais, tandis qu'elle habitait la maison de son père, la demeure de sa douce mère, on ne l'a traitée en esclave, en servante mercenaire, on ne l'a empêchée de descendre à la cave, de fréquenter l'aitta ; elle se coupait toujours des tranches de pain de froment, elle veillait sur les œufs des poules, sur les jattes de lait, les tonnes de bière, et, tous les matins et tous les soirs, elle allait aux provisions dans l'aitta.

« O charmant jeune homme, beau fiancé, mon cher frère, si tu traites la jeune fille avec bonté, on te fera un gracieux accueil lorsque tu viendras dans la maison de ton beau-père, lorsque tu visiteras ta belle-mère ; on te servira à manger et à boire ; on détellera ton cheval, on le conduira à l'écurie, on l'abreuvera, on lui donnera de l'orge en abondance.

(1) Voir page 215, note 1.
(2) Voir page 3, note 6.

« N'accuse jamais notre fille, notre blanche colombe
d'être d'une naissance vulgaire, de n'avoir point de
famille! Notre fille, au contraire, est d'une naissance
illustre et sa famille est nombreuse. Si l'on semait un
boisseau de fèves ou de graine de lin, une tige de chaque
espèce s'élèverait pour chacun de ses parents (1).

« O cher fiancé, garde-toi de maltraiter la jeune fille,
ne lui montre point son chemin avec le fouet de l'esclave;
ne la fais point gémir et pleurer sous les coups de
verges ou de lanière; ne la force point à se lamenter à
l'ombre du hangar. Jamais, tandis qu'elle habitait
la maison de son père, on n'a cherché à l'instruire avec
le fouet de l'esclave, jamais on ne l'a fait gémir sous les
coups de verges ou de lanières, on ne l'a forcée à se lamenter à l'ombre du hangar.

« Dresse-toi devant elle comme un mur protecteur,
comme une porte infranchissable! Ne permets point que
ta mère la frappe, que ton père l'accable d'injures! Ne
souffre point qu'un étranger, qu'un habitant d'une autre
maison se montre avec elle insolent et dur. Si les gens
de ta famille t'excitent contre elle, ne les écoute point;
ne flagelle point ta bien-aimée, ne frappe point l'amie
de ton cœur, celle après laquelle tu as soupiré pendant
trois ans, celle que tu as recherchée avec tant de persévé-
rance!

« O fiancé, mon cher frère, instruis la douce jeune
fille, fais la leçon à ta gracieuse pomme, dans l'ombre du
lit, derrière la porte, dans chaque endroit secret de la
maison, la première année par la parole, la seconde

(1)   « Ellös vainen neioistamme
          « Tätä liina-linnuistamme,
          « Sanoko su'uttomaksi,
          « Laatiko lajittomaksi!
          « Onpa tällä neiollamme
          « Suku suuri, laji laaja,
          « Kappa ois kylveä papuja,
          « Jyvä kullenki tulisi,
          « Kappa panna pellavaista,
          « Kuitu kullenki tulisi. »

année par le signe des yeux, la troisième année en lui
marchant doucement sur le pied (1).

« Si elle se montre indocile, si elle résiste à tes leçons,
prends une tige de roseau ou de prêle, une tige de
carex, et sers-t'en pour l'avertir, pour l'inviter à s'a-
mender, durant une quatrième année; ne la frappe pas
encore avec le fouet, ne la corrige point avec les verges!

« Si elle ne s'amende point, si elle persiste dans sa
désobéissance, coupe une verge d'osier dans le bois, une
branche de bouleau dans la vallée, et cache-la sous ta
pelisse, de manière à ce qu'aucun étranger ne la voie.
Montre-la à la jeune fille, mais borne-toi à la menacer.
et abstiens-toi de la frapper !

« Si elle ne tient aucun compte de tes menaces, si elle
s'obstine encore à méconnaître tes avertissements, alors
corrige-la avec la verge d'osier, avec la branche de bouleau. Mais, donne-lui cette leçon entre les quatre murs de
la chambre, dans l'intérieur de la maison, et non au
milieu de la prairie, au milieu du champ; car le bruit,
car les pleurs de la jeune fille pourraient être entendus
des habitations voisines et jusqu'au fond des bois.

« Et tandis que tu la corrigeras, effleure-lui seulement
les épaules, assouplis-lui le dos; mais garde-toi de la frapper sur les yeux ou sur les oreilles, car une tumeur, une
tache bleue y surgiraient; et le beau-frère, et les labou-
reurs, et les jeunes filles du village la regarderaient avec
étonnement, et diraient : « Est-elle donc allée à la guerre,
« s'est-elle donc trouvée au milieu d'une bataille? Ou bien
« a-t-elle été mordue par le loup, déchirée par l'ours?
« Ou bien encore, a-t-elle pour fiancé un loup, pour
« époux un ours? »

Il était un vieillard sur la plate-forme de la cheminée,
un pauvre vagabond dans la soupente du foyer (2); le

(1) Quoi de plus charmant que cette discrétion recommandée à
l'époux lorsqu'il s'agit de reprendre et de corriger sa jeune femme!
Toute cette runo est remplie d'une exquise délicatesse.
(2) Voir page 66, note 1.

vieillard dit, le pauvre vagabond murmura : « Non, ô
cher fiancé, tu ne dois, à aucun prix, te soumettre à la
volonté de la jeune fille, écouter sa voix d'alouette, comme
je l'ai fait moi, infortuné ! J'avais acheté de la viande,
j'avais acheté du pain, du beurre et de la bière, des
viandes de plusieurs sortes, des poissons de toute espèce ;
j'avais acheté de la bière dans mon propre village, des
provisions de froment dans les villages étrangers. Cependant, je n'ai pu trouver une femme vaillante et bonne.
Lorsqu'elle entra dans ma maison, il me sembla qu'elle
allait m'arracher les cheveux ; son visage avait l'aspect
farouche, ses yeux s'injectaient de fiel ; sans cesse, elle
écumait de colère, elle parlait d'un ton furieux ; elle
m'appelait gros lourdaud, elle me traitait de vieille
souche.

« Je changeai alors de plan de conduite, j'agis avec
elle d'une autre manière. Quand je coupai une branche
de bouleau, elle se rapprocha de moi et m'appela son
cher oiseau ; quand je coupai un rameau de genévrier,
elle s'humilia devant moi et m'appela son bien-aimé ;
quand je lui fis goûter la verge d'osier, elle se jeta ten-
drement à mon cou (1). »

La pauvre jeune fille soupire douloureusement ; elle
gémit, elle pleure et elle dit : (2) « Le moment du départ,
l'heure des adieux approchent déjà pour les autres ; mais ils
approchent bien plus encore pour moi, malgré la douleur
que j'éprouve à me séparer de ce village renommé, à
quitter cette belle maison où je suis née, où j'ai grandi.

(1)   « Jopa muistin uuen mutkan,
            • Toki toisen tien osasin :
            « Kun kolotin koivun oksau,
            « Jo likisti linnuksensa,
            « Kun karsin katajan latvan.
            « Jo kumarsi kullaksensa
            « Kun vielä panin pajuilla,
            « Jo kapusi kaulahani. »

(2) Ici commence le chant d'adieu de la fiancée : *Morsiamen lähtö-
virsi.*

si magnifiquement, où j'ai passé les années de ma florissante jeunesse, la douce enfance de ma vie.

« Jamais, aux jours d'autrefois, je n'avais pensé, je n'avais cru qu'il viendrait un temps où je devrais quitter les alentours de ce château, les cimes de cette colline(1); et, maintenant, voilà que j'y pense, voilà que j'y crois, lorsque ce temps est déjà venu ! Oui, déjà, la coupe des adieux est vidée, la bière de la séparation est bue; le traîneau, le beau traîneau m'attend, l'avant tourné vers la route, l'arrière vers la maison, l'un des côtés vers la vaste grange, l'autre vers l'étable.

« Et, en quittant cette maison, comment pourrai-je payer le lait de ma mère, la bonté de mon père, l'amitié de mon frère, la douce affection de ma sœur?

« Merci, ô mon père, pour la nourriture que tu m'as donnée, pour tous les repas que tu m'as servis, pour les morceaux délicats que tu m'as fait goûter !

« Merci, ô ma mère, pour la vie que j'ai puisée dans ton sein, pour la tendresse dont tu as entouré mon enfance, pour les soins que tu as prodigués à ma jeunesse !

« Merci, ô mon frère, merci, ô ma sœur, merci aussi, à vous tous, ô mes parents, ô mes compagnons d'enfance, vous, au milieu desquels j'ai vécu mes plus beaux jours, mes années les plus florissantes !

« Garde-toi, ô mon bon père, garde-toi, ô ma douce mère, gardez-vous, ô mes parents, ô mes amis, de vous attrister, de gémir amèrement parce que je pars pour un autre pays, parce que je vais errer à travers le monde! Le soleil de Jumala, la lune du Créateur, les astres et les étoiles du ciel brillent plus loin dans l'espace, ils éclairent encore d'autres terres, et non pas seulement la maison de mon père, le toit de mon enfance.

« Maintenant, je quitte, exilée, cette maison d'or, cette maison qu'a bâtie mon père et que ma mère a rendue célèbre pour son hospitalité; j'abandonne mes champs et

(1) Voir page 65, note 2.

mes marais, mes prairies luxuriantes, mes lacs limpides, mes rivages sablonneux; je les abandonne aux bains des femmes du village, aux courses errantes des bergers.

« Oui, je laisse les marais à ceux qui veulent les piétiner, les champs à ceux qui veulent les labourer, les bosquets à ceux qui veulent s'y reposer, les landes à ceux qui veulent les parcourir, les barrières des champs, les grilles de l'enclos à ceux qui veulent les franchir, les murs à ceux qui veulent s'y appuyer, le plancher de la chambre à ceux qui veulent le balayer; je laisse les plaines au renne, les déserts à la loutre, les forêts défrichées à l'oie, les bois chargés de verdure aux oiseaux.

« Je quitte ces lieux, exilée, je m'en vais, en compagnie d'un autre, dans le sein d'une sombre nuit d'automne, sur le chemin glissant du printemps, en sorte qu'aucune trace de mes pas n'apparaîtra sur la glace, que le tissu de ma robe ne trempera point dans la poussière humide, que ses plis ne flotteront point dans la neige (1).

« Quand je reviendrai dans ces lieux, quand je reverrai cette maison, ma mère n'entendra peut-être point ma voix, mon père sera peut-être sourd à mes sanglots, lors même que je gémirais, que je pleurerais sur leur tombe, car déjà un frais gazon s'étalera, une tige de genevrier s'élèvera sur la chair de ma douce mère, sur les joues de ma chère nourrice (2).

« Quand je reviendrai dans ces lieux, quand je reverrai ce vaste domaine, deux choses seulement peut-être me reconnaîtront : le lien le plus bas de la palissade de l'enclos, la borne la plus extrême du champ, car je les ai fixés, je les ai plantés moi-même aux jours de ma jeunesse.

« La vache de ma mère que j'ai abreuvée tant de fois tandis que j'étais jeune fille, que j'ai si bien soignée, tandis qu'elle grandissait encore, la vache de ma mère

_____

(1) C'est-à-dire qu'il ne restera aucune trace de la jeune fille sur la route qui va la séparer de la maison paternelle.
(2) Sur la tombe de ses parents.

beuglera, impatiente, sur le fumier de l'enclos, sur le champ durci par l'hiver; elle reconnaîtra, sans doute, en moi la fille de la maison.

« Le beau cheval de mon père que j'ai nourri de ma main, tandis que j'étais jeune fille, que j'ai si bien pansé tandis qu'il n'était encore qu'un faible poulain, le cheval de mon père piaffera, impatient, sur le fumier de l'enclos, sur le champ durci par l'hiver; il reconnaîtra, sans doute, en moi la fille de la maison.

« Le chien vigilant de mon frère auquel j'ai donné à manger tandis que j'étais jeune fille, auquel j'ai donné des leçons tandis qu'il était encore tout petit, le chien de mon frère aboiera avec éclat sur le fumier de l'enclos, sur le champ durci par l'hiver; il reconnaîtra, sans doute, en moi la fille de la maison.

« Quant aux autres, ils ne me reconnaîtront, peut-être, pas lorsque je reviendrai, bien que l'endroit où je débarquais, bien que ma première demeure et mon golfe riche en poisson, le golfe où je tendais mes filets n'aient point changé de place.

« Adieu donc, ô pirrti (1), avec ton toit de sapin! Il sera doux de te revoir un jour, de te visiter une autre fois.

« Adieu, ô vestibule avec ton plancher de bois! Il sera doux de te revoir un jour, de te visiter une autre fois.

« Adieu, ô cour de l'enclos, avec tes sorbiers! Il sera doux de te revoir un jour, de te visiter une autre fois.

« Adieu, ô vous tous, lieux chéris que je quitte! Adieu, champs; adieu, bois avec vos baies sauvages; bruyères avec vos tiges fleuries, lacs avec vos cent îles, golfe profond avec tes poissons, belles collines avec vos fleurs, vallées solitaires avec vos bouleaux! »

Le forgeron Ilmarinen prit la jeune fille et la fit asseoir dans son traîneau; puis il frappa son cheval de son fouet.

(1) Voir page 28, note 2.

et il prit la parole, et il dit : « Adieu, ô rives des lacs , Adieu, rives des lacs, lisières des champs, petits pins de la colline, grands sapins des bois! Adieu, putiers plantés derrière la maison, genevriers qui croissez sur le chemin du puits; baies des champs, tiges de gazon! Adieu, jeunes osiers, racines de pins, branches d'aulnes, écorce de bouleau (1)! »

Et le forgeron Ilmarinen s'éloigna de la maison de Pohjola.

Une troupe d'enfants se trouvait réunie; ils se mirent à babiller et à chanter : « Un oiseau noir est venu du fond du bois jusqu'à nous; et il nous a enlevé une belle oie, il nous a pris une baie, il nous a ravi une pomme; il s'est emparé de notre joli poisson; il a séduit avec la petite monnaie, il a fasciné avec ses pièces d'argent (2). Qui, maintenant, nous mènera puiser l'eau, qui nous conduira vers le fleuve? Les seaux demeureront vides à la maison, les anses des seaux resteront immobiles, le plancher ne sera plus balayé, il gardera toutes ses ordures; les bords de l'écuelle se racorniront, l'anse du pot se moisira. »

Le forgeron Ilmarinen poursuit sa route avec sa jeune épouse; il longe les rivages de Pohjola, le golfe de Sima, il franchit les collines sablonneuses. Les pierres bruissent,

---

(1) Il règne, dans ces adieux d'Ilmarinen, une certaine ironie; on dirait qu'il veut parodier ceux de la jeune fille. Il paraît évident, d'ailleurs, que toutes ces lamentations l'impatientaient; aussi les interrompt-il brusquement. Voici le texte de ses adieux :

« Jää hyvästi järven rannat,
« Järven rannat, pellon penkat,
« Kaikki mäntyset mäellä,
« Puut pitkät petäjikössä,
« Tuomikko tuvan takana,
« Katajikko kaivotiellä,
« Kaikki maassa marjan varret,
« Marjan varret, heinän korret,
« Pajupehkot, kuusen juuret,
« Lepän lehvat, koivun kuoret! »

(2) Il est superflu de faire remarquer que toutes ces expressions doivent être prises figurativement et s'appliquent à la jeune fille.

le sable grince, la route fuit, le traîneau, le pied, les
supports du traîneau craquent, les chaînes de fer du joug
résonnent, l'arc du collier oscille, les rênes frémissent,
les clochettes de cuivre carillonnent, tandis que l'étalon,
le vigoureux étalon bondit.

Le forgeron Ilmarinen marcha un jour, marcha deux
jours, marcha trois jours. D'une main, il tenait les rênes,
de l'autre il caressait le sein de la jeune fille; il avait
un pied en dehors du traîneau, l'autre sous la couverture.

Le coursier vole comme la tempête et dévore la route.
Enfin, le troisième jour, vers le coucher du soleil, la
maison du forgeron, l'habitation d'Ilma (1) apparut au
loin; la fumée s'élevait du toit comme un ruban, comme
une masse épaisse; elle tourbillonnait et montait jusqu'aux nues.

(1) Ilmarinen.

VINGT-CINQUIÈME RUNO.

SOMMAIRE.

Ilmarinen introduit sa jeune épouse dans sa famille.— On leur fait une
réception splendide. — Le festin de noces est préparé, les invités y
prennent part. — Väinämöinen entonne les chants. — Il célèbre
l'hôte, l'hôtesse, le coryphée, la compagne de la fiancée et l'ensemble
des convives; puis il monte dans son traîneau et reprend le chemin
de son pays. — Son traîneau se brise en route. — Il descend dans
les abîmes de Tuoni pour chercher les moyens de s'en construire
un autre, et parvient enfin au seuil de sa demeure.

Depuis longtemps, on était dans l'attente, on attendait
l'arrivée du cortége de la jeune fille dans la maison d'Ilmarinen. Les yeux des vieillards se mouillaient, tandis
qu'ils étaient assis près de la fenêtre, les genoux des
jeunes gens chancelaient, tandis qu'ils stationnaient à la
porte de l'enclos, les pieds des enfants brûlaient, tandis
qu'ils s'appuyaient contre les murs, les souliers des
hommes mûrs s'usaient, tandis qu'ils couraient sur les rivages.

Enfin, un jour, un matin, un grand bruit retentit du
fond des bois, un grincement de traîneau se fit entendre
du côté des champs.

Lokka, la gracieuse hôtesse, Kalevatar, la belle femme,
prit la parole et dit : « C'est le traîneau de mon fils, il
arrive de Pohjola avec sa jeune épouse.

« Viens, maintenant, dans ces régions, dirige-toi vers

cet enclos, vers cette maison bâtie par ton père, édifiée par le vieillard. »

Le forgeron Ilmarinen se dirigea aussitôt vers l'enclos, vers la maison bâtie par son père, édifiée par le vieillard. Les gélinotes sifflaient sur l'arc du collier de son cheval, les coucous chantaient sur l'avant de son beau traîneau, les écureuils bondissaient sur les timons en bois d'érable.

Lokka, la gracieuse hôtesse, Kalevatar, la belle femme, prit la parole et dit : « Le village a attendu les révolutions de la lune, la jeunesse a attendu le lever du soleil, les enfants le champ rouge de fraises, la mer le bateau goudronné. Mais, moi, je n'ai aucunement attendu la lune, encore moins le soleil ; j'attendais mon frère (1), mon frère et ma belle-fille ; je l'attendais le soir et le matin ; mais j'ignorais ce qu'il était devenu, s'il élevait un petit enfant ou s'il engraissait la maigre vierge (2), car il prolongeait son voyage, bien qu'il eût sérieusement promis de revenir, tandis que la trace de ses pas était encore visible, avant que ses vestiges se fussent refroidis (3).

« Et je regardais tous les matins, j'examinais pendant le jour, si le traîneau de fête, si le beau traîneau de mon frère n'arrivait pas dans ce petit enclos, dans cette étroite demeure. Son cheval eût-il été de paille, son traîneau eût-il été fixé seulement sur deux supports (4), que je ne l'en eusse pas moins regardé comme un traîneau de fête (5), honoré comme un magnifique traîneau, s'il eût

---

(1) Le mot frère, *Veijo* ou *Veikko*, doit être pris ici, comme dans tous les passages analogues, dans le sens d'ami, d'objet chéri, etc.

(2) C'est-à-dire : Je croyais que, la jeune fille étant encore trop petite ou trop maigre, il attendait pour l'amener qu'elle eût grandi ou qu'elle fût devenue grasse.

(3) Tandis que le souvenir de son séjour dans la maison était encore tout frais et palpitant.

(4) Dans un traîneau bien conditionné, la caisse est fixée sur quatre supports.

(5) Voir page 3, note 5.

amené mon frère, s'il eût conduit mon beau jeune homme dans cette maison.

« J'attendais donc, j'espérais toujours, je regardais sans cesse du côté de la route. J'ai tant regardé que ma tête s'est inclinée sur mon épaule, que mes cheveux se sont détournés de mon front, que mes yeux se sont élargis(1); j'attendais que mon frère arrivât dans ce petit enclos, dans cette étroite demeure.

« Mais, voici qu'il apparaît, enfin! Il amène avec lui un frais visage ; une joue rose brille à ses côtés.

« O fiancé, mon cher frère, détèle ton cheval au front étoilé, conduis-le à sa litière bien connue, à son avoine d'autrefois; puis, présente-nous ton salut, présente-le à nous et aux autres, présente-le à tout le village!

« Et après que tu nous auras salués, raconte-nous ce qui t'est arrivé. Ton voyage s'est-il passé sans funestes aventures, ta santé a-t-elle toujours été florissante, lorsque tu te rendais auprès de ta belle-mère, dans la maison de ton unique beau-père? As-tu obtenu la jeune fille, as-tu fait triompher ta force, as-tu brisé les portes du combat, as-tu pris le château de la jeune vierge, renversé les murailles escarpées? As-tu pénétré dans la chambre de ta belle-mère, t'es-tu assis sur le long banc de l'hospitalité (2)?

« Mais qu'ai-je besoin de t'interroger? Je vois de mes propres yeux que ta santé, que ta beauté t'ont suivi pendant ton voyage. Je vois que tu as enlevé la belle oie, que tu as fait triompher ta force, que tu as rasé le château, renversé les murailles, que tu as pénétré chez ta

(1)   « Nünpä toivon tuon ikäni,
        « Katsoin kalken päivakaueu,
        « Pääni katsoin kallellehen,
        « Sykeröni syrjällehen,
        « Silmät suorat suikulaksi. »

(2) Comme il était d'usage chez les anciens Finnois de ne se marier qu'entre tribus différentes et souvent hostiles, il était rare qu'on pût obtenir la main d'une jeune fille sans combat et sans faire en quelque sorte le siège de la maison de ses parents.

belle-mère, dans la maison de ton beau-père. Oui, le charmant oiseau est sous ta garde, la gracieuse poule est dans tes bras, la pure jeune fille est à tes côtés, la blanche et svelte colombe est en ton pouvoir.

« Qui donc nous avait apporté cette fausse nouvelle? Qui nous avait raconté que le fiancé devait revenir les mains vides, que son étalon avait couru en vain? Non, le fiancé n'est point revenu les mains vides, non, son étalon n'a point couru en vain. L'étalon à la blanche crinière est chargé d'un précieux fardeau; le bon coursier sue, le noble animal écume, en nous amenant la jeune poule, la gracieuse vierge.

« Descends, ô jeune fille, du traîneau, descends, ô riche trésor, de la caisse du traîneau, sans que l'on vienne à ton aide, puisqu'il est trop jeune, puisqu'il est trop fier celui qui devrait t'enlever dans ses bras (1)!

« Et quand tu seras descendue du traîneau, viens sur le beau chemin, sur le sol brun comme le foie, le sol que les porcs, que les petits cochons de lait ont foulé, que les brebis ont piétiné, que les chevaux ont balayé de leurs queues (2). Marche avec les pieds agiles de la colombe, avec les pieds rapides du canard sauvage, dans l'enceinte de cette habitation si bien tenue, de cette habitation que ton beau-père a construite, que ta belle-mère a mise en ordre; marche sur le champ de travail de mon fils, sur les verts gazons de ma fille; mets le pied sur l'escalier, sur le plancher luisant du vestibule, puis entre dans la chambre de famille, sous la poutre célèbre (3), sous le beau toit.

« Déjà, pendant tout cet hiver, déjà, pendant le der-

---

(1) Il s'agit ici de l'époux qui, par ce manque de prévenance, témoigne déjà de sa suprématie.

(2) Ces détails vulgaires ont pour but de faire ressortir aux yeux de la jeune épouse la richesse de la maison en bétail et en animaux domestiques. On l'invite à traverser l'étable, l'écurie, l'atelier, le jardin, avant de l'introduire dans la chambre de famille, afin de lui donner une idée complète de toutes les dépendances de l'habitation.

(3) Voir page 3, note 8.

nier été, le plancher aux solives d'os de canard a craqué
pour celle qui devait y trôner; le toit d'or a résonné pour
celle qui devait s'y abriter; la fenêtre a crié de joie pour
celle qui devait y fixer son siége (1).

« Déjà, pendant tout cet hiver, déjà, pendant le dernier été, les verrous des portes ont grincé après celle qui
devait les pousser; les solives du seuil se sont abaissées
pour ne point froisser la robe de la fière jeune fille; les
portes sont restées constamment ouvertes, attendant celle
qui devait les ouvrir (2).

« Déjà, pendant tout cet hiver, déjà, pendant le dernier été, la chambre a tourné ses regards pleins d'attente vers celle qui devait la mettre en ordre; le vestibule s'est ébranlé, appelant celle qui devait le tenir
propre; le hangar a fréquemment soupiré après celle qui
devait le balayer.

Déjà, pendant tout cet hiver, déjà, pendant le dernier
été, la cour s'est humiliée profondément devant celle qui
devait y ramasser des copeaux, l'aitta (3) s'est inclinée
devant celle qui devait la visiter, les poutres, les solives se sont courbées sous les vêtements de la jeune
épouse.

« Déjà, pendant tout cet hiver, déjà, pendant le dernier été, le chemin a roucoulé après celle qui devait y
marcher; la basse-cour a cherché à se rapprocher de celle
qui devait en prendre soin; l'étable s'est écartée pour
faire place à la belle oie qui devait la fréquenter.

« Déjà, pendant tout cet hiver, déjà, pendant le dernier été, la vache a beuglé après celle qui devait lui apporter l'herbe; le poulain a henni après celle qui devait

---

(1) Manière de dire que toutes les parties de la maison ont soupiré
après l'arrivée de leur nouvelle maîtresse. Les passages suivants expri
ment une idée analogue.
(2) La runo s'exprime ici en termes fort étranges. Comment une
porte peut-elle rester ouverte en attendant celle qui doit l'ouvrir ? La
runo veut dire, sans doute, que c'est pour lui montrer comment il
faut s'y prendre.
(3) Voir page 3, note 6.

lui donner le foin; l'agneau du printemps a bêlé après celle qui devait augmenter sa pâture (1).

« Déjà, pendant toute cette journée, déjà, pendant tout le jour précédent, les vieillards sont restés assis près de la fenêtre, les enfants ont couru sur les rivages, les filles se sont tenues debout le long des murs, les garçons sont demeurés aux portes du vestibule, attendant la jeune épouse, la gracieuse fiancée.

« Salut à toi, ô enclos, avec toutes tes richesses, cour intérieure avec tes hôtes; salut, hangar, avec tout ce que tu renfermes, avec tous ceux qui t'habitent; salut, vestibule, dans toute ta plénitude; salut, toit d'écorce de bouleau, avec toute ta famille; salut, chambre de la maison, avec tout ce que tu contiens; plancher aux mille solives, avec tes enfants; salut, ô lune, salut, ô roi (2), salut, jeune cortége de noces! Jamais, dans les temps passés, jamais, ni hier, ni un autre jour, on n'avait vu, dans ces lieux, un cortége aussi fier, aussi imposant, une troupe aussi splendide.

« O fiancé, mon cher frère, lève le tissu rouge, le voile de soie, et montre-nous cette hermine que tu as recherchée pendant cinq ans, après laquelle tu as soupiré pendant huit ans (3)!

« As-tu amené l'objet que tu désirais? Ne désirais-tu pas amener un beau coucou, une blanche vierge choisie dans le pays, une gracieuse jeune fille de l'autre côté de la mer?

« Mais, qu'ai-je besoin de t'interroger? Je vois de mes

(1) Nous avons, autant que possible, traduit littéralement tous ces passages. Le sens en est facile à saisir, mais la forme en est d'une bizarrerie déconcertante. C'est là, du reste, un curieux exemple de cette puissance de personnification qui distingue le génie de la poésie finnoise. Elle prodigue les actes et les sentiments humains avec une audace qui ne recule devant rien.
(2) « Terve Kuu, terve Kuningas! » La runo entend-elle par la lune (*Kuu*) la jeune épouse, et par le roi (*Kuningas*) le jeune époux?
(3) C'est-à-dire lève le voile qui cache le visage de la jeune femme, afin qu'on puisse l'admirer.

propres yeux que tu as amené un beau coucou, qu'une oie au plumage bleu est à tes côtés, que tu as cueilli dans le bocage la tige la plus verte, dans le bois de putier la branche la plus fraîche. »

Un enfant était assis sur le plancher ; il prit la parole et il dit : « Ah ! mon pauvre frère, qu'as-tu amené ici ? Une beauté semblable à celle d'un tronc de bois résineux, une façon de tonne de poix, une taille de naine !

« Eh bien ! pauvre fiancé, tu avais désiré toute ta vie, tu t'étais promis une riche et opulente jeune fille, et tu nous amènes, en effet, une riche et magnifique héritière : un misérable bloc de bois, une corneille des marais, une pie vagabonde, un vilain oiseau, un oiseau noir du champ poudreux (1).

« Qu'a-t-elle donc fait pendant toute sa vie, qu'a-t-elle fait le dernier été ? Elle n'a pu seulement se filer un gant, pas même un pauvre bas ; elle arrive, les mains vides, dans la maison de son beau-père, elle n'y apporte pas le moindre présent ; les rats grouillent dans son coffre, ils dressent les oreilles dans sa valise (2). »

Lokka, la gracieuse hôtesse, Kalevatar, la belle femme, entendit ce discours étrange ; puis elle prit la parole et elle dit : « Qu'as-tu donc à bavarder de la sorte, impudent garçon ? Sans doute, on peut faire courir de mé-

(1)
  « Kutti, kutti sulho rukka,
  « Tuota toivotit ikäsi,
  « Sanoit saavasi sataisen,
  « Tuovasi tuhannen neien ;
  « Jo saitki hyvän sataisen
  « Tuon tuhannen tuppeloisen,
  « Sait kuin suolta suovariksen,
  « Aialta ajoharakan,
  « Pellolta pelotus-linnun,
  « Mustan linnun mullokselta ! »

(2) Les paroles que la runo met ici dans la bouche d'un enfant s'appellent les paroles ou le chant du persiflage, *Tuomis-lahjat.* Elles sont dirigées contre la jeune femme, à son arrivée dans la maison de son époux, et lorsqu'elle n'a pas encore distribué aux hôtes de la noce les présents d'usage. Leur but est de la punir, s'il y a lieu, de sa négligence et d'activer sa générosité.

chants bruits sur beaucoup d'autres, mais non sur cette jeune fille, ni sur aucun des habitants de cette maison.

« Voilà que tu viens de tirer des propos noirs de ta bouche âgée seulement d'une nuit, de ta tête semblable à celle d'un petit chien d'un jour (1) ! Le fiancé a conquis une digne épouse, il a amené avec lui la plus belle fille de son pays ; celle qui croissait, telle qu'une baie mûrissante, telle que la fraise des montagnes, qui chantait comme le coucou dans les bois, comme le petit oiseau dans la couronne du sorbier, comme la poitrine au charmant et lumineux plumage, dans les branches du bouleau ou de l'érable.

« Non, il n'aurait pu trouver, ni en Germanie, ni par delà l'Esthonie, une jeune fille aussi belle, une colombe aussi douce ; il n'aurait pu trouver un visage aussi frais, une taille aussi noble, des bras aussi blancs, un cou aussi gracieusement flexible.

« Et il n'est pas vrai que la jeune fille soit venue les mains vides. Elle nous apporte, en présent, des pelisses, des couvertures, des pièces de drap.

« Voilà aussi que cette jeune fille a retiré de beaux produits de son fuseau, du fil tordu de sa quenouille, de l'agilité de ses doigts. Elle a fabriqué de blancs tissus ; elle les a lessivés pendant l'hiver, passés à l'eau pendant les jours de printemps ; elle les a fait sécher pendant les mois d'été : des draps de lit longs et solides, de fines taies d'oreiller, de légers voiles de soie, des couvertures molles et brillantes.

« O douce jeune fille, blanche et belle fiancée, tu étais aimée et considérée comme fille, dans la maison de ton père, efforce-toi d'être aussi toujours aimée et considérée comme belle-fille, dans la maison de ton époux!

« Garde-toi de t'abandonner au chagrin, de te laisser

(1)   « Jo sanoit pahan sanasen,
           « Sanan kehnon kertaelit
           « Suusta yötisen vasikan,
           « Päästä pennun päiväkunnan. »

aller aux regrets et aux angoisses ! Tu n'as point été amenée dans un marais, ni sur les bords d'un ruisseau ; tu es venue d'un champ fertile dans un champ plus fertile encore ; tu es venue d'une maison où la bière abondait dans une maison où la bière est encore plus abondante.

« O douce jeune fille, ô belle fiancée, je veux t'adresser une seule question : As-tu vu, en arrivant ici, de vastes amas de blé, des collines de grains à la haute cime? Toutes ces richesses appartiennent à cette maison; elles ont été semées et récoltées par ton fiancé.

« O jeune et gracieuse fille, je veux te donner un conseil : Puisque tu as su trouver le chemin de cette maison, sache aussi y demeurer. Il est honorable pour une femme de demeurer dans la maison de son époux, il est beau pour une belle-fille de vivre dans la maison de sa belle-mère; les jattes de lait y sont confiées à ses soins, les pots de beurre y sont dans sa puissance.

« Oui, il est honorable pour toi de demeurer ici, il est beau pour la colombe d'y passer sa vie. Tu y trouveras dans la chambre de bain de vastes lits (1), dans la chambre de famille de larges bancs; l'hôte y vaut ton père, l'hôtesse ta mère, les fils y valent ton frère, les filles y valent ta sœur.

« Lorsque tu désireras, lorsque tu souhaiteras des poissons pêchés par ton père, des gelinotes prises par ton frère (2), ne les demande point à ton beau-frère ni à ton beau-père; adresse-toi directement à ton époux, à celui qui t'a amenée dans cette maison ! Il n'est, dans les bois, aucun animal à quatre pieds, dans l'air aucun oiseau ailé, dans l'eau, aucun poisson armé de nageoires, que ton époux ne puisse captiver, que celui qui a su te charmer, qui t'a amenée dans cette maison, ne puisse te rapporter.

(1) Voir page 210, note 1.
(2) C'est-à-dire si tu désires les mêmes poissons, le même gibier que tu trouvais dans la maison paternelle.

« Il est honorable pour toi de demeurer ici; il est beau pour la colombe d'y passer sa vie. Tu n'auras point à te précipiter vers le mortier, à t'inquiéter de manier le pilon. Ici, c'est l'eau qui moud le blé, c'est la chute de la cataracte qui broie le seigle (1), c'est la vague qui nettoie les vases, c'est l'écume de la mer qui les blanchit.

« O mon beau village d'or, mon séjour le plus aimé sur cette terre, tu es situé entre les prairies qui couvrent tes plaines et les champs qui couronnent tes hauteurs; tu es bordé de charmants rivages, et sur ces rivages sont amarrés de jolis bateaux, avec lesquels la belle colombe pourra voguer, le gracieux oiseau se balancer sur les ondes! »

Alors, commença le festin des noces. On servit à la grande foule à manger et à boire; on fit circuler de vastes plats de viandes, et des gâteaux succulents, et de la bière d'orge et du moût de froment.

« Les vivres, les boissons abondaient dans les plats rouges, dans les cruches brillantes; il y avait d'innombrables pâtés et du pain richement frotté de beurre; il y avait des lavarets et des saumons à couper en morceaux avec les couteaux d'argent, avec les couteaux d'or.

« Et la bière non achetée, et l'hydromel que nul n'avait à payer coulaient à flots du haut des tonnes; la bière arrosait les lèvres, l'hydromel réjouissait le cœur.

« Qui se présenta pour chanter, qui s'offrit pour faire éclater la science du chant? Le vieux, l'imperturbable Wäinämöinen, le runoia éternel, se mit lui-même à chanter, à se lancer dans la carrière du chant. Il éleva la voix et il dit : « O mes chers frères, mes bons amis, mes « compagnons dans la puissance du verbe, dans les dons « de la langue, prêtez l'oreille à mes paroles! Rarement « deux colombes se rencontrent face à face, rarement

(1) On voit qu'à l'époque où cette runo fut composée, les moulins à eau existaient déjà dans la localité d'où elle est originaire. Voir page 92, note 1.

« deux fils issus du même père ou de la même mère se
« rencontrent œil contre œil, rarement deux frères se
« trouvent réunis sur ces frontières désertes, dans ces
« tristes régions de Pohja (1). »

« Commencerons-nous donc à chanter, à entreprendre
l'œuvre du chant? Chanter est la tâche du runoïa, la
tâche du coucou du printemps, de même que la préparation des couleurs est celle de Sinetär (2), que la fabrication des tissus est celle de Kankahatar (3).

« Les fils des Lapons chantent bien; les souliers de
paille (4) fredonnent gaiement lorsqu'ils mangent la chair
sauvage de l'élan, les grossiers morceaux de renne. Pourquoi ne chanterai-je pas, moi aussi, pourquoi nos enfants
ne chanteraient-ils pas, en mangeant le pain de seigle, le
gâteau de farine?

« Les fils des Lapons chantent bien, les souliers de
paille fredonnent gaiement, lorsqu'ils ont vidé une
écuelle d'eau, lorsqu'ils ont mangé le pain d'écorce (5).
Pourquoi ne chanterai-je pas, moi aussi, pourquoi nos
enfants ne chanteraient-ils pas, en buvant la bière de
seigle, la bière d'orge?

« Les fils des Lapons chantent bien, les souliers de
paille fredonnent gaiement lorsqu'ils sont assis autour
des charbons de leur foyer, sous leur tente enfumée. Pourquoi ne chanterais-je pas, moi aussi, pourquoi nos enfants
ne chanteraient-ils pas sous cette poutre célèbre (6), sous
ce beau toit?

« Il est bon pour les hommes, il est doux pour les
femmes de se rencontrer ici, près de la tonne de bière;

(1) Voir page 2, note 2.
(2) Déesse qui préside à la préparation des couleurs, de *Sini*, couleur, proprement couleur bleue.
(3) Déesse qui préside à la fabrication des tissus, de *Kangas*, vadmel, drap.
(4) La runo appelle ainsi les Lapons, parce qu'ils portent des
chaussures en tissu de paille.
(5) Voir page 215, note 1.
(6) Voir page 3, note 8.

près des pots d'hydromel. Nous y trouvons à notre
portée un golfe plein de truites, des filets pleins de saumons ; et les vivres n'y prennent point fin sous la dent
des convives, et l'abondance de la boisson y défie la soif
des buveurs (1).

« Il est bon pour les hommes, il est doux pour les
femmes de se rencontrer ici. On n'y mange point avec
chagrin, on n'y passe point le temps dans les angoisses ;
on y mange avec joie, on y passe le temps agréablement,
durant la vie de l'hôte, durant la vie de l'hôtesse.

« Qui, maintenant, commencerai-je à célébrer ? sera-ce
l'hôte ou bien l'hôtesse ? Les héros des temps passés
commençaient toujours par l'hôte, par celui qui a tiré la
maison du marais, qui l'a fait surgir du bois sauvage (2) ;
qui a coupé les grands pins avec leurs racines, les sapins
branchus avec leurs couronnes, et qui les a apportés dans
un lieu bien choisi, pour servir à la construction de la
vaste habitation, de la belle maison de famille ; celui qui
a taillé ses murs dans la forêt, ses poutres sur le versant
des hautes collines, ses escaliers dans les rochers, les
planches de son toit dans les sapinières ; qui a recueilli
l'écorce et la mousse destinées à la couvrir, dans les
hautes plantations de putiers, dans les espaces marécageux.

« La maison a été construite avec une habileté merveilleuse ; elle s'élève à sa vraie place. Cent hommes,
mille hommes ont été employés pour tailler les poutres
du toit, pour joindre ensemble les solives du plancher.

« Et lorsque notre hôte, notre bon hôte, construisait
la maison, souvent ses cheveux ont été agités par le vent,
secoués par la tempête ; souvent il a laissé ses gants
parmi les rochers, son chapeau suspendu à une branche

----

(1)   « Joist'ei syöen syömät puutu,
            « Juoen juomiset vähene. »

(2) C'est-à-dire qui a tiré des bois et des marais les matériaux nécessaires pour construire la maison.

de sapin ; souvent il est tombé sur les genoux dans la vase du marais.

« Souvent, à la première heure du jour, avant que les autres fussent levés, que le village l'eût entendu, on a vu notre bon hôte s'éveiller près d'un feu de troncs d'arbres, dans sa hutte de branches de sapin ; les épines du pin ont peigné sa chevelure, la rosée a lavé son beau visage (1).

« Et, depuis, il a reçu dans la maison de nombreux amis ; le banc y est plein de chanteurs, la fenêtre pleine de joyeux héros ; les uns babillent sur le plancher, les autres fredonnent dans les coins ; ceux-ci se tiennent le long des murs, ceux-là se promènent dans l'enclos ou courent, çà et là, à travers les champs. »

« Ainsi, j'ai commencé par célébrer notre hôte ; maintenant je célébrerai notre belle hôtesse, à cause du repas qu'elle a préparé, de la longue table qu'elle a si abondamment servie.

« Elle a fait cuire les grands pains, elle a apprêté la succulente talkkuna (2) avec ses mains agiles, avec ses dix doigts ; elle a gracieusement offert le pain aux convives, elle leur a prodigué avec empressement la viande de porc, et les gâteaux à la croûte opulente. Les pointes de nos couteaux se tordaient, les manches se détachaient de leurs lames quand nous fendions la tête des saumons, la tête des brochets (3).

« Souvent on a entendu notre hôtesse, on a entendu la maîtresse vigilante de la maison se lever avant le chant du coq, avant le cri du fils de la poule, tandis que l'on se préparait à ces noces, que l'on apprêtait le festin, que l'on brassait la bière.

---

(1) Väinämöinen rend ici hommage à la diligence de l'hôte qui passait la nuit dans les bois, pour y continuer son travail dès le lever du jour.

(2) Voir page 118, note 1.

(3) Manière d'exprimer qu'il s'agissait de beaux et frais poissons ; les autres se coupent plus facilement ; leur chair tombe d'elle-même.

« Elle est habile, notre bonne hôtesse, elle est habile,
la maîtresse vigilante de la maison, à brasser la bière, à
apprêter la boisson savoureuse avec la séve du malt, avec
le malt délicieux, ce même malt qu'elle a remué, qu'elle
a retourné, non avec un bâton ou une palette, mais avec
ses mains, avec ses poings, dans l'étuve libre de fumée,
sur les lits de bois bien nettoyés de la chambre de bain.

« Notre bonne hôtesse, la maîtresse vigilante de la
maison, n'a jamais laissé les germes s'engluer, le malt
s'agglomérer; souvent, au contraire, elle visitait l'étuve,
elle la visitait même au milieu de la nuit, et tout à fait
seule, sans avoir peur des loups, sans craindre les bêtes
sauvages des bois.

« Maintenant que j'ai célébré notre hôtesse, je célébrerai notre coryphée (1). Qui a été désigné pour être coryphée, qui a été choisi pour conduire le cortège? C'est le
plus illustre du village qui a été désigné pour être coryphée, c'est le bonheur du village (2) qui a été choisi pour
conduire le cortége.

« Notre coryphée porte une tunique d'étoffe étrangère
qui lui serre la poitrine et lui ceint gracieusement la
taille.

« Notre coryphée porte un surtout de vadmel, aux
longs plis flottants et traînant jusqu'à terre.

« On n'aperçoit qu'un bout insignifiant du col de sa
chemise; elle est de fine toile, comme si elle avait été
tissue par Kuutar (3), par la jeune fille ornée d'une fibule
d'étain.

« Notre coryphée porte autour de la taille une ceinture semblable à une nuée légère, une ceinture tissue
par la fille du soleil, aux doigts charmants, alors que
le feu n'existait pas encore, que le feu était inconnu.

(1) En finnois *Patvaskani*, celui qui sert d'intermédiaire entre
l'époux, l'épouse et la famille de celle-ci. Tout ce qui regarde le céré-
monial de la noce est placé sous sa direction.
(2) C'est-à-dire celui qui fait le bonheur, la joie du village.
(3) Voir page 35, note 3.

« Notre coryphée porte des bas de soie aux pieds, des bandeaux de soie autour des jambes, habilement brodés d'or et d'argent.

« Notre coryphée porte des souliers de fabrication étrangère, des souliers semblables à des cygnes sur un lac, à des coqs de bruyères sur les bords d'une cataracte, à des oies sur une branche de sapin, à des oiseaux voyageurs au milieu d'un bois chevelu.

« Notre coryphée a des cheveux aux boucles d'or, une barbe aux flots d'or; il porte un bonnet dont la haute pointe brille à travers les nuages, et illumine les cimes des arbres, un bonnet que l'on ne pourrait acheter avec cent, avec mille pièces d'or.

« Maintenant que j'ai célébré le coryphée, attendez! laissez-moi célébrer la compagne de la fiancée (1). Où a-t-on pris cette compagne, où a-t-on été chercher cette heureuse jeune fille?

« On a pris cette compagne, on a été chercher cette heureuse jeune fille derrière le château, le nouveau château de Tanika (2).

« Mais non, ce n'est point là qu'on a été la chercher; ce récit n'a pas le moindre fondement. La compagne de la fiancée, l'heureuse jeune fille est venue des bords lointains de la Dwina (3), des golfes vastes et profonds.

« Mais non, ce n'est point de là qu'elle est venue; ce récit n'a pas le moindre fondement. Il était une fraise sur une colline, une rouge baie dans une bruyère, un vert gazon au milieu d'un champ, une fleur d'or au sein d'une forêt : c'est là qu'on a pris la compagne de la fiancée, c'est là qu'on a été chercher l'heureuse jeune fille.

---

(1) Il s'agit ici de la principale fille d'honneur, de celle qui partage avec le coryphée, comme intermédiaire de la jeune épouse, tous les soins de la noce. On l'appelle en finnois *Saajanainen*.

(2) Synonyme de *Hiitola*, demeure de *Hiisi*, le génie du mal. Voir page 50, note 1, et page 119, note 1.

(3) Fleuve de Russie sur les bords duquel était située, jadis, la Bjarmie, centre principal et sanctuaire renommé de la nation finnoise.

« Sa bouche est fine comme le fuseau de Suomi (1), ses yeux brillent comme les étoiles à la voûte du ciel, son front resplendit comme la lune sur la mer.

« Son cou est orné d'un collier d'or, sa tête d'un diadème d'or, ses bras de bracelets d'or, ses doigts d'anneaux d'or, ses oreilles de boucles d'or, son front de plaques d'or, ses sourcils de perles.

« Je croyais voir briller la lune lorsque brillait sa fibule d'or; je croyais voir briller le soleil lorsque le col de sa chemise étalait sa blancheur; je croyais voir un navire flotter aù loin, lorsque son bonnet (2) ondoyait sur sa tête (3).

« Maintenant que j'ai célébré la compagne de la fiancée, laissez-moi contempler la foule des convives, laissez-moi voir si elle est belle, si les vieux, si les jeunes, si tous ont l'aspect magnifique et solennel.

« J'ai contemplé la foule des convives, je l'ai examinée, bien qu'elle me fût déjà connue. Non, on n'a jamais rencontré, on ne rencontrera jamais une réunion

---

(1) V. page 155, note 2.
(2) Il s'agit ici d'une coiffure très-élevée de forme dont la fille d'honneur orne sa tête pour la circonstance.

(3)   « Saajanaisen suu somainen,
               « Kuni Suomen sukkulainen,
               « Saajanaisen sirkut silmät,
               « Kuni tähet taivahalla,
               « Saajanaisen kuulut kulmat,
               « Kuni kuu meren-yluen
               « Onpa meiän saajanaisen
               « Kaula kullan kiehkuroissa,
               « Pää kullan vipalehissa,
               « Käet kullan käärilöissä,
               « Sormet kullan sormuksissa,
               « Korvat kullan helmilöissä,
               « Kulmat kullan solmuloissa,
               « Silmäripset simsukoissa.
               « Luulin kuun kumottavaksi,
               « Kun kumotti kulta-solki,
               « Luulin päivän paistavaksi,
               « Kun sen paistoi paran kaulus,
               « Luulin laivan läikkyväksi,
               « Kun sen läikkyi lakki päässä. »

aussi belle, aussi splendide; des vieillards aussi imposants, des jeunes gens si remplis de grâce. Tous sont vêtus de vadmel, tels qu'une forêt vêtue de frimas; ils ressemblent par le haut au crépuscule du matin, par le bas à la splendeur de l'aurore.

« Des monnaies d'argent, des monnaies d'or ont été distribuées aux hôtes, des bourses, des sacs de monnaies ont été trouvés au milieu du champ et sur la route, pour les hôtes invités, pour rendre hommage aux convives (1). »

Le vieux, l'imperturbable Wäinämöinen, le runoia éternel, s'élança dans son traîneau et reprit le chemin de son pays. Et tandis qu'il marchait, il chantait ses chants; il déployait sa science. Il chanta un chant, il chanta deux chants, mais, lorsqu'il en commençait un troisième, son traîneau heurta contre une pierre, contre un tronc d'arbre et vola en éclats.

Le vieux Wäinämöinen prit la parole et dit : « Est-il parmi cette jeunesse, parmi cette race florissante, ou, peut-être, parmi cette vieillesse, cette race qui s'éteint, est-il quelqu'un qui veuille descendre dans les demeures de Tuoni (2), dans les abîmes de Manala (3), et en rapporter une tarière, pour que je me fabrique un nouveau traîneau, pour que je me construise un splendide équipage? »

Les jeunes gens répondirent, les vieillards dirent : « Il n'est parmi cette jeunesse, ni même parmi cette vieillesse, ni dans toute cette grande foule, il n'est aucun héros assez intrépide pour vouloir descendre dans les demeures de Tuoni, dans les abîmes de Manala, et en rapporter une tarière, afin que tu te fabriques un nouveau traîneau, que tu te construises un splendide équipage. »

Alors, le vieux Wäinämöinen, le runoia éternel, des-

(1) Allusion aux présents des noces qu'il est d'usage chez les Finnois de faire aux invités.
(2-3) Voir pages 136-141.

cendit lui-même, pour la seconde fois, dans les demeures de Tuoni, dans les abîmes de Manala, et en rapporta la tarière qu'il désirait.

Et il évoqua un bois, aux horizons d'azur, et il y fit surgir un chêne, à la riche couronne, un sorbier majestueux; et, de leur bois, il se fabriqua un nouveau traîneau, il se construisit un splendide équipage.

Puis, il y attela son étalon à la rouge crinière, et y prit place. Le coursier rapide, sans qu'il fût besoin de l'aiguillonner avec le fouet, prit son élan vers son ancien râtelier, vers ses pâturages d'autrefois, et il ramena le vieux Wäinämöinen, le runoia éternel, à la porte de sa demeure, au seuil de sa maison.

VINGT-SIXIÈME RUNO

SOMMAIRE

Lemminkäinen, soupçonnant que l'on célèbre les noces dans Pohjola, se décide à s'y rendre. — Sa mère cherche à le détourner de son projet, et, dans ce but, elle lui fait un long récit des obstables étranges qu'il rencontrera sur sa route. — Lemminkäinen ne s'en laisse aucunement effrayer. — Il revêt son armure de guerre et part. — Les prédictions de sa mère s'accomplissent. — Mais, par la vertu de sa puissance magique, le héros triomphe de tous les obstacles qui se dressent devant lui, et arrive sain et sauf aux demeures de Pohjola.

Ahti (1), l'habitant de l'île, l'habitant du promontoire de Kauko (2), était occupé à labourer, à tracer des sillons dans son champ, Ahti, à l'oreille sûre, à l'ouïe délicate et subtile.

Il entendit un grand bruit du côté du village, un bruit sourd par delà les marais, des pas pesants sur la glace, un fracas de traîneaux sur la lande. Alors, une idée surgit dans sa tête, un pressentiment se glissa dans son cerveau: Pohjola célèbre, maintenant, les noces, Pohjola donne un festin en secret.

Il tordit la bouche, il branla la tête, il secoua sa noire chevelure; et le sang disparut de son visage, et la rougeur s'enfuit de ses joues. Soudain, il suspendit son ou-

(1) Voir page 88, note 1.
(2) Voir page 88, note 4.

vrage, il laissa le sillon inachevé dans le champ, monta à cheval et se rendit, d'une course rapide, auprès de sa mère toujours chère, auprès de sa vieille nourrice.

Il prit la parole en arrivant, et il dit : « O ma mère, ô ma vieille mère, hâte-toi de me préparer à manger; afin que l'affamé puisse se rassasier, que celui qui en a envie puisse mâcher; fais, en même temps, chauffer le bain, fais-le chauffer au plus vite, afin que l'homme puisse se laver, que la fleur des héros puisse purifier son corps. »

La mère de Lemminkäinen se hâta de préparer à manger, afin que l'affamé pût se rassasier, que celui qui en avait envie pût mâcher; en même temps, elle fit chauffer le bain et mit l'étuve en ordre.

Le joyeux Lemminkäinen expédia rapidement son repas; puis il entra dans le bain, dans le bain chaud. Là, le pinson se lava, le passereau purifia son corps ; sa tête devint semblable à un linge de fine toile, son cou blanc et brillant (1).

Et il revint dans la chambre, et il dit : « O ma mère, ô ma vieille mère, va, maintenant, dans l'aitta (2) bâtie sur la colline, et apporte-moi mes belles chemises, mes meilleurs habits, afin que je m'en revête, que j'en pare mon corps. »

La mère se hâta d'interroger, la vieille femme demanda : « Où vas-tu donc, ô mon fils? Vas-tu à la chasse de la loutre, ou à celle de l'écureuil? »

Le joyeux Lemminkäinen, le beau Kaukomieli (3) répondit : « O ma mère, ô ma nourrice, je ne vais point à la chasse de la loutre, ni à la chasse de l'élan, ni à celle de l'écureuil; je vais aux noces de Pohjola, au festin que l'on y donne en secret. Apporte-moi mes belles che-

---

(1).   « Siellä peiponen peseikse,
              « Pulmonen puhasteleikse,
              « Päänsä pellavas-pioksi,
              « Kaulanvarren valkeaksi. »

(2) Voir page 3, note 6.
(3) Voir page 89, note 1.

mises, mes meilleurs habits, afin que je m'en revête
pour les noces, que je m'en pare pour le festin. »

La mère s'efforce de dissuader son fils de son projet ;
l'épouse cherche à retenir son époux ; deux femmes, trois
filles de la nature veulent empêcher Lemminkäinen de
se rendre aux noces de Pohjola.

La mère dit à son fils, la nourrice dit à son enfant :
« Garde-toi, ô mon fils, garde-toi, mon enfant bien-aimé,
de te rendre aux noces de Pohjola, au festin de la grande
foule, car tu n'y as point été invité, et l'on ne t'a point
fait savoir que l'on t'y désirait. »

Le joyeux Lemminkäinen répondit : « C'est aux pauvres diables à n'aller que là où ils sont invités, le brave
se passe d'invitation (1). J'ai une invitation perpétuelle,
un message toujours retentissant, dans l'acier de mon
glaive aigu, dans la pointe de ma lame fulgurante. »

La mère renouvela ses instances : « Et pourtant, ô
mon fils, ne va point aux noces de Pohjola ! De nombreux
phénomènes se dresseront sur ta route, des obstacles surhumains entraveront ton voyage ; trois surtout te seront funestes, trois te précipiteront cruellement dans la
mort. »

Le joyeux Lemminkäinen dit, le beau Kaukomieli répondit : « Les faibles femmes voient partout des malheurs, partout d'horribles dangers ; mais le héros ne
s'en effraye pas, il n'en prend aucun souci. Cependant,
dis-moi toujours, afin que je l'entende de mes propres
oreilles, dis-moi quel est le premier parmi les dangers
qui me menacent, quel est le premier, quel est aussi le
dernier. »

La mère de Lemminkäinen, la vieille femme dit : « Je
te décrirai ces dangers tels qu'ils sont réellement, et
non tels que l'homme voudrait qu'ils fussent. Écoute donc
quel est, parmi eux, celui qui se présentera le premier :
Quand tu auras fait une partie du chemin, quand tu auras

_____

(1) Proverbe finnois.

marché tout un jour, tu rencontreras devant toi un fleuve
de feu ; dans ce fleuve est une cataracte de feu, dans cette
cataracte une île de feu, dans cette île un haut rocher de
feu, et sur ce rocher un aigle de feu. Pendant la nuit, l'aigle
aiguise ses dents, pendant le jour, il affile ses griffes
contre l'étranger qui arrive, contre le voyageur qui approche. »

Le joyeux Lemminkäinen dit, le beau Kaukomieli répondit : « Ce danger n'est qu'un danger de femme, ce
n'est point là la mort d'un héros. Je trouverai bien un moyen
de le prévenir, je sais l'art de le conjurer. Par la force de
mes incantations, d'un aulne je formerai un cheval ;
par la force de mes chants, d'un aulne je créerai un cavalier ; et je les pousserai devant moi, et ils passeront le
fleuve à ma place ; puis je plongerai moi-même comme
un cygne, et je nagerai dans les profondeurs de l'eau, le
long des serres du grand aigle, sous les griffes de l'oiseau puissant. O ma mère, ô ma nourrice, dis-moi, maintenant, quel est le second danger qui me menace ! »

La mère de Lemminkäinen dit : « Voici le second
danger qui te menace : Quand tu auras fait une partie du
chemin, quand tu auras marché tout le second jour, tu
rencontreras devant toi un gouffre d'une longueur immense du côté de l'orient, sans limite du côté de l'occident, un gouffre rempli de pierres enflammées, de roches
brûlantes ; cent hommes y sont déjà tombés, mille y ont
trouvé leur tombeau, cent hommes armés de glaives,
mille chevaux bardés de fer. »

Le joyeux Lemminkäinen dit, le beau Kaukomieli répondit : « Ce n'est point là un danger d'homme, ce n'est
point là la mort d'un héros. Je saurai bien trouver un
moyen de le prévenir, je sais l'art de le conjurer. Par la
puissance de mes chants, je ferai surgir un homme, un
héros d'un bloc de neige ; et je le précipiterai dans le
gouffre de feu, je le pousserai au milieu des pierres enflammées, afin qu'il se baigne dans ce bain ardent, avec

un paquet de verges de fer (1). Puis, je me glissera
moi-même à travers le feu, sans que le poil de ma barbe
soit brûlé, sans que le plus léger duvet de ma peau soit
effleuré. O ma mère, ô ma nourrice, dis-moi, maintenant,
quel est le dernier danger qui me menace. »

La mère de Lemminkäinen dit : « Voici le troisième
danger : Quand tu auras encore fait une partie du chemin, quand tu auras marché tout le troisième jour, que
tu seras arrivé à l'entrée de Pohjola, au passage le plus
étroit, un loup s'élancera sur toi, un ours t'étreindra à
la gorge. Déjà, ils ont dévoré cent hommes, ils ont exterminé mille héros ; pourquoi ne te dévoreraient-ils pas,
pourquoi n'extermineraient-ils pas l'homme sans défense ? »

Le joyeux Lemminkäinen dit, le beau Kaukomieli répondit : « On peut dévorer, toute crue, une brebis, on peut
la déchirer, toute chaude, en morceaux, mais on n'en
peut faire autant de l'homme le plus faible, du dernier
des héros. Je porte autour de mon corps une ceinture
d'homme, je suis agrafé et bouclé comme un héros ; je
ne tomberai pas si facilement dans la gueule des loups
de Pohja, sous les griffes des bêtes maudites.

« Mais, je me souviens d'un moyen pour conjurer le
loup, je sais l'art d'éviter l'ours. Je chanterai, et les
loups seront muselés, et les ours seront liés avec des
chaines de fer, ou bien je les mettrai en pièces, je les
réduirai en fine poussière. Ainsi j'échapperai à leur
étreinte, et j'atteindrai le but de mon voyage. »

La mère de Lemminkäinen dit : « Non, tu n'as pas
encore atteint le but de ton voyage ! Tous ces dangers,
tous ces obstacles surhumains se dressaient sur ta route,
trois phénomènes redoutables, trois agents de mort pour
le héros. Mais d'autres surgiront, d'autres plus terribles
encore, quand tu seras arrivé sur les lieux, quand tu
toucheras aux demeures de Pohjola. Là se trouve une

(1) Voir page 92, note 6.

barrière forgée de fer, une palissade forgée d'acier. Elle
s'élève de la terre au ciel, et du ciel elle s'abaisse sur la
terre. Les pieux en sont faits de long serpents entortillés de noires couleuvres, liés avec des lézards. Et les
queues des monstres ont été laissées pendantes, et leurs
rondes têtes frétillent, leurs gueules profondes sifflent ;
leurs queues sont en dedans, leurs têtes en dehors.

« D'autres monstres, encore, couvrent le sol des serpents en foule, sifflant avec leurs langues aiguës, agitant
leurs gueules flexibles. Mais, le plus redoutable est
celui qui garde l'entrée. Il est plus long qu'une poutre de
la chambre, plus gros que le poteau qui soutient la porte ;
il allonge sa langue en sifflant, il ouvre sa gueule rugissante, et ce n'est point pour un autre, c'est pour toi
seulement, infortuné ! »

Le joyeux Lemminkäinen dit, le beau Kaukomieli répondit : « Ce n'est encore là qu'un danger d'enfant, ce
n'est point là la mort d'un héros. Je sais déjà charmer le
feu, je sais enchaîner la puissance de la flamme, je saurai bien secouer les bêtes venimeuses. Naguère, durant
la journée d'hier, j'ai labouré un champ rempli de serpents, j'ai retourné de fond en comble un terrain rempli
de vipères, sans que mes mains aient reçu la moindre
blessure. J'ai pris des serpents dans mes doigts, des vipères dans mes mains ; j'en ai tué par centaines, par
milliers. Mes mains sont encore teintes de leur sang, elles
sont encore souillées de leur graisse. Ainsi, je connais le moyen de ne point devenir la pâture du grand
serpent, la proie de la vipère. J'étoufferai moi-même
l'horrible monstre, je le broyerai jusqu'à la mort ; puis,
par mes incantations, j'écarterai les autres serpents, je
les chasserai loin de ma route, et je franchirai l'enclos de
Pohjola, et j'entrerai dans la maison. »

La mère de Lemminkäinen dit : « Cependant, ô mon
fils, ne va point dans la maison de Pohjola, ne va point
sous le toit de Sariola ! Des hommes sont là, ceints de
leurs glaives, des héros armés en guerre ; l'ivresse les a

rendus fous, la boisson les a rendus féroces; ils te
pousseront par leurs ensorcellements, toi, pauvre malheureux, contre leur glaive à la pointe de feu. Des
hommes plus forts ont été ensorcelés, des héros plus
grands ont été vaincus. »

Le joyeux Lemminkäinen dit, le beau Kaukomieli répondit : « J'ai déjà vécu, jadis, dans ces demeures de
Pohjola; le Lapon ne pourra m'ensorceler, Turjalainen (1) ne pourra me renverser. J'ensorcellerai moi-
même le Lapon, je foulerai aux pieds Turjalainen; par la
puissance de mon chant, je lui briserai les épaules, je lui
trouerai les joues, je déchirerai en deux morceaux le col
de sa chemise, je mettrai en pièces la cuirasse de sa poitrine. »

La mère de Lemminkäinen dit : « Ah! mon fils, mon
pauvre fils, tu parles encore des jours passés, tu rappelles
ton voyage d'autrefois! Oui, tu as déjà fréquenté, jadis,
ces demeures de Pohjola, tu as nagé à travers ses lacs
fermés, tu as éprouvé toutes ses eaux étroites comme
une langue de chien; tu as longé bruyamment ses torrents orageux, ses chutes d'eau retentissantes; tu as sondé
les cataractes de Tuoni (2), tu as mesuré les abîmes de
Manala (3), et tu y serais encore enseveli si ta pauvre
mère n'était pas venue à ton secours.

« Souviens-toi, ô mon fils, de ce que je te dis : Quand
tu arriveras dans l'habitation de Pohjola, tu y verras sur
la colline (4) une foule de poteaux couronnés de têtes humaines; un seul de ces poteaux est libre; on te coupera
la tête pour la suspendre à sa cime. »

Le joyeux Lemminkäinen répondit, le beau Kaukomieli dit : « Un sot pourrait s'en effrayer, un pauvre
diable pourrait redouter une longue guerre, une guerre
de cinq ans, de six ans, de sept ans; mais un héros ne s'en

(1) Voir page 100, note 2.
(2) Voir page 88, note 3.
(3) Voir page 88, note 2.
(4) Voir page 65, note 2.

émeut point, il ne recule pas pour si peu. Apporte-moi ma cotte de mailles, ma vieille armure de guerre; j'irai moi-même chercher le glaive de mon père, je prendrai le glaive qu'il m'a laissé en héritage. Longtemps il est resté caché, engourdi par le froid, et il a pleuré, il a regretté sans cesse celui qui l'a porté jadis (1). »

On apporta à Lemminkäinen sa cotte de mailles, sa vieille armure de guerre; il prit lui-même le glaive éternel, le compagnon des combats de son vieux père, et il en appuya fortement la pointe sur la solive du plancher. Le glaive plia sous sa main comme la fraîche couronne du putier, comme un tendre genévrier, et, d'une voix pleine de menace, le héros dit : « Non, il n'est personne dans les demeures de Pohjola, personne dans l'enceinte de Sariola (2) qui ose affronter ce glaive, qui ose regarder fixement cette lame étincelante! »

Et il détacha son arc, son puissant arc du mur où il était suspendu, et il éleva la voix, et il dit : « J'appellerai un homme, je tiendrai pour un héros celui qui pourra bander cet arc, qui pourra faire plier cette tige d'acier, dans les demeures de Pohjola, dans l'enceinte de Sariola. »

Alors, le joyeux Lemminkäinen, le beau Kaukomieli revêtit sa cotte de mailles, sa vieille armure de guerre, et, appelant son esclave, il lui dit : « O esclave acheté, esclave acquis à prix d'argent, hâte-toi de harnacher mon cheval de bataille et de l'atteler à mon traineau,

(1) Ici le texte original est magnifique d'expression.

    « Tuo mulle sotisopani,
    « Vanhat vaino-vaattcheni,
    « Itse käyn isoni miekan,
    « Katson kalvan taattoseni,
    « Viikon on vilussa ollut,
    « Kauan kaihossa siassa,
    « Itkenyt ikänsä siellä,
    « Kantajata kaipaellut! »

(2) Voir page 56, note 2.

car je veux me rendre aux noces de Pohjola, au grand
festin des fils de Lempo (1). »

L'humble, le docile esclave s'empressa d'obéir ; il har-
nacha le cheval de bataille, le coursier flamboyant, et il
l'attela au traîneau ; puis il revint, et il dit : « J'ai fait
ce que je devais faire : le cheval est harnaché, le splendide étalon est attelé au traîneau. »

Ainsi, pour le joyeux Lemminkäinen, le moment
du départ est proche. Mais il hésite encore ; une main le
pousse, une autre le retient ; les nerfs de ses doigts se
crispent douloureusement. Enfin, il domine son irrésolu-
tion, et, bravant toute crainte, il se met en route.

Cependant, la mère continua d'exhorter son fils, la
vieille femme prodigua les conseils à son enfant, elle lui
parla devant la porte, sous la poutre du seuil, elle lui
parla près de l'endroit où l'on serre les ustensiles du ménage : « O mon cher fils, mon fils unique, mon seul appui, si tu assistes à un festin, bois seulement la première,
la meilleure moitié de ta coupe, et laisse la seconde moitié, la moitié inférieure à ceux qui ne te valent pas ; les
serpents rampent au fond de la coupe, les vers y four-
millent. »

La mère exhorta encore son fils, la vieille femme prodigua les conseils à son enfant, elle le suivit jusqu'au
champ le plus éloigné, jusqu'au bord du dernier chemin :
« Si tu assistes à un festin, ne prends que la moitié du
banc, ne fais que la moitié d'un pas, et laisse l'autre moitié, la moitié la moins bonne à ceux qui ne te valent
pas (2). Ainsi, tu deviendras un homme, un héros propre
au combat, et tu sauras gagner toutes tes causes, au milieu du camp des grands guerriers, du cercle des hommes
braves. »

Lemminkäinen prit place dans son traîneau, il frappa

(1) Voir page 41, note 3.
(2) Manière de dire que Lemminkäinen doit déployer une noble
fierté et prendre partout et toujours la première, la meilleure place.

son étalon de son fouet orné de perles, et l'étalon se mit
à bondir, à dévorer l'espace.

Quand il eut marché un temps assez long, Lemminkäinen aperçut une troupe de coqs de bruyères dispersés
sur la route ; les coqs de bruyères prirent soudain leur
vol, la bande d'oiseaux s'éleva dans les airs, devant le
coursier bondissant.

Et ils laissèrent après eux quelques plumes de leurs
ailes. Lemminkäinen les recueillit avec soin et les mit
dans sa poche. On ne sait pas ce qui peut arriver, on
ignore à quoi l'on peut être exposé dans le cours d'un
voyage ; tout est utile dans une maison, tout est bon à
l'heure du besoin (1).

Lemminkäinen poursuivit sa route, il fit encore un
peu de chemin. Alors, le coursier se mit à hennir et à
dresser les oreilles.

Le joyeux Lemminkäinen, le beau Kaukomieli se pencha hors de son traîneau pour voir ce qui arrivait. Il arrivait ce que sa mère avait dit, ce que sa nourrice
avait prédit. Un fleuve de feu s'étendait en travers
de la route, et dans ce fleuve une cataracte de feu,
et dans cette cataracte une île de feu, et sur cette île un
rocher de feu, et au sommet de ce rocher un aigle de
feu ; le feu jaillissait du fond de sa gorge, le feu s'échappait de sa bouche, ses plumes scintillaient comme la
flamme, elles crépitaient comme des étincelles.

Lemminkäinen vit cet obstacle de loin. « Par où pas-
seras-tu, ô Kaukomieli, quelle route suivras-tu, ô fils de
Lempi (2)?

Le joyeux Lemminkäinen, le beau Kaukomieli dit :
« Je vais aux noces, au mystérieux festin de Pohjola ;
détourne-toi un peu de côté, laisse-moi le chemin libre,
permets au voyageur, permets surtout à Lemminkäinen
de passer devant toi ! »

_____

(1) Proverbe finnois.
(2) *Lempi* est ici pour *Lemmi* ou *Lemminkäinen*.

L'aigle répondit avec hauteur, la gueule de feu murmura : « Je livrerai passage au voyageur, surtout à Lemminkäinen, je lui permettrai de se diriger à travers ma bouche, de circuler à travers ma gorge; là est la route qui le conduira à ces noces sans fin, à ces festins éternels. »

Lemminkäinen ne prit aucun souci de cette réponse, il n'en fut nullement alarmé; il chercha dans sa poche, fouilla dans sa petite bourse, et en retira les plumes du coq de bruyères. Puis il les frotta entre ses mains, il les broya entre ses dix doigts, et soudain il en surgit une troupe de coqs de bruyères. Lemminkäinen les lança dans la bouche de l'aigle, dans le ventre du monstre vorace, dans la gorge de l'aigle de feu, entre les serres de l'oiseau de proie; et ainsi il échappa à ses atteintes, il termina heureusement sa première journée.

Et de nouveau il frappa son étalon de son fouet orné de perles; l'étalon bondit et reprit sa course.

Mais, quand il eut franchi un court espace, il s'arrêta soudain, et poussa des hennissements d'épouvante.

Lemminkäinen se dressa hors de son traîneau pour voir ce qui arrivait. Il arrivait ce que sa mère avait dit, ce que sa nourrice avait prédit. Un gouffre se trouvait en travers de la route, un gouffre d'une longueur immense du côté de l'orient, sans aucune limite du côté de l'occident, un gouffre plein de pierres enflammées, de roches brûlantes.

A cette vue Lemminkäinen ne conçut aucune inquiétude; il adressa une prière à Ukko : « O Ukko, dieu suprême, père qui habites dans le ciel, envoie un nuage du sud-ouest, un second nuage de l'ouest, un troisième de l'est et du nord-est, joins ces nuages ensemble et fais-en tomber une neige de la hauteur d'un manche d'épieu, sur ces pierres enflammées, sur ces roches brûlantes! »

Ukko, le dieu suprême, le père antique qui habite dans le ciel, envoya un nuage de sud-ouest, un second nuage de l'ouest, un troisième de l'est et du nord-est, il les joignit ensemble et en fit tomber une neige de la hauteur d'un manche d'épieu sur les pierres enflammées, sur les roches brûlantes. La neige se fondit sous l'action du feu, et forma un grand lac.

Le joyeux Lemminkäinen évoqua un pont de glace (1), et il le jeta sur le lac de neige fondue. Ainsi il franchit le gouffre redoutable, et termina heureusement sa seconde journée.

Et il frappa son étalon de son fouet orné de perles; l'étalon bondit et reprit sa course.

Mais, quand il eut franchi un court espace, il s'arrêta tout à coup et demeura immobile.

Le joyeux Lemminkäinen se dressa hors de son traineau pour voir ce qui arrivait. Un loup se tenait, un ours faisait sentinelle à l'ouverture du chemin qui conduisait à l'habitation de Pohja.

Le joyeux Lemminkäinen, le beau Kaukomieli chercha dans sa poche, fouilla dans sa petite bourse, et en retira des flocons de laine de brebis. Puis, il les frotta entre ses mains, il les broya entre ses dix doigts, et, soufflant sur ses mains, il en fit partir un troupeau, un grand troupeau de brebis, une superbe bande d'agneaux; le loup se jeta, l'ours se précipita sur cette proie, et le joyeux héros poursuivit sa route.

Bientôt il arriva à l'habitation de Pohja. Là se trouvait une barrière forgée de fer, une palissade forgée d'acier. Elle s'enfonçait dans la terre à une profondeur de cent brasses, elle s'élevait vers le ciel à une hauteur de mille brasses. Les pieux en étaient faits de longs serpents entortillés de noires couleuvres, liés avec des lézards. Les queues des monstres avaient été laissées pendantes, leurs rondes têtes frétillaient, leurs gueules profondes sifflaient; leurs queues étaient en dedans, leurs têtes en dehors.

(1) Il créa un pont de glace au moyen de formules magiques.

Le joyeux Lemminkäinen se mit à penser : « C'est bien là ce que ma mère m'avait dit, ce que ma nourrice m'avait prédit en gémissant. Oui, je vois, en vérité, la fatale barrière qui s'élève de la terre jusqu'au ciel. Le serpent rampe bien bas, mais la barrière s'enfonce encore plus bas, l'oiseau vole bien haut, mais la barrière monte encore plus haut. »

Cependant, Lemminkäinen ne s'inquiéta pas trop de cet obstacle. Il tira son couteau de sa gaine, sa terrible lame du fourreau, et il se mit à tailler dans la barrière, il ouvrit une brèche dans la cloison de fer, dans la cloison de serpents, entre six, entre sept poteaux, puis il lança son traîneau en avant et arriva à la porte de Pohjola.

Un serpent s'étendait en travers du seuil ; il était long comme une des poutres de la maison, gros comme un des piliers de la porte ; il avait cent yeux, il avait mille dents, des yeux grands comme un tamis, des dents longues comme un manche d'épieu, comme un manche de râteau ; son dos était large comme sept bateaux.

Le joyeux Lemminkäinen s'arrêta ; il n'osa marcher sur le serpent aux cent yeux, sur le monstre aux mille langues.

Et il éleva la voix, et il dit : « O reptile noir des basses régions de la terre, larve teinte des couleurs de la mort, toi qui te roules dans le gazon, qui habites au pied de la fleur de Lempo (1), qui te glisses à travers les humbles touffes d'herbe, qui rampes à travers les racines des arbres, qui t'a envoyé, qui t'a excité à sortir des herbes profondes pour ramper sur la terre, pour ondoyer sur la route? Qui t'a relevé la tête, qui t'a poussé, qui t'a exhorté à la porter droite, à roidir ton cou? Est-ce ton père, est-ce ta mère, est-ce l'aîné de tes frères, la plus

(1) Voir page 41, note 3.

jeune de tes sœurs, ou quelque autre de tes illustres parents (1)?

« Ferme la bouche, maintenant, cache ta tête, cache ta langue acérée, roule-toi, replie-toi en peloton; laisse le chemin, la moitié du chemin libre, afin que le voyageur puisse passer; ou bien, fuis loin de ces lieux, misérable, fuis dans les profondeurs de la bruyère, dérobe-toi sous la mousse, roule comme un flocon de laine, comme une boule de peuplier! Oui, fixe ta tête dans la tourbe, enfonce-la dans ses entrailles, là est ta demeure, ta véritable habitation; et si du fond de la tourbe tu relèves encore la tête, Ukko la brisera avec sa foudre d'acier, avec sa grêle de fer (2).

Ainsi parla Lemminkäinen; mais le serpent ne l'écouta point, il continua de siffler, de hurler d'une manière horrible; sa langue s'allongeait, sa gueule se dilatait pour dévorer le héros.

Alors, le joyeux Lemminkäinen se rappela les antiques paroles, les mystérieuses formules que sa mère lui avait apprises jadis, que sa nourrice lui avait enseignées. Le

----

(1) L'original présente ici une rare énergie :

> « Mato musta maan-alainen,
> « Toukka Tuonen karvallinen,
> « Kulkia kulon-alainen,
> « Lehen Lemmon juurehinen,
> « Läpi mäträhän meniä,
> « Puun juuren pujottelia!
> « Kuka sun kulosta nosti,
> « Heinän juuresta herätti
> « Maan päälle matelemahan,
> « Tielle teukkalehtamahan?
> « Kuka nosti nokkoasi,
> « Kuka käski, ken kehoitti
> « Päätä pystössä piteä,
> « Kaulan vartta kankeata,
> « Is-isiko, vai emosi,
> « Vaiko vanhin veljiäsi,
> « Vai nuoriu sisariasi,
> « Vaiko muu sukusi suuri? »

(2) Tout ce passage constitue une formule destinée à conjurer les morsures du serpent : *Käärmeen asetussanat.*

T. I   18

joyeux Lemminkäinen, le beau Kaukomieli dit : « Si tu résistes à mes ordres, si tu ne t'écartes point de ma route, tu périras, gonflé sous la force de tes propres douleurs ; oui, ton corps éclatera en deux, en trois morceaux, lorsque je sonderai le mystère de ton origine, lorsque je découvrirai l'être qui t'a donné le jour. Je sais, ô misérable, comment tu es né ; je sais, ô monstre de la terre, comment tu as grandi : Syöyätär (1) est ta mère, Vetehinen (2) t'a engendré.

« Syöyätär cracha dans l'eau, elle bava au milieu des ondes, et sa salive fut ballottée par les vents, bercée par le souffle des vagues pendant six ans, pendant sept ans, sur la surface de la mer, sur les hautes montagnes humides, et le courant la dilata, les rayons du soleil l'amollirent, les flots la poussèrent et la déposèrent sur le rivage.

« Les trois filles de la nature (3) parcouraient les bords de la mer orageuse ; elles y aperçurent la salive de Syöyätär, et elles dirent : « Que pourrait-il advenir de « cette salive si le Créateur lui soufflait la vie, s'il lui « donnait des yeux ? »

« Le Créateur entendit ces paroles, et il dit : « Le « mal naîtrait du mal, le monstre naîtrait de la bave du « monstre, si je lui soufflais la vie, si je lui fixais des « yeux dans la tête. »

« Hiisi (4) entendit ces paroles, le maudit s'approcha pour regarder, et il exerça lui-même la puissance créatrice ; il souffla la vie à la salive du monstre, à la bave de

(1) Voir page 133, note 1.
(2) Voir page 171, note 1. D'après ces deux vers de la runo :
                « Syöyätär sinun emosj
                Vetehinen vanhempasi, »
il semble que Syöyätär et Vetehinen soient un seul et même personnage, ce qui s'accorde peu avec un passage de la dix-neuvième runo, où Vetehinen joue un rôle propre à le signaler comme un génie mâle. Je tâcherai d'expliquer cette contradiction dans la partie mythologique du second volume.
(3) Voir page 16, note 3.
(4) Voir page 64, note 3.

Syöyätär; et il en naquit un serpent, elle fut changée en un reptile noir.

« Où le serpent a-t-il donc puisé la vie? Il l'a puisée dans le foyer ardent de Hiisi. De qui a-t-il reçu son cœur? Il l'a reçu de Syöyätär. Comment s'est formée sa cervelle? Elle s'est formée de l'écume du torrent sauvage. De quoi a été faite sa tête? Sa tête a été faite d'un pois. De quoi ont été faits ses yeux? De la graine de lin de Lempo. De quoi ses oreilles? Des feuilles du bouleau de Lempo. De quoi sa bouche? De la fibule de Syöyätär. De quoi sa langue? De l'épieu de Kaitolainen (1). De quoi ses dents horribles? Des bourriers de Tuoni. De quoi ses hideuses gencives? Des gencives de la fille de Kalma (2). De quoi son dos? De la fourche de Hiisi. De quoi sa queue? Des nattes épaisses de Pahalainen (3). De quoi ses boyaux? De la ceinture de la mort (4).

(1) Fantôme qui erre à travers les bois.
(2) Voir page 73, note 1.
(3) Fils de Paha. Voir page 64, note 3.
(4) Ce curieux et bizarre récit est consacré sous le nom de « Paroles de l'origine du serpent : *Käärmeen synty* ». Il est intéressant d'en lire les derniers vers dans le texte original :

    « Mist'on tuolle henki saatu ?
    « Henki Hiien hiiloksesta ;
    « Mist'on syyetty syäntä ?
    « Syöjättäreltä syäntä ;
    « Mist'on aivot ankeloisen?
    « Virran vaukau vaaluvista ;
    « Mistä tunto turmiolla ?
    « Kuohusta tulisen kosken ;
    « Mist'on pää paballe pautu ?
    « Paä pahan pavun jyvästä.
    « Mist on siihen silmat luotu ?
    « Lemmon liinan siemenistä ;
    « Mist'on korvat konnat päässä?
    « Lemmon koivun lehtosista ;
    « Mist'on suuta suunnittettu ?
    « Suu solesta Syöjättären,
    « Mist'on kieli kehnon suussa ?
    « Keitolaisen keihä'ästä ;
    « Mist'on hampahat häjyllä ?
    « Okahista Tuonen ohran ;
    « Mist'on ilkeän ikenet?
    « Ikenistä Kalman immen.

« Telle est ta famille, telle est ta grande renommée. O reptile noir des basses régions de la terre, larve teinte des couleurs de la mort, toi qui portes sur la peau les couleurs de la terre nue et des champs de bruyères, toutes les couleurs de l'arc-en-ciel, retire-toi de la route du voyageur, laisse le passage libre au héros, laisse Lemminkäinen poursuivre sa course jusqu'aux noces de Pohjola, jusqu'au festin de la grande foule ! »

Alors, le serpent se mit à dérouler ses anneaux, le monstre aux mille yeux, le reptile géant se glissa hors de la route ; il laissa le passage libre au voyageur, il laissa Lemminkäinen poursuivre sa course jusqu'aux noces de Pohja, jusqu'au festin mystérieux de la grande foule.

« Mist'on selkä seisosettu ?
« Hiien hiili-seipähästä,
« Mistä häntä häälättynä ?
« Pahalaisen palmikosta ;
« Mistä suolet solmittuna ?
« Suolet surman vyöllisestä. »

VINGT-SEPTIÈME RUNO

SOMMAIRE.

Lemminkäinen se présente dans la maison de Pohjola. — Il y est mal reçu. — On lui sert un pot de bière rempli de reptiles venimeux. — Sa colère éclate. — Il engage avec son hôte une lutte d'évocations magiques, puis les glaives sortent du fourreau. — Lemminkäinen, provoqué au combat, tranche la tête de son ennemi et la suspend à l'un des poteaux dressés sur la colline où est bâtie la maison. — La mère de famille de Pohjola évoque contre lui toute une armée. — Le héros s'enfuit de Pohjola.

Ainsi, j'ai dirigé Kaukomieli, ainsi, j'ai conduit Ahti Saarelainen, à travers mille morts, sous la gueule menaçante de Kalma (1), jusqu'aux demeures de Pohjola, jusqu'aux mystérieuses habitations de la grande foule. Maintenant, je continuerai à déployer la puissance de la langue, je raconterai comment le joyeux Lemminkäinen, comment le beau Kaukomieli s'est trouvé au festin de noces, sans y être invité, sans être prié d'y assister.

Lorsque le joyeux Lemminkäinen, le gai et folâtre compère, fit son entrée dans l'intérieur de la maison de Pohjola, le plancher construit en bois de tilleul tressaillit, les murs construits en bois de sapin oscillèrent.

Et il éleva la voix et il dit : « Salut à vous que je visite dans ces demeures, salut à celui qui vous salue (2) !

(1) Voir page 73, note 1.
(2) On a vu jusqu'à présent que cette manière de saluer les habitants d'une maison, à son entrée, est toujours la même.

Écoute-moi, père de famille de Pohjola! As-tu dans cette maison de l'orge pour mon cheval? As-tu de la bière pour le héros? »

Le père de famille de Pohjola, assis au bout de la longue table, répondit : « Il y aurait ici, peut-être, assez de place pour loger ton cheval, et l'on ne refuserait pas de t'y recevoir toi-même si tu voulais te tenir tranquille dans la chambre, si tu voulais rester près de la porte (1), sous la poutre du seuil, entre deux chaudières, dans le voisinage de trois crochets (2). »

Le joyeux Lemminkäinen secoua sa chevelure noire comme un chaudron, et dit : « Que Lempo (3) vienne, si cela lui convient, se tenir ici, près de la porte, se souiller de votre poussière, se vautrer parmi la suie. Ni mon père, ni mon grand-père n'ont jadis occupé une pareille place; ils trouvaient toujours une bonne écurie pour leur cheval, une chambre propre et commode pour eux, des murs garnis de clous pour y attacher leurs gants et leurs moufles, pour y suspendre leur glaive. Pourquoi donc ne me traiterait-on pas comme était traité mon père? »

Et Lemminkäinen s'avança au milieu de la chambre; il se dirigea vers l'extrémité de la table et s'assit au bout du banc. Le banc trembla à son approche, le siége de sapin frissonna.

Le joyeux Lemminkäinen dit : « Je vois bien que je ne suis point un hôte agréable, car on n'offre point de bière à l'étranger. »

Ilpotar, la bonne hôtesse, répondit : « O fils de Lemminkäinen, quelle joie peut nous causer ton arrivée? Tu viens ici pour me casser la tête, pour me broyer le cerveau. La bière est encore chez nous à l'état d'orge, la douce boisson est encore à l'état de malt. Le pain n'est

(1) C'est la place la plus humble, la place des mendiants.
(2) Dans toutes les maisons finnoises, les gros ustensiles de ménage sont suspendus près de la porte.
(3) Voir page 41, note 3.

pas encore au four, la viande n'est pas encore cuite. Peut-être es-tu arrivé une nuit, ou même une nuit et un jour trop tôt ! »

Le joyeux Lemminkäinen tordit la bouche, branla la tête, secoua sa noire chevelure et dit : « Ainsi donc, le repas est terminé, les noces ont été célébrées, le festin est achevé, la bière est bue, l'hydromel est épuisé, les coupes et les pots amoncelés devant les convives sont vides.

« O mère de Pohjola, ô vieille femme aux longues dents, tu as célébré les noces avec les sentiments d'une méchante créature, tu as convié tes hôtes avec un cœur de chien ; tu as fait cuire de grands pains, tu as brassé la bière d'orge, tu as envoyé tes invitations de six, de neuf côtés, tu as invité les pauvres, tu as invité les misérables, tu as invité les estropiés, les vagabonds, les simples manants, les journaliers aux vêtements sordides, tu as invité tout le monde ; je suis le seul que tu aies exclu.

« Pourquoi m'as-tu traité de la sorte? Cependant, l'orge que tu possédais était mon orge. Tandis que les autres te l'avaient mesuré d'une main avare, je te l'avais généreusement prodigué ; j'avais puisé à pleins seaux dans mes tas de grains, j'avais partagé avec toi la récolte que j'avais semée.

« Non, je ne m'appellerais point Lemminkäinen, je ne serais point un hôte digne d'estime, si l'on ne m'apportait la bière, si l'on ne mettait la chaudière sur le feu, et dans la chaudière une belle portion de chair de porc, afin que je puisse manger et boire, maintenant que je suis parvenu au terme de mon voyage. »

Ilpotar, la bonne hôtesse, dit : « O ma jolie petite servante, ma fidèle esclave, mets la chaudière sur le feu pour faire cuire la viande, et sers la bière à notre hôte! »

La petite servante, la pauvre enfant, la fille chargée de l'humble tâche de laver la vaisselle et de nettoyer les cuillers, mit dans la chaudière des os et des têtes de poissons, de vieilles feuilles de raves desséchées, des croûtes de pain dur; puis elle présenta à Lemminkäinen un pot de méchante bière, afin qu'il pût apaiser sa soif, et elle lui dit : « Es-tu homme à boire cette bière, à vider ce pot? »

Lemminkäinen, le joyeux compère, l'examina attentivement : un ver rampait au fond, des reptiles venimeux couvraient les parties intérieures, des serpents fourmillaient sur les bords, des lézards grouillaient dans la bière.

Le joyeux Lemminkäinen, le beau Kaukomieli dit : « Que la mort enlève ceux qui m'apportent cette boisson, avant que la lune surgisse au ciel, avant que ce jour ait fini sa course ! »

Et il dit encore : « O pauvre bière, te voilà dans un triste état, dans une position misérable. Cependant, ce qu'il y a de bon en toi doit être bu; le reste sera jeté par terre avec le doigt sans nom, avec le pouce de la main gauche. »

Et Lemminkäinen chercha dans sa poche, fouilla dans sa petite bourse. Il en retira un crochet de fer, et il le plongea dans le pot de bière, le promenant à travers la boisson. Les reptiles venimeux s'attachèrent au crochet, les serpents se prirent dans ses dents de fer, et le héros arracha du fond du vase cent grenouilles, mille lézards noirs, et, en même temps que les reptiles et les serpents, il les jeta à terre; puis il prit son couteau à la lame affilée, à la pointe aiguë, et il trancha la tête à tous les monstres. Il but ensuite le liquide noir, il vida avec satisfaction le pot de bière, et il dit : « Je ne serais point un hôte gracieusement accueilli si l'on ne m'apportait une meilleure bière, si on ne me l'apportait d'une main plus généreuse et dans un plus grand vase; si l'on ne tuait un mouton, si l'on n'abattait un grand bœuf, un taureau aux pieds puissants, dans cette maison renommée. »

Le père de famille de Pohjola dit : « Pourquoi aussi es-tu venu ici? Qui t'a invité au festin de noces? »

Le joyeux Lemminkäinen dit, le beau Kaukomieli répondit : « Superbe est l'hôte invité, plus superbe encore celui qui ne l'est point (1). Écoute-moi, ô fils de Pohjalainen, écoute, hôte de Pohjola : laisse-moi acheter de la bière, laisse-moi acquérir de la boisson à prix d'argent! »

Le père de famille de Pohjola fut saisi d'une violente colère, d'une fureur sans égale, et, par ses paroles magiques, il évoqua un fleuve, un fleuve qui déborda sur le plancher de la maison, aux pieds mêmes de Lemminkäinen. Alors, il prit la parole et il dit : « Voici un fleuve que tu peux boire, voici un lac que tu peux lapper. »

Lemminkäinen ne se laissa point déconcerter; il se mit à parler et il dit : « Je ne suis point un veau, ni un bœuf orné d'une queue, pour boire l'eau de ce fleuve, pour lapper ce lac. »

Et, déroulant à son tour ses incantations, il évoqua un bœuf, un grand bœuf aux cornes d'or; ce bœuf lappa le lac, but toute l'eau du fleuve.

Pohjalainen (2), l'homme à la haute taille, fit surgir de sa bouche (3) un loup pour dévorer le grand bœuf.

Lemminkäinen, le joyeux compère, évoqua un lièvre blanc pour bondir devant la gueule du loup.

Pohjalainen, l'homme à la haute taille, évoqua un chien à la mâchoire crochue pour déchirer le lièvre, pour mettre en pièces les yeux louches.

Lemminkäinen, le joyeux garçon, évoqua un écureuil pour sautiller sur les poutres et provoquer le chien à aboyer.

(1) Proverbe finnois. Celui qui vient à un festin sans y être invité, est naturellement censé plus hardi et, par suite, plus courageux et plus illustre que celui dont la présence n'est qu'une réponse à une invitation.

(2) Fils ou habitant de Pohjola.

(3) C'est-à-dire fit surgir un loup par la vertu magique des paroles qui sortaient de sa bouche.

Pohjalainen, l'homme à la haute taille, évoqua une martre à la poitrine d'or; cette martre happa l'écureuil à l'extrémité d'une poutre.

Lemminkäinen, le joyeux garçon, évoqua un renard rouge; ce renard dévora la martre à la poitrine d'or, il extermina la brillante fourrure.

Pohjalainen, l'homme à la haute taille, fit surgir de sa bouche une poule, pour caqueter sur le plancher, à la face du renard.

Lemminkäinen, le joyeux garçon, fit surgir de sa bouche un vautour, de sa langue un oiseau aux serres aiguës; ce vautour fondit sur la poule.

Le père de famille de Pohjola dit : « Le festin ne deviendra point meilleur si le nombre des convives n'est point diminué; le travail rappelle le peuple dans ses demeures et l'arrache même aux joyeuses libations. Retire-toi de ces lieux, ô écume de Hiisi, fuis loin de la foule des hommes, retourne dans ta maison, misérable, retourne dans ton pays, être immonde! »

Le joyeux Lemminkäinen dit, le beau Kaukomieli répondit : « Un homme, fût-il le dernier des hommes, ne quitte point la place qu'il occupe devant de simples conjurations. »

Le père de famille de Pohjola détacha son glaive du mur où il était suspendu, son glaive à la lame aiguë, à la pointe fulgurante, et il dit : « O Ahti Saarelainen, ô beau Kaukomieli, mesurons nos glaives, et voyons lequel est le meilleur! »

Le joyeux Lemminkäinen répondit : « A quoi mon glaive peut-il être bon, lui qui déjà s'est brisé contre les os, ébréché contre les crânes? Cependant, s'il n'y a pas ici de plus brillante fête, je consens à le mesurer avec le tien pour voir lequel est le meilleur. Mon père ne reculait pas jadis devant les luttes du glaive; est-ce que son fils aurait dégénéré, est-ce qu'il n'aurait pas hérité de son courage? »

Et Lemminkäinen tira son glaive, sa lame étincelante,

du fourreau de cuir épais, et les deux héros mesurèrent leurs glaives : celui du père de famille de Pohjola était d'un peu le plus long; il dépassait celui de Lemminkäinen du noir de l'ongle (1), de la moitié d'une jointure du doigt.

Ahti Saarelainen, le beau Kaukomieli, dit : « Ton glaive est certainement le plus long; à toi, par conséquent, le premier coup ! »

Le père de famille brandit son glaive et commença à frapper, mais ses coups ne rencontrèrent point la tête de Lemminkäinen ; ils tombèrent sur la poutre du seuil, sur le poteau de la porte, et les fendirent en deux, en trois parties.

Ahti Saarelainen prit la parole, le beau Kaukomieli dit : « Quel mal avait donc fait la poutre du seuil, quelle méchante action avait donc commis le poteau de la porte, pour attirer ainsi contre eux toute la force de tes coups?

« Écoute, fils de Pohjalainen, père de famille de Pohjola, il est peu agréable de se battre dans une chambre, il est ennuyeux de lutter en présence des femmes; nous mettrons la maison nouvellement construite en pièces, nous souillerons son plancher de sang; allons plutôt dans l'enclos, allons dans le champ découvert; le sang est meilleur en plein air, il est plus beau sur la terre nue, il est plus splendide sur le sable. »

Et les deux champions se rendirent dans l'enclos. Là, ils trouvèrent une peau de vache, et ils l'étendirent sur le sol pour marquer leur place de combat.

Ahti Saarelainen prit de nouveau la parole et dit : « Écoute, ô guerrier de Pohja, tu as un glaive plus long, plus redoutable que le mien; mais sache que nous ne devons nous retirer d'ici que lorsque la tête de l'un de nous deux sera tombée; frappe donc, ô guerrier de Pohja. »

(1) Voir page 13, note 1.

Le guerrier de Pohja frappa; il frappa une fois, il frappa deux fois, il frappa trois fois; mais il ne rencontra point le but qu'il visait; il n'enleva pas un seul morceau de chair, il n'effleura pas même la peau.

Ahti Saarelainen éleva la voix, le beau Kaukomieli dit : « A moi, maintenant, d'essayer ; mon tour est arrivé ! »

Le guerrier de Pohja ne s'inquiéta point de ces paroles. Il frappait, frappait toujours, mais sans jamais rencontrer le but qu'il visait.

Le glaive étincelait, l'acier terrible jetait des flammes dans la main de Lemminkäinen ; bientôt son éclat se répandit jusque sur le cou du fils de Pohjalainen.

Alors, le beau Kaukomieli dit : « Malheur à toi, guerrier de Pohjola ! Ton cou est déjà rouge comme un lever de soleil. »

Le fils de Pohjalainen, le guerrier de Pohja abaissa ses regards sur son cou. Mais, au même moment, le joyeux Lemminkäinen le frappa de nouveau ; son glaive brilla comme l'éclair, et la tête de Pohjalainen tomba de ses épaules ; elle tomba telle qu'un épi détaché de sa tige, telle qu'une nageoire arrachée au ventre d'un poisson ; et elle roula sur le sol de l'enclos, comme un coq de bois atteint, à la cime d'un arbre, par une flèche meurtrière.

Cent poteaux, mille poteaux couronnés de têtes humaines se dressaient sur la colline. Un seul d'entre eux était encore libre : le joyeux Lemminkäinen prit la tête de son ennemi et la fixa à son sommet.

Ahti Saarelainen, le beau Kaukomieli, revint ensuite dans la maison de Pohjola, et il dit : « Donne moi de l'eau, méchante femme, afin que je purifie mes mains du sang de l'hôte barbare, du sang du misérable Pohjalainen ! »

La vieille femme de Pohja fut transportée de colère, et elle se mit à exercer sa puissance magique ; elle évoqua des hommes armés de glaives, des héros armés de lances, mille hommes, mille héros, pour tuer Lemminkäinen, pour exterminer Kaukomieli.

Et, maintenant, en vérité, le temps est venu de disparaître. Il serait peu agréable, il serait dangereux pour Ahti, pour Lemminkäinen de séjourner plus longtemps dans ces habitations de Pohjola, de s'obstiner à prendre part à la grande fête, au mystérieux festin.

VINGT-HUITIÈME RUNO

SOMMAIRE

Lemminkäinen s'enfuit de Pohjola. — Il prend la forme d'un aigle, et, à l'ombre d'un léger nuage qu'il obtient d'Ukko pour amortir les ardeurs du soleil, il se rend, à travers les airs, jusque dans son pays. — Sa mère l'interroge sur ce qu'il a fait dans Pohjola. — Le héros lui raconte le meurtre qu'il a commis, la colère et les armements de tout le peuple, et lui demande où il pourra fuir pour se dérober à leur vengeance. — Après lui avoir représenté l'inutilité de diverses métamorphoses, elle lui indique une île lointaine où son père avait déjà trouvé un refuge pendant les horreurs de la guerre. — Elle l'engage à s'y transporter au plus tôt et à y demeurer plusieurs années.

Ahti Saarelainen, le joyeux Lemminkäinen songea à se dérober à tous les regards, et il se hâta de s'enfuir de la sombre Pohjola, de la nébuleuse Sariola.

Il sortit de la chambre comme un ouragan, il s'en échappa comme un nuage de fumée, s'efforçant de dissimuler ses crimes, de cacher ses forfaits.

Et quand il fut dans l'enclos, il regarda autour de lui, cherchant son cheval, son ancien étalon; mais il ne le trouva point; il vit seulement, à l'extrémité du champ, un bloc de pierre, une tige d'osier brisée (1).

Qui viendra au secours du héros, qui l'aidera de ses conseils, pour qu'il ne laisse point sa tête, pour qu'il ne

(1) La sorcière de Pohjola avait ainsi métamorphosé le cheval de Lemminkäinen.

laisse point ses cheveux, une seule mèche de ses cheveux, aux mains des habitants de Pohjola? Déjà l'on entend un bruit gronder dans le village, un bruit sourd dans les habitations les plus proches, un murmure sinistre dans les habitations les plus éloignées (1); tous les yeux sont aux fenêtres.

Le joyeux Lemminkäinen, Ahti Saarelainen, dut revêtir une autre forme. Il s'éleva dans les airs changé en aigle, et voulut monter jusqu'au ciel. Mais le soleil couvrit ses joues de sueur, la lune rayonna sur ses sourcils.

Alors, le joyeux Lemminkäinen invoqua Ukko : « O Ukko, dieu bon, dieu suprême, maître souverain de la foudre, dominateur des nuages, envoie un temps brumeux, crée une nuée légère, afin qu'abrité sous son ombre, je puisse poursuivre ma route et me rendre dans ma demeure, auprès de ma douce mère, de ma bien-aimée nourrice ! »

Et Lemminkäinen reprit son vol; mais voici qu'il aperçut derrière lui un vautour gris, un vautour dont les yeux flamboyants ressemblaient à ceux du fils de Pohjalainen, de l'ancien hôte de Pohjola.

Le vautour dit : « O Ahti, mon frère, te souviens-tu de notre dernier combat, de notre effroyable duel? »

Ahti Saarelainen, le beau Kaukomieli, répondit : « O mon vautour, mon bel oiseau, hâte-toi de retourner dans ta demeure, et quand tu y seras arrivé, quand tu seras rentré dans la sombre Pohjola, tu diras : Il est difficile de prendre l'aigle avec ses serres, de déchirer l'oiseau puissant avec ses griffes. »

Bientôt Lemminkäinen atteignit la maison maternelle; il avait les traits bouleversés, et son âme était sombre.

La mère du héros vint à sa rencontre jusqu'au delà de la clôture de son habitation, et elle s'empressa de le questionner : O le plus jeune de mes fils, ô le plus fort de mes enfants, pourquoi as-tu l'air si consterné en re-

(1) Voir page 65, note 2.

venant de Pohjola? T'y aurait-on insulté au milieu du festin, en te servant une coupe indigne de toi (1)? S'il en est ainsi, tu trouveras ici une meilleure coupe, celle que ton père a rapportée de la guerre, qu'il a conquise dans les jeux sanglants des batailles. »

Le joyeux Lemminkäinen répondit : « O mère qui m'as engendré, si l'on m'avait insulté en me servant une coupe indigne de moi, j'aurais à mon tour insulté mes hôtes, j'aurais insulté cent hommes, j'aurais jeté le défi à mille guerriers. »

La mère de Lemminkäinen dit à son fils : « Pourquoi as-tu l'air si consterné? T'aurait-on vaincu avec les chevaux, t'aurait-on outragé à cause des chevaux (2)? S'il en est ainsi, tu pourras acheter un meilleur cheval avec l'argent que ton père a gagné, avec les trésors qu'il a rassemblés. »

Le joyeux Lemminkäinen répondit : « O mère qui m'as engendré, si l'on m'avait vaincu avec les chevaux, si l'on m'avait outragé à cause des chevaux, j'aurais outragé mes hôtes, j'aurais provoqué tous les cavaliers, j'aurais battu les hommes forts avec leurs poulains, les vaillants héros avec leurs étalons. »

La mère de Lemminkäinen dit à son fils : « Pourquoi as-tu l'air si consterné, pourquoi as-tu l'âme si triste en revenant de Pohjola? Se serait-on moqué de toi à cause des femmes, t'aurait-on tourné en ridicule à cause des jeunes filles? S'il en est ainsi, tu pourras te moquer à ton tour d'autres femmes, tu pourras tourner en ridicule d'autres jeunes filles. »

Le joyeux Lemminkäinen répondit : « O mère qui m'as engendré, si l'on s'était moqué de moi à cause des femmes, si l'on m'avait tourné en ridicule a cause des jeunes filles, je me serais moqué de mes hôtes, je me se-

---

(1) Le texte dit : « Est-ce qu'on t'aurait fait injure (ou trompé) avec la coupe : *Onko sarkoin vaarrettuna ?* »
(2) C'est-à-dire : T'aurait-on défié lorsque tu montais ton cheval, et aurais-tu été vaincu à la course par d'autres cavaliers?

rais moqué de toutes les filles, j'aurais tourné en ridicule cent femmes, mille belles fiancées. »

La mère de Lemminkäinen dit à son fils : « Que t'est-
il donc arrivé, mon enfant? Si tu n'as pas eu quelque funeste aventure, tandis que tu étais dans Pohjola, n'est-ce
pas que tu t'es mis au lit après avoir trop mangé, après
avoir trop bu, et que de mauvais rêves sont venus troubler ton sommeil? »

Le joyeux Lemminkäinen répondit : « C'est l'affaire
des vieilles femmes de s'inquiéter de ce qu'elles ont
vu dans leurs rêves! Je me souviens de mes rêves de
nuit, mais je me souviens encore mieux de mes rêves de
jour. O ma mère, ô ma vénérable mère, prépare, maintenant, mon sac de voyage, remplis de farine un petit sac
de toile, remplis de sel un morceau de linge; ton fils va
partir, hélas! il va quitter ce pays, cette maison bien-aimée, ce beau domaine : les hommes aiguisent leurs
glaives, les héros affilent leurs lances. »

La mère de Lemminkäinen, celle qui l'avait enfanté
avec douleur, se hâta de l'interroger : « Pourquoi donc
aiguisent-ils leurs glaives, pourquoi affilent-ils leurs
lances? »

Le joyeux Lemminkäinen dit, le beau Kaukomieli répondit : « Ils aiguisent leurs glaives, ils affilent leurs
lances, afin de faire tomber ma pauvre tête, afin de les
tourner contre mon pauvre cou (1). Un événement sinistre s'est passé dans Pohjola : j'ai tué le fils de Pohjalainen, l'hôte même de Pohjola. Alors, tout le peuple s'est
armé pour une guerre terrible, tout le peuple s'est levé
contre moi, triste infortuné, contre moi seul! »

La mère, la vieille mère de Lemminkäinen dit à son
enfant : « Je t'avais déjà prévenu, je t'avais prodigué
mes conseils; oui, jamais je n'ai cessé de te dissuader
d'aller dans Pohjola. Si tu m'avais écouté, si tu étais resté

---

(1)   « Mun poloisen pään varalle,
          « Vasten kauloa katalan. »

dans la maison de ta mère, sous la protection de ta douce mère, dans la demeure de ta nourrice, aucune guerre n'eût éclaté, aucun combat ne serait à craindre.

« Où vas-tu aller, maintenant, mon fils, mon pauvre fils, pour cacher ton crime, pour dérober ta méchante action? Où chercheras-tu un refuge pour sauver ta tête, pour mettre en sûreté ton gracieux cou, pour éviter que tes cheveux, tes fins cheveux ne soient arrachés et dispersés dans la poussière? »

Le joyeux Lemminkäinen répondit : « J'ignore le lieu où je pourrais me réfugier et cacher mon crime; ô ma mère, toi qui m'as engendré, dis-moi où je dois fuir? »

La mère de Lemminkäinen dit à son fils : « Je ne sais quel lieu t'indiquer, quel lieu te recommander. Si tu devenais un pin des collines, un genevrier des bruyères, le malheur n'en fondrait pas moins sur toi, le destin fatal ne t'en atteindrait pas moins. Souvent, le pin des collines est abattu et mis en pièces pour servir de *pärtet* (1). Souvent, les genévriers des bruyères sont dépouillés de leur écorce, pour former des poteaux de barrière.

« Si tu croissais comme un bouleau des vallées, si tu te changeais en aulne des bocages, le malheur n'en fondrait pas moins sur toi, le destin fatal ne t'en atteindrait pas moins. Souvent, le bouleau des vallées est abattu pour garnir le bûcher, souvent, l'aulne des bocages est brûlé pour le défrichement (2).

« Si tu devenais une baie de la montagne, une myrtille des champs ou une fraise des bois, le malheur n'en fondrait pas moins sur toi, le destin fatal ne t'en atteindrait pas moins. Tu serais cueilli par les jeunes filles, enlevé par les belles parées d'une fibule d'étain (3).

« Si tu devenais un brochet de la mer, ou une truite des torrents limpides, le malheur n'en fondrait pas moins sur toi, ta fin n'en serait pas moins cruelle. Car un

(1) Voir page 90, note 1.
(2) Voir page 15, note 3.
(3) Voir page 33, note 1.

homme noir comme la suie jetterait ses filets dans l'eau ;
il prendrait les petits poissons avec sa nasse, les grands
poissons avec sa ligne.

« Si tu devenais un loup des forêts ou un ours des déserts sauvages, le malheur n'en fondrait pas moins sur
toi, le destin fatal ne t'en atteindrait pas moins. Car un
jeune guerrier couvert de suie aiguiserait le fer de son
épieu pour tuer les loups, pour terrasser les ours. »

Le joyeux Lemminkäinen éleva la voix et dit : « Je
connais moi-même les lieux les plus dangereux, les plus
funestes, les lieux où la mort viendrait promptement me
dévorer, où une fin cruelle me serait assurée. O ma mère,
toi qui m'as engendré, toi qui m'as nourri de ton lait,
où me conseilles-tu de fuir ? Déjà la mort est devant ma
bouche, le jour fatal est suspendu à ma barbe ; ma tête
n'est plus que pour un jour, un jour à peine, à l'abri du
danger (1). »

La mère de Lemminkäinen dit à son fils : « Je pourrais bien t'indiquer un lieu sûr, un lieu impénétrable, où
ton crime demeurerait ignoré, où tu trouverais un refuge
contre le sort qui te menace. Oui, je me souviens d'un
petit coin de terre dont le sol n'a jamais été mordu,
jamais frappé, jamais visité par les glaives des hommes.
Mais, auparavant, promets-moi par un serment éternel,
par un serment inviolable de ne point aller à la guerre,
de dix étés, lors même que tu n'y serais poussé que par
désir de l'or ou par la soif de l'argent. »

Le joyeux Lemminkäinen dit : « Je te promets par un
serment inviolable de ne point aller ni cet été, ni l'été
suivant, aux grandes batailles, aux mêlées sauvages du
glaive. Mes blessures des derniers combats sont encore
fraîches, ma poitrine en est encore profondément sil-
lonnée. »

(1)   « Aivau on surma suun e'essä,
             « Paha päivä parran päällä,
             « Yksi päivä miehen päätä,
             « Tuskin täytehen sitänä. »

La mère de Lemminkäinen dit à son fils : « Prends le vieux navire de ton père, et hâte-toi de fuir au delà de neuf mers et de la moitié d'une dixième, vers une île située au milieu des flots. Là, jadis, ton père se tint caché, ton père trouva un refuge, pendant les longues années de guerre, pendant les années des durs combats. Il y vécut dans une douce tranquillité, il y passa agréablement ses jours. Reste dans cette île une année, deux années ; et la troisième année, tu reviendras sous le toit bien-aimé de ta famille, dans la maison de ceux qui t'ont donné le jour. »

VINGT-NEUVIÈME RUNO.

Le joyeux Lemminkäinen, le beau Kaukomieli, remplit de vivres son sac de voyage ; il prit du beurre d'été pour la première année, de la viande de porc pour la seconde, puis il se hâta de se dérober par la fuite ; il se mit précipitamment en route, et il dit : « Je pars, maintnant, je pars pour trois étés, pour cinq années entières ; j'abandonne les champs aux ravages des vers ; je laisse les bois comme lieu de repos aux lynx ; je livre les plaines aux courses des rennes, les espaces nouvellement défrichés aux piétinements des oies.

« Adieu donc, ô ma bonne mère ! Lorsque le peuple de Pohjola, la grande foule de Pimentola (1), se pré-

(1) Voir page 51, note 2.

sentera pour demander ma tête, tu lui diras que je suis parti, que j'ai quitté ces lieux, après avoir abattu la forêt fraîchement ensemencée. »

Et Lemminkäinen fit glisser son navire sur les rouleaux de fer, il le détacha des anneaux de cuivre qui le retenaient au rivage, et le lança dans la mer ; puis, il hissa la voile dans les mâts, la déploya sur les vergues, s'assit au gouvernail, et, saisissant la barre en bois de bouleau, il éleva la voix et il dit : « Souffle, ô vent, dans la voile, pousse le navire, fais-le bondir sur les vagues, jusqu'à l'île inconnue (1), jusqu'au promontoire sans nom. »

Le vent berça le navire, les vagues le poussèrent en avant, pendant deux mois, pendant presque trois mois, à travers les longs détroits, les ondes vastes et profondes.

Les jeunes filles du promontoire se tenaient sur les bords de la mer bleue, et elles jetaient au loin leurs regards sur la surface humide. L'une attendait son frère, l'autre son père ; mais celle qui attendait son fiancé était plus opiniâtre et plus impatiente (2).

Bientôt, le navire de Lemminkäinen apparut à l'horizon, entre le ciel et l'eau, comme un léger flocon de nuage.

Les jeunes filles du promontoire se mirent à penser, les vierges de l'île dirent : « Quelle est cette chose étrange qui s'agite au loin sur la mer ? Quel est ce prodige qui s'agite à la cime des flots ? Si tu es un de nos navires, une des voiles rapides de Saari (3), viens directement à nous, viens prendre terre à notre rivage, afin que nous apprenions ce qui se passe dans les pays étran-

---

(1) « *Saarelle sanattomalle* ». Mot à mot, île qui n'est revêtue d'aucune parole, c'est-à-dire qui n'est désignée par aucun nom.

(2)   « Sepä vasta varsin vuotti,
                    « Joka vuotti sulhoansa. »

(3) *Saari*, qui signifie île en général, est employé ici comme nom propre.

gers ; si l'on y vit en paix, ou si l'on y est ravagé par la guerre ! »

Le vent gonflait les voiles, les vagues précipitaient la course du navire. Encore quelques instants, et le joyeux Lemminkäinen toucha les bords de l'île, la pointe extrême du promontoire.

Alors, il éleva la voix et il dit : « Est-il assez de place, dans cette île, pour que je puisse y aborder et tirer mon bateau sur le rivage ? »

Les jeunes filles du promontoire, les vierges de l'île répondirent : « Sans doute, il y a assez de place dans cette île pour que tu puisses y aborder et tirer ton bateau sur le rivage ; il y en aurait assez et tu y trouverais assez de rouleaux (1), lors même que tu arriverais avec cent bateaux, avec mille navires. »

Le joyeux Lemminkäinen fit glisser son navire sur les rouleaux, et le fixa sur le rivage. Puis il dit : « Est-il assez de place dans cette île pour qu'un pauvre diable puisse s'y cacher, pour qu'un homme faible puisse y trouver un refuge, pendant les horreurs foudroyantes de la guerre, pendant le terrible cliquetis des glaives ? »

Les jeunes filles de l'île, les vierges du promontoire répondirent : « Oui, sans doute, il y a assez de place dans cette île pour qu'un homme faible puisse s'y cacher, pour qu'un homme faible puisse y trouver un refuge ; nous aurions assez de grands châteaux, assez de vastes domaines, lors même que cent hommes, que mille héros viendraient nous visiter. »

Le joyeux Lemminkäinen dit : « Est-il dans cette île une place, un petit bois de bouleau ou tout autre endroit planté d'arbres, pour que je puisse entreprendre son défrichement et en faire un champ fertile ? »

Les jeunes filles de l'île, les vierges du promontoire

(1) Les mariniers finnois ont l'habitude, lorsqu'ils sont arrivés au port de leur village, de tirer leur bateau hors de l'eau et de le faire glisser, au moyen de rouleaux garnis de fer ou de cuivre, sur la terre ferme, où ils le laissent jusqu'à leur prochain voyage.

répondirent : « Non, il n'est pas de place dans cette île, pas même une place de la largeur de ton dos, pas un seul petit endroit libre, dont tu puisses entreprendre le défrichement et faire un champ fertile. Tout le terrain de Saari, tous ses champs ont été distribués, tous ses bois ont été tirés au sort, toutes ses jachères ont été adjugées. »

Le joyeux Lemminkäinen, le beau Kaukomieli dit : « Est-il dans cette île une place où je puisse chanter mes chants, dérouler la longue suite de mes chants? Les paroles fondent dans ma bouche, elles germent sur mes gencives (1). »

Les jeunes filles de l'île, les vierges du promontoire répondirent : « Sans doute, il est assez de place dans cette île pour que tu puisses y chanter tes chants, y moduler tes plus beaux chants; tu y trouveras aussi des bocages pour folâtrer, des prairies pour danser. »

Alors, le joyeux Lemminkäinen entonna ses chants; et soudain, par l'effet de leur vertu magique, des sorbiers surgirent dans l'enclos de l'habitation, des chênes sur la route; et sur les chênes, des branches touffues; et sur chaque branche, une pomme; et sur chaque pomme, un globe d'or; et sur chaque globe d'or, un coucou. Quand le coucou chante, l'or découle de sa langue, le cuivre de son bec, et l'argent se répand sur la colline d'or, sur la colline d'argent (2).

---

(1)   « Sanat suussani sulavat,
              « Ikenilläni itävät. »

Lemminkäinen veut dire que les paroles avaient été si longtemps retenues dans sa bouche que, semblables à une matière soluble, elles y fondaient, ou y germaient, ainsi qu'une graine semée dans un terrain humide.

(2) Le coucou ne revient jamais dans les runot sans y donner lieu aux développements les plus gracieux. Citons le texte original :

              « Kun käki kukahtelevi,
              « Kulta suusta kuohähtavi,
              « Vaski leuoilta valuvi,
              « Hopea hohahtelevi,
              « Kultaiselle kunnaballe,
              « Hopeiselle mäelle. »

Lemminkäinen chanta encore, il déploya la puissance de la parole; et les grains de sable se changèrent en perles, tous les cailloux rayonnèrent, tous les arbres flamboyèrent, les fleurs se teignirent des couleurs de l'or.

Lemminkäinen chanta encore; et, à sa voix, un puits apparut, et sur ce puits un couvercle d'or, et sur ce couvercle une coupe d'or, dans laquelle les frères étanchèrent leur soif, dans laquelle les sœurs lavèrent leur gracieux visage.

Et il évoqua des lacs au milieu de la plaine; et dans ces lacs des canards bleus, des canards au front d'or, à la tête d'argent, aux pieds de cuivre.

Les jeunes filles de l'île, les vierges du promontoire écoutaient avec admiration les chants de Lemminkäinen, elles s'extasiaient sur la puissance magique du héros.

Le joyeux Lemminkäinen, le beau Kaukomieli dit : « Je chanterais encore des chants puissants, des chants splendides, si je me trouvais sous un toit, assis au bout de la longue table. Mais, si aucune maison ne s'ouvre devant moi, si aucun plancher ne s'étend sous mes pieds, je déchargerai mes chants dans les bruyères, je les verserai dans les bois. »

Les jeunes filles de l'île, les vierges du promontoire répondirent : « Nous avons assez de maisons pour te recevoir, assez de grands enclos pour t'héberger; tu pourras y mettre tes chants à l'abri du froid, à l'abri des rigueurs de l'air. »

Dès que le joyeux Lemminkäinen eut été introduit dans une maison, il évoqua sur la longue table une coupe des régions lointaines; et par la vertu de ses chants, il remplit cette coupe de bière, il remplit les pots d'hydromel, il chargea les plats jusqu'aux bords.

Ainsi, la bière et l'hydromel, ainsi, le beurre et la viande de porc furent servis en abondance, pour apaiser la faim de Lemminkäinen, pour rassasier Kaukomieli.

Mais, le héros est beaucoup trop délicat; il ne voulut

point commencer son repas avant d'avoir un couteau
d'or, un couteau au manche d'argent.

Il évoqua donc un couteau d'or, il se créa un couteau
au manche d'argent ; puis il mangea tant qu'il lui plut, il
s'abreuva de bière avec délices.

Alors, le joyeux Lemminkäinen se promena de village
en village ; il fréquenta les jeux des vierges de l'île, les
gaies réunions des jeunes filles. Partout où il tournait la
tête, il recevait un baiser ; partout où il étendait la
main, il y sentait une douce pression.

Pendant la nuit, pendant les heures ténébreuses, il
courait les aventures. Il n'y avait pas dans l'île un village où l'on ne trouvât dix maisons, pas une maison où
l'on ne trouvât dix jeunes filles. Or, parmi toutes ces
jeunes filles, il n'y en eut pas une dont il ne partageât
la couche, dont il ne fatiguât les bras (1).

Il séduisit mille fiancées, il dormit avec cent veuves ;
on n'en compta pas deux sur dix, on n'en compta pas
trois sur cent dont il n'eût joui, dont il n'eût abusé (2).

Ainsi, le joyeux Lemminkäinen passa voluptueusement
trois années de sa vie, dans les grands villages de Saari ;
l captiva toutes les vierges, il charma toutes les veuves.
Une seule fut oubliée, une pauvre vieille fille, à l'extrémité du long promontoire, dans le dixième village.

Déjà, le héros songeait à partir, à regagner son pays.
La vieille fille accourut et lui dit : « Cher Lemminkäinen,
homme charmant, si tu ne veux point te souvenir de
moi, je ferai en sorte, lorsque tu prendras la mer, que
ton bateau se brise contre un rocher. »

Lemminkäinen se livra à un long sommeil ; il ne se

(1)   « Kunk'ei vierehen venynyt,
             « Käsivartta vaivutellut. »
(2)   « Tuhät tunsi morsianta,
             « Sa'an leskiä lepäsi,
             « Kaht'ei ollut khymmenessä
             « Kolmea koko sa'assa
             « Piikoa pitämätöintä,
             « Leskeä lepäämätöintä. »

réveilla qu'au chant du coq, et lorsqu'il était déjà trop tard pour se rendre chez la vieille fille, pour satisfaire aux vœux de la pauvre vierge (1).

Il se promit donc, un jour, il forma le projet, un soir, de quitter son lit beaucoup plus tôt, de se lever avant les hommes, avant le chant du coq.

Il devança l'heure qu'il s'était fixée, et se mit en route à travers l'île, pour aller porter la joie à la vieille fille, le plaisir à la pauvre vierge (2).

Mais, tandis qu'il marchait seul, pendant la nuit, à travers l'île, et qu'il parvint à l'extrémité du long promontoire dans le troisième village, il n'y aperçut pas une seule maison où il n'y eût trois chambres, pas une seule chambre où il n'y eût trois guerriers, pas un seul de ces guerriers qui n'affilât son glaive, qui n'aiguisât sa hache pour le compte de sa propre tête.

Le joyeux Lemminkäinen prit la parole et dit : « Voici donc le moment fatal arrivé ! Le doux soleil s'est levé sur moi, infortuné! sur mon cou, pauvre malheureux ! Qui pourrait cacher un héros dans son sein, qui pourrait le protéger en le couvrant de son manteau, en l'enveloppant de ses vêtements, lorsque cent hommes se précipitent sur lui, lorsque mille guerriers ont conjuré sa mort?

Il n'y avait plus là de jeunes filles à embrasser, à étreindre dans ses bras. Lemminkäinen se dirigea vers son navire : le navire avait été brûlé, il n'en restait plus que du charbon et des cendres.

Alors, il comprit que le malheur le menaçait, que son jour suprême était proche. Il se mit à se construire un autre navire.

(1) Chez les Finnois, les prétendants qui vont demander la main d'une jeune fille habitant un village éloigné, se mettent ordinairement en route pendant la nuit ; mais Lemminkäinen n'était pas évidemment assez épris de celle dont il s'agit ici, pour lui faire spontanément le sacrifice de son sommeil.

(2)   « Senki impyen ilohon,
              « Naisen raukan naurantahan. »

Mais, pour cette construction, les poutres et les planches lui manquaient; il n'en avait qu'une petite quantité insignifiante : cinq fragments d'un vieux fuseau, six morceaux d'une vieille quenouille.

Il construisit son nouveau navire avec le secours des formules magiques; en trois coups, il fut achevé de toutes pièces.

Lemminkäinen le lança à la mer, et il éleva la voix et il lui dit : « O bateau, vogue sur l'onde comme une feuille légère, vogue sur les flots comme une fleur de nénuphar! Et toi, ô aigle, donne trois de tes plumes, et toi, ô corbeau, donnes-en deux pour servir de soutien à la petite nef, pour attacher des ailes à ses flancs! »

Puis, il monta dans son navire et s'assit à l'arrière. Il avait la tête basse, le cœur triste, le bonnet incliné de côté (1), car il ne pouvait plus passer les nuits, il ne pouvait plus couler les jours au milieu des jeux bruyants des jeunes filles, des gaies réunions des belles vierges.

Le joyeux Lemminkäinen, le beau Kaukomieli dit : « Le pauvre garçon s'en va loin de cette île, loin des jeux bruyants de ces jeunes filles, des gaies réunions de ces belles vierges; mais, tandis que je suivrai ma route, il en est peu, parmi elles, qui joueront, qui babilleront avec joie dans leurs maisons solitaires, dans l'enceinte de leurs tristes demeures. »

Les jeunes filles de l'île, les vierges du promontoire lui dirent en pleurant : « Pourquoi pars-tu, ô Lemminkäinen, pourquoi nous quittes-tu, ô héros bien-aimé? Est-ce à cause de la chasteté des jeunes filles, ou à cause du petit nombre des femmes? »

Le joyeux Lemminkäinen dit, le beau Kaukomieli répondit . « Non, je ne pars point à cause de la chasteté des jeunes filles, à cause du petit nombre des femmes; je pourrais en trouver facilement cent, je pourrais

(1) Voir page 87, note 1.

en trouver mille qui seraient à ma discrétion (1). Je pars, moi Lemminkäinen, je pars, moi la fleur des héros, parce que je me sens pris du désir invincible de retourner dans mon propre pays, de revoir les fraises de mes bois, les baies de ma colline, les jeunes filles de mon promontoire, les colombes de mes domaines. »

Et le joyeux Lemminkäinen dirigea son navire vers la haute mer. Le vent souffla et précipita sa course, les vagues l'emportèrent sur la surface bleue des ondes, sur l'espace profond et immense.

Cependant, les tristes jeunes filles, les vierges désolées demeuraient sur les pierres du rivage, pleurant et se lamentant.

Les jeunes filles de l'île pleurèrent, les vierges du promontoire se lamentèrent aussi longtemps que le mât, aussi longtemps que le timon du gouvernail furent visibles à leurs yeux. Mais elles ne pleuraient point le mât, elles ne regrettaient point le timon du gouvernail ; elles pleuraient, elles regrettaient celui qui se tenait sur le navire, celui qui le conduisait à travers les flots.

Lemminkäinen pleura aussi, de son côté ; il pleura, il se lamenta aussi longtemps que l'île, aussi longtemps que ses montagnes furent visibles à ses yeux. Mais il ne pleurait point l'île, il ne regrettait point ses montagnes ; il pleurait, il regrettait les jeunes filles de Saari, les gracieuses colombes du promontoire (2).

Le joyeux Lemminkäinen fendait doucement les va-

(1)   « Lähe en piikojen pyhyyttä,
        « Enkä vaimojen vähyytiä :
        « Saisin jos sataki naisia,
        « Tuhat piikoa piellä. »

(2)   « Itse itki Lemminkäinen
        « Sini itki ja sureksi,
        « Kunnes saaren maat näkyvi,
        « Saaren harjut haimentavi;
        « Ei hän itke saaren maita,
        « Saaren harjuja haloa,
        « Itki saaren impyitä
        « Noita harjuu hanhosia. »

gues de la mer bleue ; il marcha un jour, il marcha deux
jours ; mais, voici que le troisième jour, le vent se mit à
souffler, les rivages de l'air à gronder ; la tempête s'é-
lança violemment du nord-ouest ; elle saisit le navire par
les flancs, et le précipita au fond de l'abîme.

Le joyeux Lemminkäinen fut entraîné lui-même, sur
les mains, dans le tourbillon des vagues ; et il s'efforça
de ramer avec les doigts, de battre l'eau avec les
pieds.

Un jour, une nuit s'écoulèrent ; alors, il vit se lever
au nord-ouest un léger nuage, et bientôt ce nuage se
changea en terre, se dressa en promontoire.

Le héros se hâta d'y aborder ; il entra dans une habitation, et là il trouva une femme, il trouva des jeunes
filles occupées à faire cuire le pain : « O chère hôtesse,
si tu connaissais la faim qui me dévore, si tu soupçon-
nais ce que je désire, tu bondirais jusqu'à l'aitta, tu te
précipiterais, telle qu'un ouragan, dans la chambre où
l'on conserve la bière, et tu apporterais un pot de bière,
tu apporterais de la viande de porc, tu la ferais cuire, tu
y joindrais du beurre, pour rassasier l'homme fatigué,
pour abreuver l'homme qui sort de la mer. J'ai nagé nuit
et jour sur les vastes flots ; chaque coup de vent a été
mon soutien, les vagues m'ont servi de planche de
salut (1). »

La bonne hôtesse se rendit dans l'aitta élevée sur la
colline ; elle y prit du beurre, elle y prit un morceau de
viande de porc qu'elle fit cuire, pour rassasier l'homme
fatigué ; puis, elle apporta un pot de bière pour abreuver
l'homme qui sortait de la mer. Enfin, elle lui donna un
bateau, un bateau tout prêt à faire voile, afin qu'il pût
reprendre la mer et arriver au terme de son voyage.

En abordant au pays de son enfance, le joyeux Lemminkäinen reconnut les lieux ; il reconnut les rivages, les

----

(1)   « Joka tuuli turvanani,
          « Meeren aallot armonani. »

îles, le golfe, le port où il amarrait son bateau, tous les
endroits qu'il fréquentait ; il reconnut les montagnes
avec leurs pins, les collines avec leurs sapins, mais il ne
reconnut point la place où se trouvait sa maison. Un
bois de jeunes putiers murmurait là où se dressaient ses
murs, un bois de pins murmurait sur la colline, un bois
de genévriers sur le chemin du puits.

Le joyeux Lemminkäinen, le beau Kaukomieli dit :
« Voici le bosquet où je jouais, voici les rochers où je
grimpais, voici les prairies, voici les champs où je folâtrais ; mais, qui donc a enlevé ma maison bien-aimée, qui
a détruit ma belle demeure ? Le feu l'a dévorée, et le
vent en a dispersé les cendres. »

Et le héros se mit à pleurer ; il pleura un jour, il
pleura deux jours. Ce n'était point la maison qu'il pleurait, ce n'était point l'aitta qu'il regrettait, il pleurait, il
regrettait sa mère, celle qui habitait la maison, qui prenait soin de l'aitta.

Il aperçut un aigle qui planait dans les airs ; il l'appela et lui dit : « O aigle, mon bel oiseau, pourrais-tu
me dire où se trouve ma mère, où se trouve ma douce et
bien-aimée nourrice ? »

L'aigle ne se souvenait de rien, le stupide oiseau ne
savait rien. Il pensait qu'elle devait être morte, qu'elle
avait succombé sous les coups du glaive, qu'elle avait
été massacrée par la hache de guerre.

Le joyeux Lemminkäinen, le beau Kaukomieli dit :
« O ma douce mère, ô ma nourrice bien-aimée, te voilà
donc morte, te voilà disparue de la vie ; ta chair est devenue poussière ; les sapins croissent sur ta tête, les
genévriers sur tes pieds, les osiers sur la pointe de tes
doigts (1).

(1) Manière de dire que ces arbres s'élevaient sur la tombe de la
mère de Lemminkäinen.
      « Ohoh kaunis kantajani,
      « Ihana imetätjäni !
      « Jo olet kuollut kantajani,
      « Mennyt ehtoinen emoni,

« Ainsi donc, c'est en vain que je suis allé, infortuné ! dans les demeures de Pohjola, dans les champs de Pimentola, me livrer aux combats du glaive, éprouver mes armes brillantes ; je n'ai réussi qu'à précipiter la perte de ma famille, qu'à causer la mort de ma propre mère ! »

Lemminkäinen jeta les regards autour de lui. Il remarqua de légères traces de pas sur le gazon, des vestiges interrompus à travers la bruyère ; il chercha à les reconnaître et les suivit ; ils conduisaient au fond d'un bois, au fond d'un désert.

Quand il eut marché un certain temps, quand il eut franchi une courte distance, au milieu de ces espaces sauvages, il aperçut, à l'angle d'un massif chevelu, un réduit secret, une petite cabane enfoncée entre deux rochers, ombragée par trois sapins ; et là, il découvrit sa mère, sa douce et chère nourrice.

Lemminkäinen fut transporté d'une joie immense ; il éleva la voix et il dit : « O ma mère, ma bien-aimée mère, toi qui m'as engendré, qui m'as nourri de ton lait, tu jouis donc encore de la vie et de la santé ! Et cependant, j'avais cru que tu étais morte, que tu avais succombé sous les coups du glaive, que tu avais été massacrée par la hache. Oui, j'ai usé mes yeux à pleurer, j'ai terni les brillantes couleurs de mon visage (1). »

La mère de Lemminkäinen dit à son fils : « J'ai pu, hélas ! sauver ma vie, mais c'est en fuyant, c'est en me cachant dans ces déserts sauvages, dans ce sombre réduit de la forêt. Le peuple de Pohjola s'était armé contre toi, pauvre infortuné, et il a ravagé notre habitation, il l'a entièrement réduite en cendres. »

---

(1)

« Liha mullaksi lahonnut,
« Kuusset päälle kasvanehet,
« Katajaiset kantapäihin,
« Pahjut sormien nenähän. »

« Itkin pois ihanat silmät,
« Kasvon kaunihin kaotin. »

Le joyeux Lemminkäinen dit : « O ma mère, ô toi qui m'as donné le jour, chasse les chagrins qui te déchirent ! Une nouvelle habitation sera construite, une habitation meilleure que la première ; et nous livrerons bataille au peuple de Pohjola, nous exterminerons cette race maudite de Lempo (1). »

La mère de Lemminkainen dit à son fils : « Tu es demeuré longtemps, ô mon enfant, tu as longtemps vécu dans les terres étrangères, dans les régions lointaines, sur cette île inconnue, sur ce promontoire sans nom (2) ! »

Le joyeux Lemminkäinen, le beau Kaukomieli dit : « Il m'était agréable d'y vivre, il m'était doux d'y passer mes jours. Les arbres y brillent des splendeurs de la pourpre, les champs y reflètent l'azur, les branches de pins y sont autant de rameaux d'argent, les fleurs des bruyères autant de fleurs d'or ; le miel y coule dans les ruisseaux ; les œufs y roulent du haut des montagnes ; les sapins desséchés y versent l'hydromel, les sapins moisis y versent le lait ; on y recueille le beurre dans la jointure des cloisons, et les pieux de ces cloisons distillent la bière (3).

« Oui, il m'était agréable d'y vivre, il m'était doux d'y passer mes jours. Un seul obstacle venait troubler mes

___

(1) Voir page 41, note 3.
(2) Voir page 284, note 1.
(3) Cette description est magnifique, et cependant la traduction ne rend que très-faiblement la grâce et la splendeur du texte original. Je le reproduis intégralement :

> « Hyvä oli siellä, ollakseni,
> « Lempi liehaellakseni,
> « Puut siellä punalle paistoi,
> « Puut punalle maat sinelle,
> « Hopealle hongan oksat,
> « Kullalle kukat kanervan ;
> « Siell'oli mäet simaiset,
> « Kalliot kananmunaiset,
> « Mettä vuoti kuivat kuuset,
> « Maittoa mahot petäjät,
> « Aian nurkat voita lypsi,
> « Seipähät valoi olutta. »

plaisirs. Les pères craignaient pour leurs filles, pour ces laides et sottes créatures (1); ils avaient peur que je ne les pervertisse, que je n'abusasse d'elles avec excès (2). Je me cachais donc à cause des jeunes vierges, à cause des filles nées des femmes, comme se cache le loup à cause des porcs, comme se cache le vautour à cause des poules de la maison (3). »

(1) La fréquentation des jeunes filles de Saari lui étant désormais interdite, Lemminkäinen en parle avec le même mépris que le renard de La Fontaine parlait des raisins qu'il ne pouvait atteindre.

(2) Le texte finnois est beaucoup plus énergique.

« Pahasti piteleväni,
« Ylimäärin öitsiväni. »

Ce qui veut dire littéralement, traduit en latin : « (Timebant) ne violarem illas, ne plus quàm satis est dormirem cum illis. »

(3) Lemminkäinen se cachait pour séduire plus facilement les jeunes vierges, et après les avoir séduites, il se cachait encore pour se soustraire à la vengeance de leurs parents. Le texte finnois implique cette double signification. Le loup et le vautour qui servent ici de termes de comparaison sont, quoique sous d'autres rapports, absolument dans le même cas. Il ne faut pas s'étonner de voir ici le porc cité de préférence comme proie ordinaire du loup. Le porc, en effet, est très-abondant chez les Finnois; ils en prennent un soin tout particulier et s'en servent beaucoup plus que de tout autre animal dans la consommation domestique. Les runot nous en ont déjà offert plus d'un exemple.

TRENTIÈME RUNO

SOMMAIRE

Lemminkäinen se prépare, malgré l'avis contraire de sa mère, à entreprendre une campagne contre Pohjola. — Il arme son navire et
s'adjoint Tiera, son ancien frère d'armes. — La mère de famille de
Pohjola évoque contre les héros le secours du Froid. — Le Froid
entre en lutte avec Lemminkäinen, mais vaincu par ses conjurations,
il renonce à maltraiter sa personne et se retire, en laissant son navire entre les glaces. — Lemminkäinen, accompagné de Tiera, poursuit son voyage à pied. — Il s'égare en route, puis, après s'être
créé un cheval fantastique, il abandonne le projet qu'il avait formé
contre Pohjola et retourne dans la maison de sa mère.

Ahti, le fils unique, Lemminkäinen, le joyeux garçon,
s'en alla, de grand matin, visiter son navire.

Le navire se lamentait, le gouvernail pleurait amèrement : « Pourquoi m'a-t-on façonné, pourquoi m'a-t-on
construit? Ahti a renoncé à la guerre : voilà dix étés qu'il
n'a entrepris de campagne, pas même pour conquérir de
l'or ou pour rassembler de l'argent. »

Le joyeux Lemminkäinen donna au navire un coup de
son gant, de son beau gant (1), et il lui dit : « Ne pleure
point, ô surface de sapin (2), ne te lamente point, ô navire aux vastes bords, tu iras encore à la guerre, tu te
mêleras encore au tumulte sanglant des batailles; demain,
peut-être, tu seras rempli de rameurs. »

(1)　　　　 « Iski purtta vanttuhulla,
　　　　　　 « Kirjasuulla kintahalla. »
(2) *Hongan pinta.*

Et le héros se rendit auprès de sa mère, et il lui dit :
« O ma bonne mère, ô toi qui m'as engendré, tu ne devras point verser de larmes, tu ne devras point gémir, lors même que je viendrais à te quitter, que je partirais pour la guerre. Un projet a été conçu dans mon esprit, une résolution a surgi dans mon cerveau; je veux exterminer la race de Pohjola, je veux tirer vengeance des maux horribles dont elle nous a accablés. »

La mère de Lemminkäinen chercha à le dissuader de son projet, elle s'efforça de le faire renoncer à sa résolution : « Non, mon fils, ne va point au pays de Pohjola, le malheur y fondra sur toi, tu y rencontreras la mort. »

Lemminkäinen s'inquiéta peu de ce conseil; il ne s'en obstina pas moins à partir, et il dit : « Où trouverai-je, maintenant, un autre homme, un autre homme avec un autre glaive, pour accompagner Ahti dans la guerre, pour fortifier le fort?

« Je connais déjà Tiera, je sais la renommée de Kuura; peut-être trouverai-je en lui un autre homme, un autre homme avec un autre glaive, pour accompagner Ahti dans la guerre, pour fortifier le fort. »

Et il s'en alla de village en village, cherchant la maison de Tiera; et, quand il y fut arrivé, il dit : « O Tiera, toi qui m'es si bien connu, toi, mon cher, mon unique ami, te souvient-il encore de nos anciens jours, de notre vie d'autrefois, alors que nous allions ensemble au milieu des grandes batailles? Il n'existait pas un village dans lequel se trouvaient dix maisons, pas une maison dans laquelle se trouvaient dix guerriers, pas un guerrier, pas un seul héros que nous n'ayons attaqués ensemble, que nous n'ayons détruits et exterminés. »

Le père était assis près de la fenêtre, taillant le manche de sa hache, la mère se tenait sur le seuil de l'aitta (1), battant le beurre, le frère était à l'entrée du chemin,

(1) Voir page 3, note 6.

construisant son beau traîneau, les sœurs étaient sur le rivage, lavant le linge de famille.

Ils dirent tous ensemble : « Tiera ne peut aller, maintenant, à la guerre, sa lance ne peut se rendre au combat ; Tiera vient de faire un grand marché, un acte de commerce éternel (1) ; il vient d'épouser une jeune fille, de prendre une compagne, et il n'a pas encore eu le temps de caresser et de fatiguer son sein (2). »

Tiera se trouvait sur la plate-forme du poêle, Kuura (3) sur la couche du foyer (4), occupé à mettre ses chaussures ; il descendit dans l'enclos, et là il ceignit et boucla sa ceinture, puis il prit sa lance. Cette lance n'était ni des plus grandes, ni des plus petites, elle était de longueur moyenne. Un cheval bondissait sur le fer, un poulain y reposait, un loup hurlait au bout de la hampe, un ours grognait sourdement près de l'anneau (5).

Tiera la brandit avec force ; il l'enfonça d'une brasse dans la terre grasse du champ, dans la jachère en friche, dans le sol dépouillé de verdure. Ensuite, il se hâta de la joindre aux lances d'Ahti, et, se rendant à l'appel de son ancien frère d'armes, il partit avec lui pour la guerre.

Ahti Saarelainen poussa son navire dans la mer ; il le fit glisser à travers les vagues, comme glisse le serpent venimeux, le serpent vivant, sous la paille sèche, et il gouverna vers le nord-ouest, du côté des golfes de Pohjola.

Alors, la mère de famille de Pohjola envoya sur les ondes un froid sinistre ; elle l'exhorta de ses paroles et elle lui dit : « O Froid, mon tendre fils, toi, le plus beau

(1) On sait déjà que chez les anciens Finnois le mariage était une espèce de marché. Voir page 191, note 1.

(2)   « Viel'on nännit näppimättä,
                 « Rinnat riuahuttamatta. »

(3) Tiera et Kuura sont des noms propres qui s'appliquent, comme on le voit, à la même personne.

(4) Voir page 66, note 1.

(5) Il s'agit ici des figures de ces animaux incrustées ou gravées sur le fer et la hampe de la lance.

parmi ceux que j'ai engendrés, va où je t'invite, où je
t'exhorte à aller; fais que le navire de l'audacieux, que le
bateau de Lemminkäinen soit enchaîné par les glaces, sur
la blanche surface de la mer, au milieu des golfes vastes
et profonds; fais aussi que l'audacieux lui-même y soit
tellement cloué que, de tous les jours de sa vie, il ne
puisse s'en détacher, il ne puisse s'en délivrer, si je ne
viens, si je n'accours à son aide! »

Le Froid, cet être de misérable origine, ce garçon dé-
gradé dans ses mœurs (1), se mit en devoir de soumettre
la mer à sa puissance, de suspendre la course des vagues.
Déjà, lorsqu'il passait à travers les terres, les feuilles des
arbres s'étaient fanées, les tiges de gazon s'étaient desséchées (2).

Quand il fut parvenu sur les bords, les bords immenses
de la mer de Pohjola, il s'attaqua, dès la première nuit,
aux golfes et aux lacs, il amoncela les glaces sur leurs
rivages; mais il ne monta point encore jusqu'à la haute
mer, il ne toucha point encore à ses ondes; un gracieux
pinson voltigeait à leur cime, un hoche-queue s'y balançait; et leurs ailes, et leur petite tête n'avaient rien
perdu de leur chaleur.

Mais, la nuit suivante, le Froid déploya une violence
terrible, une vigueur implacable; il sévit sans pudeur;
les glaces s'élevèrent d'une aune, la neige tomba haute
et drue; et le navire de l'audacieux, le bateau de Lemminkäinen demeura immobile sur la mer.

Le Froid songea aussi à s'emparer du grand héros, à
le geler sans merci; et déjà il l'avait entrepris par les
doigts et par les orteils; mais Lemminkäinen éclata en
fureur, et il le poussa dans le feu, il le jeta sur un tas de

---

(1)   « Pakkanen, pahan sukuinen,
            « Ja poika pahan tapainen. »

(2)   « Jopa tuonne mennessänsä,
            « Maata matkaellessansa
            « Puut puri lehettömäksi,
            « Heinät helpehettömäksi. »

pierres dures comme le fer (1); puis il éleva la voix et
il dit :

« O Froid, fils de Puhuri (2), sauvage rejeton du cruel
hiver, garde-toi de me geler les doigts, de me geler les
orteils, garde-toi de toucher à mes oreilles, de toucher à
ma tête !

« N'as-tu donc d'autre proie à dévorer que la chair de
l'homme, que le corps du fils de la femme? Étends ta
rage sur les champs et sur les marais, sur les pierres
sèches et dures, sur les roseaux des ondes, sur les
branches des peupliers, sur l'écorce des bouleaux, sur les
jeunes sapins des bois; mais respecte la chair de l'homme,
la chair du fils de la femme !

Et si ces choses ne te suffisent point, choisis-en de
plus grandes : verse tes fureurs sur les pierres ardentes,
sur les dalles brûlantes, sur les montagnes de fer, sur les
rochers d'acier; enchaine la cataracte orageuse de Wuoksen (3), la cataracte farouche d'Imatra (4); ferme la gorge
béante, l'effroyable gueule des torrents sauvages (5)!

« Dois-je nommer ta famille, dois-je raconter ta renommée (6)? Je connais ton origine, je sais comment
tu as été engendré. Le Froid est né au milieu des roseaux, l'air dur au milieu des bouleaux, par delà les
tentes de Pohja, les maisons de Pimentola, d'un père au
génie corrupteur, d'une mère à l'âme dépravée.

« Qui allaita le Froid, qui nourrit l'air dur, lorsque

(1)　　　　« Tunki Pakkasen tulehen,
　　　　　　« Työnti rauta-rauniohon. »
(2) Le vent du nord.
(3) Voir page 23, note 5.
(4) Voir page 23, note 6.
(5) L'embouchure des fleuves :
　　　　　　« Kurimuksen kulkun suuta,
　　　　　　« Kinahmia kauheata. »
(6)　　　　« Joko nyt sanon sukusi,
　　　　　　« Kuuluttelen kunniasi? »
C'est-à-dire dois-je raconter la cause pour laquelle tu es célèbre, tu es
connu, par conséquent la cause de ton existence, le principe de ton
origine ?

sa mère manqua de lait, lorsqu'elle n'eut plus de mamelles?

« Le serpent allaita le Froid, le serpent le nourrit avec ses mamelles maigres et sèches, ses mamelles vides et ridées; le vent du nord le berça, le souffle glacé l'endormit, sur la mousse d'un marais horrible, au milieu des sources bondissantes (1).

« Ainsi naquit, ainsi fut élevé le garçon dépravé, le vicieux compère, mais il n'avait point encore de nom; on donna au misérable le nom de *Froid* (2).

« Alors, il se vautra dans les enclos, il se balança aux branches des arbres; pendant l'été, il dormit au fond des sources, il séjourna au sein des vastes marais; pendant l'hiver, il régna dans les bois de sapins, il trôna parmi les hauts pins, il gronda parmi les bouleaux et les aulnes; il dessécha les rameaux, il nivela les plaines (3), il dépouilla les forêts de leur feuillage, les bruyères de leurs fleurs, il dispersa les pommes des pins, il fendit les sapins.

« As-tu donc déjà assez grandi, ô Froid, es-tu donc devenu assez fort et assez puissant, toi qui voudrais t'attaquer à moi, qui voudrais me faire gonfler les oreilles, me torturer les pieds et les ongles des doigts?

« Je te défie de me geler le corps, de me roidir les membres : je mettrai du feu dans mes bas, des charbons

(1)   « Kyyhyt Pakkasen imetti,
                            « Kyy imetti, Käärme syötti
                            « Nännillä nenättömillä,
                            « Utarella uuttomalla,
                            « Pohjaistuuli tuuitteli,
                            « Vilu ilma viihytteli
                            « Pahoilla pajupuroilla,
                            « Horeilla hotichilla. »

(2) Dans les runot, le froid est ordinairement personnifié; il est, par conséquent, tout naturel qu'on lui donne un nom propre. Ce nom (en finnois, *Pakkanen*) viendrait-il de *Pakko*, force impérieuse, angoisse, douleur ?

(3) Pendant l'hiver, le sol des pays du Nord est entièrement nivelé, de sorte que les traîneaux y circulent aussi bien sur la terre ferme que sur les lacs, les marais et les détroits.

ardents dans mes chaussures, dans tous les plis de mes
vêtements, en sorte qu'il te sera impossible de m'étreindre
et de me terrasser.

« Va plutôt, va dans les régions extrêmes du nord ; et
quand tu y seras arrivé, quand tu seras de retour dans
ton pays, gèle la chaudière sur le feu, le charbon sur le
foyer, la main de la femme dans la pâte, le jeune homme
sur le sein de la jeune fille (1), le lait de la vache dans
ses mamelles, le poulain dans le ventre de la cavale ! »

« Si tu te montres sourd à mes paroles, je t'enverrai
dans la fournaise de Hiisi, au milieu des rochers ardents
de Lempo (2) ; là, tu t'enfonceras dans le feu, tu te mettras sur l'enclume, et le forgeron te broiera, te pétrira
de son lourd marteau.

« Si tu t'obstines dans ta rébellion, si tu refuses absolument de t'éloigner, j'ai encore en réserve un autre
endroit, une autre place : j'enfermerai ta bouche, j'enfermerai ta langue dans la maison de l'été (3), et tu ne
pourras en sortir, tu ne pourras t'en échapper, de tous
les jours de ta vie, si je ne viens pas, si je n'accours pas
à ton aide. »

Le Froid, fils de Puhuri, s'aperçut alors que le malheur
le menaçait, et il commença à demander grâce ; il éleva
la voix et il dit : « Réconcilions-nous, ô Lemminkäinen,
renonçons à nous nuire l'un à l'autre, tant que durera
cette vie, tant que la lune répandra sa lumière.

« Si tu apprends que j'ai encore abusé de ma force,
que j'ai commis quelque action coupable, jette-moi dans
la fournaise, enfonce-moi dans le feu, au milieu des
charbons ardents, sous le soufflet d'Ilmarinen, ou bien

(1)   « Poika neitosen povehen. »
(2) Voir page 41, note 3.
(3)   « Vien suusi suven siahan,
                  « Kielesi kesän kotihin. »

La runo prend ici, dans le froid, les parties qui mordent et englou-
tissent ; nous avons vu plus haut la même expression à propos du fer
ou de l'acier.

enferme ma bouche, enferme ma langue dans la maison
de l'été, de manière à ce que je ne puisse en sortir de
tous mes jours, de toute la durée de ma vie (1). »

Alors, le joyeux Lemminkäinen abandonna son navire
au milieu des glaces, et il poursuivit sa route à pied;
Tiera accompagna l'audacieux héros.

Il s'avança sur la surface solide, sur la plaine unie; il
marcha un jour, il marcha deux jours; le troisième jour
il découvrit au loin le promontoire de Nälkäniemi (2), il
aperçut le misérable village.

Et il s'approcha du château du promontoire, et il dit :
« Est-il dans ce château de la viande et du poisson, pour
rassasier les héros, pour apaiser notre faim?

Il ne se trouvait point de viande dans le château, ni
même une seule queue de poisson.

Le joyeux Lemminkäinen, le beau Kaukomieli dit :
« O feu dévore ce château, eau balaye ce repaire ! »

Et il se remit en route; et il s'enfonça dans les vastes
déserts, au milieu de régions inhabitées, de sentiers inconnus.

Le joyeux Lemminkäinen, le beau Kaukomieli, coupa
de la laine sur les pierres, détacha des poils de la surface
des rochers (3), et il les roula autour de ses jambes, il
les roula autour de ses mains, aux endroits que le froid
avait attaqués, que la gelée avait blessés.

Et, en marchant, il examinait où conduisait la route,
où menait le sentier : la route conduisait dans un bois,
le sentier dans un désert.

Alors, il éleva la voix et il dit : « O Tiera, mon cher
frère, nous voilà donc destinés à errer pendant tous

---

(1) Ce long récit concernant le froid forme, chez les bardes finnois
populaires, un chant consacré sous le nom de *Paroles conjuratrices
du froid*, *Pakkasens Luku.*

(2) Promontoire de la faim, de *nelkä*, faim, et *niemi*, promontoire.

(3)   « Keritsi kiveltä villat
        « Katkoi karvat kalliolta. »

nos jours, pendant toute notre vie, sous la voûte du ciel ! »

Tiera prit la parole et dit : « Hélas! c'est en vain, malheureux que nous sommes! c'est en vain que nous sommes partis pour les grandes batailles, pour les sombres demeures de Pohjola; nous périrons, nous perdrons la vie dans ces horribles régions, sur ces routes inconnues.

« Nous ne savons, nous ignorons par quels chemins, par quels sentiers, nous irons mourir au milieu d'un bois, tomber inanimés au milieu d'une bruyère, sur les champs habités par les corbeaux, sur les plaines fréquentées par les corneilles.

« Les corbeaux planent dans l'air; ils emportent dans leurs griffes nos tristes restes, ils plongent leur bec dans nos chairs, ils s'abreuvent de notre sang chaud, ils dispersent au loin nos os sur les tas de pierres (1).

« Et la pauvre mère ne sait pas, l'infortunée nourrice ignore où se meut sa chair, où bouillonne son sang : si c'est au milieu des grandes batailles, ou sur les vastes détroits, les vagues orageuses, si c'est sur une colline pommelée ou dans les profondeurs d'un bois désert.

« Non, la mère ne sait rien du sort de son enfant; elle le croit mort, elle le croit disparu; et elle pleure, et elle se lamente : « Le voilà donc, mon pauvre enfant, mon unique soutien, infortunée que je suis! Il est là-bas à labourer les champs de Tuoni (2), à herser les terres de Kalma (3)! Et, maintenant, les arcs restent inactifs, les beaux arcs se dessèchent, les oiseaux deviennent trop gras, les gelinottes caquettent dans les bois, les ours ravagent les troupeaux, les rênes folâtrent dans les plaines. »

(1) Tiera regarde sa position et celle de Lemminkäinen comme tellement désespérée, que leur mort lui parait déjà un fait accompli. Aussi parle-t-il *au présent* de l'acharnement des corbeaux sur leur cadavre.
(2) Voir page 100, note 4.
(3) Voir page 73, note 1.

Le joyeux Lemminkäinen, le beau Kaukomieli dit :
« Hélas ! oui, il en est ainsi, ma pauvre mère, ma déplorable nourrice ! Tu avais engendré de nombreuses colombes, tu avais mis au monde une troupe de cygnes ; et le vent les a séparés, le malheur les a dispersés.

« Je me souviens des anciens jours, je ne puis oublier les temps meilleurs, alors que nous bondissions, beaux comme les fleurs, frais comme les myrtilles, à travers les collines. Tout le monde admirait notre charmant visage, notre taille gracieuse. Il n'en est plus ainsi, maintenant, dans ces heures amères de notre vie : le vent est le seul être que nous connaissions, le soleil le seul objet que nous ayons à contempler, encore s'enveloppe-t-il de nuages et se laisse-t-il voiler par la pluie.

« Cependant, je serais moins triste, je me désolerais moins cruellement si toutes les jeunes filles vivaient heureuses, si les belles vierges se livraient à la joie, si toutes les femmes avaient le sourire aux lèvres, si les fiancées avaient l'âme douce comme le miel, si elles ne pleuraient point de regret, si elles n'étaient point dévorées par le chagrin (1).

« Les sorciers n'ont pu encore nous berner, les sorciers n'ont pu faire que nous périssions sur ces routes, que nous succombions au milieu de ce voyage, que nous nous endormions du suprême sommeil, dans les jours de notre jeunesse, dans la fleur de nos années.

« Que leurs maléfices se tournent contre leurs propres demeures, qu'ils s'attachent à leurs propres foyers, qu'ils se bernent eux-mêmes, qu'ils bernent leurs enfants, qu'ils détruisent leur famille, qu'ils exterminent toute leur race !

« Jamais mon père, jamais le père de mon père ne se sont inclinés devant le pouvoir des sorciers, jamais ils

_____

(1) Lemminkäinen donne ici un souvenir aux jeunes filles de Saari, auxquelles son départ a fait verser tant de larmes.

n'ont gagné le Lapon avec des présents (1). Je suivrai
l'exemple de mon père, je dirai comme lui : « Protége-
moi, ô Créateur éternel, protége-moi, ô glorieux Jumala, sauve-moi avec ta main pleine de grâces, avec ta
puissante armée, des artifices des hommes, des machinations des femmes, des ensorcellements des mentons bar-
bus, des ensorcellements des mentons sans barbe! Sois
mon appui invincible, ma garde inviolable, afin que le
garçon ne se perde point, que le fils de ma mère ne s'é-
gare point de la route que le Créateur lui a montrée, que
Jumala lui a tracée (2)! »

Et le joyeux Lemminkäinen, le beau Kaukomieli se
fit un cheval de chagrins, un noir étalon de soucis, il lui
façonna une bride de jours sinistres, une selle d'angoisses poignantes (3); puis il monta sur le dos du bel

(1) On sait que, chez tous les peuples du monde, les sorciers n'ont
jamais été insensibles aux présents, et que la moindre pièce d'argent
suffit le plus souvent pour calmer leur courroux et se les rendre favorables.

(2) Tout ce long passage relatif aux sorciers, forme un chant particulier analogue à celui que nous avons rencontré dans la douzième
runo (voir page 103, note 1). On l'appelle aussi *Paroles de précaution* (*varaussanat*). Je citerai le texte des derniers vers :

> « Ei ennen minun isoni,
> « Eikä valta-vanhempani
> « Nouatellut noian mieltä,
> « Lahjitellut Lappalaista.
> « Noin sanoi minun isoni,
> « Noin sanon minä itseki :
> « Varjele vakainen luoja,
> « Kaitse kaunoinen Jumala,
> « Auta armo-kouralassi,
> « Väkevällä vallallasi :
> « Miesten mieli-juohtehista
> « Akkojen ajatuksista,
> « Pakinoista partasuien,
> « Pakinoist'on parratointen !
> « Ole ainaisna apuna,
> « Vakaisena vartiana,
> « Ettei poika pois tulisi,
> « Emon tuoma erkaneisi
> « Luojan luomalta laulta,
> « Jumalan sukeamalta ! »

(3) C'est-à-dire que les chagrins, les soucis, etc., déterminèrent

animal, il s'élança sur la croupe du coursier au front étoilé; et, suivi de Tiera, son frère d'armes, il se mit aussitôt en route, longea avec fracas les rivages, et arriva à la demeure de sa mère bien-aimée, de sa douce et tendre nourrice.

Lemminkäinen à reprendre au plus vite le chemin de la maison maternelle.

TRENTE ET UNIÈME RUNO

SOMMAIRE

Lutte sanglante entre Kalervo et Untamo. — Kalervo est vaincu et
toute son habitation réduite en cendres. — Kullervo, fils de Kalervo,
vient au monde à la suite de ce désastre et jure de le venger. —
Untamo le fait élever, puis lui confie plusieurs tâches que Kullervo
remplit d'une façon insensée. — Untamo renonce à se servir de
lui, et le transporte en Karélie, où il le vend au forgeron Ilmarinen,

Une mère élevait plusieurs colombes; elle nourrissait
une troupe de cygnes (1). Elle laissa les colombes dans
l'enclos de sa maison, mais elle conduisit les cygnes au
bord d'un fleuve. Vint un aigle qui les enleva dans les
nues; vint un épervier qui les dispersa. Et l'oiseau ailé
en porta un en Karjala (2), un autre en Wenäjä (3),
quant au troisième, il le ramena à la maison maternelle.

Celui qui fut porté en Wenäjä devint un habile marchand; celui qui fut porté en Karjala devint le célèbre
Kalervo (4); celui qui fut ramené à la maison maternelle
devint le sombre Untamo (5), fléau de son père, désespoir de sa mère.

(1) Forme allégorique très-fréquente dans la poésie finnoise. Voir
page 306.
(2) Voir page 23, note 3.
(3) Voir page 180, note 1.
(4) Presque tous les noms propres ont en finnois une signification
déterminée. On en a vu déjà de nombreux exemples. Kalervo vient
de Kala (poisson), et veut dire homme de mer, pêcheur.
(5) De Uni, sommeil, et, par suite, homme de nuit, aux passions
ténébreuses et sinistres. Voir page 44, note 1.

Untamo jeta son filet dans l'étang de Kalervo. Kalervo visita le filet et prit tout le poisson qui s'y trouvait. Alors, Untamo, l'homme méchant, entra en fureur. Il s'escrima avec les doigts, il attaqua avec les poings, il livra bataille pour le ventre d'un poisson, pour une perche en frai.

Ainsi luttèrent Kalervo et Untamo, mais nul ne fut vainqueur : si l'un portait un coup, l'autre le lui rendait aussitôt.

Deux jours, trois jours après cette querelle, Kalervo sema son avoine derrière la maison d'Untamo.

La fière brebis d'Untamo mangea l'avoine de Kalervo; le chien farouche de Kalervo dévora la brebis d'Untamo.

Untamo entra de nouveau en fureur et vociféra des menaces de mort contre Kalervo, contre son propre frère. Il jura d'abattre sa maison, d'y massacrer les grands et les petits, d'en exterminer tous les habitants et de la brûler jusqu'à la cendre.

Et il arma ses hommes : il donna aux forts·des glaives, aux faibles et aux enfants des épieux, et il marcha à un combat sanglant, à une guerre sans merci, contre le fils de sa mère.

La belle-mère de Kalervo, la superbe femme, était assise près d'une fenêtre, regardant vers la plaine. Elle ouvrit la bouche, et elle dit : « Est-ce une épaisse fumée ou un sombre nuage qui s'élève là-bas, de l'autre côté du champ, à l'ouverture du nouveau chemin ? »

Ce n'était ni une épaisse fumée, ni un sombre nuage; c'étaient les guerriers d'Untamo se précipitant au combat.

Déjà, ils sont arrivés. Le glaive brille à leur flanc. Ils taillent en pièces la troupe de Kalervo, massacrent la grande race, brûlent son habitation et la rasent au niveau du sol aride.

Une seule femme échappa au désastre, une femme portant un enfant dans son sein. Les guerriers d'Untamo l'emmenèrent avec eux, pour l'employer à mettre en ordre sa maison, à balayer les ordures de sa chambre.

Et quand un peu de temps se fut écoulé, la malheureuse femme mit au monde un fils. Quel nom fut donné à ce fils? Sa mère l'appela Kullervo (1), mais Untamo l'appela Sotjalo (2).

On coucha le petit enfant, le pauvre orphelin, dans un berceau.

Puis on le berça pendant un jour, pendant deux jours. Le troisième jour, l'enfant agita tout à coup ses pieds et se roidit de tous ses membres. Il déchira son maillot, se dressa sur sa couverture, brisa son berceau de bois de tilleul et mit ses langes en pièces.

Ainsi, l'on reconnut que la vigueur lui était venue, qu'une séve puissante bouillonnait dans ses veines. Untamo commença à espérer qu'il deviendrait un homme d'une grande sagesse, un fier et indomptable héros, un esclave (3) valant plus de cent, plus de mille esclaves.

Mais, au bout de deux mois, au bout de trois mois, lorsqu'il n'était encore pas plus haut que le genou, l'enfant se mit à songer en lui-même et dit : « Si je devenais un peu plus grand, si mon corps prenait un peu plus de force, je vengerais les douleurs de mon père, les angoisses de ma mère ! »

Untamo entendit ces paroles, et il dit : « Cet enfant sera le fléau de ma race; Kalervo revit en lui. »

Et les hommes et les femmes tinrent conseil. Ils se demandèrent où ils pourraient transporter l'enfant, où ils pourraient l'exposer à une mort certaine.

On l'enferma dans un tonneau, et on roula le tonneau dans la mer, au milieu des flots orageux.

Deux nuits, trois nuits s'écoulèrent. On alla voir si l'enfant était noyé, s'il était mort dans le tonneau.

L'enfant n'était point noyé, l'enfant n'était point mort dans le tonneau. Échappé de sa prison, il se balançait

---

(1) De *Kulta* (or), par conséquent objet précieux et digne d'amour. (Voir page 15, note 1.)
(2) Force du combat, de *sota* (combat).
(3) Voir page 84, note 1.

tranquillement sur les vagues, tenant dans ses mains une ligne, au manche de cuivre, au fil de soie. Il pêchait le poisson et sondait les profondeurs de la mer. La mer a assez d'eau pour remplir deux coupes, et si on la mesurait bien rigoureusement, elle en fournirait peut-être encore assez pour une troisième (1).

Untamo se dit de nouveau : « Où faudra-t-il donc transporter ce garçon ? Où trouvera-t-il sa perte certaine ? Où rencontrera-t-il le coup de la mort ? »

Il ordonna à ses esclaves de rassembler une grande quantité de bouleaux hauts et durs, de sapins chevelus, de vieux pins résineux, afin de brûler le garçon, d'exterminer Kullervo.

Les arbres furent rassemblés, les bouleaux hauts et durs, les sapins chevelus, les vieux pins résineux. On y ajouta encore mille traîneaux d'écorce, cent brasses de jeunes rameaux ; et, quand le bûcher fut allumé, quand la flamme s'en élança furieuse, on y jeta le pauvre garçon.

Le bûcher brûla un jour, brûla deux jours, il brûla jusqu'à trois jours. Alors, on s'en approcha pour voir ce qu'était devenu Kullervo. Il était à genoux, au milieu du brasier, jouant avec les charbons et les attisant avec un croc en fer. Le feu n'avait pas même effleuré la pointe de ses cheveux, il avait respecté jusqu'au plus léger duvet de sa chair.

Untamo, furieux, se demanda encore : « Où faudra-t-il donc transporter ce garçon ? Où trouvera-t-il sa perte certaine ? Où rencontrera-t-il le coup de la mort ? »

On pendit Kullervo à un arbre, on le hissa jusqu'à la cime d'un chêne.

Deux nuits, trois nuits s'écoulèrent et autant de jours. Untamo réfléchit profondément.

« Il est temps de savoir si Kullervo a succombé, s'il a trouvé la mort sur la potence ! »

_____

(1) Proverbe finnois signifiant la grande quntité d'eau que contient la mer.

Et Untamo envoya un esclave pour s'en assurer. L'esclave rapporta cette nouvelle :

« Kullervo n'a point succombé, Kullervo n'a point trouvé la mort sur la potence. Il est là, un ciseau à la main, gravant sur l'arbre toute sorte de figures : des guerriers, des lances, des épieux ; le chêne en est entièrement couvert. »

Ainsi, Untamo se vit convaincu d'impuissance. Tous ses efforts pour perdre le terrible garçon avaient échoué ; Kullervo avait échappé à tous les piéges, rien n'avait réussi contre sa vie.

Ennuyé, fatigué de chercher les moyens de s'en défaire, Untamo dut se résoudre à garder le garçon dans sa maison, à traiter l'esclave comme un membre de sa famille.

Il lui parla en ces termes : « Si tu veux te bien conduire, si tu veux vivre tranquille et sage, tu peux rester dans ma maison et y travailler. Nous réglerons plus tard ce que tu dois gagner. Je te récompenserai suivant ton mérite : une belle ceinture pour ta taille ou un soufflet bien appliqué sur tes oreilles. »

Kullervo, devenu grand, fut donc mis au travail. On lui confia la garde d'un enfant, d'un petit enfant aux doigts délicats.

« Prends bien soin de ce petit enfant, donne-lui à manger souvent et selon sa faim ; lave ses langes dans la rivière, et tiens propres tous ses petits vêtements. »

Kullervo prit soin du petit enfant : le premier jour, il lui cassa les bras ; le second jour, il lui arracha les yeux ; le troisième jour, il le laissa mourir de maladie ; puis il jeta ses langes dans la rivière et brûla son berceau.

Untamo se livra à de profondes réflexions.

« Ce garçon ne vaut rien pour garder les petits enfants, pour bercer les doigts délicats. A quoi donc l'employer ? Quel ouvrage lui confier ? Peut-être réussira-t-il mieux à abattre les arbres d'une forêt et à la défricher. »

Et Untamo envoya Kullervo dans une forêt pour y abattre des arbres et la défricher.

Alors Kullervo, fils de Kalervo, dit ces paroles :

« Ainsi donc, moi aussi je deviendrai un homme lorsque j'aurai une hache à la main. On me trouvera plus beau à voir, plus beau que par le passé. Oui, je deviendrai un homme qui vaudra cinq hommes, un héros qui pourra lutter contre six héros. »

Et il se rendit dans l'atelier d'un forgeron.

« Forgeron, mon cher frère, fais-moi une hache, une hache convenable, une hache proportionnée à ma taille ; j'ai une forêt à défricher, j'ai de grands bouleaux à abattre. »

Le forgeron se mit aussitôt à l'ouvrage ; il fit puissamment résonner son marteau, et déjà la hache commandée est prête, une hache convenable, une hache proportionnée à la taille du héros.

Kullervo, fils de Kalervo, prit la hache ; il en aiguisa le fer pendant le jour, et le soir il en tailla et polit le manche.

Et il se dirigea vers la forêt ; il pénétra dans les espaces vastes et sauvages, au milieu des grands bouleaux, des gigantesques futaies.

Là, il brandit sa hache. D'un coup il abat les troncs les plus vigoureux, d'un demi-coup les tiges les plus tendres. Cinq arbres, huit arbres tombent à la fois. Puis, il vociféra d'une voix éclatante : « Que Lempo apparaisse ici et frappe ! Que Hiisi (1) vienne lui-même renverser les troncs ! »

Et il poursuit avec rage son œuvre de destruction, et poussant une immense clameur, un sifflement effroyable, il s'écrie : « Que les bois s'écroulent, que les fiers bouleaux jonchent la terre, aussi loin que ma voix se fait entendre, que mon sifflement retentit !

« Que nulle plante ne germe, que nulle tige ne gran-

(1) Voir page 50, note 1.

disse, tant que les siècles poursuivront leur course, que
la lune répandra sa lumière, dans la forêt défrichée par
le fils de Kalervo, dans le nouveau champ du grand
héros !

« Et si la terre s'obstine à se montrer féconde, si la
semence germe de son sein, si la tige se dresse et bour-
geonne, que l'épi, du moins, ne se forme jamais, que
jamais il ne sente couler en lui la séve vivifiante ! »

Untamo, l'homme cruel, voulut voir ce que le fils de
Kalervo avait fait. La forêt abattue ne ressemblait en
rien à une forêt défrichée et disposée pour la semence.
Ce n'était point là l'œuvre d'un jeune homme.

Untamo pensa en lui-même : « Ce garçon n'est point
apte à une pareille tâche : il a coupé les troncs les plus
solides, il a détruit les meilleurs bouleaux. A quoi donc
l'occuper ? Quel ouvrage lui confier ? Peut-être réussira-
t-il mieux à construire une cloison. »

Et Untamo chargea Kullervo de construire une cloison.

Kullervo abattit les plus grands pins, les plus hauts
sapins. Puis, il les planta en ligne serrée, et les lia fortement les uns aux autres avec de longues verges de
sorbier. Ce fut là sa cloison : elle n'avait ni porte ni aucune autre ouverture.

Kullervo dit : « Que celui qui n'a pas les ailes de
l'oiseau ne tente pas de franchir la cloison du fils de
Kalervo ! »

Untamo alla voir ce qu'avait fait Kullervo. Il vit une
cloison sans porte ni aucune autre ouverture, une cloison
solidement enfoncée dans la terre et s'élevant jusqu'aux
nuages du ciel.

Il dit : « Ce garçon n'est point apte à un pareil travail.
La cloison qu'il a construite est impraticable ; je ne puis
la franchir ni passer au travers. A quoi donc l'occuper ?
Quel ouvrage lui confier ? Peut-être réussira-t-il mieux à
battre le seigle. »

Et Untamo envoya Kullervo battre le seigle.

Kullervo, fils de Kalervo, battit le seigle avec ardeur ; il le battit jusqu'à pulvériser le grain, jusqu'à réduire la paille en son.

Untamo alla voir son ouvrage. Il vit le grain pulvérisé, la paille réduite en son ; et il fut transporté de colère.

« Ainsi donc cet homme n'est bon à rien ! Partout où je l'ai employé, il n'a fait que folie. L'enverrai-je en Wenäjä (1) ou l'emmènerai-je en Karjala (2), pour le vendre au forgeron Ilmarinen et le mettre au régime du marteau ? »

Untamo emmena le fils de Kalervo en Karjala, et le vendit au grand Ilmarinen, à l'habile batteur de fer.

Quel prix le forgeron paya-t-il pour l'esclave ? Un grand prix : deux vieux chaudrons fêlés, trois moitiés de crochets, cinq faux édentées, six râteaux de rebut. Voilà ce qui fut payé pour le misérable, pour l'esclave qui n'était bon à rien.

(1) Voir page 180, note 1.
(2) Voir page 23, note 3.

TRENTE-DEUXIÈME RUNO

SOMMAIRE

La femme d'Ilmarinen se décide à employer Kullervo pour garder son troupeau. — Elle lui prépare un pain dans la pâte duquel elle cache une pierre, le met dans sa besace et lui ordonne de conduire les bêtes au pâturage. — Au moment où il part, elle se livre à une foule d'invocations et de conjurations, pour écarter les dangers qui pourraient fondre sur le troupeau confié à la garde de Kullervo.

Kullervo, fils de Kalervo, Kullervo, le jeune homme aux bas bleus, à la blonde chevelure, à la belle chaussure, demanda au forgeron Ilmarinen de l'ouvrage pour le soir, à la femme du forgeron de l'ouvrage pour le matin.

« Qu'on me dise, maintenant, à quoi il faut m'occuper, qu'on m'indique ce que je dois faire ! »

La femme du forgeron chercha, dans son esprit, à quoi le nouvel esclave, l'homme acheté pouvait être utile. Elle résolut d'en faire un gardeur de troupeaux.

Et la méchante créature prépara un grand pain. Elle le pétrit de froment au-dessus, d'avoine au-dessous; mais, au milieu, elle cacha une pierre.

Puis, elle le trempa dans du petit lait, le frotta de beurre, et, le donnant à Kullervo, elle lui dit : « Tu ne toucheras à ce pain que lorsque tu auras conduit le troupeau dans le bois. »

Et la femme du forgeron fit partir les bêtes pour le
pâturage, et elle éleva la voix, et elle dit :

« J'envoie mes vaches dans le bois touffu, les donneuses de lait au milieu des forêts défrichées, les bêtes
aux cornes recourbées parmi les peupliers et les bouleaux. Je les envoie pour qu'elles grandissent et qu'elles
engraissent dans ces champs riches de verdure, dans ces
forêts de sapins à la couronne d'or, dans ces vastes espaces brillants comme l'argent.

« Veille sur elles, ô bon Jumala, protége-les, ô créateur immuable; éloigne de leurs pas tous les dangers,
et conduis-les à travers des voies sûres et libres de douleurs.

« Ainsi que tu les gardes dans l'étable, garde-les
sous le ciel libre. Remplace auprès d'elles leur maîtresse, et fais qu'elles embellissent, qu'elles prospèrent,
pour la joie de ceux qui les aiment, pour la confusion de
ceux qui leur souhaitent du mal.

« Et si mes bergers sont trop mauvais, si mes pâturages sont trop maigres, charge une branche d'osier de
garder le troupeau, un bouquet d'aulne de le contenir,
un rameau de coudrier de le rassembler, une verge de
putier de le ramener à l'étable, sans que la maîtresse de
maison ait besoin d'aller à sa rencontre, sans que les
serviteurs doivent en prendre souci (1).

« Et si l'osier refuse de garder le troupeau, si le coudrier ne veut pas le rassembler, ni l'aulne veiller sur lui,
ni le putier le ramener à l'étable, donne-lui, ô Jumala,
d'autres gardiens; confie-le aux filles de la nature (2)!
N'as-tu pas mille jeunes filles, mille servantes qui
obéissent à ta voix? Ne disposes-tu pas de tous les êtres
qui vivent sous la voûte de l'air, des vierges bienfaisantes
issues de Luonto (3)?

_____

(1) C'est-à-dire arme-toi d'une verge d'osier, de genévrier, etc., pour
chasser le troupeau vers l'étable.
(2) Voir page 16, note 3.
(3) Voir page 4, note 4.

« O Suvetar (1), belle femme, Etelätär (2), mère de la nature, Hongatar (3), douce matrone, Katajatar (4), belle vierge, Pihlajatar (5), tendre jeune fille, Tuometar (6), fille de Tapio (7), accourez toutes prendre soin de mon troupeau ! Veillez sur lui durant ce bel été, durant ces jours où les feuilles couvrent les arbres et bruissent dans leurs branches, où le gazon orne la terre de sa verdure !

« Suvetar, belle femme, Etelätär, mère de la nature, étendez votre voile aux fins plis, déployez votre tablier sur mon troupeau, afin de le protéger contre le vent glacé, contre la pluie battante.

« Chassez loin de lui tout fléau, détournez-le des chemins du malheur, des marais humides, des rivières bondissantes, des trous profonds, afin qu'il ne tombe point dans l'angoisse, qu'il ne soit exposé à aucun danger sans la volonté de Jumala, sans l'ordre du Bienheureux (8) !

« Faites résonner la corne du pasteur, des régions les plus reculées, la corne de miel, des hauteurs du ciel, la corne d'hydromel (9), des profondeurs de la terre, et qu'à ces sons joyeux, les collines se revêtent de fleurs, les bruyères s'embellissent, les lisières des bois se parent de doux feuillage, les marais distillent un miel pur, la bière (10) croisse aux bords des ruisseaux !

« Rassasiez ensuite mon troupeau, nourrissez-le de miel suave, donnez-lui les fleurs qui germent au cœur

---

(1) De *Suvi*, été, déesse des bois.
(2) De *Etelä*, Sud, déesse des vents du Sud.
(3) De *Honka*, pin, déesse des pins.
(4) De *Kataja*, genevrier, déesse des genevriers.
(5) De *Pihlaja*, sorbier, déesse des sorbiers.
(6) De *Tuomi*, putier, déesse des putiers.
(7) Voir page 114, note 2.
(8) Cette épithète, que les runot appliquent assez souvent à Jumala, est remarquable.
(9) C'est-à-dire la corne dont le son a la douceur du miel, la limpidité de l'hydromel.
(10) L'orge et le houblon.

des fontaines, les fleurs qui s'épanouissent près des cataractes bruyantes, des sources bondissantes, des fleuves impétueux, les fleurs qui s'élèvent sur les collines d'or, au milieu des bosquets d'argent!

« Creusez un puits d'or de chaque côté du pâturage, afin que mon troupeau s'y abreuve, et que de ses mamelles remplies de la douce séve, le lait s'échappe comme un torrent, même sous la pression d'une main jalouse et ennemie, sans aller se perdre dans les entrailles de Mana (1)!

« O Suvetar, belle femme, Etelätär, mère de la nature, accourez, vous aussi; rassasiez mes vaches bien-aimées, gonflez leurs mamelles de lait nouveau, de lait extrait du suc des fleurs, du miel des gazons, de la séve, des arbres, du sein des vierges qui habitent dans les nuages, afin qu'elles se présentent en bon état à la jeune fille chargée de les traire!

« Lève-toi de ton humide demeure, ô vierge des sources murmurantes, vierge au teint rose et frais; prends de l'eau dans tes réservoirs et lave le troupeau, embellis les vaches, avant que leur maîtresse, leur sévère maîtresse vienne les visiter!

« O Mielikki (2), reine des forêts, mère des troupeaux, aux larges mains, envoie une de tes plus grandes, de tes meilleures servantes, afin qu'elle garde mes bêtes, qu'elle prenne soin de mon troupeau pendant ce long été, ces jours d'ardente chaleur que nous a donnés Jumala, le dieu riche en grâces!

« Tellervo, fille de Tapio, vierge des bois à la face obtuse, à la belle chevelure d'or, à la robe de lin moelleux, toi qui gardes les troupeaux dans la douce Metsola (3), dans la vigilante Tapiola (4), prends soin de mes

(1) Voir page 38, note 2.
(2) Voir page 114, note 3.
(3) Voir page 116, note 1.
(4) Voir page 129, note 3.

vaches, avec tes belles mains, avec tes jolis doigts ; lisse
leur peau de manière à ce qu'elle soit aussi polie que la
toison du lynx ou de la brebis des forêts, aussi luisante
que l'écaille des poissons de la mer ; oui, fais cela vers
la chute du jour, et ramène les superbes bêtes à leur
maîtresse, les flancs chargés d'un lait abondant et écumeux !

« Nyyrikki (1), fils de Tapio, au manteau bleu, abats
les hauts sapins, les pins à la riche couronne ; étends-les,
comme des ponts, sur les endroits fangeux, sur les passages escarpés, sur les marais humides, sur les gazons
mouvants ; et, à travers cette voie nouvelle, conduis les
cornes recourbées, les pieds fendus, en les préservant
de tout accident et de toute chute !

« Si le troupeau refuse de marcher, s'il ne veut point
reprendre le chemin de l'étable, alors que tombe la nuit,
ô Piblajatar, belle jeune fille, Katajatar, douce vierge,
coupez une verge de bouleau dans le bois, une baguette
de sorbier, derrière le château de Tapio, la montagne de
Tuomi, et chassez les vaches rebelles vers leur demeure.
Il faut qu'elles y soient rentrées à l'heure où l'on chauffe
le bain.

« O bel Otso (2), pomme des bois, aux pieds ruisselant de miel, faisons ensemble un pacte, un traité de
paix pour toute notre vie. Jure-moi de ne point attaquer
les jambes recourbées, de ne point écraser les donneuses
de lait durant ces jours d'été brûlant que nous envoie le
Créateur !

« Quand tu entendras résonner leur clochette ou retentir la corne du berger, retire-toi dans ton repaire de
mousse, ou bien gagne les collines les plus éloignées !

---

(1) Voir page 114.
(2) *Otso* veut dire proprement front. Les Finnois donnaient ce
surnom à l'ours, à cause de son large front. C'était à leurs yeux
l'animal le plus redouté. De là ces invocations étranges (*otson-
varoittusanat*) dont il est l'objet. On l'appelle aussi *pied de miel*,
à cause du goût prononcé que l'ours a pour le miel.

« Otso, mon unique bien-aimé, mon doux pied de miel, je ne te défends point d'errer alentour de mon troupeau, ni même de t'en approcher; mais garde-toi de le toucher avec ta langue, de le saisir avec ta bouche, de le déchirer avec tes dents, de le mettre en pièces avec tes griffes !

« Évite les pâturages, glisse-toi secrètement le long des champs de lait, détourne-toi des lieûx où résonnent les clochettes, où le berger fait entendre sa voix ! Si le troupeau est dans la prairie, gagne le marais; s'il vient dans le marais, fuis vers le bois; s'il gravit la colline, descends-la; s'il la descend, remonte-la; s'il se répand dans la forêt défrichée, tourne tes pas du côté de la forêt vierge; s'il t'y rejoint, cède-lui de nouveau la place et va prendre la sienne (1) ! Marche comme le coucou d'or, vole comme la colombe d'argent, glisse comme la lotte ou le lavaret; cache tes griffes dans ta toison, tes dents dans leurs gencives, afin que le troupeau n'éprouve aucun dommage et échappe au malheur !

« Oui, laisse le troupeau errer en paix à travers les

(1)

« Otsoseni, ainoiseni,
« Mesikämmen kaunoiseni !
« En sua kiellä kiertämästä,
« Eukä käymästä epeä,
« Kiellän kielen koskemasta,
« Suun ruman rupeamasta,
« Hampahiu hajottamosta,
« Kämmenin käpyämästä.
« Käyös kaarten karjamaita,
« Piiten piimä-kankahia,
« Kierten kellojen remua,
« Aäntä paiuenen paeten !
« Kousa on karja kaukahalla,
« Sinä suolle soiverraite,
« Kun karja sotahti suolle,
« Silloin korpehen kokeos,
« Karjan käyessä mäkeä
« Astu sie märn alatse
« Mene sie mäkeä myöten,
« Astuessansa aholle
« Sinä viere viiakkoa,
« Viiakkoa vierressänsä
« Sinä astuos ahoa ! »

mousses et les bruyères, les landes et les marais, et garde-
toi d'y toucher, si légèrement que ce soit !

« Rappelle-toi le serment que tu as fait jadis, près du
torrent de Tuonela (1), de la cataracte mugissante de
Kynsi, aux pieds du grand Jumala ! Il te fut permis alors
de visiter deux fois, pendant l'été, les lieux où résonnent
les clochettes, mais non d'y commettre le mal et de t'y
signaler par une œuvre honteuse !

« Si la rage s'empare de toi, si tes dents aspirent à
dévorer, va exercer tes ravages dans les bois, au milieu
des bouleaux et des sapins ; arrache les jeunes arbrisseaux, les tendres plantes, les frais rameaux chargés de
baies !

« Et s'il te faut rassasier ta faim, mange les champignons sauvages, dévaste les nids de fourmis, ronge les
racines des roseaux, les blocs de miel de Metsola, mais
épargne mes pâturages, épargne l'herbe destinée à nourrir mon troupeau !

« Les vastes chaudières d'hydromel de Metsola ont
cessé de fermenter sur les collines d'or, sur les montagnes d'argent. Là, il y a de quoi assouvir le vorace,
sans que la nourriture vienne jamais à manquer, sans que
le breuvage diminue.

« Ainsi donc, c'est entre nous un pacte, un traité de
paix éternel. Nous vivrons en parfait accord pendant
tout l'été, nous aurons les mêmes champs à fréquenter ;
seulement, nos provisions de voyage seront différentes.

« Si ton instinct te pousse au combat, si tu veux
vivre absolument en guerre, eh bien ! nous nous battrons
pendant l'hiver, alors que la neige couvrira au loin les
plaines. Mais, dès que l'été renaîtra, que les bruyères
fleuriront, que les ruisseaux feront entendre leur frais
murmure, garde-toi, oui, garde-toi d'approcher de mes
pâturages, de ces champs où j'aurai conduit mon troupeau !

(1) Voir page 38, note 3.

« Et si tu ne tiens pas compte de ma défense, si tu envahis les lieux que je t'interdis, on te chassera sans merci. Les chasseurs que leurs travaux retiendraient chez eux seront remplacés par des femmes puissantes, par des maîtresses de maison expérimentées. Elles bouleverseront tes chemins, elles te les rendront si difficiles que, malgré ton humeur sauvage, tu ne pourras faire aucun mal sans la volonté du Très-Haut, sans la permission du Bienheureux.

« O Ukko (1), dieu suprême entre tous les dieux, lorsque tu entendras s'approcher le *grave* (2), change aussitôt la forme de mon troupeau. Oui, change mes vaches en blocs de pierre, change mes belles donneuses de lait en troncs d'arbre, lorsque le monstre apparaîtra dans la plaine, lorsque l'homme fort se mettra en mouvement !

« Ah ! si moi-même j'étais Otso, si je marchais, semblable aux pieds de miel, je ne viendrais pas toujours me dorloter aux genoux des femmes. Il est d'ailleurs d'autres champs, il est, au loin, d'autres pâturages où le paresseux, l'homme sans travail peut aller folâtrer à l'aise. Va donc, aussi vite que tes jambes te le permettront, au milieu de ces bruyères bleues, de ces vastes landes sauvages !

« Oui, il est des plaines onduleuses que tu peux visiter, des landes sablonneuses où tu peux prendre tes ébats. Là, les chemins sont vraiment faits pour toi. Oui, va vers les rivages de la mer, vers les limites extrêmes de Pohja, vers les vastes déserts de Laponie. Tu y vivras bien et agréablement, tu y passeras l'été et l'automne, sans y être exposé à aucun dommage !

« Mais, s'il ne te plaît pas de te rendre dans ces régions, prends le sentier qui te conduira aux landes téné-

---

(1) Voir page 5, note 2.
(2) L'ours est ainsi qualifié à cause de son air sombre et réfléchi.

breuses de Tuonela (1), aux bois chevelus de Kalma (2) !
Tu y trouveras aussi de vastes marais, d'immenses bruyères
à parcourir, et des vaches maigres, et des vaches grasses
et succulentes !

« O bois cléments, ô doux bocages, et toi, sombre désert, soyez-moi propices ! Vivez en paix avec mes troupeaux, en bonne harmonie avec les jambes crochues,
durant ces longs jours d'été, cet été brûlant du Créateur !

« O Kuippana (3), roi des bois, dieu tutélaire des forêts, à la barbe grise, retiens tes chiens sous ta garde !
Glisse un ver dans l'un de leurs naseaux, une baie dans
l'autre, afin qu'ils ignorent la direction du vent et qu'ils
ne reconnaissent point la piste de mes bêtes ! Mets sur
leurs yeux un bandeau de soie, un bandeau autour de leurs
oreilles, afin qu'ils ne voient point mon troupeau bondir,
qu'ils n'entendent point le bruit de ses pas (4) !

« Et si cela ne suffit point, si ces précautions ne sont
point assez efficaces, interdis à ton fils (5) l'accès de mes
pâturages ! Cache tes chiens dans une caverne, enchaîne-
les avec des chaînes d'or, des chaînes d'argent, de manière à ce qu'ils ne puissent sortir pour commettre le
mal et se livrer à des œuvres honteuses !

« Et si cela ne suffit point encore, si ces précautions
ne sont pas assez efficaces, ô Ukko, dieu suprême,

(1) Voir page 38, note 3.
(2) Voir page 73, note 1.
(3) L'homme au long cou, le même que *Tapio*, auquel la mythologie finnoise prête une taille géante.
(4)   « Kuippana metsän Kuningas,
              « Metsän hippa halliparta,
              « Korjaele korri si,
              « Raivaele rakkiasi !
              « Pistä sieni sieramehen,
              « Toisehen omena-marja,
              « Jott'ei henki haisahtele,
              « Tuuhahtele karjan tuuhku !
              « Silmät silkillä sitele,
              « Korvat kääri käärehellä,
              « Jott' ei kuule kulkevia,
              « Ei näe käveleviä ! »
(5) Le chien.

écoute mes paroles d'or, écoute mon ardente prière!
Fixe un lien de sorbier autour des museaux plats; si le
lien de sorbier ne tient pas, remplace-le par une bande
de cuivre; si la bande de cuivre se brise, remplace-la par
une bande de fer; si la bande de fer n'est pas assez solide, fais une muselière en or, et attache-la de manière à
ce que la bouche ne puisse s'ouvrir, à ce que les deux
mâchoires ne puissent se séparer, sans être déchirées
par l'acier, ensanglantées par la hache. »

Alors, la femme d'Ilmarinen, l'orgueilleuse épouse du
grand forgeron, chassa son troupeau hors de l'enclos de
sa maison, et elle ordonna au berger de le mener paître,
à l'esclave de le garder fidèlement.

TRENTE-TROISIÈME RUNO

SOMMAIRE

Kullervo mène paître les vaches. — Il se lamente sur sa destinée. — L'heure de son repas étant arrivée, il tire de sa besace le pain préparé par la femme d'Ilmarinen. — Son couteau se brise contre la pierre qu'elle y avait cachée. — Colère de Kullervo. — Il jure de se venger. — La corneille lui en suggère les moyens — Il change les vaches en loups et en ours, et revient à la maison avec cet étrange troupeau — La femme d'Ilmarinen se rend dans l'étable pour traire ses vaches, et devient la proie des loups et des ours.

Kullervo, fils de Kalervo, mit ses provisions dans sa besace et poussa les vaches d'Ilmarinen à travers les marais et les arides bruyères. Il marchait solitaire et disait :

« Malheur à moi, pauvre garçon ! Malheur à moi, infortuné ! Où en suis-je venu, misérable ! Quelle tâche de paresseux m'a-t-on imposée ? Il faut que je garde ces laides vaches, que je fasse paître ces veaux stupides ; il faut que j'erre à travers des marais sans fin, des landes escarpées et difficiles ! »

Il s'assit sur une motte de terre, dans un lieu exposé au soleil, et se mit à chanter d'une voix retentissante :

« Répands ta lumière, ô soleil divin, répands ta chaleur, ô globe de Jumala, sur le berger du forgeron, sur le pauvre garçon des pâturages, mais non sur la maison d'Ilmarinen, ni, surtout, sur ma nouvelle maîtresse ! La vie est douce pour cette femme : elle se coupe des tranches de pain de froment, elle se nourrit de gâteaux grassement frottés de beurre. Le berger, au contraire, n'a à ronger que du pain sec, de la croûte dure ; parfois même, il doit se contenter d'une galette d'orge mêlée de son, de paille ou d'écorce de bouleau (1). S'il a soif, il exprime l'eau de la vase des marais, ou de la motte de gazon des prairies.

« O soleil, incline à l'occident ton orbe splendide ; jour divin, précipite ta course, descends dans les profondeurs des bois de sapin, des bouquets de bruyères, des humbles aulnes ; ramène, enfin, le berger à la maison du maître, afin qu'il y goûte le beurre délicieux, qu'il y mange le pain frais, qu'il y savoure le gâteau encore chaud ! »

Mais, tandis que le berger se lamentait, tandis que le fils de Kalervo chantait ses tristes chants, la femme d'Ilmarinen avait déjà goûté le beurre délicieux, mangé le pain frais, savouré le gâteau encore chaud. Et elle prépara pour le berger une bouillie à l'eau, un plat de choux froids, dont ses chiens avaient léché la graisse, dont Musti (2) avait fait son dîner, dont Merkki (3) s'était rassasié, dont Halli (4) avait rempli son ventre.

Le serin chanta du fond des bocages verts, le gracieux oiseau fit entendre sa voix du fond des buissons :

« Il serait temps que l'esclave prît sa nourriture, que l'orphelin donnât satisfaction à sa faim ! »

Kullervo, fils de Kalervo, regardait s'allonger l'ombre du soir. Il prit la parole et il dit :

« Oui, il serait temps de manger, de commencer son repas, de voir ce qu'il y a au fond de cette besace ! »

Et il conduisit son troupeau au milieu des bruyères pour qu'il pût s'y reposer. Puis il s'assit sur une touffe de frais gazon ; il détacha sa besace de son épaule et en

---

(1) Voir page 215, note 1.
(2) Nom de chien.
(2) Nom de chien.
(4) Nom de chien.

tira le pain que la femme du forgeron y avait placé. Il
l'examina dans tous les sens et il dit :

« Beaucoup de pains ont une belle apparence; la croûte
en est lisse et brillante; mais l'intérieur en est fait d'é-
corce de bouleau et ne renferme que des bourriers (1). »

Et il tira son couteau de sa gaine pour couper le pain.
Le couteau heurta violemment contre la pierre, la lame
aiguë fléchit et vola en éclats.

Kullervo, fils de Kalervo, regarda tristement la lame
brisée et versa des larmes amères.

« Ce couteau était mon seul frère, sa lame mon seul
amour. Je l'avais reçu jadis de mon père; l'auteur de mes
jours me l'avait donné. Et le voilà brisé, brisé contre la
pierre, que ma perfide et ma misérable maîtresse avait
cachée dans mon pain (2)!

« Comment me vengerai-je de cette femme? Comment ferai-je expier à l'infâme son mépris insolent, ses
dons trompeurs? »

La corneille chanta, du fond du bois, elle dit de sa voix
rauque : « Ah! pauvre infortuné, beau bijou d'or, fils
unique de Kalervo, pourquoi es-tu si triste, si désolé
dans ton âme? Coupe une branche dans les jeunes arbrisseaux, une verge de bouleau dans la forêt, et chasse les
jambes crochues au fond du marais, disperse les vaches à
travers la mousse humide; livres-en une moitié aux loups,
l'autre moitié aux ours.

« Oui, rassemble tous les loups et tous les ours; change
Pienikki (3) en loup, Kyyttä (4) en ours, et ramène-les à

_____

(1) Proverbe finnois.
(2)   « Yks'oli veitsi veikkoutta,
             « Yksi rauta rakkauta,
             « Isän saamoa eloa,
             « Vahemman varustamata,
             « Senki katkaisin kivehen,
             « Karahutin kalliohon,
             « Leipähän pahan emännän,
             « Pahan vaimon paistamahan. »
(3) Nom de vache.
(4) Nom de vache.

l'étable. Ainsi tu te vengeras du mépris de la femme,
ainsi tu lui feras expier ses rires insolents et ses moqueries. »

Kullervo, fils de Kalervo, dit :

« Attends, attends, vile prostituée de Hiisi (1)! Si je
pleure le couteau de mon père, tu pleureras peut-être
aussi, toi-même, les vaches que tu viendras traire! »

Et il coupa une branche dans les jeunes arbrisseaux,
une branche de genévrier; et il chassa les jambes crochues au fond du marais, il dispersa les taureaux à travers les bois; il en livra une moitié à la voracité des
loups, l'autre moitié à la voracité des ours. Puis, il changea Pienikki en loup, Kyyttä en ours, et se forma ainsi
un nouveau troupeau.

Le soleil s'inclinait à l'occident, le soir approchait,
couronnant d'ombres la cime des pins, et précipitant
l'heure de traire les vaches.

Kullervo, fils de Kalervo, le rude et misérable berger, se dirigea vers la maison d'Ilmarinen, avec son troupeau de loups, avec son troupeau d'ours; et, pendant la
route, il les instruisait de ce qu'ils devraient faire :
« Vous vous jetterez sur ma maîtresse et vous lui dévo-
rerez la cuisse, vous lui arracherez la moitié de la jambe,
lorsqu'elle viendra pour vous voir, lorsqu'elle se baissera
pour vous traire. »

Et il se fit une corne de berger avec l'os d'une vache,
avec la corne d'un taureau, l'os de Tuomikki (2), la jambe
de Kirjo (3); et il souffla avec force dans l'instrument; et
il en tira des sons joyeux, lorsqu'il ne fut plus qu'à trois
pas, qu'à six pas de la colline sur laquelle était située la
maison de son maître.

La femme d'Ilmarinen, la belle femme du forgeron,
soupirait avec impatience, après le lait frais, après le

(1) Voir page 50, note 1.
(2) Nom de vache.
(3) Nom de vache.

beurre d'or. Elle entendit retentir du fond du marais, des bords de la plaine lointaine les joyeux sons de la corne du berger. Elle éleva la voix et elle dit : « Maintenant, ô Dieu, sois béni! la corne résonne, le berger arrive. Mais, où l'esclave a-t-il trouvé une corne capable de rendre des sons aussi joyeux, aussi éclatants? Ils me déchirent les oreilles, ils me fendent la tête. »

Kullervo, fils de Kalervo, répondit : « L'esclave a trouvé la corne dans le marais, il l'a tirée de la mousse fangeuse. Mais, voici que le troupeau approche : hâte-toi d'allumer le feu et de venir traire tes vaches ! »

La femme d'Ilmarinen dit à sa vieille mère : « Va toi-même, chère mère, traire les vaches, va prendre soin du troupeau; il faut que je reste ici à lui préparer sa pâtée. »

Kullervo, fils de Kalervo, dit : « Jadis une bonne maîtresse de maison, une habile ménagère trayait toujours elle-même ses vaches et prenait soin de son troupeau. »

La femme d'Ilmarinen alluma donc le feu, et se rendit dans l'étable pour traire les vaches. Elle jeta un regard sur le troupeau, elle l'examina avec soin, et elle dit : « Les bêtes sont belles à voir; leur toison est lisse comme celle du lynx, leur duvet est fin comme celui de la brebis des bois; leurs mamelles sont gonflées et riches de lait. »

Et elle se baissa pour les traire; elle fit jaillir le lait une fois, elle le fit jaillir deux fois; mais, au moment où elle pressait la mamelle pour la troisième fois, le loup se précipita sur elle, l'ours l'assaillit avec violence; le loup lui arracha la mâchoire, l'ours lui dévora la moitié de la jambe et lui enleva le talon.

Ainsi Kullervo, fils de Kalervo, se vengea du mépris de la femme d'Ilmarinen; ainsi Kullervo punit la méchanceté de sa perfide maîtresse.

L'orgueilleuse épouse d'Ilmarinen fondit en larmes amères, et dit avec angoisse : « Tu as commis une infamie, misérable berger, en amenant un troupeau d'ours

dans mon étable, un troupeau de loups dans ma maison. »

. Kullervo, fils de Kalervo, répondit : « Si le misérable
berger a commis une infamie, qu'as-tu donc fait, toi,
misérable maîtresse, en me préparant un gâteau de ·
pierre, en me pétrissant un pain de rocher? Mon couteau
s'est ébrêché contre la pierre, il s'est brisé contre le
rocher, le couteau, seul héritage que j'avais reçu de mon
père, le couteau qui avait appartenu à ma famille. »

La femme d'Ilmarinen dit : « Ah! berger, cher berger,
reprends les paroles que tu as prononcées; rappelle à
toi tes ensorcellements; délivre-moi des dents du loup,
des griffes de l'ours! Je te parerai de beaux vêtements,
je te nourrirai de beurre et de froment, je t'abreuverai
de lait frais, je t'entretiendrai pendant un an, pendant
deux ans, sans exiger de toi aucun travail.

« Si tu ne te hâtes de me délivrer, je sens que je
vais bientôt mourir, que je vais être changée en poussière. »

Kullervo, fils de Kalervo, répondit : « Ah! puisses-tu
mourir! Ce sera justice! Ce sera un bonheur que tu sois
réduite au néant! La terre héberge ceux qui ne sont
plus; la sépulture abrite les morts; les plus grands y
trouvent une place, les plus fiers peuvent s'y reposer (1). »

La femme d'Ilmarinen dit : « O Ukko, dieu suprême
entre tous les dieux, viens ici avec ton plus grand arc,
ton meilleur arc! Arme-le d'un trait rapide comme
l'éclair, d'un trait de cuivre brun à la pointe d'acier, et
tire sur le fils de Kalervo; transperce la chair épaisse
de son épaule, renverse-le par terre, égorge l'homme
misérable! »

(1)   « Kun on kuollet, kuolkosipa,
        « Kaotkosi, kun kaonnet!
        « Sia on maassa mennehillä,
        « Kalmassa kaonnehilla,
        « Maata mahtavai-immianki,
        « Leveimmänki levätä. »

Kullervo, fils de Kalervo, dit : « O Ukko, dieu suprême entre tous les dieux, ce n est point sur moi que tu dois tirer, c'est sur la femme d'Ilmarinen. Abats la méchante créature, de manière à ce qu'elle ne puisse plus changer de place, à ce qu'elle demeure éternellement immobile ! »

Et la femme d'Ilmarinen, l'orgueilleuse épouse du forgeron, tomba morte ; elle tomba comme un panier d'ordures, devant sa maison, devant le seuil de son étroite demeure.

Tel fut le moment suprême de la jeune femme, telle fut la fin de la belle épouse, de celle qu'Ilmarinen avait recherchée pendant si longtemps et avec tant d'ardeur, de celle que le célèbre forgeron avait implorée pendant six ans, afin qu'elle devînt, pour toute sa vie la joie de ses jours, la plus haute gloire de son nom.

TRENTE-QUATRIÈME RUNO

SOMMAIRE

Kullervo se hâte de quitter la maison d'Ilmarinen. — Douleur de ce dernier en présence du corps inanimé de sa femme. — Kullervo poursuit sa route; il se lamente sur sa destinée, et prend la résolution de se rendre dans le pays d'Untamo, afin d'y venger les désastres de sa famille. — La vieille des bois lui apprend que ses parents vivent encore, et lui indique le chemin qu'il doit suivre pour trouver leur demeure. — Kullervo y arrive et se fait reconnaître. — Sa mère, après avoir exprimé sa joie de retrouver son fils vivant, lui raconte comment sa fille aînée a mystérieusement disparu et comment elle est morte d'une mort dont nul ne saurait dire le nom.

Kullervo, fils du vieux Kalervo, Kullervo, le jeune homme aux bas bleus, à la chevelure d'or, à la belle chaussure, se hâta de s'éloigner de la maison d'Ilmarinen avant que la nouvelle de la mort de la femme ne fût parvenue aux oreilles du forgeron. A cette nouvelle, la douleur briserait son âme, et sa colère éclaterait d'une façon terrible.

Il s'en va triomphant; il traverse les forêts défrichées par le feu, il traverse les bruyères, faisant retentir l'air des sons de sa corne. Et les marais tressaillent, et la terre tremble, et les échos frémissent, tandis que Kullervo souffle dans l'instrument, que l'homme abominable se livre à ses transports.

Ce bruit pénétra jusqu'à la forge d'Ilmarinen. Le forgeron suspendit son travail, puis il sortit pour écouter, pour voir qui jouait ainsi sur la colline, qui ébranlait d'accords aussi éclatants les vastes bruyères.

Un lugubre spectacle, une vérité sinistre s'offrit à ses yeux. Il vit sa femme morte, sa belle compagne gisant inanimée dans la cour, sur le vert gazon.

Longtemps il resta là, le cœur brisé; il pleura des larmes amères, il pleura toute la nuit. Son âme ressemble à la poix noire, son cœur n'est pas plus brillant que la suie (1).

Cependant, Kullervo poursuit sa route; il erre çà et là dans l'espace pendant le jour; il rôde le long des bruyères; il s'enfonce dans les hautes futaies de Hiisi; mais, quand vient la nuit ténébreuse, il se couche sur un banc de gazon.

Là, l'orphelin, l'abandonné, pense et médite : « Qui donc m'a donné l'être, qui a créé l'homme misérable, pour errer ainsi, toujours, sans asile, sous le ciel bleu?

« Les autres ont une maison où aller, une demeure où se réfugier. Ma maison à moi, c'est le désert; ma demeure, la lande stérile; le vent du nord est mon foyer; la pluie, mon bain de vapeur.

« O grand Jumala, tant que dureront les jours de la vie, ne crée plus d'enfants abandonnés et sans famille; n'envoie plus sur la terre d'enfants privés de père, privés, surtout, de mère, comme tu m'y as envoyé, moi, le malheureux! J'ai été créé comme au milieu des vers de terre, comme au milieu des aigles de mer! Cependant, le jour brille pour l'hirondelle, il brille même pour le passereau; mais tandis qu'il sourit aux oiseaux du ciel, les ténèbres sont mon partage; jamais la joie ne s'est levée sur ma vie.

« J'ignore qui m'a enfanté, qui m'a donné de voir la lumière du jour. Est-ce l'oie qui m'a déposé sur un sentier, le canard qui m'a couvé dans un marais, la sar-

---

(1) « *Mieli ei tervoa parempi, syän ei sytla valkeampi.* » Proverbe finnois exprimant un profond désespoir.

celle qui m'a délaissé sur le rivage, le plongeon qui m'a oublié dans le creux d'un rocher (1)?

« Enfant, j'ai perdu mon père ; tendre nourrisson, j'ai perdu ma douce mère. Tous les deux sont morts d'une mort prématurée, et toute ma grande famille a été dévastée. Je n'ai reçu en héritage que des souliers de glace, des bas de neige fondue durcie par le froid ; et l'on m'a abandonné sur les sentiers glissants, exposé à tomber dans chaque marais, à être englouti dans chaque bourbier.

« Et maintenant encore, à l'âge où je suis parvenu, si j'évite de glisser sur les troncs d'arbres jetés à travers les mousses humides, les terrains fangeux ; si j'évite de m'enfoncer dans les marais, c'est que j'ai deux mains pour me retenir, c'est que je sais me servir de mes cinq doigts, de mes dix doigts. »

Alors, dans l'esprit de Kullervo, dans le cerveau du fils de Kalervo, surgit la pensée de diriger ses pas vers le pays d'Untamo, afin d'y venger les douleurs de son père, les angoisses de sa mère, les durs traitements que lui-même y avait éprouvés.

Il prit la parole et il dit : « Attends, attends, Unta-moinen, patience, bourreau de ma famille ! Si je marche seulement contre toi, peut-être tes maisons seront-elles réduites en cendres, tes habitations changées en tisons. »

Une vieille femme, la vieille des bois, au voile bleu, vint à sa rencontre. Et elle éleva la voix et elle dit : « Où se rend Kullervo ? Où le fils de Kalervo porte-t-il ses pas ? »

----

(1) « En tieä tekiätäni,
    « Enkä tunne tuojoani,
    « Liekö telkkä tielle tehnyt,
    « Sorsa suolle suorittanut,
    « Tavi rannalla takonut,
    « koskelo kiven kolohon. »

Tout ce passage est, sous une forme allégorique, plein d'une exagération qu'explique le ressentiment amer auquel Kullervo était en proie.

Kullervo, fils de Kalervo, répondit : « Il m'est venu
dans la pensée de me transporter dans d'autres pays,
d'aller à Untamola, pour y punir le bourreau de ma famille, pour y venger les douleurs de mon père, les angoisses de ma mère, réduire les maisons en cendres,
changer les habitations en étincelles de feu. »

La femme lui dit : « Ta famille n'est point éteinte,
Kalervo n'est point mort (1); tu as encore un père
dans la vie, une mère heureusement conservée dans le
monde. »

« O chère, ô bonne vieille, ô femme secourable, dis-
moi donc où je trouverai mon père, où je trouverai ma
belle nourrice? »

« Tu trouveras ton père, tu trouveras ta belle nourrice près des frontières de Laponie, sur les bords d'un
lac poissonneux. »

« O chère, ô bonne vieille, ô femme secourable, dis-
moi comment j'arriverai jusques-là, dis-moi la route que
je dois suivre. »

« Il est facile pour toi d'y arriver. La route que tu
dois suivre se trouve au détour d'un bois marécageux,
sur les bords d'un fleuve. Marche un jour, marche deux
jours, marche trois jours, puis tu prendras la direction
du nord-ouest, jusqu'à ce que tu rencontres une montagne. Tu la tourneras à gauche; et bientôt, à droite,
t'apparaîtra un grand fleuve dont tu longeras la rive,
dont tu franchiras les trois cataractes; et, alors, tu attein-
dras la cime d'un promontoire, d'un écueil où se brisent
les flots mugissants. Sur ce promontoire, sur cet écueil,
se dresse une maison de pêcheur, et dans cette maison

---

(1) Il y a contradiction entre cette nouvelle donnée par la vieille
femme et les événements racontés au début de l'épisode de Kullervo,
mais, peut-être ne faut-il pas prendre le premier récit à la lettre. Les
grands poëmes populaires sont pleins de ces singularités. On pourrait
aussi supposer que, par sa puissance magique, la vieille ou déesse des
bois a tiré du tombeau la famille de Kullervo, et l'a reléguée dans cette
demeure lointaine et inconnue, pour la soustraire à de nouveaux
dangers.

tu trouveras ton père, tu trouveras ta belle nourrice, tu trouveras tes deux jolies sœurs. »

Kullervo, fils de Kalervo, se mit en route. Il marcha un jour, il marcha deux jours, il marcha trois jours. Puis il prit la direction du nord-ouest, jusqu'à ce qu'il rencontrât une montagne. Il la tourna à gauche, et bientôt un grand fleuve lui apparut ; il en longea la rive, il en franchit heureusement les trois cataractes. Enfin, il atteignit la cime d'un promontoire, d'un écueil où se brisaient les flots mugissants, et, sur ce promontoire, sur cet écueil, il vit une maison de pêcheur.

Il entra dans la maison, mais il n'y fut pas reconnu. « Quel est cet étranger qui arrive ? De quel pays est le voyageur ? »

« Vous ne reconnaissez pas votre fils, vous ne reconnaissez pas cet enfant que les guerriers d'Untamo emportèrent loin du lieu de sa naissance, alors qu'il n'était pas plus grand que l'empan de son père (1), que le fuseau de sa mère ? »

Alors, la mère, la vieille mère de Kullervo s'écria avec transport : « Ah ! mon fils, mon pauvre fils, ma belle fibule d'or, te voilà donc encore dans ce monde, plein de vie et de santé ! Et je t'avais déjà tant pleuré, tant regretté, comme à jamais mort et disparu !

« J'avais deux fils et deux filles, deux belles vierges ; mais, les deux aînés me furent enlevés : le fils, par la guerre ; la fille, par un destin inconnu. Maintenant, je retrouve le fils, mais la fille, hélas ! ne reviendra peut-être plus. »

Kullervo, fils de Kalervo, dit : « Où la fille s'est-elle perdue ? Où est allée ma pauvre sœur ? »

La mère répondit : « Elle était allée cueillir des baies dans le bois, des fraises sur la colline : c'est là que ma belle colombe a disparu, que mon gracieux oiseau est

---

(1) Terme de comparaison familier aux Finnois pour exprimer la petitesse d'un objet.

mort, mais, d'une mort que personne ne connaît et dont
nul ne saurait dire le nom.

« Qui pleure la fille perdue, qui, si ce n'est sa mère?
Oui, elle est la première qui court à sa recherche, qui
s'efforce de retrouver ses traces. Et c'est ainsi que j'ai
fait avec ta pauvre sœur! Je me suis précipitée, comme
l'ours, dans les bois sauvages, comme la loutre, à travers
les landes désertes; j'ai cherché un jour, j'ai cherché
deux jours, j'ai cherché trois jours; et quand, le troisième jour fut expiré, quand à peine une semaine fut
terminée, je gravis la haute colline, et de là j'appelai ma
fille, ma pauvre fille disparue : « Où es-tu, ma chère
« enfant? Ah! reviens, reviens à la maison (1)!

« Les collines répondirent à mes cris, les marais répondirent à ma plainte : « Cesse d'appeler ta fille, cesse
« de troubler l'air du bruit de ta voix! Ta fille ne renaîtra
« point à la vie; elle ne reviendra plus dans la maison
« de sa mère, dans la demeure de son vieux père! »

(1)   « Kenen tyttöä ikävä ?
               « Kenen muun kun ei emonsa,
               « Emon etso cellimmäisnä,
               « Emon etso, emon kaiho;
               « Läksinpä emo poloinen
               « Etsimähän tyttöäni,
               « Juoksin korvet kontiona,
               « Salot saukkona samosin;
               « Etsin päivän, tuosta toisen,
               « Etsin kohta kolmannenki,
               « Päivän kolmannen perästä,
               « Viikon päästä viimeistäki
               « Nousin suurelle mäelle,
               « Korkealle kukkulalle,
               « Huusin tuosta tyttöäni,
               « Kaonnutta kaihoelin :
               « Missä olet tyttöseni,
               « Tule jo tyttöni kotihin! »

TRENTE-CINQUIÈME RUNO

SOMMAIRE

Kullervo essaye de vivre d'une vie régulière dans la maison paternelle ; mais, bientôt, son mauvais génie l'emporte ; il brise tout ce qu'il touche. — Son père lui conseille alors de voyager. — Il part et, sur sa route, il rencontre plusieurs jeunes filles qu'il invite à prendre place dans son traîneau. — Toutes refusent. — Il en enlève une de force et la viole brutalement. — Or, cette jeune fille était sa propre sœur. — Désespoir et mort tragique de la pauvre déshonorée. — Kullervo revient dans sa famille et raconte à sa mère son action abominable ; puis, il parle d'en finir avec la vie. — Sa mère l'exhorte à renoncer à ce dessein et à se retirer dans un lieu solitaire, pour y pleurer son crime et attendre que l'aiguillon du remords se soit émoussé dans son âme. — Kullervo veut, au contraire, demeurer au grand jour, affronter le jeu sanglant des batailles et venger enfin sur Untamo le mal qu'il a fait à sa famille.

Kullervo, fils de Kalervo, Kullervo, le jeune homme aux bas bleus, commença à vivre d'une vie régulière sous la tutelle de son père et de sa mère. Mais, son esprit demeura obtus, son intelligence rebelle, tellement ils avaient été faussés, tellement ils avaient été pervertis par les abrutissements de sa première enfance.

Il se mit avec ardeur au travail ; il prit un bateau de pêcheur pour aller tendre le grand filet, et il dit en s'appuyant sur les rames : « Faut-il ramer de toutes mes forces, de toute la vigueur de mes bras, ou seulement avec modération et autant qu'il est absolument nécessaire ? »

Le pilote, debout auprès du gouvernail, lui répondit :

« Rame de toutes tes forces, de toute la vigueur de tes bras, mais ne brise point le bateau, ne fais point voler sa quille en éclats. »

Kullervo, fils de Kalervo, rama de toutes ses forces, de toute la vigueur de ses bras. Il brisa le bateau, il en disloqua les ais de genévrier, il en fit voler la belle quille de peuplier en éclats.

Kalervo vint voir ce qu'avait fait son fils, et il lui dit : « Tu ne vaux rien pour ramer; tu as brisé le bateau, tu en as disloqué les ais de genévrier, tu en as même fait voler la quille de peuplier en éclats. Va battre l'eau pour chasser le poisson dans le filet; peut-être cette occupation te conviendra-t-elle mieux. »

Kullervo, fils de Kalervo, s'en alla battre l'eau, et il dit : « Dois-je battre l'eau de toutes mes forces, de toute la vigueur de mes bras, ou seulement avec modération et autant qu'il est absolument nécessaire ? »

L'homme qui levait le filet lui répondit : « C'est se montrer un méchant batteur d'eau que de ne point la battre de toutes ses forces, de toute la vigueur de ses bras. »

Kullervo, fils de Kalervo, battit l'eau de toutes ses forces, de toute la vigueur de ses bras, il la battit jusqu'à la condenser en vase épaisse, jusqu'à réduire le filet en étoupes, jusqu'à changer les poissons en pâte visqueuse.

Kalervo vint voir ce qu'avait fait son fils, et il lui dit : « Tu ne vaux rien pour battre l'eau; tu as réduit le filet en étoupes, tu en as brisé le cadre, tu en as mis tous les coins en morceaux. Paye l'impôt (1) et va voyager, cela te réussira peut-être mieux. »

Kullervo, fils de Kalervo, Kullervo, le jeune homme aux bas bleus, à la chevelure d'or, à la belle chaussure, paya l'impôt, puis monta dans son traîneau et partit pour un long voyage.

(1) C'était une loi chez les anciens Finnois de se libérer vis à-vis du fisc avant d'entreprendre un long voyage.

Il marcha avec un fracas de tonnerre, franchissant les vastes landes de Wäinö (1), les forêts depuis longtemps défrichées par le feu.

Une jeune fille, aux boucles blondes, s'élança, sur ses suksi (2), à sa rencontre.

Kullervo, fils de Kalervo, arrêta aussitôt son fougueux étalon, et il appela la jeune fille et il la supplia avec ardeur : « Viens, ô jeune fille, dans mon traîneau, viens te coucher sur mes coussins de peau ! »

La jeune fille bondit sur ses suksi, et lui répliqua d'un ton moqueur : « Que la mort descende dans ton traîneau, que la maladie vienne se coucher sur tes coussins de peau ! »

Kullervo, fils de Kalervo, Kullervo, le jeune homme aux bas bleus, fit claquer son fouet orné de perles, et en donna un coup à son étalon. L'étalon reprit sa course effrénée, dévora l'espace, et, bientôt, emporta le traîneau frémissant sur la plane surface de la mer, à travers les golfes immenses.

Une jeune vierge, à la chaussure finement lacée, s'élança au milieu des eaux à sa rencontre.

Kullervo, fils de Kalervo, arrêta aussitôt son fougueux étalon, et il appela la jeune vierge et il lui dit d'un ton gracieux : « Viens, ô ma belle, dans mon traîneau, viens, ornement du pays, me tenir compagnie ! »

La jeune vierge, à la chaussure finement lacée, lui répondit en riant : « Que Tuoni (3) vienne dans ton traîneau, que Manalainen (4) vienne te tenir compagnie ! »

Kullervo, fils de Kalervo, Kullervo, le jeune homme aux bas bleus, fit claquer son fouet orné de perles et en donna un coup à son étalon. L'étalon reprit sa course effrénée, dévora l'espace, et bientôt emporta le traîneau

---

(1) Voir page 19, note 1.
(2) Voir page 79, note 1.
(3) Voir page 100, note 4.
(4) Fils de Mana ou Manala. Voir page 38, note 2.

frémissant à travers les landes désertes de Pohja, au delà des vastes frontières de Laponie.

Une jeune vierge, à la poitrine ornée d'une fibule d'étain (1), s'avança à sa rencontre.

Kullervo, fils de Kalervo, arrêta aussitôt son fougueux étalon; il appela la jeune vierge et lui dit d'un ton gracieux : « Viens, ô jeune vierge, dans mon traîneau; viens t'asseoir sous mes fourrures, pour manger mes pommes, pour casser mes noix ! »

La jeune vierge, à la poitrine ornée d'une fibule d'étain, lui répondit avec colère : « Je cracherais plutôt sur ton traîneau, misérable drôle ! Il fait froid sous tes fourrures, il gèle dans ton brillant traîneau ! »

Kullervo, fils de Kalervo, Kullervo, le jeune homme aux bas bleus, saisit la jeune vierge et la jeta de force dans son traîneau, dans son beau traîneau.

La jeune vierge exaspérée, la belle fille à la fibule d'étain, lui dit : « Délivre-moi de ce tourment, rends l'enfant à sa liberté; épargne-lui, effronté que tu es, tes insolents propos, autrement j'enfoncerai d'un coup de pied la caisse de ton beau traîneau, je déchirerai la natte qui le garnit, je mettrai ton misérable équipage en pièces ! »

Kullervo, fils de Kalervo, Kullervo, le jeune homme aux bas bleus, ouvrit la cassette qui renfermait ses trésors, et il mit à découvert des parures superbes, des vêtements splendides, des bas brodés d'or, des ceintures et des fibules d'argent.

La vue des vêtements fit perdre l'esprit à la jeune fille, les parures l'étourdirent. L'argent est un rusé charmeur, l'or a un attrait irrésistible (2).

Et Kullervo, fils de Kalervo, Kullervo, le jeune homme aux bas bleus, se mit à caresser amoureusement la belle

(1) Voir page 33, note 1.
(2)   « Hopea hukuttelevi,
                 « Kulta kuihauttelevi. »
Proverbe finnois; on pourrait dire proverbe universel.

T. I.   23

fille et à lui murmurer de galantes paroles. D'une main
il tient les rênes de son cheval, de l'autre il fouille le sein
de la chaste enfant.

Et, à l'ombre de son traîneau, sur ses moelleux coussins,
il la viola brutalement, il la couvrit de déshonneur (1).

Déjà, le Créateur a envoyé une nouvelle aurore, déjà
le grand Jumala a fait briller un nouveau jour. Alors, la
jeune fille prit la parole, et elle dit : « D'où tires-tu ton
origine, ô jeune homme plein d'audace; de quel sang
es-tu issu? Peut-être appartiens-tu à une grande race,
peut-être es-tu le fils d'un père illustre. »

Kullervo, fils de Kalervo, répondit : « Je ne descends
ni d'une grande ni d'une petite race; je descends d'une
race moyenne. Je suis le fils infortuné de Kalervo : un
triste et misérable garçon, une pauvre tête sans cervelle,
un être maudit né pour le chagrin. Mais, raconte-moi,
à ton tour quelle est ta famille : dis-moi si tu descends
d'une grande race, si tu es l'enfant d'un père illustre. »

La jeune fille répondit avec franchise : « Je ne descends ni d'une grande, ni d'une petite race; je descends
d'une race moyenne. Je suis la fille infortunée de Kalervo : une pauvre et misérable créature, une faible enfant née pour le chagrin.

« Lorsque, naguère, dans ma tendre jeunesse, je
vivais auprès de ma chère mère, je sortis, un matin, pour
aller cueillir des baies dans le bois, des fraises sur la
colline. Deux jours de suite, j'en cueillis avec ardeur, et,
pendant les nuits, je dormais sur la verdure. Mais, le troisième jour, je ne pus retrouver le chemin de ma maison;
des traces de pas me conduisirent dans l'intérieur du
bois, et me perdirent dans le désert.

« Là, je m'assis, versant des larmes amères. Je pleurai un jour, je pleurai deux jours; enfin, le troisième

_____

(1)   « Siinä neitosen kisasi,
        « Tinarinnan riu'utteli.
        « Alla vaipan vaskikirjan,
        « Päällä taljon taplikkaisen. »

jour, je m'avançai jusqu'au sommet d'une haute montagne, et de là je criai de toutes les forces de ma voix. Les bois sauvages me répondirent, l'écho hurla des profondeurs des bruyères : « Ne crie point, fille insensée ; ne fais point de bruit, pauvre biche, personne ne peut entendre ta voix ; elle n'arrivera pas jusqu'à la maison de ta mère ! »

« Lorsque trois jours, lorsque quatre jours, lorsque cinq ou six jours se furent écoulés, je me préparai à mourir, j'attendis ma dernière heure, mais la mort ne vint pas, je survécus à tout, pauvre infortunée.

« Ah ! si j'étais morte alors, peut-être que l'année suivante, peut-être qu'au troisième été, j'aurais verdi comme une motte de frais gazon, je me serais épanouie comme une belle fleur, j'aurais mûri comme une baie des bois, comme une fraise rouge et charmante ; et je n'aurais point été exposée à ces aventures étranges, je n'aurais point été éprouvée par ces horribles angoisses ! »

La jeune fille avait à peine achevé ces mots, qu'elle s'élança hors du traîneau et se précipita dans le torrent mugissant, au milieu des vagues écumeuses. C'est ainsi qu'elle finit ses jours, qu'elle embrassa la pâle mort ; elle trouva un refuge dans la demeure de Tuoni (1) ; elle trouva grâce sous les tourbillons sauvages de la cataracte.

Kullervo, fils de Kalervo, s'élança de son traîneau à son tour, et il se mit à pleurer amèrement, à faire retentir les airs de ses plaintes.

« Malheur à moi dans mes jours, malheur à moi dans mes œuvres étranges ! J'ai violé ma propre sœur, j'ai déshonoré l'enfant de ma mère ! Malheur à toi aussi, ô mon père, malheur à toi aussi, ô ma mère, malheur à vous, ô vieillards ! Pourquoi m'avez-vous donné la vie, pourquoi m'avez-vous engendré ! Il eût été mieux pour moi de ne pas naître, de ne pas grandir, de ne pas être produit à la

(1) Voir page 100, note 4.

lumière, de ne pas être poussé dans ce monde. Non, la mort ne s'est pas fait honneur, la maladie n'a pas agi glorieusement, en épargnant mes jours, en ne m'envoyant pas, encore petit enfant, dans les sombres demeures (1). »

Et, avec son couteau, Kullervo coupa violemment les sangles qui attachaient son cheval au traîneau, et il monta sur la noble bête, sur le coursier rapide, et il bondit à travers les bois, à travers les plaines jusqu'à ce qu'il atteignît la maison, les verts tilleuls de son père.

Sa mère était debout sur le seuil. « O ma mère, ma malheureuse mère, toi qui m'as nourri, pourquoi, à l'aurore de ma vie, lorsque je n'étais encore âgé que de deux nuits, pourquoi n'as-tu pas rempli ta chambre de bain d'épaisse fumée, et après en avoir fermé la porte au verrou, pourquoi ne m'y as-tu pas déposé, enveloppé de mes langes, pour y être suffoqué? Pourquoi n'as-tu pas jeté mon berceau dans la braise, au milieu des tisons ardents?

« Si les voisins t'avaient demandé ce qu'était devenu le berceau et pourquoi ta chambre de bain était close, tu aurais répondu : J'ai laissé brûler le berceau sur la braise, au milieu des tisons ardents, en faisant fermenter l'orge pour brasser la bière. »

La mère de Kullervo dit : « Que se passe-t-il en toi,

(1)
　　　« Voi poloinen päiviäni,
　　　« Voipa kurja kummiani,
　　　« Kuu pi'in sisarueni,
　　　« Turmeliu emoni tuomaо!
　　　« Voi isoni, voi emoni,
　　　« Voi on valta vahempani,
　　　« Minnekä minua loitte,
　　　« Kunno kunnuitte katolan!
　　　« Parempi olisin ollut
　　　« Syntymättä, kasvamatta,
　　　« Ilmahan sikeämättä;
　　　« Maalle tälle täytymättä
　　　« Eikä surma suorin tehnyt,
　　　« Tauti oikein osannut,
　　　« Kun ei tappanut minua,
　　　« Kaottanut kaksi-öisnä. »

ô mon fils, que t'est-il arrivé d'extraordinaire? Tu parles comme un hôte de Tuoni (1), tu as l'air de sortir de Manala (2).

Kullervo, fils de Kalervo, répondit : « Oh! oui, il m'est arrivé des choses extraordinaires, un destin cruel s'est levé sur moi; j'ai violé ma propre sœur, j'ai déshonoré l'enfant de ma mère.

« Après avoir payé l'impôt que je devais, j'étais parti pour un long voyage. Et voilà que j'ai rencontré sur ma route une jeune fille. J'ai dormi avec elle, je l'ai violée. Or, elle était ma propre sœur, elle était l'enfant de ma propre mère.

« Mais, déjà elle a rendu le dernier soupir, elle est allée au-devant de la pâle mort, au milieu des vagues sauvages de la cataracte, sous son tourbillon écumeux. Quant à moi, j'ignore encore, je ne sais pas, je ne soupçonne pas, où je dois chercher la mort, où je dois trouver la fin de ma misérable vie : si c'est dans la gueule du loup qui hurle, ou dans la gueule de l'ours qui rugit, ou dans le ventre immense de la baleine, ou sous les dents aiguës du brochet. »

La mère de Kullervo dit : « Non, mon fils, tu ne dois point te jeter dans la gueule du loup qui hurle, ni dans la gueule de l'ours qui rugit, ni dans le ventre immense de la baleine, ni sous les dents aiguës du brochet. Tu connais le grand promontoire de Suomi (3), les vastes et désertes frontières de Savo (4) : là un homme peut cacher son crime, là il peut rougir en secret de ses actes honteux. Gagne donc cette retraite, et demeures-y pendant cinq ans, pendant six ans, pendant neuf ans, jusqu'à ce que le temps t'ait apporté ses adoucissements, jusqu'à ce qu'il ait allégé ton douloureux fardeau. »

(1) Voir page 100, note 4.
(2) Région souterraine, séjour des morts.
(3) Voir page 155, note 2.
(4) Savolax, province de l'ancienne Finlande.

Kullervo, fils de Kalervo, répondit : « Non, je n'irai point me cacher, je ne déroberai point ma misère au grand jour. Je braverai le gouffre de la mort, je m'avancerai jusqu'aux portes de Kalma (1) ; j'irai sur les grands champs de bataille, au milieu des sauvages combats des hommes. Unto (2) marche encore la tête levée ; le monstre infâme n'est pas encore anéanti, il n'a point payé les douleurs de mon père, les cruelles angoisses de ma mère. Et je me souviens encore d'autres douleurs, d'autres angoisses, je me souviens de quelle manière j'ai été traité moi-même. »

(1) Voir page 73, note 1.
(3) Untamo.

TRENTE-SIXIÈME RUNO

SOMMAIRE

Kullervo se prépare au combat vengeur. — Sa mère s'efforce de le
retenir en lui en montrant les dangers et en faisant appel à son
affection pour sa famille. — Tous ses efforts sont impuissants. —
Kullervo se met en route. — Chemin faisant, il apprend la mort de
son père, de son frère et de sa sœur. — Cette nouvelle le laisse
indifférent, et il continue sa marche. — Sa mère meurt à son tour;
il la pleure sincèrement, mais ne renonce point à sa vengeance. —
Enfin il arrive au pays d'Untamo, où il extermine tous les hommes
et réduit toutes les maisons en cendres. — Puis il revient à la maison paternelle, qu'il trouve déserte. — Il exhale sa douleur. — Sa
mère lui apparaît. — Il va à la chasse, mais, arrivé à l'endroit
même où il a violé sa sœur, il s'arrête, saisit son glaive, et, après
un dernier discours à l'instrument de mort, il se tue.

Kullervo, fils de Kalervo, Kullervo, le jeune homme
aux bas bleus, se prépare à entrer en campagne, il s'arme
pour le combat vengeur. Pendant une heure, il aiguise
son glaive, pendant une autre heure, il en affile la pointe.

Sa mère prit la parole et lui dit : « Garde-toi, ô enfant
de malheur, d'affronter les horreurs de la guerre, de te
précipiter au milieu du fracas des glaives! Celui qui,
sans y être forcé, fait la guerre, qui, pour contenter son
seul caprice, recherche les combats, celui-là périra dans
la bataille, au milieu de la mêlée sanglante; il tombera
victime du glaive, victime de ses propres armes (1).

(1)   « Ken suotta sotahan saupi,
           « Taballausa tappelohon,

« Si tu allais te battre contre une chèvre ou contre un bouc, la chèvre serait bientôt vaincue, le bouc serait bientôt renversé par terre (1). Il suffit d'un chien, il suffit d'une grenouille pour te montrer le chemin de la maison (2). »

Kullervo, fils de Kalervo, répondit : « Si je tombe sur le champ de bataille, je ne tomberai pas, du moins, dans la vase d'un marais, ni au milieu d'une aride bruyère, là où habitent les corbeaux, où se rassemblent les corneilles. Il est beau de mourir dans le combat, il est beau d'expirer sous les coups du glaive. La maladie de la bataille est glorieuse, elle terrasse l'homme comme la foudre, elle lui épargne le lit de douleur, elle l'enlève à la vie avant que ses forces soient épuisées (3). »

La mère de Kullervo dit : « Si tu meurs dans le combat, que deviendra ton père? Qui sera le soutien de sa vieillesse? »

Kullervo, fils de Kalervo, répondit :

« — Qu'il tombe mort, s'il veut, au milieu des balayures du chemin, sur le sol de l'enclos de sa maison !

« — Que deviendra ta mère? Qui sera le soutien de sa vieillesse?

« — Qu'elle succombe, si elle veut, sous son fardeau ; qu'elle périsse étouffée dans l'étable !

« Se soassa surmatahan,
« Tapetahan tappelossa,
« Miekkoihin menetähän,
« Kalpoihinsa kaaetahan. »

(1) La mère de Kullervo sous-entend ici le second terme de la comparaison, c'est-à-dire les ennemis redoutables que son fils se propose d'attaquer et dont il n'aura pas raison aussi facilement.

(2) La mère de Kullervo veut, par cette image, faire ressortir aux yeux de son fils les avantages du foyer domestique, vers lequel il est facile de se rendre pour en goûter les douceurs. Il n'est pas besoin d'un glaive pour s'en frayer le chemin.

(3) Ces expressions de Kullervo rappellent les sentiments des anciens guerriers scandinaves qui, lorsqu'ils ne succombaient point dans les batailles, se tuaient eux-mêmes, afin de ne point mourir dans un lit comme un homme vulgaire.

« — Que deviendra ton frère ? Qui protégera son avenir ?

« — Qu'il s'exténue, s'il le veut, dans le bois; qu'il tombe mort au milieu du champ !

« — Que deviendra ta douce sœur ? Qui protégera son avenir ?

« — Qu'elle tombe, si elle veut, sur le chemin de la fontaine; qu'elle meure en allant laver le linge ! »

Kullervo, fils de Kalervo, se disposa à partir; il dit à son vieux père : « Adieu, maintenant, ô mon cher père ! Me regretteras-tu amèrement lorsque tu apprendras que je suis mort, que j'ai disparu du nombre de ceux qui vivent, que je ne fais plus partie des membres de la famille ? »

Le père répondit : « Non, certainement, je ne te regretterai pas lorsque j'apprendrai que tu es mort. Un autre fils me naîtra peut-être, un fils qui deviendra meilleur et plus sensé que toi. »

Kullervo, fils de Kalervo, dit : « Et moi non plus je ne te regretterai pas si j'apprends que tu es mort. Je me procurerai sans peine un père tel que toi, un père à la tête de pierre, à la bouche d'argile, aux yeux de baies de marais, à la belle barbe de paille sèche, aux pieds de saule branchu, à la chair de troncs d'arbre pourris (1).

Et il dit à son frère : « Adieu, maintenant, ô mon cher frère ! Me regretteras-tu amèrement lorsque tu apprendras que je suis mort, que j'ai disparu du nombre de ceux qui vivent, que je ne fais plus partie des membres de la famille ? »

Le frère répondit : « Non, certainement, je ne te regretterai pas lorsque j'apprendrai que tu es mort. Je

---

(1) Ces expressions étranges signifient que, pour Kallervo, un fantôme, comme celui qu'il décrit, lui tiendra lieu de père tout aussi bien que celui dont les sentiments à son égard se manifestent avec tant de froideur et de dureté. Il en est de même quant à son frère et à sa sœur.

trouverai bien un autre frère, un frère qui deviendra
meilleur et deux fois plus beau que toi. »

Kullervo, fils de Kalervo, dit : « Et moi non plus je
ne te regretterai pas si j'apprends que tu es mort. Je me
procurerai sans peine un frère tel que toi, un frère à la
tête de pierre, à la bouche d'argile, aux oreilles de baies
de marais, à la belle chevelure de paille sèche, aux pieds
de saule branchu, à la chair de troncs d'arbre pourris. »

Et il dit à sa sœur : « Adieu, maintenant, ô ma chère
sœur ! Me regretteras-tu amèrement lorsque tu apprendras que je suis mort, que j'ai disparu du nombre de
ceux qui vivent, que je ne fais plus partie des membres
de la famille ? »

La sœur répondit : « Non, certainement, je ne te regretterai pas lorsque j'apprendrai que tu es mort. Je
trouverai bien un autre frère, un frère qui deviendra
meilleur et plus sensé que toi. »

Kullervo, fils de Kalervo, dit : « Et moi non plus je
ne te regretterai pas si j'apprends que tu es morte. Je me
procurerai sans peine une sœur telle que toi, une sœur à
la tête de pierre, à la bouche d'argile, aux yeux de baies
de marais, à la belle chevelure de paille sèche, aux
oreilles de nénuphar des lacs, au corps délicat de tige
d'érable. »

Et il dit à sa mère : « O ma douce mère, ma belle
nourrice, ma protectrice bien-aimée, me regretteras-tu
amèrement lorsque tu apprendras que je suis mort, que
j'ai disparu du nombre de ceux qui vivent, que je ne fais
plus partie des membres de la famille ? »

La mère répondit : « Tu ne comprends point l'âme,
tu ne conçois point le cœur d'une mère ! Certainement
que je te regretterai amèrement lorsque j'apprendrai que
tu es mort, que tu as disparu du nombre de ceux qui
vivent, que tu ne fais plus partie des membres de la
famille. Je pleurerai des flots de larmes dans ma chambre,
des vagues qui déborderont sur le plancher. Oui, je
pleurerai lamentablement sur l'escalier, je sangloterai

bruyamment dans l'étable. La neige se fondra sur les chemins de glace, les chemins eux-mêmes disparaîtront, mais, le gazon germera de mes larmes, et dans le gazon bruiront les ruisseaux.

« Quand je n'oserai pleurer, quand je n'oserai me lamenter à haute voix dans les lieux que fréquentent les hommes, je me retirerai en secret dans ma chambre de bain, et là j'inonderai l'étuve de mes larmes, je couvrirai la couche de bois (1) de leurs flots (2). »

Kullervo, fils de Kalervo, Kullervo, le jeune homme aux bas bleus, partit alors pour la guerre, pour les jeux sanglants des combats. Il traversa les plaines et les marais, les bruyères nues et les champs de verdure, soufflant dans sa corne de berger, et éveillant tous les échos, au bruit retentissant de ses accords.

Un messager courut après lui, un messager murmura à ses oreilles : « Déjà ton père est mort, ton bon père dort son dernier sommeil. Retourne vite sur tes pas, et viens voir toi-même comment il doit être enterré ! »

Kullervo, fils de Kalervo, répondit d'un air insouciant : « S'il est mort, cela m'importe peu. On trouvera bien un étalon (3) à la maison pour le conduire au tombeau, pour le transporter dans le sein de Kalma (4). »

Et il recommença à sonner du cor, et il continua sa route à travers les marais et les forêts défrichées par le feu.

Un messager courut après lui, un messager murmura à ses oreilles : « Déjà ton frère est mort, ton frère dort son dernier sommeil. Retourne vite sur tes pas, et viens voir toi-même comment il doit être enterré ! »

---

(1) Lit sur lequel on s'étend en prenant le bain de vapeur.

(2) Comme les sentiments de la mère contrastent ici avec ceux des autres membres de la famille! La poésie finnoise comprend admirablement la nature.

(3) Dans les villages finnois, on charge souvent le cercueil des morts sur un cheval pour les conduire au cimetière.

(4) Voir page 73, note 1.

Kullervo, fils de Kalervo, répondit d'un air insouciant :
« S'il est mort, cela m'importe peu. On trouvera bien un
cheval à la maison pour le conduire au tombeau, pour le
transporter dans le sein de Kalma. »

Et il recommença à sonner du cor, et il continua sa
route à travers les marais et les vastes bois de pins.

Un messager courut après lui, un messager murmura
à ses oreilles : « Déjà ta sœur est morte, ta sœur dort
son dernier sommeil. Retourne vite sur tes pas, et viens
voir toi-même comme elle doit être enterrée ! »

Kullervo, fils de Kalervo, répondit d'un air insouciant :
« Si elle est morte, cela m'importe peu. On trouvera
bien une jument à la maison pour la conduire au tombeau, pour la transporter dans le sein de Kalma !

Et il recommença à sonner du cor, et il continua sa
route à travers les marais et les prairies verdoyantes.

Un messager courut après lui, un messager murmura
à ses oreilles : « Ta mère est morte, ta douce nourrice
dort son dernier sommeil. Retourne vite sur tes pas, et
viens voir toi-même comment elle doit être enterrée ! »

Kullervo, fils de Kalervo, dit : « Malheur à moi, infortuné, malheur à moi, misérable enfant ! Ma mère est
morte! Elle est morte, celle qui préparait ma couche, qui
m'endormait sous la couverture, qui me tissait mes
chauds vêtements; elle est morte, et je n'ai pu voir
comment elle a succombé, comment son âme s'est envo-
lée ! Peut-être est-elle cruellement morte de froid, peut-
être est-elle cruellement morte de faim !

« Qu'on lave son corps avec soin, qu'on le frotte de fin
savon, qu'on l'enveloppe d'étoffes de soie, des tissus les
plus fins, et qu'ensuite on la descende dans la tombe
ténébreuse, dans le sein de Kalma, au milieu des
chants de deuil, des lamentations funèbres ! Je ne puis
encore retourner à la maison, car je n'ai point encore
tiré vengeance d'Untamo; l'homme pervers n'est point
encore abattu, le monstre infâme n'est point encore
exterminé. »

Et Kullervo fit de nouveau sonner sa corne, et il continua sa route vers le champ du combat, vers la demeure d'Untamo, et il dit : « O Ukko (1), dieu suprême entre tous les dieux, si, maintenant, tu me donnais un glaive, un des plus beaux glaives, un glaive assez puissant pour lutter contre toute une foule, pour me mesurer avec cent hommes ! »

Kullervo reçut le glaive qu'il avait demandé, et il le saisit de sa main vengeresse, et il détruisit Untamo avec toute sa race. Puis, il mit le feu aux maisons et les réduisit en cendres, n'y laissant que les pierres nues du foyer, et un grand sorbier (2) qui s'élevait dans l'enclos.

Kullervo, fils de Kalervo, reprit alors le chemin de la maison paternelle. Il la trouva déserte, abandonnée ; personne ne s'avança pour le saluer, personne ne vint lui serrer la main, en signe de bienvenue.

Il s'approcha du foyer, les tisons en étaient éteints. Il reconnut par là que sa mère n'existait plus.

Il s'approcha de la cheminée, les pierres en étaient froides. Il reconnut par là que son père n'existait plus.

Il abaissa ses regards vers le plancher, le plancher était souillé d'ordures. Il reconnut par là que sa sœur n'existait plus.

Il se rendit sur les bords de la mer, le bateau n'y était plus amarré. Il reconnut par là que son frère avait cessé de vivre.

Alors, il se mit à pleurer. Il pleura un jour, il pleura deux jours, puis il dit : « O ma mère, ma douce mère, qu'as-tu laissé à ton fils lorsque tu étais encore de ce monde ?

« Hélas ! tu ne saurais m'entendre désormais, et c'est en vain que je me tiens debout sur tes sourcils, que je

(1) Voir page 5, note 2.
(2) Voir page 11, note 1.

sanglote sur tes tempes, que j'exhale ma douleur sur ton front (1) ! »

La mère de Kullervo s'éveilla de sa tombe, et des profondeurs de la poussière elle dit : « Je t'ai laissé le chien Musti, afin que tu puisses aller avec lui à la chasse. Prends donc le chien fidèle et va dans les forêts sauvages, dans les sombres déserts, jusqu'à la demeure des vierges des bois vêtues de bleu, jusqu'aux portes de Havulinna (2), et là tu chercheras ta nourriture, tu demanderas le gibier nécessaire à ton existence. »

Kullervo, fils de Kalervo, prit son chien fidèle et se dirigea vers les forêts sauvages, vers les sombres déserts. Quand il eut fait un peu de chemin, il se trouva au même endroit, où il avait violé la jeune fille, où il avait déshonoré l'enfant de sa mère.

Tout y pleurait le sort de la chaste enfant, et le doux gazon, et le tendre feuillage, et les petites plantes, et les tristes bruyères. Le gazon ne verdissait plus, les bruyères ne fleurissaient plus, les feuilles et les plantes s'inclinaient desséchées sur l'endroit fatal où la vierge avait été violée, où le frère avait déshonoré sa sœur (3).

Kullervo, fils de Kalervo, tira son glaive au tranchant aigu ; il le regarda longtemps, le retournant dans sa

---

(1) Idiotisme finnois exprimant que Kullervo était sur la tombe de sa mère.

(2) Château construit en bois de sapin, demeure des vierges ou déesses des forêts.

(3)
        « Siin'itki ihana nurmi,
        « Aho armahin valitti,
        « Nuoret heinät helliteli,
        « Kuikutti kukat kanervan.
        « Tuota piian pillamusta,
        « Emon tuoman turmellucta,
        « Eikä nousnut nuori heinä,
        « Kasvanut kanervan kukka,
        « Ylennyt sialla sillä,
        « Tuolla paikalla pahalla,
        « Kuss'oli piian pillannunna,
        « Emon tuoman turmellunna. »

main, et lui demandant s'il n'aurait pas plaisir à manger la chair de l'homme chargé d'infamies, à boire le sang du criminel.

Le glaive pressentit le dessein de l'homme, il comprit la question du héros, et il lui répondit : « Pourquoi donc ne mangerais-je pas volontiers la chair de l'homme chargé d'infamies ? Pourquoi donc ne boirais-je pas avec plaisir le sang du criminel ? Je mange bien la chair de l'homme innocent, je bois bien le sang de celui qui est libre de crimes ! »

Alors, Kullervo, fils de Kalervo, Kullervo, le jeune homme aux bas bleus, fixa son glaive en terre du côté de la garde, et il se précipita sur la pointe, et il l'enfonça profondément dans sa poitrine.

Tel fut le coup suprême, tel fut le destin cruel de Kullervo, la fin irrévocable du fils du héros, la mort de l'homme de malheur.

Lorsque le vieux Wäinämöinen eut appris que Kullervo n'était plus, que le pauvre infortuné s'était donné la mort, il prit la parole et il dit : « O races de l'avenir, gardez-vous d'élever vos enfants avec une sévérité trop dure ; gardez-vous de les confier à des nourrices cruelles, à des gardiennes sans conscience ! L'enfant élevé trop sévèrement n'aura jamais l'esprit ouvert, il ne possédera jamais l'intelligence de l'homme, quand même il vivrait de longs jours, et qu'il serait d'une solidité éprouvée dans son corps et dans ses membres. »

TRENTE-SEPTIÈME RUNO

SOMMAIRE

Ilmarinen pleure amèrement sa femme dévorée par les loups et les
ours de Kullervo. — Il forme le projet de s'en forger une autre en or
et en argent. — Ses préparatifs à cet effet. — La fille d'or et
d'argent étant tirée de la forge, Ilmarinen y met la dernière main à
coups de marteau. — Il la porte dans son lit et se couche à côté d'elle,
mais ne peut supporter le froid que lui cause son contact. — Déses-
pérant alors de pouvoir en faire sa femme, il va la proposer à Wäinämöinen. — Le runoia la refuse et exhorte tous ceux de sa race à
ne jamais rechercher pour épouse une fille d'or, à ne jamais courir
après une fiancée d'argent.

Le forgeron Ilmarinen pleura amèrement son épouse ;
il la pleura chaque soir et chaque matin ; il la pleura durant les jours, sans prendre de nourriture, durant les
nuits, sans se livrer au sommeil. Et il ensevelit la belle
dans la terre ; puis, pendant un mois entier, il laissa son
marteau inactif, et un lugubre silence régna dans sa
forge.

Le forgeron Ilmarinen disait : « Malheur à moi, infortuné ! Je ne sais plus comment exister, comment vivre.
Passerai-je mes nuits debout ou couché ? Hélas ! la nuit
est bien longue ; et mon esprit s'est obscurci, et ma force
s'est brisée sous le chagrin.

« Longues aussi pour moi sont les heures du soir,
amères les heures du matin ; plus tristes, plus amères encore mes veilles de la nuit. Et ce ne sont point mes soi-

rées que je regrette, ni mes matinées, ni les autres moments du jour ; je regrette ma belle compagne, je pleure amèrement ma bien-aimée, je pleure mon épouse aux sourcils noirs.

« Souvent, au milieu de ces douleurs, pendant le trouble de mes rêves, je porte les mains autour de moi ; mais je n'embrasse que le vide, je n'étreins que le néant (1). »

Ainsi le forgeron passait ses jours dans le veuvage ; il vivait sans épouse. Pendant deux mois, pendant trois mois, il pleura sa femme morte ; mais, le quatrième mois, il moissonna des épis d'or dans la mer, des gerbes d'argent au sein des vagues profondes (2), puis il rassembla des monceaux de bois, il en chargea trente traîneaux, et il en fit du charbon, et il transporta le charbon dans sa forge.

Alors, il prit de son or, il prit de son argent une masse grosse comme une brebis d'automne, comme un lièvre d'hiver (3), et il la jeta dans le feu de la forge ; et il ordonna aux esclaves, aux garçons salariés de souffler.

Les esclaves soufflèrent avec force, les garçons salariés soufflèrent avec ardeur, sans gants aux doigts, sans chapeau sur la tête (4) ; Ilmarinen lui-même mit la main à l'œuvre ; il voulait se forger une femme d'or, une fiancée d'argent (5).

---

(1) « Jo vainen iällä tällä
    « Usein minun utuisen
    « Keskiöisissä unissa
    « Koura tyhjeä kokevi,
    « Käsi vaalivi valetta
    « Kupehelta kummaltaki .»

(2) Ilmarinen entreprit une de ces expéditions aventureuses d'où les pirates du Nord rapportaient toujours un riche butin.

(3) Une brebis née l'automne précédent, un lièvre né l'hiver précédent.

(4) Le runo veut dire par là que rien ne gênait la liberté de leurs mouvements.

(5) « Pyyti kullaista kuvaista,
    « Hopeista morsianta. »

Mais, voici que les esclaves se mirent à souffler avec indolence, que les garçons salariés faiblirent. Ilmarinen s'empara du soufflet ; et il souffla une fois, il souffla deux fois, il souffla trois fois ; puis, il regarda au fond de la forge, pour voir ce que le feu avait produit, ce qu'avait enfanté l'ardent foyer.

Une brebis avait surgi des charbons, une brebis à la toison d'or, à la toison de cuivre, à la toison d'argent. D'autres s'en fussent réjoui ; Ilmarinen ne s'en réjouit pas.

Ilmarinen dit : « Le loup eût certainement désiré ta pareille ! Quant à moi, je désirais une femme d'or, une fiancée d'argent. »

Et il jeta la brebis dans la forge ; il y ajouta de l'or et de l'argent, et ordonna de nouveau aux esclaves, aux garçons salariés de souffler.

Les esclaves soufflèrent avec force, les garçons salariés soufflèrent avec ardeur, sans gants aux doigts, sans chapeau sur la tête ; Ilmarinen lui-même mit la main à l'œuvre ; il voulait se forger une femme d'or, une fiancée d'argent.

Mais, voici que les esclaves se mirent à souffler avec indolence, que les garçons salariés faiblirent. Ilmarinen s'empara du soufflet ; et il souffla une fois, il souffla deux fois, il souffla trois fois ; puis il regarda au fond de la forge, pour voir ce que le feu avait produit, ce qu'avait enfanté le soufflet.

Un poulain avait surgi des charbons, un poulain à la crinière d'or, à la tête d'argent, aux sabots de cuivre. D'autres s'en fussent réjoui ; Ilmarinen ne s'en réjouit pas.

Ilmarinen dit : « Le loup eût certainement désiré ton semblable ! Quant à moi, je désirais une femme d'or, une fiancée d'argent. »

Et il jeta le poulain dans la forge ; il y ajouta de l'or et de l'argent, et ordonna encore aux esclaves, aux garçons salariés de souffler.

Les esclaves soufflèrent avec force, les garçons salariés soufflèrent avec ardeur, sans gants aux doigts, sans

chapeau sur la tête; Ilmarinen lui-même mit la main à
l'œuvre; il voulait se forger une femme d'or, une fiancée
d'argent.

Mais, voici que les esclaves se mirent à souffler avec
indolence, que les garçons salariés faiblirent. Ilmarinen
s'empara du soufflet; et il souffla une fois, il souffla deux
fois, il souffla trois fois; puis, il regarda au fond de la
forge, pour voir ce que le feu avait produit, ce qu'avait
enfanté le soufflet.

Une jeune fille avait surgi des charbons, une jeune
fille à la tête d'argent, à la chevelure d'or, au corps plein
d'attraits. D'autres s'en fussent effrayés, Ilmarinen ne
s'en effraya pas.

Il martela la statue d'or, il la martela nuit et jour sans
repos; il lui façonna les pieds, il lui forma les mains;
mais, ses pieds restèrent cloués au sol, ses mains ne se
tendirent point pour embrasser.

Il lui forgea des oreilles, mais ses oreilles demeu-
rèrent sourdes; il lui forgea une jolie bouche et de beaux
yeux, mais sa bouche ne prononça aucune parole, ses
yeux ne jetèrent aucun regard.

Le forgeron Ilmarinen dit : « Cette jeune fille serait
fort belle si elle savait parler, si elle avait de l'intelligence et qu'elle pût déployer la puissance de la langue. »

Il la porta sur le lit moelleux, sur les tendres coussins
bordés de soie; puis, il prépara un bain de vapeur, il apprêta le savon, le paquet de verges de bouleau, trois
seaux pleins d'eau (1); et le pinson lava son corps, le
passereau se purifia des scories de l'or (2).

---

(1) On a déjà remarqué que les runot multiplient les détails à l'infini.
Il en résulte parfois une prolixité excessive quant à l'exposé général
du sujet, mais aussi une instruction plus complète pour tout ce qui se
rapporte aux mœurs populaires et aux manifestations du génie national.

(2)   « Siitä seppo Ilmarinen
                       « Lämmitti kylyn utuisen,
                       « Laati saunan saipuaisen,
                       « Vastat varpaiset varusti,

Et quand il se fut suffisamment baigné, quand il eut terminé toutes ses ablutions, il se coucha sur le lit moelleux à côté de la jeune fille, sous sa tente d'acier, dans sa maison de fer (1).

Mais, dès la première nuit, il demanda, il réclama des couvertures, deux, trois peaux d'ours, cinq, six chemises de laine, afin de pouvoir rester auprès de sa nouvelle femme, de sa statue d'or.

Sans doute, du côté des couvertures, il avait assez chaud, mais, du côté de la jeune vierge, de la statue d'or, il se sentait saisi d'un froid terrible, il se sentait passer à l'état de neige, de glaçon des mers, il se sentait durcir comme la pierre (2).

Le forgeron Ilmarinen dit : « Cette jeune fille ne vaut rien pour moi. Peut-être devrais-je la porter à Wäinämöinen, afin qu'il en fasse le soutien de ses jours, son épouse éternelle, la colombe destinée à reposer dans ses bras! »

Et il porta la jeune fille à Wäinämöinen; et quand il fut arrivé près du héros, il lui dit : « O vieux Wäinämöinen, voici une jeune fille, une jeune vierge! Elle est belle à voir, elle n'a point la bouche trop grande ni les mâchoires trop larges. »

Le vieux, l'imperturbable Wäinämöinen jeta les re-

> « Vettä kolme korvohista,
> « Jolla peiponen peseikse,
> « Pulmunen puhasteleikse,
> « Noista kullan kuonasista. »

Pinson (*peiponen*), passereau (*pulmunen*) : charmantes expressions appliquées à Ilmarinen.

(1)   « Teltahan teräksischen,
             « Rankischen rautaischen »

Un forgeron doit habiter, en effet, au milieu du fer et de l'acier.

(2)   « Se oli kylki kyllä lämmin,
             « Ku oli vasten vaippojan-a,
             « Vasten kullaista kuvoa,
             « Se oli kylki kylmimässä,
             « Oli hyyksi hyytymässä,
             « Meren jääksi jäätymässä,
             « Kiveksi kovoamassa. »

gards sur la statue; il fixa ses yeux sur l'or, et il dit :
« Pourquoi m'apportes-tu cette créature, ce fantôme
d'or (1)? »

Le forgeron Ilmarinen répondit : « Pourquoi, si ce
n'est pour ton bien? Elle sera ton épouse éternelle, elle
sera la colombe qui reposera dans tes bras. »

Le vieux Wäinämöinen dit : « O forgeron, mon cher
frère, jette de nouveau ta vierge dans ta forge et fais-en
tout ce que tu voudras; ou bien envoie-la en Russie ou
en Germanie, afin que les riches et illustres prétendants
se la disputent; il serait peu séant pour ceux de ma race,
il serait peu séant pour moi-même de rechercher pour
épouse une fille d'or, de courir après une fiancée d'argent (2). »

Et le vieux Wäinämöinen, l'ami de l'onde, exhorta les
jeunes hommes à ne point s'incliner devant l'or, à ne
point se prosterner devant l'argent. « Jamais, ô mes
chers fils, ô héros pleins de jeunesse, que vous soyez
riches ou pauvres, jamais, tant que durera cette vie,
tant que la lune répandra sa lumière, vous ne devrez rechercher pour épouse une fille d'or, courir après une
fiancée d'argent. L'éclat de l'or ne réchauffe point, l'argent est froid quoiqu'il brille (3). »

(1)   « Miksi toit minulle tuota,
            « Tuota kullan kummitusta? »

(2)   « Ei sovi minun su'ulle,
            « Ei minullen itselleni
            « Naista kullaista kosia,
            « Hopeista huolitella. »

Toute cette runo a évidemment une portée symbolique. C'est la cri-
tique personnifiée de ces mariages dont l'argent est le seul mobile.

(3)   « Kylmän kulta kuumottavi,
            « Vilun huohtavi hopea. »

TRENTE-HUITIÈME RUNO

SOMMAIRE

Ilmarinen retourne dans Pohjola pour y chercher une autre épouse. —
Louhi lui refuse sa seconde fille. — La jeune fille, de son côté, ne
veut point succéder à sa sœur. — Ilmarinen l'enlève, la met dans un
traîneau et part pour son pays. — Lamentations de la jeune fille pen-
dant la route. — Arrivée dans un village où l'on passe la nuit. —
Ilmarinen, accablé de fatigue, s'endort d'un lourd sommeil. — La
jeune fille en profite pour lui être infidèle. — Colère d'Ilmarinen.
— Il déroule ses paroles magiques et change la coupable en mouette.
— Wäinämöinen demande au forgeron des nouvelles de Pohjola. —
Éloge du Sampo.

Le forgeron Ilmarinen, le batteur de fer éternel abandonna sa statue d'or, sa vierge d'argent; et il attela son
fauve étalon à son traîneau, à son beau traîneau; puis il
se mit en route pour Pohjola, afin de demander la main
d'un autre jeune fille.

Il marcha un jour, il marcha deux jours; le troisième
jour, il arriva au terme de son voyage.

Louhi, la mère de famille de Pohjola, le rencontra
dans l'enclos de son habitation, et l'interrogea sur l'état
de sa fille; elle lui demanda comment elle se trouvait
dans la maison de son beau-père, dans la maison de son
époux.

Triste, la tête basse, le bonnet incliné de côté (1), Ilma—

(1) Voir page 87, note 1.

rinen répondit : « O ma chère belle-mère, ne me fais
point de pareilles questions, ne m'interroge point sur la
vie, sur l'état de ta fille, sur le séjour dans ma maison
de ta bien-aimée. La mort l'a déjà engloutie; un sort
cruel l'a frappée; ma jolie baie est dans le sein de la
terre, ma douce et gracieuse femme, aux sourcils noirs,
est sous le gazon. Je suis venu ici pour te demander ton
autre fille, ta plus jeune fille; oui, ô ma chère belle-mère,
donne-moi ta seconde fille, à la place de mon ancienne
épouse, à la place de sa sœur. »

Louhi, la mère de Pohjola, répondit : « J'ai mal agi,
malheureuse que je suis! j'ai fait une action injuste,
lorsque je t'ai promis, lorsque je t'ai donné mon enfant,
pour qu'elle s'éteignît dans l'éclat de sa jeunesse, pour
qu'elle se fanât dans la fleur de sa beauté; je l'ai comme
jetée dans les dents du loup, dans la gueule hurlante de
l'ours.

« Mais, je ne te donnerai point mon autre fille, je ne
te la donnerai point, pour enlever ta suie, pour balayer
les scories de ta forge; j'aimerais mieux mille fois la précipiter dans la cataracte mugissante, dans le tourbillon
écumeux, dans la bouche de la lotte de Manala, sous les
dents du brochet de Tuoni (1). »

Le forgeron Ilmarinen tordit la bouche, branla la tête,
secoua sa noire chevelure (2); puis il entra dans la maison,
et là, il éleva la voix et il dit : « Viens avec moi, ô jeune
fille, viens prendre la place de ta sœur, de mon ancienne
épouse, afin de préparer les gâteaux de miel, de brasser
la bière ! »

Un enfant couché sur le plancher se mit à chanter :
« Loin d'ici, hôte importun! Loin d'ici, homme étranger !

(1)   « Manalan matikan suahun,
             « Tuonen hauin hampahisin. »
Voir page 100, note 4.
(2)   « Siitä seppo Ilmarinen
             « Murti suuta, väänti päätä,
             « Murti mustoa haventa. »

Tu as déjà détruit une partie de cette maison, tu as assas
siné une partie de cette famille, lorsque tu es venu parmi
nous jadis. O fille, ma chère sœur, ne t'éprends point
d'amour pour le prétendant, ne te laisse point séduire
par sa belle bouche, par ses beaux pieds! Le prétendant
a les dents du loup, les griffes du renard, dans sa poche,
les pattes de l'ours sous le bras, le poignard de la sangsue à sa ceinture; il s'en servira pour te déchirer la tête,
pour te mutiler les oreilles (1). »

La jeune fille répondit elle-même au forgeron : « Non,
je n'irai point avec toi ; je dédaigne les âmes féroces. Tu
as tué ma sœur, tu me tuerais, tu m'assassinerais à mon
tour. Je suis faite pour un époux meilleur et plus beau
que toi ; j'aspire à un plus brillant traîneau ; et il me faut
de plus grandes richesses, de plus vastes domaines que
la simple maison remplie de charbon d'un forgeron, que
le foyer d'un homme vulgaire. »

Le forgeron Ilmarinen, le batteur de fer éternel tordit
la bouche, branla la tête, secoua sa noire chevelure ; en
même temps il enleva la jeune fille dans ses bras, se précipita, tel qu'un ouragan, hors de la maison, monta dans
son traîneau, et se mit aussitôt en route. D'une main il
tient les rênes de son cheval, de l'autre il caresse le sein
de la belle (2).

La jeune fille se mit à pleurer, à se lamenter, et elle
dit : « J'étais allée dans les champs pour y cueillir des
fleurs sur la mousse ; et voilà que je disparais, pauvre co-

(1)   « Neitonen, sinä sisari,
              « Elä sulho'on ihastu,
              « Elä sulhon suun pitohon
              « Eläkä jalkoihin jaloihin !
              « Sulhon'on suen ikenet,
              « Revon koukut kormanossa
              « Karhun kynnet kaiualossa
              « Veren juojan veitsi vyöllä,
              « Jolla päätä piirtelevi,
              « Selkeä sirettelevi. »

(2)   « Käsi ohjassa orosen,
              « Toinen neien nännisillä. »

lombe! voilà que je meurs, frappée par une main étrangère !

« Ecoute, ô forgeron Ilmarinen, si tu ne me laisses point partir, je brise ton traîneau, je mets ton beau traîneau en pièces, d'un coup de mon genou. »

Le forgeron Ilmarinen répliqua : « La caisse de mon traîneau a été construite en fer, elle peut défier tes coups. »

La jeune fille éclata en sanglots, la ceinture de cuivre (1) se lamenta; elle tordit la bouche, elle se brisa les doigts et elle dit : « Si tu ne me laisses point partir, je me jette dans la mer changée en poisson, en truite des flots profonds. »

Le forgeron Ilmarinen répliqua : « Si tu te jettes dans la mer, je t'y poursuivrai changé en brochet. »

La jeune fille éclata en sanglots, la ceinture de cuivre se lamenta; elle tordit la bouche, elle se brisa les doigts, et elle dit : « Si tu ne me laisses point partir, je m'élance dans le bois, changée en hermine. »

Le forgeron Ilmarinen répliqua : « Si tu t'élances dans le bois, je t'y poursuivrai changé en loutre. »

La jeune fille éclata en sanglots, la ceinture de cuivre se lamenta; elle tordit la bouche, elle se brisa les doigts, et elle dit : « Si tu ne me laisses point partir, je m'envole dans les airs, changée en alouette, et je vais me cacher derrière les nuages. »

Le forgeron Ilmarinen répliqua : « Si tu t'envoles dans les airs, je t'y poursuivrai, changé en aigle. »

Une partie, une petite partie de la route avait été parcourue; et déjà le cheval commençait à écumer, les oreilles pendantes (2), à se couvrir de sueur.

La jeune fille leva la tête; elle vit des traces de pas sur la neige, et elle dit : « Qui a bondi à travers la route? »

(1)   « Vyŏ vaski valittelevi. »
(2) *Luppakorva :* épithète appliquée au cheval en forme de surnom.

Le forgeron Ilmarinen répondit : « C'est le lièvre qui a bondi à travers la route. »

La pauvre jeune fille se remit à pleurer; elle se lamenta, elle soupira lourdement, et elle dit : « Malheur à moi, infortunée! Il serait beaucoup mieux, beaucoup. plus agréable pour moi de me trouver sur les traces du lièvre rapide, sur les pas des jambes crochues (1), que dans le traîneau de ce prétendant, sur les coussins de ce visage ridé : la toison du lièvre est plus belle, la bouche du lièvre est plus gracieuse. »

Le forgeron Ilmarinen se mordit les lèvres, secoua la tête, et lança son traîneau avec un bruit de tonnerre. Après une courte marche, le cheval commença de nouveau à écumer, les oreilles pendantes à se couvrir de sueur.

La jeune fille leva la tête; elle vit des traces de pas sur la neige, et elle dit : « Qui a bondi à travers la route? »

Le forgeron Ilmarinen répondit : « C'est le renard qui a bondi à travers la route. »

La pauvre jeune fille se remit à pleurer; elle se lamenta, elle soupira lourdement, et elle dit : « Malheur à moi, infortunée ! Il serait beaucoup mieux, beaucoup plus agréable pour moi de me trouver dans le bruyant traîneau, le traîneau toujours en mouvement du renard, que dans le traîneau de ce prétendant, sur les coussins de ce visage ridé : la toison du renard est plus belle, la bouche du renard est plus gracieuse. »

Le forgeron Ilmarinen se mordit les lèvres, secoua la tête, et lança son traîneau avec un bruit de tonnerre. Après une courte marche, le cheval recommença à écumer, les oreilles pendantes à se couvrir de sueur.

La jeune fille leva la tête; elle vit des traces de pas

---

(1) *Koukkupolven* : épithète appliquée au lièvre en forme de surnom; nous l'avons déjà vue appliquée à d'autres animaux, aux vaches, par exemple.

sur la neige, et elle dit : « Qui a bondi à travers la route ? »

Le forgeron Ilmarinen répondit : « C'est le loup qui a bondi à travers la route. »

La pauvre jeune fille se remit encore à pleurer; elle se lamenta, elle soupira lourdement, et elle dit : « Malheur à moi, infortunée! Il serait beaucoup mieux, beaucoup plus agréable pour moi, de me trouver sur les traces du loup farouche, sur les pas du long museau, que dans le traîneau de ce prétendant, sur les coussins de ce visage ridé : la toison du loup est plus belle, la bouche du loup est plus gracieuse. »

Le forgeron Ilmarinen se mordit les lèvres, secoua la tête, et lança son traîneau avec un bruit de tonnerre; il marcha jusqu'à la nuit, et arriva dans un village.

Fatigué de la route, il tomba en proie à un lourd sommeil; et tandis que l'homme dormait, un étranger caressa la femme (1).

Le lendemain matin, à cette vue, le forgeron Ilmarinen tordit la bouche, branla la tête, secoua sa noire chevelure, et il dit : « Déroulerai-je mes chants (2), et enverrai-je une pareille fiancée dans la forêt, changée en bête des bois, ou bien l'enverrai-je dans la mer, changée en poisson des eaux?

« Non, je ne l'enverrai point dans la forêt, je ne l'enverrai point dans la mer, car toute la forêt, tous les poissons de la mer en seraient épouvantés; je la frapperai plutôt de mon glaive, je l'exterminerai avec ma lame d'acier. »

Le glaive comprit les paroles de l'homme, il devina le projet du héros, et il dit : « Je n'ai point été créé pour

---

(1) « Toinen naista nanrattavi
« Micheltä unekkahalta. »

Mot à mot : Un autre fit rire la femme pour l'homme endormi.

(2) Il s'agit ici, comme nous l'avons déjà vu dans des cas analogues, de chants magiques.

exterminer les femmes, pour frapper les faibles créatures. »

Alors le forgeron Ilmarinen se mit à dérouler ses
chants d'une voix désespérée, et il changea la femme en
mouette, et il la chassa sur une île, sur un écueil solitaire de la mer, à la cime d'un promontoire, pour y crier,
pour y hurler au milieu des tempêtes (1).

Puis, il remonta dans son traîneau et se dirigea, d'une
course rapide, le cœur triste, la tête basse, vers son
propre pays, vers sa patrie bien-aimée.

Le vieux, l'imperturbable Wäinämöinen vint à sa rencontre sur la route, et il lui dit : « O Ilmarinen, mon
cher frère, pourquoi as-tu le cœur si triste, pourquoi
portes-tu ton casque tout à fait incliné, en revenant de
Pohjola ? »

Le forgeron Ilmarinen répondit : « Comment pourrait-on vivre misérable dans Pohjola ? Là se trouve le
Sampo (2), qui moud toujours, le beau couvercle qui est
perpétuellement en mouvement. Un jour, il moud le
grain destiné à être mangé, un autre jour, il moud le
grain destiné à être vendu, un troisième jour, il moud
le grain destiné à être conservé parmi les provisions de
la maison (3).

« Oui, je le dis, je le répète, comment pourrait-on
vivre misérable dans Pohjola, puisqu'on y possède le
Sampo ? C'est du Sampo que découlent le labourage et
l'ensemencement des champs, la germination de toutes
les plantes ; c'est du Sampo que découle une prospérité
éternelle. »

(1)   « Se on seppo Ilmarinen
                 « Jopa loihe laulamahan,
                 « Syäntyi sanelemahan,
                 « Lauloi naisensa lokiksi
                 « Luo'olle lokottamahan,
                 « Veen karille kaikkumahan,
                 « Nenät nienten niukumahan,
                 « Vastatuulet vaapumahan. »

(2) Voir page 2, note 8 et page 60, note 1.
(3) Voir pages 85-86.

Le vieux Wäinämöinen dit : « O forgeron Ilmarinen, mon cher frère, où as-tu donc laissé la jeune fille, où as-tu laissé ta fiancée au nom célèbre, car voilà que tu reviens encore seul, qu'aucune femme ne t'accompagne? »

Le forgeron Ilmarinen répondit : « J'ai changé la misérable créature en mouette, et je l'ai chassée sur une île. Maintenant, elle crie sur un rocher fixé au milieu des flots, elle hurle à la cime d'un écueil, sur la mer. »

TRENTE-NEUVIÈME RUNO

SOMMAIRE

Wäinämöinen invite Ilmarinen à partir avec lui pour Pohjola afin d'y
enlever le Sampo. — Ilmarinen expose les difficultés de l'entreprise,
et propose ensuite de faire le voyage par terre. — Wäinämöinen y
consent et prie le forgeron de lui fabriquer un glaive. — Les deux
héros montent à cheval et se mettent en route. — Le navire de
Wäinämöinen se plaint d'être ainsi délaissé, et demande de prendre
part au combat. — Wäinämöinen abandonne alors son cheval, arme
le navire et le lance à la mer. — Rencontre de Lemminkäinen qui
se joint à l'expédition.

Le vieux, l'imperturbable Wäinämöinen éleva la voix,
et il dit : « O forgeron Ilmarinen, partons ensemble pour
Pohjola, afin d'y enlever le Sampo, de nous emparer du
beau couvercle. »

Le forgeron Ilmarinen répondit : « Il sera difficile
d'enlever le Sampo, de nous emparer du beau couvercle,
dans la sombre Pohjola, dans la nébuleuse Sariola. Le
Sampo y est conservé, le beau couvercle y est caché dans
les entrailles d'un rocher de cuivre, derrière neuf serrures, derrière neuf verrous ; et l'on en a enfoncé les racines à une profondeur de neuf brasses : l'une dans la
terre, l'autre dans l'eau, la troisième dans la colline sur
laquelle est bâtie la maison (1). »

(1) Voir page 86, note 1.

Le vieux Wäinämöinen dit : « O forgeron, mon cher frère, partons ensemble pour Pohjola afin d'y enlever le Sampo ! Nous armerons un grand navire sur lequel nous emporterons l'instrument merveilleux, le Sampo arraché des entrailles du rocher de cuivre, malgré les neuf serrures, malgré les neuf verrous. »

Le forgeron Ilmarinen dit : « Il serait plus sûr de nous rendre à Pohjola par terre. Lempo (1) erre sur la mer, Surma (2) plane sur le grand golfe. La tempête nous y livrera ses assauts, les vents nous y secoueront violemment; et nos doigts seront changés en rames, la paume de nos mains en gouvernail (3). »

Le vieux Wäinämöinen dit : « Sans doute, la route de terre est plus sûre, mais elle est plus fatigante ; elle est aussi plus tortueuse. Il est agréable de glisser sur l'onde dans un navire, de fendre les flots, au milieu des golfes immenses. Le souffle du vent vous berce joyeusement, et vous pousse, rapide, en avant. Cependant, puisque la mer ne te plaît pas, nous prendrons la terre, nous longerons la solitude des rivages.

« Mais, forge-moi, maintenant, un glaive, un glaive à la pointe de feu, avec lequel je puisse chasser les chiens, disperser la foule, lorsque nous irons enlever le Sampo, dans le froid village, dans la sombre Pohjola, dans la nébuleuse Sariola. »

Le forgeron Ilmarinen, le batteur de fer éternel, se hâta de mettre du fer sur le feu, de l'acier dans la fournaise brûlante ; il y ajouta un bloc d'or, une poignée d'argent ; puis il ordonna aux esclaves, aux garçons salariés de souffler.

Les esclaves soufflèrent avec force, les garçons sala-

---

(1) Voir page 41, note 3.
(2) Voir page 110, note 3.
(3)   « Saisi sormet soutimeksi,
            « Kämmenet käsimeloiksi. »

C'est-à-dire nous ferons naufrage, et nous serons obligés de nous sauver à la nage.

riés soufflèrent avec ardeur. Le fer se dilata en bouillie, l'acier en pâte molle; l'argent devint brillant et limpide comme l'eau, l'or bouillonna comme la vague (1).

Alors, le forgeron Ilmarinen, le batteur de fer éternel, regarda au fond de sa forge, et il vit que le glaive était né, que sa poignée d'or était formée.

Il le tira du feu, il l'étendit sur l'enclume, il le soumit aux coups puissants du marteau; et il façonna le glaive, suivant son désir, il en fit le meilleur des glaives, il l'incrusta d'or et d'argent.

Le vieux, l'imperturbable Wäinämöinen vint examiner l'œuvre du forgeron. Il prit le glaive à la pointe de feu, dans sa main droite, il le regarda dans tous les sens, et il dit : « Le glaive convient-il à l'homme, est-il bien fait pour celui qui doit le porter (2)? »

Le glaive convenait à l'homme, il était fait pour celui qui devait le porter. La lune brillait sur la pointe, le soleil sur le plat de la lame, les étoiles sur la garde; un cheval hennissait sur les bords du tranchant, un chat miaulait sur le bouton de la poignée, et sur le fourreau dormait un petit chien (3).

Wäinämöinen essaya son glaive sur une montagne de fer, et il dit : « Avec un tel glaive, je fendrais les pierres elles-mêmes, je ferais voler les rochers en éclats. »

Le forgeron Ilmarinen dit à son tour : « Comment, ô infortuné que je suis! comment me protégerai-je, comment me défendrai-je contre la terre et contre l'eau? Revêtirai-je ma cuirasse de fer, bouclerai-je ma ceinture d'acier? L'homme est plus fort dans une cuirasse

(1)   « Rauta vellinä venyvi,
              « Teras taipui tahtahana,
              « Hopea vetenä välkkyi,
              « Kulta läckkyi lainehena. »

(2)   « Ouko miekka miestä myöten,
              « Kalpa kantajan mukahan? »

(3) La runo veut dire que les figures de ces divers animaux étaient gravées sur le glaive ou incrustées dans la lame. Voir page 50 et page 309, note 5.

de fer, il est plus solide dans une ceinture d'acier. »

Mais, déjà le moment du départ était arrivé. Le vieux Wäinämöinen et le forgeron Ilmarinen allèrent à la recherche d'un cheval, d'un poulain à la courte crinière, d'un poulain âgé d'un an, portant sur le dos la selle qu'ils lui destinaient; ils parcoururent de vastes espaces; et ils trouvèrent, enfin, le poulain à la courte crinière dans l'épaisseur d'une forêt de sapins.

Le vieux, l'imperturbable Wäinämöinen, le forgeron Ilmarinen, lui mirent un mors à la bouche, une bride d'or sur le cou, et ils le conduisirent le long des bords de la mer. Soudain, une plainte aiguë, une voix lamentable retentit du fond de la plage où étaient amarrés les bateaux.

Le vieux, l'imperturbable Wäinämöinen dit : « C'est une jeune fille qui pleure, c'est une colombe qui se lamente : faut-il avancer pour mieux nous en assurer? »

Et il avança lui-même, pour mieux s'en assurer. Mais, ce n'était point une jeune fille qui pleurait, ce n'était point une colombe qui se lamentait, c'était un bateau qui pleurait, c'était un navire qui se lamentait.

Le vieux Wäinämöinen s'approcha du navire, et il lui dit : « Pourquoi pleures-tu, ô barque de bois, pourquoi te lamentes-tu, ô vaisseau richement armé de rames? Est-ce parce que tu es lourd, parce que tu es grossièrement construit? »

La barque de bois, le vaisseau richement armé de rames répondit : « Ainsi que la jeune fille aspire à la maison d'un époux, même lorsqu'elle habite encore la maison de son père, ainsi le navire aspire à voguer sur les flots, même lorsqu'il est encore dans le pin résineux (1). Je pleure, je me lamente après celui qui me lancera à la mer, qui me conduira à travers les vagues écumeuses.

---

(1) C'est-à-dire lorsqu'il est encore à l'état de pin résineux, lorsque les matériaux dont il doit être formé n'ont pas encore été mis en œuvre.

« On m'avait dit, lorsqu'on me construisait, on m'avait assuré, lorsque j'étais sur le chantier, que je serais un navire de guerre, que l'on m'armerait pour les batailles; on m'avait promis des cargaisons d'un riche et glorieux butin. Or, voilà que je n'ai pas encore été conduit à la guerre, que je n'ai pas même servi à transporter de simples fourrageurs.

« D'autres bateaux, des bateaux de la pire espèce se trouvent sans cesse au milieu des sanglantes mêlées, des jeux sauvages du glaive; trois fois, chaque été, ils reviennent, chargés d'argent et de trésors. Et moi dont la quille a été formée de cent planches, moi que l'on a construit pour le combat, on m'oublie, on me laisse pourrir sur le chantier! Les vers de terre les plus repoussants me rongent les flancs, les oiseaux de l'air les plus hideux bâtissent leur nid dans ma mâture, les crapauds des bois coassent sur ma proue. Ah! il serait mille fois plus glorieux, mille fois plus agréable pour moi de me dresser encore, comme un pin sur la colline, comme un sapin dans la lande : l'écureuil viendrait sautiller sur mes branches, le chien aboyer près de mes racines. »

Le vieux, l'imperturbable Wäinämöinen dit : « Ne pleure point, ô mon navire, ne te lamente point, ô vaisseau richement armé de rames, bientôt tu iras au milieu des batailles, des jeux sauvages du glaive.

« Si tu es un navire créé par Dieu, un navire créé et donné par Jumala, tu dois t'élancer dans la mer, te précipiter au sein des vagues, sans que l'on te touche avec le poing, que l'on t'ébranle avec la main, que l'on t'aide avec l'épaule, que l'on te pousse avec le bras (1)! »

_____

(1)   « Lienet pursi luojan luoma,
              « Luojan luoma, tuojan tuoma,
              « Syrjin syökseite vetehen,
              « Laioin aalloillen ajaite
              « Ilman kouran koskemata,
              « Käen päälle käyttämättä,
              « Olkapään ojentamatta,
              « Käsivarren vaalimatta! »

Le navire répondit avec intelligence, le vaisseau richement armé de rames s'exprima ainsi : « Aucun bateau de ma famille, aucun autre de mes frères ne s'élance dans la mer, ne se précipite au sein des vagues, sans l'aide d'un poing, sans le secours d'un bras puissant. »

Le vieux Wäinämöinen dit : « Si je te lance à la mer, marcheras-tu sans l'emploi des rames, avanceras-tu sans qu'on te vienne en aide, sans que le vent gonfle tes voiles? »

Le navire répondit avec intelligence, le vaisseau richement armé de rames s'exprima ainsi : « Aucun bateau de ma famille, aucun autre de mes frères ne marche sans l'emploi des rames, n'avance sans qu'on lui vienne en aide, sans que le vent gonfle ses voiles. »

Alors, le vieux Wäinämöinen laissa son cheval dans un bois et l'attacha à un arbre; puis, déployant la force magique du chant, il poussa le navire dans la mer, et il lui dit : « O navire aux courbes puissantes, ô vaisseau richement armé de rames, es-tu aussi capable de porter une lourde charge que tu es beau à voir? »

Le navire répondit avec intelligence, le vaisseau richement armé de rames s'exprima ainsi : « Oui, certainement, je suis capable de porter une lourde charge; mon pont est vaste: cent hommes, mille héros peuvent facilement y trouver place et y manœuvrer les rames. »

Le vieux Wäinämöinen se mit à dérouler ses chants; et il évoqua d'un côté du navire une troupe de fiancés, à la chevelure hérissée, aux mains dures, des hommes fiers et solidement bottés; il évoqua de l'autre côté une troupe de fiancées, à la fibule d'étain, à la ceinture de cuivre, de gracieuses jeunes filles, aux doigts ornés d'anneaux; il évoqua, enfin, sur les bancs des rameurs, une troupe de vieillards, une race usée par le temps; mais, pour ceux-ci, la place était étroite, car les jeunes l'avaient déjà envahie.

Wäinämöinen s'assit lui-même près du gouvernail, et en saisissant la barre, il dit : « Marche, ô navire, sur cette plaine sans arbres, franchis ces vastes détroits, vogue sur la mer, vogue sur les flots, comme une feuille de nénuphar ! »

Et il ordonna aux fiancés de ramer, tandis que les jeunes filles resteraient inoccupées. Les fiancés ramèrent; ils ramèrent de toutes leurs forces; mais le navire n'avança pas.

Il ordonna aux jeunes filles de ramer, tandis que les fiancés resteraient inoccupés. Les jeunes filles ramèrent, leurs doigts craquèrent; mais le navire n'avança pas.

Il ordonna aux vieillards de ramer, tandis que les jeunes resteraient inoccupés. Les vieillards ramèrent, leurs têtes branlèrent; mais le navire n'avança pas davantage.

Alors, le forgeron Ilmarinen prit place au banc des rameurs. Soudain, le navire s'agita; et il glissa rapidement sur les flots, et, de loin, on entendit le bruit des rames battant contre les flancs de la carène.

Ilmarinen redoubla d'énergie; les bancs du navire craquèrent, ses courbes frissonnèrent; les avirons en bois de sorbier grincèrent; leurs manches caquetèrent comme des gelinottes, leurs palettes crièrent comme des coqs de bruyères; la proue chanta comme un cygne, la poupe croassa comme un corbeau, les supports des rames gloussèrent comme des oies (1).

Le vieux Wäinämöinen tenait le gouvernail d'une main ferme, et dirigeait avec une habileté merveilleuse la course du navire à travers les ondes. Bientôt, un pro-

---

(1) J'ai traduit mot à mot ce passage bizarre, dont je crois devoir citer le texte original :

« Soutavi sorchtelevi,
« Teljot rytkyi, laiat notkui,
« Airot piukki pihlajaiset,
« Airon pyörät pyinä vinkui,
« Terät teirinä kukerti,
« Nenä joikui joutsenena,
« Perä kaarskui kaarnehena,
« Haugat hanhina havisi. »

montoire surgit au loin, un misérable village se montra à
l'horizon.

Ahti (1) y avait fixé sa demeure, Lemminkäinen y passait sa vie, déplorant son extrême misère, le vide de son
aitta (2), le triste sort qui lui était échu en partage. Il
taillait les ais d'un nouveau navire, il en charpentait la
quille, à l'extrémité de l'aride promontoire (3), dans
l'enceinte du misérable village.

Lemminkäinen avait l'oreille fine ; il avait les yeux plus
perçants encore. Il jeta les regards du côté de l'occident,
il tourna la tête vers le midi, et aperçut dans le lointain un arc, un flocon de nuage.

Mais, ce n'était point un arc, ce n'était point un flocon
de nuage, c'était un petit navire qui s'avançait sur les
vagues de la mer. Un héros majestueux siégeait au gouvernail, un superbe guerrier présidait à la manœuvre.

Le joyeux Lemminkäinen dit : « Je ne connais pas ce
navire, je ne sais quel est ce beau bateau qui arrive à
force de rames, des régions de Suomi, des régions de
l'orient, la proue tournée vers l'occident. »

Et le jeune héros éleva la voix, il poussa un cri puissant du haut du promontoire, et il demanda par dessus
les flots : « A qui appartient ce navire qui vogue sur la
mer ? »

Les hommes, les femmes du navire répondirent :
« Quel homme es-tu donc, quel guerrier, toi qui habites
au milieu de ces bois déserts, pour ne pas connaître le
navire de Wäinölä, pour ignorer qui en est le pilote, qui
en est le rameur ? »

Le joyeux Lemminkäinen répondit : « Je sais qui est ce
pilote, je sais qui est ce rameur : le vieux, l'imperturba-
bable Wäinämöinen siége au gouvernail, Ilmarinen manœuvre les rames. Où allez-vous donc, ô hommes, où
dirigez-vous votre course, ô héros ? »

(1) Voir page 88, note 1.
(2) Voir page 3, note 6.
(3) Voir page 314, note 2.

Le vieux Wäinämöinen répondit : « Nous allons droit vers le nord, vers la région des grandes vagues, des flots écumeux ; nous allons enlever le Sampo, arracher le beau couvercle de la colline de pierre, de la montagne de cuivre de Pohjola. »

Le joyeux Lemminkäinen dit : « O vieux Wäinämöinen, prends-moi avec toi comme troisième héros, puisque tu vas enlever le Sampo, arracher le beau couvercle! Je déploierai aussi ma force d'homme, si un combat devient nécessaire; j'agirai des mains et des épaules. »

Le vieux, l'imperturbable Wäinämöinen consentit à associer le guerrier, le brave héros, à son expédition. Le joyeux Lemminkäinen descendit aussitôt sur le rivage, emportant avec lui des planches de renfort pour les flancs du navire.

Le vieux Wäinämöinen dit : « J'ai déjà une quantité suffisante de bois dans mon navire; il en est lourdement chargé; pourquoi apportes-tu encore avec toi un surcroît de planches? »

Le joyeux Lemminkäinen répondit : « Ce ne sont point les provisions qui font sombrer un navire, ce n'est point le lest qui cause sa perte; mais, souvent, dans les mers de Pohjola, la tempête bat violemment ses flancs; il faut qu'ils soient assez solides pour résister à ses assauts. »

Le vieux Wäinämöinen dit : « Et c'est pour cela, c'est pour que mon navire ne soit point emporté par les vents, submergé par la tempête, que sa proue a été cuirassée de fer et d'acier. »

QUARANTIÈME RUNO

Le vieux l'imperturbable Wäinämöinen s'éloigna du
long promontoire, du misérable village; il dirigea son
navire à travers les ondes, en chantant des chants d'allégresse.

Les jeunes filles des bords de la mer regardèrent du
haut des rochers et écoutèrent : « Quels sont ces
chants d'allégresse qui retentissent au loin sur les flots?
Ils sont plus éclatants que tous les autres, plus beaux que
ceux dont nos oreilles ont été frappées auparavant. »

Et le navire poursuivait sa course rapide : le premier
jour, il longea l'embouchure des fleuves, le second jour,
l'embouchure des lacs, le troisième jour, il arriva au milieu des cataractes.

Alors, le joyeux Lemminkäinen se rappela les paroles
conjuratrices des chutes d'eau flamboyantes, les formules
propres à enchaîner les tourbillons des fleuves sacrés (1);

(1) *Koskensanat.*

et il éleva la voix, et il dit : « Suspens, ô cataracte, tes bonds furieux, cesse de gronder, ô débordement immense ! Et toi, ô vierge des torrents, dresse-toi, comme une digue sur la roche écumeuse, retiens avec tes mains, rassemble avec tes doigts les vagues effrénées , afin qu'elles ne se brisent point contre ta poitrine, qu'elles ne se tournent point contre nous !

« O vieille qui habites sous les ondes, ô femme qui résides au fond des torrents orageux (1), sors de ton humide demeure et viens condenser les masses bondissantes, les flots emportés, afin qu'ils n'attaquent point l'innocent, qu'ils ne se vautrent point sur celui qui est libre de fautes (2) !

« Que les pierres fixées au milieu de la cataracte, que les rochers fixés au cœur des sources impétueuses, abaissent le front, inclinent la tête, sur le sentier du rouge bateau, sur la route du navire goudronné (3) !

« Et si cela ne suffit point, ô Kimmo fils de Kammo (4), prends une tarière, prends un ciseau de fer, et perce un trou dans le rocher, le dur rocher de la cataracte, en sorte que le bateau puisse passer, que le navire puisse, sans dommage, poursuivre sa route !

« Et si cela ne suffit point encore, ô père des ondes (5), ô habitant des torrents rapides, change les rochers en

---

(1) *Veen eukko*, *Veen emäntä*, la vieille, la mère des eaux, divinité marine.
(2)   « Jott'ei syytöintä syseä,
                       « Viatointa vierettele »
(3) C'est-à-dire se détournent pour laisser passer le navire :
                    « Kivet keskellä jokea,
                    « Paaet kuohun kukkuralla
                    « Oteanra ulentukohon,
                    « Päälakensa painakohon.
                    « Matkalta punaisen purren,
                    « Tieltä tervaisen venehen ! »
(4) Divinité qui régnait sur les pierres et habitait au sein d'un rocher.
(5) *Veen ukko* : l'ancien des eaux , dieu marin; on l'appelle aussi *aallojen kuningas*, roi des flots.

mousse, change le navire en léger poisson, tandis que nous franchirons les bouillonnements orageux, les vagues escarpées !

« Ô vierge, qui habites le voisinage des cataractes, des tourbillons déchaînés (1), tresse avec des étoupes nébuleuses un câble nébuleux (2), et tends-le sur les eaux de la cataracte, afin qu'il serve de guide au navire goudronné, afin qu'avec son aide un homme de moyenne taille, un homme même tout à fait ignorant des lieux, puissent trouver la véritable route et marcher en avant !

« O Melatar (3), douce femme, prends ton précieux gouvernail et conduis le navire à travers les brisants maudits, devant l'habitation du jaloux, les fenêtres du sorcier (4) !

« Et si tous ces moyens se trouvent encore insuffisants, ô Ukko, dieu suprême, conduis toi-même le navire avec ton glaive, fraye-lui sa route avec ta lame étincelante, afin qu'il franchisse librement les vagues furieuses, qu'il sorte sain et sauf de la cataracte ! »

Et le vieux Wäinämöinen reprit avec vigueur le gouvernail, et il poussa le navire à travers les écueils, les bouillonnements effroyables ; il lui fit surmonter heureusement tous les obstacles.

Mais, quand il eut atteint la pleine eau, le navire s'arrêta tout à coup, et demeura immobile.

Le forgeron Ilmarinen, le joyeux Lemminkäinen piquèrent dans les flots la pointe d'une rame, d'une gaffe

---

(1) *Kosken neiti* : vierge ou déesse des cataractes.
(2) C'est-à-dire marque la route à travers la cataracte avec un cordon de nuages ou de vapeurs. Les cataractes sont très-nombreuses en Finlande, et ceux qui tentent de les descendre en bateau s'exposent aux plus grands dangers. Il est vrai que les paysans finnois sont très-intrépides, et qu'ils se tirent presque toujours avec honneur de cette aventure.
(3) Divinité qui règne sur le gouvernail ainsi que sur les rames, et protège les pilotes et les rameurs.
(4) Les cataractes, à cause des dangers qu'elles présentaient étaient regardées comme ensorcelées.

de sapin, cherchant à le dégager ; leurs efforts restèrent sans succès, le navire ne reprit point sa course.

Alors, le vieux, l'imperturbable Wäinämöinen éleva la voix, et il dit : « O joyeux fils de Lempi, penche-toi sur l'abîme pour voir ce qui le retient au milieu des eaux ; est-ce un rocher, ou des racines d'arbres, ou tout autre obstacle ? »

Le joyeux Lemminkäinen se pencha sur l'abîme, il regarda jusque sous la quille du navire, et il dit : « Ce n'est point un rocher, ce ne sont point des racines d'arbre qui le retiennent au milieu des eaux ; il s'est arrêté sur les épaules d'un brochet, sur les côtes d'un chien de mer. »

Le vieux, l'imperturbable Wäinämöinen dit : « On trouve toute sorte de choses au fond de la mer ; on y trouve des racines d'arbre, on y trouve des poissons ; si le navire s'est arrêté sur les épaules d'un brochet, sur les côtes d'un chien de mer, plonge ton glaive dans les ondes, et coupe le monstre en morceaux ! »

Le joyeux Lemminkäinen, l'audacieux et brillant compère tira son glaive du fourreau, détacha le rongeur d'os de sa ceinture et le plongea dans les ondes jusque sous la quille du navire ; mais, voici qu'il tomba lui-même au fond du gouffre.

Le forgeron Ilmarinen saisit le héros par les cheveux et le sauva de la mort ; puis il dit : « Tous sont faits pour devenir des hommes, pour porter la barbe, pour ajouter à la foule, pour augmenter la multitude (1). »

Et il tira son glaive, sa lame aiguë du fourreau, il le plongea sous le navire et en frappa le brochet ; mais le glaive vola en éclats, le monstre résista à ses coups.

(1)　　　　« Kaikki on mieheksi kyhätty,
　　　　　« Pantu parran kantajaksi,
　　　　　« Lisäksi satalu'ulle
　　　　　« Tuhannelle täytteheksi. »

Proverbe finnois qui veut dire : Bien peu d'hommes se distinguent de la foule par des qualités supérieures.

Le vieux, l'imperturbable Wäinämöinen dit : « Vous ne valez pas une moitié, pas même un tiers d'homme ; et lorsque vient le moment de faire preuve de force et d'intelligence, votre force et votre intelligence ne sont déjà plus. »

Il prit son glaive, sa lame d'acier fulgurante, et il le plongea sous le navire, et il l'enfonça dans les épaules du brochet, dans les côtes du chien de mer.

Le glaive s'attacha fortement aux ouïes du monstre. Alors, le héros l'arracha du fond de la mer et le coupa en deux morceaux ; sa queue retomba dans l'abîme, sa tête roula sur le pont du navire.

Et le navire, délivré de sa prison, reprit sa course. Le vieux Wäinämöinen le dirigea vers une île. Là, il lava la tête du brochet, et le considérant avec attention, il dit : « Quel est celui parmi les jeunes hommes qui est le plus âgé? C'est à lui qu'il appartient de découper le poisson, de tailler sa tête en morceaux. »

Les hommes, les femmes du navire répondirent : « Les mains du pêcheur sont les plus pures, les doigts du pêcheur sont les plus saints (1). »

Alors, le vieux, l'imperturbable Wäinämöinen saisit un couteau, une lame de froid acier, et il se mit à découper le brochet, et il dit : « Quelle est, parmi les jeunes filles, celle qui est la plus jeune? C'est à elle à faire cuire le poisson, pour qu'il serve d'aliment délicieux au repas du milieu du jour. »

Les jeunes filles rivalisèrent de zèle pour faire cuire le poisson ; et sa chair fut mangée, mais ses os restèrent épars sur un rocher de l'île.

Le vieux, l'imperturbable Wäinämöinen examina les os de tous les côtés, et il dit : « Que pourrait-il advenir

---

(1) La mer et les fleuves étant chez les anciens Finnois l'objet d'un culte religieux, les poissons qui les habitaient passaient naturellement à leurs yeux pour des êtres sacrés auxquels on ne devait toucher qu'avec respect. C'est pourquoi, dans les familles, le soin de dépouiller les produits de la pêche était dévolu aux plus dignes.

des os de ce brochet s'ils étaient portés dans l'atelier du forgeron, s'ils étaient mis entre les mains d'un habile ouvrier ? »

Le forgeron Ilmarinen dit : « Rien ne se fait de rien ; rien donc ne pourrait advenir des os de ce brochet, lors même qu'ils seraient portés dans l'atelier du forgeron, mis entre les mains d'un habile ouvrier. »

Le vieux, l'imperturbable Wäinämöinen dit : « Des os de ce brochet on pourrait certainement tirer un kantele (1), si l'on pouvait trouver un maître capable de le fabriquer. »

Mais, aucun maître ne se présenta, aucun maître capable de fabriquer l'instrument. Alors, le vieux, l'imperturbable Wäinämöinen se mit lui-même à l'œuvre. Des os du brochet, il forma une source de mélodie, une source de joie éternelle (2).

De quoi est faite la caisse du kantele ? de la mâchoire du grand poisson ; de quoi sont faites les chevilles du kantele ? des dents du grand poisson ; de quoi sont faites les cordes du kantele ? des crins du coursier de Hiisi (3).

Et maintenant que le kantele est prêt, qu'il est complétement terminé, les jeunes hommes, les hommes mariés, les jeunes garçons, les petites filles, les jeunes vierges, les jeunes et les vieilles femmes, tous accourent pour le voir, pour le contempler.

Le vieux, l'imperturbable Wäinämöinen invita les jeunes, invita les vieux à jouer du nouvel instrument, du kantele issu des os du brochet.

Les jeunes jouèrent, et leurs doigts craquèrent ; les vieux jouèrent, et leurs têtes branlèrent ; mais la joie ne se maria point à la joie, l'harmonie ne se fondit point dans l'harmonie (4).

(1) Guitare à cinq cordes ; instrument national des Finnois.
(2)   « Laati soiton hauinluisen,
                                      « Suoritti ilon ikuisen. »
(3) Voir page 50, note 1.
(4) C'est-à-dire l'instrument destiné à provoquer la joie ne rendit aucun son joyeux ; l'harmonie lui fit complétement défaut.

Le joyeux Lemminkäinen dit : « O garçons à moitié stupides, et vous, simples et ignorantes jeunes filles, et tout ce qui reste de votre triste race, vous êtes incapables de jouer du kantele, de faire vibrer ses cordes sonores. Qu'on m'apporte l'instrument, qu'on le place sur mes genoux, qu'on l'approche de mes dix doigts ! »

On apporta l'instrument à Lemminkäinen, on le plaça entre ses mains, on l'approcha de ses dix doigts; et il essaya d'en jouer. Mais les cordes ne rendirent aucun son, le kantele de la joie demeura muet.

Le vieux Wäinämöinen dit : « Il n'est personne ici, ni parmi les jeunes, ni parmi les vieux, qui puisse faire résonner le kantele. Si je l'envoyais dans Pohjola, peut-être y trouverait-il des mains plus habiles ! »

Et le kantele fut envoyé dans Pohjola, il fut emporté dans Sariola. Là, les jeunes garçons essayèrent d'en jouer, et les jeunes filles, et les jeunes femmes, et les hommes mariés, et la mère de famille de Pohjola elle-même, et les habitants de chaque maison; ils le touchèrent de leurs doigts, de leurs dix doigts. Mais, la joie ne se maria point à la joie, l'harmonie ne se fondit point dans l'harmonie. L'instrument ne rendit que des sons discordants, que des grincements effroyables.

Un vieillard aveugle dormait dans la soupente du foyer. Il fut brusquement arraché à son sommeil et murmura sourdement : « Ecoutez-moi donc, enfin, et faites silence! Ce bruit me déchire les oreilles, me brise la tête; il me cause une douleur affreuse et trouble mon sommeil pour toute une semaine!

« Si cet instrument de Suomi ne peut éveiller la joie, s'il ne berce pas d'un doux repos, il faut le jeter au fond de la mer, ou le renvoyer aux lieux d'où il a été apporté, afin qu'il soit placé entre les mains du maître, sous les propres doigts du puissant runoia. »

Soudain, les cordes du kantele vibrèrent, et ces paroles en retentirent : « Je n'irai point au fond de la mer avant d'avoir résonné entre les mains du maître, sous les doigts du grand runoia. »

Et le kantele fut renvoyé avec soin aux lieux d'où il avait été apporté; et il fut placé entre les mains du maître, sur les genoux du puissant runoia.

QUARANTE ET UNIÈME RUNO

SOMMAIRE

Le vieux Wäinämöinen s'assoit sur la pierre de la joie, et de là il fait résonner son kantele et entonne ses chants merveilleux. — Les dieux et les déesses, tous les êtres de la nature, accourent pour l'écouter. — Les chants du runoïa les plongent dans le ravissement et les touchent jusqu'aux larmes. — Le vieux Wäinämöinen se met à pleurer à son tour, et ses larmes roulent jusqu'au fond de la mer. — Il propose une récompense à ceux qui voudront aller les recueillir. — Le canard seul y réussit. — Mais, déjà les larmes du héros s'étaient changées en perles fines et resplendissantes.

Le vieux, l'imperturbable Wäinämöinen, le runoïa éternel, prépara ses doigts, lava et purifia ses pouces; puis, il s'assit sur la pierre de la joie, sur la roche du chant, au sommet de la colline d'argent, de la colline d'or (1).

(1) Cette runo exprime, sous les couleurs les plus gracieuses et les plus pittoresques, la force attractive des chants magiques, la puissance merveilleuse de la musique et de la poésie sur les âmes. J'en citerai souvent le texte original qu'une traduction, si fidèle qu'elle soit, ne saurait rendre que très-imparfaitement. Voici les premiers vers :

« Vaka vanha Wäinämöinen,
« Laulaja iän-ikuinen
« Sormiansa suorittavi;
« Peukaloitansa pesevi;
« Istuiksen ilo-kivelle,
« Laulu-paaelle paueikse
« Hopeiselle mäelle
« Kultaiselle kunnahalle. »

Et il prit l'instrument entre ses doigts, il appuya la caisse sonore sur son genou, il plaça le kantele sous sa main; et il éleva la voix, et il dit : « Qu'ils viennent, maintenant, ceux qui veulent entendre la joie des runot éternelles, les mélodieux accords du kantele, qu'ils viennent ceux qui ne les ont pas encore entendus ! »

Et le vieux Wäinämöinen commença à jouer magnifiquement; il toucha l'instrument formé des os du brochet, le kantele d'os de poisson : ses doigts couraient flexibles sur les cordes, son pouce tendu les effleurait légèrement.

Et la joie rayonnait véritablement dans la joie, l'allégresse enflammait l'allégresse; le jeu du héros s'élèvait comme la voix de l'harmonie, le chant éclatait dans toute sa force; et les dents du brochet résonnaient, et les nageoires frémissaient harmonieusement, et la crinière du coursier ébranlait les airs de ses vibrations splendides (1).

Et tandis que le vieux Wäinämöinen touchait le kantele, il ne se trouva pas un être dans les bois, pas un animal marchant sur quatre pieds, bondissant sur ses pattes velues, qui n'accoururent pour écouter l'instrument, pour admirer les accents de la joie.

Les écureuils sautent de branche en branche, les hermines grimpent sur les poteaux des cloisons, les élans bondissent à travers les plaines, les lynx tressaillent de plaisir.

Et le loup s'émut aussi dans le marais, l'ours se réveilla dans le désert, au fond de sa tanière enveloppée de sapins épais. Le loup franchit les vastes espaces; l'ours longea les bruyères, s'arrêta à l'extrémité d'une cloison

(1)   « Jo kävi ilo ilolle,
« Riemu riemulle remahti,
« Tuntui soisto soitannalle,
« Laulu laululle tehosi;
« Helähteli hauin hammas,
« Kalan pursto purkaeli,
« Ulvosi upehen jouhet,
« Jouhet ratsun raikkahuivat. »

et se dressa contre la porte. Mais, la cloison fléchit sous son poids, la porte s'écroula. Alors l'ours monta dans un pin, il se hissa dans un sapin, pour écouter les doux accords, pour admirer les accents de la joie.

L'austère vieillard de Tapiola (1), le chef suprême de Metsola (2), tout le peuple des forêts, toutes les jeunes filles, tous les jeunes garçons gravirent les cimes des rochers pour écouter le kantele.

La souveraine des bois elle-même, la grave hôtesse de Tapiola mit ses bas bleus, ses chaussures aux rubans rouges, et monta dans la couronne d'un bouleau, dans la courbure flottante d'une aulne, pour jouir de la belle harmonie.

Tout ce qui s'appelait oiseau de l'air, tout ce qui volait sur deux ailes tomba du ciel comme un ouragan de neige, et se précipita vers le runoia, pour écouter son jeu splendide, pour admirer les chants de la joie.

L'aigle entendit, du haut de son aire, les beaux chants de Suomi ; il laissa ses petits dans leur nid, et se hâta de venir les écouter de plus près, de venir contempler les transports de Wäinämöinen.

Et tandis que l'aigle descendait des espaces sublimes, l'épervier s'élança du sein des nuages, les canards sauvages des vagues profondes, les cygnes des lacs marécageux, les petits pinsons, les oiseaux gazouilleurs, les serins par centaines, les alouettes par milliers, tous prirent leur essor à travers les plaines de l'air et accoururent se poser sur les épaules du runoia, mêlant leur ramage à ses chants joyeux, à la suave mélodie du kantele (3).

(1) Voir page 129, note 3.
(2) Voir page 116, note 1.
(3)   « Korkealta kokko lenti,
             « Halki pilvien havukka,
             « Allit aalloilta syvältä,
             « Joutsenet sulilta soilta ;
             « Pieniäki peiposia,
             « Lintuja livertäviä,

Les belles vierges de l'air, les filles bien-aimées de la nature prêtèrent aussi une oreille attentive et charmée à la voix du grand héros, aux sons du magique instrument; elles étaient assises, gracieuses et rayonnantes, les unes sur l'arc-en-ciel, les autres sur le bord d'une légère nuée frangée de pourpre.

Kuutar, la fille splendide de la lune, Päivätär, la fille glorieuse du soleil, trônaient sur un rouge nuage, agitant bruyamment leur navette et tissant un tissu d'or, un tissu d'argent. Les accords du kantele, du bel instrument, montèrent jusqu'à elles; et, soudain, la navette tomba de leurs mains, les fils d'or de leur tissu se brisèrent, leur métier d'argent vola en éclats.

Il ne se rencontra pas un être sur la terre, pas un être au fond des eaux, pas un poisson armé de six nageoires, qui n'accoururent pour écouter les sons du kantele, pour admirer les runot de la joie.

Les brochets fendirent rapidement les ondes, les chiens de mer oublièrent leur lourdeur, les saumons quittèrent le creux des rochers, les truites leurs demeures profondes, les petites roses de mer, les perches, les ablettes, les saumons blancs, tous les poissons s'élancèrent en foule vers le rivage, pour écouter les chants de Wäinämöinen, pour jouir des accords du kantele.

Ahto (1), le roi des vagues bleues, l'ancien des eaux, à la barbe de gazon, s'éleva au-dessus de la voûte humide et s'étendit sur un lit de nénuphar. Il prêta l'oreille aux runot de la joie, et il dit : « Jamais je n'ai rien entendu de semblable; jamais, dans tous les jours de ma vie, je n'ai entendu des accents pareils à ceux de Wäinämöinen, à ceux du runoia éternel. »

« Sirkkuja satalukuisin,
« Leivoja liki tuhatta
« Ilmassa ihastelivat,
« Hartioilla haastelivat
« Tehessä isäu iloa,
« Soitellessa Wäinämöisen. »

(1) Voir page 44, note 2.

Les sœurs de Sotkottar (1), les vierges du rivage, à la
parure de roseaux, lissaient leurs longues boucles, leur
riche chevelure, avec une brosse d'argent, une brosse
d'or. Elles entendirent les sons merveilleux; et soudain,
leur brosse tomba dans l'eau, elle disparut au fond des
ondes, et leur chevelure resta à moitié lissée, les anneaux
de leurs boucles à moitié formés (2).

La souveraine des ondes, la vieille femme au sein enveloppé de saules, surgit des profondeurs de la mer, et
elle appuya sa poitrine contre un rocher fixé dans l'eau,
pour écouter la voix de Wäinämöinen, la surprenante mélodie du kantele; et, dans son ravissement, elle oublia de
quitter le rocher et s'y endormit.

Le vieux Wäinämöinen fit résonner son kantele pendant un jour, pendant deux jours; il ne se trouva pas un
héros, pas un homme, pas une femme à la riche chevelure, qui ne fussent touchés jusqu'aux larmes, et dont les
cœurs ne se fondissent. Les jeunes pleurèrent, les vieux
pleurèrent, les hommes mariés pleurèrent, les hommes
non mariés pleurèrent, les enfants au berceau pleurèrent,
les tendres petites filles pleurèrent, et les jeunes garçons, et les jeunes vierges, tant la voix du runoia était
douce, tant l'harmonie de l'instrument était pénétrante.

Et le vieux Wäinämöinen pleura aussi lui-même. Les
larmes s'échappèrent de ses yeux, les gouttes d'eau jaillirent de ses paupières, plus épaisses que les baies des

---

(1) Déesse protectrice des oies et des canards.

(2)   « Sisarekset Sotkottaret,
               « Rannan ruokoiset kälykset
               « Hiipoivat hivuksiansa
               « Hapsiansa harjasivat
               « Harjalla hopea-päällä,
               « Sukimella kultaisella;
               « Saivat kuulla äänen ouon,
               « Tuon on soitannan sorean,
               « Sulkahti suka veteben,
               « Haitui harja lainehesen,
               « Jäi hivukset hiipomatta,
               « Tukat kesken suorimatta. »

bois, plus gonflées que les pois, plus rondes que les œufs des gelinottes, plus grosses que les têtes des hirondelles.

Les larmes s'échappèrent de ses yeux, les gouttes d'eau jaillirent de ses paupières; elles inondèrent ses joues, elles baignèrent son beau visage; et de son beau visage elles roulèrent sur son large menton, sur sa vaste poitrine; et de sa vaste poitrine elles roulèrent sur ses genoux puissants, sur ses pieds superbes; et de ses pieds superbes, elles roulèrent par terre, à travers ses cinq vêtements de laine, ses six ceintures d'or, ses sept tuniques bleues, ses huit manteaux de drap; et elles gagnèrent les rivages de la mer, et elles descendirent sous les ondes claires de l'abîme, jusque sur la vase noire (1).

Alors, le vieux Wäinämöinen éleva la voix, et il dit : « Est-il parmi cette jeunesse, cette belle jeunesse, cette grande et illustre race issue du même père, est-il quelqu'un qui veuille aller recueillir mes larmes, sous les ondes claires de l'abîme ? »

Les jeunes hommes dirent, les vieillards répondirent :

(1)
 « Ve'et vieri silmästänsä,
 « Toiset toisesta noruvi
 « Putosivat poskipäille,
 « Kaunihille kasvoillensa,
 « Kaunihilta kasvoiltansa,
 « Leveille leuoillensa,
 « Leveiltä leuoiltanasa,
 « Reheillä rinnoillensa,
 « Reheiltä rinnoiltansa
 « Päteville polvillensa,
 « Päteviltä polviltansa
 « Jalkapöyille jaloille,
 « Jalkapöyiltä jaloilta
 « Maahan alle jalkojensa,
 « Läpi viien villavaipan,
 « Kautta kuuon kultavyönsä,
 « Seitsemän sini-hamosen,
 « Sarkakauhtanań kaheksan.
 « Vierivät vesipisarat
 « Luota vanha Wäinämöisen,
 « Rannalle meren sinisen,
 « Rannalta meren sinisen
 « Alle selvien vesien,
 « Päälle mustien murien. »

« Non, parmi cette jeunesse, cette belle jeunesse, cette grande et illustre race issue du même père, non, il n'est personne qui veuille aller recueillir tes larmes, sous les ondes claires de l'abîme. »

Le vieux Wäinämöinen dit : « Celui qui voudrait aller recueillir mes larmes sous les ondes claires de l'abîme, recevrait de moi un vêtement de plumes (2). »

Un corbeau se mit à croasser; le vieux Wäinämöinen lui dit : « Cher corbeau, va recueillir mes larmes sous les ondes claires de l'abîme, tu recevras de moi un vêtement de plumes! »

Le corbeau ne put recueillir les larmes du héros.

Un canard bleu entendit ces discours, et il s'approcha du runoia; le vieux Wäinämöinen lui dit : « Souvent le canard bleu plonge au fond des eaux, souvent il se baigne dans l'onde froide, et sonde les flots de son bec. O cher canard, va recueillir mes larmes sous les ondes claires de l'abîme, je te ferai un beau présent; tu recevras de moi un vêtement de plumes! »

Le canard plongea sous les ondes claires de l'abîme, pour y chercher les larmes de Wäinämöinen; il sonda la vase noire, et il y recueillit les larmes du héros, et il vint les déposer dans sa main. Mais, elles avaient subi une métamorphose merveilleuse; elles s'étaient changées en perles fines et resplendissantes, pour l'ornement des rois, pour la joie éternelle des hommes puissants (1).

(1) Il s'agit ici probablement d'un de ces vêtements tissus de plumes d'oiseau dont se parent encore aujourd'hui les indigènes des régions polaires.

(2)   « Jo oli muiksi, muuttunehet,
                 « Kasvanchet kaunoisiksi :
                 « Helmiksi heristynehet,
                 « Simpsukoiksi siintynéhet,
                 « Kuningasten kunnioiksi,
                 « Valtojen iki-iloiksi. »

QUARANTE-DEUXIÈME RUNO

SOMMAIRE

Les trois héros arrivent dans Pohjola. — Wäinämöinen propose à
Louhi de partager le Sampo avec lui. — Louhi refuse et soulève
tout le peuple contre les ravisseurs. — Wäinämöinen joue du kantele et plonge les habitants de Pohjola dans un sommeil magique,
à la faveur duquel il enlève le Sampo et le porte dans son navire. —
Lemminkäinen entonne un chant au milieu de la mer. — Sa voix
rauque pénètre jusque dans Pohjola, et y réveille le peuple endormi. — Colère de Louhi en voyant que le Sampo a disparu. —
Elle évoque contre le navire des trois héros un brouillard épais, un
monstre marin et une horrible tempête. — Le kantele est emporté
par les vagues et précipité au fond de la mer. — Wäinämöinen et
ses compagnons parviennent à échapper au naufrage.

Le vieux Wäinämöinen, Ilmarinen et Lemminkäinen
avaient de nouveau pris place dans leur navire; ils se
dirigèrent, à travers les vagues profondes, vers la sombre
Pohjola, vers la région glacée, où l'on dévore les hommes,
où l'on extermine les héros.

Qui siégeait au banc des rameurs, qui manœuvrait les
avirons? C'était le forgeron Ilmarinen, c'était le joyeux
Lemminkäinen.

Le vieux, l'imperturbable Wäinämöinen, assis au gouvernail, conduisit le navire d'une main sûre, malgré les
assauts des ondes frémissantes, jusqu'au rivage, jusqu'au
port bien connu de Pohjola.

Et quand ils y furent arrivés, les héros tirèrent le navire hors de la mer, et le firent glisser, au moyen de
rouleaux garnis d'acier, sur la grève aride.

Puis, ils s'approchèrent du village et entrèrent dans l'habitation de la mère de famille de Pohjola. La vieille femme leur dit : « Qu'ont à raconter les hommes, quelle nouvelle apportent les héros? »

Le vieux, l'imperturbable Wäinämöinen répondit : « Les hommes raconteront, les héros diront qu'ils sont venus ici pour partager le Sampo, pour examiner le beau couvercle. »

La mère de famille de Pohjola répliqua : « La géli-notte ne saurait se partager entre deux, l'écureuil ne sau-rait se partager entre trois ; il plaît au Sampo de tourner, il plaît au beau couvercle de moudre, dans la montagne de pierre, dans la montagne de cuivre de Pohjola ; il me plaît aussi à moi d'être la maîtresse souveraine du grand Sampo. »

Le vieux, l'imperturbable Wäinämöinen dit : « Si tu refuses de partager avec nous le Sampo, nous l'emporte-rons tout entier dans notre navire. »

Louhi, la mère de famille de Pohjola, fut saisie d'une violente colère ; elle appela tout le peuple de Pohjola, les jeunes hommes avec leurs glaives, les héros avec leurs armes, pour le compte de la tête de Wäinämöinen (1).

Alors, le vieux, l'imperturbable Wäinämöinen prit son kantele, et il s'assit, et il commença à toucher, d'une main habile, les cordes de l'instrument. Tous accoururent pour écouter, pour admirer les mélodies de la joie : les hommes avec le cœur gai, les femmes avec la bouche souriante, les héros avec des larmes dans les yeux, les jeunes garçons avec les genoux fléchis jusqu'à terre.

Mais, bientôt, à l'attendrissement succéda un engour-dissement magique ; et tous ceux qui écoutaient, et tous ceux qui regardaient, et les jeunes et les vieux s'endor-mirent lourdement.

Le sage Wäinämöinen, le tietäjä (2) éternel, fouilla

(1)   « Pää varalle Wäinämöisen. »
(2) Voir page 26, note 1.

dans sa poche, chercha dans sa petite bourse, et il en
tira les aiguilles du sommeil; puis, il se mit à coudre les
paupières, à croiser les cils sur les yeux du peuple engourdi, des héros endormis, de tous les habitants de
Pohjola; et il assura ainsi une longue durée à leur sommeil (1).

Alors, il se dirigea vers la montagne de pierre, vers la
montagne de cuivre de Pohjola, pour y enlever le Sampo,
pour y arracher le beau couvercle, derrière les neuf serrures, derrière le dixième verrou.

Et le vieux Wäinämöinen entonna un chant magique
devant les portes de la montagne de pierre, les portes de
la montagne de cuivre; et soudain elles s'ébranlèrent.

Le forgeron Ilmarinen frotta les serrures avec du
beurre, les gonds de fer avec de la graisse, afin de les
empêcher de grincer bruyamment; ensuite, il fit glisser
les pènes avec les doigts, il tira doucement les verrous;
et les portes, les puissantes portes s'ouvrirent dans toute
leur largeur.

Le vieux Wäinämöinen dit : « O joyeux fils de Lempi,
toi le plus cher de mes amis, va maintenant enlever le
Sampo, arracher le beau couvercle! »

Le joyeux Lemminkäinen, le beau Kaukomieli, le héros
toujours prêt à agir sans y être invité, toujours plein de
zèle sans y être excité, pénétra dans l'intérieur de la
montagne pour y enlever le Sampo, pour arracher le

(1)   « Siitä viisas Wäinämöinen,
          « Tietäjä iäu-ikuinen.
          « Tapasi on taskuhuusa,
          « Kulki kukkaroisehensa,
          « Ottavi uniset neulat,
          « Voiteli unella silmät,
          « Ripsct ristihin panevi,
          « Paiuoi luomet lukkosehen
          « Vaeltä väsyneheltä,
          « Urohiltä uinuvilta;
          « Pani pitkähän unehen,
          « Viikommaksi nukkumahan
          « Koko Pohjolan perehen,
          « Ja kaiken kyläisen kansan. »

beau couvercle; et, chemin faisant, il disait avec jactance : « Le héros déploiera une force virile digne du fils
de son père (1)! Que le Sampo s'ébranle, que le beau
couvercle tourne sur lui-même, au seul choc de mon pied
droit, au seul attouchement de mon talon ! »

Et Lemminkäinen, s'approchant du Sampo, s'efforça de
le remuer; il l'étreignit dans ses bras, il le secoua de
toutes ses forces, agenouillé par terre; mais le Sampo ne
bougea pas, le beau couvercle demeura immobile; les
racines s'enfonçaient dans les entrailles du rocher à une
profondeur de neuf brasses.

Il était dans Pohjola un superbe taureau, un taureau
gigantesque : ses flancs étaient vigoureux, ses nerfs durs
comme l'acier, ses cornes longues d'une brasse, son mufle
long d'une demi-brasse (2).

On l'amena du pré où il paissait, on l'attela à une charrue; et il laboura profondément la place où étaient en-
fouies les racines du Sampo, où était emprisonné le beau
couvercle. Le Sampo commença à s'ébranler, le beau
couvercle à pencher en avant.

Alors, le vieux Wäinämöinen, le premier, le forgeron
Ilmarinen, le second, le joyeux Lemminkäinen, le troisième (3), enlevèrent le grand Sampo de la montagne de
pierre, des entrailles de la montagne de cuivre de Pohjola, et ils l'emportèrent dans leur navire, et ils s'élancèrent, de nouveau, sur la mer.

Le forgeron Ilmarinen prit la parole et s'exprima ainsi :
« Maintenant que nous avons enlevé le Sampo, que nous

(1)   « Mi lienee minussa miestä,
             « Urosta ukon pojassa. »
(2)   « Hyvä on härkä Pohjolassa,
             « Jok'on vahva vartalolta,
             « Ylen sitkeä sivulta,
             « Suonilta kovin sorea;
             « Sen on syltä sarvet pitkät,
             « Puolentoista turpa paksu. »
(3)   « Siitä vanha Wäinämöinen,
             « Toinen seppo Ilmarinen,
             « Kolmas lieto Lemminkäinen. »

avons arraché le beau couvercle de cet endroit misérable,
de cette triste Pohjola, où les transporterons-nous? »

Le vieux, l'imperturbable Wäinämöinen répondit :
« Nous transporterons le Sampo, nous transporterons le
beau couvercle à l'extrémité du promontoire nébuleux,
de l'île riche d'ombrages, pour qu'il y reste éternellement et qu'il y soit une source de prospérité. On trouvera
bien dans cette île une petite place, un petit coin de terre
qui jamais n'ait été brouté, jamais foulé aux pieds, jamais visité par les glaives des hommes. »

Et le vieux Wäinämöinen, le cœur plein d'une joie
triomphale, s'éloigna de la sombre Pohjola, et reprit la
route de son pays; et, tandis qu'il gouvernait son navire, il éleva la voix et il dit : « Fuis, ô navire, loin de
Pohjola, tourne ta poupe du côté des pays étrangers (1)
et gagne mes propres rivages !

« Berce, ô vent, berce mon bateau, et toi, ô vague de
la mer, pousse-le en avant, prête ton secours aux rames,
allége les efforts des rameurs, sur ces vastes ondes, sur
ces golfes immenses !

« Si les rames sont trop petites, si les rameurs sont
trop faibles, si les conducteurs, si les pilotes du navire
sont des enfants, donne tes propres rames, ô Ahto (2),
donne ton propre navire, ô souverain des ondes, donne
de nouvelles et de meilleures rames, un pilote plus habile et plus ferme; prends toi-même les rames en main,
et fais marcher rapidement le navire à travers les tourbillons redoutables, les vagues écumantes (3). »

Le vieux Wäinämöinen continua de gouverner habilement le navire; le forgeron Ilmarinen et le joyeux Lemminkäinen manœuvrèrent les rames avec une nouvelle
ardeur; ils avancent, d'une course rapide, sur la mer
profonde.

(1)   « Perin maille vierahille. »
(2) Dieu des eaux.
(3) Cette partie de la runo forme un chant spécial dit chant ou paroles du rameur, Soutajan sanat.

Le joyeux Lemminkäinen dit : « S'il y avait autrefois de l'eau pour le rameur, il y avait aussi des chants pour le runoïa ; mais, maintenant, on n'entend jamais de chant sur les navires, on n'entend jamais la moindre mélodie au milieu des vagues. »

Le vieux, l'imperturbable Wäinämöinen dit : « On ne doit point chanter sur la mer, on ne doit point chanter au milieu des vagues ; le chant engendre la paresse et arrête le bras des rameurs. Le jour d'or s'évanouirait, la nuit viendrait brusquement nous surprendre sur cette plaine immense, sur ces vastes golfes. »

Le joyeux Lemminkäinen dit : « Le temps n'en marcherait pas moins, le jour d'or n'en arriverait pas moins à son terme, la nuit n'en déroulerait pas moins son voile ténébreux, lors même que tu ne chanterais jamais, que tu ne modulerais aucun chant, durant tout le cours de ta vie. »

Le vieux Wäinämöinen poursuivit sa course ; il marcha un jour, il marcha deux jours ; mais, le troisième jour, le joyeux Lemminkäinen reprit la parole et dit : « Pourquoi ne chantes-tu pas, ô Wäinämöinen, pourquoi ne chantes-tu pas, ô héros à la noble origine ? N'as-tu pas enlevé le Sampo, n'as-tu pas fait un heureux voyage ? »

Le vieux, l'imperturbable Wäinämöinen répondit : « Il est encore trop tôt pour chanter, pour donner l'essor à la joie ; il faut attendre que nous soyons en vue de nos propres demeures, que nous entendions les grincements de nos propres portes. »

Le joyeux Lemminkäinen répliqua : « Si j'étais assis au gouvernail, je chanterais, suivant ma puissance, je chanterais, car je me sens disposé à chanter. Peut-être qu'un autre jour ma puissance se sera évanouie, ma force devenue insuffisante. Ainsi donc, si tu ne me promets pas de chanter, je chanterai moi-même, sans plus tarder. »

Et le joyeux Lemminkäinen, le beau Kaukomieli, après

avoir accordé sa bouche, préludé avec sa langue (1), se mit à chanter. Il poussa, l'audacieux, des cris rauques, de sa voix chevrotante, il tira d'affreux ronflements du fond de sa gorge fêlée.

Et sa bouche se contournait, et sa barbe tremblotait. Ce chant étrange retentit au loin sur la mer; on l'entendit par delà six villages, par delà sept golfes.

Une grue était perchée sur un tronc d'arbre, sur une motte humide; elle levait ses pieds en l'air et comptait le nombre de ses doigts; elle entendit le chant de Lemminkäinen et fut frappée d'épouvante (2).

Elle prit aussitôt son vol en poussant des cris horribles, et se dirigea du côté de Pohjola. Là, elle renouvela ses cris; et leur éclat sinistre eut la funeste puissance de réveiller tout le peuple.

La mère de famille de Pohjola surgit de son long sommeil; elle courut à l'étable, elle courut à l'étuve où séchait le grain, et elle passa en revue le bétail et les épis; le bétail était intact, aucun épi n'avait disparu.

Elle gagna la montagne de pierre, la montagne de cuivre; mais, arrivée près des portes, elle s'écria : « Malheur à mes jours, infortunée que je suis! Sans nul doute, un étranger s'est introduit ici; il a brisé toutes les serrures, il a brisé tous les verrous de fer, il a ouvert toutes les portes du château. Est-ce que le Sampo aurait été enlevé, est-ce que le beau couvercle aurait été emporté? »

Certainement, le Sampo avait été enlevé, le beau couvercle avait été emporté. On les avait arrachés des entrailles de la montagne de pierre, de la montagne de

---

(1)   « Suutansa aovittelevi,
            « Säveltänsä säättelevi. »

(2)   « Kurki istui kannon päässä,
            « Märän mättähän nenässä,
            « Sormiluitansa lukevi,
            « Jalkojansa nostelevi;
            « Sepä säikähti kovasti
            « Lemminkäisen laulanta'a. »

cuivre de Pohjola, malgré les neuf serrures, malgré le dixième verrou.

Louhi, la mère de famille de Pohjola se sentit prise d'un désespoir amer; elle voyait sa puissance déchue, sa suprématie brisée. Alors, elle implora le secours d'Uutar(1) : « O fille d'Utu, vierge des brouillards, tamise un brouillard avec ton tamis, fais descendre du haut du ciel sur la vaste surface de la mer une vapeur épaisse, afin que Wäinämöinen ne puisse avancer, qu'Uvantolainen ne puisse trouver le vrai chemin!

« Et si cela ne suffit pas, ô Iku-Turso (2), fils du vieillard, sors de la mer, dresse ta tête au-dessus des flots ; précipite les hommes de Kaleva (3), les habitants d'Uvantola (4), les exécrables héros, dans les profondeurs de l'abîme, et rapporte intact, dans Pohjola, le Sampo qu'ils ont enlevé.

« Si cela ne suffit point encore, ô Ukko, dieu suprême entre tous les dieux, souverain dominateur des airs (5), éveille les grandes puissances de la tempête, déchaîne les vents, soulève les vagues contre le navire, afin que Wäinämöinen ne puisse aller en avant, qu'Uvantolainen soit arrêté dans sa course! »

La fille d'Utu, la vierge des brouillards, souffla un brouillard épais sur la mer, une sombre nuée à travers les airs, et elle enchaîna le vieux Wäinämöinen, pendant trois nuits entières, au milieu des flots.

Quand ces trois nuits se furent écoulées, le vieux

(1) Déesse des brouillards. Voir page 170, note 1.
(2) *Éternel — Turso ou Tursas,* — mauvais génie des eaux. Voir page 12, note 1.
(3) Voir page 15, note 2, et page 34, note 3. *Kaleva* s'applique ici à Ilmarinen et à Lemminkäinen aussi bien qu'à Wäinämöinen.
(4) Pays ou séjour d'Uvantolainen, que l'on traduit généralement par « ami ou fiancé de l'onde » surnom de Wäinämöinen. Voir page 58, note 2. On peut faire aussi dériver Uvantolainen de *Uvet,* illustre, excellent. Voir page 141, note 1.
(5) La runo dit : Roi d'or, dominateur d'argent, de l'air :

        « Ilman kul'ainen kuningas,
        « Hopeinen hallitsia! »

Wäinämöinen éleva la voix, et il dit : « Jamais, l'homme, même le plus faible, jamais le héros, même le plus endormi, n'a été vaincu, n'a été détruit par un brouillard. »

Et, de son glaive, il frappa les eaux de la mer ; une vapeur douce comme le miel se dégagea de la lame d'acier ; et, soudain, le brouillard s'évanouit dans les airs, se dissipa dans l'immensité du ciel ; et la mer reprit sa clarté, elle se déroula dans toute sa grandeur ; le monde s'ouvrit de nouveau devant les guerriers.

Un instant, un court instant s'écoula. Alors, un bruit sourd retentit à la surface de la mer, et les flots se soulevèrent puissamment contre le navire de Wäinämöinen.

Le forgeron Ilmarinen en fut saisi d'effroi ; le sang disparut de son visage, la couleur rouge se ternit sur ses joues ; et il se voila la tête et les oreilles, il se voila tout le visage, encore plus les yeux (1).

Le vieux Wäinämöinen se pencha sur les vagues et jeta les regards autour du navire ; il y aperçut un petit prodige (2). Iku-Turso, le fils du vieillard, dressait sa tête hideuse au-dessus des flots, tout près de la carène.

Le vieux, l'imperturbable Wäinämöinen saisit le monstre par les oreilles, et lui dit : « O Iku-Turso, fils du vieillard, pourquoi as-tu surgi du sein de la mer, pourquoi es-tu venu du fond des eaux, te jeter sur la route des hommes, sur la route du fils de Kaleva ? »

Iku-Turso, le fils du vieillard, n'éprouva certainement aucune joie à cette question, mais il ne s'en effraya pas et garda le silence.

Le vieux, l'imperturbable Wäinämöinen l'interrogea

(1)
    « Siinä seppo Ilmarinen
    « Toki säikähti kovacti,
    « Veret vieri kasvoiltansa,
    « Puna poskilta putosi ;
    « Veti viltin päänsä päälle,
    « Yli korvien kohenti,
    « Peitti kasvot kaunihisti,
    « Silmänsä sitäi paremmin. »

(2)
    « Näki kummoa vähäisen. »

avec soin, une seconde fois, puis une troisième fois :
« O Iku-Turso, fils du vieillard, pourquoi as-tu surgi
du sein de la mer, pourquoi es-tu sorti du fond des
eaux? »

Iku-Turso répondit à la troisième question : « J'ai
surgi du sein de la mer, je suis sorti du fond des eaux,
avec le dessein d'exterminer la race de Kaleva, et de
reprendre le Sampo pour le peuple de Pohjola. Mais, si
tu me laisses retourner dans l'abîme, si tu épargnes ma
pauvre vie, je ne me jetterai plus jamais sur la route des
hommes. »

Alors, le vieux Wäinämöinen lâcha le misérable, et il
lui dit : « O Iku-Turso, fils du vieillard, à dater de ce
jour, tu ne surgiras plus du sein de la mer, tu ne sortiras
plus du fond des eaux, pour te jeter sur la route des
hommes! »

Et, à dater de ce jour, Turso ne sortit plus du sein de
la mer pour se jeter sur la route des hommes; le soleil
et la lune se levèrent, un jour splendide brilla, l'air devint doux et plein de charme.

Le vieux Wäinämöinen poursuivit sa course à travers
les vastes golfes; mais, quand un peu de temps, quand
un temps très-court se fut écoulé, Ukko, le dieu suprême, le souverain dominateur de la voûte éthérée, ordonna aux vents de souffler, à la tempête de se déchaîner
avec violence.

Et les vents soufflèrent, et la tempête se déchaîna avec
violence; les vents soufflèrent, furieux, de l'ouest et du
sud-ouest, plus furieux encore du sud; ils mugirent
effroyablement de l'est et du sud-est; ils poussèrent du
nord des hurlements sauvages. Les feuilles tombèrent
des arbres, l'écorce en fut arrachée, les bruyères dépouil-
lées de leurs fleurs, les graines des plantes dispersées;
la vase noire remonta du fond de la mer à sa surface (1).

(1)   « Tuuli puut lehettömäksi,
                   « Havupuut havuttomaksi,

Les vagues soulevées se ruèrent contre le navire, et elles emportèrent avec elles le kantele formé des os du brochet, des nageoires du poisson, pour la jouissance du peuple de Vellamo (1), pour la joie éternelle d'Ahtola. Lorsqu'Ahto, lorsque les enfants d'Ahto aperçurent le mélodieux instrument sur la cime des flots, ils s'en emparèrent et le cachèrent dans leur demeure.

Alors, le vieux Wäinämöinen sentit les larmes lui monter aux yeux, et il prit la parole, et il dit : « Ainsi donc, mon ouvrage, mon instrument bien-aimé a disparu, ma joie éternelle s'est perdue au milieu des flots ; je ne retrouverai plus, durant toute cette vie, le kantele formé des dents du brochet, des os du grand poisson. »

Le forgeron Ilmarinen fut pris, lui aussi, d'un chagrin amer, et il dit : « Malheur à mes jours, infortuné que je suis! Malheur à moi qui suis venu sur cette vaste mer, sur ces golfes immenses, qui ai mis le pied sur cet arbre qui roule, sur cette branche qui tremble! Mes cheveux, hélas! ont appris à connaître les vents, ils ont fait l'expérience des horribles tempêtes ; ma barbe a traversé de mauvais jours, au milieu de ces ondes ; oui, rarement mes cheveux et ma barbe ont subi une tempête aussi violente, des brisements aussi orageux, des vagues hérissées de tant d'écume. Le vent est maintenant mon seul refuge, le flot mon seul protecteur (2). »

Le vieux, l'imperturbable Wäinämöinen médita profondément sur sa cruelle aventure : « Il ne convient point de pleurer dans un bateau, de se lamenter dans un navire ; les pleurs ne sont d'aucun secours dans la détresse, les lamentations ne sauvent point des mauvais jours. »

  « Kanervat kukattomaksi
  « Heinät helpehettömäksi ;
  « Nosti mustia muria
  « Päälle selvien vesien. »

(1) Femme d'Ahto. Voir page 44, notes 2 et 3.
(2) C'est-à-dire que le héros n'avait plus d'autre ressource pour se sauver que d'être poussé au rivage par les vents et par les flots. Voir page 302, note 1.

Puis, il prit la parole et il dit : « O vague, retiens ton fils, enchaîne ton enfant ; ô Ahto, calme les flots, Vellamo, modère la furie des ondes, afin qu'elles ne s'élèvent point par dessus les bords de mon navire !

« Fuis vers le ciel, ô vent, gagne les hauteurs des nuages, retourne aux lieux de ton origine, auprès de ta famille, de tes parents, de tous ceux de ta race ; ne renverse point mon navire, ne le précipite point au fond de la mer ; renverse plutôt les arbres dans la forêt destinée à être défrichée, renverse les moulins sur les collines (1). »

Le joyeux Lemminkäinen, le beau Kaukomieli dit : « O aigle, viens de Turja (2) et apporte trois de tes plumes, ô corbeau, apportes-en deux pour servir de soutien au petit navire ! »

Et Lemminkäinen exhaussa lui-même ses bords, il y ajouta des planches étrangères, à la hauteur d'une brasse, en sorte que la vague fut impuissante à les franchir.

Ainsi, les bords du navire se trouvèrent suffisamment élevés pour résister aux terribles violences de la tempête, pour soutenir l'assaut des grandes vagues, à travers les tourbillons orageux, les flots escarpés.

---

(1) Les moulins à vent.
(2) Voir page 74, note 1.

QUARANTE-TROISIÈME RUNO

. SOMMAIRE.

Louhi arme tous les guerriers de Pohjola, et part avec eux sur son navire pour aller à la poursuite de Wäinämöinen. — Le héros, par la puissance de sa magie, fait surgir, au milieu de la mer, un écueil contre lequel le navire de Pohjola se heurte et se brise. — Louhi se change alors en aigle, prend les guerriers sous ses ailes et s'élance à travers les airs. — Elle atteint le navire de Wäinämöinen et se pose à la cime du mât. — Lemminkäinen la frappe de son glaive, Wäinämöinen l'abat d'un coup de son gouvernail. — Louhi cherche, cependant, à arracher le Sampo du navire, mais il se brise en plusieurs morceaux, dont les uns roulent au fond de la mer et les autres flottent à sa surface. — Vaines menaces de Louhi. — Elle se reconnaît vaincue et retourne tristement dans Pohjola. — Wäinämöinen, arrivé dans son pays, trouve les débris du Sampo sur le rivage. — Il les recueille avec soin, et adresse une longue prière à Jumala pour attirer sa protection sur son peuple.

Louhi, la mère de famille de Pohjola, appela aux armes tout le peuple du pays; elle lui donna des arcs, elle lui donna des glaives, puis elle apprêta son navire, elle équipa son bâtiment de guerre.

Et elle y plaça les hommes; elle y fit ranger les héros, comme la pince, comme la grive font ranger leurs petits: cent hommes avec des glaives, mille héros avec des arcs.

Elle suspendit ensuite la voile aux vergues, elle hissa la voile à la cime du mât, en sorte que le navire ressemblait à un nuage déployé dans le ciel; et elle se mit en route, elle se hâta d'aller enlever le Sampo à Wäinämöinen.

Le vieux, l'imperturbable Wäinämöinen, gouvernait son navire sur la mer bleue ; il éleva la voix des profondeurs de la poupe et il dit : « O fils de Lempi, ô joyeux Lemminkäinen, le plus cher de mes amis, monte à la cime du mât, grimpe dans les cordages, regarde à travers le ciel, devant et derrière nous, et vois si les rivages de l'air sont clairs ou s'ils sont obscurcis par les brouillards. »

Le joyeux Lemminkäinen, le gai compère toujours prêt à agir sans y être excité, toujours plein de zèle sans y être exhorté, monta à la cime du mât, grimpa dans les cordages.

Il tourna ses regards vers l'orient et vers l'occident, vers le sud et vers le sud-ouest, il interrogea les rivages de Pohjola, et il dit : « Le ciel est clair devant nous, mais, derrière nous il est sombre : un petit nuage s'élève du côté du nord, un léger flocon de vapeurs se balance du côté du nord-ouest. »

Le vieux Wäinämöinen dit : « Certainement, tu ne parles pas selon la vérité. Ce n'est point un nuage qui s'élève, ce n'est point un flocon de vapeurs qui se balance ; c'est un navire qui court sur ses voiles ; regarde encore avec plus d'attention ! »

Le joyeux Lemminkäinen regarda avec plus d'attention, et il dit : « Une île apparaît dans le lointain, une île se dresse à l'horizon : les vautours se jouent dans ses peupliers, les aigles dans ses bouleaux. »

Le vieux Wäinämöinen dit : « Certainement, tu ne parles pas selon la vérité. Ce ne sont point des vautours, ce ne sont point des aigles, ce sont les hommes de Pohjola ; regarde encore une troisième fois ! »

Le joyeux Lemminkäinen regarda une troisième fois, et il dit : « Voici que s'avance le navire de Pohjola ; cent hommes y sont assis au banc des rameurs et manœuvrent les avirons ; mille héros y restent inoccupés. »

Le vieux Wäinämöinen pressentit alors la vraie vérité, et il dit : « Rame maintenant, ô forgeron Ilmarinen, rame, ô joyeux Lemminkäinen, ramez, ô vous tous qui êtes sur le navire, afin qu'il fende rapidement les vagues et qu'il s'éloigne de la route du bateau de Pohjola ! »

Le forgeron Ilmarinen rama, le joyeux Lemminkäinen rama, tous ceux qui étaient sur le navire ramèrent ; les avirons en bois de bouleau s'agitèrent, les ais en bois de sorbier craquèrent, la quille en bois de peuplier frissonna, la proue vomit l'eau comme un phoque, la poupe mugit comme une cataracte, les vagues tourbillonnèrent, l'écume s'épancha en larges bulles.

Mais, malgré les efforts des hommes, malgré l'ardeur des héros, le navire n'avança point; il ne s'écarta point de la route que suivait le bateau de Pohjola.

Alors, le vieux Wäinämöinen comprit que le malheur le menaçait, que le jour fatal allait se lever sur lui, et il se demanda comment il pourrait vivre, comment il pourrait exister ; puis il prit la parole et il dit : « Je me souviens encore d'un artifice, je me rappelle un petit prodige (1). »

Et il tira de son briquet un petit morceau d'amadou, un petit caillou de silex, et il les jeta, par dessus son épaule gauche, dans la mer, et il dit : « Qu'il en naisse un écueil, qu'il en surgisse une ile cachée, et que contre ses rochers, le navire de Pohjola se brise, au milieu du mugissement des flots, du soulèvement des vagues (2) !

(1)   « Vielä 'mä tuohon mutkan muistan,
       « Keksin kummoa vähäisen. »

(2)   « Tavoittihe tauloihinsa,
           « Tunkihe tuluksihinsa,
           « Otti piitä pikkuruisen,
           « Tauloa taki vähäisen,
           « Ne merehen mestoavi
           « Yli olkansa vasemman,
           « Sanovi sanalla tuolla,
           « Lausui tuolla lausehella :
           « Tuosta tulkohon karinen,
           « Solasaari kasvakohon,
           « Johon juostan Pohjan purren,
           « Satahangan halkiella
           « Meren myrskyn hiertimessä,
           « Lainehen rapaimessa! »

Ainsi, de l'amadou et du silex naquit un écueil, surgit une île, sous les eaux de la mer, la pointe tournée vers l'orient, et formant une barrière contre le nord.

Le navire de Pohjola poursuivait sa course, en se balançant légèrement sur les vagues. Tout à coup, il rencontra l'écueil, il se heurta contre l'île, et la quille de bois, le bateau aux cent rameurs se brisa en morceaux; les mâts, les voiles croulèrent dans l'abîme, pour y devenir la proie des vents, le jouet des tempêtes.

Louhi, la mère de famille de Pohjola, s'élança sur ses pieds au milieu des ondes, et elle s'efforça de relever le navire; mais il ne se releva point, il demeura immobile; toutes les poutres de sa carène, tous ses ais étaient rompus et disloqués.

Elle se mit à penser, à réfléchir, et elle dit : « Quel conseil viendra maintenant à mon secours, quel moyen prendrai-je pour réparer ce désastre? » Et Louhi changea de forme : elle prit cinq faux, six méchantes pinces usées, et elle s'en fit des serres, elle s'en fit des griffes; elle prit la moitié du bateau brisé, et de ses bords elle se fit des ailes, de son gouvernail une queue; et elle plaça sous ses ailes cent hommes, sous sa queue mille guerriers, cent hommes armés de glaives, mille guerriers armés d'arcs.

Et ainsi transformée en aigle, elle prit son essor et s'éleva dans les airs, cherchant les traces de Wäinämöinen; d'une aile, elle rasait les nuages, de l'autre aile, elle balayait les eaux.

La mère de l'onde, la belle femme dit : « O vieux Wäinämöinen, détourne la tête du midi, jette les yeux du côté du nord-ouest, regarde un peu derrière toi! »

Le vieux, l'imperturbable Wäinämöinen détourna la tête du midi, jeta les yeux du côté du nord-ouest et regarda un peu derrière lui. La femme de Pohjola arrivait, le gigantesque oiseau approchait: par les épaules, il res-

semblait à un vautour, par le reste du corps à un
aigle (1).

Bientôt, il atteignit le navire du héros; il s'abattit à la
cime du mât, il se posa sur les vergues; le navire chancela et faillit sombrer dans l'abîme.

Alors, le forgeron Ilmarinen s'abandonna à son Dieu, il
se remit entre les mains de son créateur, et il dit :
« Protége-moi, ô grand Créateur, fais, ô beau Jumala,
que l'homme ne succombe point, que le fils de ma mère
ne disparaisse point du nombre des vivants, sans ta permission, sans ton ordre suprême !

« O Ukko, dieu révélé, père qui habites dans les cieux,
donne-moi une pelisse de feu, une tunique de feu, sous
lesquelles je puisse combattre, afin que ma tête ne coure
aucun danger, que mes cheveux ne soient point arrachés,
au milieu des jeux sauvages de l'acier, des pointes aiguës
des glaives ! »

Le vieux Wäinämöinen dit : « O mère de famille de
Pohjola, viendras-tu avec moi, pour partager le Sampo,
sur le promontoire nébuleux, sur l'île riche d'ombrages ? »

La mère de famille de Pohjola répondit : « Non, je
n'irai point avec toi, ô misérable, pour partager le
Sampo, je n'irai point dans ta compagnie, ô Wäinämöinen, je saisirai moi-même le Sampo et je l'enlèverai de
ton navire. »

Alors, le joyeux Lemminkäinen tira son épée, sa lame
d'acier aiguë du fourreau, et il se mit à frapper sur les
pieds de l'aigle, sur les serres du puissant oiseau; et
tout en frappant, il s'écriait : « Tombez, ô hommes,
tombez, ô glaives, tombez, misérables héros ! Que les

(1)
    « Vaka vanha Wäinämöinen
    « Käänti päätä päivän alta,
    « Luopi silmät luotehesen,
    « Katsoi taaksensa vähäisen :
    « Jo tulevi Pohjan eukko,
    « Linti kumma liitelevi,
    « Harteista kuin havukka,
    « Vaakalintu vartalolta. »

cent hommes tombent des ailes, que les mille héros tombent de la pointe des plumes! »

La vieille de Pohjola cria du haut du mât : « Malheur à toi, ô joyeux fils de Lempi, malheur à toi, pauvre Kaukomieli ! Tu as trompé ta mère, tu as dupé ta vieille mère, car tu lui avais promis de ne point aller à la guerre de dix étés, lors même que tu n'y serais poussé que par le désir de l'or ou la soif de l'argent (1). »

Le vieux, l'imperturbable Wäinämöinen, le runoïa éternel, comprit que l'heure fatale était proche, que le moment de conjurer le danger était venu. Il souleva de l'eau le timon de son gouvernail, il saisit la barre de chêne et en frappa le monstrueux oiseau sur les pieds ; toutes ses griffes furent brisées ; une seule, une des plus petites, échappa au massacre.

Et les cent hommes tombèrent des ailes, et les mille héros tombèrent de la queue, au fond de la mer. L'aigle lui-même tomba du haut du mât dans le navire, ainsi que tombe le coq de bruyère du haut d'un arbre, l'écureuil des branches du sapin.

Alors, allongeant le doigt sans nom (2), l'aigle s'empara du Sampo ; il enleva le beau couvercle, et il les jeta dans la mer, au milieu des vagues bleues ; le Sampo se brisa, le beau couvercle se disloqua.

Et des morceaux du Sampo, les uns roulèrent dans l'abîme ; et ils se répandirent dans ses profondeurs, comme une source de richesses pour l'onde, comme un trésor caché pour les fils d'Ahto. C'est pourquoi, durant toute cette vie, et aussi longtemps que brillera la lune, l'onde ne manquera point de richesses, les fils d'Ahto de trésor caché.

Les autres parties du Sampo, les fragments les plus légers, flottèrent sur la surface de la mer, ballottés par les vents et par les vagues.

(1) Voir page 291.
(2) Voir page 8, note 2.

Et les vents les portèrent jusqu'à terre, les vagues les traînèrent jusqu'au rivage.

Le vieux, l'imperturbable Wäinämöinen se réjouit à cette vue, et il dit : « Ces débris du Sampo deviendront le principe d'une prospérité éternelle ; ils seront, dans les champs labourés, la semence féconde d'où germeront des plantes de toute espèce ; par eux, la lune brillera, le soleil bienfaisant rayonnera sur les belles, sur les vastes régions de Suomi (1).

Louhi, la mère de famille de Pohjola, prit la parole, et elle dit : « Je me rappelle un admirable moyen, un merveilleux artifice contre tous tes labourages, contre tes semences, contre ton bétail, contre tes plantes, contre ta lune splendide, contre ton soleil resplendissant. J'enfermerai la lune dans une pierre, j'enfouirai le soleil dans un rocher ; j'évoquerai un froid rigoureux, un air glacé qui ravageront tous les sillons, qui détruiront toutes tes semences, tous tes germes, toutes tes moissons ; j'appellerai du ciel une pluie de fer, une grêle d'acier, qui saccageront tes forêts défrichées, tes meilleurs champs.

« J'évoquerai l'ours du fond des bruyères, le monstre aux dents rares (2) des bois de sapin, afin qu'il déchire tes chevaux, qu'il dévore tes cavales, qu'il égorge tes bœufs, qu'il disperse tes vaches à travers les prairies ; je commanderai à la maladie de tuer ton peuple, d'exterminer toute ta race, en sorte que, dans ce monde, ce vaste monde, on ne l'entende jamais plus nommer. »

Le vieux Wäinämöinen dit : « Le Lapon est impuissant à m'ensorceler, Turjalainen (3) à me nuire ; car c'est Dieu qui est le maître du temps, c'est la main du créateur qui ouvre les portes du destin, et non le bras de l'homme envieux, les doigts de l'homme ennemi (4).

(1) Voir page 155, note 2.
(2) *Harvahampahan*.
(3) Voir page 100, note 2.
(4) 　　　« Ei minua laula Lappi.
　　　« Eikä tunge Turjalainen ;

« Et puisque je me confie dans mon créateur, puisque je me place sous l'égide de mon Dieu, il saura bien chasser les vers de mes champs, les larves dévorantes de mes cultures, il saura bien les empêcher de ronger mes semences, d'abattre mes plantes, de détruire mes récoltes.

« Et toi, ô femme de Pohjola, enfouis, si tu veux, les calamités dans la pierre, les fléaux dans le rocher, les maladies dans la montagne (1); mais il t'est défendu de toucher à la lune, encore plus d'attenter au soleil !

« Déchaîne, à ton gré, les froids rigoureux, les vents glacés, fais tomber une pluie de fer, une grêle d'acier, mais, seulement, sur les champs que tu as labourés, sur les champs que tu as ensemencés, dans ton pays de Pohjola !

« Évoque l'ours du fond des bruyères, le chat sauvage du fond des bois, les ongles crochus du désert, les dents rares des forêts de sapin, mais, seulement, pour ravager, dans Pohjola, les pâturages fréquentés par les troupeaux de Pohjola ! »

La mère de famille de Pohjola dit : « Ainsi donc, ma puissance est désormais brisée, mon prestige est éteint, ma prospérité a roulé au fond de la mer, avec les débris du Sampo ! »

Et elle s'en alla, en pleurant, vers sa demeure, en se lamentant, jusqu'à Pohjola; elle emporta, néanmoins, ce qu'elle put recueillir du Sampo, avec le doigt sans nom, mais c'était bien peu de chose : un fragment de couvercle et sa poignée. C'est pourquoi une triste clameur retentit dans Pohjola, une vie sans pain régna en Laponie.

Le vieux, l'imperturbable Wäinämöinen étant arrivé à

   « Jumalall'on ilman viitta,
   « Luojalla avaimet onnen,
   « Ei katehen kainalossa,
   « Vihan-suovan sormen päässä. »

(1) Voir page 76, notes 1 et 2.

terre, trouva les débris du Sampo, les fragments du beau couvercle dispersés sur le fin sable du rivage.

Il les rassembla et les porta à l'extrémité du promontoire nébuleux, à la pointe de l'île riche d'ombrages, pour y grandir, pour y fructifier, pour s'y multiplier, pour y engendrer la bière d'orge, le pain de seigle (1).

Et le vieux Wäinämöinen éleva la voix, et il dit : « Donne-nous, ô Créateur, une prospérité éclatante ; fais, ô Jumala, que nous vivions heureusement notre vie, que nous mourions avec honneur, dans ces douces régions de Suomi, dans ce beau pays de Karjala (2) !

« Défends-nous, protège-nous contre les capricieuses pensées des hommes, contre les noirs desseins des femmes ; renverse les envieux de la terre, écrase les sorciers des eaux !

« Sois toujours bienveillant et secourable à tes enfants ; soutiens-les pendant la nuit, garde-les pendant le jour, afin que le soleil de la colère, que la lune de l'adversité ne se lèvent point sur leur tête, que la tempête ennemie ne sévisse point contre eux ; que la pluie du malheur ne les inonde point ; que les froids durs, que les vents glacés leur épargnent leurs ravages !

« Construis une clôture de fer, bâtis un château de pierre autour de mon peuple, un château qui s'élève de la terre jusqu'au ciel, afin qu'il me serve de demeure, qu'il soit ma chaumière, ma protection, ma défense, en sorte que le malheur ne puisse fondre sur moi, que l'adversité ne puisse m'atteindre, tant que durera cette vie, tant que brillera la lumière du soleil ! »

---

(1)   « Saattoi sampuen muruset,
              « Kirjokannen kappalehet,
              « Neuähän utoisen niemen,
              « Päähän saaren terhenisen
              « Kasvamahan, karttumahan,
              « Saamahan, satoamahan.
              « Oluiksi ohraisiksi,
              « Leiviksi rukihisiksi. »

(2) Voir page 23, note 3.

QUARANTE-QUATRIÈME RUNO

SOMMAIRE

Wäinämöinen éprouve le désir de jouer du kantele, mais l'instrument
a été entraîné au fond de la mer. — Wäinämöinen, armé d'un
énorme râteau, en sonde les profondeurs, — Le kantele ne se retrouve pas. — Wäinämöinen s'en fabrique un nouveau et en tire de
magnifiques accords. — Splendide succès du runoïa.

Le vieux, l'imperturbable Wäinämöinen pensait en
lui-même : « Il serait doux, maintenant, de jouer de l'instrument mélodieux, d'éveiller la joie de ses accords, sur
ces nouveaux rivages, au milieu de ces beaux domaines ;
mais, mon kantele a disparu, il m'a échappé pour toujours ; il s'est enfui jusque dans les demeures profondes
des poissons, jusqu'aux bancs rocailleux des saumons,
pour devenir la proie du souverain de la mer, pour être
possédé par Wellamo ; et, sans doute, qu'Ahto ne viendra
point me le rapporter.

« O forgeron Ilmarinen, tu forgeais jadis, tu forgeais
hier, tu forges encore aujourd'hui : forge-moi donc un
râteau de fer, un râteau aux dents serrées, au long
manche, avec lequel je puisse râteler les eaux de la mer,
entasser les vagues, amonceler les joncs, explorer tous
les rivages, afin de retirer mon kantele des demeures
profondes des poissons, des bancs rocailleux des saumons ! »

Le forgeron Ilmarinen, le batteur de fer éternel, forgea

aussitôt un râteau de fer ; il l'arma de dents longues de cent brasses, d'un manche de cuivre long de cinq cents brasses.

Le vieux Wäinämöinen prit le râteau et se dirigea, par un très-court chemin, vers le rivage.

Là, deux bateaux tout appareillés s'étendaient sur des rouleaux garnis de cuivre : l'un était neuf, l'autre était vieux.

Le héros dit au bateau neuf : « Va, maintenant, ô bateau, dans la mer, cours, ô navire, sur les vagues, sans qu'il soit besoin de te pousser du bras, ou seulement de te toucher du pouce ! »

Le bateau s'élança dans la mer. Le vieux, l'imperturbable Wäinämöinen s'assit alors au gouvernail, et il se mit à labourer les vagues, il râtela les fleurs de nénuphars, les arbrisseaux et les branches, les joncs et les roseaux ; il fouilla tous les trous, il explora les bancs et les rochers. Mais, il ne retrouva point le kantele formé des os du brochet, il ne rencontra point la joie perdue à jamais (1), le mélodieux instrument disparu sans retour.

Le vieux, l'imperturbable Wäinämöinen reprit le chemin de sa demeure, triste, la tête basse, le bonnet incliné de côté (2), et il dit : « Non, on ne retrouvera plus la joie qui s'exhalait des dents du brochet, les mélodieux accords qui retentissaient des os du poisson (3). »

Tandis qu'il traversait un bois, qu'il longeait une forêt, il entendit un bouleau qui pleurait, un arbre à l'écorce tachetée qui versait des larmes ; il s'en approcha et il lui dit : « Pourquoi pleures-tu, ô frais bouleau, pourquoi verses-tu des larmes, ô bel arbre, pourquoi te la-

---

(1)   « Iki-mennyttä iloa. »

(2) Voir page 87, note 1.

(3)   « Ei tuota enämpi olle
                    « Hauin hampahan iloa,
                    « Kalanluista luikutusta. »

mentes-tu, ô tronc à la blanche ceinture? On ne t'a cependant point emmené à la guerre, on ne t'a point jeté de force au milieu du fracas sanglant des batailles. »

Le bouleau, le bel arbre répondit avec intelligence : « Un grand nombre pensent, un grand nombre racontent que je vis seulement dans la joie, dans une perpétuelle allégresse. Hélas! infortuné que je suis! je vis dans le chagrin et la douleur, je suis broyé par les angoisses, dévoré par les tourments.

« Oui, je déplore mon destin cruel, mon existence vide de bonheur; je gémis d'être ainsi abandonné, sans défense, dans cet endroit funeste, dans ces pâturages toujours ouverts.

« Les heureux n'ont qu'un seul désir; ils appellent les beaux jours, les jours ardents de l'été. Il en est autrement de moi, pauvre malheureux! Je ne m'attends qu'à voir mon écorce déchirée, mon feuillage ravagé.

Souvent, dans le cours du printemps, les enfants s'approchent de moi, le désolé, de moi, l'opprimé, et ils m'entaillent avec cinq couteaux, ils éventrent mon tronc riche de séve (1); et quand vient l'été, les bergers me dépouillent, sans pitié, de ma blanche ceinture, pour s'en faire, ceux-ci des cuillers, ceux-là des fourreaux, d'autres des corbeilles à myrtilles.

« Souvent les jeunes filles se pressent autour de moi, le désolé, de moi, l'opprimé, et elles arrachent mes branches chargées de feuilles, pour s'en faire des verges de bain (2).

« Souvent on m'ébranche, moi, le désolé, moi, l'opprimé, on m'abat pour le défrichement, ou bien on me coupe pour le bûcher. Déjà, deux fois, durant cet été, ce long été, des hommes ont campé sous mon ombre, aiguisant leurs haches contre ma pauvre tête, contre ma déplorable vie.

(1) La séve qui découle du bouleau à l'époque du printemps forme une boisson agréable.
(2) Voir page 32, note 1.

« Telle est donc toute ma joie, tout mon bonheur pendant l'été, le long été. L'hiver ne m'est pas plus favorable, la saison des neiges ne m'est pas plus propice.

« Et c'est ainsi que, chaque année, je change d'une façon si prématurée. Ma tête est pleine de chagrins, mon visage pâlit, lorsque je me rappelle ces tristes jours, lorsque je pense à ces temps funestes.

« Et la tempête m'apporte aussi de nouvelles douleurs, le froid les angoisses les plus amères; le vent m'arrache ma verte pelisse, la gelée ma belle tunique, en sorte que le pauvre bouleau reste exposé, tout à fait nu, aux insultes du froid, aux attaques de l'impitoyable hiver. »

Le vieux Wäinämöinen dit : « O vert bouleau, cesse de pleurer, arbre au riche feuillage, à la blanche ceinture, cesse de te lamenter; tu vas être inondé d'une joie éternelle, tu vas commencer une vie nouvelle et plus douce; oui, bientôt tu pleureras de bonheur, tu tressailleras d'allégresse! »

Alors, le vieux Wäinämöinen transforma le bouleau en instrument mélodieux; il le tailla pendant tout un jour d'été, il s'en fit un kantele, sur le promontoire nébuleux, sur l'île riche d'ombrages; il creusa la caisse de l'instrument dans le cœur de l'arbre, dans la partie fondamentale du tronc.

Puis il dit : « Déjà la caisse, la pièce principale du kantele est façonnée : où trouverai-je, maintenant, les vis et les chevilles? »

Un chêne, un grand chêne s'élevait sur la route, à l'extrémité de l'habitation; il avait les branches de longueur égale; et, à chaque branche, pendait une pomme; et sur chaque pomme un globe d'or, et sur chaque globe d'or un coucou.

Lorsque le coucou faisait entendre sa voix, lorsqu'il modulait un quintuple son, l'or tombait de sa bouche, l'argent coulait de ses lèvres, sur la colline d'or, sur la montagne d'argent. Wäinämöinen recueillit cet or et cet argent, et il en fit les vis et les chevilles du kantele (1).

Et il dit : « Le kantele est garni de ses vis et de ses chevilles; mais il lui manque encore quelque chose, il lui manque cinq cordes. Où trouverai-je ces cinq cordes, où trouverai-je les donneuses de l'harmonie? »

Le héros s'en alla à la recherche des cordes; il longea une forêt nouvellement défrichée. Là, dans la solitude d'une vallée, était assise une jeune vierge. Cette jeune vierge ne pleurait pas tout à fait, elle n'était pas non plus tout à fait souriante. D'ailleurs, elle chantait seulement pour elle-même, elle chantait pour consumer les heures du soir, en attendant la venue de son fiancé, l'arrivée du bien-aimé de son cœur.

Le vieux, l'imperturbable Wäinämöinen quitta ses chaussures (2), et s'approcha d'elle : « O jeune vierge donne-moi de tes cheveux, donne-moi une boucle de tes cheveux, pour les cordes du kantele, pour les sources vibrantes de la joie éternelle! »

La jeune fille donna de ses cheveux, de ses fins cheveux; elle en donna cinq, elle en donna six, elle en donna jusqu'à sept; et Wäinämöinen en fit les cordes du kantele, les sources vibrantes de la joie éternelle.

Ainsi le kantele fut complété dans toutes ses parties. Alors, le vieux Wäinämöinen s'assit sur une pierre, sur un bloc de rocher, et il prit l'instrument dans sa main, il en tourna la pointe vers le ciel, il en appuya le bouton sur les genoux, et il en régla les cordes pour y appeler l'harmonie.

(1)
    « Kun käki kukahtelevi,
    « Sanoin viisin virkkelevi,
    « Kulta suusta kumpuavi,
    « Hopea valahtelevi,
    « Kultaiselle kunnahalle,
    « Hopeiselle mäelle;
    « Siitä naulat kantelehen,
    « Vääntimet visaperähän. »

(2) La runo dit : Il s'avança de son côté sans souliers, il se glissa de son côté sans bas. Précautions pour ne pas troubler la solitude de la jeune fille.

Ensuite, il le toucha de ses dix doigts, de ses cinq doigts; il les fit bondir à travers ses accords; il en joua de ses petites mains, de ses doigts délicats, de son pouce recourbé; et l'on entendit la caisse de bouleau tressaillir, l'or donné par le coucou frissonner, les cheveux de la jeune vierge résonner joyeusement.

Et, tandis que Wäinämöinen faisait vibrer le kantele, les montagnes s'agitèrent, les rochers tonnèrent; et, de toutes parts, leurs échos s'éveillèrent, et les pierres se balancèrent sur les vagues, les cailloux flottèrent à la surface des eaux, les sapins dansèrent de joie, les troncs d'arbre bondirent au milieu des bois.

Et les femmes de la race de Kaleva quittèrent leurs travaux. Elles accoururent rapides comme un fleuve, impatientes comme un torrent, les jeunes avec les lèvres souriantes, les vieilles avec le cœur gai, pour écouter le jeu de l'instrument, pour admirer les accents de la joie.

Tous les hommes des alentours, le bonnet à la main, toutes les femmes, la main sur la joue, toutes les jeunes filles, les yeux mouillés de larmes, tous les jeunes garçons, les genoux à terre, vinrent prêter l'oreille aux sons du kantele et admirer sa joyeuse harmonie; et, en même temps, ils disaient : « Non, jamais, dans tout le cours de cette vie, et depuis que brille la lune, on n'a entendu de si doux accords. »

Les vibrations du kantele résonnèrent à travers six villages; pas une créature qui n'accourût pour les écouter.

Toutes les bêtes des bois s'accroupirent sur leurs pattes, tous les oiseaux de l'air se posèrent sur les petites branches, tous les poissons de l'eau se précipitèrent vers les rivages, les vers de terre eux-mêmes quittèrent leur muet repaire, pour se réjouir aux mélodies du kantele, pour savourer les accents de Wäinämöinen.

Le vieux Wäinämöinen toucha l'instrument avec une habileté merveilleuse; il en tira des sons splendides. Il joua pendant un jour, pendant deux jours, sans interruption, après n'avoir pris qu'un seul repas du matin,

après n'avoir bouclé qu'une seule fois sa ceinture, après
n'avoir revêtu qu'une seule fois sa tunique.

Lorsqu'il joua dans sa maison, sa maison construite
en bois de sapin, le toit résonna dans ses hauteurs, la
voûte du toit fit écho, le plancher tressaillit, les portes
mugirent, toutes les fenêtres tremblèrent, les pierres du
foyer dansèrent, la poutre en bois madré de la cheminée
oscilla.

Lorsqu'il joua au milieu des forêts, les sapins se cour-
bèrent humblement, les pins saluèrent, leurs pommes
tombèrent à terre, leurs épines se roulèrent autour des
racines.

Lorsqu'il joua au milieu des bocages ou des champs
nouvellement défrichés, les bocages s'éveillèrent à la joie,
les champs s'ouvrirent à l'allégresse, les fleurs furent
transportées d'amour, les jeunes tiges s'inclinèrent gracieusement.

QUARANTE-CINQUIÈME RUNO

SOMMAIRE

Louhi apprend que, par la vertu du Sampo, la prospérité règne dans les régions de Kalevala. — Elle en conçoit une grande jalousie. — Ses invocations à Ukko. — Loviatar, la fille de Tuoni, met au monde neuf enfants, neuf monstres, principes d'affreuses maladies. — Louhi les déchaîne contre les fils de Kaleva. — Wäinämöinen multiplie les conjurations et les moyens magiques pour se soustraire à leur rage. — Il sauve son peuple de la mort et de la perdition.

Louhi, la mère de famille de Pohjola, apprit, par la renommée, que Wäinölä (1) florissait, que Kalevala prospérait, par la vertu des débris du Sampo, des fragments du beau couvercle.

Elle en conçut une jalousie immense, et elle se demanda, dans sa pensée, quelle malédiction, quelle mort elle pourrait faire tomber sur le peuple de Wäinölä, sur la race des fils de Kaleva.

Elle commença par invoquer Ukko, elle supplia le dieu tonnant : « O Ukko, dieu suprême entre tous les dieux, écrase le peuple de Kaleva sous une grêle de fer, sous des aiguilles d'acier, ou bien tue, extermine par la maladie cette engeance misérable : les hommes dans l'enclos des grandes habitations, les femmes sur le plancher des étables ! »

Il était dans Tuonela (2) une vieille aveugle, Lovia-

(1) Voir page 19, note 1.
(2) Voir page 169, note 4.

tar. C'était la plus méprisable des filles de Tuoni (1), la plus dégradée des filles de Manu (2); source de tout mal, principe de mille fléaux; son visage était noir, sa peau d'un aspect horrible.

Cette hideuse fille de Tuoni, cette vierge aveugle d'U-lappala (3), dressa son lit sur la route, son grabat sur la terre nue; et elle se coucha le dos contre le vent, le flanc contre l'air dur et froid, vis-à-vis le lever du soleil (4).

Survint un ouragan terrible, une grande tempête du côté de l'orient; et le vent féconda la femme monstrueuse, sur le champ dépouillé d'arbres, sur la terre vide de gazon.

Elle porta un sein dur, un ventre lourdement chargé; elle le porta deux et trois mois; elle le porta quatre et cinq mois, sept et huit mois; elle le porta neuf mois entiers, suivant l'antique mesure des femmes, et jusqu'à la moitié du dixième.

Alors, le fardeau devint fatigant et douloureux; mais la délivrance n'arriva point, bien que le terme fût arrivé.

La femme changea de place; la prostituée se rendit pour accoucher entre deux montagnes, dans l'écartement de cinq rochers; mais, là encore, la délivrance n'arriva point, bien que le terme fût arrivé.

La prostituée chercha une autre place; elle se transporta près des sources bondissantes, au sein des ruisseaux murmurants; mais, là encore, elle ne put déposer son fardeau.

Elle gagna la chute mugissante d'une cataracte de feu, elle plongea au milieu du vaste tourbillon, sous trois torrents déchaînés, sous neuf rochers escarpés; mais, là encore, la misérable ne fut point délivrée.

Alors, la femme abominable se mit à pleurer, la créa-

(1) Voir page 120, note 1.
(2) Pour *Mana*, même personnification que Tuoni.
(3) *Ulappa*, lieu vaste, régions lointaines.
(4)   « Kohin päivän koittehesen. »

ture hideuse se mit à crier ; elle ne savait plus où aller, où porter ses pas, pour alléger son sein, pour donner le jour à ses petits.

Jumala lui parla du haut des nuages, le Créateur lui dit du haut du ciel : « Tu as là-bas, sur le bord de la mer, dans la sombre Pohjola, dans la nébuleuse Sariola, une maison à trois angles. C'est là que tu dois te rendre pour accoucher, pour alléger ton sein ; on y a besoin de toi, on y attend les enfants que tu dois engendrer. »

La fille noire de Tuoni, la vierge dégradée de Manala se dirigea vers les habitations de Pohjola, vers la maison de bain (1) de Sariola pour y accoucher, pour y alléger son sein.

Louhi, la mère de famille de Pohjola, la vieille édentée de Pohja l'introduisit en secret dans la maison de bain, et sans que le peuple du village l'entendît, sans que la nouvelle en arrivât jusqu'à ses oreilles.

Elle fit aussi mystérieusement et en toute hâte chauffer l'étuve ; puis elle en frotta les portes avec de la bière, les gonds avec de la kalja (2), afin d'empêcher les portes de crier, les gonds de grincer.

Ensuite, elle éleva la voix et elle dit : « O vénérable Kave (3), fille de la nature, ô femme d'or, belle femme, toi, la plus ancienne parmi les épouses, la première des mères parmi celles qui sont nées d'elles-mêmes, jette-toi dans la mer jusqu'aux genoux, jusqu'à la taille au milieu des vagues ; et là, prends le suc de la perche, le suc de la lotte, enduis-en le corps de la femme, et délivre-la de ses atroces tortures, des cruelles douleurs de ses entrailles (4)!

(1) Les femmes des Finnois accouchent généralement dans le bain. Voir page 81, note 1, et page 222, note 1.
(2) Voir page 182, note 3.
(3) Voir page 147, note 3.

(4)   « Kave eukko, luonnon tyttö,
                       « Kave kultainen korea,
                       « Jok'olet vanhin vaimoloita,
                       « Ensin emä itselöitä!

« Si cela ne suffit pas, ô Ukko, dieu suprême entre
ous les dieux, viens ici, car on a besoin de toi, viens ici,
car on t'appelle! Tu trouveras dans la maison de bain,
au milieu de la vapeur, une fille en détresse, une femme
en travail d'enfantement.

« Prends ta massue d'or de la main droite, brise les
barrières, force les portes, ouvre la serrure du créateur,
abats les verrous intérieurs, en sorte que les grands et les
petits puissent sortir, que le faible puisse s'élancer en
avant (1)! »

Alors, la fille maudite, la vierge aveugle de Tuoni,
allégea son sein; elle engendra sa race dépravée, sous le
toit garni de cuivre, sous la voûte de vapeur.

Elle mit au monde neuf enfants, pendant le cours
d'une seule nuit d'été, pendant la durée d'un seul bain,
et d'un seul effort de ses entrailles.

Elle les soigna tous avec la même tendresse, comme
étant tous également sortis de son sein, et elle leur donna
des noms. Elle appela le premier *Pleurésie*, le second
Colique, le troisième *Goutte*, le quatrième *Phthisie*, le
cinquième *Ulcère*, le sixième *Gale*, le septième *Chancre*,
le huitième *Peste* (2).

> « Juokse polvesta merchen,
> « Vyö — lapasta laineheseu,
> « Ota kiiskiltä kinoa,
> « Matchelta nuljaskata,
> « Jolla voiat luun loniia,
> « Sivelet sivuja myöten,
> « Päästät piian pintehistä,
> « Vaimon vatsan vääntehistä,
> « Tästä tuskasta kovasta,
> « Vatsan työstän vaikeasta! »

(1) Cette partie de la runo forme ce que les Finnois appellent le
chant ou les paroles de l'accouchement, *Lapsensaajasen sanat.*

(2)
> « Nimitteli poikiansa,
> « Laaitteli lapsiansa,
> « Kun kuki tekemiänsä
> « Itse ilmi luomiansa :
> « Minkä *pisti* pistokseksi,
> « Kunka änkäsi *ähyksi*,
> « Minkä laati *luuvaloksi*,
> « Kunka riieksi risasi,

Un seul, le plus jeune, ne reçut point de nom ; Loviatar en fit un génie fatal, un être dévoré d'envie, et elle l'envoya dans la mer, dans les vallées profondes, dans tous les lieux de l'univers.

Louhi, la mère de famille de Pohjola, exhorta la sinistre famille à gagner la pointe du promontoire nébuleux, l'île riche d'ombrages. Elle déchaîna l'odieuse engeance, les effroyables maladies, contre les habitants de Wäinölä, contre le peuple de Kaleva.

Les fils de Wäinölä, les rejetons de Kaleva sont cloués sur leur lit, en proie à des maladies étranges, des maladies dont le nom est inconnu : le plancher se pourrit au-dessous d'eux, le toit se moisit au-dessus de leur tête.

Alors, le vieux Wäinämöinen, le runoia éternel, songea à sauver sa tête, à délivrer sa vie ; il voulut combattre les êtres malfaisants, engager la lutte contre Tuoni (1).

Et, il se rendit dans la maison de bain ; il fit chauffer les pierres de l'étuve (2) avec des branches immaculées, des troncs d'arbre flottés ; puis il apporta de l'eau, il apporta des paquets de verges (3), et il les amollit sous l'action de la chaleur.

Ensuite, il jeta l'eau, l'eau douce comme le miel, à travers les pierres brûlantes, les cailloux enflammés, et il éleva la voix, et il dit : « Viens, maintenant, ô Jumala, dans le bain, viens, ô père suprême, au sein de l'ardente atmosphère ; afin de rappeler la santé, de rétablir la paix (4) ; dissipe les saintes étincelles, éteins les scories

« Minkä painoi *paischeksi*
« Kunka ruohutti *ruveksi*,
« Minkä *syöjäksi* sysäsi,
« Kunka ruhtosi *rutoksi*. »

(1) Voir page 100, note 4, et page 120, note 1.
(2) Dans les bains finnois, le fourneau est couvert de pierres et de cailloux, sur lesquels on jette de l'eau pour produire la vapeur. Voir page 159, note 1.
(3) Voir page 32, note 1.
(4) Le bain de vapeur était jadis et est encore aujourd'hui, chez les

sacrées (1), répands sur la terre l'onde superflue, chasse l'onde nuisible, afin qu'elle ne brûle point tes fils, qu'elle ne détruise point tes enfants !

« Je jette l'eau sur les pierres brûlantes, et cette eau se changera en miel, en suave vapeur. Oui, qu'il en jaillisse un fleuve de miel, qu'il en coule un lac de miel, à travers les dalles du rocher, la maison de bain calfatée avec de la mousse (2) !

« Nous ne serons point exterminés sans raison, nous ne succomberons point sous les coups d'une maladie inconnue, sans la permission du grand Jumala, sans un arrêt fatal du créateur. Que celui qui voudrait nous exterminer sans raison voie ses propres paroles lui rentrer dans la bouche, ses propres machinations lui retomber sur la tête, ses desseins perfides se retourner contre lui-même (3) !

« Si l'homme n'est point en moi, si le héros n'est point dans le fils de mon vieux père, qui puisse chasser ces maladies, conjurer ces machinations funestes, Ukko sera cet homme, Ukko qui réside aux régions de la pluie, qui règne sur l'empire des nuages.

« O Ukko, Dieu suprême entre tous les dieux, toi qui trônes au-dessus des nuages, viens ici, car on a besoin de ton secours, viens ici, car on t'appelle, apprends à connaître ces maladies ; détourne de nos têtes ces jours sinistres, chasse ces horribles fléaux, ces épouvantables douleurs !

Finnois, de même que chez les Russes, regardé comme un remède à tous les maux.

(1) Les Finnois attachaient au bain de vapeur une idée sainte ; ils allaient même jusqu'à le personnifier et à l'honorer d'une sorte de culte.

(2) Voir page 105, note 1.

Cette partie de la runo, y compris l'invocation à Jumala, forme le chant dit chant du bain, *kylpysanat*. Du reste, cette runo presque tout entière n'est qu'une longue formule appelée discours ou chant de la guérison, *parantajan luku*. Voir page 23, note 10.

(3)   « Suuhunsa omat sanansa,
    « Päähänsä pahat panonsa,
    « Ajatukset itsehensä ! »

« Apporte-moi un glaive de feu (1), une lame étince-
laute, dont je puisse armer mon bras, pour dominer
cette engeance funeste, pour calmer ces effroyables tortures, pour les disperser à travers les routes du vent, les
chasser au milieu des forêts défrichées !

« Je pousserai les maladies, j'enfoncerai les douleurs
dans une caverne de pierre, sous un tas de cailloux de
fer, pour qu'elles s'attachent aux pierres, qu'elles étrei-
gnent les rochers. Les pierres ne souffrent pas, les rochers demeurent insensibles, lors même que l'on accumu-
lerait sur eux des maux innombrables (2).

« O déesse des maladies, fille de Tuoni (3), toi qui
siéges sur la pierre des maladies, cette pierre d'où s'é-
chappent trois fleuves, trois torrents, et qui la fais tourner sans cesse comme une meule de moulin, pousse les
maladies dans la gueule de la roche bleue, ou bien jette-
les dans les eaux profondes de la mer, là où le vent est
inconnu, où le soleil ne brille jamais !

« Et si cela était insuffisant, ô Kivutar (4), douce hôtesse, ô Vammatar (5), femme majestueuse, hâte-toi
d'accourir, viens avec moi, pour ramener la santé, pour
rétablir le calme et la paix ; dissipe les cruelles douleurs,
brise leur force et leur puissance, en sorte que le malade
jouisse du repos et goûte un tranquille sommeil, qu'il
conserve sa clarté d'esprit et se sente véritablement soulagé !

(1) Voir page 15, note 1.

(2)
      « Ei kivi kipuja itke,
      « Paasi ei vaivoja valita,
      « Vaikka paljo pantahisi,
      « Määrättä mätettähisi. »

Avec ces vers commence un chant destiné à conjurer les maladies,
hipusanat.

(3) La fille ou déesse des maladies *Kipu-tyttö* a pour père le dieu
de la mort ; elle règne sur les esprits des maladies qu'elle s'efforce de
retenir et de broyer sous une pierre fixée au milieu du fleuve de
Tuoni. Voir page 76, notes 1 et 2.

(4-5) Kivutar et Wammatar désignent une seule et même personne,
qui, de même que *Kipu-tyttö*, préside aux maladies. Mais, bien que
fille de Tuoni, elle joue néanmoins un rôle essentiellement bienfaisant,
ce qui n'est pas le cas avec *Kipu-tyttö*.

« Rassemble les douleurs dans un coffre de cuivre, et
porte-les dans les entrailles de Kipumäki (1), au plus
haut sommet de Kipuvuori (2), et là, fais-les cuire dans
une petite chaudière, une chaudière que le doigt, que le
pouce suffisent à remplir (3) !

« Il est sur la montagne (4) une pierre, et, au milieu
de cette pierre, un trou percé avec une tarière, avec un
outil de fer : précipite dans ce trou les atroces maladies,
les cuisantes douleurs, les mortelles tortures, en sorte
qu'elles ne puissent s'en échapper, ni pendant les nuits,
ni pendant les jours ! »

Alors, le vieux Wäinämöinen, le runoia éternel, frotta
les endroits malades, les plaies douloureuses, avec neuf
espèces de baume, et il reprit la parole, et il dit : « O
Ukko, dieu suprême entre tous les dieux, ô céleste vieillard, fais surgir un nuage à l'orient, un autre nuage à
l'occident, un troisième nuage au nord-ouest, fais pleuvoir l'eau salutaire, le suave miel, pour adoucir les douleurs, pour guérir les maladies !

« Je ne puis rien par ma propre puissance si mon
créateur ne vient à mon aide. Que Jumala accoure donc
me seconder, maintenant que j'ai vu ces maladies de mes
yeux, que je les ai touchées de mes mains, que je les ai
conjurées avec ma bouche, que j'ai soufflé sur elles toute
la vertu de mon esprit (5) !

(1) Voir page 76, note 1.
(2) Voir page 76, note 2.
(3)   « Ota kivu kippasehen
                   « Vaivat vaski — vakkaschen,
                   « Kivut tuonne vieäksesi,
                   « Vammat vaivutellaksesi,
                   « Keskelle Kipumäkeä,
                   « Kipuvuoren kukkulata ;
                   « Siellä keittäös kipuja,
                   « Pikkuisessa kattilassa,
                   « Yhen sormen mentävässä,
                   « Peukalon mahuttavassa ! »
(4) La montagne des maladies.
(5)   « Avun luoja antakohon,
                   « Avun tuokohon Jumala

« Que tout ce que ma main n'a point touché, la main de Jumala le touche! Que tout ce que mes doigts n'ont pu atteindre, les doigts du créateur l'atteignent! Les doigts du créateur sont meilleurs que les miens, les mains de Jumala sont plus légères.

« Viens donc, ô Créateur, dérouler les grandes formules, viens, ô Dieu, appliquer les paroles saintes, viens, ô Tout-Puissant, déployer la force merveilleuse de ton regard (1)! Ramène la santé pendant la nuit, ramène-la pendant le jour, de sorte que la douleur ne se fasse plus sentir à la surface, qu'elle ne déchire plus à l'intérieur, que le cœur soit délivré de ses angoisses, que le plus petit sentiment de souffrance disparaisse, durant toute cette vie, et aussi longtemps que la lune répandra sa lumière! »

Ainsi, le vieux Wäinämöinen, le runoia éternel, conjura les maladies, détruisit les douleurs, les maladies, les douleurs envoyées par une vengeance étrangère; ainsi, il sauva son peuple de la mort, la race de Kaleva de la perdition.

> « Minun silmin nähtyäni,
> « Käsin päällä käytyäni,
> « Suin sulin puheltuani,
> « Hengin henkäeltyäni! »

(1) Voir page 23, note 8.

QUARANTE-SIXIÈME RUNO

SOMMAIRE

Furieuse du peu d'effet des maladies sur le peuple de Kalevala, Louhi
déchaîne contre lui un ours. — Wäinämöinen va surprendre le
monstre dans son repaire et l'abat. — Joie du peuple à cette nouvelle. — Le cadavre de l'ours est apporté. — Chants et cérémonies
dont il est l'objet.

Le message arriva dans Pohjola, la nouvelle retentit
dans le froid village : on y apprit que les habitants de
Wäinölä avaient recouvré la santé, que le peuple de Kalevala avait échappé aux mortelles douleurs, aux effroyables maladies.

Louhi, la mère de famille de Pohjola, la vieille édentée
de Pohja, en conçut un dépit amer; et elle prit la parole,
et elle dit : « Je me souviens d'un autre moyen, je
connais une autre route. J'enverrai l'ours du fond des
bois, les pieds crochus du fond du désert, contre le
bétail de Wäinölä, contre les troupeaux de Kalevala. »

Et elle envoya l'ours du fond des bois, les pieds crochus du fond du désert, dans les champs de Wäinölä,
dans les pâturages de Kalevala.

Le vieux Wäinämöinen dit : « O forgeron Ilmarinen,
mon frère, forge-moi un nouvel épieu, un épieu à trois
pointes, avec un manche de cuivre; car il faut que j'aille
à la chasse de l'ours, il faut que j'abatte la toison d'ar-

gent (1), afin qu'il ne dévore point mes étalons, qu'il
n'étrangle point mes cavales, qu'il ne ravage point mes
troupeaux, qu'il ne disperse point mes vaches à travers
les prairies. »

Ilmarinen forgea l'épieu, un épieu qui n'était ni trop
long, ni trop court, mais tout à fait de grandeur moyenne.
Sur le fer se dressait un loup, sur la pointe un ours,
un élan s'allongeait sur la bouterolle, un cheval bondissait sur le manche, un renne piaffait à son extrémité (2).

La neige tombait, une neige fine et légère, comme
une brebis âgée d'un automne, comme un lièvre âgé d'un
hiver (3). Le vieux Wäinämöinen prit la parole et dit :

« Maintenant, le désir surgit dans mon esprit, l'envie
me prend d'aller dans Metsola (4), de visiter les vierges
des bois, les domaines des jeunes filles au teint d'a-
zur (5).

« Oui, je quitterai la société des hommes pour me
rendre dans les bois, je quitterai la société des héros
pour aller travailler hors de la maison. Reçois-moi, ô
forêt, parmi tes hommes, reçois-moi, ô Tapio (6), parmi
tes héros, fais que ma chasse soit heureuse, que j'abatte
le beau des bois (7) !

---

(1) *Raha-Karva.* — L'ours est ainsi surnommé à cause du grand prix
de sa fourrure, et parce que les Finnois s'en servaient avant l'invention
de la monnaie métallique, de même que des autres peaux de bête,
comme de valeur d'échange. Le mot *raha* signifiait originairement
une marchandise quelconque employée en guise d'argent dans un acte
de commerce. Voir page 109, note 2.

(2) Voir page 384, note 3.

(3)   « Satoi siittä uutta lunta,
                 « Hiukan hienoista vitiä
                 « Sykysyisen uuhen verran,
                 « Verran talvisen jäniksen. »

(4) Voir page 116, note 1.
(5) Ici commence le chant de la chasse de l'ours, *karhunpyytöjän
sanat.*
(6) Voir page 114, note 2.
(7) *Metsän kaunis.* Toutes ces flatteries adressées à l'ours tiennent
à la haute estime que les Finnois professent pour cet animal à cause
du riche produit qu'ils en retirent.

« O Mielikki (1), mère des forêts, Tellervo (2), femme
de Tapio, mets tes chiens à la chaîne, range-les avec
soin sur le chemin planté de cornouillers, dans le petit
enclos ombragé de chênes !

« O bel Otso (3), pomme des bois, ô rond pied de
miel (4), lorsque tu m'entendras venir, lorsque tu entendras l'homme superbe approcher, cache tes griffes dans
ta toison, tes dents dans tes gencives, afin qu'elles ne
blessent jamais, que, même dans leur emportement impétueux, elles ne causent aucun dommage !

« O bel Otso, mon seul bien-aimé, mon gracieux pied
de miel, reste couché sur le gazon, au sommet de la
riante montagne, en sorte que les pins et les sapins mur-
murent au-dessus de ta tête; puis, agite-toi, retourne-
toi sur ta verte couche, comme s'agite la gelinotte,
comme se retourne l'oie, dans leur nid ! »

Le vieux Wäinämöinen entendit le chien aboyer, le
petit chien japper dans l'habitation des petits yeux, dans
l'enclos des nez écrasés (5); et il prit la parole, et il dit:
« Je croyais que le coucou chantait, que l'oiseau d'a-
mour modulait des airs; mais ce n'est point le coucou qui
chante, ce n'est point l'oiseau d'amour qui module des
airs; c'est mon plus beau chien, c'est mon meilleur li-
mier qui est devant la porte d'Otso, devant la demeure
du bel animal (6). »

Et le vieux, l'imperturbable Wäinämöinen se trouva
en présence d'Otso; il secoua son lit de soie, il renversa
son lit d'or; puis il éleva la voix, et il dit : « Maintenant, sois loué, ô Jumala, sois glorifié, ô Créateur, car tu

(1) Voir page 114, note 3.
(2) Les runot la présentent indifféremment comme la fille ou la
femme de Tapio.
(3) *Ohto, otso, otsa*, surnoms de l'ours. Voir page 331, note 2.
(4) Voir page 331, note 2.
(5) Ces expressions sont appliquées à l'ours à cause de la confor-
mation de ses yeux et de son museau.
(6) Le texte dit : la demeure du bel homme, *miehen kaunon kar-
tanolla*. Les runot se servent souvent du mot homme, *mies*, pour désigner toute espèce de créatures.

m'as donné Otso en partage, tu m'as livré en proie l'or des forêts ! »

Et le héros fixa un long regard sur son précieux butin; et il prit de nouveau la parole, et il dit : « O mon unique, mon bel Otso, mon gracieux pied de miel, ne prends point l'air courroucé, car ce n'est pas moi qui t'ai jeté par terre; tu t'es heurté contre une branche, tu as trébuché contre le tronc d'un arbre résineux, tu as fait un trou dans ton repaire de bois, tu as mis en pièces ton vêtement de sapin : l'automne est si glissant, les jours d'automne sont si brumeux et si sombres !

« O coucou d'or de la forêt (1), ô toi, à la belle et riche toison, laisse ta froide demeure, abandonne ta maison déserte, ta maison de branches de bouleaux; viens, ô célèbre, ô orgueil des bois, ô pied léger, viens au plus vite, loin de ces régions étroites, de ces sentiers trop resserrés, au milieu de la troupe des guerriers, de la nombreuse assemblée des hommes! Là, on n'est point mal reçu, on ne vit point misérablement; on donne à l'hôte qui arrive du miel à manger, de l'hydromel frais à boire.

« Viens donc, quitte ce nid incommode, viens sous la poutre célèbre (2), sous le beau toit; marche sur les frimas de la plaine, comme la feuille de nénuphar sur les flots, bondis sur les arbres coupés de la forêt, comme l'écureuil sur les branches ! »

Alors, le vieux Wäinämöinen, le runoia éternel, s'avança à travers les bois, accompagné de son hôte illustre, de l'animal à la riche fourrure; il faisait retentir les airs des sons joyeux de sa corne; et ces sons pénétrèrent jusque dans les habitations du village.

Le peuple éleva la voix, la belle foule dit : « Ecoutez les sons qui éclatent au dehors, semblables à ceux de la

---

(1) « *Metsän kultainen kükönen.* » Wäinämöinen donne à l'ours le nom de l'oiseau qui, chez les Finnois, est le plus aimé. Voir page 17, note 2.

(2) Voir page 3, note 8.

corne du chasseur! Ecoutez les cris de la mouette, la
flûte de la vierge des bois! »

Le vieux, l'imperturbable Wäinämöinen entra dans
l'enclos de sa demeure, et le peuple, la belle foule se
précipita à sa rencontre : « Voici que l'or est sur la
route, voici que l'argent, que la précieuse monnaie approchent (1)! La forêt vous a-t-elle donné l'animal aux
pieds de miel, le seigneur de la forêt vous a-t-il donné
un lynx, puisque vous revenez en chantant, puisque vous
arrivez sur vos suksi (2), en faisant retentir les airs de
sons joyeux? »

Le vieux, l'imperturbable Wäinämöinen répondit :
« Oui, une loutre nous a été donnée pour fournir matière
à nos discours, un présent de Jumala, pour être célébré
dans nos runot ; c'est pourquoi nous revenons en chantant, nous arrivons sur nos suksi, en faisant retentir les
airs de sons joyeux.

« Mais non, ce n'est point une loutre qui nous a été
donnée, ce n'est ni une loutre, ni un lynx ; c'est l'Illustre
qui est en marche, c'est la vapeur de la forêt (3) qui s'a-
vance, c'est l'homme antique (4) qui approche, c'est le
vêtement de fourrure qui est en mouvement. Si vous
voyez en lui notre hôte désiré, ouvrez toutes les portes,
si vous le regardez, au contraire, comme un hôte abhorré,
fermez-les ! »

Le peuple répliqua, la belle foule dit : « Salut ô
Otso, salut, ô pied de miel, sois le bienvenu dans cet
enclos bien nettoyé, dans cette splendide demeure !

« J'avais soupiré, pendant toute ma vie, pendant tous
les jours de ma florissante jeunesse, après les sons de la
corne de Tapio, après les joyeux accords de la flûte des
bois ; j'avais désiré voir l'or de la forêt, l'argent de la fo-

(1) Voir page 109, note 2.
(2) Voir page 79, note 1.
(3) *Salon-auvo :* l'ours est ainsi surnommé à cause de la vapeur
qui s'exhale de sa chaude toison, et se répand dans la forêt.
(4) *Mies vanha :* l'homme vieux ou l'homme vénérable.

rêt, entrer dans cette petite habitation, dans ces étroits
sentiers (1).

« Je l'avais attendu, comme on attend une année fertile, un radieux été; je l'avais attendu, comme, après la
neige nouvelle, le suksi attend un chemin glissant,
comme la jeune fille attend un fiancé, comme la joue
rose attend un époux.

« Je passais les soirs assis près de la fenêtre, les matins sur l'escalier de l'aitta (2), les semaines sur le seuil
des portes, les mois sur le chemin; je restais là jusqu'à
ce que la neige fût durcie par le froid, jusqu'à ce que la
neige durcie fondît, jusqu'à ce que le sol nu se couvrît
de sable, jusqu'à ce que le sable se couvrît de terre, jusqu'à ce que la terre verdît sous un nouveau gazon; et je
pensais tous les matins, et je me disais tous les jours :
Pourquoi Otso tarde-t-il si longtemps? Où l'amour des
bois consume-t-il ses heures? Serait-il allé en Wiro (3),
aurait-il abandonné le pays de Suomi (4)? »

Le vieux Wäinämöinen prit la parole et dit : « Où
porterai-je, maintenant, l'étranger, où conduirai-je l'hôte
d'or? Le porterai-je dans la grange ou le conduirai-je
dans l'étable? »

Le peuple répondit, la belle foule dit : « Tu dois porter l'étranger, tu dois conduire notre hôte d'or sous la
poutre célèbre, sous le beau toit. Là, les vivres sont déjà
préparés, la douce boisson est déjà servie; là, toutes les
chambres sont en ordre, tous les planchers balayés,
toutes les femmes en habit de fête. »

Alors, le vieux Wäinämöinen prit la parole et dit :
« O mon Otso, mon oiseau (5), mon pied de miel, mon

(1) Ici la foule cesse de parler collectivement pour laisser à un seul
individu le soin d'exprimer ses pensées. Cette forme d'interlocution se
présente de temps en temps dans les runot.
(2) Voir page 3, note 6.
(3) Voir page 89, note 5.
(4) Voi page 155, note 2.
(5) Lintuseni.

bel enroulé (1), il faut marcher encore, il faut encore te mettre en route.

« Oui, marche, ô mon or, marche, ô mon cher bien-aimé, ô bas noir (2), ô vêtement de fourrure (3), marche à travers les chemins du pinson, les sentiers du passe-reau, et entre sous les cinq poutres finement polies, sous le toit célèbre !

« Veillez maintenant, ô pauvres femmes, à ce que le bétail ne soit point effrayé, le frêle troupeau glacé d'é-pouvante, à ce que les brebis de l'hôtesse ne subissent aucun dommage, lorsqu'Otso entrera dans la maison, lorsque le nez écrasé pénétrera dans la chambre !

« O jeunes garçons, faites place dans le vestibule, ô jeunes filles, ne restez point devant la porte, lorsque le héros entrera dans la tupa, lorsque l'homme superbe pénétrera dans la chambre (4) !

« O mon Otso, pomme ronde, pomme gracieuse des bois, n'aie point peur des jeunes filles, ne crains pas les belles chevelures, ne t'inquiète pas de nos femmes aux jambes vêtues de bas ! Toutes les femmes qui sont ici se retireront dans un coin, lorsque le héros entrera dans la maison, lorsque l'homme superbe pénétrera dans la chambre. »

Le vieux Wäinämöinen dit encore : « Fais descendre la paix, ô Jumala, sous cette poutre célèbre, sous ce beau toit ! Mais, où déposerai-je mon fardeau à la riche toison, où mettrai-je mon bijou ? »

Le peuple répondit : « Salut à toi qui arrives ! Dépose ton oiseau, mets ton or sur la barre de sapin, sur le banc

---

(1) *Kääröseni* : l'ours est sans doute ainsi appelé parce que, dans son repaire, il s'enroule sur lui-même en forme de pelotte.

(2) *Mustasukka* : allusion à la toison noire dont les jambes de l'ours sont revêtues.

(3) *Verkahousu* : ce mot, composé de *verka* et *housu*, signifie litté-ralement *pantalon de drap*.

(4)　　　　　　« Uron tulessa tupahan,
　　　　　　　« Astuessa aimo miehen. »

Héros et *homme superbe* s'appliquent à l'ours.

de fer, en sorte que l'on puisse examiner sa peau, regarder sa toison (1).

- « O Otso, ne te tourmente pas, ne t'offense pas de ce que l'on veuille examiner ta peau, regarder ta belle toison ! On ne la donnera point à des misérables, pour qu'ils se vautrent dans son poil, ou qu'ils s'en fassent des vêtements. »

Le vieux Wäinämöinen dépouilla Otso de sa belle peau (2), et la suspendit au mur de l'aïtta ; puis il remplit une chaudière de cuivre de sa chair et la mit sur le feu. Déjà, au fond de cette chaudière se trouvait le sel, le sel apporté des régions lointaines, du golfe supérieur (3), à bord d'un navire.

Quand la chair fut cuite, quand la chaudière eut été enlevée du feu, le gibier fut conduit, l'oiseau des forêts (4) fut porté sur la longue table, dans des vases d'or, pour y être arrosé d'hydromel, inondé de bière.

La table était faite en bois de sapin, les plats étaient en cuivre, les cuillers en argent, les couteaux en or ; et tous les vases, tous les plats étaient remplis jusqu'aux bords des dons fournis par les bois sauvages (5).

Le vieux Wäinämöinen dit : « O roi d'or de la colline, Tapio, souverain des bois, ô gracieuse mère de la forêt, ô fils de Tapio, homme superbe, au casque rouge, ô Tellervo, fille de Tapio, et vous tous, habitants de Ta-

(1)   « Tuohon liitä lintusesi,
        « Kulettele kultaisesi
        « Petäjäisen pienan päähän,
        « Rautaisen rahin nenähän,
        « Turkin tunnustelkavaksi,
        « Karvojen katseltavaksi ! »

(2) On voit par la suite de ce récit que l'ours auquel Wäinämöinen s'adresse, comme s'il était encore vivant, a déjà été abattu et tué par lui.

(3) La mer Blanche.

(4) L'ours est appelé oiseau, coucou, etc. C'est là une gracieuse fantaisie de la poésie finnoise. Elle applique souvent aux objets les plus grands, les plus monstrueux, lorsqu'ils ont une haute valeur, des épithètes qui ne conviennent qu'à des objets mignons et délicats.

(5) Le gibier.

piola (1), venez maintenant célébrer les noces de votre
taureau (2), la fête solennelle de la longue toison! Un
splendide festin est préparé ; les boissons et les vivres s'y
trouvent en abondance ; il y en a assez pour vous, assez
pour distribuer dans tout le village. »

Le peuple prit la parole, la belle foule dit : « Où le bel
Otso a-t-il pris naissance, où la toison d'argent a-t-elle
vu le jour ? Est-ce sur un lit de paille ou dans un coin de
la chambre de bain ? »

Le vieux Wäinämöinen répondit : « Otso n'a point
pris naissance sur un lit de paille, ni sur les bourriers de
l'étuve à sécher le grain ; le noble Otso est né, le pied de
miel a vu le jour, dans les régions voisines de la lune et
du soleil, sur les épaules d'Otawa (3), chez les vierges
de l'air (4), chez les filles de la nature (5). »

« La vierge de l'air parcourait la sphère azurée, les
hauteurs du ciel ; elle longeait les bords des nuages, les
frontières de l'éther, les jambes vêtues d'azur, les pieds
d'une chaussure bigarrée. Elle tenait à la main, elle
portait sous le bras une corbeille remplie de laine ; elle
en jeta un petit flocon dans la mer, un simple fil au
milieu des flots. Le flocon fut bercé par le vent, ballotté
par le souffle de l'air, gonflé par la vapeur de l'onde ; et
les vagues le portèrent jusqu'au rivage de l'île florissante,
jusqu'à la pointe du promontoire riche de miel.

« Mielikki, la mère des bois, la diligente épouse de
Tapio, tira le flocon de l'eau, la fine laine du sein des
flots.

« Puis, elle l'enveloppa de langes, et le coucha dans un
berceau, un gracieux berceau en bois d'érable. Elle le

---

(1) Voir page 114, note 1.
(2) L'ours est appelé ici taureau, *härkä*, parce qu'il était d'usage,
dans les noces finnoises, de tuer un taureau. Nous en avons déjà vu
un exemple lors des noces de la vierge de Pohja et d'Ilmarinen.
(3) Voir page 8, note 1.
(4) Déesses de l'air.
(5) Voir page 4, note 4.—Ici commence le chant de l'origine de l'ours
karhun synty.

suspendit ensuite, par des chaînes d'or, à la branche la plus touffue de la forêt (1).

« Et elle se mit à bercer doucement son petit ami, son bien-aimé, sous la couronne fleurie, sous le feuillage épais du sapin. Là, elle prit soin de son Otso, elle éleva la toison splendide, près d'un bosquet riche de miel, dans les sombres profondeurs du désert.

« Otso grandit et devint remarquablement beau; son pied était court, son genou recourbé, son museau épais et obtus, sa tête large, son nez écrasé, sa toison luxuriante; mais, il n'avait point encore de dents, il lui manquait encore des griffes.

« Mielikki, la mère des bois, prit la parole et dit : « Je « lui trouverais bien des dents, je lui procurerais bien des « griffes, s'il ne devait point s'en servir pour faire le mal, « pour se livrer à la destruction. »

« Otso jura, sur les genoux de la mère des bois, devant le Dieu révélé, en présence du Tout-puissant, il jura de ne point faire le mal, de ne point se signaler par d'odieux exploits.

« Alors, Mielikki, la douce mère des bois, la diligente épouse de Tapio, s'en alla chercher des dents et des griffes d'ours; elle en demanda aux sorbiers, aux âpres genévriers, aux troncs et aux racines les plus durs; mais ils ne lui fournirent pas une seule dent, pas une seule griffe.

« Un pin croissait au milieu de la bruyère, un sapin s'élevait sur la colline; et dans ce pin se trouvait un rameau d'argent, dans ce sapin un rameau d'or. La femme les arracha avec ses mains, et elle en fit des griffes pour Otso; elle les adapta à sa mâchoire, elle les planta dans ses gencives (2).

---

(1) Chez les Finnois, comme du reste chez beaucoup d'autres peuples primitifs, on suspend le berceau des nouveau-nés à une branche d'arbre ou à une latte flexible fixée dans l'intérieur des maisons, à l'une des solives du plafond ou du toit. Quand on veut endormir l'enfant, on imprime à cette espèce de hamac un léger mouvement.

(2) Cette description de la naissance de l'ours est certainement une

« Ensuite, elle mit son bien-aimé en liberté, elle l'envoya parcourir les marais, errer à travers les petits bois, longer les forêts défrichées, rôder dans les bruyères; elle le pria de marcher avec grâce, de se mouvoir avec élégance; elle l'invita à passer joyeusement les jours, à consumer agréablement les heures, sur le sein de la terre, au milieu des joncs marécageux, le long des plaines charmantes; à courir sans chaussure pendant l'été, sans bas pendant l'automne; elle lui conseilla de se réfugier, pendant l'hiver, pendant les temps rigoureux, dans une cabane en bois de putier, près du château de sapin, de la belle racine du pin, au cœur d'un massif de genévriers, le corps enveloppé de cinq couvertures, de huit manteaux de laine (1). Voilà où j'ai trouvé ma proie, où j'ai abattu mon gibier. »

Les jeunes gens dirent, les vieillards s'exprimèrent ainsi : « Comment la forêt est-elle devenue si complaisante? Comment le désert est-il devenu si généreux ? Par quel moyen le souverain des bois, l'illustre Tapio a-t-il pu être persuadé de donner son plus bel animal, son remarquable pied de miel? Otso est-il tombé frappé par l'épieu, ou percé par une flèche?

Le vieux, l'imperturbable Wäinämöinen répondit : « Voici comment la forêt est devenue si complaisante, comment le désert est devenu si généreux; voici par quel moyen le souverain des bois, l'illustre Tapio, a été persuadé :

« Mielikki, la mère des bois, Tellervo, la fille de Tapio, la vierge des bois au gracieux visage, la petite servante de la forêt se sont empressées elles-mêmes de guider mes pas, elles ont planté des poteaux le long de la route, elles ont gravé des signaux sur les rochers, à travers les bois,

des plus fantastiques que l'on puisse imaginer. Cependant, même, au milieu de ses bizarreries, elle accuse des notions très-sérieuses d'astronomie et de physiologie.

(1) On trouve dans toute cette runo, et notamment dans ce passage, un singulier mélange d'expressions littérales et d'expressions figurées; il est facile de les distinguer, et le sens en est manifeste.

montrant ainsi la voie à suivre pour trouver les portes du grand Otso, les demeures de l'île riche de monnaie (1).

« Et lorsque j'y fus arrivé, lorsque j'eus atteint le but, Otso n'est point tombé frappé par l'épieu ou percé par une flèche ; il s'est précipité lui-même par terre, en se heurtant contre un tronc d'arbre, et les branches lui ont brisé la poitrine, les rameaux lui ont ouvert le ventre. »

Le vieux Wäinämöinen continua de parler, et il dit : « O mon unique Otso, mon oiseau, mon bien-aimé, approche ici ta tête, approche tes dents, tes larges mâchoires ; et ne t'indigne pas si les os grincent, si le crâne gronde sourdement.

« J'enlèverai le nez d'Otso pour protéger mon propre nez ; mais, je ne te l'enlèverai pas tout entier et de manière à ce qu'il te manque complétement.

« J'enlèverai les yeux d'Otso pour protéger mes propres yeux ; mais, je ne te les enlèverai pas tout entiers, et de manière à ce qu'ils te manquent complétement.

« J'enlèverai le front d'Otso pour protéger mon propre front ; mais, je ne te l'enlèverai pas tout entier, et de manière à ce qu'il te manque complétement.

« J'enlèverai la bouche d'Otso pour protéger ma propre bouche ; mais je ne te l'enlèverai pas tout entière, et de manière à ce qu'elle te manque complétement.

« J'enlèverai la langue d'Otso pour protéger ma propre langue ; mais je ne te l'enlèverai pas tout entière, et de manière à ce qu'elle te manque complétement (2).

« Maintenant j'appellerai un homme, je tiendrai pour un héros celui qui arrachera les dents de l'ours de sa mâchoire d'acier, de ses tenailles de fer.

« Mais, si cet homme ne se trouve point, si ce héros ne se rencontre point, je les arracherai moi-même, en appuyant le genou contre son crâne. »

(1) D'après ces derniers mots, il semblerait que le repaire de l'ours se trouvait dans une île (*rahasaaren*). Voir page 444, note 1.
(2) La runo veut-elle dire que Wäinämöinen enlèvera la peau de la tête de l'ours pour s'en faire un masque contre le froid ? Une telle interprétation me paraît tout à fait vraisemblable.

Et Wäinämöinen arracha les dents d'Otso; puis il reprit la parole et il dit : « O bel Otso, gracieuse pomme des bois, il faut que tu fasses encore un peu de chemin, il faut que tu sortes de cette étroite maison, de cette humble cabane, pour aller dans une demeure plus illustre, dans une habitation plus vaste.

« Viens donc, ô mon or, viens, ô mon argent; longe les chemins des porcs, les sentiers des petits cochons, la colline ombragée, et gagne les hautes montagnes, la cime du pin touffu, du sapin fertile en résine. Là, tu vivras agréablement, tu passeras doucement tes jours, tu entendras les grelots du bétail, les sonnettes carillonnantes des troupeaux (1). »

Le vieux, l'imperturbable Wäinämöinen revint alors dans sa maison. Les jeunes gens prirent la parole, la belle foule lui dit : « Où as-tu porté ton gibier, où as-tu déposé le lot qui t'était échu en partage? Peut-être l'as-tu abandonné sur la glace, noyé dans la neige ou dans l'eau, peut-être l'as-tu enfoncé dans la vase du marais, enseveli dans les sables de la bruyère? »

Le vieux, l'imperturbable Wäinämöinen répondit : « Non, je ne l'ai point abandonné sur la glace, je ne l'ai point noyé dans la neige ni dans l'eau, car les chiens l'y déroberaient, les oiseaux l'y découvriraient; je ne l'ai point enseveli dans les sables de la bruyère, car les vers l'y dévoreraient, les fourmis l'y rongeraient.

« J'ai conduit mon gibier, j'ai porté le lot qui m'est échu en partage au sommet de la colline d'or, de la montagne de cuivre; et je l'ai suspendu dans la couronne d'un arbre sacré, d'un sapin au riche feuillage, à la branche la plus belle, la plus touffue, comme un signe de joie pour les hommes, comme une marque d'honneur pour ceux qui passent.

(1) Chez les Finnois, ainsi qu'on l'a déjà vu, les bestiaux que l'on conduit au pâturage ont toujours un grelot ou une sonnette au cou. L'ours, qui souvent enlève des pièces de bétail pour les dévorer, devait se placer dans un endroit d'où il pouvait entendre le signal annonçant l'arrivée de la proie qu'il convoitait.

« Je l'ai fixé par les dents du côté de l'Orient, j'ai dirigé ses yeux vers le nord-ouest ; mais, je ne l'ai point hissé tout à fait à la cime de l'arbre, de peur qu'il ne fût secoué par la tempête, brisé par le souffle du printemps ; je ne l'ai point placé trop près de la terre, de peur qu'il ne fût découvert par les porcs, ravagé par les groins sordides. »

Et le vieux Wäinämöinen se disposa à chanter pour glorifier le soir, pour réjouir la fin du jour ; et il prit la parole et il dit : « Dressez, maintenant, la lumière (1), afin que je puisse chanter ! Oui, voici l'heure de chanter, ma langue est agitée du désir de moduler des chants. »

Et le vieux Wäinämöinen, le runoïa éternel, se mit à chanter des chants de joie, à faire résonner le kantele ; il chanta pendant toute la durée du soir, et après avoir épuisé ses runot, il dit : « O Jumala, ô vrai créateur, fais que dès maintenant et toujours, on déploie la même allégresse, on manifeste les mêmes transports, aux noces du grand Otso, au festin solennel de la très-splendide fourrure !

« O Jumala, ô vrai créateur, fais que dès maintenant et toujours, on plante des signaux sur la route, on grave des marques dans les arbres, pour la race de notre héros, pour la foule de nos grands guerriers (2) !

« O Jumala, ô vrai créateur, fais que dès maintenant et toujours, la flûte de Tapio retentisse, fais que l'on entende la corne des bois, dans ces petites habitations, dans ces étroites demeures !

« Puissent mes vœux s'accomplir ! puisse le kantele résonner durant les jours, les accords de la joie éclater

---

(1) C'est-à-dire mettez la *päret* enflammée sur le chevalet. Voir page 90, note 1.

(2) Allusion aux signaux qui ont conduit Wäinämöinen jusqu'au repaire de l'ours. Il demande à Jumala la même faveur pour les autres guerriers de son pays.

durant les soirs, dans les vastes régions de Suomi, parmi
cette jeunesse qui s'élève, cette race qui grandit (1) ! »

(1) La partie principale de cette runo présente le tableau drama-
tique des divers incidents qui accompagnaient une chasse à l'ours chez
les anciens Finnois, et dont plusieurs traits se conservent encore aujourd'hui. Pour ces peuples, l'ours était à la fois une source enviée de
richesses et un objet de superstitieuse terreur. Aussi, en même temps
qu'ils le chassaient pour avoir sa dépouille, ils le flattaient des noms
les plus doux, les plus caressants, et lui adressaient les plus touchantes
prières pour apaiser sa colère et conjurer ses dévastations. Lorsqu'un
ours avait été abattu, tout le village auquel appartenait l'heureux
chasseur se mettait en fête. On dépouillait l'animal de sa peau, on sus-
pendait sa tête à la cime d'un arbre comme un glorieux trophée ; puis,
au milieu des chants et des jeux, des libations de bière et d'hydromel,
on célébrait cette grande fête populaire appelée festin funèbre de
l'ours, *kouwon-pääliset*. De tous ces hommages rendus à l'ours,
quelques savants finnois ont voulu conclure qu'à l'époque mythologique il était adoré comme un dieu. Cette déduction me paraît excessive. On pouvait craindre l'ours, on pouvait le convoiter ; mais il y
avait loin de là à lui dresser des autels. Je m'expliquerai plus perti-
nemment sur cette question dans le second volume.

QUARANTE-SEPTIÈME RUNO

SOMMAIRE

Louhi s'empare de la lune et du soleil et les cache au sein d'un rocher. — Une nuit éternelle s'étend sur le peuple de Pohjola. —
Ukko, le dieu suprême, va à la recherche des deux astres perdus. —
Ne les trouvant pas, il fait jaillir de son glaive une étincelle qui
tombe sur la terre et y produit d'effroyables ravages. — Wäinämöinen et Ilmarinen s'informent auprès de la vierge de l'air de ce
qu'est devenue cette étincelle. — La vierge de l'air leur apprend
qu'elle se trouve dans le ventre d'un brochet. — Les deux héros fabriquent aussitôt une nasse afin de prendre ce brochet. — Mais,
malgré les efforts des hommes et des femmes, leur tentative demeure
sans résultat.

Le vieux, l'imperturbable Wäinämöinen, joua pendant
longtemps du kantele; il jouait, et il s'accompagnait en
chantant, et il faisait éclater une grande joie.

Les mélodieux accords s'élevèrent jusqu'à la demeure
de la lune, jusqu'au palais du soleil (1); et la lune vint se
poser à la cime d'un bouleau, le soleil dans la couronne
d'un sapin, pour écouter le kantele, pour admirer la
joie.

Alors, Louhi, la mère de famille de Pohjola, la vieille
édentée de Pohja, s'empara de la lune, elle prit le soleil
dans ses mains et les emporta dans son brumeux pays.

Là, elle cacha la lune, pour l'empêcher d'éclairer, dans

(1) Le texte dit : Jusqu'aux fenêtres du soleil, *püivän ikkunoille.*

le sein d'un rocher aux flancs tachetés; elle cacha (1) le
soleil, pour l'empêcher de rayonner, dans les entrailles
d'une montagne de cuivre; puis elle éleva la voix et elle
dit : « O lune, ô soleil, vous ne pourrez sortir d'ici pour
répandre, de nouveau, votre lumière, qu'autant que je
viendrai moi-même vous délivrer, que je viendrai vous
chercher avec neuf étalons nés d'une seule cavale ! »

Et quand elle eut ainsi enfoui la lune, quand elle eut
enseveli le soleil dans le rocher de pierre, dans la montagne de fer de Pohjola, elle alla dérober le feu, éteindre
les lumières dans les tupas (2) de Wäinölä, dans les
piirtet (3) de Kalevala.

Alors, une nuit sans fin, une nuit ténébreuse et impénétrable s'étendit sur ces régions désolées; elle
s'étendit même jusqu'à travers le ciel, jusqu'aux sphères
éthérées où trône Ukko.

Il est cruel d'être privé de feu, il est douloureux d'être
privé de lumière; les hommes en périssaient d'ennui,
Ukko lui-même en souffrait tristement.

Ukko, le dieu suprême, le grand créateur de l'air, se
mit à méditer sur cet événement sinistre; il se demanda
quel voile étrange couvrait la lune, quelle ombre mystérieuse masquait le soleil, puisque la lune avait cessé de
briller, le soleil de rayonner.

Il explora la région des nuages, il longea les frontières
du ciel, les jambes couvertes de bas bleus, les pieds de
chaussures bigarrées, cherchant les astres perdus; mais
il ne trouva point la lune, il ne rencontra point le soleil.

Alors, le dieu de l'air frappa son glaive flamboyant
contre son ongle, sa lame aiguë contre son genou, et il
en fit jaillir une étincelle dans les hauteurs du ciel, au
milieu des étoiles.

---

(1) Le texte dit : chanta *lauloi*, c'est-à-dire cacha par la vertu de
ses chants magiques. Il s'agit ici, en effet, d'un exploit de magie peu
ordinaire.
(2) Voir page 37, note 2.
(3) Voir page 28, note 2.

Et il renferma cette étincelle dans sa bourse d'or, dans son sac d'argent, et il chargea une des vierges de l'air de la bercer, de la soigner, pour en faire une autre lune, un autre soleil. •

La jeune vierge assise sur un long nuage, sur le bord de la voûte éthérée, berça l'étincelle, balança l'atome de feu dans un berceau d'or suspendu à des sangles d'argent.

Et tandis qu'elle berçait l'étincelle, qu'elle balançait l'atome de feu, les nuages se soulevaient, le couvercle de l'air oscillait, les sphères célestes poussaient des hurlements.

La jeune vierge prit l'étincelle dans ses mains, l'atome de feu dans ses doigts, et elle l'entoura des soins les plus tendres. Mais, voici que tout à coup elle devint oublieuse et négligente, et l'étincelle tomba de ses mains, l'atome de feu s'échappa de ses doigts.

Les cieux se fendirent, l'azur s'ouvrit largement ; et la rouge étincelle se précipita, l'atome de feu roula à travers les nuages, à travers les neuf voûtes, les six couvercles de l'air.

Le vieux Wäinämöinen dit : « O forgeron Ilmarinen, mon frère, allons voir, allons examiner quel est ce feu éclatant, quelle est cette flamme inconnue qui vient de tomber du haut du ciel sur la terre. Serait-ce le disque de la lune ou le globe du soleil ? »

Les deux héros se mirent en route ; et, tout en marchant, ils se demandaient comment ils trouveraient l'endroit où le feu était tombé, où la flamme s'était répandue.

Un fleuve se présenta devant eux, un fleuve presque aussi grand qu'une mer. Wäinämöinen se hâta de se construire un bateau, au milieu d'une forêt déserte ; Ilmarinen en fabriqua le gouvernail avec une tige de sapin.

Et quand le bateau fut prêt, quand ses ais et ses rames furent terminés, ils le lancèrent à l'eau et le poussèrent vigoureusement en avant, à travers le fleuve de la Néva (1), tout autour de son promontoire.

Ilmatar (2), la belle vierge, la plus ancienne des filles de la nature vint à leur rencontre, et elle leur adressa la parole, et elle leur dit : « Qui êtes-vous, ô hommes, quel est votre nom? »

Le vieux Wäinämöinen répondit : « Nous sommes des navigateurs; je me nomme Wäinämöinen et mon compagnon Ilmarinen; mais, dis-nous, de ton côté quelle est ta famille et comment l'on t'appelle. »

La femme répondit : « Je suis la plus ancienne des femmes, la plus ancienne des filles de l'air; je suis la première mère des humains; j'ai été cinq fois épouse, six fois promise comme fiancée. Où allez-vous, ô hommes, où dirigez-vous votre course, ô héros? »

Le vieux Wäinämöinen répondit : « Le feu nous a été ravi, la flamme s'est éteinte dans nos foyers, et depuis longtemps de lugubres ténèbres nous environnent. Nous avons conçu le dessein d'aller chercher le nouveau feu qui est venu du haut du ciel, qui est tombé du haut des nuages. »

La femme dit : « Il est difficile de trouver le feu, de savoir où est l'étincelle. Le feu a causé d'affreux désastres, la flamme a engendré de grands malheurs : une étincelle est tombée, un globe ardent a roulé du haut des régions que le Créateur a créées, du haut des foyers de la foudre, à travers les plaines du ciel, les espaces de l'air; et par le conduit noir de suie, par les fentes de la poutre célèbre, l'étincelle s'est glissée, le globe ardent a pénétré dans la nouvelle maison de Tuuri (3), dans l'habitation découverte de Palvoinen (4).

(1) Fleuve actuel de la Russie, qui arrosait jadis le pays des Finnois.

(2) La fille d'Ilma ou de l'Air. Voir page 4, note 3. Un érudit finnois, M. Europaeus, veut voir dans *Ilma*, le lac Ilmen que le Wolchow joint au lac Ladoga.

(3) Personnage inconnu. Voir page 130, note 1.

(4) Nom propre sur lequel les runot ne fournissent aucun renseignement. Voir page 130, note 2.

« Et là, le feu s'est livré à des œuvres sinistres, à des actions perverses ; il a brûlé la poitrine des jeunes filles, il a dévoré le sein des jeunes vierges, il a calciné les genoux des garçons, il a consumé la barbe du père de famille.

« Lorsqu'il arriva près de la mère, il la trouva allaitant son enfant couché dans un pauvre petit berceau. Il n'en donna pas moins carrière à sa rage, et il commit le plus hideux de ses forfaits. Il brûla l'enfant dans son berceau, il brûla les mamelles de la mère ; et l'enfant descendit dans Manala, dans les demeures de Tuoni, car il avait été créé pour mourir, il avait été destiné à succomber sous l'horrible étreinte du feu, au milieu des cruelles douleurs de la flamme.

« Cependant, la mère ne le suivit point dans Manala ; elle sut conjurer la puissance du feu. Elle énerva sa flamme rayonnante, en la chassant à travers le trou d'une petite aiguille, la douille d'une hache, d'un ciseau à glace, sur la lisière d'un champ (1). »

Le vieux, l'imperturbable Wäinämöinen se hâta de demander : « Où le feu est-il allé, où les étincelles se sont-elles dirigées, en quittant la lisière du champ de Tuuri ? Est-ce dans les bois ou dans la mer ? »

La femme répondit : « Quand le feu eut continué sa course, il brûla d'abord beaucoup de pays, il incendia une foule de terres et de marais ; enfin, il se précipita dans l'eau, il tomba au milieu du lac d'Alue (2), qui

(1)   « Niin emo enemmän tiesi,
          « Ei emo Manalle mennyt,
          « Se tunsi tulen manata,
          « Valkeaisen vaivutella,
          « Lapi pienen neulan silmän
          « Halki kirvehen hamaran,
          « Puhki kuuman tuuran putken,
          « Pitkin pellon pientaretta. »
La runo voudrait-elle dire, par ces expressions étranges, que la mère a fait la part du feu, à coups de hache et de ciseau, et qu'après l'avoir ainsi amoindri, elle ne lui a plus laissé d'autre proie à dévorer que les arbres plantés sur la lisière d'un champ ?
(2) Probablement le lac Ladoga.

fut sur le point de s'enflammer, de rouler des étincelles.

« Trois fois pendant une nuit d'été, neuf fois pendant
une nuit d'automne, il déborda en frémissant sur toutes
ses rives, il souleva ses ondes jusqu'à la cime des sapins, sous les coups terribles du feu, sous les douleurs
de la flamme (1).

« Et il rejeta les poissons de son lit, il poussa sur la
grève aride une légion de perches; et les poissons et les
perches se demandèrent comment ils feraient désormais
pour exister, pour vivre; ils pleuraient leur ancien séjour, ils regrettaient leur château de pierre.

« Les perches à la nuque crochue se mirent à la poursuite de l'étincelle, mais elles ne purent la saisir; la
truite bleue accourut, et elle avala d'un seul coup le feu
brillant, elle engloutit la flamme rayonnante.

« Alors, le lac reprit les eaux qu'il avait versées sur
ses rives; et, dans l'espace d'une nuit d'été, il rentra
dans son lit.

« Un instant, un court instant s'écoula : la truite glou-
tonne, celle qui avait avalé le feu, se sentit en proie à
d'atroces douleurs.

« Tantôt elle nage, tantôt elle s'arrête; elle nage un
jour, elle nage deux jours; elle longe les îles fréquentées
par les truites, elle parcourt les baies fréquentées par les
saumons; elle double les pointes de mille promontoires,
elle traverse cent golfes; et de chaque promontoire et de
chaque île retentit ce cri : Nul ne se trouve, ni dans les
ondes calmes, ni dans les torrents orageux qui pourrait
avaler, qui pourrait engloutir la malheureuse truite, au
milieu de ces effroyables tortures issues du feu brûlant,
de la flamme dévorante.

« Le saumon rouge entendit ce cri, et il avala la truite
bleue.

(1) Il y a ici évidemment une allusion à quelque grand cataclysme
naturel.

« Un instant, un court instant s'écoula : le saumon vorace, celui qui avait englouti la truite, se sentit en proie à d'atroces douleurs.

« Tantôt il nage, tantôt il s'arrête; il nage un jour, il nage deux jours; il longe les baies fréquentées par les saumons, il parcourt les vastes espaces fréquentés par les brochets; il double les pointes de mille promontoires, il traverse cent golfes; et de chaque promontoire, et de chaque île retentit ce cri : Nul ne se trouve, ni dans les ondes calmes, ni dans les torrents orageux qui pourrait avaler, qui pourrait engloutir le malheureux saumon, au milieu de ces effroyables tortures issues du feu brûlant, de la flamme dévorante.

« Le brochet gris entendit ce cri, et il avala le saumon rouge.

« Un instant, un court instant s'écoula : le brochet vorace, celui qui avait englouti le saumon, se sentit en proie à d'atroces douleurs.

« Tantôt il nage, tantôt il s'arrête; il longe les baies fréquentées par les saumons, les rochers fréquentés par les mouettes, il double les pointes de mille promontoires, il traverse cent golfes; et de chaque promontoire, et de chaque île retentit ce cri : Nul ne se trouve ni dans les ondes calmes, ni dans les torrents orageux, qui pourrait avaler, qui pourrait engloutir le malheureux brochet, au milieu de ces effroyables tortures issues du feu brûlant, de la flamme dévorante. »

Le vieux, l'imperturbable Wäinämöinen et le forgeron Ilmarinen fabriquèrent une nasse avec des tilles de genévrier et d'osier.

Et le vieux Wäinämöinen chargea les femmes de manœuvrer la nasse. Les femmes la plongèrent dans la mer, les sœurs la traînèrent doucement de promontoire en promontoire, d'île en île, longeant les golfes des saumons, les baies des truites, sondant le gazon et la vase noire.

On travailla, on pêcha, on jeta la nasse, on la releva;

mais on manqua d'adresse, car on ne prit point le poisson désiré.

Les hommes succédèrent aux femmes ; les frères lancèrent la nasse, ils travaillèrent, ils battirent l'eau, à l'embouchure des golfes, au détour des promontoires, le long des écueils de Kaleva ; mais ils ne prirent point le poisson désiré ; le brochet gris ne sortit point des ondes du lac : les poissons étaient petits, les tresses de la nasse trop larges.

Les poissons se mirent à jaser ; le brochet dit au brochet, la truite à la truite, le saumon au saumon : « Ils sont donc morts les héros fameux, ils ont disparu ces fils de Kaleva qui tressaient des nasses avec du fil de lin, du fil de chanvre, qui battaient l'eau avec de grands battoirs, de longues perches ! »

Le vieux Wäinämöinen entendit ces paroles, et il dit : « Non, les héros ne sont pas morts, non, la race de Kaleva n'est point éteinte ; s'il en meurt un, il en naît deux, deux qui sont armés de meilleurs battoirs, de perches plus longues, de nasses plus larges (1). »

(1) Cette runo est consacrée presque tout entière à raconter l'origine du feu *Tulen synty*. L'aventure qui en fournit l'occasion a été inspirée sans doute par une de ces périodes de l'hiver polaire où le soleil semble avoir été détaché de la voûte céleste pour faire place à une nuit éternelle. Quant au rôle que la runo fait jouer ici à la truite et au brochet, ne pourrait-il pas s'expliquer par l'observation de ces phénomènes d'électricité et de phosphorescence dont certains poissons donnent le spectacle au milieu de l'obscurité ?

QUARANTE-HUITIÈME RUNO

SOMMAIRE

Le vieux Wäinämöinen fabrique une nasse gigantesque, afin de prendre le brochet qui a dévoré le feu. — Pêche extraordinaire. — Invocations et conjurations. — Le brochet est pris, et le fils du soleil lui ouvre le ventre. — Il y trouve l'étincelle de feu, qui s'échappe aussitôt et produit d'horribles ravages. — Wäinämöinen et surtout Ilmarinen en subissent les atteintes. — Wäinämöinen se précipite à la poursuite du feu dont il réussit à s'emparer, et il ramène ainsi la chaleur et la lumière dans Wäinölä. — Ilmarinen guérit ses brûlures grâce au concours des frimas et de la glace, et recouvre sa santé d'autrefois.

Le vieux, l'imperturbable Wäinämöinen, le runoia éternel, conçut la pensée, forma le dessein de fabriquer une nasse en fil de lin, de préparer une pêche magnifique.

Il prit la parole et il dit : « Est-il quelqu'un qui puisse semer le lin, et l'enfouir dans la terre? Je voudrais, maintenant, fabriquer une nasse, une grande nasse à cent mailles, pour prendre le pauvre poisson, pour mettre à mort l'infortuné brochet. »

Il était un lambeau de terre en friche, au milieu d'un vaste marais, entre deux troncs d'arbre.

On creusa au pied des troncs, et l'on y trouva de la graine de lin, dans la réserve d'un ver de terre, dans les provisions du ver de Tuoni (1).

Il était un petit tas de cendres, un amas de suie aride,

(1) Voir page 100, note 4.

reste d'un navire incendié, d'un bateau détruit. On sema
la graine de lin dans la cendre, on l'enfouit dans la suie,
sur les bords du lac d'Alue.

La graine germa et poussa des tiges d'une hauteur
gigantesque, dans une seule nuit d'été.

Et le lin semé pendant la nuit, enfoui au clair de
lune (1), fut sarclé et émondé, nettoyé et écalé, trié et
peigné avec un soin diligent et sévère ; puis, on se hâta
de le baigner, de l'amollir, de le sécher, et on l'apporta
dans la maison. Là, il fut promptement ébarbé, roui à
grand bruit et tillé ; enfin, en moins de deux jours, on
l'eut mis en étoupe et roulé sur le fuseau.

Alors, les sœurs le filèrent, les belles-sœurs le pas-
sèrent dans l'aiguille, les frères le nouèrent, les beaux-
frères le fixèrent aux cordes ; et bientôt, on en fit une
nasse superbe, une nasse profonde de cent brasses, large
de sept cent brasses ; et quand elle fut armée de tous ses
engins, les jeunes la lancèrent à l'eau ; et les vieux, du
fond de leur demeure, se demandèrent : « Va-t-on faire
une bonne pêche ? Quel est le poisson que l'on poursuit
avec un si grand appareil ? »

Et l'on traîna la nasse avec ardeur, on la promena
dans l'eau en long et en large, on prit un peu de poisson : de petites perches, race maudite, de grandes
perches aux fortes arêtes, des roses gonflées de fiel, mais
on ne prit pas le poisson pour lequel la nasse avait été
préparée.

Le vieux Wäinämöinen dit : « O forgeron Ilmarinen,
allons lancer nous-mêmes la nasse dans le lac ! »

Et les deux héros allèrent lancer la nasse dans le lac ;
ils la lancèrent d'un côté contre une île, de l'autre contre
la pointe d'un promontoire, et ils la tirèrent dans la direction du port de Wäinölä (2).

---

(1) La runo semble oublier ici que la lune a déjà été dérobée et cachée dans les entrailles d'un rocher par la mère de famille de Pohjola.
Nous avons déjà vu plus d'un exemple de pareilles contradictions.
(2) Voir page 19, note 1.

Ils travaillèrent avec un zèle infatigable; ils prirent une quantité énorme de poissons : de grandes et de petites perches, des saumons rouges, des brêmes, des truites superbes, des poissons de toute espèce, mais ils ne prirent point celui pour lequel la nasse avait été préparée.

Le vieux Wäinämöinen fixa à la nasse une nouvelle corde de cinq cents brasses, un nouveau câble de sept cents brasses, et il éleva la voix, et il dit : « Lançons maintenant la nasse beaucoup plus loin, faisons-la couler jusqu'au fond du golfe; tentons un second effort! »

Et ils lancèrent la nasse beaucoup plus loin, ils la firent couler jusqu'au fond du golfe, ils tentèrent un second effort; puis, le vieux Wäinämöinen dit :

« O Wellamo, reine et mère des ondes, à la poitrine couverte de roseaux, viens ici changer de vêtements! Tu portes une chemise de saules, un manteau d'écume façonné par la fille du vent, donné par la fille de la vague, je te donnerai une chemise de toile, un manteau de lin tissé par la fille de la lune, brodé par la fille du soleil (1).

« O Ahto, dominateur des vagues, toi qui règnes sur les gouffres de la mer, prends une perche longue de cinq brasses, une gaule longue de sept brasses, et avec elle parcours les vastes golfes, bats l'eau jusque dans ses profondeurs, afin d'éveiller les poissons dans leurs sombres retraites et de les chasser vers la nasse tendue par nos mains! »

Un petit homme (2) surgit du fond de la mer, un héros surgit du fond des flots; il se dressa sur la surface du golfe et il dit : « A-t-on besoin ici de quelqu'un pour battre l'eau avec une longue perche? »

(1) Wäinämöinen cherche à se rendre la déesse des ondes favorable en lui promettant des présents.

(2) Ce petit homme, ce nain (*pikku mies*) est un génie bienfaisant qui séjourne dans les profondeurs de la mer. Nous l'avons déjà vu apparaître, à la deuxième runo, pour abattre le chêne dont le feuillage gênait le rayonnement du soleil. Voir page 12.

Le vieux, l'imperturbable Wäinämöinen répondit :
« Certainement on a besoin ici de quelqu'un pour battre
l'eau avec une longue perche. »

Le petit homme, le frêle héros arracha un long sapin dans le bois qui bordait le rivage, il l'arma d'un
bouton de pierre dure et il dit : « Faut-il battre l'eau de
toutes mes forces, de toute ma vigueur d'homme, ou seu
lement autant qu'il est nécessaire ? »

Le vieux Wäinämöinen répondit : « Bats l'eau autant
qu'il est nécessaire; tu as là sur les bras un grand ouvrage. »

Le petit homme, le frêle héros se mit à battre l'eau, il
la battit autant qu'il était nécessaire, il chassa devant
lui une foule de poissons, il les poussa vers l'endroit où
l'on devait lever la nasse.

Le forgeron Ilmarinen donnait ses soins au bateau, le
vieux Wäinämöinen s'occupait de la pêche; il prit la parole, et il dit : « Maintenant, les poissons accourent en
foule à l'endroit où nous devons lever la nasse. »

Et la nasse fut levée, et on la vida dans le bateau de
Wäinämöinen ; et parmi les poissons qui la remplissaient
on reconnut enfin celui pour lequel elle avait été préparée.

Le vieux, l'imperturbable Wäinämöinen se hâta de
diriger son bateau vers le rivage, il l'y amarra solidement; puis, il recueillit les poissons qu'il contenait, et sur
le point de saisir le brochet gris, il se dit à lui-même :
« Le prendrai-je avec la main nue, sans gants de fer,
sans gants de pierre, sans moufles de cuivre? »

Le fils du soleil entendit ces paroles et il dit : « Je dé-
pècerais volontiers le brochet si j'avais le couteau de mon
père, le couteau qui appartient à mon père. »

Un couteau tomba du haut du ciel, roula du haut des
nuages, un couteau au manche d'or, à la lame d'argent,
et vint se suspendre à la ceinture du fils du soleil.

Le fils du soleil le prit aussitôt dans sa main
puissante, et il dépeça le brochet gris; il lui élargit

la bouche, et trouva dans son ventre le saumon rouge ; et dans le ventre du saumon rouge la truite bleue.

Il ouvrit le ventre de la truite, et, sous le troisième anneau de ses intestins, il trouva une perche bleue.

Il ouvrit la perche bleue, et il en sortit une boule rouge, et, dans la boule rouge, se trouva l'étincelle qui était tombée du haut du ciel, qui avait roulé du haut des nuages, à travers les huit voûtes, les neuf sphères de l'air.

Alors, le vieux Wäinämöinen se demanda comment il transporterait l'étincelle dans les maisons vides de feu, dans les tupas livrées aux ténèbres. Mais, soudain, elle s'échappa des mains du fils du soleil ; et elle brûla la barbe du héros ; elle traita encore plus cruellement le forgeron Ilmarinen ; elle lui brûla les joues et les bras.

Puis, elle s'élança le long du lac d'Alue jusqu'à travers les bois de pins et de sapins, les champs de genévriers, semant partout d'affreux ravages ; elle alla plus loin encore, elle incendia la moitié du pays de Pohjola, une partie des frontières de Savo (1) et la Karjala (2) presque tout entière.

Le vieux, l'imperturbable Wäinämöinen se précipita lui-même à la poursuite de l'étincelle sauvage, et il la saisit sous les racines de deux troncs d'aulne pourris.

Et il éleva la voix et il dit : « O feu splendide créé par Jumala, ô flamme envoyée par le Créateur, tu t'es jeté sans raison dans les profondeurs des eaux, tu as erré au loin sans aucun motif ; il serait mieux pour toi de revenir à ton foyer de pierre, de t'enchaîner dans tes pétillements, de te cacher dans tes charbons, afin de consumer pendant le jour les bûches de bouleau, de rester enseveli, pendant la nuit, au sein des dalles d'or. »

Et Wäinämöinen tira un atome de feu des détritus enflammés de la racine de l'aulne, de la souche moisie du bouleau, et il le mit dans un vase de cuivre ; puis, il le

(1) Savolax, province de Finlande.
(2) Voir page 23, note 3.

transporta à la pointe du promontoire nébuleux, à l'extrémité de l'île riche d'ombrage ; et ainsi, le feu reparut dans les maisons vides de feu, la lumière brilla de nouveau dans les tupas livrées aux ténèbres.

Le forgeron Ilmarinen se précipita dans la mer, il s'assit sur un rocher fixé dans l'eau, pour amortir les douleurs du feu, les tortures de la flamme dévorante.

Et, tandis qu'il cherchait un soulagement à ses souffrances, il prit la parole, et il dit : « O feu splendide créé par Jumala, ô Panu (1), fils du glorieux soleil, qui donc t'a inspiré une telle cruauté ? Qui t'a poussé à me brûler les joues, à me brûler les membres, à sévir si furieusement tout autour de mon corps ?

« Comment éteindrai-je tes ardeurs ? Comment dompterai-je ta force, briserai-je ta puissance, pour me soustraire aux douleurs qui me déchirent ?

« O fille de Turja (2), fille de Laponie, aux bas et aux chaussures entourés de frimas, aux vêtements roidis par le froid, viens avec un vase plein de glace dans la main, avec une cuiller de glace, et jette de l'eau glacée sur mes brûlures, sur toutes les parties de mon corps ravagées par le feu !

« Si cela ne suffit point, viens, ô garçon de Pohjola, ô enfant de l'aride Laponie, viens, ô homme grand de Pimentola, grand comme un pin du désert, comme un sapin du marais, viens avec des gants hérissés de frimas aux mains, des chaussures hérissées de frimas aux pieds, un bonnet hérissé de frimas sur la tête, une ceinture hérissée de frimas autour de la taille !

« Apporte des frimas de Pohjola, de la glace du froid village ! Les frimas abondent dans Pohjola, la glace dans le froid village : il en est dans les fleuves, il en est dans les lacs, les plaines de l'air elles-mêmes sont glissantes ; les lièvres courent vêtus de glaçons, au milieu des mon-

(1) Voir page 14, note 2.
(2) Voir page 74, note 1.

tagnes couvertes de neige, près du château de la neige;
les cygnes chantent vêtus de glaçons, les oies nagent vêtues de glaçons, au milieu des fleuves couverts de neige,
près de la cataracte chargée de glace.

« Apporte des frimas sur le chemin glissant, apporte
de la glace dans un traîneau, du haut du roc sauvage,
des cimes de la grande montagne ! Rafraîchis, ensuite,
avec cette écume de neige, avec cette froide glace, les
parties de mon corps que le feu a ravagées, que Panu a
brûlées !

« Si cela ne suffit pas encore, ô Ukko, dieu suprême
entre tous les dieux, souverain dominateur des nuages,
toi qui règnes sur les sphères du ciel, lance un nuage à
l'orient, un autre nuage à l'occident; puis joins-les ensemble, et fais-en tomber une pluie de glace et de frimas,
un baume doux et rafraîchissant, sur les plaies creusées
par le feu ! »

Et le forgeron Ilmarinen éteignit la flamme rouge, la
flamme éclatante qui le dévorait; il pansa, il guérit ses
brûlures, et recouvra sa santé d'autrefois.

QUARANTE-NEUVIÈME RUNO

SOMMAIRE

Le soleil et la lune n'ayant point reparu, Ilmarinen forge une lune d'or et un soleil d'argent pour les remplacer. — Il les suspend à la cime d'un sapin, mais ils ne donnent aucune lumière. — Wäinämöinen interroge le sort et apprend où Louhi a caché les deux astres. — Il se rend dans Pohjola, pour les délivrer. — Grande bataille. — Wäinämöinen échoue dans sa tentative et vient demander à Ilmarinen des engins plus puissants pour la renouveler. — Louhi, métamorphosée en vautour, se rend dans l'atelier du forgeron. — Convaincue, à la vue des engins qu'il prépare, de l'inutilité d'une plus longue résistance, elle retourne dans Pohjola et délivre elle-même le soleil et la lune. — Invocation de Wäinämöinen.

Cependant, le soleil ne brillait pas encore, la lune d'or ne versait pas encore sa lumière sur les demeures de Wäinöla, sur les landes de Kalevala; et les plantes de la terre souffraient, les troupeaux étaient dans l'angoisse, les oiseaux de l'air dépérissaient, les hommes succombaient sous l'ennui.

Le brochet connaissait les mugissements de la mer, l'aigle les sentiers de l'oiseau à travers les airs, le vent la route du navire sur les flots; mais les fils des hommes ignoraient quand un nouveau jour se levait, quand une nouvelle nuit tombait sur le promontoire nébuleux, sur l'île riche d'ombrages.

Les jeunes gens tiennent conseil, les hommes d'un âge mûr méditent profondément; ils se demandent comment on pourrait exister sans lune, comment on pourrait vivre sans soleil, dans ces misérables terres, dans ces pauvres régions de Pohja.

Les jeunes filles tiennent conseil, les frères et les sœurs méditent profondément, et ils se rendent dans l'atelier du forgeron (1), et ils lui disent : « Viens, ô forgeron, près du mur, viens, ô batteur de fer, derrière le rocher, et là forge une lune nouvelle et un nouveau soleil, car la vie est intolérable quand le soleil ne brille point, quand la lune ne verse point sa douce lumière ! »

Le forgeron se rendit près du mur, le batteur de fer se rendit derrière le rocher, afin de forger une nouvelle lune et un nouveau soleil ; il forgea la lune avec de l'or, il forgea le soleil avec de l'argent.

Le vieux Wäinämöinen se rendit à l'atelier du forgeron ; il s'arrêta près de la porte, et il dit : « O forgeron, mon cher frère, à quel travail te livres-tu donc ? ton marteau résonne pendant toute la durée du jour. »

Ilmarinen répondit : « Je forge une lune d'or, un soleil d'argent, afin de les suspendre à la voûte du ciel, par delà les neuf couvercles de l'air. »

Le vieux Wäinämöinen dit : « O forgeron Ilmarinen, tu travailles en vain : l'or ne brillera point comme la lune, l'argent ne rayonnera point comme le soleil. »

Le forgeron acheva son ouvrage ; puis il souleva les deux astres avec joie ; il les emporta doucement et prudemment, et il suspendit la lune à la cime d'un pin, il suspendit le soleil dans la couronne d'un gigantesque sapin. La sueur ruisselait de son visage, l'eau découlait de sa tête, tandis qu'il se livrait à cette opération fatigante et difficile.

Ainsi, la lune fut attachée à la cime d'un pin, le soleil fut fixé dans la couronne d'un sapin ; mais la lune ne brilla point, le soleil ne rayonna point.

La vieux Wäinämöinen dit : « Il est temps, mainte-

----

(1) Ilmarinen.—C'est le forgeron par excellence ; toutes les fois que les runot parlent d'un forgeron, en général, il s'agit d'Ilmarinen.

nant, d'interroger le sort ; il est temps, pour l'homme,
de consulter les signes et de leur demander où le soleil
a pris sa course, où la lune a disparu. »

Et le vieux Wäinämöinen, le runoia éternel, tailla des
éclisses dans un tronc d'aulne, puis il les retourna, les
mit en ordre avec la main, et il dit : « J'interrogerai le
Créateur ; je lui demanderai une réponse. Dis-moi la vérité, ô signe du Créateur ; parle, augure de Jumala : où
le soleil a-t-il pris sa course, où la lune a-t-elle disparu,
puisqu'ils ne se montrent plus à la voûte du ciel ?

« Oui, ô sort, dis-nous la chose telle qu'elle est, et non
telle que les hommes voudraient qu'elle fût ; apporte-nous
un message véridique, dénoue le lien solide. Si le sort, si
le signe des hommes devenait trompeur, il perdrait ainsi
toute sa valeur et ne mériterait plus que d'être jeté au
feu, lancé au milieu des flammes (1). »

Le sort apporta un message véridique, le signe des
hommes répondit ; il dit que le soleil s'était réfugié, que
la lune avait disparu dans les montagnes de pierre, dans
le château de cuivre de Pohjola.

Alors, le vieux Wäinämöinen dit : « Si je me rends
dans Pohjola, si je gagne les sentiers des fils de Pohja,
je réussirai certainement à ramener la lumière de la lune,
les rayons d'or du soleil. »

Et le vieux Wäinämöinen se hâta de se mettre en route.
Il marcha un jour, il marcha deux jours ; le troisième
jour, les portes de Pohjola lui apparurent, la haute montagne de pierre se dressa devant ses yeux.

Il s'arrêta sur les bords du fleuve, et il cria d'une voix
retentissante : « Amenez-moi ici un bateau, afin que je
traverse le fleuve ! »

Mais son cri ne fut pas entendu, et aucun bateau ne
fut amené. Alors il rassembla sur la rive un amas de

---

(1) Cette partie de la runot s'appelle le chant ou les paroles du sort :
Arvan sanat. Il s'agit ici d'un moyen dont les sorciers finnois se servaient pour découvrir les choses cachées. J'expliquerai, dans le second volume, comment il se pratiquait.

branches de sapin sec, et il y mit le feu; la flamme s'éleva
aussitôt, et la fumée monta dans les airs en épais tourbillons.

Louhi, la mère de famille de Pohjola, était assise près
de la fenêtre, les regards tournés vers le fleuve. Elle
prit la parole, et elle dit : « Quel est ce feu qui brûle là-
bas, à l'embouchure du golfe? Il est trop petit pour un
feu de guerriers, trop grand pour un feu de pêcheurs. »

Le fils de Pohjola sortit dans l'enclos pour mieux voir,
pour mieux entendre : « Un homme superbe se trouve
là-bas et se promène derrière le fleuve. »

Le vieux Wäinämöinen cria une seconde fois : « O fils
de Pohja, amène-moi un bateau, amène un bateau à
Wäinämöinen ! »

Le fils de Pohja répondit : « Il n'est ici aucun bateau
disponible; traverse toi-même le fleuve, en ramant avec
tes doigts, en gouvernant avec tes mains. »

Le vieux Wäinämöinen se mit à penser et à réfléchir;
puis il dit : « Celui-là ne serait point un homme qui
retournerait sur ses pas. » Et il s'élança comme le brochet dans la mer, comme la truite dans le fleuve; il franchit rapidement la distance, nageant de l'un et de l'autre
pied, et arriva au rivage de Pohjola.

Les garçons de Pohja, maudite engeance, lui crièrent d'une voix de colère : « Entre maintenant dans
l'enclos de Pohja. » Et Wäinämöinen entra dans l'enclos
de Pohja.

Les garçons de Pohja, maudite engeance, lui crièrent d'une voix de colère : « Entre maintenant dans
la maison de Pohja! » Et Wäinämöinen entra dans la
maison de Pohja.

Les hommes y étaient rassemblés, buvant l'hydromel,
se rassasiant de la boisson de miel, et tous portaient leur
armure de guerre et avaient le glaive au côté, pour tuer
Wäinämöinen, pour exterminer Uvantolainen (1).

(1) Voir page 413, note 4.

Ils commencèrent par lui adresser la parole et par l'interroger : « Que nous veut l'homme misérable, que vient raconter le nageur ? »

Le vieux, l'imperturbable Wäinämöinen répondit : « J'ai à vous raconter quelque chose d'étrange, quelque chose d'étonnant sur le soleil et sur la lune. Où le soleil s'est-il réfugié, en nous quittant ? où la lune a-t-elle pris la fuite ? »

Les garçons de Pohja, maudite engeance, répondirent : « Le soleil, en vous quittant, s'est retiré ici ; la lune a disparu dans un rocher aux flancs tachetés, dans une montagne de fer. Tu ne les en feras point sortir, si on ne les laisse échapper ; tu ne les délivreras point, si on ne leur rend la liberté. »

Le vieux Wäinämöinen dit : « Si le soleil n'est point enlevé du rocher, si la lune n'est point retirée de la montagne, nous en viendrons aux mains, nous engagerons la lutte du glaive. »

Et le héros dégaîna son glaive ; il mit à nu l'acier mordant : la lune brillait à sa pointe, le soleil resplendissait sur sa garde, un cheval piaffait sur sa lame, un chat miaulait sur sa poignée (1).

La bataille commença, les glaives se mesurèrent. Celui de Wäinämöinen dépassait les autres de la hauteur d'un grain de froment, d'une gousse de paille.

Le vieux Wäinämöinen brandit son glaive une fois, il le brandit deux fois, et, telles que des feuilles de raves, telles que des tiges de lin, il faucha les têtes des fils de Pohja.

Puis le héros s'en alla pour retirer la lune, pour arracher le soleil des entrailles du rocher aux flancs tachetés, de la montagne d'acier, de la montagne de fer.

Quand il eut fait un peu de chemin, il aperçut une île verdoyante, et sur cette île, un bouleau superbe, et aux pieds de ce bouleau, une roche épaisse, et sous cette

---

(1) Voir page 384, note 3.

roche, une profonde caverne, avec neuf portes fermées de cent verrous.

Une fissure, une imperceptible crevasse se trouvait au cœur de la roche; Wäinämöinen y enfonça son glaive aigu, sa lame flamboyante, et la roche éclata en deux parties.

Alors, le vieux Wäinämöinen jeta des regards à travers l'ouverture, dans l'intérieur de la caverne, et il y vit des vers, il y vit des serpents qui humaient la bière (1).

Il prit la parole, et il dit : « Les pauvres maîtresses de maison ne recueillent qu'une petite quantité de bière, parce qu'elle est bue par les serpents, détruite par les vers, »

Et il trancha la tête aux reptiles, et il dit : « Jamais plus, durant cette vie et à partir de ce jour, les serpents ne boiront la bière, les vers ne détruiront le malt. »

Et le vieux Wäinämöinen, le runoia éternel, essaya d'enfoncer les portes avec les poings, de briser les verrous avec la puissance de la parole; mais les portes résistèrent aux efforts des poings, les verrous ne prirent aucun souci de la parole (2).

Le vieux Wäinämöinen, dit : « L'homme sans armes n'est qu'une vieille femme, la hache sans le tranchant est un pauvre outil (3). » Puis il reprit le chemin de son pays, la tête basse, le cœur triste; car il n'avait pu encore délivrer la lune et le soleil.

Le joyeux Lemminkäinen lui dit : « O vieux Wäinämöinen, pourquoi ne m'as-tu pas pris avec toi comme compagnon d'armes? Certainement, les portes auraient

(1) La caverne dont il s'agit ici servait, sans doute, de cave où l'on conservait la bière ; les vases qui la renfermaient étaient infectés de vers et de serpents attirés par l'humidité du lieu et le goût de la boisson.

(2) C'est la première fois, depuis le commencement du poëme, que la puissance de la parole se trouve en défaut.

(3)   « Akka mies asehitoinna
              « Konna kirves-kuokatoinna. »
Proverbe finnois.

été ouvertes, les verrous auraient été brisés, et la lune se fût échappée pour briller, le soleil pour rayonner. »

Le vieux, l'imperturbable Wäinämöinen répondit : « Les portes ne cèdent point à la parole, les verrous résistent aux formules magiques; on ne saurait non plus les ébranler avec les poings, les arracher avec les bras. »

Et il se rendit dans l'atelier du forgeron, et il lui dit : « O forgeron Ilmarinen, forge-moi une fourche à triple pointe, une douzaine de coins aigus ; forge-moi un puissant trousseau de clefs, afin que je délivre la lune du rocher, le soleil de la montagne de fer. »

Le forgeron Ilmarinen, le batteur de fer éternel, satisfit à la demande du héros ; il forgea une douzaine de coins aigus, un puissant trousseau de clefs, une fourche à triple pointe, et il ne les fit ni trop grands ni trop petits, il les fit de grandeur moyenne.

Louhi, la mère de famille de Pohjola, la vieille édentée de Pohja, se fabriqua des ailes de plumes et prit son essor dans les airs ; elle vola d'abord autour de sa maison, puis elle s'élança au loin, elle franchit la mer de Pohjola et s'abattit près de la forge d'Ilmarinen.

Le forgeron ouvrit sa fenêtre pour voir si ce n'était point la tempête qui approchait; mais ce n'était point la tempête, c'était un vautour gris.

Ilmarinen lui dit : « Que cherches-tu ici, sous ma fenêtre, hideux oiseau ? »

Le vautour répondit : « Ecoute-moi, ô forgeron Ilmarinen, ô batteur de fer éternel, tu es un habile ouvrier, un forgeron sans égal. »

Ilmarinen dit : « Il n'est point étonnant que je sois un habile forgeron, puisque j'ai forgé le ciel et le couvercle de l'air. »

L'oiseau reprit la parole, le vautour dit : « Que forges-tu donc là, maintenant, ô illustre ouvrier? »

Le forgeron Ilmarinen répondit : « Je forge un carcan de fer, pour attacher la misérable vieille de Pohjola au flanc de la montagne. »

Louhi, la mère de famille de Pohjola, la vieille édentée de Pohja, comprit alors que le malheur était proche,
que le jour du danger était imminent, et elle se hâta de
reprendre son vol et de se diriger vers son pays.

Là, elle retira la lune du rocher, le soleil de la montagne ; puis, s'étant métamorphosée en colombe, elle
retourna à la forge d'Ilmarinen.

Ilmarinen lui dit : « Que fais-tu ici, bel oiseau? pourquoi viens-tu, ô colombe, sur le seuil de ma forge? »

La colombe répondit : « Je suis venue ici pour t'apporter une nouvelle : la lune a surgi du sein du rocher, le
soleil s'est échappé des entrailles de la montagne. »

Le forgeron Ilmarinen sortit de sa forge et leva les
yeux vers le ciel ; il vit la lune briller, il vit le beau soleil
rayonner.

Il se rendit aussitôt auprès de Wäinämöinen, et il lui
dit : « O vieux Wäinämöinen, ô runoïa éternel, viens,
maintenant, voir la lune, viens contempler le beau soleil ;
ils ont repris leur ancienne place à la voûte du ciel. »

Le vieux, l'imperturbable Wäinämöinen se précipita
hors de sa demeure, et il leva la tête, il leva les yeux
vers le ciel : les deux astres rayonnaient, le soleil avait
retrouvé la voûte éthérée.

Alors, le héros fit entendre sa voix puissante, et il dit :
« Salut à toi, ô lune, qui nous montres ta face éclatante ;
salut à toi, ô soleil d'or, qui resplendis de nouveau sur le
monde !

« O lune d'or, tu as surgi du sein du rocher ; ô beau
soleil, tu t'es échappé des entrailles de la montagne, tu
t'es élancé à travers les airs, tel qu'un coucou d'or, tel
qu'une colombe d'argent. Tu as repris ton ancienne place,
tu as recommencé ton ancienne carrière dans les vastes
plaines azurées !

« Puisses-tu donc te lever chaque matin, même après
cette journée ! puissse-tu nous donner la santé, féconder
nos terres, multiplier les poissons dans nos filets !

« Poursuis ta course avec splendeur ; fournis ta carrière, plein de fraicheur et d'éclat; que ton croissant soit glorieux et beau; qu'il verse la joie sur les heures du soir (1)! »

(1) Wäinämöinen s'adresse tour à tour ou simultanément, et sans transition, au soleil et à la lune. C'est l'expression de son enthousiasme.

CINQUANTIÈME RUNO

Marjatta, la belle enfant, vivait depuis longtemps dans la maison illustre de son père, dans la maison célèbre de sa mère. Elle avait brisé cinq chaînes, usé six anneaux, avec les clefs de son père suspendues à son côté (1).

Elle avait usé la moitié du seuil, avec les plis de ses vêtements, la moitié de la poutre qui le couronne, avec ses fins voiles de soie, la moitié des poteaux de la porte, avec l'envergure de ses manches, elle avait usé les solives du plancher, avec les talons de ses chaussures (2).

Marjatta, la belle enfant, la gracieuse jeune fille, vivait depuis longtemps dans l'innocence, gardant fidèle-

(1) Voir page 114, note 5.
(2) La runo veut faire ressortir ainsi la vie à la fois active et retirée que Marjatta menait dans la maison paternelle.

ment sa chasteté. Elle se nourrissait de frais poisson, de tendre pain d'écorce; mais elle ne voulait point manger les œufs de la poule qui avait fréquenté le coq, ni la chair de la brebis qui avait visité le bélier (1).

Sa mère lui ordonna d'aller traire; elle refusa, et elle dit : « Une fille qui me ressemble ne touche point les mamelles de la vache qui a subi l'étreinte du taureau; elle ne les toucherait que si elle était encore génisse, et que, comme telle, elle donnât du lait. »

Son père l'invita à monter dans un traîneau attelé d'un étalon; elle refusa, et elle dit : « Je ne m'assoirai point à la suite d'un étalon qui a hanté les cavales; je ne veux à mon traîneau qu'un jeune poulain, qu'un poulain âgé de six ans (2). »

Marjatta, la belle enfant, la timide et chaste vierge, fut chargée de garder les brebis.

Elle les conduisit sur le penchant et au sommet des collines, elle longea les bois, elle s'enfonça dans un massif d'aulnes, tandis que le coucou d'or chantait, que la voix d'argent modulait ses accords.

Alors, elle jeta les regards autour d'elle, elle prêta une oreille attentive, et s'asseyant, près d'une montagne, sur une touffe de verdure chargée de baies, elle prit la parole et elle dit : « Chante, beau coucou d'or, chante, voix

---

(1)   « Marjatta korea kuopus,
           « Tuo on piikä pikkarainen
           « Piti viikoista pyhyyttä,
           « Ajan kaiken kainoutta;
           « Syöpi kaunista kaloa,
           « Petäjätä pehmeätä,
           « Ei syönyt kanan munia,
           « Kukerikun riehkatuita,
           « Eikä lampahani lihoa,
           « Ku oli ollut oinahilla. »

(2) Ces passages sont fort difficiles à traduire, car notre langue ne supporterait pas l'excessive crudité de l'original. Il y a là du reste un trait de mœurs des plus caractéristiques : Marjatta n'est point un type isolé; elle représente la jeune fille finnoise, en général, cette jeune fille profondément vertueuse, mais dont la vertu n'est nullement un effet de l'ignorance.

d'argent, poitrine d'étain, fraise étrangère (1), dis-moi si je garderai les brebis longtemps encore, la tête couverte d'un voile de laine, dans ces vastes champs défrichés, dans ces bois sans limites; si je les garderai pendant un ou deux étés, pendant cinq, six ou dix étés, ou bien si je les garderai à peine jusqu'à la fin de l'été présent. »

Marjatta, la belle enfant, garda encore longtemps les brebis. C'est là une tâche difficile, surtout pour une jeune fille, car le serpent rampe sous l'herbe, les reptiles venimeux se glissent sous le gazon.

Cependant, aucun serpent ne rampa sous l'herbe, aucun reptile venimeux ne se glissa sous le gazon.

Une baie de la colline, une rouge baie de la plaine éleva la voix et dit : « Viens, ô jeune fille, me cueillir, viens, ô vierge à la fibule d'étain, à la ceinture de cuivre, aux joues roses, viens me détacher de ma tige, avant que le ver ne m'ait rongée, que le noir serpent ne m'ait dévorée. Déjà cent jeunes filles, mille jeunes femmes et une foule innombrable d'enfants m'ont visitée; mais aucune main ne s'est approchée pour me cueillir. »

Marjatta, la belle enfant, s'avança un peu pour voir la baie, pour la cueillir avec la pointe de ses jolis doigts.

Mais la petite baie de la colline, la rouge myrtille de la plaine était trop haute pour qu'on pût l'atteindre avec la main, elle était aussi trop basse pour qu'il fût nécessaire de monter dans l'arbre où elle était suspendue.

Marjatta arracha un pieu dans le champ où elle se

(1) Le texte dit : *Saksan mansikka*, fraise de Saxe. Les Finnois comprenaient primitivement sous ce nom la Germanie en général; plus tard ils l'ont appliqué à tout ce qui était étranger et dans un sens laudatif, par exemple : *soksan verkkaa*, drap étranger; *saksan viina*, vin étranger, etc. Dans les parties orientales de la Finlande, *saksan* signifie aussi marchand : *Wiipuren sakset*, les marchands de Wiborg. C'est là une importation relativement moderne et due au contact des nations voisines.

trouvait ; et elle en abattit la petite baie, qui roula par terre ; puis, de la terre elle monta sur les belles chaussures de la jeune vierge ; de ses belles chaussures, sur ses blancs genoux ; de ses blancs genoux, sur les gracieux plis de sa robe ; des gracieux plis de sa robe, sur sa ceinture ; de sa ceinture, sur sa poitrine ; de sa poitrine, sur son menton ; de son menton, sur ses lèvres ; de ses lèvres, elle se précipita dans sa bouche, elle glissa sur sa langue ; de sa langue, elle passa dans sa gorge, et de sa gorge elle descendit dans son sein (1).

Marjatta, la belle enfant, fut fécondée par la petite baie, et son sein commença à gonfler.

Elle se mit à marcher, la robe lâche et sans ceinture ; elle visitait secrètement la chambre de bain, elle s'y glissait au milieu des ténèbres de la nuit.

Sa mère était inquiète ; elle se demandait sans cesse : « Que manque-t-il donc à notre Marjatta ; qu'est-il arrivé à notre colombe pour qu'elle marche ainsi, la robe lâche et sans ceinture, pour qu'elle visite secrètement la chambre de bain, qu'elle s'y glisse au milieu des ténèbres de la nuit ? »

Un enfant prit la parole, un petit enfant s'exprima ainsi : « Voici ce qui manque à notre Marjatta, voici ce qui est arrivé à notre pauvre fille : Elle a gardé longtemps les brebis, elle a longtemps mené paître le troupeau.

---

(1) Tout ce passage est certainement plein de grâce. Je lui préfère toutefois la variante qui figure dans la première édition du Kalevala. Il y a là entre la jeune vierge et la petite baie une scène d'une délicatesse exquise.

Après avoir abattu la baie, Mariatta lui dit :

« Monte, petite baie, monte jusque sur les plis de ma robe ! »
La petite baie monta jusque sur les plis de sa robe.
« Monte, petite baie, jusqu'à ma ceinture ! »
La petite baie monta jusqu'à sa ceinture.
« Monte, petite baie, jusqu'à ma poitrine ! »
La petite baie monta jusqu'à sa poitrine.
« Monte, petite baie, jusque sur mes lèvres ! »
La petite baie monta jusque sur ses lèvres, etc.

« Et, maintenant, elle porte un enfant dans son sein, elle le porte avec angoisses et douleur, depuis sept mois, depuis huit mois, depuis presque dix mois. »

Quand le dixième mois fut arrivé, la jeune vierge se sentit en proie à d'horribles souffrances.

Elle pria sa mère de lui préparer un bain (1). « O ma chère mère, prépare un endroit retiré, une chambre bien chauffée pour servir de refuge à la jeune fille, d'asile de douleur à la femme ! »

La mère lui dit : « Malheur à toi, ô prostituée de Hiisi ! A qui donc t'es-tu abandonnée ? Est-ce à un homme marié ou à un héros non marié (2) ? »

Marjatta, la belle enfant, répondit : « Je ne me suis abandonnée ni à un homme marié, ni à un héros non marié. Je suis allée sur la colline pour y cueillir des baies, pour y chercher les rouges myrtilles ; et j'en ai pris une avec ma langue, et elle s'est glissée dans ma gorge, elle est descendue dans mon sein ; c'est la baie qui m'a rendue féconde. »

Marjatta pria son père de lui préparer un bain. « O mon cher père, prépare-moi un endroit retiré, une chambre bien chauffée, pour que la faible fille puisse y trouver un soulagement à ses douleurs. »

Le père lui dit : « Fuis loin de moi, ô prostituée, fuis, ô femme perdue (3), dans la sombre caverne de l'ours ; là, tu mettras bas tes petits ! »

Marjatta, la belle enfant, répondit avec sagesse : « Je ne suis point une prostituée, je ne suis point une femme perdue ; je mettrai au monde un grand homme,

(1) Voir page 222, note 1.
(2)   « Voi sinua Hiien huora !
                   « Kenen oot makaelema,
                   « Ootko miehen naimattoman,
                   « Eli nainehen urohon ? »

(3) Le texte dit : *Tuulen lautta*, radeau du vent, même signification que *huora*, prostituée. Cette expression vient sans doute de ce que la femme dont il s'agit est essentiellement volage et tourne à tous les vents.

je donnerai le jour à un héros insigne qui brisera la force de la puissance, qui vaincra Wäinämöinen lui-même (1). »

La jeune vierge était en proie à des angoisses poignantes; elle ne savait où aller, où porter ses pas, à qui demander le bain qui lui était nécessaire. Elle prit la parole, et elle dit : « O Pillti, la plus humble de mes filles, la meilleure de mes servantes, va demander un bain dans le village, dans les demeures de Sariola, afin que la faible puisse y trouver un soulagement à ses douleurs, une fin à ses tourments; va, hâte-toi, le besoin devient de plus en plus pressant ! »

Pillti, la petite servante, dit : « A qui demanderai-je un bain; de qui implorerai-je le secours ? »

Marjatta répondit : « Demande le bain à Ruotus (2), à Ruotus de Sariola. »

Pillti, la petite servante, l'humble fille, toujours agile, même sans y être excitée, toujours pleine de zèle, même sans y être exhortée, Pillti s'élança, telle qu'un nuage de vapeur, telle qu'un flocon de fumée; elle rassembla avec ses mains les plis de ses vêtements, et se dirigea vers la maison de Ruotus. Les collines s'inclinaient sous ses pas, les montagnes oscillaient, les pommes de pin dansaient au milieu des bois, le sable s'éboulait dans les marais; elle arriva au terme de son voyage.

L'horrible Ruotus mangeait et buvait, à la façon des grands, assis à l'extrémité de la table, et vêtu d'une chemise aux vastes plis, seulement d'une chemise.

---

(1).   « En mä porrtto ollekana,
            « Tuulen lautta lienekanä,
            « Olen miehen suuren saava,
            « Jalon synnyn synnyttävä,
            « Joll'on valta vallallenki,
            « Väki Wäinämöisellenki. »

(2) *Ruotus* signifie homme qui travaille lentement et péniblement. Ici, toutefois, Ruotus doit être un souvenir de l'Hérode de l'Évangile. Tout le récit de la runo, et par conséquent la date à laquelle on est conduit à la rapporter, autorise cette conjecture.

Sans interrompre son repas, et s'appuyant sur la table, il demanda de sa voix rauque : « Que viens-tu dire, pourquoi accours-tu ici, misérable? »

Pillti, la petite servante, répondit : « Je suis venue ici pour demander un bain, afin que la faible puisse y trouver un soulagement à ses douleurs, l'infortunée aide et secours. »

La femme de l'horrible Ruotus s'avança brusquement au milieu de la chambre, et elle dit : « Pour qui demandes-tu ce bain, pour qui cherches-tu aide et secours? »

Pillti, la petite servante, répondit : « C'est pour notre Marjatta. »

Alors, la femme de l'horrible Ruotus s'exprima ainsi : « Il n'est aucune maison de bain dans le village, aucune chambre de bain dans Sariola qui soit disponible; mais au sommet de la montagne de Kytö, dans un bois de sapin, se trouve une écurie dans laquelle la prostituée peut accoucher, la femme perdue mettre bas ses petits; le souffle humide du cheval lui tiendra lieu de bain! »

Pillti, la petite servante, se hâta de revenir auprès de Marjatta, et elle lui dit : « Il n'est point de bain dans le village, pas une seule chambre de bain dans Sariola. La hideuse femme de Ruotus s'est exprimée ainsi : Il n'est aucune maison de bain dans le village, aucune chambre de bain dans Sariola qui soit disponible; mais au sommet de la montagne de Kytö, dans un bois de sapin, se trouve une écurie dans laquelle la prostituée peut accoucher, la femme perdue mettre bas ses petits; le souffle humide du cheval lui tiendra lieu de bain! » Telle est la réponse de la méchante femme. »

Marjatta, la pauvre fille, fondit en larmes; puis elle prit la parole et elle dit : « Il me faut donc aller, comme une mercenaire, comme une esclave gagée, sur la montagne de Kytö, au milieu du bois de sapin! »

Et elle releva les plis de ses vêtements, elle prit un

bouquet de verges de bouleau, un bouquet d'amour (1) sous son bras, et elle se rendit en toute hâte, les entrailles déchirées par d'effroyables douleurs, dans la chambre en bois de sapin, dans l'écurie située sur la colline de Tapio (2).

Là, elle éleva la voix, et elle dit : « Viens me protéger, ô créateur, viens à mon secours, ô Dieu riche de grâces, au milieu de cette œuvre de douleur, de ces temps pleins d'angoisses! Délivre la fille de ses souffrances, délivre la femme des tortures de ses entrailles et fais qu'elle ne succombe point sous leurs cruelles atteintes! »

Et quand elle eut pénétré au fond de l'écurie, elle dit encore : « O bon cheval, ô vigoureux poulain, souffle, maintenant, envoie-moi une douce vapeur, un bain suavement tiède, afin que la faible en soit soulagée, que l'infortunée en reçoive aide et secours! »

Le bon cheval, le vigoureux poulain souffla puissamment sur le sein douloureux, et son souffle fut pour lui comme un bain chaud, comme une onde sainte.

Alors, Marjatta, la pauvre fille, la douce et chaste vierge, se baigna tant qu'elle en eut besoin dans l'abondante vapeur; et elle mit au monde un petit garçon, elle donna le jour à un tendre enfant, sur la paille étendue près du cheval, dans la crèche de la belle crinière (3).

Et elle lava son petit enfant, elle l'enveloppa de langes, elle le coucha sur ses genoux, elle le pressa

---

(1) Voir page 32, note 1.
(2) Voir page 114, note 2.

(3)
        « Marjatta matala neiti,
        « Pyhä piika pikkarainen.
        « Kylpi kylyn kyllältänsä,
        « Vatsan löylyn vallaltansa;
        « Teki tuonne pienen poian,
        « Latoi lapsensa vakaisen
        « Heinille hevoisen luoksi,
        « Sorajouhen soimen päähän. »

contre son sein. Elle soigna son beau trésor, sa pomme d'or, son bâton d'argent (1), elle l'allaita, elle lui peigna les cheveux, elle lui brossa la tête, elle le berça entre ses bras.

Mais, tout à coup, le petit garçon s'élança du haut des genoux, du sein de sa mère, et il disparut.

Marjatta, la pauvre vierge, en conçut une douleur immense; elle courut après lui, elle chercha son petit garçon, sa pomme d'or, son bâton d'argent; elle le chercha sous la pierre du moulin, sous le pied du traîneau, sous le tamis à farine, sous le seau; elle le chercha d'arbre en arbre, à travers le gazon et l'herbe fine; elle le chercha dans les bois de sapin, au sommet des collines, parmi les fleurs des bruyères et les buissons, explorant les branches, creusant au pied des racines.

Et tandis qu'elle courait ainsi, l'esprit bercé dans ses pensées, une étoile vint à sa rencontre. Marjatta s'inclina devant elle et lui dit : « O étoile, créée par Jumala, sais-tu ce qu'est devenu mon petit garçon, mon petit enfant, ma pomme d'or? »

L'étoile répondit avec intelligence : « Je le saurais que je ne le dirais pas; aussi bien j'ai été créée pour de mauvais jours, pour briller au milieu des froids hivers, au milieu des ténèbres. »

Marjatta reprit sa course; et, tandis qu'elle marchait, l'esprit bercé dans ses pensées, la lune vint à sa rencontre. Elle s'inclina devant elle et lui dit : « O lune, créée par Jumala, sais-tu ce qu'est devenu mon petit garçon, mon petit enfant, ma pomme d'or? »

La lune répondit avec intelligence : « Je le saurais que je ne le dirais pas; aussi bien j'ai été créée pour de mauvais jours, pour veiller seule pendant les nuits, pour rester couchée pendant les jours. »

---

(1) Expressions caressantes en usage chez les Finnois.

Marjatta reprit sa course ; et, tandis qu'elle marchait, l'esprit bercé dans ses pensées, le soleil vint à sa rencontre. Elle s'inclina devant lui et lui dit : « O soleil, créé par Dieu, sais-tu ce qu'est devenu mon fils, mon petit garçon, ma pomme d'or ? »

Le soleil répondit avec intelligence : « Oui, je sais ce qu'est devenu ton fils ; aussi bien j'ai été créé pour des jours heureux, pour marcher vêtu d'un manteau d'or, pour briller sous une parure d'argent.

« Oui, pauvre femme, je sais ce qu'est devenu ton fils ; ton petit garçon, ta pomme d'or se trouve enfoncé dans le marais jusqu'au milieu du corps, dans la lande jusqu'aux bras. »

Marjatta, la pauvre vierge, se précipita vers le marais ; elle en retira le petit garçon et le rapporta à la maison.

Et, auprès de notre bonne Marjatta, le joli petit garçon grandit ; mais il n'avait point encore de nom ; sa mère l'appela bouton de fleur, l'étranger l'appela maudit désœuvré (1).

On chercha ensuite quelqu'un pour le baptiser. Le vieux Wirokannas (2) se présenta ; et il prit la parole et il dit : « Je ne baptiserai point un être plongé dans l'erreur, je ne ferai point un chrétien d'un pauvre misérable, si, auparavant, il n'est examiné et jugé. »

Qui donc examinera, qui jugera l'enfant ? Le vieux, l'imperturbable Wäinämöinen, le runoia éternel, fut chargé de cette mission.

Le vieux, l'imperturbable Wäinämöinen prononça sa sentence : « Si le garçon a été apporté du marais, s'il a été engendré par la baie de la colline, il faut qu'il soit

---

(1)   « Emo kutsui kukkaseksi
      ۱ Vieras vennon joutioksi. »

(2) Voir page 179, note 3. Ce mélange de christianisme et de paganisme, qui exprime si bien une époque de transition, est on ne peut plus curieux.

enseveli dans la terre, près d'un arbrisseau chargé de baies, ou bien qu'il soit ramené dans le marais, et là, qu'on lui brise la tête contre un arbre! »

Le petit garçon, l'enfant âgé de deux semaines, dit : « Malheur à toi, vieillard stupide, malheur à toi, vieillard aveugle, car tu as prononcé une sentence injuste, un arrêt insensé! On ne t'a point emporté dans le marais, on ne t'a point brisé la tête contre un arbre lorsque tu commis des crimes beaucoup plus graves, des actes beaucoup plus pervers,, lorsque, dans ta jeunesse, tu livras l'enfant de ta propre mère pour te racheter, pour sauver ta vie; on ne t'a même point emporté dans le marais, lorsque, dans ta jeunesse, tu précipitas les jeunes filles dans les flots profonds, au milieu de la vase noire. »

Et le vieillard baptisa l'enfant, et il le nomma roi, il le nomma souverain absolu de la Karélie.

Alors, le vieux Wäinämöinen fut saisi de colère et de honte; il alla errer le long des rivages de la mer, et là il chanta, il chanta pour la dernière fois, et, par la force de son chant, il se créa une barque, une jolie barque de cuivre.

Puis, il s'assit au gouvernail; il se dirigea vers la pleine mer, et tandis qu'il fendait les vagues, il éleva la voix et il dit : « D'autres temps passeront, d'autres jours se lèveront et disparaîtront : alors on aura de nouveau besoin de moi; on m'attendra, on me désirera pour apporter encore un Sampo, pour fabriquer un nouveau kantele, pour retrouver la lune et le soleil disparus, pour ramener avec eux la joie exilée de la terre. »

Et le vieux Wäinämöinen s'élança sur son navire de cuivre, à travers les flots orageux, et il gagna les horizons lointains, les espaces inférieurs du ciel.

Là, il s'arrêta avec sa barque, il se fixa avec son navire; mais il laissa son kantele, son instrument mélo-

dieux à la Finlande, il laissa la joie éternelle à son
peuple, les runot sublimes aux fils de sa race.

. . . .
. . . .

Maintenant, je dois clore ma bouche, je dois nouer les
liens de ma langue, abandonner de nouveau l'œuvre du
chant, laisser la voix des runot. Le rapide coursier
repose volontiers ses poumons, après une longue carrière,
la faucille s'émousse, après la moisson de l'été, le ruisseau
sommeille dans les bras du fleuve, après ses bonds et ses
méandres, le feu lui-même s'éteint de fatigue, après avoir
flamboyé toute la nuit. Pourquoi donc le chant ne s'amor-
tirait-il pas, pourquoi ne ferait-il pas silence, après les
joies prolongées, les derniers accents du soir ?

J'ai entendu que l'on disait jadis que d'autres s'expri-
maient ainsi : « La cataracte bondissante ne dépense
point toute son eau ; le bon chanteur n'épuise point tous
ses chants ; le chant qui paraît trop court réjouit davantage que celui dont la longueur fatigue déjà avant qu'il
soit fini. »

Ainsi donc, je dois m'arrêter et terminer ici ; je dois
tenir secret ce qui me resterait encore à dire ; dévider
mes chants comme un peloton de fil, en faire un éche-
veau (1) et le suspendre à la solive du toit, derrière la
forte serrure d'ivoire. Et de là, ils ne pourront s'échapper, ils ne pourront de nouveau éclater au grand jour,
avant que la barrière d'os ne soit brisée, que la mâchoire close ne soit violemment ouverte, que les dents
ne soient séparées, que la langue ne soit rendue libre et
flexible.

Car, enfin, pourquoi chanterais-je ? Si je remplis les
bois, si je fais retentir les vallées de mes runot harmo-
nieuses, aucune mère ne vient les écouter, aucune amante
ne vient les admirer ; seuls, le pin les écoute, les branches

_____

(1) Voir page 3.

du sapin les admirent, le bouleau s'émeut de leur beauté, le sorbier se laisse charmer par leurs accents.

Prématurément délaissé par ma mère, abandonné, encore enfant, par celle qui m'a donné le jour, j'ai été déposé comme l'alouette sur une motte de gazon, comme la grive sur une pierre, pour y mêler mon chant à leur chant. Et j'ai été livré à des mains étrangères, j'ai été le jouet d'une belle-mère; elle m'a repoussé loin d'elle, pauvre orphelin, elle m'a chassé hors des murs de la maison, là où le vent du nord secoue ses ailes glacées, où la tempête déchaîne sa fureur sauvage.

Ainsi, j'ai dû fuir, triste alouette, j'ai dû errer, faible oiseau, autour de toutes les habitations du pays, à travers les longues routes; j'ai éprouvé chaque coup de vent, chaque souffle d'orage, j'ai étudié à fond les hurlements de la tempête, j'ai tremblé sous l'étreinte du froid, j'ai pleuré sous la main de l'hiver.

Maintenant, je rencontre beaucoup d'hommes, beaucoup d'hommes vivant dans un agréable loisir; et ils me repoussent avec colère, ils m'accablent d'injures; ils s'indignent contre ce qu'ils appellent les caquets de ma langue, ils critiquent les tremblements timides de ma voix, ils la trouvent rude et grossière; ils m'accusent d'user ma vie à chanter et de chanter mal, et de ne pas savoir fondre les paroles dans une mélodieuse harmonie.

Ah! je vous en prie, ô hommes bons, ne me regardez point d'un œil de haine; ne vous irritez point contre moi lors même que mon chant serait languissant et discord! Nul ne m'a appris à chanter; je n'ai point fréquenté les demeures des grands, je n'ai point été chercher l'instruction au loin, je n'ai point rapporté ce que je sais des régions étrangères.

D'autres possèdent toutes les sciences; mais je n'ai point quitté la maison de ma mère, je n'ai point déserté le foyer de mon enfance; j'ai pris mes leçons, tout petit garçon, dans notre chambre étroite, auprès de ma douce mère, assis avec mon frère sur un tas de copeaux, et vêtu d'une chemise déchirée et noire de suie.

Et cependant, lancé sur mes suksi, j'ai frayé la route à la foule des runoiat, j'ai brisé la pointe des branches, j'ai enlevé l'écorce des arbres; et, dès maintenant, le chemin est signalé, la carrière est ouverte; d'autres runoiat meilleurs que moi, des runoiat plus riches de chants y entreront; et ils chanteront pour une race plus jeune, pour les jeunes fils de notre peuple.

FIN DU TOME PREMIER

TABLE DES MATIÈRES

FIN DE LA TABLE

PARIS. — IMPRIMERIE L. POUPART-DAVYL, RUE DU BAC, 30.

www.ingramcontent.com/pod-product-compliance
Lightning Source LLC
Chambersburg PA
CBHW070348030726
47504CB00001B/106